MILA LOVELL
Gemalter Herzschlag

Über die Autorin:

Mila Lovell war schon immer eine leidenschaftliche Tagträumerin. In ihrem Debütroman *Gemalter Herzschlag* hat sie eine Geschichte zu Papier gebracht, die ihr seit der Schulzeit durch den Kopf schwirrt. Besonders wichtig sind der Autorin dabei ihre Figuren, die Witz und Seele haben müssen, sowie packende Dialoge. Momentan lebt Mila Lovell in Wien, wo sie neben dem Studium an ihren Schreibprojekten arbeitet.

MILA LOVELL

GEMALTER HERZSCHLAG

ROMAN

ACE austria books
Buchverlag

Aus Verantwortung für einen bewussten Umgang mit der Natur, den Ressourcen und zum Schutz unseres Klimas betreibt der Verlag ACE austria books eine nachhaltige Buchproduktion. Gemeinsam mit Lieferanten und Partnern sorgen wir für eine positive Ökobilanz. Die klimaneutrale Produktion wird mittels CO_2-Kompensation durch zertifizierte BOKU-Klimaprojekte sichergestellt. Unsere Bücher werden unter Einsatz von Papieren aus nachhaltiger Forstwirtschaft in Österreich, Deutschland und der EU hergestellt.
Weitere Informationen finden Sie unter www.ace-verlag.com

FSC
www.fsc.org
MIX
Papier | Fördert gute Waldnutzung
FSC® C014496

Deutsche Erstausgabe
1. Auflage 2023
Vollständige Taschenbuchausgabe

Erschienen bei ACE austria books Buchverlag
Wien, September 2023

Umschlaggestaltung: ACE austria books, Wien
unter Verwendung von Motiven von @ Daria Doroshchuk/ istockphoto.com/de und @ stux/pixabay.com
Druck und Bindung: GGP Media GmbH, Pößneck
Printed in Germany
ISBN 978-3-903510-00-5
www.ace-verlag.com

Für alle, die ihren Sinn schon gefunden haben.
Und für alle, die noch auf der Suche sind ...

Kapitel 1

»Ich will, dass der Ätna ausbricht«, sagte Emma. »Und ich spreche nicht von einer kleinen Eruption, sondern von einer apokalyptischen Naturkatastrophe. Der Scheißvulkan soll Feuer spucken und Lava auskotzen, bis die ganze gottverdammte Insel brennt!« Sie klang entzückt, beinahe ekstatisch. »Und dann, wenn Sizilien qualmt wie ein Kohlekraftwerk, soll der Berg ins Meer abrutschen und einen Tsunami heraufbeschwören, der alles wegspült.«

»Ähm …« Ich blieb stehen und blinzelte verdutzt. Damit hatte ich nicht gerechnet, als ich sie nach ihren Geburtstagswünschen gefragt hatte. Ich hatte eher an eine Konzertkarte oder so was gedacht. »Das ist … krass.«

»Man wird nur einmal achtzehn!«

»Ja, schon«, erwiderte ich, »aber ich bezweifle, dass ich dir diesen Wunsch erfüllen kann, Em. Ich bin nicht Gott.«

»Mit dem habe ich auch schon gesprochen«, sagte Emma. »Hatte keine Zeit für mich und meine Geburtstagswünsche. Meinte, er müsse sich um wichtigere Dinge kümmern.«

»Tja, das kannst du ihm nicht verübeln. Immerhin ist die Welt ganz schön am Arsch, von wegen Artensterben und globale Erwärmung und so. Einen Vulkanausbruch kann da niemand gebrauchen.«

Das Handy zwischen Ohr und Schulter eingeklemmt, kämpfte ich am Reißverschluss von Moms Jacke herum, die ich mir heute Morgen aus ihrem Kleiderschrank gefischt hatte. Der blöde Verschluss war echt widerspenstig. Je mehr ich mich bemühte, desto weniger ließ er sich schließen, und als mir der Wind die Locken ins Gesicht blies, konnte ich kaum etwas sehen. Seufzend nahm ich das Handy wieder in die Hand und setzte meinen Weg durch die Wiener Innenstadt fort. Fröstelnd, mit offener Jacke.

»Konntet ihr wenigstens schon in eure neue Wohnung einziehen?«

Emma und ihre Mutter lebten seit Anfang des Sommersemesters in Sizilien. Leider hatte sich das erste Apartment, das sie beziehen wollten, als interspezifische Wohngemeinschaft herausgestellt – überall Mäuse, Kakerlaken und Küchenschaben. Emma war total ausgerastet und hatte ihrer Mutter die Hölle heißgemacht, woraufhin ihre Mutter dem Vermieter die Hölle heißgemacht hatte. »Ridammi subito la caparra o brucio il posto!«, soll Emmas Mom geschrien haben. Was übersetzt so viel bedeutet wie: »Geben Sie mir die Kaution zurück oder ich fackle die Drecksbude ab!«

Danach waren Emma und ihre Mom Angela erneut auf Wohnungssuche gegangen. Sie hatten ein kleines Apartment gefunden, das demnächst frei wurde. Bis dahin mussten die beiden im Hotel wohnen. Was nur ging, weil Angie als Hotelfachkraft im *La Dolce Vita* begonnen hatte und eines der Personalzimmer beziehen konnte. Das *La Dolce Vita* war luxuriös und hatte fünf Sterne, mit goldenem Eingangsbereich, Indoor-Pool, Dampfsauna und Fitnessstudio. Die Personalzimmer hingegen hätten eher einen Minus-Stern verdient. Emma hatte mir Fotos geschickt: Es gab ein Doppelbett, einen Kleiderständer mit Haken und zwei

Quadratmeter Laminatboden, dann noch ein winziges Bad mit Dusche und Toilette. Fenster hatte das Zimmer keines, nur einen schmalen Belüftungsspalt für die Klimaanlage. Emma und ihre Mutter mussten also nicht nur im selben Zimmer, sondern im selben Bett schlafen. Was ungefähr war, als würde man *Jack the Ripper* neben *Hannibal Lecter* legen. Hätte der Barkeeper des Hotels nicht eine Schwäche für das mörderische Mutter-Tochter-Gespann gehabt, wäre das bestimmt nicht gut ausgegangen. *Aber nach fünf Mimosas schläft jeder gut,* wie Emma zu sagen pflegt.

»Ja, letzten Freitag«, antwortete Emma auf meine Frage, ob sie mittlerweile in die neue Wohnung einziehen konnten.

Ich überquerte die Straße und spazierte an einer Bushaltestelle vorbei, wo ich kurz innehielt. Der nächste Bus kam in zwölf Minuten, aber ich hatte keine Lust zu warten. Also ging ich zu Fuß weiter. »Und, wie ist die neue Wohnung?«

»Klein und hässlich, aber besser als die Krabbelstube.«

Mir lief ein Schauer über den Rücken. Alles war besser, als aus der Dusche zu steigen und mit nackten Füßen auf eine Kakerlake zu treten.

»Und wie ist San Leone selbst?« Ich hatte Stunden damit verbracht, über die Hafenstadt südlich von Agrigent zu recherchieren. Wenn die beste Freundin schon verschleppt wurde, wollte man zumindest wissen wohin. »Auf den Bildern im Internet sieht es ganz schön aus.«

Ich hatte schon vieles behauptet, um Emma aufzuheitern, aber das war nicht einmal gelogen. San Leone sah wirklich schön aus, mit seinen Klippen und dem Hafen, wo Segelschiffe und Fischerboote schaukelten. Es gab auch einige Badestrände dort, zwar keine weißen Traumstrände mit

Palmen und Kokosnüssen, aber normale italienische Badestrände. Besser als nichts, oder? Wenn man schon gezwungen wurde, in einer zweitausend Kilometer entfernten Hafenstadt zu leben, konnte man wenigstens nach der Schule ins Meer hüpfen. *Oder sich darin ertränken*, flüsterte Emmas Stimme in meinem Hinterkopf.

»Ganz schön? Du willst mich doch verarschen! San Leone ist ein nach Fisch stinkendes Kaff, nichts weiter. Lieber würde ich sterben, als für immer hier zu leben.« Emma stieß einen Laut aus, der zwischen Lachen und Heulen lag. »Ich will zurück nach Wien!«

»Wien ist auch nicht gerade der Himmel auf Erden«, murmelte ich.

Ich konnte Wien noch nie so wirklich leiden. Vom Ring bis zum Speckgürtel nichts als Pflastersteine, Straßenlärm und miesepetrige Großstädter. Alle sprachen immer davon, wie weltoffen und jugendlich die Stadt sei, doch ich lebte nun schon seit siebzehn Jahren hier und hatte davon erst herzlich wenig mitbekommen. Klar, Wien gab sich Mühe, weltoffen und jugendlich zu sein. Doch ein illegaler Rave am Donaukanal machte lange nicht all die schiefen Blicke gut, die man hier erntete, wenn man mal in Gedanken versank und nicht gleich bei Grün über den Zebrastreifen sprintete. Oder wenn man in der Straßenbahn Nietzsche las und vor lauter Frust die Seiten aus dem Buch rausriss.

Gut, vielleicht lag es gar nicht an Wien.

Vielleicht war ich das Problem.

»Also meinetwegen können wir gerne tauschen«, bot Emma mir an. Ich sah sie bildlich vor mir, wie sie im Schneidersitz auf ihrem Bett saß und eine lange schwarze

Haarsträhne um den Finger wickelte. Ihre scharfen Gesichtszüge, die türkisgrünen Augen, den stechenden Blick. »Dein Vater soll dich morgen zum Flughafen bringen. Dann lebst du ab jetzt mit meiner Mutter im stinkenden San Leone, und ich wohne in einer charmanten Altbauwohnung mit Balkon und lasse mich von dem Anzugträger aushalten, den du ›Dad‹ nennst und ich ›Daddy‹ nennen werde.«

»Bah, Emma!« Bei allem Verständnis für ihren Vaterkomplex, das ging zu weit. Irgendwo muss Schluss sein. »Sag doch so was nicht über meinen Dad! Das ist widerlich.«

»Weißt du, was wirklich widerlich ist?«, konterte Emma. »Vom Schulkantinenessen eine Salmonellenvergiftung zu bekommen.«

Ich verzog das Gesicht. »Du hattest eine Salmonellenvergiftung? Du Arme! Das muss scheußlich sein.« Nicht, dass es mich überraschte. Ich hatte so was schon befürchtet, als Emma mir vom Tiramisu-Dienstag erzählt hatte. Rohe Eier und dreißig Grad in der Schulkantine, das konnte nicht gut gehen. »Was sagt deine Mom dazu? Hat sie in der Schule angerufen und sich beschwert?«

Emma stieß ein Lachen aus, das mir die Nackenhaare aufstellte. »Als würde meine Mutter das interessieren! Es war ihr scheißegal, dass ich mitten im Schuljahr umziehen und alles hinter mir lassen musste, weil sie in einer manischen Phase beschlossen hat, unser Haus zu verkaufen, und es ist ihr egal, wie mir meine neue Schule gefällt. Die Welt meiner Mutter dreht sich nur um eines – um die Kellnerin aus Wien Favoriten, die aus ihrem deprimierenden Leben ausbricht und in ihrer Heimat einen Neuanfang wagt.

Romantisch, nicht wahr? Ich warte schon auf ihre Autobiografie.«

Emmas Gefühle waren laut und unüberhörbar. Sie hasste ihre Mutter für ihre Entscheidung, wenn auch nicht ganz so schlimm wie ihren Vater – den hasste sie leidenschaftlich, und das seit Jahren.

Trotzdem, Hass war eine schlimme Sache. Er zerfraß einen von innen heraus. Ich wusste das, weil ich es selbst erlebt hatte. Im Sommer vor zwei Jahren, als … *es* passierte, da lernte ich, was es hieß, jemanden zu hassen. So richtig zu hassen, aus tiefstem Herzen. Es fühlte sich an, als hätte man Säure getrunken. Brennend, ätzend. Nicht mehr rückgängig zu machen.

»Mir bist du nicht egal, Em«, sagte ich, um sie von ihrem Ärger abzulenken. »Ich weiß, dass die Situation beschissen ist, aber du hast schon Schlimmeres überstanden. Nächsten Monat wirst du achtzehn, und sobald du deinen Abschluss gemacht hast, kannst du Sizilien wieder verlassen. Du kommst zurück nach Wien, und wir suchen dir ein nettes Studentenwohnheim, wo du unterkommen kannst. Und wenn das zu teuer ist, dann ziehst du erst mal bei uns ein. Dad hat bestimmt nichts dagegen – früher hast du ja auch zeitweise bei uns gewohnt.«

Noch während ich sprach, merkte ich, wie ich mich in dieser Vorstellung verfing. Meine Schritte wurden langsamer, die Gebäude um mich herum verblassten, und der Straßenlärm wurde zu einem leisen Hintergrundrauschen.

Ich sah nur noch Emma und mich, wie wir auf meinem Bett hockten und uns durch Emmas Tinder-Vorschläge klickten. Wie ich sie damit aufzog, dass sie auf geschiedene

Familienväter stand, und wie Emma konterte, dass das immer noch besser sei, als auf Buchcharaktere abzufahren. Ein Lächeln kroch auf meine Lippen. Meine beste Freundin wieder an meiner Seite, genau wie früher.

»Du träumst schon wieder, Cherie. Meinen Abschluss kann ich frühestens in anderthalb Jahren machen. Vorausgesetzt, ich bestehe das Schuljahr, was ich nicht garantieren kann. Und selbst wenn ich meinen Abschluss habe, weiß ich nicht, ob meine Mutter mich gehen lässt. Sie braucht mich, das weißt du. Sonst wird sie womöglich rückfällig.«

Emmas Stimme ließ meinen Gedanken platzen wie eine rauchgefüllte Seifenblase. Ich kam zurück auf den Boden, in die Wiener Innenstadt, eingekesselt von Wohnblöcken und Straßenlärm, und schluckte schwer, weil mir plötzlich Tränen in den Augen brannten. »Stimmt, du hast recht«, sagte ich und zwang mich zu einem Lächeln, das innerlich wehtat. »Da habe ich wohl wirklich geträumt.«

»Du träumst immer noch«, meinte Emma. »Sonst wäre dir aufgefallen, dass du zwei Kilometer in die falsche Richtung gegangen bist, während wir telefoniert haben.«

Ich riss den Kopf herum und sah mich um, während Emma mir ins Ohr lachte. Mist, sie hatte recht. Diese Straße kam mir fremd vor, genau wie die Gebäude und die Shops.

»Ha! Du wolltest zu Fuß nach Hause gehen, nicht wahr?«, riet Emma. »Und dann hast du dich verlaufen, weil du verträumtes kleines Ding die Orientierung eines schwedischen Bergschafs hast.«

»Es gibt keine Bergschafe in Schweden«, grummelte ich. »Woher weißt du das überhaupt?«

»Ich bin allwissend.«

»Du hast auf der *Snap Map* nachgesehen, hm?«

Emma murrte ins Telefon: »Spaßverderber.«

Je weiter ich ging, desto unbekannter erschien mir die Gegend. »Okay, Emma, ich brauche dringend Google Maps.« Mittlerweile war ich überzeugt, dass ich wirklich nur die dürftige Orientierung eines schwedischen Bergschafs hatte. »Meinst du, wir könnten später noch ein wenig miteinander telefonieren? Du fehlst mir wirklich sehr und ich …«

Mit einem abfallenden Ton brach die Verbindung ab.

Mein Akku war leer.

»Na liebes Leben?«, fragte ich spitz in die Luft. »Spaß gehabt?«

Nun stand ich da, mitten auf einer Straße, die ich nicht kannte, umzingelt von mehrstöckigen Betonbauten, die mir die Sicht versperrten, und verfluchte mich selbst. Ich war eine Siebzehnjährige, die sich auf ihrem Heimweg verlaufen hatte – wie ein verdammtes Volksschulkind! Fehlten nur noch Schultasche und Zöpfchen.

So was Blödes! Warum war ich nicht gleich mit der U-Bahn gefahren? Der Fußweg vom Gymnasium zu unserem Wohngebäude war elendslang, spätestens ab dem Stephansdom hätte ich sowieso mit den Öffis weiterfahren müssen. Aber nein, die Sonne schien so schön und Emma hatte angerufen, da konnte man ruhig erst mal drauflosspazieren. Ohne Navi, weil das beim Telefonieren störte. Super Entscheidung, Cherie!

Und jetzt?

Ich drückte die Schultern durch und pustete mir eine dunkelblonde Locke aus dem Gesicht. Alles kein Problem.

Ich musste nur die nächste U-Bahn-Station finden, denn mit dem U-Bahn-Netz kannte ich mich aus.

Weil ich sowieso keine Ahnung hatte, in welche Richtung ich musste, ging ich erst mal nach links. Immer noch fegte ein lauer Wind durch die Gassen, der mir nun im Rücken lag und meine Schritte beschleunigte. Ich stapfte eine lange, schmale Straße entlang und bog am Ende rechts ab, hinein in eine Gasse, vorbei an einem seltsam duftenden Imbissstand und einem Blumenladen an der Ecke, bei dem ich erneut rechts abbog. Ich hielt nach einem Straßenschild Ausschau, das einen Namen trug, der mir bekannt vorkam, oder nach einem Gebäude, das ich vielleicht schon einmal gesehen hatte und an dem ich mich orientieren konnte. Aber weil mir keiner dieser grau-braunen Gemeindebauten etwas sagte und ich auch die *Bartensteingasse* nicht kannte, setzte ich meinen Weg einfach geradeaus fort. Nach einem kurzen Abstecher durch eine dunkle Seitenstraße gelangte ich schließlich zu einem Platz, den die Abendsonne in ein warmes Gelb tauchte.

Dort sah ich ihn zum ersten Mal.

Er saß auf einem Holzhocker vor seiner Staffelei und arbeitete an einer Zeichnung. Die Ärmel seines Hemdes waren bis zu den Ellbogen hochgekrempelt und seine Finger von rußigen Kohlespuren übersät. Sie krochen seinen Unterarm hoch, als er mit der Zeichenkohle übers Papier kratzte und den Strich mit seinem Handballen verwischte.

Knappe drei Meter hinter seiner Staffelei stand ein Klappstuhl, darauf saß eine Frau mit Baby im Arm. Ihre Haare waren zerzaust und über ihrer Schulter hing ein

Spucktuch, doch ihr Gesicht war ausgesprochen hübsch. Gerade versuchte sie, ihren Sohn zu beruhigen, der mit seinem Karottenshirt und seiner Mini-Latzhose in ihren Armen herumstrampelte und dabei aussah wie ein griesgrämiger Gemüsebauer.

»Der Kleine muss langsam ins Bett.« Sie hob den Kopf und lächelte nervös, als der Gemüsebauer zu schreien begann. »Brauchst du noch lange?«

»Keine zehn Minuten mehr«, versprach der Künstler und verwischte seine Kohlespuren, um einen verspielten Schatten zu erzeugen. »Ich gebe dem Ganzen nur noch den letzten Schliff.«

Wie heißer Teer klebte mich seine tiefe Stimme an den Asphalt, sodass ich nicht anders konnte, als stehen zu bleiben und ihm weiter dabei zuzusehen, wie er seine Kohle geschickt übers Papier führte. Auch ein paar andere Passanten schienen dieses Gefühl zu teilen, denn schon bald hatte sich ein kleiner Zuschauerkreis um den jungen Künstler gebildet. Neugierig wanderte mein Blick vom Blatt Papier über seine geschwärzten Finger einen starken Arm hinauf bis hin zu einem dunklen Haarschopf, der in der Sonne glänzte wie flüssige Zartbitterschokolade.

Ein warmes Prickeln kroch mir in den Nacken, und ich reckte den Hals, um mehr von ihm zu sehen. Doch weil er mir immer noch den Rücken zugedreht hatte, konnte ich sein Gesicht nicht erkennen. Zur Seite treten und damit vielleicht seine Aufmerksamkeit auf mich ziehen, wollte ich aber auch nicht. Also gab ich mich stattdessen mit seiner Rückseite zufrieden, die, nun ja, auch nicht von schlechten Eltern war. Das Hemd spannte über seinen Schultern, und jedes Mal, wenn er den Arm hob, um den oberen Teil seiner Zeichnung zu bearbeiten, bewegten sich die Muskeln unter dem dünnen Stoff. Ich schob meine Hände in die Jackentaschen und begann, auf den Schuhsohlen zu wippen.

Wie er wohl von vorn aussah?

Plötzlich hob er den Kopf und spähte über die Schulter, so als spürte er, dass ihn jemand beobachtete. Zuerst sah ich nur ein scharfkantiges Profil mit einer geraden Nase und einem markanten Unterkiefer. Dann drehte er sich noch etwas weiter nach hinten und offenbarte sein Gesicht.

Mir wäre fast das Handy aus der Hand gefallen, so attraktiv war er. Eine Schande, dass ich keinen Akku mehr hatte! Mit einem Foto von ihm hätte man sicher eine Menge Geld verdienen können.

Rabenschwarze Brauen zogen sich über seinen Augen zusammen, die misstrauisch die Gegend scannten. Seine Lippen waren ausdrucksstark und leicht geöffnet, auf seinen hohen Wangenknochen tanzten die Schatten seiner Wimpern. Ich konnte mich nicht erinnern, jemals einen derart heißen Typ gesehen zu haben. Schon wieder ärgerte ich mich über meine Akku-Situation. Hätte ich den als Hintergrundbild, wäre mein Leben um einiges erträglicher.

Mit offenem Mund und aufgerissenen Augen starrte ich ihn an, sprachlos und begeistert zugleich. Doch plötzlich fiel sein Blick auf mich, und das Hellgrau seiner Augen zuckte wie ein Blitz durch mich hindurch.

Ich fuhr zusammen und sah schnell zu Boden. Mein Herz hämmerte wie bescheuert. Ich gab mir alle Mühe, mit dem Hintergrund zu verschmelzen, während er mich immer noch im Visier hatte. Himmel, war das peinlich! Er hatte mich dabei erwischt, wie ich ihn angegafft hatte. Mein eigener Pulsschlag rauschte mir in den Ohren, als ich mit hochrotem Kopf auf den Asphalt glotzte. Ich wünschte, dass sich ein Loch auftun würde, in dem ich verschwinden könnte. Gleichzeitig nahm ich den Künstler immer noch in meinem peripheren Sichtfeld wahr und bildete mir ein, seine Mundwinkel zucken zu sehen. Doch als ich erneut Mut fasste und mich ihm zuwandte, war das Grinsen bereits verschwunden und der Künstler wieder auf seine Arbeit konzentriert.

Verwirrt steckte ich mir eine Locke hinters Ohr.

Was, um alles in der Welt, war das denn gerade?

Ich rieb meine Oberarme, die sich blutleer und steif anfühlten, und sah mich um. Wie es das Schicksal wollte, erspähte ich endlich einen blauen U-Bahn-Würfel in der Ferne. Gut, ich musste sowieso weg hier. Also, los!

Gerade als ich zaghaft einen Fuß rührte, um weiterzugehen, stand der Künstler auf, klopfte sich die Kohlereste von den Fingern und überreichte der Frau das Bild.

»Hier, bitte«, tat dieselbe tiefe Stimme kund, die meine Füße zuvor an den Asphalt geklebt hatte. Und wieder blieb ich wie angewurzelt stehen.

Die Frau fischte einen Geldschein aus ihrer Tasche und übergab ihn dem Jungen, der sich bedankte und ihn achtlos in seine Hosentasche steckte. Mit schiefgelegtem Kopf sah er auf das Baby hinunter und rang sich ein halbes Lächeln ab, doch als das Kind die Arme nach ihm ausstreckte, wich er einen Schritt zurück. Ganz nach dem Motto: Nur gucken, nicht anfassen!

Ich musste schmunzeln.

Als die Frau die fertige Zeichnung sah, war sie völlig aus

dem Häuschen. »Du hast wirklich Talent, Bursche. Überleg dir das mit dem Kunststudium doch noch einmal. An der Universität für angewandte Kunst würden die dich mit Handkuss aufnehmen.«

Der Junge zog eine Grimasse, als hätte er etwas Ekeliges verschluckt. Der Gedanke an die Universität schien ihm nicht zu bekommen. Dann zwang er sich jedoch zu einem Lächeln und verabschiedete sich von der Frau.

Nachdem sie gegangen war, fischte er eine Zigarettenschachtel aus der Hosentasche, zog eine Kippe heraus und drehte sie zwischen den Fingern. »Gut. Ich brauche ein neues Opfer«, verkündete er und steckte sich die Zigarette an, von der er gleich einen tiefen Zug nahm. »Freiwillige?«

Um mich herum wurde es alsbald lauter. Ein paar der Leute, die ihm ebenso wie ich beim Zeichnen zugesehen hatten, begannen miteinander zu sprechen. Andere gingen kommentarlos weiter. Ein älteres Pärchen unterhielt sich mit dem Künstler und lobte ihn für seine Arbeit, schlug es dann jedoch aus, sich zeichnen zu lassen.

»In meinem Alter gibt man kein Geld mehr für ein Bild von sich aus«, scherzte der Opa. »Ich bin schon froh, wenn ich an keinem Spiegel vorbeigehen muss.«

Langsam leerte sich der Platz. Die Zuschauer verschwanden, und ich fand, dass es auch für mich Zeit war, endlich nach Hause zu kommen. Doch als ich den ersten Schritt machen wollte, musste ich feststellen, dass sich meine Füße partout nicht von der Stelle rührten. Es war, als wäre ich am Boden festgewachsen.

Langsam, aber sicher stieg Panik in mir auf. Das ältere Ehepaar ging seines Weges, und ich flehte meine Beine an, sich endlich zu bewegen. Nur hatte ich anscheinend völlig die Kontrolle über meinen Körper verloren. Was dazu führte, dass ich plötzlich mit dem Künstlertyp allein war.

Mit der Zigarette im Mundwinkel klemmte er ein neues Blatt Papier an seine Staffelei, ließ sich auf seinen Holzhocker fallen und spähte aus dem Augenwinkel zu mir hoch. »Wie wär's mit dir?«

Wie auf Knopfdruck schoss mir das Adrenalin ins Blut.

»I-ich?«, krächzte ich. »Ja klar. Ich meine, nein! Nicht klar! Ich ... äh ... ich kann nicht.«

Er grinste mich an. »Ach, komm schon. Von mir aus darfst du mich dabei auch die ganze Zeit anstarren, so wie vorhin.«

Verzweifelt suchte ich nach einem Konter. Leider war ich nicht besonders schlagfertig. Für solche Situationen hatte ich Emma.

»I-ich ... ich hab nicht ... ich meine, ich würde *nie* ...«

O Gott, ich machte es nur noch schlimmer!

»Ich wollte dich nicht in Verlegenheit bringen«, entschuldigte er sich, aber ich kaufte es ihm nicht ab. Dafür wirkte sein Schmunzeln zu amüsiert. Er deutete auf den leeren Klappstuhl vor seiner Leinwand. »Also, wie wär's?«

Da meine Stimmbänder zu Stein geworden waren und meine Wangen immer noch brannten, beschloss ich, seinem Vorschlag nachzukommen, ehe ich einen weiteren Spruch kassierte, auf den ich nichts erwidern konnte. Als ich erst mal saß, schienen sich meine Lippen wieder langsam zu lösen. »Machst du das jeden Tag?«, fragte ich, während ich ihm dabei zusah, wie er ein neues Kohlestück anspitzte.

»Nur wenn die Sonne scheint.« Er schob sich die Ärmel

seines Hemdes mit dem Handgelenk hoch, zog die Staffelei zu sich und begann zu zeichnen.

Sein Blick glitt vom leeren Papier über den Boden zu mir, erkundete meine Umgebung, meine Umrisse, meine Gestalt. Mit jeder Sekunde, die er mich musterte, schwoll die Aufregung in mir an. Es war, als würde er sich jeden Zentimeter meines Körpers einprägen, angefangen bei meinen Turnschuhspitzen, die unruhig gegeneinanderstießen, über meine fest zusammengepressten Oberschenkel bis hin zum Schwung meiner Lippen und meinen langen, flatternden Locken. Meine Augen sah er sich besonders genau an, was dazu führte, dass mir allmählich die Luft ausging. Mein Brustkorb hob und senkte sich immer schneller, und obwohl ich mir sicher war, dass es ihm auffiel, wollte er den Blickkontakt einfach nicht abbrechen.

Mir wurde ganz anders. Schnell wandte ich mich von ihm ab. Im nächsten Moment hörte ich Kohle über Papier kratzen. Er hatte zu zeichnen begonnen. Langsam entspannten sich meine Schultern, die, wie mir jetzt auffiel, ziemlich verkrampft waren. »Wie lange machst du das schon?«, fragte ich, ohne ihn erneut anzusehen.

»Etwa seit drei Jahren. Hab mit fünfzehn angefangen.«

»Das heißt, du bist erst achtzehn?« Ich konnte nicht so richtig glauben, dass er erst achtzehn war. Dafür war er zu talentiert, sah zu erwachsen aus.

»Ah, ein Rechengenie, wie ich sehe«, grinste er. »Was ist mit dir? Darfst du schon allein Wein einkaufen oder macht das deine Mama für dich?«

Wie auf Knopfdruck durchfuhr mich ein altvertrautes Gefühl, das ich schon lange nicht mehr empfunden hatte.

Ich senkte die Lider und schlug sie erst wieder auf, als das Brennen in meinen Augen versiegt war. »Ich bin siebzehn«, antwortete ich ihm in der Hoffnung, dass er nicht weiter nachbohren würde.

Wieder suchte sein Blick meinen, so wie vorhin, als wäre ihm etwas aufgefallen, das er nicht zuordnen konnte. Und wieder mied ich seinen Blick, weil ich mich diesem durchdringenden Grau ausgeliefert fühlte.

Kurz musterte er mich, dann beugte er sich über seine Zeichnung.

Als ich mir sicher war, dass er sich auf die Kohle konzentrierte, sah ich auf und beobachtete ihn bei der Arbeit. Er wirkte so geschickt und routiniert, dass ich keine Sekunde daran zweifelte, bald schon die schönste und lebendigste Zeichnung in den Händen zu halten, die jemals irgendjemand für mich angefertigt hatte. Wer auch immer dieser Junge war – er wusste, was er tat, und jeder Strich saß.

Während er zeichnete, musterte ich ihn. Die Sonne verfing sich in seinen dunklen Haaren, die sich stark von seiner Haut abhoben und vom Wind nach aller Kunst zerzaust wurden. Eine lose Strähne hing ihm in die Stirn und fiel ihm in die Augen. Mich juckte es in den Fingern, sie vorsichtig aus seinem Gesicht schieben, damit sie ihn nicht störte. Entsetzt über diesen Gedanken, klemmte ich meine Hände zwischen den Knien ein, damit sie ja keine Dummheiten machen konnten.

Als hätte er meinen Gedanken erraten, fuhr er sich mit der Hand durch die Haare. »Ich weiß, ich habe es dir angeboten, aber es ist echt schwer, sich zu konzentrieren, wenn man die ganze Zeit von zwei riesigen Manga-Augen angestarrt wird.«

Verlegen wandte ich mich von ihm ab und sah stattdessen in die Sonne, auf dass sie mich erblinden lassen möge. Dann würde ich zumindest kein drittes Mal in diese peinliche Situation geraten.

»Wie hast du mit fünfzehn eine Lizenz bekommen?«, fragte ich, immer noch in die Sonne starrend.

Ihm entfuhr ein Lachen, dessen spöttischer Beigeschmack kaum zu überhören war.

Trotzig presste ich die Lippen aufeinander und zog die Augenbrauen zusammen. »Machst du dich über mich lustig?«

»Nein, nein!«, log er und zog dann schnell an seiner Zigarette, vermutlich weil sich das spöttische Lachen schon wieder bis in seine Kehle hochgekämpft hatte und er es nur mit Tabak ersticken konnte.

»Dann ist ja gut«, gab ich argwöhnisch zurück. »Ich schätze mal, das heißt, du hast gar keine Lizenz.«

Als er nicht antwortete, fühlte ich eine unterschwellige Unruhe in mir aufkommen. Ich reckte den Hals und sah mich um, doch zum Glück waren wir allein. »Und wenn dich jemand erwischt?«

Er zuckte unberührt die Schultern. »Meistens bin ich schnell genug, um davonzukommen.«

»Du rennst weg? Mit der Staffelei und den Stühlen und allem?«

Er rollte die Augen. »Ja, genau, ich schmeiß mir auch noch meine Modellperson über die Schulter, bevor ich verschwinde.« Kopfschüttelnd zog er ein paar Striche. »So schwerfällig wie einige dieser Wiener Polizisten sind, läge das wahrscheinlich sogar im Bereich des Möglichen.«

Als ich merkte, wie sich meine Lippen verzogen, schluckte ich das Lachen gleich wieder hinunter. So wie er sich über mich lustig machte, sollte ich besser eingeschnappt sein. »Und wenn sie dich doch mal erwischen?«

»Ist erst einmal passiert«, antwortete er, immer noch auf seine Zeichnung konzentriert, »und auch nur, weil ich blöd genug war, mehrere Tage lang am selben Ort zu arbeiten. Sie haben mir den Weg abgeschnitten – bin direkt in einen hineingerannt.«

»Du bist in einen Polizisten hineingerannt?« Ich war entsetzt, konnte mir ein Grinsen aber nicht verkneifen.

»Eigentlich habe ich ihn eher *umgerannt*, aber der Mistkerl hat schnell genug nach meinem Knöchel gegriffen.« Die Erinnerung brachte auch ihn zum Grinsen, und er rieb sich das Kinn. »Bin mit dem Gesicht am Asphalt aufgeschlagen. Mann, das hat vielleicht wehgetan.«

Mittlerweile saß ich auf der Kante des Stuhls. »Hast du dich verletzt?«

Er hob den Blick und sah mich an, als wollte er nicht wahrhaben, wie viel Schwachsinn jemand von sich geben konnte. »Ich wurde nicht *angeschossen*, sondern bin *hingefallen*.«

Ich schob die Unterlippe vor und wandte mich wieder der Sonne zu.

»Du erinnerst mich an jemanden.«

»Ach, ist das so?«, fragte ich, als wäre mir das scheißegal und nicht die wichtigste Information meines Lebens. Ich betrachtete meine Nägel. »Und an wen?«

»Nicht so wichtig«, meinte er nur und zeichnete weiter.

Ich versuchte mit aller Kraft, die Neugierde in mir zu unterdrücken, doch es dauerte kaum eine halbe Minute, bis sie mich auch schon übermannte und ich meinen gekränkten Stolz vergaß: »Was ist dann passiert? Nachdem sie dich hatten, meine ich.«

»Lange Geschichte«, antwortete er, diesmal jedoch mit einem nüchternen Tonfall in der Stimme.

»Ich habe Zeit«, meinte ich und wagte einen kurzen Blick in seine Richtung. Er war auf seine Zeichnung konzentriert. Eine seltsame Kälte hatte sich in seine Züge geschlichen.

Ich entschied, nicht weiter nachzufragen.

Nach ein paar Minuten hatte sich seine Laune gebessert. »Du bist nicht aus Wien, oder?«

»Doch, ich bin hier geboren. Aber meine Eltern sind nicht von hier. Mein Dad kommt aus Salzburg und ist zum Studieren nach Wien gezogen. Er hat meine Mom während seines Auslandssemesters in Frankreich kennengelernt.«

Immer noch war es mir ein Rätsel, wieso man als Unternehmensberater bessere Jobchancen haben sollte, wenn man eine Zeit lang in Frankreich gelebt hatte. In den USA oder China? Schon klar. Aber in Frankreich?

Dad hatte es mir hundertmal zu erklären versucht, aber seine Argumentation war ziemlich löchrig. Vermutlich hatte er einfach Mal eine Pause von Wien gebraucht und wollte sich in der französischen Lebenskunst üben. Ich konnte es ihm nicht verdenken.

»Ah, deshalb hast du also nicht diesen …«, er zögerte kurz und hob eine Augenbraue, »… gewöhnungsbedürftigen Dialekt.«

Erleichtert, dass er nun wieder gut aufgelegt war, musste ich lachen. Nein, den hatte ich nicht.

»Das heißt, deine Mom ist Französin?«

»Was? Nein!« Ich lachte. Konnte nicht anders. »Ich meine, sie wäre immer gerne Französin gewesen, vor allem wegen des schicken Akzents, und sie war ein Fan von …«

»Brigitte Bardot?«

»Ha! Netter Versuch. Von George Sand«, verbesserte ich ihn. Als ich sah, wie er anerkennend die Mundwinkel runterzog, musste ich schmunzeln. Tja, meine Mutter hatte eben einen ziemlich anspruchsvollen Geschmack. Und er anscheinend auch, wenn er George Sand kannte. Nicht, dass ich ihm das gesagt hätte. Er wirkte ohnehin, als wäre er sich dessen nur allzu gut bewusst.

»Ein George-Sand-Fan, so so. Ist nicht irgendein Philosoph mal voll über die hergezogen?« Er warf mir über seine Zeichnung hinweg einen Blick zu. »Ich hab irgendwas von wegen ›blöde Kuh‹ im Kopf, aber Genaueres fällt mir im Moment nicht ein. Schon lange her, dass ich das gelesen hab.«

Ich rollte so leidenschaftlich die Augen, dass meine Lider flatterten. »Das war Nietzsche, dieser Mistkerl. Was gibt dem das Recht, eine der mutigsten Schriftstellerinnen des frühen neunzehnten Jahrhunderts als ›Milchkuh mit schönem Stil‹ zu bezeichnen? Wenn ich einen Wunsch frei hätte, dann den, in der Zeit zurückzureisen und diesem Klugscheißer in seinen antifeministischen Hintern zu treten!«

Der Künstler lachte, ich nicht. Ich meinte das todernst. Ein Wunsch, und Nietzsche würde Bekanntschaft mit meiner Turnschuhspitze machen.

»Hast du Nietzsche gelesen?«

»Nein, und um ehrlich zu sein, habe ich das auch nicht vor«, antwortete der Junge zwischen zwei Strichen. »Wobei, so finster, wie du gerade dreinschaust, bekomme ich direkt Lust darauf.«

»Bitte, wenn du auf Existenzkrisen und Kopfschmerzen stehst …«

»Ein hundertfünfzig Jahre altes Buch löst bei mir ganz bestimmt keine Existenzkrise aus«, sagte er.

»Schön für dich«, grummelte ich.

»Aber zurück zu deiner Mutter. Sie war also ein Riesenfan von George Sand. Warum die Vergangenheitsform? Hat sie ihre Vorliebe für französische Rebellinnen mittlerweile abgelegt?«

O-oh.

In meinem Hals entstand ein Kloß, an dem ich nur mit Mühe vorbeischlucken konnte. »Ähm, nein, sie …« Meine Stimme klang so jämmerlich dünn, dass ich Angst hatte, sie könnte brechen. Ich räusperte mich und setzte dann erneut an: »Sie ist immer noch ein Fan von ihr. Das mit dem Imperfekt war keine Absicht. Jedenfalls …«

Und dann erzählte ich ihm die ganze Geschichte, von A bis Z. Dass meine Mom keine Französin war, sondern aus einem winzigen Ort in Vorarlberg stammte, dessen Namen sie noch nicht einmal selbst aussprechen konnte. Dass sie ihre ganze Jugend dort verbrachte und umso begeisterter war, als sie nach ihrem Abschluss endlich das Geld für eine große Reise zusammenhatte. Dass es sie natürlich nach Frankreich zog, ins Geburtsland ihrer Lieblingsautorin, und dass sie dort wortwörtlich über meinen Vater stolperte, der sich beim Sturz mehrere Bänder zerrte. Dass sie vor lauter Schreck ihre Englischkenntnisse vergaß und sich in leidenschaftlichstem Vorarlbergisch bei ihm entschuldigte. Dass mein Vater daraufhin einen Lachkrampf bekam. Dass Mom einen Krankenwagen rief, weil sie dachte, er hätte sich den Kopf angeschlagen. Dass mein Vater ihr drohte, sie auf Schmerzensgeld zu verklagen, wenn sie ihm nicht ihre Handynummer gab. Dass sie die ganze Nacht telefonierten, ohne zu bedenken, dass sie im Ausland waren und eine fette Rechnung kassieren würden. Dass Dad den Rest seines Auslandssemesters mit Krücken herumhumpeln musste und sich kein einziges Mal darüber beschwerte. Dass er mit dem Gedanken spielte, sein Studium zu schmeißen und nach Vorarlberg zu ziehen. Dass Mom stattdessen zu ihm nach Wien zog. Dass sie heirateten und Mom fünf Jahre später schwanger wurde. Dass Mom den grauenhaften Einfall hatte, ihrer Tochter einen superklischeehaften Vornamen aufzuhalsen, der sie stets an ihre Zeit in Frankreich erinnern sollte. Dass Dad sie nicht davon abhielt. Und dass ich jetzt mit diesem Namen leben musste. ›Cherie‹ – der Liebling. Vielen Dank, Mom und Dad.

Ich redete mir den Mund fusselig. Unaufhörlich formten meine Lippen irgendwelche Worte, von denen ich teilweise nicht einmal wusste, ob sie überhaupt existierten, während mein Gehirn immer noch an seiner Frage festhing: *Warum die Vergangenheitsform?*

Ja, Cherie, warum die Vergangenheitsform? War ich über solche Anfängerfehler nicht längst hinweg? Großer Gott! Wenn man über eine bestimmte Sache nicht sprechen wollte, dann sollte man sie, verflixt noch mal, nicht auf dem

Silbertablett servieren!

Vor lauter Angst, meine Ausrede hätte ihn erst recht neugierig gemacht, überschüttete ich ihn mit Informationen, bis ich mir hundertprozentig sicher war, dass er nichts mehr davon hören wollte. Als mir schließlich die Luft ausging, hob er den Blick. Noch im selben Sekundenbruchteil wusste ich, dass er mich durchschaut hatte.

»Du hast deine Mutter schon lange nicht mehr gesehen, oder?«, fragte er. »Deshalb die Vergangenheitsform.«

Seine Worte trafen mich mitten ins Mark. Druck baute sich hinter meinen Augen auf, und ich wandte mich von ihm ab. Mit fest zusammengepressten Lippen starrte ich auf den Boden und stellte mich schon mal darauf ein, vor einem Fremden in Tränen auszubrechen. Denn eines war sicher: Jetzt würde er erst recht nachbohren. Das Fass sprichwörtlich zum Überlaufen bringen. So wie es die Leute eben taten, wenn sie merkten, dass jemand kurz davor war, zusammenzubrechen. Grausamkeit lag in der Natur des Menschen – das hatte ich in den letzten Jahren oft genug festgestellt.

»Also, Cherie …«, setzte er an. Ich hielt die Luft an und erwartete das Schlimmste, doch wieder überraschte er mich: »Du bist zur einen Hälfte Vorarlbergerin, zur anderen Salzburgerin, lebst hier in Wien und sprichst absolut akzentfreies Deutsch? Wie, zur Hölle, ist das möglich?«

Ich war so erleichtert, dass ich laut auflachen musste. Die Tränen, die sich in meinen Augenwinkeln gesammelt hatten, kullerten über meine Wangen und ich wischte sie fort, während ich immer noch von einem Lachanfall geschüttelt wurde.

»Tja, ich schätze, zu viele Dialekte heben sich gegenseitig auf«, antwortete ich, nachdem ich mich gefangen hatte. Mit einem breiten Lächeln im Gesicht blickte ich ihn an und freute mich, dass er es erwiderte. »Sag mal, wie heißt du eigentlich?«

Er stellte sich als Joe vor.

»Du hörst dich auch nicht sehr wienerisch an, Joe.«

Joe richtete seinen Blick wieder auf die Zeichnung und zog ein paar Striche, die er mit dem Handballen verwischte. »Bist du dir sicher?«

Ich zog die Augenbrauen zusammen und nickte entschlossen. Er hörte sich nicht im Geringsten wienerisch an. Er sah auch nicht wienerisch aus, ganz unabhängig davon, wie der typische Wiener eben so aussah. Er sah überhaupt nicht typisch aus, eigentlich sah er ganz und gar *untypisch* aus, mit diesen seltsam grauen Augen und dem schiefen Grinsen und den windzerzausten Haaren. Er glich mehr seinen Zeichnungen als einem lebendigen und wahrhaftigen Menschen.

»Wir sind viel rumgekommen, meine Familie und ich«, erklärte Joe, als er es nicht mehr spannend genug fand, mich an der Nase herumzuführen. »Ich glaube, ich kann so ziemlich alle österreichischen Dialekte und auch ein paar deutsche. Ich kann sogar ein bisschen Schweizerdeutsch«, erwähnte er beiläufig und fügte, als er meinen Blick sah, gleich hinzu, dass ich mir eine kleine Demonstration in die Haare schmieren konnte.

Ich musste schmunzeln. »Dann sitzen wir ja im selben Boot. Wir leben beide hier in Wien und sprechen die Sprache nicht.«

Wieder sah er mich nicht an, während er sprach; sein Blick haftete wie die Kohle am Papier. »Es gibt viele Möglichkeiten, zu sprechen. Oft braucht es dazu nicht mal Worte.«

»Manchmal genügen schon ein paar schwarze Striche«, antwortete ich vorsichtig.

»Oder ein paar riesige Manga-Augen«, konterte er.

Woraufhin ich die Augen verengte. »Oder eine abgedroschene Zigarette zwischen den Lippen.«

Er zog daran. »Oder vor der Brust verschränkte Arme, hinter denen man sich verstecken kann.«

»Oder ein verwegener Blick, der zu der abgedroschenen Zigarette passt.« Das war mir herausgerutscht, bevor ich mir auf die Zunge beißen konnte.

»Verwegen, hm?« Seine tiefe Stimme triefte nur so vor Selbstherrlichkeit, die ich ihm nach dieser Aussage nicht verübeln konnte. Wie zu erwarten, hob er den Blick, und obwohl ich versuchte, ihm standzuhalten, zwang mich dieses nebulöse Grau erneut in die Knie. Kopfschüttelnd wandte ich mich ab und kämpfte gegen die Verlegenheit an, die schon wieder meine Wangen flambierte.

»Oft braucht es nicht mal einen verwegenen Blick, um zu sprechen«, sagte er triumphierend. »Manchmal verrät man sich sogar, wenn man schnell wegsieht.«

Ich schürzte die Lippen. Es kränkte mich, dass er mich so mühelos abfertigte.

Als seine Mundwinkel neuerlich in die Höhe zuckten, fielen mir zum ersten Mal die Grübchen auf seinen Wangen auf. Wie niedlich die waren. Am liebsten hätte ich meinen Finger hineingedrückt.

Schockiert von mir selbst, verbannte ich meine Hände in meine Jackentaschen. Als ich dort etwas Rechteckiges ertastete, war es plötzlich vorbei mit meiner Schwärmerei. Ruckartig zückte ich mein Handy und starrte mit aufgerissenen Augen auf das schwarze Display.

Verdammter Mist!

Ich schnellte vom Stuhl hoch und fischte einen Zwanziger aus meiner Brieftasche. »Sorry, aber ich muss los!«

Joes fassungsloser Blick warf mich beinahe um. »Was? Jetzt sofort?«

Ich wusste, dass er noch nicht fertig war, und ich wusste auch, dass das Bild, für das ich ihn nun bezahlte, für immer unvollendet bleiben würde, wenn ich jetzt ging. Doch leider kannte ich meinen Dad und wusste, dass ich schleunigst nach Hause musste.

Ich nickte. »Jetzt sofort.«

Ein schokoladenbrauner Haarschopf schnellte in die Höhe, als Joe aufstand und einen Schritt auf mich zu kam. Er war viel größer als ich, sicher fünfundzwanzig Zentimeter, und nahm mit gebeugten Ellbogen den Geldschein an, den ich ihm mit ganzer Armlänge hinüber streckte. Als der Wind durch die Gasse jagte und uns mit voller Stärke streifte, wehte er mir seinen sommerlichen Geruch ins Gesicht. Er roch nach Aftershave und Sonnencreme und ein klein bisschen nach Tabak – eine Kombination, von der ich nie geahnt hätte, wie anziehend ich sie fand. Ich nahm einen Atemzug und wurde sofort süchtig. Der Heimweg würde sich wie ein Entzug anfühlen.

»Du willst wirklich gehen?«, fragte er, sichtlich irritiert, dass ich seine Arbeit unterbrochen hatte und jetzt wie ein verrücktes Eichhörnchen von einem Fuß auf den anderen trat. Wahrscheinlich überlegte er, ob ich einen Hitzestich bekommen hatte und nun übergeschnappt war.

»Es tut mir ehrlich leid«, entschuldigte ich mich und sah noch ein letztes Mal in diese seltsamen Augen, deren neblige Farbe mich beinahe wieder auf den Stuhl sinken ließ. »Aber ich muss dringend nach Hause.«

Ohne mich noch einmal zu ihm umzudrehen, spurtete ich die Gassen entlang. Den blauen Würfel der U-Bahn-Station ließ ich keine Sekunde aus den Augen. Ich bog rechts ab, dann wieder links, dann wieder rechts, durch zwei Seitenstraßen und eine kleine Gasse entlang, durch eine Unterführung und hinauf zu den Rolltreppen, die zum Gleis hinunterführten. Immer wieder starrte ich auf mein Handy und betete zum großen Technik-Gott, dass ein kleiner Funke Akku wie aus dem Nichts in mein Telefon zurückkehren möge. Ich musste unbedingt meinen Vater erreichen! Sicher drehte er gerade durch, immerhin hätte ich schon längst zu Hause sein müssen und hatte mich seit Stunden nicht gemeldet! Ich hoffte, dass er noch nicht die Polizei alarmiert hatte, aber weil ich mir dessen nicht hundertprozentig sicher war, legte ich einen Zahn zu. Die U-Bahn ließ glücklicherweise nicht lange auf sich warten.

Als sie einfuhr und ich mich in den vollen Waggon quetschte, dachte ich noch einmal an den Jungen zurück, den ich eben hatte stehen lassen. Ich musste morgen unbedingt noch mal hin, damit er seine Zeichnung vollenden konnte. Ich musste es sehen, das Bild, mein Bild, aber vor allem musste ich ihn – ja, ihn! – wiedersehen.

Mit aller Mühe versuchte ich, mir den Weg zu diesem

Platz noch einmal in Erinnerung zu rufen. Im Gedanken passierte ich erneut all die Straßen, die Gassen, den seltsam duftenden Imbissstand, den kleinen Blumenladen an der Ecke, die Seitenstraßen, deren Namen mir so unbekannt waren. Die anderen Fahrgäste quetschten mich an die Tür, während ich verzweifelt versuchte, mich an diesen Straßennamen zu erinnern, den ich gelesen hatte. Er musste mir einfach einfallen! In meinem Kopf brach Panik aus, während ich mich immer und immer wieder bemühte, den Weg zurückzugehen, den ich erst Minuten zuvor vor ihm geflohen war. Doch dann, irgendwann, als die ersten fünf Stationen hinter mir lagen und sich die krächzenden Durchsagen am Gleis in meine Gehörgänge brannten wie gedankenzerstörender Baustellenlärm, fiel mir wieder ein, was er gesagt hatte: Er war erst einmal erwischt worden, und das auch nur, weil er mehrere Tage lang am selben Ort gearbeitet hatte. Ich bezweifelte, dass er diesen Fehler wiederholen würde. Selbst wenn ich mich an den Weg zu diesem kleinen Platz erinnern könnte, würde ich ihn dort nicht mehr vorfinden.

Ein Schwall der Enttäuschung erfasste mich, und ich lehnte den Kopf gegen die kühle Metalltür.

Als die U-Bahn sich leerte und mich forttrug von diesem Ort, von diesem kleinen Platz, von dieser Staffelei, von diesem Künstler, da starrte ich hilflos aus dem Fenster des Waggons, hinein in den dunklen Erdtunnel, der mich mehr und mehr verschlang. Ich verfluchte die Tatsache, dass mein Vater nicht ein einziges Mal wie alle anderen Väter die Ruhe bewahren konnte, wenn seine fast erwachsene Tochter nicht gleich nach der Schule nach Hause kam. Dass ich auf mein Handy gesehen und diesem grauenvollen Schuldgefühl nachgegeben hatte, anstatt einfach sitzen zu bleiben und mich zeichnen zu lassen. Schlagartig wurde mir bewusst, was ich da eben zurückgelassen hatte: Ich würde nie wieder seine Stimme hören, mich nie wieder über sein schiefes Grinsen ärgern. Ich würde nie diese Zeichnung sehen, nie diese rußigen, geschickten Hände berühren, nie wieder von diesem einnehmenden Sommerduft umhüllt werden. Mein Schicksal war diese U-Bahn, die mich immer weiter forttrug, fort von diesem merkwürdigen Menschen und fort von dem Gefühl, das er in mir auslöste.

Kapitel 2

September, erster Tag im neuen Schuljahr. Alles sah aus wie immer. Auf den Wänden klebten Plakate, die Tische waren zusammengeschoben und die mittlere Neonröhre flackerte, was einen wahnsinnig machen konnte. Der Klassenraum roch nach Tafelkreide, Bodenreiniger und abgestandener Luft, untermalt von einer feinen Schweißnote. Alle redeten kreuz und quer und wurden trotzdem von Steffis penetranter Stimme übertönt, die mir schon frühmorgens eine Gänsehaut verpasste.

»Kaum zu fassen, dass diese Seekuh über den Sommer noch fetter geworden ist«, lästerte Steffi. »Ich meine, muss man wirklich jede Chipstüte auffressen, die man in die Hände kriegt?« Mit verschränkten Armen lehnte sie sich auf ihrem Stuhl zurück. Ihre feuerroten Haare umgossen ihre Schultern wie ein Flammenmeer, was teuflisch schön und ganz schön teuflisch aussah. »Hey, Yuki, kleiner Tipp für dich! Friss nicht so viel Reis, sonst bricht deinetwegen noch eine Hungersnot in China aus.«

Steffis Freundinnen lachten.

Yuki zeigte Steffi den Mittelfinger und drehte sich nach vorne. Einen Moment lang zögerte sie, dann nahm sie ihre Brotbox, stopfte sie zurück in den Rucksack und schlüpfte trotz der Hitze im Klassenraum in ihre Sweaterjacke.

Ich musste die Augen schließen, so genervt war ich.

Lizzy, meine Sitznachbarin, ächzte verächtlich. »Glaubst du, sie hat sich die Knie aufgeschürft? Als sie aus der Hölle gekrochen ist, meine ich?«

»Gut möglich«, antwortete ich. Niemand könnte dieses Teufelsweib auf Dauer ertragen, nicht mal ihr Bräutigam selbst.

»Keine Ahnung, was Sam an ihr findet.« Den Blick auf die letzte Reihe gerichtet, zog Lizzy ihre kurzen weißblonden Zöpfe zurecht. Ihre Augen wurden schmal und ihr Eyeliner legte sturzbereit die Flügel an. »Ich meine, Steffi ist heiß, schon klar. Aber ein hübsches Paar Titten macht die Beziehung mit einer Sadistin auch nicht erträglicher.«

»Da wäre ich mir nicht so sicher.« Mein Blick ruhte auf Sam, der seinen Arm um Steffi gelegt hatte und wie ein milchhungriger Einjähriger in ihren Ausschnitt glotzte. »Sam sieht ziemlich zufrieden aus, wenn du mich fragst.«

»Aber nur weil heute der erste Schultag ist«, meinte Lizzy. »Heute muss Steffi noch allen zeigen, dass Sam Kattler ihr gehört. Aber spätestens morgen ist die Message angekommen, und dann wird Sam zum Bitchableiter degradiert.«

Das brachte mich zum Schmunzeln. »Bitchableiter?«

Lizzy zuckte die Schultern. »Irgendwo muss Steffi ihren aufgestauten Frust entladen, nicht wahr? Und zufällig steht bei Sam eine Fangeinrichtung ab, die sich perfekt dafür eignet.«

»Ew!«, machte ich. Ich wollte nicht darüber nachdenken, was bei Sam abstand.

Lizzy stieß mir den Ellbogen in die Seite. »Zieh dir das rein!« Sie nickte in Richtung Steffi, die gerade über ein neues Opfer herzog und dabei voll in Fahrt geriet. Diesmal hatte sie Luca ausgesucht – eine schlechte Entscheidung, wie ich fand. Yuki mochte sich verarschen lassen, Luca definitiv nicht.

»Aww, herzzerreißend!«, flötete Steffi. »Der traurige Emo-Junge hat sich die Haare schwarz gefärbt und die Fingernägel schwarz lackiert.« Steffi wickelte sich eine feuerrote Strähne um den Zeigefinger. »Fehlt nur noch der passende Kajal.«

Steffis Freundinnen, Lina, Ruby und Gina, lachten und blickten zu ihr auf wie die Anhänger einer Sekte zu ihrem Oberhaupt.

Luca, der mit seinen fetten Beats-Kopfhörern in seinem Stuhl lehnte, rührte sich vorerst nicht.

»Und diese Lippenpiercings«, fuhr Steffanie fort. »Wer lässt sich schwarze Snakebites machen? Glaubt er, das sieht sexy aus?«

Ihr Clique schüttelten zischend den Kopf. Abgesehen von Gina, die versehentlich genickt hatte und jetzt umso heftiger den Kopf schüttelte.

»Am besten gefallen mir die neuen Blumentattoos auf seinem Hals«, schmunzelte Steffi. »Verwelkte Hortensien und ein Nachtfalter – da steht wohl jemand auf Vanitas-Symbole. Kein Wunder, wenn man bedenkt …«

»Steffanie«, warnte Sam, dem Lucas veränderte Haltung aufgefallen war.

Steffi ignorierte ihn. »Wenn man bedenkt, dass sein Bruder sich umgebracht hat«, beendete sie ihren Satz. »Nur wird der von Snakebites, Tattoos und schwarzen Klamotten auch nicht wieder lebendig.«

»Lass gut sein!«, sagte Sam, diesmal nachdrücklicher.

»Was denn?«, fauchte Steffi. »Der soll sich mal nicht so anstellen! So ein großer Verlust war der Tod seines Bruders nun wirklich nicht, außer für die Grasdealer in Wien Favoriten vielleicht.«

Kaum hatte Steffi den Satz vollendet, stand Luca auch schon vor ihr und blickte mit angespanntem Kiefer zu ihr hinab. Er war nicht sonderlich trainiert, dafür aber knappe zwei Meter groß und, na ja, irgendwie gruselig. »Huh? Sag das noch mal.«

Steffi ächzte, sichtlich entsetzt über diese unausgesprochene Drohung. Sie drehte sich nach Sam um, der plötzlich ganz vertieft in ein Gespräch mit seinem Sitznachbarn war. Steffi verschmälerte die Augen und setzte schließlich ein gekünsteltes Lächeln auf.

»Nein, ich …« Sie räusperte sich. »Du musst mich falsch verstanden haben«, säuselte sie und schluckte dann das hinunter, was sie eigentlich sagen wollte.

Luca musterte sie noch einen Moment lang, dann setzte er sich wieder auf seinen Platz.

Gleich im Anschluss versetzte Steffi Sam einen derart heftigen Stoß, dass er vom Stuhl rumpelte. »Sag mal, geht's noch? Du sollst mich verteidigen!«

»Die Bitch hat Glück, dass Luca sich beherrschen kann«, meinte Lizzy zu mir, nachdem wir uns wieder nach vorne gedreht hatten. »Ich an seiner Stelle hätte sie aus dem Fenster geworfen.«

»Und das zurecht«, fand ich. So, wie Steffi über Lucas Bruder sprach, hätte sie das allemal verdient. Wobei das lange nicht alles war. Es gab viele Gründe, warum Steffi einen Gratisflug Richtung Bordstein verdient hätte. Die meisten davon konnte ich im Schlaf aufzählen.

Wie lange es wohl dauern würde, bis Steffi mich wieder ins Visier nahm?

Mein Magen zog sich zusammen, und ich legte mir die Locken nach vorne, als könnte ich mich hinter ihnen verstecken. Schon seit der Unterstufe stand ich auf Steffis Abschussliste. Warum, wusste ich nicht. Aber Steffi brauchte auch keinen Grund, um jemanden fertigzumachen. Ihr genügte der süße Klang von erstickten Schluchzern. Bis jetzt hatte Steffi sich zum Glück zurückgehalten. Nicht etwa, weil sie Gewissensbisse gehabt hätte – nein, wegen Emma.

Emma war jemand, mit dem sich auch eine Steffanie Schachtner nicht anlegen wollte. Zwar hatte sie das früher gelegentlich versucht, war dabei aber jedes Mal auf ihre Kosten gekommen. Emma konnte es nämlich nicht ausstehen, wenn jemand sie oder ihre Freunde verarschte. Deshalb hatte es öfters Krach zwischen den beiden gegeben – nur dass Steffi eine verwöhnte Prinzessin war (Tochter eines Schönheitschirurgen und einer Modedesignerin) und Emma eine skrupellose Halbsizilianerin, die ihrem Anwaltsvater zuliebe ein *besonders braves* Mädchen sein wollte – mit Poledance, Alkoholexzessen und One-Night-Stands. Man kann sich also vorstellen, wer die Hosen anhatte.

Doch jetzt war Emma fort, und ich sah schon das metaphorische Fadenkreuz auf meiner Stirn aufblitzen.

Weil ich den Gedanken nicht länger ertrug, schob ich ihn ins hinterste Eck meines Unterbewusstseins und wechselte das Thema: »Ich frag mich, wo der Dünne bleibt.«

Der Dünne war unser Deutschlehrer und Klassenvorstand und hieß eigentlich Georg Rüttenhofer. Seinen Spitznamen verdankte er – *hm, wem denn wohl?* – Steffi natürlich.

»Wahrscheinlich ist er noch mit seinem Outfit beschäftigt«, vermutete Lizzy. »Was glaubst du, Pullunder und Kaki-Hosen oder Fliege und hautenges Hemd?«

»Der dunkelgrüne Pullunder und drüber die kurze Krawatte vom letzten Elternabend«, riet ich. Sein exzentrischer Modegeschmack würde mich schon nicht im Stich lassen.

»Dani ist auch noch nicht hier«, sagte ich, und meine Hand wanderte zum freien Platz neben mir. Daniel hatte versprochen, dieses Jahr neben mir zu sitzen. Auf dem Platz, der Emma gehört hatte und nun leer war.

»Du weißt doch, dass er *Dan* genannt werden will und nicht *Dani*«, erinnerte Lizzy mich, aber ich rollte bloß die Augen. Ich nannte ihn schon immer Dani, und nur weil er das jetzt nicht mehr cool fand und stattdessen die englische Version seines Spitznamens bevorzugte, hieß das noch lange nicht, dass ich eine jahrelange Angewohnheit so einfach ablegen konnte.

Zugegeben, er sah inzwischen mehr wie ein Dan aus als ein Dani. Aber er würde immer mein Dani bleiben: Der Dani, der mir seine Hausaufgaben kopierte, wenn ich krank war. Der Dani, der eine PowerPoint-Präsentation erstellte, wenn ich bei einer schwierigen Entscheidung Hilfe brauchte. Der Dani, der mich bei meinem ersten Tequila-Rausch davon abgehalten hatte, mit Emma und Lizzy ins Freibad einzubrechen.

»Keine Ahnung, vielleicht schwänzt er«, meinte Lizzy.

Mir entkam ein Grunzen. »Der war gut.«

Dan würde nie schwänzen. Er hatte vermutlich sogar weniger Fehlstunden als ich, und die paar, die ich hatte, waren unvermeidbar gewesen – außer für eine Grippe oder eine Beerdigung hätte mich mein Dad nämlich nie entschuldigt.

Dans Eltern waren zwar sicher nicht strenger als mein Vater – in erster Linie waren sie nämlich nie anwesend –, aber er selbst kam eigentlich gern zur Schule. Zumindest behauptete er das. Doch so sicher wie Daniel immer in die Schule kam, so sicher kam er um 7:30 Uhr, und inzwischen war es schon acht.

»Wenn du Glück hast, setzt der Dünne Steffi neben dich«, sagte Lizzy. »Für den guten Einfluss.«

Obwohl sie mich nur ärgern wollte, lief mir bei dieser Vorstellung ein Schauer über den Rücken. »Ich wünschte, Emma wäre hier«, jammerte ich und zog ihren leeren Stuhl an mich heran. »Dann hätte ich wenigstens eine nette Sitznachbarin.«

»Hey!«, schimpfte Lizzy, deren Tisch an meinen grenzte. »Das nehme ich persönlich.«

Fast im selben Moment wurde die Klassenzimmertür aufgezogen, und der Dünne tänzelte herein. Er trug Socken, Sandalen und ein Hawaii-Hemd, das unter seiner Jeansweste hervorlugte. Sein Kragen war mit einer neongelben Fliege verziert.

»O Gott, von diesem Hemd krieg ich Augenkrebs.« Lizzy verzog das Gesicht, und ich konnte mir ein Kichern nicht verkneifen.

»Cherie Lanner und Lizzy Vallain, bitte heben Sie sich

Ihre Privatgespräche für die Pause auf, ja?«, bat der Dünne. Obwohl es schwer war, ihn in diesem Outfit ernstzunehmen, entschuldigten wir uns, damit er mit seiner Predigt beginnen konnte. »Willkommen im Abschlussjahr, meine Lieben! Wie immer möchte ich euch zuerst ein paar inspirierende Worte zukommen lassen ...«

Seine Rede war wie jedes Jahr etwas verwirrend, vor allem, wenn er den Faden verlor und improvisieren musste. Er sprach über die Klassengemeinschaft, faselte was vom Elternverein und von mehr außerschulischer Kooperation, die er sich wünschen würde, und blieb anschließend bei den Abschlussprüfungen im Mai hängen, deren Prozedere er nun schon seit geschlagenen fünfzehn Minuten erklärte.

Um ehrlich zu sein, bekam ich nicht sonderlich viel von seinem Monolog mit. Ich driftete ab und dachte an den Straßenkünstler, dem ich im Frühjahr begegnet war. Lächerlich, dass mich die Erinnerungen an ihn immer noch verfolgten. Aber ich konnte partout nicht loslassen. Andauernd fragte ich mich, was passiert wäre, wenn ich nicht hätte gehen müssen. Ob ich den Mumm gehabt hätte, ihn nach seiner Nummer zu fragen? Ob wir Freunde geworden wären? Ob seine Zeichnung meine Zimmerwand schmücken würde?

»Woran denkst du?«, fragte Lizzy und riss mich damit aus dem Gedanken.

Ich zuckte die Schultern, woraufhin sie sich wieder wegdrehte. Was hätte ich ihr auch sagen sollen? Ich wusste selbst, dass es merkwürdig war, über einen Kerl nachzudenken, den ich nur ein einziges Mal getroffen und dann nie wieder gesehen hatte. Aber ich konnte nun mal nicht aus meiner Haut. Solche Zufälle beschäftigten mich, und ich wollte den Sinn hinter ihnen erkennen. Ich wollte herausfinden, wie das Schicksal funktionierte, warum es Menschen zusammenbrachte und auseinanderriss. Ich wollte ihn knacken, den geheimen Code des Universums. Und weil eine nachpubertäre Sinnkrise ganz gut zu einem siebzehnjährigen Mädchen passte, konnte ich mir meine Gedankenspielchen leisten. Solange ich nicht allzu oft darüber sprach. Menschen mochten nämlich keine Philosophen – deshalb hatte Sokrates Gift trinken müssen.

»Hast du mitgekriegt, was der Dünne gesagt hat?«, fragte Lizzy, woraufhin ich sie ahnungslos ansah. »Wir kriegen einen Neuen!«

Ich blinzelte verwirrt. »Einen neuen Schüler?«

»Nein, einen neuen Mülleimer.« Lizzy rollte die Augen. »Klar einen Schüler! Der Dünne hat ihn vorhin angekündigt.«

»Schon wieder einen Neuen?« Ich warf einen Blick über die Schulter. Der letzte Neue war Kyle gewesen, ein breitschultriger Volltrottel, der – Achtung, ich zitiere! – später mal »Deutschrapper« werden wollte, »genau wie Eminem.« Die Messlatte für den Neuen lag also ziemlich tief.

»Eine elegante Verspätung hat er ja schon mal.«

Ja, die hatte er, gute zwanzig Minuten. Wahrscheinlich würde er seine Ferien in die Länge ziehen und erst nächste Woche aufkreuzen.

Gerade als ich mich wieder meinen Hirngespinsten zuwenden wollte, sprach der Dünne ein Thema an, das die Klasse in Unruhe versetzte.

»Der Schultrip im Januar also.« Der Dünne seufzte und

legte seine zusammengeklappte Brille auf den Lehrertisch. »Anlässlich Ihrer Maturaprüfungen im Mai war ich der Meinung, etwas Abwechslung und Ruhe vor dem Sturm täte Ihnen gut. Was halten Sie von einer Schneewanderung mit Übernachtung in einer Berghütte?«

Wandern? Im Schnee? Gott, steh mir bei!

Plötzlich wurde der Dünne von einem Klopfen an der Tür unterbrochen. Ein großer, dunkelhaariger Junge kam herein. Während er den Raum durchquerte, sezierte er die Klasse mit einem messerscharfen Blick.

»Nein«, hauchte ich.

Meine Augen waren aufgerissen, mein Kopf völlig leer gefegt.

Das konnte einfach nicht wahr sein, unter keinen Umständen! So was passierte vielleicht in Romanen, aber doch nicht im wirklichen Leben. Nicht hier in Wien, nicht in diesem Klassenraum. Und vor allem nicht mir!

»Oh, là, là.« Lizzy knabberte an der Rückseite ihres Kugelschreibers herum. »Ziemlich hübsch, der Neue.«

Ich riss den Kopf herum. »Lizzy, das … *das ist er*!«, japste ich. »Der Straßenkünstler, von dem ich dir erzählt hab.«

Lizzy brauchte einen Moment. »Doch nicht etwa der, dem du weggelaufen bist?«

»Shh!«, machte ich, weil ich nicht wollte, dass er sie hörte. »Doch, genau der.«

»Sieht aus, als bekämst du eine zweite Chance«, flüsterte Lizzy.

Ein irres Kichern kroch mir den Hals hoch, doch ich schluckte es wieder hinunter. Jetzt war nicht der richtige

Zeitpunkt, den Verstand zu verlieren.

Oder hatte ich ihn schon verloren?

Ich rieb mir die Augen und sah noch mal hin. Er war immer noch da. Ein paar Meter vor mir, die Hände in den Hosentaschen vergraben. Definitiv keine Halluzination.

»Ah, Herr Sommer!« Der Dünne streckte ihm die Hand hin. »Wie ich sehe, haben Sie sich doch noch entschlossen zu kommen!«

»Offensichtlich«, erwiderte Joe, als würde er diese Entscheidung jetzt schon bereuen. Ich hatte den Klang seiner Stimme schon fast vergessen. Der tiefe Bariton fuhr mir in den Bauch, und ich erschrak, als ich plötzlich mit Gänsehaut und pochendem Herzen an meinem Stuhl festklebte.

Der Dünne lächelte. »Was hat sie denn aufgehalten, wenn ich fragen darf?«

»Wecker kaputt … Motor abgesoffen … Stau auf der Tangente?« Joe fuhr sich durch die Haare, seine Miene blieb ausdruckslos. »Suchen Sie sich Ihre Lieblingsausrede aus. Die Wahrheit ist, dass mir die Kippen ausgegangen sind. Aber das wollen Sie vermutlich nicht hören.«

Gelächter ging durch die Reihen.

Wenig begeistert nahm der Dünne seine Brille in die Hand. »Stimmt, das will ich tatsächlich nicht hören.« Er klappte sie auseinander und setzte sie auf, um dadurch etwas Autorität zu erlangen. »Sie sollten in Zukunft pünktlich erscheinen, Herr Sommer. Andernfalls werden Sie das Abschlussjahr hier nicht schaffen. Das Franz-Kafka-Gymnasium ist anspruchsvoll.«

Joe starrte den Dünnen an. Er sah aus, als würde ihm etwas auf der Zunge brennen. Doch anstatt es auszusprechen, holte er tief Luft und zwang sich zu einem Lächeln. »Kein Problem, Professor. Sie müssen wissen, ich liebe die Schule.«

Wieder lachten einige Mitschüler.

Der Dünne hingegen schien wenig begeistert. »Oh, da bin ich mir sicher, Herr Sommer. Die sechshundertzwölf Fehlstunden, derentwegen Sie dieses Jahr wiederholen, sprechen ja schließlich für sich.«

Joe schnalzte mit der Zunge. »Wow, sechshundertzwölf. Das hat wirklich jemand mitgezählt?«

Als wieder gelacht wurde, klatschte der Dünne mit der flachen Hand auf den Tisch. Mit durchgedrücktem Rücken und erwartungsvoller Miene lehnte er sich auf dem Lehrerstuhl zurück. »Nun gut, stellen Sie sich vor!«

Sichtlich wenig angetan erkundigte sich Joe bei dem lächelnden Professor, ob er das ernst meinte. Der Dünne bejahte.

»Liebend gern«, brummte Joe, dessen Miene sich verdunkelt hatte. Er drehte sich um und wandte sich an die Klasse: »Ich bin Jakob Sommer – oder einfach Jake –, achtzehn Jahre alt …«

Moment mal … *Jakob* Sommer?

Ich war verwirrt. Wenn mir meine Augen nicht gerade einen riesigen Streich spielten, was ich nicht ganz ausschloss, dann stand dort vor dem Lehrerpult der Künstler, von dem ich mich Monate zuvor hatte zeichnen lassen. Und auch wenn er vor meinem inneren Auge längst verschwommen und unscharf geworden war, konnte ich mich genau daran erinnern, dass er sich als Joe vorgestellt hatte, nicht als Jake.

Leider ließ er mir keine Zeit, weiter darüber nachzudenken.

»... und wurde aus mehreren Gründen von meiner alten Schule verwiesen, wobei die Tatsache, dass ich so gut wie nie da war, vermutlich den Ausschlag gegeben hat. Jetzt muss ich das Jahr hier wiederholen, was für mich vom *Spaßfaktor* her«, er spuckte das Wort förmlich aus, »ungefähr meinem sofortigen Tod gleichkommt. Nichts für ungut.«

Anschließend erwähnte er noch, wie begeistert er von demjenigen wäre, der im Schulunterrichtsgesetz eine Fehlstundenklausel eingefügt hatte, und dass er sich bei ihm revanchieren würde, wenn sie sich in der Hölle trafen. Das klang zwar nicht wie ein Witz, sorgte aber für Gelächter.

Als er fertig war, warf er dem Dünnen einen fragenden Blick zu, der diesen mit einer Mach-weiter-Geste beantwortete.

Jakob Sommer seufzte. Alle Augen waren auf ihn gerichtet. Mit einem abschätzigen Blick musterte er die Klasse. »Okay, machen wir's kurz. Ich hab überhaupt keinen Bock auf das ganze Theater.« Er machte eine allumfassende Geste. »Weder auf drittklassigen Unterricht noch auf irgendwelche Hohlköpfe, die mich blöd anglotzen – nichts gegen dich dahinten.« Er deutete mit dem Kinn in Kyles Richtung, der fluchend und mit hochrotem Kopf aufsprang, von seinem Sitznachbarn jedoch am Arm zurückgehalten wurde.

Jakob ignorierte ihn. »Das Schuljahr dauert knappe acht Monate, die ich einfach nur hinter mich bringen will. Also tut mir den Gefallen und geht mir nicht auf die Nerven.«

Gleich nachdem er uns einen kühlen Blick geschenkt hatte, warf er auch dem Dünnen einen solchen zu. »Reicht das, Professor?«

Es war auffällig still in der Klasse. Selbst dem Dünnen schien es die Sprache verschlagen zu haben, sodass er nur nickte und Jakob bedeutete, sich hinzusetzen.

»Das nenn ich mal eine Ansage«, murmelte Lizzy.

Ich konnte ihr nicht antworten; meine Kehle war plötzlich wie zugeschnürt. Nach Luft ringend beobachtete ich, wie Jakob oder Joe oder Wer-auch-immer den Klassenraum musterte, der von Sekunde zu Sekunde kleiner zu werden schien. Abwägend ließ er seinen Blick über die Köpfe gleiten. Er hatte nur zwei Möglichkeiten: Entweder er setzte sich neben Luca ins rechte hintere Eck der Klasse oder er setzte sich … *neben mich.*

Als ich den Gedanken beendet hatte, traf sein Blick auch schon meinen. Im seltsamen Grau seiner Augen flackerte etwas auf, das wie eine seichte Erinnerung aussah, so als hätte er mich schon irgendwann einmal gesehen, ohne mich zuordnen zu können.

Und wieder ertrug ich seinen Blick nicht. Ich errötete und wandte mich ab, während mir gleichzeitig heiß wurde.

Das durfte doch nicht wahr sein!

Ich zwang mich förmlich, ihn wieder anzusehen, aber da kam er auch schon auf mich zu und setzte sich neben mich.

Ich schluckte schwer. Mein Nacken war plötzlich so steif, dass ich mich nur mit Mühe zu ihm umdrehen konnte. Ich zwang meine Lippen, sich zu spalten, doch es kam kein Laut aus meinem Mund. Mit großen Augen und offenem Mund starrte ich ihn an. Der frische Geruch seines Aftershaves umhüllte mich, begleitet von einer bitterherben Tabaknote. Ich wartete auf eine Regung meines Gehirns, doch mit jedem Atemzug verdichtete sich der Nebel in meinem Kopf.

Weil ich immer noch kein Wort herausbrachte, mischte Lizzy sich ein und gab mir mit dem Ellbogen einen unauffälligen Stoß in den Rücken.

»H-hey!«, platze ich heraus. Ich wusste nicht, was ich sagen sollte, noch nicht einmal, ob ich etwas sagen wollte. Doch ehe ich länger darüber nachdenken konnte, verwandelten sich meine Gedanken auch schon in Worte: »Du … du bist hier.«

Sobald ich es ausgesprochen hatte, zuckte ich innerlich zusammen. Mann, peinlicher ging's nicht!

Jakob hob eine Augenbraue und sah mich an, als hätte ich einen Sonnenstich, als wäre ich nicht ganz dicht.

Ich packte mich innerlich am Kragen. »Wir kennen uns doch, oder? Wir sind uns auf diesem kleinen Platz begegnet, Anfang Mai, weißt du noch? Du, du hast gezeichnet und ich … äh … ich musste weg, weil mein Dad … Ach so, das kannst du gar nicht wissen … Ähm jedenfalls, wir, wir, wir haben gesprochen … über meine Mom und Frankreich … und du wolltest nicht, dass ich dich anstarre … Nicht, dass ich dich wirklich … Ich meine, ich würde *nie* …«

»Halt mal die Luft an«, unterbrach er mich, als sich in meinem Kopf bereits alles drehte. Bei den Synapsen in meinem Gehirn herrschte Stromausfall, nichts funktionierte mehr.

»Klar erinnere ich mich an dich«, sagte er mit einem

nüchternen Tonfall in der Stimme.

Ich konnte es immer noch nicht fassen. So ein Zufall war einfach unmöglich!

»Hör zu, ich weiß nicht, warum ich in deine Klasse versetzt worden bin«, sagte Jakob, als hätte er meine Gedanken gelesen. »Und ja, das ist ein großer Zufall. Aber ich treffe täglich ein Dutzend Schulmädchen, von denen mir immer wieder welche Porträt stehen, also war die Anzahl der Schulen begrenzt, an denen mir dieser Zufall nicht hätte passieren können. Komm wieder runter.«

Ich presste die Lippen zu einem Strich zusammen und nickte schweigend, während Jakob einen Skizzenblock hervorholte. Kurz sah ich ihm beim Zeichnen zu, dann drehte ich mich nach vorne.

Er hatte recht, das alles war bloß Zufall. Ich war ihm zufällig begegnet, er war zufällig in meine Klasse versetzt worden, mein Sitznachbar war zufällig krank, wir saßen jetzt zufällig nebeneinander, ich zufällig auf meinem Stammplatz und er zufällig dort, wo Emma früher gesessen hatte. Alles Zufall, gottverdammt!

Ich konnte kaum noch klar denken. Mit wirren Gedanken lugte ich noch einmal zu Jakob oder Joe oder Weiß-ich-wie-viele-Namen-er-noch-hatte rüber.

Die Augenbrauen konzentriert zusammengezogen, musterte er sein Blatt. Seine Wimpern warfen Schatten auf seine hohen Wangenknochen, eine schokoladenbraune Strähne hing ihm in die Stirn. Den Stift hatte er wie einer Zigarette zwischen die weißen Zähne genommen. Erst als er ganz plötzlich aufsah und mich fragend beäugte, bemerkte ich, dass ich ihn schon wieder angestarrt hatte. In mir zog sich alles zusammen.

»Geht das jetzt das ganze Jahr so weiter?«, fragte er, als ich mich längst abgewandt hatte. Ich blätterte in meinem Buch und zuckte die Schultern, als wüsste ich nicht, wovon er sprach.

»Erschieß mich!«, murmelte er dann noch, nicht mehr an mich gewandt, aber immer noch gut hörbar.

In diesem Moment hätte ich nicht erwartet, dass alles noch viel schlimmer kommen könnte. Doch Jakob Sommer überzeugte mich vom Gegenteil.

Kapitel 3

Das Anfreunden mit meinem neuen Sitznachbarn verlief ungefähr so gut wie der Start von *Apollo 13*.

Nein, nicht die Mondlandungsrakete *Apollo 11*.

Apollo 13 – die Rakete, bei der einer der Tanks explodierte.

Die gesamte erste Schulwoche schwieg er vor sich hin und gab sein Bestes, mich zu ignorieren. Dass er am Montag nicht sonderlich heiß darauf war, sich mit mir zu unterhalten, konnte ich ihm nicht verübeln. Ich hatte mich immerhin ziemlich ungeschickt angestellt, war vor lauter Verwunderung über sein plötzliches Erscheinen etwas neben der Spur gewesen. Ehrlich gesagt war ich sogar froh, dass er sich den restlichen Vormittag ruhig verhielt, denn mein Puls lag sowieso schon im Hunderterbereich und auf einen Herzinfarkt konnte ich verzichten.

Am Dienstag fasste ich dann den Entschluss, es erneut zu probieren, diesmal mit starken Nerven und innerer Ruhe. Ich versuchte, ein Gespräch mit ihm zu beginnen. Doch er wimmelte mich nur mit halbgaren Floskeln ab und kritzelte unbeeindruckt in seinem Block herum. Das eine oder andere Mal beschwerte er sich über den Dünnen und über Steffis penetrante Stimme, aber mehr als ein paar selbstgerechte Sprüche und ein Verweis, dass ich ihn bitte nicht die ganze Zeit anstarren möge, waren nicht drin.

Am Mittwoch – er war mit dunklen Augenringen und einer halb abgebrannten Zigarette im Mundwinkel in die Klasse gestürmt – beging ich dann den größten Fehler überhaupt und fragte ihn, ob alles in Ordnung sei.

»Alles in bester Ordnung!«, fauchte er, fetzte den Rucksack mit Wucht unter den Tisch und begann, seinen Zeichenblock mit papierzerreißenden Strichen zu malträtieren.

Ich war völlig perplex wegen seiner Reaktion. »Ist … ist irgendwas passiert? Hattest du Stress zu Hause?«

Jakob warf die Zigarette aus dem offenen Fenster, packte die Rückenlehne meinen Stuhls und drehte mich unsanft in seine Richtung. Vor lauter Schreck hätte ich beinahe aufgeschrien, aber als ich seinen Gesichtsausdruck sah, blieb mir die Luft im Hals stecken.

»Hör zu, Kleine! Ich bin nicht hier, um Freunde zu finden«, stellte er klar. »Ich bin weder dir noch sonst wem hier Rechenschaft schuldig. Mein Privatleben geht dich nichts an, verstanden?«

Ich zog den Kopf ein und war drauf und dran, mich zu entschuldigen. Doch als er mir einen weiteren finsteren Blick zuwarf, hielt ich stattdessen den Mund.

Die nächsten zwei Tage verliefen auch nicht besser. Immer wieder versuchte ich, warm mit ihm zu werden oder wenigstens zu verstehen, was ich falsch gemacht hatte, und immer wieder gab er mir das Gefühl, ich sei auf stumm gestellt. Zuerst hatte ich mich noch gefragt, ob er mich vielleicht unsympathisch fand oder ob ich ihm auf die Nerven ging. Dann war ich zum Entschluss gekommen, dass ich ihn vielleicht gekränkt hatte. Mittlerweile war ich jedoch davon überzeugt, dass er mir schlichtweg nichts zu sagen hatte, und diese Gewissheit tat weh. Nach all den Monaten, in denen er mir ständig durch den Kopf gespukt war, hatte ich mir unser Wiedersehen definitiv anders vorgestellt.

Als ich am Montagmorgen in die Klasse kam, sparte ich mir die Begrüßung und setzte mich kommentarlos neben ihn. Er hing schon wieder über seinem Block und arbeitete an einer neuen Zeichnung. Aus dem Augenwinkel konnte ich ein weibliches Gesicht erkennen, verkniff es mir aber, genauer hinzusehen. Stattdessen fischte ich mein Mathebuch aus dem Rucksack und blätterte das aktuelle Kapitel auf. Unzählige Zahlen und Variablen überzogen die Seiten, doch bevor mein Gehirn sie verarbeiten konnte, huschten meine Augen zurück zu Jakob.

Die Ärmel seines Langarmshirts hatte er bis zu den Ellbogen hochgeschoben, sodass ich die Venen sehen konnte, die auf seinem Unterarm hervortraten. Seine Finger waren von blassen, bunten Farbspuren überzogen. Ich vermutete, dass sie von Sprühfarben stammten. Mein neuer Sitznachbar war also nicht nur Porträtist, sondern auch Sprayer. Interessant.

Als ich bemerkte, dass ich ihn schon wieder anglotzte, wandte ich mich ab.

»So ein Mist!«, hörte ich Lizzy draußen am Gang fluchen. Einen Moment später kam sie mit schweißnasser Stirn in die Klasse gehumpelt. Ihr linkes Bein steckte in einer klobigen Schiene, die aussah, als wäre sie noch aus dem letzten Jahrhundert. Sofort eilte ich zu ihr, nahm ihr den Rucksack ab und half ihr, sich zu setzen.

»Was ist denn mit dir passiert?«, erkundigte ich mich, während ich ihr meine Jacke unter die Ferse schob, sodass ihr Bein weich auflag. Das Prozedere war mir nicht ganz unbekannt, denn als Feldhockeyspielerin kam Lizzy oft mit verletzten Gliedmaßen und aufgeschlagenen Knien in die Schule. Schon seit sie vier war, spielte sie im AHTC Wien, und nebenbei war sie die Kapitänin der *Beetles*, der schuleigenen Hockeymannschaft. *Beetles*, weil unsere Schule das Franz-Kafka-Gymnasium war und weil Gregor Samsa, der Protagonist in Kafkas berühmtester Kurzgeschichte, sich über Nacht in einen Riesenkäfer verwandelt hatte.

»Vicky, diese verdammte …« Lizzy verzog das Gesicht und unterdrückte das Schimpfwort, das ihr auf der Zunge brannte. »Sie hat mich gefoult. Das hat zwar scheiße wehgetan, uns aber auch einen Siebenmeter eingebracht. Haben das Match gewonnen. Dafür würde ich dieser Kuh glatt noch mal das Schienbein hinhalten.«

Besorgt musterte ich die blauen Flecken, die am unteren Ende ihrer Schiene herauslugten. Wäre das Match gestern das Bundesfinale gewesen, hätte sich der Bluterguss vielleicht ausgezahlt. Aber für ein Freundschaftsspiel gegen den Hockey Club Wien?

»Hast du Schmerzen?«, fragte ich.

»Geht schon«, meinte Lizzy. »Wie läufts mit deinem neuen Sitznachbarn?«

Ich schüttelte den Kopf. Dazu gab es nichts zu sagen.

»Er ignoriert dich immer noch?«

Ich nickte.

»Seltsamer Kerl.« Lizzy legte den Kopf schief, um an mir vorbeisehen zu können. »Eigentlich wundert es mich nicht, dass er nicht viel mitkriegt. Er sieht immer so konzentriert aus, wenn er zeichnet.«

Sofort kam in mir das Bedürfnis auf, über die Schulter zu

linsen und einen Blick auf ihn zu erhaschen, doch vermutlich war das keine gute Idee.

Fünf Sekunden hatte ich mich im Griff. Dann wurde ich von meiner Neugierde übermannt und warf einen flüchtigen Blick über die Schulter.

Jakob durchwühlte den kargen Inhalt seines Rucksackes und murmelte dabei das Wort »Radiergummi«. Einige dunkle Strähnen fielen ihm in die Augen, was ihn aber nicht zu stören schien. Wieder wurde mir bewusst, wie sehr ich seine Haare mochte. Sie hatten die perfekte Länge und glänzten wie flüssige Bitterschokolade. Mich störte nicht, dass sie oft zerzaust oder unordentlich waren. Ich fand das hinreißend. Und irgendwie sexy.

»Du starrst mich schon wieder an«, ermahnte Jakob mich und filzte, ohne den Blick zu heben, weiter seinen Rucksack.

»W-was? Ich?«, schnappte ich, meine Stimme klang bedauerlich aufgeregt.

Er rollte die Augen. »J-ja, du.«

Ich wusste nicht, ob es aus Scham, Kränkung oder Ärger war. Doch etwas in mir begann sich in diesem Moment gegen Jakob Sommer zu sträuben. Ich wurde von einem Selbstbewusstsein durchflutet, das nur in den allerpeinlichsten Momenten zutage tritt – ein Notstopp, ein Feuerlöscher, ein Exit-Schild, das den Lebenswillen noch ein letztes Mal mobilisierte.

»Das kann nicht dein Ernst sein!« Fassungslos und mit glühenden Wangen funkelte ich ihn an. Das musste ich mir doch nicht gefallen lassen!

Kurz sah er auf und schenkte mir einen so selbstgefälligen Blick, dass es mir die Haare aufstellte. Dann zwinkerte er mir zu und wandte sich mit einem schmuddeligen Radiergummi in der Hand von mir ab, um mich wieder zu ignorieren.

Langsam wurde mir sein Verhalten zu blöd. Ich atmete tief ein, um alles in einer ordentlichen Predigt herauszulassen. Doch als er plötzlich gähnen musste und ich die kleinen Grübchen sah, die sich auf seinen Wangen abzeichneten, kam nur ein leises Seufzen aus meinem Mund.

Schlagartig schoss mir das Blut ins Gesicht. Was dieser Kerl mit mir machte, war ja nicht mehr normal! Ich betete, dass Jake mein Seufzen überhört hatte, und drehte mich schnell wieder zu Lizzy um. Heuchlerisch rieb sie sich die Nase, um ihr Schmunzeln zu verbergen. Ich verengte die Augen und strafte sie mit einem bitterbösen Blick, doch sie zuckte nur unschuldig die Schultern.

Dann wandte sie sich mit ihrem schönsten Lächeln zur Klassentür hin. »Sieh mal, wer da ist!«, flötete sie. »Der Verschollene ist zurückgekehrt!«

Dani kam mit hängenden Schultern durch die Tür geschlendert und hob träge eine Hand. Er trug verwaschene Jeans und ein T-Shirt, auf dem der Schriftzug einer längst aufgelösten Punk-Band prangte. Seine hellbraunen Haare lagen wirr auf seinem Kopf. »Hab mir eine richtig fiese Grippe eingefangen«, sagte er, den Blick auf Lizzys kaputtes Bein gerichtet. »Oh nein, schon wieder?«

Lizzy klärte ihn auf und erzählte von Vickys Foul, während Daniel sich neben sie hinkniete und ihren Verband begutachtete.

»Das sieht nicht gut aus«, stellte er fest und zog die

Augenbrauen zusammen wie ein junger Arzt, der zum ersten Mal einen Patienten untersuchte.

»Alles an mir sieht gut aus«, konterte Lizzy.

Sofort zeichnete sich eine blasse Röte auf Dans Wangen ab, die er aber gleich wieder abschüttelte. Er zog ihre Socke ein Stückchen weiter hoch, um die blauen Flecken zu verdecken, und faltete meine Jacke ein zweites Mal, damit ihre Ferse weicher auflag.

»Wo sind denn deine Sommersprossen?«, fragte Lizzy und inspizierte enttäuscht seine Wangen, die immer noch etwas blass aussahen.

Dan knurrte. »Ich war zwei Wochen im Bett, aber das nächste Mal lege ich mich zum Kurieren ins Solarium.«

Mir entfuhr ein Lachen. »Na ja, Schüttelfrost hast du dann bestimmt keinen mehr, aber dafür ziemlich fantastische Fieberträume.«

»Fieberträume von mir?«, fragte Lizzy grinsend.

Dan nickte bedeutungsvoll in Richtung ihres Zehen wackelnden Fußes. »Höchstens Träume davon, dass du endlich mal still sitzt.«

»Ach, es tut doch kaum weh!« Sie klopfte mit den Knöcheln auf die Schiene. »Außerdem kann ich mit dem Ding sicher Türen eintreten.«

Dan kniff sich in die Nasenwurzel und seufzte. »Elisabeth Vallain, wann wirst du endlich Ruhe geben?«

Aus seinem Mund klang ihr Name wie eine Prophezeiung. Was auch stimmte, denn von dem Moment an, als Lizzy ihn gesehen hatte – allein, im leeren Eingangsbereich der Sporthalle, damals noch mit Brille und Zahnspange und Gameboy in der Hand –, war Dans Zukunft entschieden.

Sie hatte sich mit ihrer ganzen Hockeyausrüstung neben ihn gesetzt, den Mundschutz rausgenommen und ihn angesehen. »Du musst dieser Privatschulschnösel sein, der freiwillig auf ein öffentliches Gymnasium gewechselt ist. Schlechte Entscheidung. Die anderen werden dich fertigmachen.« Der damals dreizehnjährige Dani hatte große Augen bekommen, und Lizzy hatte ihm die Hand hingestreckt. »Keine Sorge, ich regle das schon. Hab nämlich was übrig für Nerds. Hi, ich bin Lizzy, deine Lebensretterin und neue beste Freundin.«

Nachdem Dan sich ein weiteres Mal versichert hatte, dass es Lizzys Bein gut ging, drückte er sich vom Boden hoch. Er warf einen Blick auf den Platz neben mir, der eigentlich für ihn bestimmt gewesen war. Doch nun war ebendieser Platz von einem schlecht gelaunten Kerl besetzt.

»Das ist der Neue«, sagte Lizzy mit gesenkter Stimme, sodass Jake nichts mitbekam. »Er wurde von seiner alten Schule geworfen und soll hier das Abschlussjahr nachholen. Wie du siehst, hat er sich neben Cherie gesetzt, aber die beiden werden nicht richtig warm miteinander. Du solltest sie erlösen.«

»Du *musst* mich erlösen!«, flehte ich. Der Gedanke, das ganze Jahr neben diesem unfreundlichen Miesepeter zu sitzen, war unerträglich. Außerdem hatte Dan mir seine Sitznachbarschaft versprochen, und dieses Versprechen musste eingehalten werden. »Sag ihm einfach, dass er sich woanders hinsetzen soll«, drängte ich mit einem unauffälligen Kopfnicken in Jakobs Richtung.

Dan sah nicht sonderlich scharf darauf aus. Was mich nicht wunderte, weil er Konfrontationen stets aus dem Weg ging. Seine schwarzen Augen huschten zu Jakob und dann wieder zurück zu mir. »Ich weiß nicht, Cherie. Neben Luca ist auch noch was frei, vielleicht sollte ich …«

Mein Blick brachte ihn zum Schweigen.

»Schon gut«, seufzte Dan resigniert. Er nahm einen tiefen Atemzug, setzte eine freundliche Miene auf und ging auf Jakob zu. Seitlich hinter dessen Stuhl blieb er stehen. »Äh, hi, ich glaube, wir kennen uns noch nicht«, sagte er. »Ich bin Dan.«

»Schön für dich, Dan«, gab Jake zurück, ohne den Blick von seinem Block abzuwenden.

Dan schnalzte leise mit der Zunge, wie ein Vater, dessen Kleinkind allmählich in die Trotzphase kam. Trotzdem versuchte er es weiter.

»Hey, also … ähm … ich habe Cherie versprochen, dieses Jahr neben ihr zu sitzen. Es war so ausgemacht, verstehst du? Könnest du also bitte einfach aufstehen und dich woanders hinsetzen?«

Was von Jakes zurückkam, war ein kurzes, spöttisches Lachen. Keine Antwort, keine Entschuldigung, kein Blick – nur dieses gottverdammte Grunzen, das einen zur Weißglut trieb.

Dan kniff finster die Augenbrauen zusammen. »Freundlichkeit ist nicht so dein Ding, hm?«

Jake zog noch zwei, drei Bleistiftstriche. Dann hob er langsam den Blick und schaute Dan an. »Kumpel, das war vielleicht einmal dein Platz. Jetzt sitze ich hier, wie du unschwer erkennen kannst. Du drehst also am besten um und setzt dich woanders hin.« Mit einer kurzen Handbewegung wandte er sich von Dan ab. »Neben Ulquiorra dahinten ist noch was frei. Du kannst aber auch weiterhin einfach in der Gegend herumstehen, wenn dir das gefällt.«

Daniel zog die dichten Augenbrauen hoch und runzelte die Stirn. »Das meinst du doch nicht ernst, oder?«

Keine Sekunde später drang eine schrille Frauenstimme aus dem hinteren Teil der Klasse nach vorne: »Du kannst hier sitzen, Jake!«

Prompt schubste Steffi die Bücher ihrer Sitznachbarin vom Tisch. Lina schnappte entsetzt nach Luft. Ein Blick von Steffi genügte, dass sie sich eine Bemerkung darüber verkniff und stattdessen wortlos ihre Bücher von Boden pflückte.

Lizzy deutete an, sich den Finger in den Hals zu stecken, und gab ein leises Kotzgeräusch von sich. Was meiner Meinung nach noch untertrieben war.

Jakob linste kurz in Steffis Richtung, wirkte von ihrem Angebot aber nicht sonderlich begeistert. Dann wandte er sich wieder Dan zu, einen halb genervten, halb gelangweilten Ausdruck im Gesicht. »Ja, ich mein das ernst. Ich sitze jetzt hier und daran wirst du nichts ändern. Also verzieh dich, okay?« Er beugte sich wieder über seinen Block. »Ich bin müde und nicht gerade heiß auf eine Diskussion.«

Ich ballte die Hände zu Fäusten. Dieser Kerl war einfach unfassbar! »Musst du dich denn so aufführen?«

Als Jake daraufhin ein Seufzen entkam, wurde mein Hals heiß, so sehr brannte es mir auf der Zunge: *Arschloch*.

Doch bevor ich es aussprechen konnte, tat Dan etwas, das mich noch mehr ärgerte: Er gab klein bei.

»Lass gut sein, Cherie.« Dan drückte mir die Schulter und lächelte besänftigend. »Ich setze mich neben Luca. Er braucht sowieso dringend einen Sitznachbarn, von dem er in Mathe abschreiben kann.«

»Aber das musst du nicht!«, rief ich. »Du kannst auch hier sitzen, Dani!«

Ich klopfte auf die Tischplatte, doch Dan schüttelte nur resignierend den Kopf und machte sich dann auf den Weg zu Lucas Tisch im rechten hinteren Eck der Klasse. Lizzy rollte die Augen. Ich wusste genau, was sie dachte. Sie verstand nicht, warum Dan sich immer so schnell unterkriegen ließ und nie für das kämpfte, was er wollte.

Aber diesmal lag es nicht an Dan. Das hier war Jakobs Schuld. Und als wäre das nicht genug, schien er auch noch stolz auf sich zu sein.

»Viel Spaß dahinten, Dani!«, rief er ihm hinterher.

In mir brannte eine Sicherung durch. Mit einem Ruck riss ich ihm den Block aus der Hand. »Vielleicht solltest du deine Malstifte mal zur Seite legen, dann wüsstest du, dass wir hier in einem Gymnasium und nicht im Kindergarten sind!«

Jakob schien zuerst gar nicht zu realisieren, was ich gerade getan hatte, und starrte noch immer an die Stelle, wo der Block gelegen hatte. Aber dann, ganz langsam, richtete er seinen Blick auf mich.

Ich machte mich auf alles gefasst.

Doch er sah mich bloß an – mich, den Block in meiner Hand und dann wieder mich. Und plötzlich geschah etwas, mit dem ich im Leben nicht gerechnet hätte: Er brach in Gelächter aus.

»Guter Spruch«, lobte er mich, die Lippen zu diesem schiefen, sexy Lächeln verzogen. »Hätte ich dir gar nicht zugetraut.«

Das Grau seiner Augen erwachte zum Leben und schoss mir plötzlich wie heißer Zucker durch die Adern. Ich klammerte mich an meinem Ärger fest, damit er mir nicht entglitt. Doch sein Lächeln machte mich schon wieder schwach. Verdammt sollt ihr sein, Grübchen!

»Und?« Jakob deutete auf den Block in meinen Händen. »Gibst du ihn mir wieder?«

Ich dachte gar nicht dran. »Vergiss es!«, schnappte ich. »Wenn du deinen dämlichen Block zurückhaben willst, wirst du mir erst zuhören müssen! Ich habe dir eine Menge zu sagen, du … du … du … arroganter Fiesling!«

Jakob lehnte sich grinsend in seinem Stuhl zurück. »Dann schieß mal los.«

Dieser Bitte kam ich nur zu gerne nach. »Zuallerserst: Der Typ, den du gerade angemault hast, ist einer meiner besten Freunde, deshalb wirst du dich bei ihm entschuldigen!«

Jakob hob eine Hand. »Entschuldigung, Dani!«, rief er quer durchs Klassenzimmer.

Ich boxte ihm in die Schulter. »Er heißt ›Dan‹ und nicht ›Dani‹!« Als Jakob zum Kontern ansetzte, bremste ich ihn aus: »Nur ich darf ihn Dani nennen!«

Jakob schloss den Mund und ließ mich fortfahren.

»Zweitens: Wenn du schon fiese Anspielungen machen musst, dann bezieh dich wenigstens auf Mangas aus diesem Jahrzehnt«, fuhr ich fort. »Bleach? Ich bitte dich. Die letzten Mangas sind 2016 erschienen, und sogar für Nicht-Leser wie dich, die nur den Anime gucken, ist Bleach schon längst nicht mehr aktuell.«

»Du kennst Bleach?« Jakob wirkte verwundert, doch ich ging erst gar nicht darauf ein.

»Und drittens, wir alle merken, dass du keinen Bock hast, hier zu sein«, sagte ich abschließend, »aber lass deinen Frust nicht an uns aus, sondern bleib einfach zu Hause, wenn dich die Schule so nervt. Niemand hier wird dich vermissen.«

Ich war ein bisschen außer Puste, fühlte mich aber sehr zufrieden. Jakob hingegen schien der letzte Satz gegen den Strich gegangen zu sein. Das Grau seiner Augen kühlte um ein paar Grad ab.

»Das hab ich letztes Jahr schon probiert«, erwiderte er kühl. »Aber die meisten Lehrer schätzen das leider nicht so wie du. Oder glaubst du, ich wiederhole das Jahr freiwillig?«

Mist, das hatte ich vergessen.

»Entschuldige«, rutsche es mir heraus, ehe ich wieder mein selbstbewusstes und verärgertes Gesicht aufsetzte. »Dann versuch zumindest, ein bisschen freundlicher zu sein, wenn du deine Zeit schon hier absitzen musst!«

Er nickte. »Bekomme ich jetzt bitte meinen Block zurück, liebe … äh …?«

Das konnte doch nicht sein Ernst sein!

»Du sitzt seit einer Woche neben mir und weißt nicht, wie ich heiße?« Ich wusste nicht, warum mich das überhaupt wunderte, geschweige denn, warum es mich kränkte. »Ich heiße Cherie, du Dummkopf.«

Seine Lippen verzogen sich zu einem strahlenden Lächeln, das perfekte Zähne blicken und mein gottverdammtes Herz sofort höherschlagen ließ. »Genau! Ich wusste, es war irgendwas Französisches! Also, Cherie, gibst du ihn mir zurück oder muss ich ihn dir wegnehmen?«

Ich schob den Block schnell in meinen Rucksack. »Wie gesagt, du musst ihn dir verdienen.« Er hob fragend eine Braue, also erklärte ich es ihm: »Du hast mich die ganze Woche ignoriert, deshalb bist du mir nun ein paar Antworten schuldig.«

Mir brannten unzählige Fragen auf der Zunge.

Wer war Jakob Sommer und warum hatte er sich als Joe vorgestellt?

Was waren die anderen Gründe, die ihm den Verweis von seiner alten Schuhe eingebrockt hatten? Wie, bitte schön, brachte man es auf sechshundert Fehlstunden? Was hatte er die ganze Zeit gemacht?

»Ich bin dir gar nichts schuldig«, antwortete Jakob trocken.

Und warum wollte er keine meiner Fragen beantworten? Hatte er etwas zu verbergen?

Kurz, ganz kurz nur, glaubte ich, so etwas wie Unsicherheit in seinen Zügen zu erkennen. Doch schon einen Moment später wirkte er souverän wie eh und je. »Wenn ich morgen ganz lieb zu dir bin, gibst du ihn mir dann zurück?«

Mir entfuhr ein leises Lachen. Schon die Vorstellung war so realitätsfern, dass ich seinem Vorschlag kaum trauen konnte. Und doch nickte ich.

Das würde ich mir ansehen.

Kapitel 4

Ich liebte das Geräusch, wenn Wasser auf Glas tropft.

Regen. Ich liebte Regen.

Eingewickelt in meinen Bademantel stand ich am Fenster und fuhr die Tropfen nach, die an der Scheibe hinunterrannen. Der Regen prasselte gegen das Glas und vermischte sich mit dem Donnergrollen und dem Pfeifen des Windes zu einem gewittrigen Klangspiel. In unserem Innenhof bogen und neigten sich die Bäume. Ich stellte mir vor, wie sie ihre Wurzeln tiefer in die Erde drückten, um nicht umzufallen. Es war ein richtiger Sturm, ein kalter, unbarmherziger Sturm, der einem die Tropfen schmerzvoll ins Gesicht schlug, wenn man sich ihm stellte.

Aber das hatte ich nicht vor.

Ich stand hier, in meinem warmen Zimmer, und betrachtete ihn durch das angelaufene Fensterglas hindurch. Ich sah ihn, ich hörte ihn, aber fühlen, fühlen konnte ich ihn nicht. Er war da, konnte aber nichts ausrichten. Die Vorstellung faszinierte mich. Ein bisschen erinnerte mich das an … mich selbst.

Manchmal fragte ich mich, wozu das alles gut war.

Wozu es gut war, dass ich jeden Morgen aufwachte und aus dem Bett stieg. Wozu es gut war, dass ich aß, schlief, nachdachte und träumte. Wozu es gut war, dass ich überhaupt atmete. Ich hatte keine Ahnung, wofür es gut sein sollte, dass ich tat, was ich eben so tat. Mir kam alles zu gewaltig vor, als dass ein kleiner, unwichtiger Mensch wie ich irgendetwas bewirken konnte.

Und wenn ich nichts bewirken konnte, warum gab es mich dann überhaupt? Es kam mir so sinnlos vor. Ich war ein Sturm, den keiner fühlte.

Es gab Momente, in denen ich tatsächlich glaubte, den Sinn des Lebens gefunden zu haben. Aber früher oder später musste ich immer einsehen, dass meine Überlegungen ihre Lücken hatten.

Eine ganze Weile war ich beispielsweise davon überzeugt, dass der Sinn des Lebens einfach im Leben selbst lag. Dass das Leben bloß gelebt werden musste, um seinen Sinn zu erfüllen. Doch was war mit all den Künstlern, Musikern und Schriftstellern, deren Werke das Leben in unserer Gesellschaft noch Jahrhunderte später prägten? Was war mit all den Müttern, die bei der Geburt ihrer Babys starben? Was war mit all den Märtyrern, die für ein höheres Wohl ihr Leben ließen? Der Sinn konnte nicht nur im Leben an sich liegen, sondern auch im Gelebt-Haben und womöglich sogar im Sterben. Ich konnte diesen Gedanken nie zu einer annehmbaren Lösung bringen.

Natürlich dachte ich auch schon daran, dass der Sinn des Lebens im Kinderkriegen liegen könnte und dass wir alle nur lebten, um die menschliche Gattung zu erhalten. Biologisch und evolutionstechnisch gesehen, war es sicher sinnvoll, sich fortzupflanzen. Außerdem gab es wundervolle Menschen, und diese wundervollen Menschen zu erzeugen, hätte mir als Sinn gepasst. Aber es gab nun mal auch Vergewaltiger und Mörder und Kinderschänder, und dass der

Sinn mancher Leben darin bestand, ein Monster in die Welt zu setzen, das glaubte ich nicht.

Vielleicht lag der Sinn des Lebens auch in der Erfahrung von Glück. Vielleicht waren wir gar nicht dazu bestimmt, irgendein höheres Ziel zu erreichen. Vielleicht sollten wir einfach genießen, was wir hatten, und dafür sorgen, dass andere Menschen ihr Leben ebenfalls genießen konnten. Vielleicht war es unsere genuine Aufgabe, das Glück in der Welt zu vermehren – genau, wie es die Hedonisten predigten. Immerhin war Glück das höchste Gut des menschlichen Lebens, das Endziel, sozusagen. Nur leider hatte ich nicht den Hauch einer Ahnung, wie man diese Idee in die Tat umsetzen sollte. Alles, was einen glücklich machen konnte – und zwar richtig glücklich –, war gleichzeitig immer auch die Ursache des größten Leidens. Je ergreifender die Liebe, desto schmerzhafter der Verlust. Je lustiger die Gesellschaft, desto trauriger die Einsamkeit. Je vergnügter das Leben, desto tragischer der Tod. Man konnte das Glück auf Erden nicht vermehren. Je mehr man nämlich davon hatte, desto größer war die Angst, es irgendwann zu verlieren. Weil nichts auf dieser Welt von ewiger Dauer war und man sicher sein konnte, dass jeder Höhenflug eine harte Landung nach sich zog.

Kurz gesagt: Ich hatte nie eine Antwort auf die Frage nach dem Sinn des Lebens gefunden. Doch mein Kopf und mein Herz hingen zu sehr daran, um damit abschließen und sie aus meinen Gedanken verbannen zu können. Ich war schlichtweg dazu verdammt, nach einer Antwort zu suchen, die scheinbar nicht existierte. Ich hatte keine Ahnung, was ich mir überhaupt davon versprach. Selbst wenn ich eine

Antwort fände – würde mir das helfen, das Leben besser zu verstehen? Wäre die Antwort wie eine Bedienungsanleitung? Könnte sie wieder gutmachen, was in der Vergangenheit geschehen war?

So bald würde ich das wohl sowieso nicht herausfinden. Das Leben reagierte auf meine Fragen ebenso vernichtend wie Jakob. Oder Joe?

Seufzend trat ich vom Fenster weg und ließ mich auf mein Bett fallen, wo ich mit den Handflächen die Decke glattstrich. Ich schloss die Augen, um meinen Gedanken ein wenig mehr Raum zu geben, und versuchte mich auf das Plätschern des Regens zu konzentrieren, weil mich das normalerweise immer beruhigte. Doch seit ein paar Tagen war für mich nichts mehr wie normalerweise. Von Ruhe und Frieden fehlte jede Spur. Ich war ständig auf den Beinen, konnte nicht mehr still sitzen, sprang von einem Gedanken zum nächsten und hatte plötzlich Probleme mit dem Einschlafen. Meine Nerven flatterten, mein Magen rebellierte, und mein Herz hatte sich in den betrunkenen Drummer einer Punk-Band verwandelt, der ständig aus dem Rhythmus kam. Ich war so neben der Spur, dass ich nicht mehr geradeaus denken konnte. Also dachte ich stattdessen im Kreis, Runde um Runde, Bogen um Bogen. Und inmitten meiner Kreise – mein neuer Sitznachbar.

Der seltsame Typ mit den zwei Namen.

An diesem Morgen war ich so zerfahren, dass ich mich an die Fahrt zur Schule nicht erinnern konnte. Trotzdem fand ich mich irgendwann vor der Tür unseres Klassenraums wieder. Ich hatte es nicht eilig einzutreten, denn in meinem

Inneren schwoll eine seltsame Aufregung an. Ich atmete tief durch und zupfte an meinem T-Shirt, zog meine Jeansjacke aus, begutachtete meine nackten Arme, schüttelte den Kopf und zog die Jeansjacke gleich wieder an.

Komm schon, Cherie, mach kein Theater!

Zaghaft griff ich nach der Türklinke, ließ dann aber wieder los, um mir die Haare nach vorne zu legen. Nervös wie am ersten Schultag stand ich vor der Klasse und starrte die Tür an, doch anders als damals wusste ich heute sehr genau, wer sich dahinter verbarg. Und ich versicherte mir selbst, dass er versprochen hatte, freundlich zu sein. Seltsamerweise beruhigte mich das kein Stück.

Als ich endlich die Klasse betrat, blieb mein Blick an Jakes Platz hängen.

Sein Stuhl war leer.

Mit einem Schlag fiel die Aufregung von mir ab und wich einem bitteren Gefühl der Enttäuschung. Ich fragte Lizzy, ob sie Jake heute schon gesehen hatte, doch sie verneinte und meinte, dass er bestimmt schwänzen würde.

»Bist du nicht froh, wenn du mal einen Tag Pause von seinen Sprüchen hast?«, fragte Lizzy und legte den kaputten Fuß auf meinen Schoß.

Ich spielte mit dem ausgefransten Ende ihrer Bandage. »So schlimm ist er gar nicht«, antwortete ich, ohne sie dabei anzusehen. Dass nichts zurückkam – weder ein überraschter Blick noch ein neugieriges Nachbohren –, verunsicherte mich ein wenig. Als ich den Kopf hob, schaute ich in freundliche Augen, die mich jedoch ein wenig besorgt musterten. Selbst Lizzy schien sich bei diesem Jungen nicht sicher zu sein.

Als sie merkte, dass ihr Blick mich bekümmert hatte, setzte sie eine sonnige Miene auf und begann, vom nächsten Match am Montag zu sprechen. Leider konnte sie nicht mitspielen, aber als Teamkapitänin würde sie natürlich hingehen und ihre Leute anfeuern. Sie erzählte sogar irgendwas von einem Megafon.

Es fiel mir schwer, ihr zuzuhören, denn meine Gedanken drehten sich immer noch um Jake … äh, Jakob. Wo mochte er wohl stecken? Vielleicht saß er vor seiner Staffelei und zeichnete jemanden. Unwillkürlich kam in mir die Erinnerung vom letzten Frühling auf, wie er dagesessen hatte, auf diesem viel zu kleinen Holzhocker, die Sonne im Gesicht und eine qualmende Zigarette im Mundwinkel.

»Sag mal Lizzy, erinnerst du dich noch, als wir damals zum ersten Mal geraucht haben? Beziehungsweise rauchen wollten?«

»Beim Donaukanal meinst du? Als Emma sich nach dem Feiern die Schachtel aus dem Automaten gedrückt hat?«

Ich nickte.

»Klar erinnere ich mich.« Lizzy grinste. »Wir waren alle besoffen und Em meinte, das gehöre zum Feiern dazu.«

Ich seufzte. »Mir fehlt ihr machohaftes Gehabe.«

Es war Monate her, dass ich Emma das letzte Mal davon abhalten musste, einem fremden Mädchen die Zunge in den Hals zu stecken, weil deren Freund sie abgecheckt hatte. Seit Emma von ihrem letzten Freund betrogen worden war, spielte sie oft Karma und spannte den gaffenden Typen die Freundinnen aus.

»Mir auch«, grinste Lizzy und lehnte sinnierend den Kopf zurück. Sie schien die Erinnerung zu genießen. »Wir hatten beide Schiss davor, weißt du noch?«

»Du hast dich zumindest getraut«, murrte ich. Ich konnte mich noch genau daran erinnern, wie zittrig meine Hand gewesen war, als ich die Zigarette zum Mund geführt hatte. Aber im letzten Moment hatte ich sie an Lizzy weitergegeben, aus Angst, mein Vater könnte den Tabak riechen.

»Oh, glaub mir, ich musste mich auch überwinden«, gestand Lizzy. »Aber als ich Ems Blick sah und ihren blöden Spruch schon förmlich hören konnte, hab ich es einfach getan. Sonst hätte sie mich wochenlang damit aufgezogen, was für ein Hosenscheißer ich bin.«

Kurz fragte ich mich, warum Emma mich damals nicht aufgezogen hatte, doch dann wurde mir wieder bewusst, in welchem Jahr das alles passiert war.

Den Nachmittag verbrachte ich mit meinem Dad. Wegen eines verschobenen Meetings war er heute schon vormittags aus dem Büro gekommen und hatte was vom Thailänder mitgebracht, sodass wir gemeinsam essen und uns dabei auf der Couch eine Folge von *The Walking Dead* ansehen konnten. Wie immer stimmte er jeder von Rick Grimes Entscheidungen zu und wie immer musste auch ich diese gutheißen, weil eine Kritik an Rick Grimes gleichzeitig immer auch eine Kritik an meinem Vater war, der dem ehemaligen Sheriff sowohl äußerlich als auch im Gemüt sehr ähnelte.

»Was würdest du tun, wenn bei uns plötzlich so eine Krankheit ausbrechen würde?«, fragte ich mit vollem Mund, während ich meinen Teller nach weiteren Brokkoli-Stückchen absuchte.

»Ich würde Vorräte sammeln, dich einpacken und dann

schleunigst die Stadt verlassen. Sollte eine Zombie-Apokalypse ausbrechen, wäre ich lieber im Landhaus meiner Eltern in Salzburg als hier in Wien.« Anscheinend hatte Dad sich das schon einmal gut durchüberlegt.

Ich musste lächeln. »Jap, sehe ich auch so. Zwei Millionen schlecht gelaunte Zombies könnten wir nicht mal überleben, wenn sie vor dem Angriff nach Meldezettel und Ausweis fragen würden.«

Dad lachte kehlig und rieb sich den gepflegten Bart, ehe er zur Fernbedienung griff und die Lautstärke etwas runter drehte – eine Gewohnheit, die er pflegte, seit ich mich mit zwölf dazu entschieden hatte, schwierige Gespräche mit ihm immer nur während des Fernsehens zu führen, weil er dann meistens am entspanntesten war.

Als Karl, der Sohn von Rick Grimes, einen Zombie erschoss, fragte ich Dad, ob er mir denn auch eine Waffe besorgen würde, wenn die Apokalypse ausbrach. Es war im Grunde eine rhetorische Frage, denn die Antwort kannte ich bereits.

»Dir? Eine Waffe?« Er zog die Augenbrauen hoch und starrte durch den Fernseher hindurch. Die Vorstellung, mir eine geladene Waffe zu überlassen, schien für ihn wesentlich furchteinflößender zu sein als alle zwei Millionen Wiener Zombies zusammen. »Nein. Ja. Ich meine … *vielleicht*. Aber das wäre bestimmt nicht notwendig. Unser altes Haus lässt sich gut absichern und verteidigen. Die Dinger kämen gar nicht so weit, als dass du sie erschießen müsstest.«

Dass ich das Haus auch mal verlassen könnte, schien für ihn keine Option darzustellen. Vermutlich würde er mich in seinem alten Kinderzimmer einsperren, begraben unter Kuscheltieren und Zierpölsterchen, und mir jeden Abend versichern, dass der nächste Zombie kilometerweit entfernt war und mich nur über seine Leiche erwischen könnte.

Ich beendete das Gespräch mit einem Lächeln, woraufhin mein Dad die Lautstärke wieder hochdrehte und sich mit seinem Getränk in der Hand zurücklehnte. Weitere zwanzig Minuten sahen wir Rick Grimes dabei zu, wie er rund um das eingenommene Gefängnis patrouillierte und dabei seine hochschwangere Frau ignorierte, mit der es nicht sonderlich gut lief. Dad schien von Ricks Verhalten zurzeit weniger begeistert als sonst. Als die Folge aus war, fragte er mich, ob ich noch eine angucken wollte, aber ich lehnte ab. Ich hatte die ganze Serie schon einmal gesehen und wusste, was in der nächsten Folge passieren würde: Ricks Frau Lori würde sterben, und er, Rick Grimes, würde durchdrehen. Diese Szene mit meinem Dad anzusehen, darauf konnte ich verzichten. Solidarisch wie er war, schaltete auch mein Vater den Fernseher aus und verzog sich in sein Arbeitszimmer. Ich selbst ließ mir ein Schaumbad ein.

Nach mehreren Versuchen gelang es mir, Emma ans Telefon zu bekommen, und wir sprachen über das einzige Thema, das mich beschäftigte.

»*Das* hat er gesagt?«, prustete Emma los, nachdem ich ihr von Jakobs Vorstellungsrede erzählt hatte. »Scheiße, das hätte ich gerne miterlebt. Und das ist wirklich derselbe Kerl, von dem du mir den ganzen Frühling die Ohren vollgequatscht hast?«

»Übertreib!«, murmelte ich und versank bis zum Kinn im Badewasser. Ich hatte ihn vielleicht ein-, zweimal erwähnt.

Vielleicht dreimal. »Jedenfalls bin ich mir da gar nicht so sicher«, fuhr ich fort. »Er sieht zwar aus wie damals, aber er kommt mir vor wie ein völlig anderer Mensch.«

»Vielleicht hat er einen eineiigen Zwillingsbruder. Soll ja vorkommen.«

Mir entfuhr ein Seufzen. Würde Jakob nicht auf allem herumzeichnen, was ihm in die Finger kam, wäre ihre Theorie gar nicht so abwegig.

»Nein, der Künstler, den ich damals getroffen habe, steckt irgendwo in ihm drin«, meinte ich und bedeckte meinen Oberkörper mit Schaum. »Es ist, als hätte er eine Mauer um sich aufgezogen. Als wäre da irgendetwas, das er beschützen muss.«

Emma stöhnte ins Telefon. »Du interpretierst da zu viel rein, Cherie. Kerle sind nicht so tiefgründig. Wenn er dich ignoriert, heißt das vermutlich einfach, dass ihr nicht auf einer Wellenlänge seid. Oder dass er kein Interesse an dir hat.«

Reflexartig wollte ich mein Smartphone ins Badewasser tauchen – auf nimmer Wiedersehen! –, doch außer einem kurzen Zucken meiner Hand passierte nichts.

»Seit wann muss man für ein bisschen Small Talk auf einer Wellenlänge sein?«, schnarrte ich, ehe ich das heiße Wasser aufdrehte, damit sich der Krampf in meinem Bauch lockerte.

Plötzlich schien Emma ein Licht aufgegangen zu sein. »Warte, warte, warte!« Ihr Tonfall verhieß nichts Gutes. »Du stehst doch nicht etwa auf ihn?«

»Was? Nein! Ich stehe nicht auf den Kerl, der mich seit Tagen ignoriert und mir einen blöden Spruch nach dem anderen an den Kopf wirft.«

»*M-hm.*« Emma lachte, als würde sie mir kein Wort glauben. »Wie sieht dieser Jakob eigentlich aus?«

Ich vergrub das Gesicht in der linken Hand. Wie er aussah? Als wäre er im Labor gezüchtet worden. »Äh … groß, dunkelbraune Haare, kleine Fältchen um den Mund, wenn er lacht.« Ich zögerte einen Moment, dieses vermaledeite Grinsen vor meinem inneren Auge, und fügte grummelig hinzu: »Grübchen.«

»Da klingt aber jemand äußerst angetan«, stellte Emma fest, und das Schmunzeln in ihrer Stimme war unüberhörbar. »Und wo sitzt der Mann mit den Grübchen, wenn ich fragen darf?«

»Das ist es ja!«, jammerte ich. »Er sitzt *neben mir*. Wir sind Sitznachbarn.«

Einen Moment lang blieb es still in der Leitung.

»Was soll das heißen, ›er sitzt neben dir‹?«

Verwirrt runzelte ich die Stirn. »Na ja, nirgendwo sonst war Platz, und da hat er sich eben …«

»Ich dachte, du sitzt heuer zwischen Daniel und Lizzy?«

»Wollte ich ja auch, aber Dani war am ersten Schultag krank, und da hat Jakob …«

»Moment mal!«, unterbrach Emma mich erneut. »Das heißt, er sitzt jetzt auf *meinem* Platz?«

Ich hatte keine Ahnung, worauf sie hinauswollte, doch sie klang … verärgert. Beinahe wütend. »Stört dich das?«

Emma stieß ein bellendes Lachen aus. »Was? Nein, natürlich nicht! Ich mach mir nur Sorgen um dich, Tapolina. Mir persönlich gibt dieser Jakob ziemliche Fuckboy-Vibes, und du bist … eben du.«

Meine Augenbrauen wanderten in die Höhe. »Und was genau soll das heißen?«, forderte ich sie heraus.

»Nichts. Nur, dass du leichtgläubig bist und dich ziemlich schnell verliebst«, präzisierte Emma.

Als ich das hörte, zuckte meine Hand, die das Handy hielt, erneut Richtung Wasseroberfläche.

»Willst du mir sagen, dass ich blöd genug bin, um auf einen Fuckboy reinzufallen?«

»Nein, ich will damit sagen, dass du einen Fuckboy nicht mal dann erkennen würdest, wenn ihm beim Bezahlen am Kinoschalter ein Kondom aus der Brieftasche fällt.«

Ein Stöhnen drang aus meiner Kehle. »Ich hab's dir schon hundertmal gesagt, Emma: Tobi hat seine Brieftasche mit der seines Bruders verwechselt, deshalb waren da Kondome drin!« Je öfter ich das wiederholte, desto weniger glaubte ich es selbst. Aber Tobi war längst Geschichte. »Außerdem, wie kommst du überhaupt drauf, dass Jake ein Fuckboy sein könnte? Du kennst ihn doch gar nicht!«

»Bitte!«, lachte Emma trocken. »Attraktives Gesicht, guter Körper, Stimmungsschwankungen, charmant und im nächsten Moment wieder asozial? Wenn der kein Fuckboy ist, weiß ich auch nicht.«

»Also auf mich wirkt er eigentlich wie ein ziemlich netter Kerl«, log ich und verzog das Gesicht, als ich mich an seinen Wutausbruch am Mittwoch erinnerte.

»Was auch sonst?«, seufzte Emma resignierend. »Aber genug von deiner miserablen Menschenkenntnis. Was sagt Daniel eigentlich zu deinem neuen Sitznachbarn? Lässt der sich auch so schnell von einem gutgeübten Lächeln rumkriegen?«

Ich murrte. *Rumkriegen.* So ein Schwachsinn.

»Dani war nicht sonderlich begeistert von ihm«, erzählte ich Emma. »Er hat versucht, freundlich mit ihm zu sprechen, aber Jakob … Er hat ihn nicht mal angesehen, Emma. Er hat die ganze Zeit nur in seinen Block gestarrt und …«

Der Block.

Er war noch in meinem Rucksack.

»Ha! Unser kleiner Dan. Kann sich nie durchsetzen. Wäre er nicht stinkreich, wäre er ein richtiger Loser. Obwohl, eigentlich ist er auch so ein Loser.«

Ich versuchte Emmas Kommentar zu überhören. Sie und Dan hatten sich noch nie sonderlich gemocht. Emma scherte sich nicht um Regeln oder Vorschriften, während Dan die Stimme der Vernunft war und immer das Richtige tun wollte. In gewisser Weise waren die beiden wie das Engelchen und das Teufelchen auf der Schulter. Beide sagten sie einem, was man tun sollte, und hatten dabei nicht das geringste Verständnis für die Ansichten ihres Gegenübers. Deshalb nannte Emma Dan einen Loser, und Dan … na ja, der redete eigentlich nie schlecht über jemanden. Und wenn, benutzte er Wörter wie »Aufmerksamkeitsdefizit« oder »Co-Abhängigkeit«.

»Tut mir leid, Emma, ich muss schnell was erledigen«, würgte ich sie ab.

Ich musste den Block sehen. Sofort.

»Kann ich dich später zurückrufen?«

»Sorry, Tapolina, später ist schlecht. Ich treffe mich mit Freunden. Wir wollen feiern gehen.«

»Oh, dann …« Ich zögerte. »Nicht so wichtig. Das kann warten. Wir haben schon so lange nicht mehr miteinander gesprochen. Lass uns jetzt noch ein Weilchen telefonieren!«

»Nein, passt schon, wirklich. Um ehrlich zu sein, war ich eh froh, dass du auflegen wolltest. Ich bin nämlich schon spät dran und …«

»Schon gut«, sagte ich schnell, weil ich ihr eine Ausrede ersparen wollte. Immerhin war ich es gewesen, die das Gespräch unterbrechen wollte. Ich fühlte mich schuldig. »Hören wir uns die Tage?«

»Ganz bestimmt«, versprach Emma. »Pass auf dich auf, Baby.«

»Warte, Em! Ich vermisse di…«

Emma hatte aufgelegt.

Zaghaft atmete ich ein und fühlte, wie sich Traurigkeit in mir breitmachte. Doch bevor sie mich übermannen konnte, erinnerte ich mich, weshalb ich hatte auflegen wollen.

Als stünde ich unter Strom, sprang ich aus der Wanne und trocknetet mich ab. Mit triefend nassen Haaren wickelte ich mich in ein Handtuch, spurtete in mein Zimmer und hinterließ eine nach Rosenduschgel duftende Spur im Flur. Sofort riss ich meinen Rucksack auf und holte den Block heraus. Ich hatte ihn schon ganz vergessen!

Erst haderte ich mit mir, weil ich Jakobs Privatsphäre nicht verletzen wollte. Nach ein paar Sekunden des inneren Kampfes übermannte mich schließlich die Neugier. Schnurstracks schlug ich das Deckblatt auf, und meine Augen weiteten sich.

Das erste Bild zeigte eine junge Frau, die sich die Hände übers Gesicht hielt und sich schmerzverzerrt krümmte. Es war ungenau, fast schlampig schattiert, aber es sah so echt aus. Ihre Verzweiflung stach einem entgegen.

Als ich umblätterte, war da eine Kinderhand, die einen riesigen Apfel hielt, von dem sieben Mal abgebissen worden war. Die fehlenden Stücke sahen aus wie unsere Kontinente. Nordamerika und Asien waren schon etwas braun.

Bild für Bild blätterte ich weiter.

Ich liebte seinen Stil, die groben schwarzen Linien, die feinen Schatten. Seine Zeichnungen strahlten eine gewisse Aura aus, von der ich – so schien mir – nicht viel verstand. Manche seiner Bilder waren düster und unheimlich, andere strotzten vor Energie und wieder andere waren sehr … traurig.

Ich sah mir unzählige Zeichnungen an, berührte vorsichtig das körnige Papier und fuhr mit dem Daumen die Kanten entlang, um weiterzublättern. Als ich zum letzten Bild kam, zuckte unwillkürlich meine Hand zurück.

Von einem Moment auf den anderen stand ich völlig neben der Spur. Ich starrte in zwei große Augen, die gedankenverloren ins Nirgendwo blickten. Ich sah ein Mädchen, das den Kopf auf eine Hand gestützt hatte und mit den Seiten ihres Buches spielte. Wallende Locken umrahmten ihr zierliches Gesicht, bauschten sich auf ihren Schultern und fielen ihr in großen Kringeln über den Rücken. Sie hatte die Lider weit geöffnet und die Unterlippe zwischen den Zähnen eingefangen, knabberte sanft darauf herum und wirkte dabei so zerstreut, dass man meinen könnte, sie befände sich in einem völlig anderen Universum.

Etwas durcheinander betrachtete ich die Skizze. Ich war mir ganz sicher, dass ich so nicht aussah, dass ich lange nicht so schön war, wie die Frau, die Jakob gezeichnet hatte.

Und doch erkannte ich mich in ihr wieder.

Ich fühlte, wie sich eine seltsame Wärme in meiner Brust breitmachte, wie diese Wärme in meinen Bauch ausstrahlte und sich dort in einen flatternden Schmetterling verwandelte. Mit jedem Flügelschlag steig die Hitze in mir an, verschluckte mich regelrecht und zauberte mir ein so gigantisches Lächeln ins Gesicht, dass meine Wangen davon schmerzten.

Ich war nichts Besonderes. Nichts, was man zeichnete. Meine Fingerspitzen begannen zu kribbeln, während ich immer noch das Bild anstarrte. Ganz so, als könnte es mir verraten, warum er es doch getan hatte.

Warum er mich gezeichnet hatte.

Kapitel 5

Obwohl ich die ganze Nacht kein Auge zugemacht hatte, fiel mir das Aufstehen am nächsten Morgen nicht sonderlich schwer. Den Block unter meinen Arm geklemmt, spazierte ich in Richtung Bushaltestelle und überlegte mir schon mal, wie ich Jake zur Rede stellen könnte, ohne mich dabei selbst zu outen. Immerhin hatte ich nicht nur seine Arbeiten durchgesehen und damit seine Privatsphäre verletzt – was schon schlimm genug gewesen wäre –, sondern auch noch eine Zeichnung gefunden, die ihn ganz schön in Erklärungsnot bringen würde. Ich hatte Angst, dass er mir meine Entdeckung übel nehmen würde. Riesenangst sogar. Aber ich musste einfach wissen, warum er mich gezeichnet hatte. Andernfalls würde ich nie wieder ruhig schlafen können.

Leider machte mir das Leben auch diesmal einen Strich durch die Rechnung. Als ich nach einer ziemlich holprigen Busfahrt endlich in der Schule ankam, musste ich feststellen, dass Jake auch heute nicht aufgekreuzt war. Mit einer ganzen Lkw-Ladung Fragen im Kopf, ließ ich mich auf meinen Stuhl plumpsen und starrte kopfschüttelnd auf den leeren Platz zu meiner Linken.

Warum schwänzte er andauernd den Unterricht, obwohl ihm das schon mal einen Schulverweis eingebrockt hatte? Wo trieb er sich die ganze Zeit herum? Und was konnte bloß so wichtig sein, dass er dafür seinen Abschluss riskierte?

Ich hatte nicht den blassesten Schimmer.

Dass er sich am Donnerstag ebenfalls nicht blicken ließ, fügte dem Chaos in meinem Kopf die apokalyptische Endnote hinzu. Ich konnte mich kaum noch konzentrieren, geschweige denn, die Extremwertaufgaben lösen, die wir aufbekommen hatten, und verließ das Schulgebäude mit haufenweise leeren Arbeitsblättern, die ich über Nacht erledigen musste. Dabei hätte ich den Schlaf dringend gebraucht.

Umso erschöpfter war ich, als am Freitagmorgen mein Wecker klingelte. Nachdem ich mich geduscht und mir etwas übergezogen hatte, schlich ich mich ins Schlafzimmer meiner Eltern und schnüffelte in Moms Kleiderschrank herum. Ich fischte mir eine dünne Lederjacke heraus, zog sie an und ging nach unten. Eigentlich hatte ich vorgehabt, mich stillschweigend nach draußen zu stehlen. Doch mein Dad fing mich vor der Wohnungstür ab und zog mich zum Frühstückstisch.

»Ich habe heute wirklich keinen Hunger«, murrte ich und schob das Rührei, das er mir vor die Nase gestellt hatte, mit der Gabel von einer Seite des Tellers zur anderen.

Mein Vater ließ sich nicht beirren. »Frühstücken ist gesund, Cherie. Wenn du weiterhin jede zweite Mahlzeit ausfallen lässt, bleibt bald nichts mehr von dir übrig.«

Ich verdrehte die Augen. »Findest du das nicht etwas übertrieben?« Gut, vielleicht hatte ich mich letzte Woche ein paar Mal vor dem Frühstück gedrückt, aber bei dem Gedanken an meinen neuen Sitznachbarn war mir einfach der Appetit vergangen. Sowohl im positiven als auch im negativen Sinn.

Dad antwortete nicht. Stattdessen setzte er eine derart strenge Miene auf, dass ich resignierend nach der Gabel griff und lustlos zu essen begann.

»Du hast schon wieder ihre Jacke an«, stellte Dad fest, nachdem ich die Hälfte des Rühreis runtergewürgt hatte. Es klang wie ein Vorwurf und war vermutlich auch einer.

»Ich durfte mir immer ihre Sachen ausleihen«, verteidigte ich mich und senkte, als ich den Gesichtsausdruck meines Vaters nicht länger ertrug, den Blick auf meine Rühreireste. »Außerdem wird sie die Jacke wohl kaum brauchen.«

»Du siehst aus wie sie«, murmelte Dad wehmütig und nippte an seinem Kaffee.

Stille kehrte zwischen uns ein.

Ich konnte ihm seine Reaktion nicht übel nehmen. Er vermisste Mom. Er vermisste sie so sehr, dass seine weichen Züge davon ganz starr und hart wurden. Ich wünschte, ich müsste ihm das nicht antun. Ständig trug ich ihre Sachen: ihre Jacken, ihre Stiefel, ihre Schals, ihre Handschuhe, sogar ihr altes Pyjamaoberteil. Ich wünschte, ich wäre selbstlos genug, das ganze Zeug einfach zu verbrennen und meinem Vater die Last abzunehmen, sich ständig an sie zu erinnern. Doch ich brachte es nicht übers Herz. Ich vermisste sie schließlich auch, und ihre Sachen anzuziehen, gab mir das Gefühl, einen kleinen Teil von ihr am Körper zu tragen.

Ich umarmte meinen Vater, der immer noch reglos auf seinem Stuhl hockte, und brach schließlich auf, um pünktlich zum Unterricht zu kommen. Der Weg zur Bushaltestelle war die reinste Tortur. Draußen schüttete es, und als wäre das nicht genug, wehte auch noch ein heftiger Wind, der mir die Tropfen mit vollem Karacho ins Gesicht peitschte. Ich hatte das Gefühl, mit Rollsplitt beworfen zu werden. Schutzsuchend zog ich mir Moms Jacke über den Kopf, was jedoch nicht viel half. Als ich bei der Schule ankam, war ich durchnässt bis auf die Knochen. Natürlich musste an diesem Montagmorgen auch noch mein Spind klemmen – was auch sonst? Wenn ein Tag schon schlecht begann, ging es meistens nur noch bergab. Genervt rüttelte ich daran herum.

»Meinen Block!«, forderte eine tiefe Stimme hinter mir. »Gib ihn her.«

Erschrocken wirbelte ich herum.

Jakob lehnte keine drei Meter von mir entfernt an der gegenüberliegenden Wand. Er hatte die Hände in den Hosentaschen vergaben und den Kopf leicht gesenkt, sodass ihm ein paar lose Strähnen ins Gesicht hingen. Mein Blick fiel auf die dunklen Ringe unter seinen Augen, und ich fragte mich, was er in den letzten zwei Tagen erlebt hatte, dass er so hundemüde aussah.

»Cherie?« Er wedelte mit der Hand vor meinem Gesicht herum. Schnell riss ich mich von seinem Anblick los und drehte ihm den Rücken zu.

»Du hast etwas versprochen, schon vergessen?« Ich rüttelte weiter an meinem Spind herum, der immer noch nicht aufgehen wollte.

»Ich will meinen Block zurück!«

Er klang ungeduldig, doch ich ließ nicht locker.

»Du musst nicht nett sein«, lenkte ich ein. »Aber du

musst mir ein paar Fragen beantworten. Dann bekommst du ihn zurück.«

Als ich über die Schulter blickte, hatte er sich schon von der Wand abgestoßen und kam mit gesenktem Kopf auf mich zu. Ehe ich mich versah, stand ich mit dem Rücken an die Spinde gepresst da und wurde von zwei durchtrainierten Armen eingekesselt. Mein Puls schoss so schnell in die Höhe, dass ich Angst hatte, mein Herz würde aus meiner Brust katapultiert.

»Meinen Block, Cherie.« Jakobs graue Augen flackerten bedrohlich. »Rück. Ihn. Raus.«

Eingehüllt von seinem herben Geruch zog ich den Kopf ein. Mir war, als wäre ich um gute dreißig Zentimeter geschrumpft. Widerstandslos fischte ich den Block aus meinem Rucksack und stellte entsetzt fest, dass er durchweicht war. Genau wie meine anderen Schulsachen. Meine Augen weiteten sich und ich schnappte nach Luft.

»O Gott, das darf nicht wahr sein …«, murmelte ich und betrachtete den welligen Block zwischen meinen Fingern. Der Regen hatte seine Zeichnungen zerstört. Nein, *ich* hatte seine Zeichnungen zerstört, allesamt! Ich traute mich kaum, ihn anzusehen, als ich ihm den Block zurückgab. »Es tut mir so, so leid.«

Ohne ein Wort zu sagen, nahm Jake mir den Block aus der Hand. Er schlug das Deckblatt auf, musterte das aufgeweichte Papier, das zerlaufene Schwarz, die unkenntlichen Umrisse einer Frau, und schlug das Deckblatt wieder zu.

Unsere Blicke trafen sich. *Vielen herzlichen Dank*, stand in Jakobs Augen.

Mein schlechtes Gewissen brachte mich fast um. »Das

wollte ich nicht!«, bekräftigte ich. »Wirklich, es tut mir …«

Ich zuckte zusammen, als Jake mit der Hand gegen meinen Spind stieß, sodass der endlich aufsprang. Dann ließ er mich kommentarlos stehen und ging davon.

»Kommst du nicht mit in die Klasse?«, rief ich ihm hinterher.

Doch Jakob, der mir längst den Rücken zugedreht hatte, zog bloß eine Zigarettenpackung aus der Hosentasche und ging mit großen Schritten in Richtung Haupteingang.

Ich sah ihm nach, bis er hinter einer Ecke verschwand, und schüttelte ratlos den Kopf. Heute war anscheinend wieder einer seiner schlechten Tage. Wobei ich mir allmählich nicht mehr sicher war, ob er auch gute Tage hatte.

Ernüchtert machte ich mich auf den Weg ins Klassenzimmer. Als ich dort ankam, fragte Lizzy, ob ich einen Geist gesehen hätte.

»So ähnlich«, seufzte ich.

»Mr. Gutgelaunt ist also wieder da?«

Mein Blick schien Lizzy Antwort genug.

»Wo ist er hin?«

Ich versuchte, meine widerspenstigen Haare unter Kontrolle zu bringen. Feuchte Locken und ein schlecht gelaunter Sitznachbar – aus dem Stoff waren meine Albträume gemacht. »Keine Ahnung. Hier ist er jedenfalls nicht.«

»Er schwänzt bestimmt wieder«, spekulierte Lizzy und lehnte sich in ihrem Stuhl zurück. »Oder er sitzt am Unicampus vor seiner Staffelei und zeichnet ein paar hübsche Studentinnen.«

In mir regte sich etwas, das ich am liebsten mit einer Schaufel erschlagen hätte.

Lizzy schmunzelte. »Versuch doch wenigstens, so zu tun, als wär's dir egal.«

»Es ist mir egal«, stellte ich klar. »Völlig egal sogar.«

Gute drei Stunden lang genoss ich Ruhe und Frieden. Dann, es läutete gerade zur Pause, hörte ich eine kehlige Stimme draußen am Gang und versank in meinem Stuhl. Als Jakob gemeinsam mit Sam in die Klasse kam, hing ihm noch eine qualmende Zigarette im Mundwinkel. Er trug denselben Hoodie wie vorhin, doch seine Haare waren nun gestylt und der ernste Ausdruck in seinem Gesicht verschwunden. Jake grinste Sam an und nickte mit einem gemurmelten Kommentar in Steffis Richtung, woraufhin die beiden lachten. Dann entließ er Sam mit einem Schulterklopfen und schlurfte zu seinem Platz. Wie ein neunzig Kilo schwerer Zementsack ließ er sich auf seinen Stuhl fallen und seufzte, als wäre er der Präsident der Vereinigten Staaten. Ein schiefes Lächeln hing auf seinen Lippen. Fältchen um die Mundwinkel, Grübchen auf den Wangen. »In welche Waschstraße hast du dich eigentlich verirrt?«, fragte er und schnippte mir eine feuchte Locke über die Schulter.

Ich war so verblüfft, dass ich ihn einen Moment lang nur anstarren konnte. Was zum … ? Steckte er gerade in einer manischen Phase? Drei Stunden zuvor hätte er mit seiner Laune noch den Leibhaftigen verjagen können, und jetzt schaute er plötzlich drein wie eine Grinsekatze auf Ecstasy.

Nach guten fünf Sekunden fand ich endlich meine Stimme wieder: »Du weißt schon, dass …«

»Ich weiß, ich weiß. Rauchen am Schulgelände wird nicht so gern gesehen.«

»Das nenn ich mal eine Untertreibung.«

»Mich hat niemand erwischt«, versicherte er mir. »Und du wirst mich schon nicht verpetzen.«

»Und da bist du dir sicher?«, fragte ich, immer noch außerordentlich befremdet.

Jakob lehnte sich zurück, stellte den Fuß auf meinem Stuhl ab und grinste noch etwas schiefer. »Ziemlich sicher. Immerhin stehst du auf mich.«

Im selben Moment verschluckte sich Lizzy so heftig an ihrem Apfel, dass der auffällige Blick, den sie mir zuwarf, gar nicht nötig gewesen wäre. Mit aller Willenskraft, die ich aufzubieten hatte, unterdrückte ich das Bedürfnis, aus dem Fenster zu springen, und funkelte ihn finster an.

»Du bist wirklich fest davon überzeugt, dass sich kein Mädchen deinem Charme entziehen kann, hm?«

»Mir wurde mal gesagt, ich hätte einen verwegenen Blick.«

Sofort stieg mir die Hitze ins Gesicht. Ich schloss die Augen und atmete tief durch. »Das ist doch absurd«, murmelte ich, um mich selbst zu beruhigen. »Der hat sie doch nicht mehr alle.«

Sein kehliges Lachen fuhr mir direkt in den Bauch, und ich schlug die Lider auf, damit er mir das Entsetzen von den Augen ablesen konnte. »Heute Morgen hatte ich noch Angst, du beißt mir in den Hals, wenn ich ein falsches Wort sage, dann verschwindest du einfach, kommst ein paar Stunden später zurück und fragst mich allen Ernstes, in welche Waschstraße ich mich verirrt habe?«

»Du solltest hauptberuflich Zusammenfassungen schreiben.«

Ich musste mich zusammenreißen, seinen schaukelnden

Stuhl nicht umzutreten. »Wo, zum Teufel, warst du?«

»Wow, entspann dich, Schatz. Ich war nur auf 'nen Quickie bei meiner Affäre.«

Arrrgh! Dieser Kerl würde mich noch um den Verstand bringen!

Ich beschloss, es gut sein zu lassen, ihn in Ruhe zu lassen, keine Fragen mehr zu stellen und auch keine zu beantworten. Jakob Sommer konnte mich gernhaben! Ich hatte genug von seinen Spielchen. Meinetwegen durfte er sich gerne jemand anderes suchen, der sich von ihm an der Nase herumführen ließ, denn meine psychische Gesundheit würde ich ganz sicher nicht für ihn opfern. Grübchen hin oder her.

Ich las drei Seiten aus meinem Biologiebuch, ehe Jakob mit seinem Bleistift auf meine Schulter klopfte. Ich ignorierte ihn. Wenig später bohrte sich eine Bleistiftspitze in meinen Oberarm – nicht schmerzhaft, aber merklich –, was mich schon mehr Selbstbeherrschung kostete. Ich schloss die Augen und atmetet tief durch, las dann aber einfach weiter. Woraufhin das Piksen drängender wurde. Es schien ihm nicht zu gefallen, dass ich ihn ignorierte. Geschah ihm recht!

»Wahnsinn, du hast mich jetzt ganze fünf Minuten lang nicht angestarrt. Das muss ein neuer Rekord sein.«

Ich antwortete nicht.

Er begann, ungeduldig mit dem Bleistift auf die Tischkante zu klopfen. »Sprichst du jetzt nicht mehr mit mir?«

Wieder reagierte ich nicht. Langsam wurde ich zur Zellbiologie-Expertin.

»Wenn du mir kurz zuhören würdest, dann könnte ich …«

Ich schlug mein Buch zu und kramte in meinem Rucksack nach meiner Wasserflasche.

»Cherie?«

Zurück zur Zellbiologie!

Plötzlich nahm Jakob mein Kinn zwischen seine Finger und drehte mein Gesicht zu sich, sodass ich gar keine andere Wahl hatte, als ihn anzusehen. Seine Berührung versteinerte mich, fror meine Gedanken ein.

»Ich wollte mich bei dir entschuldigen.«

Erst als er mich losließ, kam mein Gehirn wieder in Schwung.

»Hm?«, machte ich, weil ich glaubte, mich verhört zu haben.

Er rieb sich den Nacken. »Ja, es tut mir leid. Du hast mir nichts getan und trotzdem war ich unhöflich ... und ein wenig gemein.« Er zeigte mit den Fingern einen Abstand von zwei Zentimetern. »Verzeihst du mir? Dann verzeihe ich dir im Gegenzug, dass du meinen Block ertränkt hast.«

Ich nickte, seine Entschuldigung hatte mir die Sprache verschlagen. Schon wieder konnte ich nicht aufhören, ihn anzustarren. Jakob fischte einen Ersatzblock aus dem Rucksack, einen kleinen mit Spiralbindung, und widmete sich wieder seiner Lieblingsbeschäftigung: zeichnen und mich ignorieren.

»Willst du … es wieder gut machen?«, fragte ich zögerlich.

»Nicht wirklich«, meinte Jake nur, ohne mich anzusehen.

Ernüchtert wandte ich mich ab. Was hatte ich auch erwartet?

Kurz blieb es still zwischen uns. Dann gab er sich einen

Ruck und setzte die freundlichste Miene auf, die ich bis dato an ihm gesehen hatte. »Also, Kätzchen …«

Kätzchen? Ganz bestimmt nicht!

»Nenn mich nicht so!«, fauchte ich, aber Jakob zuckte nur die Schultern und deutete mit einer kreisenden Bewegung seines Bleistifts auf mein Gesicht. »Ich hatte mal eine Katze, die hatte dieselben riesigen, gelben Augen wie du. Und sie hat mich auch immer so blöd angestarrt.«

»Meine Augen sind nicht gelb, sie sind braun«, protestierte ich. »Honigbraun, um genau zu sein.« Das sagte zumindest mein Vater immer. »Und ich starre dich nicht an!«

Jakob musste gar nicht erst hinsehen, um mir zu widersprechen. »Honig aus Winnie Puuh vielleicht.«

»Nein, ganz normaler Bienenhonig!« Was war das überhaupt für eine lächerliche Diskussion?

»Tja, ich bin Künstler. Wenn ich sage, deine Augen sind gelb, dann sind sie gelb.«

»Du zeichnest mit Kohle«, murmelte ich mürrisch. »Sie sind honigbraun.«

Darauf ging er nicht weiter ein. Stattdessen wickelte er sich eine meiner feuchten Locken um den Zeigefinger und lenkte unser Gespräch wieder zurück zum eigentlichen Thema: »Also, Kätzchen, wer hat dich nass gespritzt?«

Ich schnappte nach meiner Strähne und entzog sie ihm. »Niemand hat mich nass gespritzt. Das Gewitter hat mich erwischt, als ich heute Morgen zur Bushaltestelle gelaufen bin.«

»Soll ich dich nach dem Unterricht nach Hause fahren?«, fragte Jakob wie aus dem Nichts. »Als Wiedergutmachung, versteht sich?«

Erst war ich misstrauisch. Sich zu einem Fremden ins Auto zu setzen, war nie eine gute Idee, vor allem dann nicht, wenn man wusste, dass dieser Fremde drastische Stimmungsschwankungen hatte. Außerdem hatte Jakob mir versichert, dass er von offiziellen Papieren – einer Lizenz, zum Beispiel – nichts hielt. Wahrscheinlich hatte er noch nicht mal einen Führerschein! Würde mich jedenfalls nicht wundern. Und selbst wenn, war er bestimmt einer von den Autofahrern, die Stoppschilder notorisch ignorierten, immer zu schnell fuhren und haufenweise Unfälle verursachten.

Nein, auf keinen Fall würde ich mich von ihm nach Hause bringen lassen. Das kam gar nicht infrage!

Ich zuckte die Schultern. »Okay.«

Jake lächelte.

Jakobs Auto passte zu ihm. Ein alter Mercedes in glänzendem Schwarz. Am Heck hatte er eine ziemlich große Delle, die Jakob mit einem Schulterzucken abtat. Nachfragen wollte ich nicht, also stieg ich ein und zog die Tür hinter mir zu. Von innen sah das Auto wesentlich moderner aus als von außen. Den alten Ledersitzen stand eine nagelneue Soundanlage entgegen. Es roch nach Süßigkeiten, Zigaretten und ein wenig nach Deodorant, sportlich und frisch. Neben meinen Füßen lag die leere Verpackung eines Überraschungseis. Die Vorstellung, wie Jakob im Supermarkt Überraschungseier kaufte, brachte mich zum Schmunzeln.

»Du stehst auf Süßkram?«, fragte ich, während ich meinen Gurt befestigte.

Jakob linste aus dem Augenwinkel zu mir und zog eine rabenschwarze Augenbraue hoch. »Du etwa nicht?«

So, wie er mich ansah, wusste ich sofort, dass es auf diese Frage nur eine richtige Antwort gab. »Doch, doch«, erwiderte ich schnell, »Nichts geht über Schokolade.«

Er ließ die Schultern sinken und atmete geräuschvoll aus. »Gut. Ich dachte schon, du wärst eine von *denen.*«

Ich biss mir auf die Lippe und versuchte, ein Kichern zu unterdrücken, doch als Jakob seinen Arm auf meine Rückenlehne legte und sich gefährlich nahe zu mir beugte, verging mir das Lachen. Mit konzentriert zusammengezogenen Brauen blickte er über die Schulter und versuchte, beim Ausparken keinen Erstklässler zu überfahren, während ich bewegungsunfähig danebensaß und meine Fingerkuppen in den Beifahrersitz bohrte. Meine Augen klebten an seinem Kinn fest, das bis zum Anschlag durchgestreckt war. Ich konnte sehen, wie ein Muskel in seinem Kiefer zuckte.

»Also, Cherie«, sagte Jakob, nachdem er endlich ausgeparkt und sich wieder zurückgelehnt hatte, »Wo darf ich dich hinbringen?«

Die Nervosität hatte mich immer noch im Griff, aber ich bemühte mich, mir nichts anmerken zu lassen. »Nach Hause, bitte.«

»Mit Vergnügen. Nur leider weiß ich nicht, wo das ist.«

Vor lauter Scham begannen meine Wangen zu glühen. »Äh, ja, natürlich!« Ich gab mir eine innerliche Ohrfeige. »Achtzehnter Bezirk, Währingerstraße. Von dort aus navigiere ich dich dann.«

»Damit kann ich schon mehr anfangen«, entgegnete

Jakob, bog dann aber trotzdem falsch ab. Als der Wagen in einem Schlagloch einsank, spritzten zu beiden Seiten kleine Wasserfontänen weg. »Ich hab Hunger. Ist doch kein Problem, wenn wir einen Abstecher zu McDonald's machen, oder?«

Ich schüttelte den Kopf und bemühte mich um ein Lächeln, während in meinem Inneren bereits eine leichte Panik anschwoll. Und ob das ein Problem war! Hastig fischte ich mein Handy aus dem Rucksack und schrieb meinem Dad eine Nachricht, in der ich mich für meine Verspätung entschuldigte. Dass ich bei einem fremden Jungen im Auto saß, erwähnte ich nicht. Stattdessen erzählte ich ihm irgendwas von einem spontanen Matheförderkurs, für den ich mich angemeldet hätte. Hoffentlich würde er mir das abkaufen – ein Matheförderkurs in der zweiten Schulwoche war schließlich nicht unbedingt die glaubwürdigste Ausrede. Aber hey, hatte er mir nicht erst letzte Woche einen Vortrag gehalten, dass ich mich in Mathe wieder mehr reinhängen sollte?

Keine zwei Minuten später antwortete mein Vater mit einem Daumen nach oben. Erleichtert und mit einem unscheinbaren Schmunzeln auf den Lippen lehnte ich mich in meinen Sitz zurück.

Der Rest der Fahrt verlief ziemlich unspektakulär. Jakob blickte schweigend durch die Windschutzscheibe und konzentrierte sich auf die Straße, während ich mein Bestes tat, ihn nicht anzustarren, zumindest nicht durchgehend. Obwohl er wirklich unglaublich aussah, mit den tanzenden Schatten der Scheibenwischer im Gesicht und diesem gedankenverlorenen Blick.

Jakob parkte zwei Blocks von McDonald's entfernt. Er meinte, er bräuchte frische Luft. Der Regen hatte inzwischen aufgehört, also konnten wir entspannt neben der Straße entlangspazieren. Seine Schritte waren groß, viel größer als meine, weshalb ich zusehen musste, mit ihm Schritt zu halten. Ich versuchte, mich auf meine Schuhe zu konzentrieren, doch mein Blick wanderte immer wieder zu ihm und blieb dort kleben. Er trug keine Jacke über dem Hoodie, auch wenn es wegen des Sturms sehr kalt geworden war. Eine dunkle Strähne hing ihm ins Gesicht und hob sich stark von der blassen Haut ab, seine Lippen waren von der Kälte leicht gerötet. Er zog eine Zigarettenschachtel aus der Bauchtasche seines Hoodies. Mit dem Daumen klappte er den Deckel auf und steckte sich eine Zigarette in den Mund.

»Kann ich auch eine?«, fragte ich, und Jakob hob überrascht eine Braue.

»Du siehst mir nicht gerade wie die Art von Mädchen aus, die raucht. Oder wenn, dann die light.« Trotzdem gab er mir eine seiner Zigaretten. »Die hier sind stark.«

»Ich rauche nicht«, entgegnete ich und betrachtete die Zigarette. Am Filter war mit feinen schwarzen Strichen ein Gesicht aufgemalt. Fragend sah ich ihn an und nickte in Richtung des Gesichts.

»Wenn die Teile einen schon umbringen, dann sollen sie wenigstens ein bisschen Lebendigkeit an sich haben. Ich lasse mich nicht von einem seelenlosen Ding vergiften.«

Wieder musste ich schmunzeln.

»Cherie, wenn du nicht rauchst, warum die Zigarette?«

»Ich weiß nicht ... vielleicht, damit du sie nicht rauchst.«

Elf Minuten. Ich hatte elf Minuten seines Lebens gerettet. Vielleicht würde er die elf Minuten noch einmal brauchen.

Jakob sah mich flüchtig an, doch ich konnte seinen Blick nicht deuten. Dann schlich sich ein Schmunzeln auf seine Lippen, und er schüttelte leicht den Kopf.

»Du malst auf alles, was dir in die Finger kommt, hm?«, fragte ich und drehte die Zigarette zwischen Daumen und Zeigefinger.

»Ich war immer schon davon überzeugt, dass sich ein Künstler nicht auf eine einzige Unterlage beschränken sollte. Kunst entsteht nicht nur auf Leinwänden und Papier, das widerspricht ihrem Wesen.«

Neugierig sah ich zu ihm hoch. »Was ist denn deiner Meinung nach das *Wesentliche* an Kunst?«

Meine Wortwahl schien ihn zu amüsieren, denn sein Mundwinkel zuckte in die Höhe. »Im *Wesentlichen* muss Kunst frei sein«, antwortete er, »an nichts gebunden und niemandem verpflichtet. Sie sollte überall entstehen können, selbst an den hässlichsten Orten und den schmutzigsten Oberflächen. Sie sollte wachsen und sich ausbreiten, bis die ganze Stadt davon übersät ist. Völlig egal, ob die Menschen sie sehen wollen oder nicht. Sie sollte alles überwuchern.«

»So wie Unkraut?«, platzte es aus mir heraus. Ich biss mir auf die Zunge, aber es war ohnehin zu spät. Einen Moment lang hatte ich Schiss, ihn mit meiner Aussage gekränkt zu haben. Doch dann begann er zu lachen, und ich stimmte erleichtert mit ein.

»Besser kann man es nicht beschreiben«, meinte Jakob und nahm grinsend einen Zug von seiner Zigarette.

Ich spürte, wie sich meine Lippen zu einem Lächeln verzogen, und senkte den Blick. Es war schön, ihn so gelassen zu erleben. Zum ersten Mal, seit wir uns kannten, gab er mir nicht das Gefühl, immer nur das Falsche zu sagen. Die Distanz, die ihn normalerweise umgab, war wie weggeblasen. Stattdessen strahlte er eine sanfte Wärme aus, die mich sogar durch die zwei Meter Luft zwischen uns erreichte.

»Ich hab deinen Block angesehen«, gestand ich, ohne den Blick zu heben.

Aus dem Augenwinkel sah ich, wie Jakob an seiner Zigarette zog. »Und?«

»Du hast mich gezeichnet«, meinte ich und trauerte um das zweite Porträt von mir, das er begonnen und ich zerstört hatte.

Jakob klopfte sich die Asche von der Zigarette und hob einen Mundwinkel. »Beim ersten Mal konntest du schließlich nicht stillhalten. Und wie es aussieht, werde ich dich noch ein drittes Mal zeichnen müssen.«

Ich musste lächeln und sah ihm flüchtig in die Augen. »Das mit dem Block tut mir leid. Und dass ich deine erste Zeichnung ruiniert habe, tut mir auch leid. Ich hätte nicht einfach davonstürmen sollen.«

Er verlangsamte seine Schritte und zündete seine Zigarette erneut an. Bei dem feuchtkalten Wetter brannte sie nicht besonders gut. »Warum musstest du eigentlich weg?«

»Es war wegen meines Dads«, erklärte ich. »Ich war spät dran, weil ich mich verlaufen hatte und mich, na ja, hab zeichnen lassen, und ich hatte völlig vergessen, ihm Bescheid zu geben. Er dreht schnell mal durch, mein Dad. Wenn ich nicht gleich nach der Schule nach Hause komme oder mich länger nicht melde, denkt er gleich, ich wäre überfallen worden oder hätte einen Unfall gehabt.«

Jakob warf mir einen Seitenblick zu. »Ist er einer von diesen Helikopter-Vätern, die ihre Töchter dauernd kontrollieren?«

Da ich nicht wusste, was ich auf diese Frage antworten sollte, zuckte ich bloß die Schultern. »Er macht sich nur Sorgen, schätze ich. Manchmal habe ich das Gefühl, er denkt, ich wäre dem Leben nicht gewachsen und dass es seine Aufgabe wäre, mich davor zu beschützen. Aber er übertreibt es. An manchen Tagen fühle ich mich wie im Gefängnis – eingeschlossen, abgeschottet von der restlichen Welt.«

»Hat sein Verhalten einen Grund?«

Ich schob die Hände in die Jackentaschen und musterte die schlanken Risse im Asphalt unter meinen Füßen. »Ja, irgendwie schon«, gestand ich. »Vor zwei Jahren, da … wurde meine Mom …« Meine Kehle schnürte sich zu, und ich schluckte schwer, ehe ich mit fester Stimme weitersprach: »Sie wurde überfallen, als sie spätnachts von einem Treffen mit einer Freundin nach Hause ging. Eigentlich hatte Dad versprochen, sie abzuholen, aber dann war da dieser Wasserrohrbruch in unserem Badezimmer und er konnte nicht weg. Also ging Mom zu Fuß. Mitten in der Nacht bekamen Dad und ich einen Anruf von der Polizei. Sie erzählten uns von dem Überfall und sagten …« Mein Brustkorb krampfte sich zusammen, und plötzlich hatte ich das Gefühl, nicht mehr richtig atmen zu können. »Sie sagten, Mom hätte es nicht überlebt.«

Da war sie endlich – die Wahrheit, die ich schon viele

Monate nicht mehr laut ausgesprochen hatte. Ich hatte vergessen, wie weh es tat, darüber zu sprechen. Mein Vater und ich hatten einen stillen Vertrag abgeschlossen, der es uns untersagte, diese Worte laut auszusprechen. Ganz so als wäre es nie geschehen. Als hätte ihr Tod nicht alles verändert. Als wäre das alles nur eine grausige Geschichte, die nicht real war, solang niemand sie erzählte.

Jake blieb wie angewurzelt stehen. Kurz dachte ich, er würde mir sein Beileid aussprechen, doch stattdessen sah er mich eindringlich an und wartete, dass ich weitersprach. Kurz zögerte ich, dann erhob ich erneut die Stimme. Mein Schweigen würde sie schließlich auch nicht wieder lebendig machen.

»Es war ein brutaler Überfall«, erzählte ich. Ich spürte, wie meine Hände zu zittern begannen, und verhakte die Finger ineinander. »Diese Männer, sie … sie haben ihr alles weggenommen – die Schlüssel, die Brieftasche, das Handy – und sie dann einfach liegengelassen. Sie war nicht stark, meine Mom. Eigentlich ist sie ihr ganzes Leben lang ein Mädchen geblieben. Sie hätten ihr nicht wehtun müssen.« Meine Augen füllten sich mit Tränen, und ich hob den Blick. »Sie hätte ihnen alles freiwillig gegeben!«

Mir schien, als wäre gerade etwas in mir drin zerbrochen. Doch dann griff Jake nach meinen Schultern, zog mich zu sich und schlang die Arme um meinen Oberkörper. Instinktiv krallte ich mich an seinem Pullover fest. Als mein Kopf an seiner Brust lag und ich von seinem Duft eingehüllt wurde, hörte das Zittern auf. Der dumpfe Klang seines Herzschlags beruhigte mich. Eine Decke legte sich über meine Wut und Trauer, und ich konnte endlich wieder durchatmen. »Ich weiß gar nicht, wieso ich dir das alles erzähle«, murmelte ich und löste mich aus der Umarmung, um mir die Tränen fortzuwischen.

Doch Jake kam mir zuvor. Sanft fuhr er mit dem Daumen meinen Wangenknochen entlang. Seine Berührung hinterließ ein Prickeln auf meiner Haut. »Ich wünschte, du hättest keine solche Geschichte zu erzählen.«

»Na ja, so ist das Leben eben«, erwiderte ich mit einem müden Lächeln.

Jake nickte. »Das Leben ist ein Arschloch.«

Unser Aufenthalt bei McDonald's war das reinste Kabarett. Nach unserem traurigen Gespräch setzte Jakob alles daran, mich wieder aufzuheitern. Es begann schon bei der Bestellstation, die er gründlicher studierte als jedes Schulbuch, falls ich je eines in seinen Händen gesehen hätte. Er bestellte sich zwei Cheeseburger, strich die Essiggurken aus der Zutatenliste und klickte stattdessen doppelt Käse an. Anschließend ließ er seinen Zeigefinger gute dreißig Sekunden zwischen Pommes und Curly Fries hin und her pendeln, nahm dann einfach beides, fügte seiner Bestellung eine Chicken-Cheese-Box hinzu und grinste über meinen Gesichtsausdruck, als er andeutete, sich einen Salat zu bestellen. Was er natürlich nicht tat. Stattdessen nahm er noch einen Erdbeermilchshake, fünf Päckchen Sour Cream und eine Apfeltasche.

»Willst du das ganze Restaurant einladen?«, fragte ich, als ich die riesige Bestellung und den dazugehörigen Rechnungsbetrag sah.

Jakob rieb sich das frisch rasierte Kinn. »Im Gegensatz zu

dir kann ich nicht nur von Luft und Liebe leben.«

Ein helles Lachen drang aus meiner Kehle. »Von wegen Luft und Liebe! Ich hab einen Burger, große Pommes, Chicken Nuggets und einen Blaubeermuffin bestellt.«

»Womit du am kalorischen Existenzminimum dahinkriechst.«

Ich verschränkte die Arme vor der Brust und setzte ein schelmisches Grinsen auf. »Wenn die Lage wirklich so drastisch ist, musst du wohl zwangsläufig deine Chicken-Cheese-Box mit mir teilen.«

Aus schmalen Augenschlitzen sah Jakob mich an, überlegte kurz und zuckte dann die dunklen Brauen. »Meinetwegen. Aber wenn hier schon Kommunismus herrscht, dann erwarte ich ein Stück von deinem Muffin als Gegenleistung.«

»Klingt, als hätten wir einen Deal«, erwiderte ich schmunzelnd.

Jakob schloss die Bestellung ab und lud mich aufs Essen ein – als Entschuldigung für seine vielen Sprüche, die er nicht vorhabe, einzustellen. Lieber würde er mir einmal die Woche McDonald's spendieren, als seinen Sarkasmus zu zügeln. Ich akzeptierte das.

Während des Essens erreichte Jakes Laune einen neuen Hochpunkt, den ich mir so nicht mal in meinen kühnsten Träumen hätte vorstellen können. Mit leuchtenden Augen blickte er auf das übervolle Tablett und stürzte sich dann auf einen der Cheeseburger, den er mit drei großen Bissen verschlang. Als Nächstes waren die Nuggets an der Reihe, dann die Curly Fries und mittendrin plötzlich die Apfeltasche. Er aß alles kreuz und quer, wie ein Sechsjähriger, der gerade zum ersten Mal in seinem Leben ein Fastfood-Restaurant von innen sah, und spülte das Ganze schließlich mit einem Erdbeermilchshake hinunter. Ich dagegen war schon voll, nachdem ich meinen Burger und die Pommes gegessen hatte, ließ es mir aber trotzdem nicht nehmen, Jake die Mozzarella-Sticks zu stibitzen. Nicht, weil ich noch Hunger gehabt hätte, sondern einfach, weil ihn das so schön ärgerte. Beim Muffin gab ich schließlich auf, was aber nicht weiter schlimm war, weil Jakes Magen die Aufnahmekapazität eines schwarzen Lochs hatte und er sich nur allzu gern meiner Nachspeise annahm. Am Ende blieb von unserer ganzen Bestellung nur ein einziges Chicken-Nugget übrig. Allein und verlassen lag es in der großen Papierschachtel und wartete darauf, verspeist zu werden.

Ich griff nach Jakes Milchshakebecher und schlürfte daran. Vor meinem inneren Auge sah ich schon, wie das arme Nugget im Abfall landete. Doch dann griff Jake danach, warf es in die Luft und fing es mit dem Mund wieder auf, was mir einen so heftigen Lachanfall bescherte, dass mir der Erdbeermilchshake zur Nase rauskam. Als Jake das sah, spuckte er das Nugget wieder aus. Mit hochrotem Kopf und Tränen in den Augen krümmte er sich vor Lachen, während ich hastig nach einer Serviette griff. Es war peinlich. Und saukomisch. Keine Ahnung, wann ich das letzte Mal so viel Spaß gehabt hatte.

»Bist du jetzt satt?«, fragte ich, nachdem Jake sich wieder beruhigt hatte, und lugte auf seinen Bauch, nur um festzustellen, dass dieser immer noch flach und muskulös aussah. Manche Menschen hatten einfach Glück mit ihren Genen.

»Für die nächsten drei Stunden«, schätze er.

Der Weg zum Parkplatz kam mir viel zu kurz vor. Vielleicht weil dunkle Wolken am Himmel hingen und ich das liebte. Vielleicht weil ich noch nicht nach Hause wollte.

Jake zog seine Zigarettenschachtel aus der Hosentasche. Mit dem Daumen klappte er den Deckel auf. Sie war halb leer, ein Feuerzeug war auch drin. Er steckte sich eine an.

»Bekomm ich eine?«, fragte ich und blickte kurz zu ihm hoch.

»Damit ich sie nicht rauche?«

Ich nickte und lächelte, als er mir eine gab. Sie hatte x-Augen und einen Kussmund. Niedliches kleines Drecksding.

»Warum rauchst du eigentlich?«, fragte ich.

Er schien die Frage nicht ganz zu verstehen, antwortete aber dennoch: »Weil ich es möchte.«

Ich zog die Augenbrauen zusammen: »Und wenn aber ich es nicht möchte?«

Er blies den Rauch aus und sah mich belustigt an. »Dann würde ich es trotzdem tun.«

Ich senkte den Blick und betrachtete den Filter zwischen meinen Fingern.

»Los, versuch's!« Jake hielt mir seine qualmende Zigarette hin.

»Was? Nein.«

»Und wenn aber ich es möchte?«

»Mir doch egal, was du möchtest.«

»Siehst du?«

Auf dieses Argument wusste ich keinen Konter.

Als wir im Wagen saßen, navigierte ich ihn zu mir nach Hause. Während der Fahrt sprachen wir nicht viel, aber ich konnte ihn überreden, mir seine Zigarettenschachtel zu geben, damit ich mir die winzigen Gesichter ansehen konnte.

»Wo warst du die letzten drei Tage?«, fragte ich, als wir fast da waren.

Jake warf mir einen Seitenblick zu, und noch im selben Moment bereute ich es, gefragt zu haben. »Ich hatte Kopfschmerzen.«

»Oh«, machte ich, glaubte ihm aber kein Wort. Jakob war vieles, aber er war kein guter Lügner.

Ein kleiner Teil in ihm schien zu spüren, dass ich ihn durchschaut hatte, denn er bremste so abrupt ab, dass ich in den Gurt fiel. Ich verkniff mir einen Kommentar, bedankte mich und stieg hastig aus dem Wagen. Bevor ich die Beifahrertür zumachte, suchte ich noch einmal Augenkontakt.

»Spielst du ab jetzt immer den Chauffeur für mich?«, fragte ich frech.

»Ganz bestimmt nicht«, stellte Jake klar.

Als ich die Unterlippe vorschob, zuckte sein Mundwinkel in die Höhe. Ein unscheinbares Schmunzeln entstand auf seinen Lippen, und dieses Schmunzeln reichte mir.

Kapitel 6

In dieser Nacht fand ich keinen Schlaf. Stundenlang drehte ich die Zigarette zwischen den Fingern, starrte in ihr schmales Gesicht und ließ mich von ihrem selbstgerechten Grinsen verunsichern.

Er ist nicht wie du, gab sie mir zu verstehen. *Du wirst ihm nicht standhalten.*

Das dämliche Ding hatte recht. Jakob war nicht wie ich. Er gehörte zu einer völlig anderen Sorte Mensch, zu jener Sorte, der man nur einmal in seinem Leben begegnete und die einen bleibenden Eindruck hinterließ. Nein, keinen Eindruck – eine Narbe. Diese Menschen suchte man nicht, sondern man begegnete ihnen, und vom ersten Moment an zogen sie einen in ihren Bann, faszinierten und inspirierten einen, bis man ganz verrückt nach ihnen war. Und dann, wenn der Höhenflug vorüber war, rissen diese Menschen einen mit in die Tiefe, in ihre ganz persönliche Tiefe, in die Dunkelheit, die in ihnen schlummerte, die man immer geahnt hatte und gleichzeitig nie hatte wahrhaben wollen. Zu dieser Sorte Mensch gehörte Jake Sommer. Das spürte ich. Genau wie seinen Sog, den spürte ich auch. Wie das Meer, das sich zurückzog, bevor es sich zu einer Flutwelle erhob.

Ich redete mir ein, dass es normal war, das Gefühl, das er in mir auslöste. Dieses Kribbeln im Bauch, die Aufregung, die Vorfreude. Die Vertrautheit, als wäre er ein Freund aus Kindheitstagen, den ich längst vergessen und nun wiedergetroffen hatte. Immer wieder versicherte ich mir, dass Jakob ungefährlich war – ein ganz normaler Junge mit harmlosen grauen Augen, die mir nichts anhaben konnten. Doch das stimmte nicht.

»Er verheimlicht etwas, oder?« Ich starrte die Zigarette an. Sie antwortete nicht, doch ich brauchte auch keine Antwort. Mein Bauchgefühl versicherte mir, dass ich recht hatte.

Jakob Sommer war ein Fremder für mich. Ich wusste so gut wie nichts über ihn, und alles, was ich wusste, hatte er mich wissen lassen. Er erzählte mir gerade genug, um mich bei der Stange zu halten, doch sobald ich nachfragte, wurde meine Neugierde bestraft. Jake hatte Geheimnisse, das war offensichtlich, und seine Geheimnisse waren entweder schicksalsschwer oder schmutzig. Vielleicht auch beides. Denn seine dunklen Augenringe, die leichenblasse Haut, die Wutausbrüche, die Stimmungsschwankungen, die Traurigkeit in seinen Augen – all das kam nicht von irgendwo.

Ich spielte mit dem Daumen am Zigarettenfilter herum. Es wäre klug gewesen, erst mal auf Abstand zu bleiben. Ich hätte skeptisch sein müssen, abwarten, analysieren, wie er sich verhielt und ob ihm zu trauen war. Dann, wenn ich ihn gut genug kannte, hätte ich mich ihm gefahrlos öffnen können. Nicht alles auf einmal, sondern Stück für Stück, Information für Information. Aber leider war ich keine Skeptikerin. Und auch keine Analytikerin. Verdammt, ich war das komplette Gegenteil, ein naives Mädchen, das zu dem erstbesten Typen ins Auto stieg, der ihr eine Mitfahrgelegenheit anbot, und ihm dann auch noch von ihrer toten Mutter erzählte!

Besorgt stopfte ich die Zigarette unter mein Kopfpolster, während sich in meiner Magengegend schon wieder dieses unheilvolle Flattern ausbreitete. Ich zwang mich, an etwas anderes zu denken – an Latein oder an Goethe oder an die Quadratwurzel aus Pi –, nur nicht an dieses nebulöse Grau, bloß nicht an diese rußigen Finger, auf keinen Fall an diese tiefe Stimme. Doch es gelang mir nicht. Das Gefühl wurde schlimmer, mein Herz begann zu rasen, meine Lippen verzogen sich zu einem Lächeln und ich wusste mit jeder Faser meines Körpers: Das würde böse enden.

Nachdem mir endlich die Augen zugefallen waren, träumte ich davon, wie Jake mich in die Donau schubste, wie sich das kalte Wasser in einen rosaroten Milchshake verwandelte, und wie ich nach seiner Hand griff, um ihn ebenfalls hineinzuziehen. Als ich am nächsten Morgen aufwachte, war ich ernsthaft um meine psychische Gesundheit besorgt. Doch je länger ich über meinen Traum nachdachte, desto schöner erschien er mir.

Den ersten Schultag nach dem Wochenende begann ich schließlich mit einem großen Erdbeermilchshake, an dem ich den ganzen Schulweg hindurch genüsslich schlürfte. Um mir die Zeit zu vertreiben, las ich nebenbei in unserem neuen Philosophiebuch. Der Aufbau des Lehrbuchs war ziemlich enttäuschend. Die ersten fünf Kapitel drehten sich um die Ursprünge der Philosophie im alten Griechenland, während die spannenden Themen – Freiheit, Tod, Moralphilosophie – erst ganz am Schluss kamen. Hoffentlich würde unsere Professorin ein paar Kapitel überspringen.

In der Schule angekommen, stopfte ich das Buch gemeinsam mit Moms Jacke in meinen Spind. Auf der Innenseite des Metallblechs klebten unzählige Polaroid-Fotos, von denen mir eines besonders ins Auge fiel. Es zeigte Emma, Lizzy und mich, wie wir gemeinsam am Ufer der alten Donau saßen und billigen Rotwein aus Plastikbechern tranken. Unsere Wangen waren gerötet vom Wein und der Abendsonne und wir strahlten, als hätten wir gerade im Lotto gewonnen. Eine schöne Erinnerung.

»Wer ist die Schwarzhaarige?«, fragte eine dunkle Stimme hinter mir.

Ich zuckte zusammen. »Scheiße, du hast mich erschreckt!« Ich linste aus dem Augenwinkel zu ihm, drehte mich aber nicht um. Jede Sekunde, die ich von seinem lauernden Blick verschont blieb, war eine weitere Sekunde, in der mein Gehirn normal arbeitete und mein Herz nicht schmerzhaft gegen meine Rippen hämmerte. Gegen das Lächeln, das sich auf meinen Lippen ausbreitete, konnte ich mich jedoch nicht wehren.

»Das ist Emma«, antwortete ich und ließ meinen Blick über ihre langgliedrige Gestalt schweifen. Sie trug Bluejeans und ein weißes Korsetttop, das sich stark von ihrer gebräunten Haut abhob. Dichte Wimpern umrahmten ihre Augen und warfen Schatten auf ihre hohen Wangenknochen. Ihre vollen Lippen waren zu einem Lächeln verzogen, das spitze Eckzähne blicken ließ, und an ihrem Handgelenk baumelte das Muschelkettchen, das ich ihr aus dem Familienurlaub mitgebracht hatte.

»Wo steckt diese Emma?«, wollte Jake wissen. »Ich habe

sie hier noch nie gesehen.«

Er kam einen Schritt näher, sodass ich seine Wärme im Rücken spüren konnte. Schnell schloss ich den Spind.

»Sie ist weggezogen«, erklärte ich kurz angebunden und ging zwei Schritte zur Seite, um ein wenig Abstand zwischen uns zu schaffen. Als ich mich zu ihm drehte, erschrak ich ein wenig.

Er sah noch schlimmer aus als letzten Freitag. Seine Haut war kreidebleich, sodass man die blauen Venen sehen konnten, die sich an seinem Hals hinaufzogen. Die Haare lagen ihm wirr am Kopf, einige Strähnen standen ab, andere fielen ihm in die Stirn, und unter seinen Augen hingen tiefe Schatten.

»Langes Wochenende«, bremste er mich aus, noch ehe ich fragen konnte. Ich schlang die Arme um mich. Ich konnte spüren, dass das weder eine Lüge noch die ganze Wahrheit war. Als er meinen besorgten Blick bemerkte, verdunkelte sich seine Miene. Schnell wandte ich mich ab.

»Kommst du?«, fragte ich vorsichtig, schulterte meinen Rucksack und ging ein paar Schritte in Richtung Klassenzimmer. Als ich sah, dass er mir nicht folgte, blickte ich fragend über die Schulter.

Jake drehte eine Zigarette zwischen Daumen und Zeigefinger. »Brauch noch ein paar Vitamine«, scherzte er. »Wir sehen uns später.«

Ich nickte bloß. Mit einem flauen Gefühl im Bauch sah ich ihm nach, wie er hinter der nächsten Ecke verschwand. Dann schleppte ich mich in den Klassenraum. Als ich dort ankam, redete Lizzy gerade wie verrückt auf Dan ein.

»Worum geht's?«, fragte ich, dankbar über diese willkommene Abwechslung.

»Über dieses selbstgerechte, arrogante …«, sie schnaubte, »Arschloch aus dem Interessiert-mich-einen-Scheiß-Zweig der HTL.«

Verdutzt zog ich die Augenbrauen zusammen. Ich hatte keinen blassen Schimmer, von wem sie sprach.

»Es geht um Jonas … Lichtenberg? Leichtburg?« Dan kratzte sich am Kopf. »Du kennst ihn, Cherie. Er ist Teamkapitän der *Bull Heads*.«

Bull Heads – so hieß die Feldhockeymannschaft der HTL, die ans Franz-Kafka-Gymnasium angrenzte. Einige der Jungs kannte ich nur vom Sehen, andere wiederum waren mit Lizzy befreundet und kamen nach den Spielen oft zu uns rüber, um ein bisschen mit uns zu quatschten. Den Teamkapitän – der, über den Lizzy sich aufregte – kannte ich ebenfalls, obwohl auch mir sein Nachname momentan nicht einfallen wollte. Dafür konnte ich mich umso besser an seine näselnde Stimme erinnern.

»Den schlaksigen Blonden meinst du? Der beim Landesfinale diese Mordsszene gemacht hat?«

Dan nickte, und Lizzy lief vor Ärger rot an.

»Es war *kein* verdammtes Foul!«, polterte sie. »Ich fasse es nicht, dass dieser Idiot mir Strategietipps geben will. Da könnte ich genauso gut den Dünnen nach ein paar Outfitideen fragen oder mich bei Steffi erkundigen, wie man ein weinendes Kind tröstet.«

Dan stützte sich mit den Armen auf Lizzys Stuhllehne ab. »Vor drei Tagen haben ein paar Siebtklässler im Chemieunterricht eine Farbbombe gebaut und sie durchs Fenster in die Turnhalle fallen lassen. Die Sauerei wird gerade von einem Maler mit Farbe und Parkettreiniger beseitigt. Bis die Turnhalle renoviert ist, muss Lizzy mit ihrem Team im Turnsaal der HTL trainieren. Jonas Irgendwas sieht ihnen manchmal beim Training zu und macht sich dabei unbeliebt.«

»Unbeliebt?« Ein bellendes Lachen drang aus Lizzys Kehle. »Der Vollpfosten sitzt die ganze Zeit auf der Ersatzbank und macht sich über uns lustig!« Sie zog eine Grimasse und flötete mit näselnder Stimme: »Kein Wunder, dass ihr nie ins Play-off kommt, diese Defense könnte nicht mal meine Oma aufhalten.«

Dani warf mir einen hilfesuchenden Blick zu, doch ich zuckte bloß die Schultern. Wenn jemand wusste, wie man Lizzy beschwichtigen konnte, dann er. Aber diesmal schien sogar Dan mit seinem Liz-tein am Ende.

»Warum werft ihr ihn nicht einfach aus der Turnhalle?«, fragte ich, doch das stimmte Lizzy nur noch ärgerlicher.

»Weil er als Teamkapitän den Schlüssel zur Halle hat und wir als schulfremdes Team dort nicht trainieren dürfen, wenn er uns nicht sein Okay gibt. Aber glaub mir, sobald unsere Turnhalle renoviert ist, werde ich mir diese Nervensäge vorknöpfen und mich für seine vielen Tipps revanchieren.«

Dan schüttelte den Kopf und nahm Lizzy den Stift aus der Hand, den sie mit weiß hervortretenden Fingerknöcheln in ihr Heft gebohrt hatte. »Ich hoffe, du sprichst von einem Wortgefecht. Oder willst du Federgewicht etwa eine Prügelei anzetteln?«

»Federgewicht? Das sind dreiundsechzig Kilo reine Muskelmasse.«

Eine tiefe Falte zeichnete sich zwischen Dans Augenbrauen ab. Vermutlich malte er sich gerade ein Szenario aus, in dem er seine pazifistischen Prinzipien über Bord werfen und Lizzy zu Hilfe kommen musste. Daniel Thaler gegen fünfzehn aufgepumpte Feldhockeyspieler? Kein Wunder, dass er nicht heiß darauf war.

»Kannst du dich ans Pfingstturnier letztes Jahr erinnern?«, fragte ich, weil mir die Szene plötzlich in den Kopf geschossen war.

Dan warf mir einen Blick zu. »Wie könnte ich das vergessen?«

Eine Spielerin aus Lizzys Team war hässlich gefoult worden, doch der Schiedsrichter hatte es nicht gesehen und dementsprechend keine Karte gezückt. Lizzy, die ihrer verletzten Mitspielerin zu Hilfe gekommen war, war daraufhin so wütend geworden, dass sie ihm gleich an den Kragen gehen wollte. Dan hatte mit vollem Körpereinsatz versucht sie zu beruhigen und dabei einen ordentlichen Schlag auf den Hinterkopf kassiert.

»Fang jetzt nicht wieder damit an!«, stöhnte Lizzy. »War doch alles halb so wild.«

»Du hast mir deinen Schläger über den Kopf gezogen!«

Lizzy rollte die Augen. »Aber doch nur aus Versehen! Warum musstest du mir denn auch so auf die Pelle rücken?«

»Warum musst du immer mit deinem Schläger herumfuchteln, wenn du dich aufregst? Hätte ich dich nicht zurückgehalten, wärst du wie eine Serienkillerin auf den Schiri losgegangen.«

»Ach was! Ich kann mich sehr gut beherrschen!«, zischte

Lizzy mit verschränkten Armen.

Woraufhin Dan eine Augenbraue hob. »Sogar mein kleiner Cousin hat mehr Selbstbeherrschung als du, und der musste letztens kotzen, weil er eine ganze Packung Twinkies auf einmal runtergewürgt hat.«

Lizzy quittierte seinen Kommentar mit einem Boxer in die Schulter, was Dan zum Stöhnen brachte und mir ein Lachen entlockte.

Ich hatte das unangenehme Gefühl von heute Morgen beinahe vergessen, als ich Jakes Stimme draußen am Gang hörte.

Mit schweren Schritten und finsterer Miene durchkreuzte er das Klassenzimmer. »Hey Blondie«, sprach er Lizzy an. »Da steht so ein Clown draußen am Gang, der mir irgendwas von einem verwüsteten Geräteraum erzählt hat. Er lässt ausrichten, dass du dir das nächste Training abschminken kannst.«

Lizzy fuhr aus ihrem Stuhl hoch und scharrte mit ihrem geschienten Bein auf den Boden wie ein angriffslustiger Stier. »Bitte, was?«

»Renn ihm doch nach und frag ihn selbst«, erwiderte Jake gleichgültig. »Dann kannst du ihm auch noch ausrichten: Wenn er mich je wieder am T-Shirt zupfen sollte, wird es das Letzte sein, was er tut.«

Das ließ sich Lizzy nicht zweimal sagen. Energisch humpelte sie in Richtung Klassentür. Dan versuchte sie aufzuhalten, aber wie immer hörte sie nicht auf ihn. »Wenn sie ihn umbringt, dann klebt sein Blut an deinen Händen«, schnauzte Dan Jake an, bevor er Richtung Klassentür stolperte.

Jake zog die Augenbrauen hoch und blickte mich fragend an, verlor aber nach der Hälfte meiner Erklärung das Interesse und setzte sich schulterzuckend auf seinen Platz. Dann zog er auch schon den Block aus dem Rucksack.

Ich musterte ihn. Er wirkte erschöpft und völlig übermüdet, der Bleistift fiel ihm immer wieder aus der Hand. Und doch war ich froh, dass er überhaupt zeichnete. Es schien ihn zu entspannen.

Ich ließ ihn die ersten zwei Stunden über ihn Ruhe. In der Pause lief ich zur Kantine und nutzte meine Oberstufenprivilegien, um einen Energydrink zu ordern. Zurück im Klassenraum, stellte ich ihn Jake vor die Nase. Er bedanke sich mit einem halben Lächeln, und ich lächelte zurück.

Von Stunde zu Stunde wachte Jake ein bisschen mehr auf. In der Deutschstunde drückte er den Rücken durch und nahm einen tiefen Atemzug. In Bio fuhr er sich mit den Fingern durch die zerzausten Haare und strich sie zurück. Die ganze Lateinstunde hindurch drückte er die Nase in seinen Zeichenblock. Bevor Mathe begann, schrieb er meine Hausaufgaben ab und versuchte sich an einer Extremwertaufgabe, die er schließlich fluchend wieder durchstrich und ebenfalls von mir abschrieb. Im Geschichtsunterricht zog er mein Buch zu sich und spielte mit den Seiten, während er darin las. Langsam kehrte die Farbe in sein Gesicht zurück. Sofort verliebte ich mich in die leichte Röte auf seinen Wangen.

Als es nach der letzten Stunde läutete, gab er mir mit der Schulter einen sanften Stoß. »Danke fürs Aufwecken, Kätzchen.« Er schenkte mir ein Lächeln, das ich mit einem heftigen Flattern im Bauch erwiderte.

»Hab ich gern gemacht. Schönes Bild, übrigens.« Ich deutete auf seine neueste Zeichnung, die eine steinerne Brücke zeigte. Es war eine chaotische Skizze voller wilder Striche, voller Schatten und schräger Kanten. Ich mochte sie sehr.

Jake klemmte eine Ecke des Blattes zwischen seine Finger und riss es vorsichtig aus dem Block, dann schob er es zu mir rüber.

Verblüfft blinzelte ich ihn an und brachte schließlich ein holpriges »Dankeschön« hervor.

Mein Blick wanderte zurück zur Zeichnung, die jetzt scheinbar mir gehörte. Vorsichtig ließ ich meine Fingerkuppen über die geschwungene Brücke gleiten, die sich über das Blatt erstreckte. Sie war ziemlich heruntergekommen. Ihre Befestigungen hatten an Tragkraft verloren, einzelne Ziegelsteine waren aus dem gemauerten Brückenbogen herausgebrochen und in den klaffenden Abgrund gestürzt. Ich fragte mich, ob die Brücke wirklich so instabil war, wie sie aussah. Würde sie einbrechen, sobald man einen Fuß hinaufsetzte? Oder brachte sie einen heil über den Abgrund, wenn man sich nur traute?

»Sonnig heute«, riss Jakes Stimme mich aus den Gedanken. »Vielleicht sollte ich die letzten warmen Tage nutzen, um noch ein paar Porträts zu verkaufen.«

Ich zögerte einen Moment. »Brauchst du Gesellschaft?«

Jake hob den Kopf. »Du willst mitkommen?«

Ich nickte, woraufhin er mit den Achslen zuckte. »Okay.« Dann wandte Jake sich wieder ab.

Mit klopfendem Herzen musterte ich die Zeichnung in meinen Händen. Ich hatte den ersten Schritt getan. Ich stand mit einem Fuß auf der Brücke.

Jake bat mich, am Schulhof auf ihn zu warten, während er kurz zu sich nach Hause fuhr, um seine Staffelei zu holen. Es kam mir seltsam vor, allein hier zu warten, wenn ich doch ganz einfach mit ihm mitkommen konnte.

»Du bleibst hier!«, blaffte er. Dann kniff er sich in die Nasenwurzel. »Sorry, ich … Bitte warte hier, ok? Es wird nicht lange dauern, versprochen.«

Die Frage nach dem Grund brannte mir auf der Zunge, aber mein Bauchgefühl riet mir, sie besser nicht zu stellen. Also verkniff ich mir das »Warum?« und wartete zwanzig Minuten alleine am Schulhof.

Zumindest konnte ich in dieser Zeit meinen Vater anrufen und ihm Bescheid geben, dass ich erst später nach Hause kommen würde.

Leider verkniff sich mein Dad das »Warum?« nicht.

»Ich helfe Lizzy bei den Hausaufgaben«, schwindelte ich und biss mir auf den Fingerknöchel, als es kurz still in der Leitung blieb.

»Na gut, Cherie«, erwiderte mein Vater skeptisch. Ich war mir nicht sicher, ob er es mir abkaufte. Doch als ich Jakes Wagen einbiegen sah, blieb mir nichts anderes übrig, als mich zu verabschieden und schnell aufzulegen.

Jake ließ mich einsteigen und machte anschließend eine Kehrtwendung, um den Schulparkplatz in Richtung Innenstadt zu verlassen. Nach einer kurzen Fahrt im Mittagsverkehr parkten wir in der Nähe der alten Universität. Ich wollte ihm helfen, die Staffelei zu tragen, doch er drückte mir stattdessen seinen Block in die Hand und schulterte die

Staffelei mühelos selbst.

Wir suchten uns einen sonnigen Platz, an dem viele Passanten vorbeikamen, und bauten dort auf. Jake hatte auch für mich einen kleinen Klappstuhl mitgebracht, sodass ich mich neben ihn setzen und ihm zusehen konnte.

Es dauerte nicht lang, bis sich die ersten Kunden fanden. Ein junges Paar ließ sich zeichnen, wobei die Frau auf dem Schoß ihres Freundes saß und seinen Hals mit ihren Armen umschlang. Danach kamen ein älterer Herr und sein Dackel, die ebenfalls gemeinsam posierten. Während des Zeichnens erzählte uns der ältere Herr seine ganze Lebensgeschichte, angefangen bei seiner Jugend als Nachkriegskind über seine drei Ehefrauen bis hin zur Liebe seines Lebens – seiner Dackeldame Rosamunde, die ihm immer treu war. Nachdem der Mann gegangen war, wurden wir von einer Gruppe Studentinnen entdeckt, die sich ebenfalls zeichnen ließen. Jake erkundigte sich, was sie studierten, und sie outeten sich als Biologinnen. Eine von ihnen, die kleine Dunkelhaarige, schien ein Auge auf Jake geworfen zu haben. Die beiden flirteten die ganze Zeit. Was mich überhaupt nicht störte. Ich zupfte zwar ständig an dem Haargummi an meinem Handgelenk herum, aber ansonsten ließ ich mir nichts anmerken. Sogar als die Dunkelhaarige Jake fragte, ob ich seine Freundin wäre, er »Ha, nein« sagte und sie »Dachte ich mir« antwortete, blieb ich cool und lächelte weiter. Nur der Gummi schnalzte immer fester gegen mein Handgelenk. Kurz überlegte ich, ihn der Tussi an den Kopf zu schleudern, ließ es dann aber bleiben. Am Ende tauschten die beiden Nummern, was mir ebenfalls egal war. Scheißegal sogar.

»Alles okay, Kätzchen?«, fragte Jake, nachdem die Studentinnen gegangen waren. »Du siehst aufgebracht aus.«

»Ich, aufgebracht? Nein, ich bin die Ruhe in Person«, sagte ich und bemühte mich um ein Lächeln. »Flirtest du immer so mit deinen Kundinnen?«

Jake grinste. »Klar. Das verdoppelt mein Trinkgeld.«

»Künstlerschlampe«, murmelte ich, woraufhin Jake losprustete. Ich schmunzelte, war aber immer noch etwas verärgert.

Meine Laune hob sich erst wieder, als ein kleiner Junge herangeschlendert kam, seinen Schulrucksack auf den Boden schleuderte und sich ohne Kommentar auf den Porträtstuhl fläzte.

»Kann ich dir helfen?«, fragte Jake ihn.

Der Junge nahm seine Baseballkappe ab und wuschelte sich durch die platt gedrückten Haare, bis sie in alle Richtungen abstanden. »Das kommt ganz darauf an«, antwortete er. »Zeichnest du nur so langweilige Porträts oder hast du auch noch was Krasseres drauf?«

Jake fiel beinahe die Zigarette aus der Hand. »Was hast du gerade gesagt?«

»No Front, Bro«, erwiderte der Kleine, setzte sich die Kappe verkehrt herum wieder auf und deutete auf Jakes ausgestellte Zeichnungen. »Die sind ja ganz nett und so, aber ich suche nach was mit ein bisschen mehr Witz.«

Jakes Gesichtsausdruck war einfach göttlich. Ich musste mir die Faust auf den Mund pressen, um nicht laut loszulachen.

»Ganz nett?«, wiederholte Jake, als könnte er nicht glauben, was er gerade gehört hatte. »Was machst du kleiner

Scheißer überhaupt hier? Solltest du nicht in der Schule sein? Oder im Heim für Schwererziehbare?«

»Ha, ha. Echt witzig.« Der Kleine rollte die Augen. »Ich hatte heute nur bis zur Sechsten, falls du's unbedingt wissen willst.«

»Und was ist mit deinen Eltern?«, fragte Jake. »Lassen die dich einfach unbeaufsichtigt durch die Innenstadt spazieren und fremde Leute belästigen?«

Der Junge schnaubte genervt. »Ich bin zwölf, Alter, nicht sechs. Außerdem liegt meine Mom mit Liegegips im Bett und kann sich kaum rühren.«

»Und wo steckt dein Vater?«

»Sag du's mir!«, schnauzte der Junge zurück. Dann stand er auf, griff nach seinem Rucksack und wandte sich zum Gehen.

»Okay, okay«, lenkte Jake ein. »Du suchst also nach etwas Krasserem, irgendwas mit Witz. Wie wär's mit einer Karikatur?«

Es dauerte einen Moment, bis sich der Junge wieder entspannte. Nachdem er gute drei Sekunden in den Asphalt gestarrt hatte, schüttelte er die Schultern aus und hob interessiert den Blick. »Du meinst diese skizzenartigen Zeichnungen, auf denen man richtig bescheuert aussieht? Mit Hasenzähnen und Arschkinn und so?«

»Du hast es erfasst«, antwortete Jake und spitzte seine Kohle an. »Bevor du ja sagst, solltest du aber noch wissen, dass ein Karikaturist immer die Merkmale ausreizt, die bei einer Person sowieso schon ziemlich hervorstechen. Soll heißen, dass ich dir eine verdammt große Klappe verpassen werde.«

Der Kleine ließ sich wieder auf den Stuhl fallen, lehnte sich grinsend zurück und spreizte die Beine. »Klingt doch super. Dann hau mal rein, Picasso.«

Jake tat, wie ihm befohlen, und klemmte ein neues Blatt in seine Staffelei. Mit einem spitzen Stück Zeichenkohle in den Fingern machte er sich an die Arbeit. Nach den ersten paar Strichen wurde er jedoch erneut von dem Jungen unterbrochen.

»Hey, Alter, eins noch!«, setzte er an. »Leg dich ins Zeug, okay? Das Bild soll ein Geschenk für meine Mom sein. Seit sie diesen Unfall hatte, ist sie ziemlich mies drauf. Ich will sie aufheitern, kapierst du? Also streng dich an.«

Sofort wurde mir schwer ums Herz. Mein Blick pendelte zwischen den Jungs hin und her, und erst jetzt fiel mir auf, wie ähnlich sie sich sahen. Nicht nur wegen der Sturmfrisur und ihres unverschämten Grinsens. Sondern auch wegen des Schattens in ihren Augen. Ich wusste nicht, woher dieser Schatten rührte, doch er ließ ihre Masken bröckeln. Und darunter waren sie gleich.

»Keine Sorge«, sagte Jake ernst, »Ich weiß, was ich tue.«

Und das wusste er wirklich. Mit unnachahmlicher Leichtigkeit jagten seine Finger über das Papier, fassten die Gesichtszüge des Jungen in grobe Striche und zerrten an ihnen, bis daraus ein verdrehtes Abbild der Realität entstand. Ich hatte keinen Schimmer, wie Jake das anstellte, aber im Handumdrehen verwandelte er das Gesicht des Jungen in einen einzigen, großen Witz.

Ich biss mir schmunzelnd auf die Lippe. Die Karikatur war noch nicht einmal fertig, und ich fand sie jetzt schon zum Schreien.

»Kannst du Steffi mal so zeichnen?«, fragte ich, während Jake ein paar kräftige Striche zog. »Für so eine Zeichnung von Steffi würde ich glatt meine linke Niere hergeben.«

»Was soll er denn mit einer Niere?«, rief der Junge von seinem Stuhl aus. »Mit der kann er doch nix anfangen. Schick ihm lieber ein paar Nudes ...«

»Kscht!« Jake warf mit einem Kreidestück nach ihm. »Ruhe auf den billigen Plätzen!« Dann lugte er aus dem Augenwinkel zu mir. »Aber er hat schon recht, du könntest mir wirklich ein paar Nudes …«

Ich ließ ihn gar nicht erst aussprechen, sondern schnipste ihm gleich meinen Haargummi gegen die Wange. Jake stöhnte, und der Junge lachte ihn aus. Ich lächelte. »Das hast du davon.«

Danach dauerte es noch etwa fünfzehn Minuten, bis Jake mit seinem Werk zufrieden war und das Blatt aus der Halterung löste. Als der Junge die fertige Zeichnung sah, entkam ihm ein Grunzen. Er schüttelte den Kopf und rieb sich übers Gesicht. Dann nahm er das Blatt entgegen. »Digga, ich seh aus wie der hinterletzte Vollpfosten. Wehe, wenn Mom nicht lacht.« Seine Mundwinkel verzogen sich, und er hielt Jake die Faust hin. »Danke, Bro.«

Jake erwiderte den Fistbump. »Kein Ding. Richte deiner Mutter liebe Grüße von mir aus. Und sag ihr, dass sie einen vorlauten kleinen Bengel in die Welt gesetzt hat.«

»Das weiß sie, glaub mir«, grinste der Junge. Er rollte die Zeichnung zusammen und steckte sie in die Flaschenhalterung an seinem Rucksack. Dann öffnete er eines der vorderen Fächer und kramte darin herum. Als er nicht fand, wonach er suchte, lief er tomatenrot an. »Oh shit, ich hab meine Brieftasche zu Hause vergessen.« Er ließ den Rucksack zu Boden fallen und zog sein Handy aus der Hosentasche. »Warte, vielleicht hab ich noch einen Zwanziger in meiner Handyhülle.«

Er wollte gerade nachsehen, als Jake fragte: »Hast du einen Schokoriegel dabei?«

Der Junge hob eine Augenbraue. »Äh, nur ein halbzerquetschtes Snickers, wieso?«

Jake zuckte die Schultern. »Gib mir das Snickers und behalt dein Geld. Ich hab Hunger und Bock auf was Süßes, also lasse ich mich ausnahmsweise in Naturalien bezahlen.«

»Mann, du hast echt eine Schraube locker«, antwortete der Junge, ehe er seinen zerknautschten Schokoriegel aus dem Rucksack fischte und ihn Jake in die Hand drückte. »Hier, deine Naturalien.«

Jake machte sich gleich ans Auspacken. Der Junge schulterte seinen Rucksack und ging davon in Richtung Straßenbahnhaltestelle. Auf halbem Weg drehte er sich noch mal zu uns um. »Ach, eins noch!«, rief er, ein fettes Grinsen im Gesicht. »Deine Freundin ist echt heiß!«

Sofort wurde ich feuerrot im Gesicht. Fast im selben Moment huschten meine Augen zu Jake. Ich wollte seinen Gesichtsausdruck sehen. Keine Ahnung, was ich erwartete. Wahrscheinlich, dass er eine verwirrte Grimasse schnitt. *Was, die? Nee, die ist nicht meine Freundin. Und heiß ist sie auch nicht!* So was in der Art.

Aber nein. Er zog schmunzelnd eine Zigarette aus der Schachtel und warf mir einen Seitenblick zu. »Der kleine Scheißer hat Geschmack.«

Und das, bei Gott, war das Schlimmste, was er hätte

sagen können. Denn in diesem Moment wusste ich, dass er mich im Sack hatte.

Die nächste Stunde hindurch saßen wir nur da und warteten. Mittlerweile hingen dunkle Wolken am Himmel. Die Innenstadt leerte sich, sodass immer weniger Passanten an uns vorbeikamen. Als nach dreißig Minuten immer noch kein potenzieller Kunde in Sicht war, sah Jake mich an.

»Und?« Er nickte mit dem Kinn auf den leeren Porträtstuhl. »Hast du Lust?«

Ich biss mir auf die Lippe. Und wie ich Lust hatte. Ich erhob mich und nahm auf dem Porträtstuhl wieder Platz. Der Wind tanzte in meinen Locken, und ich klemmte mir eine Strähne hinters Ohr. »Diesmal bleibe ich auch sitzen, versprochen.«

Jake spitzte seine Kohle an. »Das will ich dir auch geraten haben, Kätzchen.«

Wie immer spürte ich bei diesem Spitznamen ein Kribbeln im Bauch. »Dann leg mal los, Jakob Sommer. Ich will endlich die Zeichnung kriegen, für die ich bezahlt hab. Sonst verlange ich mein Geld zurück.«

Ohne darauf zu antworten, begann er mit seiner Skizze. Er zog einige kräftige Striche und verwischte die Kohle mit dem Handballen. Dann, nach einer Weile, erhob er die Stimme. »Nicht Jakob«, sagte er. »Joe.« Er warf mir einen flüchtigen Blick zu. »Wenn ich arbeite, bin ich Joe.«

Plötzlich verstand ich. »Ah, so ist das. Joe ist dein Künstlername?«

Jacke nickte, woraufhin sich ein Lächeln auf meine Lippen schlich. Endlich ergab die Sache mit seinen zwei

Namen Sinn! »Warum gerade Joe?«, fragte ich und wippte auf dem Stuhl hin und her. Die Neugier hatte mich gepackt.

Jake zögerte und hob den Blick. Ich wusste sofort, dass ich einen Fehler gemacht hatte. »Ich, äh … ziehe die Frage zurück.«

Kommentarlos wandte er sich wieder ab.

Ich atmete durch. Das war knapp gewesen. Beinahe hätte ich wieder alles ruiniert. Das war eine von den verbotenen Fragen, ermahnte ich mich. Langsam bekam ich ein Gefühl dafür, welche Fragen ich ihm stellen durfte und welche ich besser vermied, auch wenn sie mir noch so sehr auf der Zunge brannten. Ich musste akzeptieren, dass er über manche Dinge nicht sprechen wollte. Ansonsten würde ich ihn nur von mir stoßen, immer und immer wieder.

Als Jake sich eine Zigarette ansteckte, hielt ich ihm die Hand hin. »Krieg ich eine?«

Er zog einen Mundwinkel hoch. Das war eine von den guten Fragen. »Deine Sorge um mich treibt meine monatlichen Ausgaben ziemlich in die Höhe.«

Trotzdem gab er mir eine Zigarette, die ich lächelnd entgegennahm. Ihr Grinsen war mir auf Anhieb sympathisch.

»Wann hast du damit angefangen?«

Jake warf den Kopf in den Nacken und blickte in die Wolken. »Da war ich … fünfzehn? Ja, ich war fünfzehn, glaub ich.«

»Fünfzehn? Du hast so früh mit dem Rauchen angefangen?«

»Die erste Zigarette hat mir mein damaliger bester Freund angedreht«, erzählte Jake, während er an seiner Zeichnung arbeitete. »Wir waren auf einem Festival, beide stockbesoffen. Mein bester Freund war Kettenraucher und hat neben mir eine Kippe nach der anderen weggepafft. Irgendwann hat er mich gefragt, ob ich auch eine will. Also hab ich probiert. Mir wurde schwindelig, ich musste kotzen und anschließend hab ich mir gleich noch eine angezündet, um den Geschmack loszuwerden.« Jake kratzte sich am Hinterkopf und lächelte verlegen. »Tja, dunkle Zeiten waren das«, sagte er, als müsste er sich für seine Geschichte entschuldigen. Ich kicherte bloß. »Am nächsten Tag bin ich aufgewacht und hab mir direkt eine Kippe von ihm geschnorrt. Und das war's. Seitdem sind die Zigaretten und ich beste Freunde.«

Ich musste schmunzeln. »So ähnlich war es bei mir auch. Emma, Lizzy und ich hatten getrunken, und Em hat sich am Zigarettenautomaten eine Schachtel rausgedrückt. Daraufhin wollten wir alle probieren.«

Jake hob skeptisch eine Augenbraue. »Du hast schon mal geraucht?«

Ich schüttelte den Kopf. »Nee, hab mich dann doch nicht getraut. Ich dachte, mein Dad würde es riechen.«

»Vermutlich besser so«, antwortete Jake. »Mir ist schon die Erste zum Verhängnis geworden.«

Ich senkte den Blick auf die bemalte Zigarette zwischen meinen Fingern. »Emma ist auch Raucherin geworden«, sinnierte ich. »Es ging nicht so schnell wie bei dir, aber irgendwann hat das Nikotin sie gekriegt. Mittlerweile qualmt sie wie eine Dampflok. Ehrlich, sie ist fast so schlimm wie du, nur dass sie auf ihre Zigaretten keine Gesichter malt, sondern maximal ihre Nummer draufschreibt, um jemanden aufzureißen.«

»Den Trick muss ich mir merken«, erwiderte Jake.

Inzwischen schien seine Zeichnung Form anzunehmen. Er zog sie aus der Befestigung und hielt sie in Richtung Sonne, um die Details zu begutachteten. Durch das dünne Papier hindurch konnte ich feine Gesichtszüge erkennen, die meinen zwar ähnelten, aber um ein Vielfaches schöner waren.

Wieso tat er das? Warum konnte er mich nicht einfach so zeichnen, wie ich war, anstatt mir vor Augen zu führen, wie er mich gerne hätte?

»Wohin ist Emma eigentlich verschwunden?«

Ich schreckte aus meinen Gedanken hoch. »Äh, nach Sizilien. Ihre Mom hat dort einen Job angenommen.«

»Von Wien nach Sizilien? Das ist ein krasser Umzug.«

Ich schnaufte und ließ die Schultern sinken. »Glaub mir, Em war nicht begeistert.«

»Warum sind sie überhaupt umgezogen?«

»Emmas Mom Angela wollte weg aus Wien. Das hatte mehrere Gründe. Einer davon war, dass sie ihre Familie vermisst hat. Angie ist Sizilianerin, geboren und aufgewachsen in San Leone. Sie ist mit einundzwanzig nach Wien gezogen, um hier die Ausbildung zur Hotelfachkraft in einer renommierten Hotelkette zu machen. Dann hat sie Emmas Dad Christopher, einen Anwalt, kennengelernt und ihn geheiratet. Bis Emma zwölf war, haben die drei im selben Gebäude gewohnt wie Mom, Dad und ich. Emma und ich sind also zusammen aufgewachsen. Dann, 2016, hat Chris Emmas Mom mit seiner Angestellten betrogen. Es gab einen Rosenkrieg und eine schmutzige Scheidung, die Wohnung wurde aufgelöst, Emmas Dad ist zu seiner Neuen gezogen und Emma und ihre Mom mussten nach Meidling umziehen, weil Christopher keinen Cent Unterhalt zahlen wollte.«

»Was?« Jake blickte von seiner Zeichnung auf. »Was heißt, er wollte keinen Unterhalt zahlen? Der Kerl ist Anwalt, verdammt, der hat genug Geld! Warum hat Emmas Mom nicht geklagt?«

Ich zuckte die Schultern. »Keine Ahnung. Meine Eltern haben mehrmals auf sie eingeredet, aber sie wollte nichts davon hören.«

»Und was haben Emma und ihre Mom dann gemacht, ganz ohne Geld?«

»Emmas Mom hat nonstop geschuftet. Emma musste auch einen Samstagsjob annehmen, damit sie über die Runden kamen. Christopher hat derweil seine Anwaltsgehilfin geheiratet und noch ein zweites Kind gezeugt. 2018 ist Emmas Halbbruder auf die Welt gekommen.«

Jake wirkte angewidert. »Klingt, als wär dieser Christopher ein richtiger Wichser.«

»Das kannst du laut sagen«, seufzte ich. »Jedenfalls hat das Emmas Mom ziemlich getroffen. Eine Zeit lang hatte sie schlimme Depressionen, war sogar von Schlafmitteln abhängig. Und dann, letzten Winter, hat sie beschlossen, das alles hinter sich zu lassen. Sie wollte wieder zurück nach Hause, zu ihrer Familie, und dort noch einmal neu anfangen.«

»Kann man ihr nicht verübeln«, meinte Jake.

Ich nickte bloß. »Ich wünschte, Emma wäre schon achtzehn gewesen. Dann hätte sie hierbleiben können. In San Leone kann ich sie nicht einmal besuchen. Der nächste

Flughafen ist anderthalb Autostunden entfernt, und öffentliche Verbindungen gibt es keine. Außerdem würde mir mein Dad die Reise sowieso nicht erlauben.«

»Du vermisst sie, stimmt's?«

»Sehr sogar«, gestand ich. »Weißt du, es ist nicht nur der Umzug. Manchmal kommt es mir vor, als wäre da eine irrsinnige Distanz zwischen uns. Keine Kilometer, keine Flugmeilen – eine andere Art von Distanz. Eine Distanz, die unsere Telefonate unterbricht und unsere Nachrichten als gelesen markiert. Eine Distanz, die man nicht einfach mit dem Flugzeug überwinden kann.«

Jake hob den Blick. »Du hast Angst, dass sie sich verändert, hab ich recht? Aber die Menschen verändern sich nun mal, Cherie.«

Ich fühlte mich durchschaut. Es war nicht gut, dass Jake mich lesen konnte wie ein offenes Buch. Es machte mich nervös.

Unruhig zwirbelte ich meine Haarspitzen zwischen den Fingern. »Ich habe einfach Angst, sie zu verlieren. Dass sie nicht mehr abhebt, wenn ich anrufe und dass es nie wieder so wird, wie es war. Seit ich denken kann, war sie immer da. Sie war da, als ich mich am allerersten Schultag vor lauter Angst im Mädchenklo versteckt hab. Sie war da, als ich zum ersten Mal Tequila getrunken und mich die ganze Nacht übergeben hab. Sie war da, als meine Mom gestorben ist. Und jetzt … jetzt ist sie weg.«

Jake schob die Staffelei zur Seite und blickte mich nun direkt an. Unter diesem dunklen Wolkenhimmel sah er unwirklich aus, fast surreal, mehr wie eine Zeichnung als ein richtiger Mensch. Sein Haar war dunkler als sonst, seine

Haut heller, seine Augen grauer und so unendlich tief.

Ein Ozean aus Zigarettenqualm.

Ein toller Ort zum Ertrinken.

»Die Menschen kommen und gehen, Kätzchen«, sagte er. »Und manche machen das nicht nur einmal. Sie treten ungebeten in dein Leben, verschwinden, wenn du sie am meisten brauchst, kommen wieder zurück, sobald du damit abgeschlossen hast, und hauen dann wieder ab. Man kann sich nicht auf die Menschen verlassen. Nicht einmal auf sich selbst.«

»Und auf wen soll ich mich dann verlassen?«

Jake schenkte mir ein Lächeln. »Auf die Veränderung. Und wenn du irgendwann denkst, schlimmer kann es nicht kommen, wenn du irgendwann am Tiefpunkt stehst, dann vertrau darauf, dass die Dinge sich ändern werden. Denn das tun sie, und zwar andauernd. Alles verändert sich. Das kann ich dir versprechen.«

Still sah ich ihn an, während in meinem Inneren nachhallte, was er gerade zu mir gesagt hatte. Und mit einem Mal hatte ich das Gefühl, unwiderruflich verloren gegangen zu sein. Verschwunden im Nebel, verpufft im Zigarettenqualm.

Ein Weilchen sprachen wir nicht, sondern genossen die Stille zwischen uns. Erst als Jakes Zeichnung fertig war, wandte er sich wieder an mich und übergab mir das fertige Kunstwerk. Sofort verliebte ich mich in die Zeichnung. Nicht in mein Abbild, nur in die Gewissheit, dass er es angefertigt hatte.

Als ich einen ersten Tropfen spürte, versteckte ich das Bild schnell unter meiner Jacke. Ich half Jake, die Sachen zusammenzupacken, und lief mit ihm zum Wagen, wo wir alles im Kofferraum verstauten. Er bot mir an, mich nach Hause zu bringen, und ich nahm dankend an.

»Das war ein schöner Nachmittag«, sagte ich, als wir in meine Straße einbogen.

Jake hob einen Mundwinkel. »Fand ich auch, Kätzchen.«

In meinem Bauch begann es zu flattern. »Danke fürs Zuhören. Es tut gut, über Emma zu sprechen, auch wenn die Erinnerungen an sie wehtun. Vielleicht ist das der Grund, warum Lizzy immer abblockt, wenn ich sie erwähne.«

»Jeder geht mit so was anders um«, meinte Jake daraufhin. »Gib ihr noch etwas Zeit. Ihr drei wart schließlich eine ganze Weile lang unzertrennlich.«

Ich nickte. Plötzlich fiel mir ein, dass ich ihn auch noch etwas fragen wollte. »Vorhin meintest du, dein bester Freund hätte dir die erste Zigarette angedreht. Du hast ihn nie zuvor erwähnt. Seid ihr denn noch befreundet?«

Noch im selben Moment verschwand die Gelassenheit aus Jakes Gesicht. Ein dunkler Schatten huschte über seine Züge und versteinerte sie. Seine Schultern verkrampften, die schlanken Finger glitten vom Schaltknüppel. Es war, als wäre Jakob Sommer plötzlich verschwunden. Ich saß nun mit einem Fremden im Auto.

»Nein, wir sind nicht mehr befreundet«, sagte er kühl. »Bemüh dich erst gar nicht, nachzufragen. Das ist eine richtig beschissene Geschichte, die willst du nicht hören. Und ich will sie nicht erzählen. Aber glaub mir, es hatte seine Gründe.«

Wir sahen einander an. Ich versuchte zu enträtseln, was in

seinen Augen geschrieben stand, aber sein Grau war wie eine Betonwand. Undurchsichtig, steinhart.

Plötzlich sah ich aus dem Augenwinkel einen Mann auf Jakes Auto zukommen. Er war völlig außer sich. Als ich mich umwandte, erkannte ich ihn. Und konnte plötzlich kaum noch atmen.

»Jake«, sagte ich mit zunehmender Panik in der Stimme, »Das ist mein Dad.«

Kapitel 7

Noch ehe Jake reagieren konnte, hatte Dad bereits die Autotür aufgerissen.

»Steig sofort aus dem Wagen, Cherie!« Er hatte die Stimme erhoben, brüllte aber nicht.

Vor lauter Aufregung schaffte ich es kaum, den Gurt zu lösen. Als das Klicken zu hören war, zog mich mein Vater aus dem Auto.

»Dad, ich … ich kann das erklären!«, stammelte ich, doch er wollte nichts davon hören.

»Du hilfst Lizzy bei den Hausaufgaben, ja?« In der Stimme meines Vaters war so viel Enttäuschung zu hören, dass ich mich in Grund und Boden schämte. Seine sonst so weichen Züge waren zu einer Grimasse verzerrt.

»Ich … ich …« Mir brach die Stimme weg.

»Wer ist das in dem Auto?«, herrschte Dad mich an und taxierte Jake wie ein Habicht seine Beute. Als wäre er im Begriff, die Flügel anzulegen und sich auf ihn zu stürzen.

Jake hingegen saß immer noch regungslos in seinem Wagen. Er machte keine Anstalten, davonzufahren. Ich hatte keinen Schimmer, worauf er wartete, aber ich war froh, dass er noch hier war.

»Das ist Jake«, erklärte ich schnell. »Wir waren den Nachmittag über in der Stadt. Du musst wissen, Jake ist Straßenkünstler. Er hat ein paar Leute porträtiert, und ich durfte ihm dabei zusehen. Cool, oder?«

Ich dachte, es würde meinen Vater beruhigen, wenn ich ihm das erzählte – ein bisschen Straßenkunst war schließlich harmloser als wildes Gefummel im Auto.

Doch das Gegenteil war der Fall.

»Du bist zu irgendeinem *Straßenkünstler* ins Auto gestiegen? Sag mal, hast du sie nicht mehr alle!«

Mein Vater griff nach meinem Arm und zerrte mich Richtung Eingangstür. So eine Reaktion hatte ich bei meinem Dad noch nie erlebt. Ich erschrak heftig, fuhr regelrecht zusammen. Noch im selben Augenblick hörte ich, wie eine Autotür schwungvoll zugeworfen wurde.

»Loslassen!« Jakes Stimme war ruhiger als die meines Vaters, aber genauso bestimmend.

Als wäre er aus einem Traum gerissen worden, ließ mein Vater mich los. Für den Bruchteil einer Sekunde sah ich Reue in seinen Augen aufblitzen. Doch dann wandte er sich Jake zu, und alles Sanfte wich aus seinem Blick.

»Was fällt dir eigentlich ein?«, polterte Dad und ging ein paar Schritte auf Jake zu, um sich vor ihm aufzubauen.

»Mir fällt gar nichts ein«, sagte Jake, ohne zurückzuweichen. »Beruhigen Sie sich!«

Mein Dad bebte vor Wut. »Beruhigen? Du bringst meine siebzehnjährige Tochter dazu, mich zu belügen und den ganzen Nachmittag mit einem Fremden durch die Stadt zu ziehen, und ich soll mich beruhigen?«

»Ja, genau. Und jetzt beruhigen Sie sich endlich, oder ist Ihnen noch nicht aufgefallen, dass ihre Tochter weint?«

Das war mir bis jetzt nicht einmal selbst aufgefallen. Mein Vater wirbelte herum und musterte mich. Meine glasigen Augen, die tränennassen Wangen, die zerlaufene Mascara. Einen Moment lang sahen wir uns an. Ich hatte das Gefühl, mich weinen zu sehen, verletzte meinen Vater noch viel mehr als mich sein Geschrei. Schnell presste ich die Lippen zusammen, um ein Schluchzen zu unterdrücken, und wischte mir mit dem Ärmel die Tränen fort.

Mein Vater drehte sich wieder zu Jake um. »Wer bist du überhaupt?« Diesmal klang seine Stimme ruhiger, wenngleich immer noch angespannt.

»Ich bin Jakob, Jakob Sommer«, erwiderte Jake. »Am Beginn des Schuljahres wurde ich in Cheries Klasse versetzt.«

Jakes Blick glitt zu mir, und sofort verstand ich, dass ich einhaken sollte. »Er ist mein Sitznachbar, Dad. Nicht irgendein Fremder.«

Ich sah, wie meinem Vater eine Last von den Schultern fiel. Doch er ließ es sich vor Jake nicht anmerken. Dafür war er zu stolz. Stattdessen begutachtete er Jake mit der grimmigsten Miene, die ich je an ihm gesehen hatte.

»Und? Hast du kein Zuhause, Jakob?«

Schnell huschte mein Blick zurück zu Jake.

Falsche Frage, Dad.

Jake drückte die Schultern durch und versuchte, das Gesicht zu wahren, aber ich konnte sehen, wie sein Kiefer zuckte. »Sie können sie nicht ewig einsperren«, sagte Jake zu meinem Vater, ohne auf die Frage zu antworten.

Seine Worte durchbohrten mich wie eine Kugel. Diese Wahrheit durfte nicht ausgesprochen werden. Sie kam zu früh. Sie war zu hart. Völlig perplex wich ich einen Schritt zurück.

Die Züge meines Vaters erstarrten. Als er diesmal die Stimme erhob, war es die Stimme eines Fremden. »Verschwinde!«, seine Stimme bebte. »Du hast keine Ahnung, wie es ist, sich um jemanden zu sorgen!«

Als wäre er unter Strom gesetzt worden, verspannte Jake am ganzen Körper. Er ballte die Hände zu Fäusten, sodass die Venen auf seinen Unterarmen hervortraten, und schien sich plötzlich kaum noch beherrschen zu können. Ein unerträglicher Schmerz flackerte im hellen Grau seiner Augen auf und stach mir wie ein Messerhieb in die Brust.

Kurz öffnete Jake den Mund, schloss ihn dann aber wieder und schluckte hinunter, was er sagen wollte. Dann machte er auf den Fersen kehrt und riss die Autotür auf. Ehe er einstieg, warf er mir einen letzten Blick zu. Wieder fühlte ich einen Stich im Herzen.

»Pass besser auf, Cherie!«, sagte er, einen Fuß bereits im Wagen. »Wenn du dich weiterhin einkerkern lässt, bist du tot, bevor du überhaupt gelebt hast.«

Und dann schloss er die Autotür und fuhr mit quietschenden Reifen davon.

Einen Moment lang konnte ich mich kaum rühren. Erst die Berührung meines Vaters holte mich ins Leben zurück.

»Komm, Liebling!« Er drückte mir die Schulter. »Lass uns reingehen.«

In der Wohnung schob mich mein Vater sofort in die Küche und wies mir einen Stuhl am Küchentisch zu. Während er Tee für uns kochte, versuchte ich meine Gedanken zu ordnen.

»Es tut mir leid, dass ich so laut geworden bin.« Er stellte mir eine übergroße Tasse hin. Ich musste ihn erst gar nicht ansehen, um zu wissen, dass er es ernst meinte.

»Schon gut«, murmelte ich und fuhr mit dem Finger den warmen Tassenrand entlang.

»Ich hab mir so wahnsinnige Sorgen gemacht.«

Ich schüttelte den Kopf. Kurz zögerte ich, dann entschied ich, es einfach auszusprechen: »Vier Stunden. Ich war gerade mal vier Stunden weg.«

Als mein Vater nicht antwortete, sondern nur in seinen Becher starrte, kochte Wut in mir hoch. »Ich bin nicht Mom!«, erinnerte ich ihn. »Mich einzusperren, macht sie auch nicht wieder lebendig!«

Plötzlich schoss mein Dad hoch und zog mir den Tee unter der Nase weg. »Das hat dir dieser Junge ja sehr erfolgreich eingeredet!«, zischte er. Mit einer schwungvollen Bewegung leerte er das Getränk in die Spüle, als könnte er damit auch meine widerspenstigen Gedanken wegschütten. Ich verdrehte die Augen.

»Er hat doch recht!«, konterte ich. Nun war ich es, die lauter wurde, was ungewöhnlich für mich war. »Es ist jetzt zwei Jahre her, und ich kann immer noch nicht mit dir über sie sprechen! Mom ist tot, Dad. Kapierst du das nicht? Sie ist tot!«

Mein Vater sah mich fassungslos an.

Tränen brannten in meinen Augen. »Aber ich bin nicht tot, okay? Ich bin immer noch hier, bei dir. Und ich werde dich nicht verlassen. Nur musst du mich endlich loslassen, du musst mir den Freiraum geben, mein eigenes Leben zu leben.« Meine Stimme wurde heiser. »Bitte, Dad! Bitte lass mich endlich los!«

Kurz, ganz kurz, schien mein Vater mit sich zu hadern. Er

schien sogar zu überlegen. Doch schon einen Sekundenbruchteil später stand es ihm ins Gesicht geschrieben: Er würde mich nie loslassen. Jetzt nicht und auch in Zukunft nicht.

Zaghaft setzte er sich zu mir und streichelte meinen Arm. »Du bist ihr so ähnlich, Cherie. Wenn du verträumt aus dem Fenster schaust, sehe ich sie. Wenn du beim Kochen die Küche verwüstest, sehe ich sie. Wenn du im Auto einschläfst, sehe ich sie.« Seine Augen wurden glasig, als er mich voller Schmerz musterte. »Deine Mutter hat mir immer vorgeworfen, dass ich mich zu sehr um euch sorgen würde. Sie sagte, ich solle Vertrauen haben. Sie sagte, das Leben sei ein Abenteuer und man müsse es mit offenen Armen empfangen.«

Ich griff nach seiner Hand. »Und Mom hatte recht, Dad!«

Er schüttelte den Kopf, erst langsam, dann immer schneller, fast wie im Wahn. »Nein, hatte sie nicht!«, widersprach er. »Du bist wie sie, Cherie. Du bist naiv und unschuldig und völlig wehrlos. Ich wünschte, sie hätte recht gehabt. Ich wünschte, die Welt wäre eine gute und dass das Schicksal Menschen wie euch verschonen würde. Aber dieser Glaube hat mich deine Mutter gekostet. Die Grausamkeit des Lebens macht vor niemandem Halt, das musste sie am eigenen Leib erfahren. Aber dir …« Er sah mich eindringlich an. »Dir darf das nicht passieren. Ich muss dich beschützen, Cherie. Auch wenn das heißt, dass ich dich einsperren muss.«

Ich fühlte, wie eine heiße Träne meine Wange hinunterrann. Ich senkte den Blick und verhakte die Finger ineinander. Aus tiefstem Herzen wünschte ich mir meine Mom zurück. Sie würde mir zur Seite stehen.

»Okay«, wisperte ich, die Stimme tonlos und voller bitterer Enttäuschung. »Darf ich jetzt wieder in meine Zelle?«

Dad schloss die Augen und nickte. Als ich schon halb bei der Tür draußen war, rief er mich noch einmal zu sich. »Ach, und Cherie …« Er konnte mich nicht ansehen. »Diesen Jungen wirst du außerhalb der Schule nicht mehr treffen. Ich verbiete es dir.«

»Das kann nicht dein Ernst sein!«, krächzte ich.

Und ob es sein Ernst war.

Binnen einer Sekunde musste ich so heftig schluchzen, dass ich kaum noch Luft bekam. »Das … das kannst du nicht machen!«

Mein Vater vergrub das Gesicht in den Händen. Ich wusste, dass er litt, dass er Schuldgefühle hatte, dass er einfach nicht anders konnte.

Doch diesmal konnte ich ihm nicht verzeihen. Ich stürmte aus der Küche und schloss mich in meinem Zimmer ein.

Völlig aufgelöst wählte ich Emmas Nummer. Ich musste mit jemandem sprechen, mit jemandem, der mich und meine Situation verstand. Emma und ich waren Freundinnen, seit ich denken konnte. Wir waren zusammen aufgewachsen, hatten alles zusammen erlebt. Emma kannte mich länger und besser als irgendjemand sonst, und sie kannte meinen Vater, in doppelter Hinsicht. Sie kannte den Mann, der er vor Moms Tod war, und sie kannte den Mann, in den er sich verwandelt hatte. Wenn jemand verstehen konnte, was hier gerade abging, dann Emma.

Ich klammerte mich an das Tuten in der Leitung. Sie würde abheben, ganz bestimmt. Wahrscheinlich hetzte sie gerade durch ihr Zimmer und suchte ihr Handy, das in die Bettritze gerutscht war. Plötzlich erklang ihre Mailbox. Ich legte auf und versuchte es noch mal, doch wieder hob Emma nicht ab.

Verzweifelt überlegte ich, wen ich sonst noch anrufen könnte. Lizzy? Dan? Beide waren sie meine Freunde, und beiden hätte ich mein Leben anvertraut … aber das hier? Das würden sie nicht verstehen, keiner von ihnen.

Also probierte ich es stattdessen bei Jake. Hoffentlich ging er ran, dann könnte ich mich entschuldigen, könnte ihm erklären, warum …

Klick. »Der von Ihnen gewünschte Gesprächsteilnehmer ist nicht erreichbar. Hinterlassen Sie eine Nachricht …«

Ich sah auf mein Display. Er hatte mich weggedrückt.

Ernüchtert ließ ich mein Handy sinken. Das war's also. Von den drei Menschen, mit denen ich sprechen wollte, war niemand erreichbar. Emma hob nicht ab, Jake drückte mich weg, und meine Mom … tja, meine Mom war tot.

Gute fünf Stunden lang lag ich einfach nur da und bemitleidete mich selbst. Ich bemitleidete mich so lange, bis ich mich nicht mehr ausstehen konnte. Immer wieder klopfte mein Dad an die Zimmertür, fragte, ob es mir gut ging, stellte mir das Abendessen vor die Tür und räumte es wieder weg, als er sah, dass ich die Tür heute nicht mehr öffnen würde. Um elf wünschte er mir schließlich eine gute Nacht. Seitdem hatte ich ihn nicht mehr gehört.

Ich starrte an die Decke, meine Wangen waren immer noch heiß, die Haut darüber spannte. Die Zeichnung, die Jake von mir gemacht hatte, hielt ich fest umklammert und drückte sie an meine Brust. Auch schon seit Stunden.

Das Vibrieren meines Handys riss mich schließlich aus meiner Trance. Ich zuckte zusammen. Rief Emma mich doch noch zurück?

Ich legte die Zeichnung unter mein Kopfpolster und griff nach dem Telefon. Jakes Name leuchtete auf dem Display auf.

»Hallo?«, flüsterte ich vorsichtig.

Eine tiefe Stimme erklang am anderen Ende der Leitung. »Komm runter«, meinte Jake nur und legte dann gleich wieder auf, ohne auf eine Antwort zu warten.

Ich starrte mein Handy an. In meinem Gehirn war wieder mal eine Sicherung durchgebrannt. Wie in Trance zog ich mir eine Jacke an, schlich aus dem Zimmer und schlüpfte in Moms Lederstiefel. Vorsichtig griff ich nach meinem Schlüssel und zuckte bei dem leisen Rasseln zusammen. Dann schloss ich die Wohnungstür auf, stahl mich nach draußen und drückte die Tür hinter mir wieder zu. Die ganze Zeit über hielt ich die Luft an. Das Klappern meiner Stiefel auf den Fließen im Treppenhaus dröhnte mir in den Ohren. Jeder Schritt schien zwischen den Wänden widerzuhallen. Ich betete, dass mein Vater schlief. Denn wenn er das nicht tat, wenn er in meinem Zimmer nach dem Rechten sehen und nur ein leeres Bett vorfinden würde, dann …

Daran durfte ich gar nicht denken.

Als ich das Gebäude verließ und Jake mit einer Zigarette zwischen den Lippen an seinem Auto lehnen sah, wachte ich plötzlich auf. Die kalte Nachtluft strömte bis in meine Lungenspitzen.

Mit einem schiefen Grinsen öffnete er mir die Beifahrertür. »Steig ein.«

»Wo fahren wir hin?«, fragte ich, nachdem ich meinen Gurt befestigt hatte.

Jake drehte den Schlüssel im Zündschloss. »Wir machen einen kleinen Ausflug.«

Mehr schien er mir nicht verraten zu wollen.

Kapitel 8

Nach einer zwanzigminütigen Fahrt parkte Jake in einer Straße, die ich noch nie gesehen hatte. Ich wusste nicht einmal, in welchem Teil von Wien wir waren.

»Komm schon!« Er stieg aus dem Wagen aus und ging die dunkle Straße entlang Richtung Osten. Schnell schnallte ich mich ab und eilte ihm nach. Als ich ihn endlich eingeholt hatte, sah ich mich zaghaft um. In fast keinem der Häuser brannte noch Licht, nur hier und da sah man das blaue Flimmern einiger Fernseher. Das spärliche Licht der Straßenlaternen tauchte alles in ein düsteres Orange. Ich erschauderte.

»Angst?«, fragte Jake mit einem neckischen Seitenblick.

»Natürlich nicht.«

Er hob einen Mundwinkel und ging weiter die Straße entlang, ich folgte ihm. Immer wieder drehte ich mich um, ob da jemand hinter uns war. Nichts, nur Dunkelheit. Schwarze, alles einnehmende Dunkelheit, die uns verschluckte und im nächsten Lichtkegel wieder ausspuckte. Instinktiv rückte ich näher an Jake heran. Seine Wärme gab mir ein wenig Sicherheit. Nach weiteren zehn Gehminuten kamen wir bei einer rostigen Brücke an. Schon von Weitem konnte ich den schwarzen Abgrund erkennen, über den sie sich spannte.

Ein paar Meter vor der Brücke streckte Jake den Arm aus, um mich am Weitergehen zu hindern. »Warte hier!«, bat er mich, bevor er sich mit großen Schritten dem Abgrund näherte.

Mir lief ein Schauer über den Rücken. Ich schlang die Arme um mich und sah ihm hinterher, bis er schließlich ganz knapp vor dem Abgrund stehen blieb und schweigend hinuntersah.

»Jake?«, piepste ich. Meine Stimme war dünn wie Glas.

Ohne Vorwarnung tat er einen Schritt nach vorne und fiel senkrecht durch die Luft. Sein dunkler Haarschopf verschwand unter der Kante des Abgrunds. Mir entfuhr ein Schrei, der bis in den letzten Winkel dieser gottverdammten Straße widerhallte. Ich rannte auf den Abgrund zu. Meine Organe zogen sich schmerzhaft zusammen, und in meinem Gesicht stand der blanke Horror. Als ich endlich ein wenig Luft in meine Lungen saugen konnte, presste ich sie gleich wieder heraus: »Jaaaaake!«

»Shhh!«, machte er und fuchtelte mit der Hand in der Luft herum. Sofort löste sich die Schlinge um meinen Hals. Er stand auf einem geschätzt halben Meter breiten Metallvorsprung direkt unter der Brücke.

Fast hätte ich zu weinen begonnen, so erleichtert war ich.

»Sag mal, geht's noch? Ich dachte, du wärst tot!«

»Entspann dich, Kätzchen. Ich hol dich doch nicht mitten in der Nacht ab, damit du mir zuschauen kannst, wie ich eine Klippe runter springe.«

»Ich finde das überhaupt nicht komisch!«, fauchte ich. Die ganze Aktion hatte mir eine Scheißangst eingejagt.

Jake hingegen schien das alles sogar sehr komisch zu finden. Ein jungenhaftes Lachen schaffte es über die Kante des Abgrunds. Ich konnte erkennen, wie er unter der

Befestigung der Brücke an etwas herumfummelte, das er schließlich zu mir nach oben warf: ein abgenutzter schwarzer Rucksack. Dann kletterte er selbst wieder hoch.

»Was ist da überhaupt drin?«

Ohne den Blick von mir abzuwenden, leerte er ihn aus. Vier Spraydosen klirrten auf den Boden, gefolgt von mehreren Plastikschablonen und einem schmutzigen Pullover.

Als ich erkannte, was er vorhatte, lachte ich auf. »Das ist ein Scherz, oder?«

Jakes Miene blieb ernst, und ich bekam große Augen.

»Nein.« Ich schüttelte den Kopf. »Nein, nein, nein!«

»Mach mir jetzt bloß keine Szene.« Jake zog sein schwarzes Kapuzenshirt aus und warf es mir rüber. »Hier, zieh das an, sonst machst du dich schmutzig. Diese Farbe geht nie wieder raus, und wir wollen doch nicht, dass dein Dad was hiervon erfährt.«

Ich schluckte schwer. Nein, das wollten wir ganz und gar nicht. Bei der Vorstellung, dass mein Vater erfuhr, was ich hier gerade tat – oder im Begriff war zu tun –, wurde mir schwindelig. Doch der Anblick von Jakes nacktem Oberkörper war auch nicht besser. Seine Haut war glatt, die Muskeln darunter wohlgeformt und sehnig. Bei jeder seiner Bewegungen wurden andere Muskelgruppen aktiv, und ich wusste kaum, wo ich hinschauen sollte. Hervortretende Venen zogen sich über seine Ober- und Unterarme, und der schmale Flaum auf seinem Bauch verschwand im Bund seiner Hose, was in mir eine neue Neugierde weckte. Mein Mund wurde trocken, und ich krallte mich am Kapuzenshirt fest, um ihn nicht versehentlich anzufassen. Gott, hätte ich ihn gerne angefasst! Oder zumindest fotografiert …

So viel zum Thema Selbstbeherrschung.

»Was?«, fragte Jake, nachdem er sich den Pulli übergezogen hatte. Wahrscheinlich hatte er meinen Blick gespürt.

»Nichts«, sagte ich und wunderte mich, dass ich nicht rot wurde. Doch mich war soeben eine jähe Enttäuschung überkommen. Hatte er sich unbedingt wieder anziehen müssen? Sein dämlicher Pulli versaute mir die ganze Aussicht …

»Jedenfalls …« Ich schüttelte den Kopf und riss mich von meiner Enttäuschung los. »Das, was du vor hast, ist illegal, Jake.«

»Das, was wir vorhaben.«

»Soll ich's dir buchstabieren? Es ist *il-le-gal*. Gesetzeswidrig. Verboten. Strafbar.« Mir fielen noch weitere Synonyme ein, doch was ich eigentlich damit sagen wollte, war, dass ich keinen Bock hatte, verhaftet zu werden. Ich sah mich um, aber rundherum war niemand zu stehen. Nur Stille und Dunkelheit.

»Ich weiß«, meinte Jake, nachdem er sich den abgenutzten Pulli angezogen hatte. »Deshalb dürfen wir uns nicht erwischen lassen.«

Ungläubig blickte ich ihn an und versuchte zu erraten, ob er sich nur einen Scherz mit mir erlaubte. Doch Jake schien es ernst zu meinen, er wollte mit mir sprayen gehen. Jetzt verstand ich, warum er seinen Wagen so abseits geparkt hatte.

»Jake, das können wir nicht …«

»Wir können, was immer wir wollen«, unterbrach er mich und setzte sich die Kapuze auf.

Dann kam er einen Schritt auf mich zu und zog mir das Kapuzenshirt aus der Hand. Meine Finger hatte sich so tief in den Stoff gebohrt, dass er kräftig dran ruckeln musste, ehe ich es losließ. In einer fließenden Bewegung stülpte er es mir über den Kopf. Sein herber Geruch rauschte in meine Lungen, und ich schloss für einen Moment die Augen. Mit jedem Atemzug wurden meine Gedanken ein klein wenig unschärfer, bis sie schließlich ganz verschwammen. Der weiche Stoff schmiegte sich an meinen Körper. Er war noch ganz warm.

Als Jake mir zwei der vier Spraydosen in die Hand drückte, schlug ich die Lider auf. Der Nebel in meinem Kopf lichtete sich, und mein Gehirn ratterte, um die letzten drei Sekunden nachzuholen. Ich hatte die Situation immer noch nicht ganz verarbeitet.

Jake stand so knapp vor mir, dass ich das Kinn heben musste, um ihm in die Augen zu sehen. Er spielte mit der Spraydose in seiner Hand. »Wenn du wieder gehen willst, dann geh. Ich werde dich nicht aufhalten.«

Verdammt, ich sollte gehen! Ich musste sogar! Ich durfte gar nicht hier sein!

Aber ich brachte keinen Ton heraus.

Jake hob einen Mundwinkel. »Hab ich mir gedacht.« Sanft zog er mich am Stoff des Kapuzenshirts zu sich und beugte sich ein wenig zu mir, um mir etwas ins Ohr zu flüstern: »Dann lass uns ein bisschen Spaß haben.«

Ich erschauderte. Ohne ein weiteres Wort wandte er sich von mir ab und lief die dunkle Straße entlang. Ich folgte ihm. Meine Gedanken überschlugen sich, aber ich versuchte, sie zu ignorieren. Wieder sah ich mich um. Nichts. Nur schwarze Nacht, nur eine blasse Mondscheibe, nur düsteres Laternenlicht, das sich in den dunklen Glasfenstern der umstehenden Gebäude spiegelte.

»Jake, warte!« Ich beschleunigte meine Schritte, um ihn wieder einzuholen.

»Komm in die Gänge!«, forderte er ungeduldig und blieb vor einem großen Gebäude stehen. Auf der Fassade waren mit verblassten Buchstaben die Worte ›Kindergarten Morgensonne‹ befestigt.

»Du willst einen Kindergarten besprayen?« Ich bemühte mich gar nicht erst, mein Entsetzen zu verbergen, aber Jake kümmerte sich ohnehin nicht um mich.

Prüfend musterte er die Wand von oben bis unten. »Der könnte etwas Farbe vertragen, meinst du nicht?«

Ich betrachtete das Gebäude. Es war ein riesiger Betoncontainer, grau und leblos. Nirgendwo klebten Blümchen an den Fenstern, alte Farbe blätterte an manchen Stellen ab. Ganz seitlich war die Fassade noch nicht mal verputzt, die roten Ziegel blitzten durch. Am Sockel prangten braungelbe Pisseflecken, und ich konnte nur hoffen, dass sie allesamt von Hunden stammten.

Jake hatte recht, das war kein Kindergarten. Trotzdem war sein Vorhaben moralisch fragwürdig.

»Stimmt schon, aber das … das geht nicht. Wir können keinen Kindergarten beschmieren. So was macht man einfach nicht.«

»Wir beschmieren hier gar nichts«, konterte Jake schroff. »Graffitis sind nur dann Vandalismus, wenn hinter ihnen die Absicht steht, etwas kaputtzumachen. Straßenkunst ist etwas ganz anderes, und das wirst du schon noch sehen.« Er schüttelte eine seiner Farbdosen, die blechern klapperte. »Außerdem: Glaubst du echt, die Kinder stört es, wenn ihr

Kindergarten ein bisschen bunter wird? Meinst du, irgendein Vierjähriger wird morgen hier aufkreuzen, den Putzkübel holen und sich denken: ›Verflucht, diese Jugendlichen, denen ist nichts mehr heilig!‹?«

Ich rieb mir den Nacken. »Nöö, das würde kein Vierjähriger denken.« So was denken höchsten Erwachsene, die dem Spaß im Leben schon abgeschworen hatten. Kinder mögen Farbe, für sie ist alles eine Leinwand. Kinder malen mit Kreide auf Asphalt, mit Wachsmalstiften auf Parkettböden, mit Fingerfarben auf Teppiche, mit Filzstiften auf Wände oder mit Mamas Lippenstift auf den Badezimmerspiegel.

»Aber die Erzieherinnen könnte es stören, oder die Leute vom Haus gegenüber.«

Jake warf mir einen Seitenblick zu. »Die goldene Regel für ein unglückliches Leben: Frag dich immer, was die Leute von gegenüber denken, bevor du etwas tust.«

Touché.

»Also gut«, seufzte ich und schüttelte meine Spraydose. »Aber wir machen es für die Kinder, ja?«

Jake grinste. »Natürlich, alles für die Kids.«

Im nächsten Moment hörte ich auch schon das Geräusch von komprimierter Luft und wasserfester Farbe. Jake nahm sich dem unverputzten Teil der Wand an.

Okay, dann mal los …

Kurz lugte ich zu Jake und beobachtete, wie er eine seiner Spraydosen schüttelte. Ich machte es ihm nach. Dann sprühte ich drauflos. Rote Farbe verteilte sich auf der dreckigen Fassade.

»Jake, mache ich das richtig?«

Er warf einen Blick auf die Rose, die ich an die Wand

gesprüht hatte. »Und ob du das richtig machst!«

Unwillkürlich begann ich zu strahlen und verzierte die Fassade mit weiteren Röschen. Dann schüttelte ich die andere Dose. Es war Violett. Ich sprühte ein paar Veilchen dazu.

»Lass uns tauschen!«, rief ich Jake zu, der mir gleich eine seiner Spraydosen zuwarf und geschickt eine von meinen auffing.

Ich schüttelte die neue Dose. Gelb. Zuversichtlich sprühte ich einen gelben Kreis über die Blumen. Dann nahm ich die rote Dose, die ich in der andern Hand hielt und mischte sie mit dem Gelb. Ich würde einen Sonnenuntergang malen! Bald erkannte ich, dass sich die Farben verblenden ließen, wenn man die Dose weiter weghielt, und dass man sie näher dranhalten musste, wenn man scharfe Umrisse zeichnen wollte. Die Farben waren außerdem so deckend, dass man sie immer wieder übersprühen konnte.

Ich war so konzentriert auf meine Arbeit, dass ich Jake eine Weile lang nicht beachtete. Nur im Augenwinkel bekam ich mit, wie er verschiedene Schablonen ausprobierte, die Kappen seiner Dosen austauschte und die leeren Dosen schüttelte.

Irgendwann war mein Sonnenaufgang über der Blumenwiese fertig, und ich ließ meine Dose sinken. Mein Unterarm zitterte und war angespannt, aber das störte mich nicht weiter. »Jake, schau mal, ich bin fertig.«

Er schien mich nicht gehört zu haben und reagierte nicht. Also drehte ich mich zu ihm um, um ihn herzuwinken. Doch dann sah ich, woran er gerade arbeitete, und war ganz aus dem Häuschen. Mein Mund klappte auf, so erstaunt war ich. Ich stellte meine Spraydose auf den Boden und ging zu ihm. Bunte Farbstriche zogen sich über die Wand. Jakes Hand jagte in einer irrsinnigen Geschwindigkeit mit der Spraydose über die Fläche. Ich konnte gar nicht so schnell schauen, als dass ich seinen Farbspuren hätte folgen können.

Er hatte den Kopf eines kleinen Mädchens gezeichnet, deren Augen auf den Sternenhimmel gerichtet waren. Das Bild war so lebendig, dass es mich sofort in seinen Bann zog. Gott, manchmal vergaß ich, was für ein Talent er hatte!

Begeistert betrachtete ich sein Werk, bis er mich schließlich über seine Schulter hinweg anschaute. Jake strahlte. Er strahlte heller als tausend Sonnen. So hatte ich ihn noch nie gesehen. »Und, wie findest du es?«

Ich konnte ihm nicht antworten, viel zu sehr fesselte mich dieser Blick. Das Grau seiner Augen glühte wie flüssige Lava, so als wollte es mein Honigbraun zum Schmelzen bringen. »Es ist … unglaublich«, brachte ich schließlich heraus.

»Das hier«, sagte er und breitete die Arme aus, »das ist, wer ich bin. Nichts anderes kann ich und nichts anderes will ich, nur das hier.« Jake lächelte, und die Luft um ihn herum flackerte wie um einen heißen Stern. Ein gewaltiger Anblick. Ich spürte, wie er sich in meine Erinnerung brannte. Noch in sechzig Jahren würde ich ihn dort stehen sehen, umgeben von Dunkelheit, die Arme ausgestreckt und das Gesicht voller Euphorie, hinter ihm das leuchtend bunte Graffiti. Er wirkte so glücklich, so durch und durch lebendig. Sein Herz schlug für die Kunst, und im Gegenzug hatte er seinen Herzschlag mit Farben an die Wand gesprüht.

Gemalte Herzschläge, das waren seine Bilder.

»Das ist also, wer du bist?«, fragte ich und suchte mit zurückgelegtem Kopf seinen Blick.

Jake kam ein paar Schritte auf mich zu, bis wir Zehenspitzen an Zehenspitzen dastanden. Er war mir so nahe, dass ich die Hitze spüren konnte, die von ihm ausging. Behutsam legte er seine Hände an meine Wangen. Meine Haut begann unter seiner Berührung zu kribbeln. Er zog mein Gesicht ein wenig zu sich, sodass ich seinen Atem auf den Lippen spüren konnte. Mir blieb die Luft weg.

»Das ist, wer ich bin«, wiederholte er. »Mehr musst du nicht wissen über mich, und mehr kann ich dir nicht erzählen. Überhaupt kann ich dir nicht viel mehr bieten als das hier. Aber wenn dir das gefällt – die Farben, das Mondlicht, die Spannung – dann kann ich dir eine ganz neue Welt zeigen, meine Welt.«

Ergriffen sah ich zu ihm hoch. Ich wusste, dass er es konnte. Jede Faser meines Körpers versicherte es mir. Als er den Blick auf meine geöffneten Lippen senkte, begann ich zu zittern. Nicht, weil mir kalt war oder weil ich Angst hatte, sondern vor Aufregung. Die Straße, der Kindergarten, die Laternen, alles verschwamm vor meinen Augen. Nur Jakob Sommer blieb übrig. Und das war mehr als genug.

Ich sah, wie er leise schluckte, den Blick immer noch auf meine Lippen fixiert. Doch dann nahm er plötzlich die Hände von meinen Wangen. Die Stellen, wo gerade noch seine warmen Finger gelegen hatten, fühlte sich nun eiskalt an. Einen Moment lang sah Jake mich noch an, dann drehte er sich weg.

Ich atmete zitternd ein. Meine Gefühle waren überwältigend, und ich fühlte mich hilflos. Scheiße, ich dachte wirklich, er würde mich küssen. Doch das hatte er nicht, wollte er wahrscheinlich nie! Wie kam ich bloß auf so was?

»Komm, lass uns ein paar Schritte gehen«, sagte Jake, als wäre nichts gewesen. »Von weiter hinten sehen wir unser Werk besser.«

Ich nickte bloß und spürte die Kälte wie Nadelstiche auf meinen erhitzen Wangen. Wir gingen nach hinten, bis zur Fassade des gegenüberliegenden Gebäudes, und betrachteten unser Kunstwerk. Als ich sah, was wir geschaffen hatten, entkam mir ein freudiges Lachen. Es war fantastisch! Die graue Fassade leuchtete nun in den prächtigsten Farben, aus einem trostlosen Betoncontainer war ein einladender Kindergarten geworden – und das unseretwegen!

Ich war so stolz auf uns, vor allem auf mich selbst. Nie im Leben hätte ich mir so etwas zugetraut.

»Jetzt brauchst du auch einen Künstlernamen«, meinte Jake und spielte wieder mit der Spraydose in seiner Hand.

»Einen Künstlernamen?«, fragte ich mit einem skeptischen Seitenblick.

Er zuckte die Schultern. »Überleg dir was.«

Ich kramte in meinem Kopf nach einem passenden Namen, nach irgendetwas, was mich auszeichnete. Doch mir fiel nichts ein.

»Ich hätte wirklich nicht gedacht, dass du das durchziehst«, unterbrach Jake meine Gedanken. »Du bist ganz schön mutig, Kätzchen.«

Na, das passte doch!

Ohne mich ihm zu erklären, nahm ich ihm die violette Spraydose aus der Hand und sprühte einen kleinen Katzenkopf unter mein Graffiti.

Jakes Lippen verzogen sich zu einem schiefen Grinsen. »Das gefällt mir.«

»Hab ich mir gedacht«, erwiderte ich und warf ihm die Spraydose zu. »Los, zeig mir deine Signatur!«

Geschickt fischte er sie aus der Luft. Er sprühte den Buchstaben J unter sein Bild, einmal normal und einmal gespiegelt. Rücken an Rücken prangten sie unter seinem Graffiti und erinnerten mich unwillkürlich an eine Lunge. Über die Schulter hinweg sah er mich an und warf mir einen aufgeladenen Blick zu. »Präg es dir genau ein, Kätzchen. Bald wird die ganze Stadt von diesem Zeichen übersät sein.«

Nach einem kurzen Fußmarsch waren wir zurück bei der Brücke, wo Jake seinen Rucksack versteckte. Diesmal kreischte ich nicht, als er sich über die Kante des Abgrunds schwang und auf dem schmalen Metallvorsprung landete, um den Rucksack wieder am Brückengestänge zu befestigen. Ich wollte wissen, warum er ihn nicht einfach in den Kofferraum warf, und Jake erklärte mir, dass er das früher getan habe, bis er eines schönen Nachmittags von der Polizei rechts ran gewunken wurde. Es eine ganz normale Fahrzeugkontrolle, und Jake hatte sich nichts zuschulden kommen lassen. Er war nicht zu schnell gefahren, hatte seinen Führerschein dabei und konnte sogar mit einem nagelneuen Verbandskasten punkten. Aber dann hatten die Polizisten den Rucksack mit den Spraydosen entdeckt, und der Rest der Kontrolle war die reinste Odyssee gewesen.

»Sie haben mich fast eine Stunde lang ausgefragt. Ich

sagte ihnen, ich würde nur auf erlaubten Wänden sprayen, aber das haben sie mir natürlich nicht geglaubt. Das Gegenteil beweisen konnten sie aber auch nicht, also ließen sie mich einen Alkoholtest machen. Als der negativ war, haben sie meinen Wagen und meine Sporttasche durchsucht und mich abgetastet. Gefunden haben sie nichts, also haben sie mein Auto auf andere Mängel durchsucht. Irgendwas stimmte mit der Nebelschlussleuchte nicht, woraufhin die Mistkerle neunzig Euro von mir verlangt haben. Seitdem bewahre ich meinen Rucksack lieber anderswo auf.«

Inzwischen waren wir wieder bei seinem Auto angekommen. Jake lehnte sich an die Motorhaube und zog seine Zigaretten aus der Hosentasche. Ich stellte mich neben ihn und lugte auf die offene, halb volle Schachtel. Ohne dass dass ich fragen musste, gab er mir eine. Sie hatte Augen wie eine Mangafigur und starrte mit leerem Blick ins Nirgendwo. Ich schaute Jake an, und als ich sein Grinsen sah, wusste ich, dass es kein Zufall war – sie sollte aussehen wie ich. Seufzend rollte ich die Augen, konnte aber nicht verhindern, dass sich gleichzeitig ein Schmunzeln auf meine Lippen schlich.

»Hast du dir nicht vorgenommen, keine neuen Freundschaften zu knüpfen?«, fragte ich, den Blick immer noch auf die Cherie-Zigarette gerichtet. Keine Sekunde später bereute ich meine Frage bereits, konnte sie aber nicht mehr zurücknehmen. Also knabberte ich stattdessen auf meiner Unterlippe herum und wartete nervös auf seine Antwort.

Jake lächelte. »Das Leben hat sich noch nie so richtig um meine Pläne geschert.«

Seine Worte ließen mich aufatmen. Wir waren also doch

Freunde. Ich hatte mir keine falschen Hoffnungen gemacht. Ein Lächeln zupfte an meinen Lippen.

Jake erwiderte es. Dann wurde sein Gesichtsausdruck wieder ernst. »Wie ist das Gespräch mit deinem Dad gelaufen? Hat er sich wieder beruhigt?«

Ich nickte schwach. »Im Großen und Ganzen.«

»Tut mir leid, Kätzchen. Ich hab dich ganz schön in Schwierigkeiten gebracht.« Dann zog er lange an seiner Zigarette und blies genüsslich den Rauch aus.

Kurz ruhte mein Blick auf seinen Lippen, ehe ich den Kopf hängen ließ und meine Schuhe musterte. »Dad hat mir verboten, mich außerhalb der Schule mit dir zu treffen.«

Jake entfuhr ein kurzes, kehliges Lachen, das mir ein Grinsen auf die Lippen trieb. Voller Entschlossenheit hob ich den Kopf und sah ihn an. »Versprich mir, dass du sie mir zeigst. Zeig mir deine Welt.«

Jake zog einen Mundwinkel in die Höhe, legte den Arm um meine Schulter und blickte in die Nacht hinaus. »Darauf kannst du Gift nehmen.«

Als ich in jener Nacht nach Hause kam und meinen Vater durch die Schlafzimmertür hindurch schnarchen hörte, fiel mir ein riesiger Stein vom Herzen. Auf Zehenspitzen schlich ich mich in mein Zimmer und schlüpfte in meinen Pyjama. Alles, was mich hätte verraten können, stopft ich ins hinterste Eck meines Kleiderschranks. Die schmutzigen Turnschuhe, meine helle Jeans, auf der sich eine violette Farbspur erstreckte, einfach alles. Nur Jakes Kapuzenshirt schummelte ich stattdessen unter mein Kopfpolster. Die Zeichnung, die er heute Nachmittag von mir gemacht hatte, verstaute ich in der Nachttischschublade. Völlig erschöpft schlüpfte ich schließlich unter die Decke. Meine Finger glitten unter das Kissen und vergruben sich im weichen Stoff des Kapuzenshirts, das immer noch Jakes Geruch in sich trug.

Er hatte mir ein Versprechen gegeben.

Und Jake hielt seine Versprechen, da war ich mir sicher.

Kapitel 9

Mein Vater nahm sein Vorhaben, mich von Jake fernzuhalten, ziemlich ernst. Die nächsten Wochen hindurch brachte er mich jeden Morgen zur Schule, um mich am frühen Nachmittag wieder von dort abzuholen. Wenn er verhindert war oder im Büro feststeckte, rief er zwanzig Minuten nach Schulschluss am Festnetztelefon an, um sicherzugehen, dass ich ohne Umwege nach Hause gegangen war. Einmal, als die U-Bahn, mit der ich fuhr, wegen einer Schienenblockade aufgehalten wurde, musste ich sogar meine Kamera aktivieren und das strenge Gesicht meines Vaters via Face-Time durch den Waggon tragen – und all das, um zu beweisen, dass Jake nirgendwo in Sicht war.

Ich hatte nicht den blassesten Schimmer, warum er sich so durchgeknallt aufführte, aber irgendetwas an diesem Jungen ging ihm wirklich gegen den Strich. Vielleicht lag es an der Tatsache, dass ich ihn seinetwegen belogen hatte, oder an dem Gespräch über Mom, zu dem unsere Auseinandersetzung geführt hatte. Auf jeden Fall war Dad fest davon überzeugt, dass Jake einen superschlechten Einfluss auf mich hatte, und tat alles in seiner Macht Stehende, um den Kontakt zwischen uns zu unterbinden. Ich durfte nicht mehr ausgehen, durfte mich nicht mehr mit Freunden treffen und durfte auch sonst nichts unternehmen, bei dem ich ihm zufällig hätte über den Weg laufen können.

Die Schule war der einzige Ort, an dem mich mein Vater nicht kontrollieren konnte, obwohl er sogar das versuchte. Kurz nach unserem Streit holte mich der Direktor aus dem Unterricht und wollte wissen, ob mich mein neuer Sitznachbar belästigte. Ich war so außer mir, dass ich beinahe aus der Haut gefahren wäre, aber das sparte ich mir dann doch lieber für meinen Vater auf. Dem Direktor erzählte ich, dass Jake der *harmloseste und freundlichste* Mensch sei, den ich je getroffen hätte – ha, ha! –, und dass er mich nie im Leben auch nur schief ansehen würde. Dann fügte ich noch hinzu, dass mein Vater seit dem Tod meiner Mutter ein ziemliches Kontrollproblem hätte und dass ich ihm sehr dankbar wäre, wenn er seine Anrufe nicht allzu ernstnehmen würde. Der Direktor glaubte mir, und Jake durfte mein Sitznachbar bleiben. Nach der Schule fuhr ich zu in Dad ins Büro und ging dort hoch wie eine Feuerwerksrakete. Das war das erste und letzte Mal, dass er so eine linke Nummer abzog.

Jake war von Dads Reaktion ziemlich geplättet. Was er im ersten Augenblick noch mit Humor genommen hatte, fand er zwei Wochen später überhaupt nicht mehr komisch. Um genau zu sein, breitete ihm die ganze Situation Bauchschmerzen. Er versicherte mir, dass es nie seine Absicht gewesen wäre, meinen Vater gegen mich aufzubringen, und dass er nicht zulassen würde, dass ich seinetwegen noch tiefer ins Schlamassel geriet.

Obwohl ich ihm tausendmal versicherte, dass er an der Situation keine Schuld trug, schien er sich trotzdem dafür mitverantwortlich zu fühlen. Und er schien sich *für mich* verantwortlich zu fühlen. Deshalb riet er mir auch, mich erst einmal an Dads hirnrissige Vorschriften zu halten. Weil ich am Ende sonst noch mit einer elektronischen Fußfessel am Knöchel aufwachen würde.

So verärgert ich im ersten Moment auch war, konnte ich Jakes Einwand schon verstehen. Er wusste, wie mein Vater reagieren würde, wenn er uns noch einmal zusammen sah oder wenn er mich gar dabei ertappte, wie ich mich nachts aus der Wohnung schlich. Jake wollte nicht riskieren, dass die Beziehung zwischen Dad und mir seinetwegen in die Brüche ging.

Also entschied ich, ihn erst mal außen vor zu lassen, und bat stattdessen Lizzy um Hilfe.

Zuallererst musste ich sie natürlich einweihen. Eigentlich wollte ich mich auf die wesentlichen Punkte beschränken, doch als ich erst einmal begonnen hatte, sprudelten die Worte nur so aus mir heraus. Ich erzählte ihr alles, angefangen beim ersten Nachmittag, den ich mit Jake verbracht hatte, über den Riesenkrach mit meinem Vater bis hin zu unserer nächtlichen Sprühaktion. Nur Jakes Versprechen behielt ich für mich.

Ich dachte mir schon, dass Lizzy überrascht sein würde. Aber sie war nicht nur überrascht, sie flippte total aus. Einerseits, weil sie die neue Freundschaft zwischen mir und Jake so aufregend fand, und andererseits, weil sie das Verhalten meines Vaters für absolut inakzeptabel hielt.

Also fassten wir gemeinsam einen Plan, wie wir meinen Vater wieder zur Vernunft bringen konnten. Einen Fünf-Stufen-Plan.

In Stufe eins ging es darum, die nervigen Kontrollanrufe loszuwerden. Lizzy schlug vor, meinen Vater mit seinen eigenen Waffen zu schlagen und ihn so oft anzurufen, bis er beim Klingeln seines Telefons regelrecht zusammenzuckte. Also rief ich meinen Vater gute drei Tage lang alle fünf Minuten an. Ich rief ihn an, wenn er im Büro war, ich rief ihn an, wenn er am Küchentisch saß und Kreuzworträtsel löste, ich rief ihn sogar an, wenn er nur mal kurz aufs Klo ging. Egal, wo er steckte, sein Smartphone und sein Firmenhandy schrillten beide unentwegt. Jeder andere hätte einfach seinen Klingelton ausgestellt, aber weil Dad Unternehmensberater war, konnte er sich diesen Luxus nicht leisten. Was mir natürlich sehr zugutekam. Irgendwann sah er schließlich ein, dass seine andauernden Kontrollanrufe total daneben waren, und versprach, sie ab jetzt einzustellen. Aber nur, wenn ich meine Anrufe dann ebenfalls einstellte. Was ich natürlich tat.

In Stufe zwei sollte ich mir das Recht auf Kontakt mit meinen Freunden zurückholen. Zu diesem Zweck kreuzte Lizzy mit Sack und Pack bei uns zu Hause auf, quartierte sich in unserem Wohnzimmer ein und schwor, dass sie erst wieder gehen würde, wenn ich mindestens einmal pro Woche zu einem Filmabend zu ihr kommen durfte. Dieser würde selbstverständlich auch eine Übernachtung inkludieren, sofern es die Umstände verlangten. Mein Vater bezeichnete das als Nötigung und drohte damit, die Polizei zu rufen, aber Lizzy grinste bloß und legte ihr geschientes Bein provokativ auf unserem Couchtisch ab. Natürlich wusste sie, dass er nur bluffte, immerhin kannte sie den Mann nun schon seit guten sechs Jahren. Erst zögerte Dad, aber nachdem Lizzy vier Nächte lang auf unserem Sofa kampiert hatte, gab er schließlich nach.

Für Stufe drei mussten wir uns jemanden ins Boot holen, der vertrauenswürdig war und ein Streberimage hatte – und da gab es eigentlich nur eine Option: Daniel Thaler. Wir weihten ihn in unser Vorhaben ein und baten ihn, meinen Vater anzurufen und ihm von seinen Plänen fürs Studium zu erzählen. Er sollte behaupten, dass es schon immer sein größter Traum gewesen sei, angewandte Mathematik zu studieren, und dass er deshalb jemanden bräuchte, der einmal pro Woche mit ihm lernen würde, um die Inhalte aus dem Unterricht zu vertiefen. Mal abgesehen davon, dass Daniel der beste Mathematiker war, den ich je kennengelernt hatte, und definitiv keine Lernhilfe brauchte, war Stufe drei unseres Plans wirklich grenzgenial. Mein Vater predigte sowieso immerzu, dass ich mich in Mathe mehr reinhängen müsste, und da waren wöchentliche Lernsessions geradezu ideal. Nach ein paar Tagen, in denen wir Dan ununterbrochen am Rockzipfel hingen, konnten wir ihn schließlich überreden, die Sache durchzuziehen. Alles kam wie erhofft. Mein Vater willigte ein, und ich hatte einen weiteren Teil meines Lebens zurückgewonnen: den Mittwochnachmittag.

Stufe vier unseres Plans begann während der Kontrolluntersuchungen bei der Schulärztin. Ziel war es, die Schulärztin dazu zu bringen, mir regelmäßige Sporteinheiten zu verschreiben, damit ich eine weitere Ausrede hatte, die ich meinem Vater auftischen konnte. Eigentlich hatte ich mir vorgenommen, fiese Rückenschmerzen vorzutäuschen, aber es stellte sich heraus, dass das gar nicht notwendig war. Die Schulärztin warf einen kurzen Blick auf meine Wirbelsäule, schnappte theatralisch nach Luft und wollte wissen, ob ich denn wohl genug Sport trieb. Ich schmunzelte böse. »Oh, nein«, sagte ich. »Genaugenommen mache ich *gar keinen* Sport. Ich hasse Sport, wissen Sie? Seit siebzehn Jahren gehe ich ihm gekonnt aus dem Weg.« Und das war noch nicht einmal gelogen!

Keine Minute später hing die Frau Doktor schon an der Strippe und hielt meinem Vater eine saftige Predigt, dass er seine Tochter doch bitte zum Sport schicken möge. Lizzy, die mich wie jedes Jahr zur Kontrolluntersuchung begleitete, nutzte die Gunst der Stunde und bot an, mit mir wöchentlich ins Fitnessstudio zu gehen – und voilà, der Freitagnachmittag war gerettet!

Stufe fünf unseres Plans war mit Abstand die schwierigste. In Stufe fünf ging es darum, den Montagnachmittag zurückzuerobern. In diesem Zeitraum sollte sich alle zwei Wochen der Debattierklub treffen, der alle achten Klassen auf die mündliche Matura vorbereiten sollte und deshalb verpflichtend war. Zu diesem Zweck mussten wir ein offizielles Formular aufsetzen, die Unterschrift des Direktors fälschen und dann auch noch ins Sekretariat schleichen, um den Wisch mit dem Schul-Sigel abzustempeln. Keine Ahnung, was Lizzy und ich uns bei dieser Aktion gedacht hatten. Vermutlich nicht allzu viel. Keiner von uns hatte Talent im Layouten, was dazu führte, dass unser Dokument total unseriös aussah. Davon abgesehen hatten wir nicht den blassesten Schimmer, wie wir uns unbemerkt ins Sekretariat schleichen sollten, vor allem, weil Lizzy immer noch eine Beinschiene trug und ich schon beim bloßen Gedanken daran hyperventilierte. Wir brauchten also Verstärkung.

Lizzy versprach, Dan ins Boot zu holen, der nicht nur ein

Mathe-Ass, sondern auch ein Photoshop-Spezialist war, während ich mir überlegte, wie uns die Sache mit dem Sekretariat gelingen konnte.

Eines stand fest: Wir brauchten eine gute Ablenkung.

Ich dachte daran, zwei raufende Erstklässler zu engagieren, kam dann aber zum Entschluss, dass ich einfach den Feueralarm auslösen könnte.

Als ich Jake von meiner Idee erzählte, war er überhaupt nicht begeistert. Um genau zu sein, nannte er es »die beschissenste Idee seit Anbeginn der Menschheitsgeschichte, mal abgesehen von Atombombentestungen und fettfreien Kartoffelchips.«

Davon abbringen ließ ich mich aber trotzdem nicht, was dazu führte, dass ich eine Woche später mit pochendem Herzen und dem gefälschten Formular in meiner Hand vor dem Auslöser des Feueralarms stand. Ich war so nervös, dass mein ganzer Körper rebellierte, angefangen bei dem eiskalten Schweißfilm auf meiner Stirn bis hin zu dem Gefühl, mich jeden Moment übergeben zu müssen.

Jake, der eigentlich nur mitgekommen war, um nach potenziellen Zeugen Ausschau zu halten, sah sich meinen Nervenzusammenbruch genau zehn Sekunden lang an. Dann riss er mir das Formular aus der Hand und marschierte fluchend aufs Sekretariat zu. Kurz bevor er die Tür aufriss, holte er tief Luft und verzog die Lippen zu einem charmanten Lächeln.

Ich war so perplex, dass ich eine ganze Weile nur dastehen und die Tür anglotzen konnte. Fünf Minuten später kam Jake wieder heraus und überreichte mir das Dokument samt Schul-Sigel und Datumsstempel. Sogar die

Unterschrift des Direktors prangte plötzlich darauf, und sie sah verdammt echt aus. Mir klappte die Kinnlade runter. Mit offenem Mund und weit aufgerissenen Augen starrte ich auf das Dokument in meinen Händen und hatte scheinbar verlernt, wie das mit dem Sprechen funktionierte.

»Gern geschehen, Kätzchen«, schnarrte Jake. »Beim nächsten Mal bittest du mich gleich um Hilfe, verstanden?«

Ich hob den Blick und rang nach Worten, aber mehr als ein Nicken war leider nicht drin.

»Wie hat dein Vater reagiert, als du ihm das Formular gezeigt hast?«, fragte Lizzy mit vollem Mund.

Ich ließ mein rechtes Bein über Lizzys Bettkante baumeln und schnappte mir ebenfalls eine Handvoll Karamellpopkorn. Wir waren zu unserem wöchentlichen Filmabend verabredet.

»Zuerst war er ein bisschen verwundert«, erzählte ich. »Er meinte, unser Direktor würde sich ja ganz schön ins Zeug legen, wenn er für uns Maturanten extra einen Debattierklub aus dem Boden stampft. Aber nachdem ich ihm von den gefloppten VwA-Präsentationen letztes Jahr erzählt habe, hat er es geschluckt.«

»Es gab also kein Theater wegen Du-weißt-schon-wem?«, wollte Lizzy wissen. Sie schob sich ein Kissen unters Bein, zog den Klettverschluss ihrer Schiene fest und fasste dann so energisch in die Popkornschüssel, dass die klebrigen Körner in alle Richtungen spritzen. »Immerhin ist der nicht-existente Debattierklub für alle Maturanten verpflichtend. Stört es deinen Vater nicht, dass Jake und du noch mehr Zeit zusammen verbringt?«

»Klar stört ihn das«, antwortete ich schulterzuckend. »Meinen Vater stört alles, was mit Jake zu tun hat. Aber er kann nun mal nicht ändern, dass Jake in meiner Klasse ist.« Ich schürzte die Lippen und überlegte kurz. »Na ja, er könnte ihn *abknallen*. Das wäre eine Möglichkeit.«

Sofort schoss mir Rick Grimes in den Kopf, der Deputy Sheriff aus *The Walking Dead*, von dem mein Vater so begeistert war. Ich hatte immer schon gefunden, dass die beiden sich ähnelten, vor allem wegen der Frisur und des grau melierten Bartes. Aber in letzter Zeit fielen mir auch noch andere Ähnlichkeiten auf: Genau wie Rick Grimes hatte auch mein Dad einen Hang zum Autoritätsmissbrauch, außerdem gab er sich die Schuld am Tod seiner Frau, hatte kein Verständnis für die Bedürfnisse seines Kindes und empfand das Gefängnis, in dem er sich einbunkerte, als sicheres zu Hause für sich und seine Familie. Gut, dass wir nicht wirklich in einer Zombie-Apokalypse lebten, denn bestimmt hatte Dad auch Ricks Schießtalent, und wenn es darum ging, seine Tochter vor einem gefährlichen Virus zu schützen, würde er wohl nicht lange fackeln und Patient null kurzerhand abknallen.

»Ein bisschen radikal, findest du nicht?« Lizzy prügelte auf ihr Kopfkissen ein, bis es wieder fluffig und aufgebauscht war. Dann schob sie es unter ihren Oberkörper und nahm eine Position ein, die aus einem Erotikkalender hätte stammen können. »Wie läuft das mit dir und Jake jetzt überhaupt? Verbringt ihr die ganze neu gewonnene Zeit zusammen?«

Ich zog mir die Popkornschüssel auf den Schoß und wühlte darin herum. »Das kommt ganz darauf an. Letzte

Woche schon, da haben wir jeden freien Nachmittag was unternommen. Jake hat ein paar Leute porträtiert, danach sind wir essen gegangen oder haben eine Spritztour gemacht. Es gibt etliche Ecken in Wien, von denen ich nicht einmal gewusst habe, dass sie existieren. Am Samstag hat Jake mich dann in eine geheime Bar geschleust, die ›The Chapel‹ heißt. Die haben alle sieben Todsünden als Shots auf der Karte.«

Lizzys Augen funkelten. »Verdammt, Cher! Du musst mich da hinbringen, hörst du? Du musst einfach! Ich will mich an Wollust und Eitelkeit betrinken.«

»Das könnte schwierig werden«, erwiderte ich. »Erstens hab ich mir den Weg nicht gemerkt, und zweitens hätten die mir dort nicht einmal ein Glas Wasser ausgeschenkt, wenn Jake nicht dabei gewesen wäre.« Ich stopfte mir eine Handvoll Karamellpopkorn in den Mund und zuckte mit den Schultern. »Keine Ahnung, wie er das anstellt, aber aus irgendeinem Grund tanzt die ganze Welt nach seiner Nase. Erst will die Kellnerin noch meinen Ausweis sehen, zwei Minuten später stehen sieben verschiedene Shots auf unserem Tisch, alle mit einem kleinen Erdbeerherz dekoriert.«

Lizzy verzog die Mundwinkel zu einem Grinsen. »Tja, das Leben kann leicht sein, wenn man gut aussieht. Und was ist dann passiert? Wie lange wart ihr in dieser Bar?«

Ich lehnte mich zurück und schnappte mir noch etwas Popcorn. »Bis zwei, ungefähr. Dann hat Jake mich nach Hause gebracht. Mein Vater hat geschlafen, also musste ich nur darauf achtgeben, leise zu sein. Am nächsten Morgen hab ich ihm dann erzählt, dass deine Mutter mich mitgenommen hätte, als sie zur Frühschicht gefahren ist.«

»Und zwischen Jake und dir ist nichts passiert?«

»Was? Nein!«, quiekte ich. »Wir sind nur Freunde.«

Lizzy hob eine Augenbraue. »Komm schon, Cherie. Du willst mir doch nicht ernsthaft erzählen, dass ihr euch gemeinsam betrinkt und dann noch nicht einmal ein bisschen rummacht?«

»Doch, Lizzy, genau das will ich dir erzählen!« Ich schüttelte meine verspannten Schultern aus. »Schon klar, warum du denkst, dass da mehr zwischen uns wäre, aber so ist es nicht. Jake ist nur ein Freund, okay? Und genauso soll es bleiben.«

»Das heißt, du hast keine Gefühle für ihn?«, bohrte Lizzy nach.

Ich wusste nicht recht, wie ich diese Frage beantworten sollte. Also ignorierte ich sie einfach und kam zurück zum Thema: »Jedenfalls, Jake hatte diese Woche keine Zeit, weshalb wir uns so gut wie gar nicht gesehen haben. Am Montag und Dienstag war er ja zumindest noch in der Schule, aber seitdem habe ich nichts von ihm gehört. Keine Ahnung, wo er steckt oder was er treibt. Am Mittwochnachmittag hab ich mich in der Bibliothek verkrochen und gelesen, und freitags, als ich offiziell mir dir im Fitnessstudio war, bin ich stattdessen anderthalb Stunden durch den Stadtpark spaziert.«

Lizzy rappelte sich auf und holte zwei extraordinär große Chipstüten unter ihrem Bett hervor, gefolgt von einer Flasche Cola und einer superflauschigen Kuscheldecke. »Falls Jake heute wieder nicht aufkreuzt, machen wir uns einfach einen gemütlichen Filmabend. Ich bin jedenfalls gewappnet, wie du siehst.«

Lächelnd schnappte ich mir die Kuscheldecke und wickelte mich darin ein. »Du bist die Beste, Liz. Ohne dich und deinen genialen Plan wäre ich immer noch in meiner Wohnung gefangen. Du weißt gar nicht, wie sehr du mir geholfen hast.«

»Ach, nicht der Rede wert«, erwiderte Lizzy zwinkernd. Dann ließ sie die Chipstüte platzen und fischte sich eine Handvoll Kartoffelchips heraus. »Und du hast wirklich keinen Schimmer, wo Jake steckt, wenn er die Schule schwänzt?«

»Nope.«

»Hat er dir wenigstens erzählt, warum er manchmal wie ein Zombie herumläuft?«

Ich seufzte und senkte meinen Blick in die Popcornschüssel. »Nein, hat er nicht. Aber mir ist aufgefallen, dass es ihm immer besonders schlecht geht, *nachdem* er die Schule geschwänzt hat. Was auch immer ihn vom Unterricht abhält, hält ihn auch vom Schlafen ab. So viel kann ich sagen.«

»Kennst du irgendwelche Details über seine Familie?« Lizzy griff nach der Colaflasche. »Sind seine Eltern getrennt? Hat er vielleicht einen fiesen Stiefvater oder so?«

»Keine Ahnung!« Ich war frustriert, weil ich das nicht wusste. »Er spricht nie von seiner Familie. Eigentlich erzählt er mir überhaupt nichts aus seinem Privatleben. Es ist, als wäre das gesamte Jake-Sommer-Universum ein einziges großes Tabuthema für mich.«

»Dann weißt du also praktisch nichts über ihn?«

»Doch, ich weiß jede Menge, nur nichts Essenzielles.« Ich stellte die Schüssel auf den Boden, damit ich mich neben Lizzy ausstrecken konnte. »Zum Beispiel weiß ich, dass er total auf Sitcoms abfährt, aber nur auf solche mit Livepublikum. Seine Lieblingsband ist irgendeine Indi-Gruppe, von der ich noch nie gehört habe. Inzwischen gibt es die Band auch gar nicht mehr, aber er hat sich vor Jahren eines ihrer Alben runtergeladen und hört es immer noch, weil es ihn an seine Anfangszeit als Straßenkünstler erinnert. Neben seiner Nikotinabhängigkeit hat er noch ein anderes ernstzunehmendes Suchtproblem: Er ist süchtig nach Zucker. Wenn er nicht alle paar Stunden etwas Süßes in die Finger kriegt, wird er richtig unausstehlich. Politik interessiert ihn nicht, außer sie kommt von Banksy. Er mag Katzen lieber als Hunde, weil Katzen einen freien Willen haben und immer wieder auf den Beinen landen. Außerdem sind sie Sadisten und stehen auf kranke Spielchen, was er in Kombination mit dem niedlichen Aussehen echt witzig findet. Er meint, das hätte was von Anime.«

Ich hätte diese Liste noch ewig weiterführen können, aber Lizzy grinste jetzt schon bis über beide Ohren. Es war nicht schwer zu erraten, was sie dachte. Zu meinem Bedauern sprach sie ihren Gedanken dann auch noch laut aus: »Du hast also keine Gefühle für ihn? Schon klar, Kätzchen.«

Meine Miene verdunkelte sich. »Lass das, Liz! Jake und ich sind nur Freunde. Und ob du's glaubst oder nicht – einen Freund habe ich zurzeit echt nötig.«

Ich wandte den Blick ab und zeichnete kleine Kreise auf die Bettdecke, während ich innerlich traurig wurde. »Ich kann Emma seit guten zwei Wochen nicht mehr erreichen.«

»Oh. Das, äh … tut mir leid«, antwortete Lizzy, die sich inzwischen auf den Rücken gerollt hatte und an die Decke starrte. Ihr Gesichtsausdruck war völlig undurchdringlich – ein richtiges Poker-Face, wenn man so wollte. Aber in ihrer Stimme schwang etwas mit, das mich aufhorchen ließ.

»Wann hast du zuletzt mit ihr gesprochen?«, fragte ich. Als ich nach guten drei Sekunden noch immer keine Antwort bekam, stützte ich mich auf die Ellbogen, um ihr ins Gesicht sehen zu können. »Lizzy?«

Sie wich meinem Blick aus. »Es ist eine Weile her, seit ich das letzte Mal etwas von Emma gehört habe … Aber zurück zu dir und Jake! Ich habe mich gefragt, ob ihr –«

»Nein, Lizzy, wir bleiben beim Thema!« Inzwischen saß ich im Schneidersitz neben ihr und beugte den Oberkörper so weit nach vorne, dass sie keine andere Wahl hatte, als mich anzusehen. Mein Gesicht war praktisch genau über ihrem, sodass meine langen Haare sie an der Stirn kitzelten. »Wann hast du das letzte Mal mit Emma gesprochen?«

Lizzy rümpfte die Nase und zögerte einen Moment. »Das war … noch vor ihrem Umzug«, murmelte sie.

Ihre Worte trafen mich wie ein Hockeyball, und zwar direkt in die Magengrube. Ich krümmte mich und kniff die Augen zusammen. Irgendwie war mir plötzlich zum Kotzen zumute. »Ihr habt seit über neun Monaten keinen Kontakt mehr? Kein Anruf, keine SMS, keine Direktnachricht auf Instagram, wirklich gar nichts? Noch nicht mal ein Snap?« Als Lizzy wieder nicht antwortete, brach Panik in mir aus. »Seit Emma nach Sizilien gezogen ist, hast du nichts mehr von ihr gehört?«

»Cherie, bitte, ich wollte nicht …«, setzte Lizzy an, hielt dann aber inne. Sie rieb sich mit den Händen übers Gesicht und rappelte sich auf, sodass wir uns gegenübersaßen. Eine

Mischung aus Schuldgefühlen und Mitleid färbte ihre Züge. »Hör zu, ich weiß, wie sehr du dich fürchtest, früher oder später den Kontakt zu Emma zu verlieren. Aus diesem Grund hab ich dir auch nichts hiervon erzählt. Ich wollte einfach vermeiden, dass du dir noch mehr Sorgen machst.«

»Mir Sorgen machen? Weil meine zwei besten Freundinnen einfach so den Kontakt abgebrochen haben, praktisch über Nacht?« Ich zog die Beine an und schlug die Arme über dem Kopf zusammen, sodass mein Gesicht versteckt war. »Kein Wunder, dass du immer so komisch reagiert hast, wenn ich Emma erwähnt habe. Dir muss klargewesen sein, dass sie mich früher oder später ebenfalls abschießen würde! Aber anstatt mich zu warnen, hast du das Thema totgeschwiegen.«

Wie eine Flutwelle brach die Verzweiflung auf mich nieder, gefolgt von einer großen Portion Ärger und dem stechenden Gefühl der Enttäuschung. Zu wissen, dass Emma und Lizzy ohne triftigen Grund den Kontakt abgebrochen hatten, riss mir den Boden unter den Füßen weg. Ich hatte unsere Freundschaft immer für unzerbrechlich gehalten, aber offensichtlich lag ich mit meiner Einschätzung weit daneben. Wenn die beiden sich so mir nichts, dir nichts voneinander trennen konnten, war es nur eine Frage der Zeit, bis Emma sich auch von mir distanzieren würde. Vielleicht hatte sie das schon! In den letzten Monaten war es immer schwieriger geworden, sie zu erreichen, und wenn sie dann doch mal ans Telefon gegangen war, hatte sie nach knappen zehn Minuten wieder aufgelegt.

Aber das Schlimmste an der Sache war nicht der Kontaktabbruch zwischen Liz und Em, sondern die Gewissheit, dass mich die beiden monatelang angelogen hatten.

Wieso zur Hölle hatten sie mir nicht einfach die Wahrheit erzählt? Warum mussten sie mich unbedingt im Dunkeln lassen? Ich war so wütend.

»Bitte hör mir zu, Cherie!«, flehte Lizzy und drückte mir die Schulter. »Ich wollte bloß nicht, dass du dir Sorgen machst. Deshalb hab ich dir nichts davon erzählt. Das bedeutet aber noch lange nicht, dass ich davon ausgegangen wäre, dass Emma dich ebenfalls abschießen würde. Ganz im Gegenteil. Mir war immer schon klar, dass die Freundschaft zwischen Emma und mir nicht halten würde. Aber bei euch ist das was anderes.«

Ich hob den Kopf und blinzelte sie mit feuchten Augen an. »Wie meinst du das?«

Lizzy rieb mir mit beiden Händen über die Arme und schenkte mir ein Lächeln. »Du und Emma, ihr kennt euch seit dem Kindergarten. Ihr wart schon beste Freundinnen, als ihr noch nicht mal euren Namen schreiben konntet. So eine Freundschaft zerbricht nicht einfach über Nacht. Sie zerbricht überhaupt nicht, es sei denn, einer von beiden baut richtig Mist. Ich weiß, wovon ich spreche, glaub mir.«

Die Arme um die Knie geschlungen, knabberte ich auf meiner Unterlippe herum. »So wie damals, als du dich heimlich mit Hannes getroffen hast und Dan dich bei deinen Eltern verpetzt hat?«

Ein genervtes Stöhnen drang aus Lizzys Kehle. »Diese Aktion war das Allerletzte! Ich weiß bis heute nicht, warum er das getan hat. Irgendwie scheint Dan immer ein Problem mit meinen Freunden zu haben …« Sie verdrehte die Augen, rang sich dann aber ein Lächeln ab. »Drei ganze

Wochen lang hab ich kein Wort mit ihm gesprochen, aber wie du weißt, haben wir uns am Ende wieder zusammengerauft. So ist das eben mit langjährigen Freundschaften: Man lässt einander nicht einfach los. Was glaubst du, warum ich andauernd mit Dan abhänge? Weil ich seine Predigten über Verantwortung so mag? Weil ich scharf drauf bin, mir bei jeder winzig kleinen Entscheidung meines Lebens seine Pro-Kontra-Liste anzuhören? Nein, ich hänge mit ihm ab, weil ich ohne den Idioten einfach nicht sein kann.« Wir beide lachten.

Lizzy zwinkerte mir zu. »Und bei dir und Emma ist das genauso. Das wusste ich schon, bevor ich mit euch beiden auch nur ein einziges Wort gewechselt habe. Kannst du dich noch an unser Kennenlernen erinnern? Damals in der dritten Klasse?«

Ich wischte mir mit dem Ärmel über die Augen und nickte.

»Hast du eine Ahnung, wie Emma mich angefunkelt hat, als Professor Didič die Sitzordnung geändert hat und wir plötzlich nebeneinandersaßen? Wenn Blicke töten könnten, dann wäre ich schnurstracks vom Stuhl gekippt.« Lizzy lachte. »Ich wusste sofort, dass ihr beste Freundinnen seid, vor allem, weil Emma dich keine fünf Sekunden aus den Augen gelassen hat. Sie war wie eine Löwin, ständig auf der Lauer. Niemand durfte dir zu nahekommen. Das eine Mal, als Steffi sich über dein kaputtes Handy lustig gemacht hat, dachte ich, Emma würde über sie herfallen.«

Die Erinnerung zauberte mir ein Lächeln auf die Lippen. »War das nicht der Tag, an dem du Steffi mit deinem Hockeyschläger ein Bein gestellt hast?«

Lizzy wackelte mit den Augenbrauen. »Irgendwie musste ich Emma ja auf meine Seite ziehen. Aber selbst nachdem wir uns angefreundet hatten, wusste ich, dass ich für Emma nie denselben Stellenwert haben würde wie du. Sie tolerierte mich, ja, und vielleicht mochte sie mich sogar. Aber nur, solange ich keine Anstalten machte, dich ihr wegzunehmen.«

Verständnislos zog ich die Augenbrauen zusammen. »Wegnehmen? Ich bin doch kein Spielzeug!«

»Für Emma bist du wohl eher der Ring der Macht«, feixte Lizzy. »Und sie selbst ist Gollum, der jedem die Hand abbeißt, der ihren Schatz stehlen will.«

Sie griff nach meinen Händen und zog sie zu sich, sodass ich die angezogenen Beine ausstrecken und mich ihr wieder öffnen musste. »Ich weiß, dass du das nur schwer nachvollziehen kannst«, sprach Lizzy weiter. »In deinem Herzen ist genug Platz für zehn beste Freundinnen. Aber Emma sieht das anders. Ihr Vater hat sie verlassen, als sie noch sehr jung war. Seitdem ist sie fest davon überzeugt, dass alle Menschen sie früher oder später verlassen werden. Deshalb ist sie auch so eifersüchtig. Sie will dich mit niemandem teilen müssen, noch nicht einmal mit mir. Vor allem nicht mit mir!«

Ich spürte, wie der Kloß in meinem Hals langsam verschwand, und rieb mir die zerlaufene Mascara von den Wangen.

Lizzy griff nach der Kuscheldecke und legte sie um meine Schultern. »Aus diesem Grund haben wir nach Emmas Umzug auch sofort den Kontakt verloren. Es fiel ihr schwer, damit zu leben, dass sie nun meilenweit weg war und ich immer noch hier bei dir sein durfte.« Sie zuckte mit den Schultern. »Um ehrlich zu sein, war ich sogar froh, dass sie mich nie angerufen hat … so sind wir zumindest im Guten auseinandergegangen. Ich hoffe, du verstehst jetzt, was es mit dem Kontaktabbruch zwischen Emma und mir auf sich hatte. Wir haben uns nicht grundlos voneinander entfernt. Du warst der Grund, Cherie. Und genau deshalb bin ich mir auch sicher, dass Emma dich niemals loslassen würde.«

»Warum meldet sie sich dann nicht?«, fragte ich mit leicht gesenkten Lidern.

Lizzy schnappte sich eine meiner Locken, zog sie in die Länge und ließ sie zurückfedern. »Keine Ahnung, vielleicht hat sie ihr Handy wieder einmal in der Klomuschel versenkt. Oder sie ist seit zwei Wochen durchgehend betrunken und schafft es nicht, auf den grünen Hörer zu drücken.« Sie gab mir einen Stups mit der Schulter. »Wie wär's, wenn du sie noch einmal anrufst? Am besten jetzt gleich! Einen Versuch ist es wert, oder?«

Ich schürzte die Lippen und überlegte einen Moment. Dann entschied ich, Lizzys Vorschlag nachzukommen, und zog mein Handy aus der Gesäßtasche. Was sollte schon passieren? Wenn Emma nicht abhob, musste ich es eben morgen noch einmal probieren. Mit genügend Durchhaltevermögen würde ich sie schon irgendwann erreichen.

»Gut, dann versuchen wir's!«, seufzte ich, ehe ich meine Favoritenliste durchging und ihren Kontakt wählte. Sie war auf Platz drei, direkt unter meinem Vater (Platz 1) und der alten Nummer meiner Mom (Platz 2). Danach kamen Lizzy und Dan, und ganz unten befand sich eine Nummer, die ich unter ›Joe‹ eingespeichert hatte – eine Sicherheitsmaßnahme, damit Dad nicht zufällig Jakes Namen auf meinem Handy aufblitzen sah.

Es läutete … einmal … zweimal … dreimal … und plötzlich: »*Ciao, cucciolona! E' da tanto che non ti sento!* Wie geht's meiner besten Freundin?«

Emmas klingende Stimme ging mir durch Mark und Bein. Vor lauter Überraschung schleuderte ich mein Telefon in die Luft und musste mich kreischend auf den Bauch werfen, um es wieder aufzufangen. Lizzy kicherte, während ich mir hastig den Hörer ans Ohr drückte. »Gut! Mir geht's gut!«, keuchte ich. »Emma, ich hab dich so vermisst!«

»Oh, Baby, ich dich auch«, antwortete Emma. »Was treibst du so? Bist du wieder mit Jack unterwegs?«

Ich war so glücklich, sie endlich zu hören, dass mir der falsche Name scheißegal war. Lächelnd rollte ich mich auf den Rücken und glotzte mit klopfendem Herzen an die Decke. »Nein, ich bin bei Lizzy, wir machen einen Filmabend«, erzählte ich ihr. »Wo steckst du gerade? Bilde ich mir das nur ein oder höre ich da einen Kerl im Hintergrund? Hast du etwa ein Date?«

»Ja, ich hab tatsächlich ein Date«, flötete Emma. »Aber nicht mit dem Kerl, den du da im Hintergrund hörst – das ist nur irgendein Spinner vom Nebentisch, der gerade den Kellner zusammenscheißt. Ich treffe mich gleich mit Milane, der süßen Blonden aus meiner Lieblingsstrandbar. Sie arbeitet dort als Kellnerin. Letzte Woche bin ich erst kurz vor Ladenschluss im Lokal aufgekreuzt, und sie hat für mich offengelassen. Wir haben was getrunken, uns geküsst, und jetzt haben wir ein Date.«

Ich warf Lizzy einen Blick zu. »Und was ist mit dem Barkeeper, den du gedatet hast? Ist mit dem schon wieder Schluss?«

Emma stöhnte ins Telefon. »Der? Ach, der ist ein Niemand – irgendein Typ von Tinder, den ich ein paar Mal getroffen habe. Die ganze Geschichte war so lächerlich, dass ich sie dir gar nicht erst erzählen werde, aber so viel soll gesagt sein: Gäbe es einen Preis für den größten Hurensohn der nördlichen Hemisphäre, dann würde er ihn gewinnen, genauso wie die Goldmedaille für das hässlichste Tattoo und die Teilnahmeurkunde für den schlechtesten Sex der Welt.«

Ich rümpfte die Nase. »Klingt ja nicht gerade prickelnd.«

»War es auch nicht«, kam es von Emma zurück. »Jedenfalls hat mir dieser Loser gründlich die Lust verdorben, weshalb ich mich jetzt wieder auf Frauen konzentriere. Zumindest, bis die nächste Oberzicke daherkommt und ich mich wieder nach ein bisschen Testosteron sehne.« Sie seufzte zufrieden. »Gott, wie ich es liebe, bi zu sein!«

Den letzten Satz posaunte sie so heraus, dass sogar Lizzy ihn hörte. Sie stopfte sich lachend eine Handvoll Chips in den Mund.

»Und? Sieht diese Milane heiß aus?«, wollte ich wissen.

»Oh, glaub mir, sie ist mehr als nur heiß«, erwiderte Emma. Auch wenn ich sie nicht sehen konnte, wusste ich, dass sie die Lippen zu einem teuflischen Lächeln verzogen hatte, das ihre spitzen Eckzähne blicken ließ. »Sie sieht aus wie eine Mischung aus Margot Robbie und Anya Taylor Joy, nur zehn Jahre jünger und mit riesigen – fuck, da kommt sie! Ich muss auflegen!«

Ohne, dass ich es hätte verhindern können, stieg Panik in mir auf. Ich krampfte die Finger um mein Handy, bis meine Knöchel weiß hervortraten, und spürte plötzlich eine tonnenschwere Last auf meinen Schultern. Ich wollte nicht, dass unser Gespräch schon endete, vor allem, weil ich nicht wusste, wann ich Emma erneut zu hören bekommen würde.

»Eins noch, Cherie!«, ertönte es am andern Ende der Leitung. »Es tut mir leid, dass ich mich in letzter Zeit so selten bei dir gemeldet hab. Um ehrlich zu sein, hatte ich ziemliche Probleme mit meiner Mutter. Kann ich dich später noch einmal anrufen? Nach meinem Date, meine ich? Dann erzähle ich dir alles.«

Ihre Frage machte mich unglaublich glücklich. »Ja, natürlich!«

»Bist du sicher? Ich will euren Filmabend nicht stören.« Vielleicht lag es an dem Gespräch mit Lizzy vorhin, aber ich bildete mir ein, einen Hauch von Eifersucht in ihrer Stimme zu hören.

»Du störst nicht, Emma, niemals! Wann immer du mich anrufst – ich werde abheben!«

»Versprochen?«

Ich strahlte bis über beide Ohren. »Versprochen!«

Kapitel 10

Es dauerte eine Weile, bis Lizzy und ich uns auf einen Film einigen konnten. Ich hatte Lust auf den neuen *Avatar*, wäre aber mit einer romantischen Komödie oder etwas Trash-TV auch einverstanden gewesen. Lizzy hingegen sehnte sich nach etwas Blutrünstigerem, am besten so was wie das *Texas Chainsaw Massacre*, wo ein paar Jugendliche von einem Wahnsinnigen mit Kettensäge gejagt wurden. Nach einer langen Diskussion einigten wir uns schließlich auf den ersten Teil von *John Wick*. Dort wurde ebenfalls Jagd auf Jugendliche gemacht, nur dass der betroffene Jugendliche der Sohn eines Mafiabosses war und einen unschuldigen Welpen totgetreten hatte. Der Jäger wiederum war ein ziemlich attraktiver Auftragskiller, dessen Frau ihm nach ihrem Ableben einen jungen Hund hinterlassen hatte – weil er etwas bräuchte, das er lieben konnte. Kein Wunder also, dass John sich rächen wollte. Und verdammt, seine Rache hatte es in sich!

»Ich hoffe, er kriegt ihn«, murmelte ich, während John Wick einen Klub stürmte und gute dreißig Fußsoldaten abknallte. Mein Blick huschte zu Lizzy, die ihren Kopf auf meine Schulter gelegt hatte und ganz offensichtlich eingeschlafen war. Ihre Lider flatterten, und aus ihrem leicht geöffneten Mund drang ein leises Schnarchen.

Schmunzelnd zog ich die Decke ein bisschen weiter hoch

und schmiegte meine Wange an ihren Scheitel. Gerade als ich mich wieder dem Gemetzel im Fernseher zuwenden wollte, erklang ein Hinweiston aus den Lautsprechern meines Handys. Ich hob den Kopf und versicherte mich, dass Lizzy davon nicht aufgewacht war. Dann zog ich mein Telefon aus der Tasche und las die Nachricht. Sie war von Jake alias Joe.

Joe: Bist du noch wach?

Das brachte mich zum Schmunzeln. Ich zog meinen anderen Arm unter der Decke hervor, um eine Antwort tippen zu können.

Ich: Nein, schlafe schon :-(

Drei Pünktchen erschienen unter seinem Namen, und kurz darauf kamen zwei weitere Nachrichten.

Joe: Haha, sehr witzig ...

Joe: Weißt du, was auch witzig sein wird?

Mit einer großen Portion Neugierde im Bauch wartete ich, bis er fertiggetippt hatte. Ein paar Sekunden später erschien auch schon die nächste Textblase.

Joe: Der Ausflug, den wir beide gleich machen!

Joe: Schick mir deinen Standort. Hol dich in 30min ab.

Meine Augen wurden groß. In meinem Magen schäumte und prickelte es plötzlich, und zwar nicht im übertragenen Sinn. Es fühlte sich an, als hätte ich einen Liter Cola getrunken und dann noch ein paar Pfefferminzbonbons nachgeworfen.

»Lizzy?«, flüsterte ich, »Lizzy, wach auf!«

Sie stöhnte, wälzte sich herum und vergrub das Gesicht im Kopfpolster. Ich ruckelte an ihren Schultern, bis sie aus dem Schlaf hochschreckte. »Emma war hinter mir her ...

mit einer Kettensäge … und ich bin gerannt … aber dann war da dieser Abgrund … und unten stand Dan, als Schiri verkleidet und mit einer Pizzaschachtel im Arm …«

Mein Gehirn brauchte einen Moment, um ihre seltsame Erzählung zu verarbeiten. Dann schoss mir Jakes Nachricht wieder in den Kopf, und ich fuchtelte mit meinem Handy vor ihrer Nase herum.

Geblendet von der hellen Displaybeleuchtung, kniff Lizzy die Augen zusammen. »Was ist das?«

»Jake hat geschrieben!«

Lizzy riss mir das Handy aus der Hand. »Er will sich mit dir treffen? Und zwar jetzt gleich?«

Die Aufregung in meinem Bauch explodierte regelrecht, und meine Fingerspitzen begannen zu kribbeln.

»Soll ich ihm zusagen?«, fragte ich, obwohl mir sowieso klar war, dass ich gar keine andere Wahl hatte. Wenn es um Jake ging, hatte ich nie eine Wahl.

»Machst du Witze?« Sie schlug die Decke zur Seite, hievte ihr geschientes Bein aus dem Bett und riss mich an der Hand ebenfalls hoch. »Natürlich sagst du zu!«

»Okay, okay«, japste ich. Sie grinste und gab mir das Handy zurück, damit ich Jake meinen Standort schicken konnte. Nachdem ich die Nachricht abgeschickt hatte, zog sie mich ins Badezimmer, wo sie sich sofort über mein zerlaufenes Make-up hermachte. Ich hatte schon ganz vergessen, dass mir bei unserem Gespräch vorhin die Tränen gekommen waren.

»Wo glaubst du, will er hin?«, fragte Lizzy, während sie mir die getrocknete Mascara von der Wange rieb.

»Ich hab absolut keinen Schimmer. Man kann nie so

genau wissen, was er vorhat.«

Sie tupfte mir eine leichte Abdeckcreme unter die Augen und verteilte sie mit einem Pinsel. »Tja, das klingt jedenfalls nach einer aufregenden Nacht.«

Die Luft in Lizzys Badezimmer wurde immer dünner, und ich zupfte an meinem Sweater, weil mir plötzlich heiß war. »Müsstest du mir nicht eigentlich sagen, dass es eine dumme Idee ist, sich mitten in der Nacht mit einem Kerl zu treffen, der sich seit vier Tagen nicht bei mir gemeldet hat?«

Lizzy schnaubte belustigt. »Sehe ich aus wie Dan, oder was?«

Sie griff nach einem Eyeliner und zog eine feine, geschwungene Linie über meine Augenlider. O Mann, hoffentlich sah das nicht lächerlich aus …

»Emma hat mich noch gar nicht zurückgerufen«, sagte ich, um mich von dem Gedanken abzulenken. »Meinst du, das Date ist gut gelaufen?«

»So, wie ich Emma kenne, hat sie diese Milane schon flachgelegt«, erwiderte Lizzy, ehe sie mich vom Badewannenrand hochzog und vor den Spiegel führte. »Voilà, mein Meisterwerk ist vollendet. Fühlst du dich jetzt bereit für einen Ausflug mit Mr. Unberechenbar?«

Ich lachte auf. »Nee, absolut nicht. Aber das Make-up sieht super aus.«

Mein Blick fiel auf den geschwungenen Lidstrich rund um meine goldbraunen Augen, und ich schüttelte leicht den Kopf. Es sah absolut nicht lächerlich aus. Ganz im Gegenteil. »Ehrlich, Lizzy, mit dem Eyeliner kannst du noch besser umgehen als mit dem Hockeyschläger.«

»Übung macht den Meister.« Sie öffnete die Badezimmertür und warf mir über ihre Schulter hinweg einen Blick zu. »Falls du dich fragst, wie man diesen Style nennt: Das sind Cat-Eyes. Ich dachte, die würden Jake gefallen.«

Ohne dass ich es hätte verhindern können, nahmen meine Wangen einen dunkelroten Ton an. Ich schleuderte Lizzy ein nachdrückliches »Wir sind nur Freunde!« hinterher, was sie geflissentlich ignorierte.

Mit glühenden Wangen und einer großen Portion Nervosität im Bauch folgte ich ihr schließlich auf den Flur hinaus, wo ich in meine Boots schlüpfte und Moms dunkelgrünen Parker überwarf.

»Lizzy, ich bin ein kleinbisschen aufgeregt«, gestand ich und zeigte mit den Fingern einen Abstand von zwei Zentimetern.

»Was du nicht sagst!«, erwiderte sie, umarmte mich und schob mich dann gnadenlos durch die Tür ins Treppenhaus hinaus.

Als ich unten im Foyer die schwere Eingangstür öffnete, peitschte mir die kühle Nachtluft entgegen. Mein Blick fiel auf Jakes Wagen, der auf der anderen Straßenseite parkte, und noch im selben Augenblick war meine Nervosität wie weggeblasen. Stattdessen kitzelte mich nun ein helles Lachen im Hals.

»Was machst du denn da oben?«, rief ich ihm aus einigen Metern Entfernung zu.

Jake saß auf dem Dach seines Autos und zog dort seelenruhig an einer Zigarette. Schon von Weitem sah ich, wie sich einer seiner Mundwinkel hob, und musste unwillkürlich lächeln. Ich schob die Hände in die Jackentaschen und schaute kurz nach links und rechts, bevor ich die Straße überquerte. »Komm schon runter, du Freak!«

Anstatt vorsichtig herunterzuklettern, schwang er sich vom Dach und landete mit einem kräftigen Sprung vor mir auf dem Boden. Der Asphalt erzitterte unter seinem Gewicht, und ich kicherte in mich hinein. Er stand so dicht bei mir, dass ich den Kopf zurücklegen musste, um ihn ansehen zu können.

»Schon mal was von ›personal space‹ gehört?« Ich schob ihn eine halbe Armlänge von mir weg.

»Schon mal was von ›adäquaten Begrüßungen‹ gehört?«, feuerte er grinsend zurück. Keine Sekunde später hatte er den Abstand zwischen uns wieder geschlossen.

Um das Gesicht zu wahren, stöhnte ich theatralisch, konnte aber gleichzeitig nicht verhindern, dass sich ein Schmunzeln auf meine Lippen schlich. »Jetzt sag schon, warum nervst du mich um diese Uhrzeit?«

Jake grinste und zuckte mit den Augenbrauen. »Ich sagte doch, wir machen einen Ausflug.«

Mein Blick fiel auf die Schatten unter seinen Augen, und meine Brust zog sich zusammen. Er sah wieder einmal total abgekämpft aus. Seine Haut war blass, die Wangen eingefallen und sein schokoladenbraunes Haar stand in alle Richtungen ab.

Obwohl ich es mittlerweile schon gewöhnt sein müsste, ihn so zu sehen, versetzte es mir trotzdem einen Stich ins Herz.

»Ich hab seit vier Tagen nichts mehr von dir gehört«, sagte ich, darauf bedacht, es nicht wie einen Vorwurf klingen zu lassen. »Wo bist du gewesen?«

Mir war bewusst, dass ich diese Frage eigentlich nicht

stellen durfte, aber wenn Jake vorhatte, mich bei der erstbesten Gelegenheit stehen zu lassen und davonzufahren, wollte ich es lieber gleich hinter mich bringen. Noch stand ich direkt vor Lizzys Wohnblock.

Jake verzog das Gesicht. »In Narnia«, antwortete er süßlich.

Sein Sarkasmus ließ mich die Augen rollen, aber ich war froh, dass er ausnahmsweise mal mit Humor reagierte. Weiter nachbohren wollte ich nicht, also fragte ich stattdessen: »Und wo geht unser Ausflug hin? Nach *Mittelerde*? Oder vielleicht in die *Kammer des Schreckens*?«

Gelassen nahm er einen Zug von seiner Zigarette, ehe er sie zu Boden warf und mit der Schuhsohle zerdrückte. Ein Hauch von Boshaftigkeit färbte seine Züge, und ich kniff die Augen zusammen, weil mir dieser Gesichtsausdruck ganz und gar nicht gefiel.

»Keine Sorge, dort, wo wir hingehen, gibt es weder Orks noch Basilisken«, versicherter er mir. Und dann, mit einem Schulterzucken: »Nur eine Live-Sex-Show, haufenweise Koks und ein paar illegale polnische Feuerwerkskörper.«

Mir war klar, dass er mich nur verarschte. Ich ging um die Motorhaube herum zur Beifahrertür. »Ach, dann gehen wir also auf ein Trailerpark-Konzert?«

Ein Lachen drang aus seiner Kehle. Der dunkle Klang verpasste mir eine Gänsehaut, und ich zog schleunigst die Tür hinter mir zu, um ihm zumindest für einen kurzen Augenblick zu entkommen. Keine Ahnung, warum Jake diese Wirkung auf mich hatte, aber seine bloße Anwesenheit sorgte dafür, dass mein Körper verrücktspielte.

Zwei Sekunden später saß er ebenfalls im Wagen und

steckte den Schlüssel ins Zündschloss. Sein gottverfluchter Duft flutete den Innenraum und erweckte in mir das Bedürfnis, über die Mittelkonsole zu klettern und auf seinen Schoß zu kriechen. Entsetzt von diesem Gedanken, schnallte ich mich an. Dann warf ich einen Blick auf die Rückbank und vergewisserte mich, dass er nicht irgendwo einen Pheromon-Stecker herumliegen hatte, der auch auf Menschen wirkte. Stattdessen sah ich nur ein paar leere Süßigkeiten-Verpackungen, eine große Flasche Kirscheistee und etwas, das gefährlich wie ein Baseballschläger aussah.

»Du spielst Baseball?«, fragte ich, das Gesicht zu einer Grimasse verzogen. Ich war mir nicht sicher, ob ich die Antwort überhaupt hören wollte.

Jake warf einen Blick über die Schulter und bog dann auf die Hauptstraße ab. Als der Wagen auf der richtigen Spur war, linste er aus dem Augenwinkel zu mir. »Soll ich ehrlich sein?«

»Lieber nicht«, antwortete ich gepresst.

»Gut, dann … äh …« Er kratzte sich am Kopf. »Ja? Ja, natürlich. Ich spiele Baseball, seit ich fünf bin.«

Mann, er war ein mieser Lügner. Trotzdem gab ich mich damit zufrieden und wandte mich wieder nach vorne, wo ich durch die Windschutzscheibe auf die Straße blickte. Wir waren das einzige Auto weit und breit, nirgendwo war ein anderer Scheinwerfer zu erkennen. Nur die Straßenlaternen spendeten ein wenig Licht.

»Wo fahren wir hin?«, wollte ich wissen. Aber wie zu erwarten, bekam ich von Jake keine Antwort. Also verbrachte ich die Fahrt damit, aus dem Fenster zu blicken und nach irgendeinem Straßenschild Ausschau zu halten, dass mir etwas über unsere Position verraten konnte. Als wir an einem großen Industriegebäude vorbeifuhren, schlussfolgerte ich, dass wir uns in einem Randbezirk befinden mussten. Im Stadtinneren gab es für solche Bauten keinen Platz.

Irgendwann bog Jake von der Hauptstraße ab. Unter den Rädern seines Wagens knirschte Schotter, als wir auf einen ausladenden Parkplatz fuhren. Weit und breit war kein anderes Auto in Sicht, nur ein einzelner Laternenmast ragte in der Mitte des Parkplatzes in die Hohe und warf sein düsteres Licht auf den Asphalt.

Als Jake die Handbremse anzog und der Motor verstummte, war es plötzlich still um uns herum. Meine Augen huschten zu ihm. Er spielte mit den Fingern am Schaltknüppel herum.

»Nette Location«, witzelte ich. »Und was genau wollen wir hier?«

Den Kopf in den Nacken gelegt, spähte Jake aus dem Augenwinkel zu mir und hob gleichgültig die Schultern. In seinem Gesicht war nicht die kleinste Regung zu erkennen. »Wir könnten uns auf die Rückbank setzen und ein bisschen rummachen.«

»Ja, klar«, kicherte ich.

Jake hob eine rabenschwarze Augenbraue. »Glaubst du, das war ein Scherz?«

Wir beide? Auf der Rückbank? Natürlich war das ein Scherz!

Ich presste die Lippen zusammen, um mich zu beherrschen, aber der todernste Ausdruck in seinem Gesicht gab mir den Rest. Ohne dass ich es hätte verhindern können, prustete ich los und erfüllte den Wagen mit meinem

Gelächter.

Aus schmalen Augenschlitzen sah Jake mich an. Plötzlich schob er seine Hand in meine Locken und beugte sich zu mir, bis unsere Münder nur noch wenige Zentimeter entfernt waren.

Mein Lachen erstarb, und ich hielt die Luft an, während Jake mich durch seine dunklen Wimpern hindurch taxierte. Wie ein Blitz schlugen seine hellgrauen Augen in mich ein. Jeder Muskel meines Körpers stand plötzlich unter Hochspannung, und die Luft zwischen unseren Mündern knisterte, als wäre sie elektrisch aufgeladen.

»Immer noch lustig?«, raunte Jake mit einem lauernden Tonfall in der Stimme.

Sein warmer Atem streifte meine Lippen, und ich erschauderte. Keinen Schimmer, was mit mir los war, aber wenn ich nicht bald antwortete, würde es peinlich werden. Ich rang um Worte, brachte aber keinen Ton heraus.

Jake wartete kurz ab, dann lehnte er sich zurück und verzog die Lippen zu einem jovialen Lächeln. »Ganz locker bleiben, Kätzchen«, sagte er und kraulte dabei meinen Hinterkopf. »War doch nur ein Scherz.«

Mit einem gottverfluchten Zwinkern öffnete er die Autotür und stieg aus dem Wagen, während ich immer noch bewegungslos am Beifahrersitz saß. Ich presste mir die Hände aufs Gesicht, um meinen Zornesschrei zu dämpfen. Die Situation war mir so peinlich, dass ich am liebsten im Boden versunken wäre. Aber dann schlug meine Scham in Ärger um und ich stieß die Tür auf. Mit finsterer Miene stiefelte ich auf Jake zu und pfefferte ihm die Zigarette aus der Hand, die er sich gerade angezündet hatte.

»Du bist ein Mistkerl, weißt du das?«, fauchte ich. »Bilde dir bloß nicht ein, dass ich vorhin drauf gewartet hätte, dass du mich küsst! Nie im Leben würde ich dich küssen, hörst du? Lieber werfe ich mich vor ein Auto und lasse mich überfahren!«

Jake betrachtete die erloschene Zigarette vor seien Füßen. »Mach das noch mal, und ich werde der Lenker sein.«

Seine leeren Drohungen konnte er sich sonst wo hinschieben, genau wie seine dämlichen Scherze!

Mit geballten Fäusten wartete ich darauf, dass er sich eine neue Zigarette anzündete, damit ich ihm auch diese aus der Hand schlagen konnte. Im letzten Moment riss Jake den Arm hoch und brachte sie in Sicherheit.

»Kätzchen!«, warnte er scharf.

Ich funkelte ihn herausfordernd an. »Ich kann die ganze Nacht so weitermachen, glaub mir. Also spar dir deine Scherze oder du wirst in meiner Gegenwart nie wieder an einer Zigarette ziehen!«

»Du machst dir meine Suchtprobleme zunutze? Wow, offensichtlich geht dir mein Humor derart gegen den Strich, dass sogar deine moralische Integrität darunter leidet.«

Jake linste auf seine heiß geliebte Zigarette, die über uns beiden in der Luft hing, und seufzte leise, ehe er schließlich nachgab: »Also gut, keine Scherze übers Rumknutschen mehr.«

Ich warf ihm einen finsteren Blick zu, trat dann aber einen Schritt zurück und ließ ihn in aller Ruhe an seiner Zigarette ziehen.

»Also, was wollen wir hier?«, fragte ich, während ich den Hals reckte und mich auf dem verlassenen Parkplatz umsah.

Wegen der vielen Risse im Asphalt waren die Bodenmarkierungen kaum noch zu erkennen, ein kaputter Maschendrahtzaun umrahmte das Gelände, und die Industriebauten, die rings um uns in die Höhe ragten, wirkten verlassen. Meine Augen huschten von Fenster zu Fenster, doch in keinem der Räume brannte noch Licht.

»Da du jetzt sowieso nicht mehr von hier wegkommst, kann ich's dir ja verraten«, meinte Jake, zog ein letztes Mal an seiner Zigarette und warf den Stummel fort. Dann schlenderte er zur Fahrertür, öffnete sie und lehnte sich mit einem unheilvollen Grinsen an den Türrahmen. »Ich werde dir das Autofahren beibringen.«

Meine Kinnlade klappte hinunter, und ich glotzte voller Entsetzten auf seine Hand, die in einer galanten Geste auf den Fahrersitz deutete. Es dauerte einen Moment, bis ich meine Stimme wiederfand.

»Du willst mich doch verarschen?«, fragte ich, woraufhin Jake betont langsam den Kopf schüttelte.

»Nein, diesmal nicht.«

»Ich… ich… ich…« In meinem Gehirn poppte wieder mal eine Fehlermeldung auf.

»Du… du… du…«, äffte Jake mich nach. »Du steigst jetzt ein und lässt dir von mir ein paar gratis Fahrstunden geben.«

Mit der Hüfte an den Türrahmen gelehnt, klopfte er auf das Dach seines Wagens und grinste mich erwartungsvoll an. »Also, worauf wartest du?«

Meine Augenbrauen wanderten in die Höhe, bis ich mir sicher war, sie würden jeden Moment meinen Haaransatz berühren. Tiefe Falten bildeten sich auf meiner Stirn. Ich bemühte mich gar nicht erst, meine Fassungslosigkeit vor ihm zu verbergen. »Worauf ich warte? Auf einen *Führerschein*, Jake, auf den warte ich!«

Jake rieb sich das frisch rasierte Kinn. »Soweit ich weiß, kommt das Autofahren-Lernen vor dem Führerschein. Andersherum wäre es ja auch ziemlich gefährlich.« Aus seiner schicken *Bitte einsteigen!*-Geste wurde ein ungeduldiges *Rein in den Wagen!*-Gefuchtel. »Komm schon, wir haben nicht die ganze Nacht Zeit!«

Ich fasste mir an die Schläfen und warf ihm einen ungläubigen Blick zu. »Spinnst du? Ich kann mich doch nicht einfach hinters Steuer setzen und mit deinem Wagen herumfahren! Was, wenn uns jemand sieht und die Polizei ruft? Dann bist du deinen Führschein los! Oder wenn ich die Kontrolle über den Wagen verliere und irgendwo gegen fahre? Im besten Fall ist dein Auto demoliert, und im schlimmsten Fall sind wir beide tot!«

Jake zog die dunklen Brauen zusammen. »Was hast du denn vor? Deinen Stiefelabsatz ins Gaspedal rammen und auf hundertfünfzig beschleunigen?«

Er stemmte sich von der Fahrertür weg und kam ein paar Schritte auf mich zu. »Das hier ist ein riesiger, verlassener Parkplatz, Cherie. Hier gibt es niemanden, der uns sehen könnte, und auch kein Hindernis, in das du versehentlich hineinfahren könntest – abgesehen von dem Laternenmast dort drüben. Und wenn du es wirklich fertigbringst, den zu rammen, dann sei dir die Delle in meinem Wagen verziehen.«

Seine Worte beruhigten mich ein wenig. Nichtsdestotrotz hielt ich die ganze Aktion immer noch für eine schlechte

Idee. »Warum willst du überhaupt, dass ich Autofahren lerne?« Ich fuchtelte mit den Händen in der Luft herum. »Ich hab nichts gegen öffentliche Verkehrsmittel!«

Jake hob einen Mundwinkel. »Irgendwann musst du es sowieso lernen. Und je früher du anfängst zu üben, desto leichter wird deine erste Fahrstunde.«

»Woher willst du wissen, dass meine erste Fahrstunde nicht sowieso leicht wird? Vielleicht bin ich ja ein Naturtalent!«, fauchte ich. »Außerdem ist es Dads Job, mir das Autofahren beizubringen, und nicht deiner.«

»Ja, eigentlich schon, aber dein Vater ist ungefähr so locker wie der CEO von Enron, als das Finanzministerium die Bilanzen sehen wollte.«

Sein Grinsen wurde breiter, und ich runzelte die Stirn, weil mein Wissen über internationale Wirtschaftsunternehmen definitiv zu mager für solche Anspielungen war. Und seines eigentlich auch. »Hast du den Witz von Dan geklaut?«

Jake räusperte sich. »Nein … okay, *vielleicht*. Und jetzt steig ein und lass dir das Autofahren von jemandem zeigen, der sich nicht so leicht aus der Ruhe bringen lässt. Ich verspreche, es wird dir Spaß machen. Und du wirst es überleben.«

Ich zögerte eine Weile, aber das Leuchten seiner Augen ließ mich schließlich einknicken. Also packte ich mich innerlich am Kragen, drückte die Schultern durch und stakste an ihm vorbei zum Fahrersitz, wo ich mich hinters Lenkrad plumpsen ließ und meinen Gurt befestigte. Um sicherzugehen, dass er auch hielt, ruckelte ich ein paar Mal daran. Zum Glück saß er bombenfest.

»Okay, wie fange ich an?«, fragte ich, nachdem Jake sich ebenfalls in den Wagen gesetzt hatte. »Hier vielleicht?« Ich deutete aufs Zündschloss, aber mein Beifahrer schüttelte den Kopf und wies mich an, erst einmal zuzuhören.

Ich bekam jede Menge Input, angefangen bei den drei verschiedenen Pedalen über den Schaltknüppel und die Handbremse bis hin zu den vielen Knöpfen und Schaltern auf dem Armaturenbrett. Jake erklärte mir, welchen Gang ich bei welcher Fahrbedingung und Geschwindigkeit einlegen musste, und gab mir dann noch ein paar allgemeine Informationen über die Karosserie.

Um ehrlich zu sein, verstand ich die meiste Zeit nur Bahnhof. Aber weil Jake sich so viel Mühe gab, hörte ich ihm brav zu und versuchte, möglichst viel von seinen Erklärungen aufzuschnappen.

»Bist du bereit?«, fragte Jake, nachdem wir die Theorie durchgekaut hatten.

Meine Fingerspitzen kribbelten, und obwohl ich mich erst geweigert hatte, konnte ich es plötzlich kaum noch erwarten, den Wagen ins Rollen zu bringen. »Bereit!«

»Gut, dann dreh mal den Schlüssel im Zündschloss!«

Der Motor heulte auf, und ich japste leise, weil mein Herz einen Hüpfer machte. »Und jetzt?«

»Jetzt steigst du auf die Kupplung und legst den ersten Gang ein.«

»So?«

»Ja, genau so.« Jake warf einen Blick in meinen Fußraum. »Und jetzt langsam von der Kupplung runter und gleichzeitig aufs Gas steigen.«

Ich versuchte, seinen Anweisungen zu folgen, aber der

Wagen rührte sich keinen Millimeter. Die Augenbrauen konzentriert zusammengezogen, nahm ich meinen Fuß von der Kupplung und drückte gleichzeitig aufs Gas, woraufhin das Auto mit einem Ruck nach vorne schnellte. Vor lauter Schreck klammerte ich mich ans Lenkrad, aber schon in der nächsten Sekunde starb der Motor ab und wir standen wieder still.

»Okay, das versuchen wir gleich noch mal«, meinte Jake.

Er wiederholte seine Anweisungen, und ich stieg in die Pedale. Nach zehn gescheiterten Versuchen, in denen ich immer wieder den Motor abgewürgt hatte, klappte es schließlich und das Auto bewegte sich langsam vorwärts.

»Ich hab's geschafft!«, rief ich und warf Jake einen Seitenblick zu. Vor lauter Begeisterung erschien ein strahlendes Lächeln in meinem Gesicht. »Ich fahre!«

Jake lachte. »Ja, das sehe ich.«

Ich bildete mir ein, ein wenig Stolz in seiner Stimme zu hören. Vermutlich war das nur Wunschdenken, aber nichtsdestotrotz wurde mein Lächeln dadurch noch strahlender. »Und jetzt?«

Er deutete auf den zwanzig Meter entfernten Zaun. »Jetzt langsam bremsen!«

Ohne groß zu überlegen, nahm ich meinen Fuß vom Gas und trat auf die Bremse. Ein ratterndes Geräusch drang aus dem Motorraum, und der Wagen blieb unsanft stehen. Ich hatte wieder einmal den Motor abgewürgt. Großartig.

Jake ließ mir keine Zeit, mich über meinen Fehler zu ärgern. »Rückwärtsgang rein!«, forderte er. Woraufhin ich wieder auf die Kupplung trat und den Schaltknüppel nach oben links drückte. Dann trat ich sanft aufs Gaspedal, und wir rollten ein paar Meter rückwärts.

Knappe zwanzig Minuten lang fuhr ich abwechselnd vor und zurück. Es fiel mir schwer, ein Gefühl für die Kupplung zu entwickeln, weshalb ich die meiste Zeit nur blindlings drauf trat und hoffte, dass mein Fuß instinktiv das Richtige tun würde. Leider baute mein Fuß meistens instinktiv Mist, sodass wir bei jeder Bremsung in die Gurte fielen und der Motor abstarb. Irgendwann war ich so frustriert, dass ich vor mich hinzuschimpfen begann. Jake hingegen ließ sich von meiner schlechten Laune nicht abschrecken. Er hatte sogar die Traute, mich eine ›kleine Diva‹ zu nennen, woraufhin ich ihn mit allen möglichen Schimpfwörtern belegte. Aber dann hielt er mir ein ausgepacktes Snickers unter die Nase, und mein Ärger löste sich in Rauch auf. Schmunzelnd nahm ich einen Bissen und genoss, wie die Schokolade auf meiner Zunge zerging, ehe ich tapfer weiterübte.

Als ich das Anfahren schließlich beherrschte, wies Jake mich an, ein paar Runden um den Laternenmast zu drehen. Ich sollte versuchen, auf ein möglichst hohes Tempo zu beschleunigen und dabei immer in den richtigen Gang zu schalten. Was schwieriger war, als gedacht.

»Sag mal, wie viele willst du eigentlich noch essen?«, fragte ich mit einem Seitenblick auf den Schokoriegel in Jakes Hand. Ich hatte schon wieder den Motor abgewürgt, also musste ich den Wangen neu anlassen.

»Was denn?«, schmatzte er mit vollem Mund, »Das ist doch erst mein dritter oder so.«

Ich zerrte am Schaltknüppel und bewegte gleichzeitig das Lenkrad, sodass wir den Laternenmasten in einer großen

Kurve umrundeten. »Nicht, dass ich mitgezählt hätte, aber ich bin mir ziemlich sicher, dass du schon mindestens sechs hattest.«

»Und?«

»Hast du keine Angst, Diabetes zu kriegen? Oder zumindest fett zu werden?«

Jake zog sein Shirt hoch. »Nicht wirklich.«

Ich zwang mich, weiter auf die Straße zu blicken. Aber ich war nun mal keine asketische Nonne. Wenn jemand wie Jake Sommer sein Sixpack neben mir entblößte, musste ich einfach hinsehen. Konnte gar nicht anders.

Als das Auto einen Schlenker machte, erschrak ich und richtete meinen Blick wieder nach vorne. Jake schien zum Glück nichts mitbekommen zu haben. Er war immer noch in seine Schokoriegel vertieft.

»Wie ist es überhaupt möglich, dass du bei all dem ungesunden Zeug, dass du in dich reinstopfst, immer noch so … *passabel* aussiehst?« Ich deutete in einer vagen Geste auf seinen Körper.

»Es gibt da so eine neue, revolutionäre Methode zur Kalorienverbrennung, die auf physischer Auslastung basiert«, erwiderte Jake sachlich. »In Fachkreisen wird sie auch als ›Sport‹ bezeichnet. Sagt dir das was?«

Ich trat aufs Gas. »Nee, den Begriff kenne ich nur vom Hörensagen.«

Jake entfuhr ein Lachen, und ich schmunzelte.

Der Wagen beschleunigte, und ich änderte den Radius der Kurve, sodass wir den Laternenmasten nun mit etwas mehr Abstand umkreisten. Inzwischen fuhr ich sicher schon mit zwanzig Stundenkilometern.

»Soll ich noch schneller fahren?«, fragte ich Jake, der einen kurzen Blick auf den Tacho warf und sich entspannt zurücklehnte.

»Mach nur, aber schalte einen Gang höher, okay?«

In meiner Brust kribbelte die Vorfreude, und ich nickte. Dann drückte ich die Kupplung durch, ruckelte am Schaltknüppel und trat aufs Gas, bis ich mit einem knappen Dreißiger um den Masten herumkurvte. Die Reifen knisterten am Asphalt, und ich japste freudig, weil das Auto genau das tat, was ich von ihm wollte.

»Kann ich schon in die Dritte schalten?«, erkundigte ich mich. »Wenn ich noch ein bisschen aufs Gas trete, meine ich?«

Jake grinste. »Tu dir keinen Zwang an, Kätzchen.«

Ich biss mir auf die Lippen und stieg in die Pedale, dann griff ich nach dem Schaltknüppel und zerrte daran. Er fühlte sich seltsam an – kantig, lang und schmal –, und plötzlich brach das Heck aus und das Auto wirbelte mit quietschenden Reifen herum. Ich kreischte und klammerte mich am Lenkrad fest, doch das Fahrzeug war völlig außer Kontrolle. Mein Blick fiel auf den Laternenmasten, der blitzschnell näherkam, und ich schrie aus voller Kehle, während Jake sich neben mir aufbäumte und schützend den Arm vor meinen Oberkörper hielt. *Wir würden sterben! Sterben!*

Knappe fünf Zentimeter vom rostigen Mast entfernt, kam der Wagen zum Stillstand. Ich riss den Kopf herum und warf Jake einen fieberhaften Blick zu. Er klammerte sich mit der rechten Hand an dem Notfallgriff über der Tür fest, der sonst nur für hypernervöse Mütter gedacht war, und hatte die Augen weit aufgerissen. Ein paar Sekunden lang starrten wir uns atemlos an, dann drang ein Lachen aus Jakes Kehle. Ich war kurz davor, die Fassung zu verlieren.

Wir wären beinahe draufgegangen! Was zum Teufel gab es da zu lachen?

Aber Jakes Gelächter wurde immer schlimmer, bis es sich in einen ausgewachsenen Lachkrampf verwandelte. Er krümmte sich und gluckste mit hochrotem Kopf vor sich hin. Gegen meinen Willen bahnte sich auch in mir ein Lachen an, und als Jake dann auch noch ein Schluckauf bekam, platzte es hemmungslos aus mir heraus. Unser Gelächter vermischte sich und wurde immer lauter. Zum Ende hin bekam ich kaum noch Luft, aber die Situation war so absurd, dass ich einfach nicht mehr mit dem Lachen aufhören konnte.

»Das war ein krasser Drift«, kommentierte Jake, nachdem er sich wieder einigermaßen beruhigt hatte. »Fuck, ich brauch dringend eine Zigarette.«

Ich lehnte mich in meinem Sitz zurück und nahm schnell die Finger vom Lenkrad, ehe sie noch mehr Schaden anrichten konnten. »Guck mal, ich zittere immer noch.«

Jake steckte sich eine Zigarette zwischen die Lippen und zündete sie an. »Kein Wunder nach dem Stunt, den du gerade hingelegt hast. Wie ist das überhaupt passiert? Hast du die Handbremse mit dem Schalthebel verwechselt?«

»Wäre möglich.«

»Und anstatt gegenzulenken bist du weiterhin aufs Gas getreten?«

Ich zog den Kopf ein. »Das war verkehrt, oder?«

Wieder musste Jake auflachen, aber diesmal hustete er eine weiße Rauchwolke aus. »Kommt darauf an«, krächzte er. »Wenn du willst, dass sie dich für den neuen *Fast and Furious* casten, dann nicht. Dein kleiner Drift war ziemlich spektakulär.«

Er schenkte mir ein Lächeln, und ich erwiderte es. Eine Strähne hatte sich aus seiner schlampigen Frisur gelöst und hing ihm nun in die Stirn. Mir juckte es in den Fingern, sie beiseitezuschieben, und nachdem ich gerade Todesängste durchgestanden hatte, hielt ich es für angemessen, diesem Bedürfnis nachzugehen. Er wirkte etwas irritiert, ließ mich aber gewähren. Mit den Fingerspitzen strich ich über seine Stirn und schob die verrutschte Strähne an ihren Platz zurück. Seine Haare fühlten sich so weich an, dass ich mich regelrecht dazu zwingen musste, die Hand wieder zurückzuziehen.

»Das war echt … aufregend«, lächelte ich.

Jake erwiderte mein Lächeln. »Schon, oder? Ich sagte doch, mit mir wirst du Spaß haben.«

Ich lehnte mich im Fahrersitz zurück und warf seufzend den Kopf in den Nacken. »Du hattest recht, der Ausflug war wirklich … spaßig.« Spaßig und scheißgefährlich.

»Das freut mich«, antwortete Jake belustigt. »Hast du Lust, unseren Trip noch ein bisschen zu verlängern? Soweit ich weiß, ist hier in der Nähe ein American Diner, das rund um die Uhr geöffnet hat.«

Ich schürzte die Lippen, um mein Lächeln im Zaum zu halten. »Hm, klar doch. Aber du fährst.«

Jake zog an seiner Zigarette und blies grinsend den Rauch aus. Der Qualm zog genau in meine Richtung, und als ich einatmete, strömte er bis in meine Lungenspitzen. Ehe ich mich versah, hustete ich mir die Seele aus dem Leib. Mein

Hals brannte wie Feuer, und ich schluckte heftig, um meine trockenen Schleimhäute irgendwie zu befeuchten.

»Cherie! Fuck, alles in Ordnung?«, fragte Jake besorgt, aber ich konnte ihm leider nicht antworten. Der Hustenanfall wollte einfach nicht abklingen.

»Ja, geht schon«, presste ich schließlich hervor. Ich spürte, wie sich meine Lungen wieder erholten, und atmete tief durch, ehe ich den Kopf hob und ihm einen heiteren Blick zuwarf. »Echt bedenklich, dass du diese Teufelsdinger so gern hast.«

Eigentlich dachte ich, dass ihm mein Kommentar ein Lachen entlocken würde, aber stattdessen sah er aus, als wäre ihm das Lachen für den Rest seines Lebens vergangen. Seine Augen waren plötzlich dunkel und trüb, und er hatte die Lippen zu einer harten Linie zusammengepresst. Als ich diesmal die Hand ausstreckte, um ihn zu berühren, drehte er sich weg.

»Hey«, flüsterte ich vorsichtig, »alles in Ordnung?«

Jake antwortete nicht. Eine ganze Weile sah er stumm aus dem Fester und bemühte sich, seine Gedanken und Gefühle hinter einer ausdruckslosen Miene zu verbergen. Die Zigarette hatte er aus dem Fenster geworfen. »Ich glaube, es ist besser, wenn ich dich jetzt nach Hause bringe.«

Meine Brust krampfte sich zusammen, und ich schüttelte den Kopf. »Nein, mir geht's gut, wirklich! Ich hatte bloß einen kleinen Hustenanfall, nichts weiter. Die nächste Zigarette rauchst du einfach draußen im Freien, und dann ist alles prima.«

Als er sich zu mir umdrehte und ich das merkwürdige Flackern in seinen Augen sah, wusste ich sofort, was jetzt kommen würde. Zumindest dachte ich, es zu wissen. Doch anstatt mich anzuschnauzen, streckte er die Finger nach mir aus und klemmte mir eine Strähne hinters Ohr.

»Tut mir leid, dass ich hier drin geraucht habe«, sagte er mit einem sanften Tonfall in der Stimme. »Es wird nicht wieder vorkommen, versprochen.«

Ohne darüber nachzudenken, schmiegte ich meine Wange in seine Hand und blickte ihn flehend an. »Lass uns die letzten drei Minuten einfach vergessen und in dieses Diner gehen, okay? Vielleicht haben die dort ja sogar Erdbeermilchshakes und Schokokuchen. Nach unserem Beinahe-Unfall haben wir uns doch ein Stück Kuchen verdient, findest du nicht?«

Jake löste die Hand von meiner Wange und rang sich ein halbes Lächeln ab. »Nee, lass mal, sonst kriege ich am Ende wirklich Diabetes.«

Traurigkeit nistete sich in meiner Brust ein, aber ich zwang mich, meine Enttäuschung vor ihm zu verbergen, und setzte stattdessen eine freundliches Gesicht auf. »Okay, dann eben nicht.«

Wir tauschten die Plätze und ich ließ mich auf den Beifahrersitz fallen, wo ich den Kopf einzog und trübselig aus dem Fenster blickte. Keiner von uns sagte ein Wort. Stattdessen lauschten wir dem tiefen Brummen des Motors und ließen uns davon betäuben.

Nachdem wir ein paar Querstraßen hinter uns gelassen hatten, kamen wir in ein Viertel, das schmutziger und enger war als der Rest der Industrieumgebung. An allen Wänden prangten riesige Graffitis, und die Laternenmasten waren mit schmuddeligen Plakaten überzogen. Ihr blasses Licht kam gegen die Dunkelheit kaum an, trotzdem fiel mir in einiger Entfernung etwas Seltsames auf. Erst sah ich nur ein paar wuselnde Striche, dann, als wir langsam näherkamen, erkannte ich, dass es Menschen waren.

»Was passiert da?«, fragte ich und beobachtete die seltsamen Gestalten vor uns auf der Straße. Fünf Typen umkreisten einen unförmigen, schwarzen Haufen, der dort am Boden lag, und traten abwechselnd auf ihn ein.

Plötzlich wurde mir klar, was sich dort abspielte, und ich schrie auf: »Jake, die verprügeln jemanden!«

Kapitel 11

Noch bevor ich ausgesprochen hatte, riss Jake das Lenkrad herum und fuhr an den Straßenrand, wo er den Motor abstellte und die Handbremse anzog. Den Blick auf die hässliche Szene fixiert, löste er seinen Gurt und fluchte leise.

»Hör zu, Cherie«, begann er, aber ich nahm seine Stimme kaum wahr. Meine Augen hingen immer noch an dem Mann … oder Jungen, der am Boden lag und sich unter den schmerzhaften Tritten der anderen krümmte. Er hielt sich schützend die Hände über den Kopf, sodass ich sein Gesicht nicht erkennen konnte, aber seine schwarze Kapuzenjacke war aufgerissen und mit Straßenschmutz überzogen. Ein Stiefel traf ihn in die Magengrube, und er rollte sich zusammen. Als einer der Typen ihm absichtlich gegen den Hinterkopf trat, schlug ich mir die Hand vor den Mund und spürte, wie mir Tränen in die Augen schossen.

»Cherie!«, herrschte Jake mich von der Seite an, und ich riss den Kopf herum. Er hatte den Arm gegen meine Rückenlehne gestemmt und den Oberkörper zu mir gebeugt. Seine Gesichtszüge waren unscharf und verschwommen, doch der Klang seiner Stimme drang deutlich zu mir durch.

»Du musst mir jetzt zuhören!«, sagte er, und ich nickte hastig, obwohl ich kaum klardenken konnte. »Ich werde jetzt da rausgehen und …«

»Was?«, kreischte ich, »Nein, wirst du nicht!«

Jakes packte mich an den Schultern. »Hör zu, ich …«

»Nein!«, schrie ich und krallte mich instinktiv in seinem T-Shirt fest. »Du gehst da nicht raus! Hast du sie nicht mehr alle? Die sind zu fünft, und du nur allein! Hältst du dich für John Wick, oder was?«

»Cherie, ich muss …«

»Gar nichts musst du!«, schrie ich. »Wir rufen die Polizei und warten, bis sie einen Einsatzwagen schicken!«

»Jetzt halt doch kurz mal …«

»Zur Hölle, nein! Ich werde nicht den Mund halten! Du gehst da nicht raus! Vergiss es!«

»Lässt du mich endlich mal aussprechen?«, brüllte Jake, woraufhin ich zusammenfuhr und leise japste. Ich biss mir von innen auf die Wange, um mein Wimmern zu ersticken, doch schon eine Sekunde später brach es als herzzerreißendes Schluchzen aus mir heraus. Es war erbärmlich, wie ich mich aufführte, aber das scherte mich nicht. Lieber machte ich mich lächerlich, als ihn da rausgehen zu lassen.

Jake rieb sich mit den Händen übers Gesicht, dann legte er sie an meine Wangen. »Bitte, Kätzchen, hör mir nur kurz zu, okay?«

Ich blinzelte heftig und zwang mich zu einem Nicken, konnte aber gleichzeitig nicht verhindern, dass mir Tränen über die Wangen liefen. Schmerzerfülltes Gestöhne drang von draußen in unseren Wagen, und ich konzentrierte mich mit aller Kraft auf Jakes Stimme.

»Wir sind hier am Arsch der Welt, okay?« Jake senkte das Kinn und sah mir beschwörend in die Augen. »Ich kenne diese Gegend, weil sie einer der besten Spots für Sprayer ist, unter anderem auch, weil die Polizei mindestens zwanzig Minuten braucht, um hier aufzukreuzen. Meistens sogar länger.«

Wie ein Ballon schwoll die Panik in meiner Brust an, bis sie mir fast den Atem raubte. Doch Jake ließ mir keine Zeit, die Fassung zu verlieren. Stattdessen fasste er mein Gesicht noch ein wenig fester und gab seiner Stimme einen gewissen Nachdruck: »Bis die hier wären, ist der Typ da drüben tot. Willst du das, Cherie? Sollen wir ihm von hieraus beim Krepieren zusehen?«

»Nein, natürlich nicht«, schluchzte ich. »Aber da rauszugehen, ist kein Akt der Zivilcourage – das ist Selbstmord!«

Jake begann, mit den Daumen über meine Wangen zu streicheln, aber es beruhigte mich kein Stück. »Hör zu, ich muss das einfach tun.« Sein Gesichtsausdruck war schwer zu deuten, aber weniger beherrscht als üblich. Ich konnte sehen, wie sich die Zahnräder in seinem Kopf drehten. Wie er mit sich haderte, ob er seinen Gedanken laut aussprechen sollte oder nicht. Und wie er schließlich eine Entscheidung traf. »Wenn das da drüben deine Mutter wäre …«, setzte er an, »… dann würdest du doch auch wollen, dass jemand eingreift, oder nicht?«

Seine Worte trafen mich völlig unvorbereitet. Wie ein Schuss in den Rücken, den man erst spürt, wenn die Kugel einen bereits durchbohrt hat. In meinem Herz klaffte plötzlich ein Loch, von dem ich geglaubt hatte, dass es bereits vor Jahren verheilt war, und ich merkte, wie mit jedem Pulsschlag frisches Blut heraussickerte.

Meine Unterlippe zitterte. Ich konnte nicht fassen, dass

Jake meine tote Mutter gegen mich ausspielte. Trotzdem löste ich benommen die Finger von seinem Shirt. Denn die Antwort auf seine Frage war einfach: Natürlich würde ich wollen, dass jemand eingreift. Jahrelang hatte ich mir nichts anderes gewünscht, als dass in jener Nacht, als meine Mutter überfallen und verprügelt worden war, jemand eingegriffen hätte.

»Gut, und jetzt pass genau auf«, forderte Jake, die Hände immer noch um mein Gesicht gelegt. »Sobald ich ausgestiegen bin, rutschst du hier rüber und setzt dich hinters Lenkrad, verstanden? Du verriegelst die Türen, rufst die Polizei und erklärst ihnen, was hier los ist. Die Typen da drüben behältst du aber ständig im Blick, okay? Wenn jemand auf dich zukommt, legst du den Rückwärtsgang ein und machst dich sofort aus dem Staub!«

»Du willst, dass ich fahre?«, krächzte ich. Mein Gehirn konnte kaum verarbeiten, was er da von mir verlangte, und die Panik in meiner Brust wurde immer schneidender.

»Ich hab's dir doch nicht umsonst beigebracht, oder?« Jake verzog die Lippen zu einem angespannten Lächeln. »Wenn dir langweilig wird, kannst du ja wieder einen Drift hinlegen und die Typen damit ablenken.«

Beinahe hätte ich aufgelacht, aber dann war mir doch eher nach Heulen zumute. Wie, zum Teufel, war ich bloß in diese Situation geraten?

Jake verzog das Gesicht. »Scheiße, ich hab ganz vergessen, wie übel du meinen Humor findest. Okay, Schluss mit den Jokes. Hast du verstanden, was du tun sollst?«

Mein weinerliches »M-hm« schien ihn nicht zu überzeugen, also fasste er alles noch mal zusammen: »Egal, was passiert, du steigst nicht aus diesem Wagen. Du versteckst dich hier und beobachtest das Ganze, aber wenn es gefährlich wird, fährst du sofort weg.« Er suchte meinen Blick und sah mich eindringlich an. »Hast du das kapiert, Cherie? Du haust ab, ohne auch nur mit der Wimper zu zucken. Um mich musst du dir keine Sorgen machen. Ich kann auf mich aufpassen. Und du passt auf dich auf.«

Ich nickte steif. »Gut.«

Von wegen. Gar nichts war »gut«, und ich würde ihn auch ganz bestimmt nicht zurücklassen. Eher fror die Hölle zu.

Jake schien meine Gedanken zu lesen und visierte mich aus schmalen Augenschlitzen an. »Ich warne dich, steig bloß nicht aus diesem Wagen. Du wärst mir sowieso keine Hilfe, also denk gar nicht dran, irgendein Kamikazemanöver zu starten. Haben wir uns verstanden?«

»Wir haben uns verstanden«, sagte ich.

»Das will ich hoffen.«

Jake nahm die Hände von meinen Wangen und zwinkerte mir zu, dann stieß er die Wagentür auf. Ich kraxelte über die Mittelkonsole auf den Fahrersitz. Mein Herz pochte wie verrückt, aber ich zwang mich, ruhig zu bleiben. Ich durfte jetzt nicht die Nerven verlieren.

Jake zog die hintere Tür auf und griff nach seinem Baseballschläger, der mir plötzlich wie ein Geschenk Gottes erschien.

»Bitte pass auf!«, flehte ich und blickte zu ihm hoch.

»Ganz locker bleiben, Kätzchen«, erwiderte er und schwang den Baseballschläger um die Längsachse. »Immerhin spiele ich, seit ich fünf bin, schon vergessen?«

Er setzte ein angespanntes Grinsen auf und stieß die Tür

zu, ehe er sich umdrehte und mit dem Schläger über der Schulter auf die Typen zuging. Ich spürte, wie mir erneut die Tränen kamen, und zog schnell mein Handy aus der Gesäßtasche, um mich ebenfalls nützlich zu machen. Mit zitternden Fingern wählte ich den Notruf und drückte mir dann das Handy ans Ohr. Meine Augen klebten derweil an Jake und verfolgten jeden seiner Schritte. Inzwischen war er nur mehr gute fünfzig Meter von den Kerlen entfernt, aber sie waren so auf ihr Opfer konzentriert, dass sie ihn nicht wahrnahmen. Noch nicht.

»Polizeinotruf, bitte legen Sie nicht auf …«, ertönte eine mechanische Stimme aus den Lautsprechern meines Smartphones. Ich zappelte mit den Füßen und lauschte dem Band, während Jake sich immer weiter auf das Geschehen zubewegte. Er reckte den Hals und rief irgendwas, woraufhin sich die Typen zu ihm umdrehten. Mir rutschte das Herz in die Hose, und ich ließ schnell das Fenster runter, damit ich hören konnte, was sich dort abspielte.

»Wer bist du denn? Hau ab, Freak!«, rief einer der Typen. Ich zuckte zusammen. Die anderen Typen lachten, bis auf den schlaksigen Kerl im hellgrauen Sweater, der sein Bein zurückschwang, um dem verletzten Jungen mit voller Wucht in den Bauch zu treten. Mittlerweile hatte ich erkannt, dass es ein Junge war und kein Mann – niemand über dreißig läuft mit schmuddeligen Chucks durch die Gegend.

»Hey, nicht so unfreundlich, Jungs!«, rief das Sweater-Arschloch und stieg über den Jungen hinweg, der sich am Boden rekelte. »Wir haben einen ungebetenen Gast! Mal sehen, was er will.«

Ein kalter Schauer lief mir über den Rücken, und ich blendete das automatische Notrufband aus, um Jakes Antwort zu hören. Leider sprach er zu leise, als dass ich ihn hätte verstehen können. Mein Unbehagen wuchs, und ich rutschte nervös in meinem Sitz herum, während Jake ein paar Meter vor den Kerlen stehen blieb und den Baseballschläger von einer Hand in die andere schubste. Inzwischen waren alle Blicke auf ihn gerichtet. Obwohl ich mir sicher war, dass jeder Muskel in seinem Körper angespannt war, gab er sich locker und gelassen. Gottverdammt, bei seinem Ego grinste der Idiot vermutlich auch noch! Hoffentlich hatten diese Typen Sinn für Humor, sonst würde die ganze Sache hier ziemlich schnell blutig …

»Polizeimeldezentrale, wie kann ich Ihnen helfen?«

Sofort schoss mir das Adrenalin ins Blut, und ich krampfte die Finger um mein Smartphone. »Äh, Hallo! Sie müssen ganz dringend kommen! Hier wird jemand verprügelt!«

»Können Sie mir sagen, wo Sie sich befinden?«

»Ja, natürlich, bitte warten Sie einen Moment! Ich muss nur schnell …«

Ich wollte meinen Standort tracken, aber dann sah ich, wie einer der Kerle – der, mit dem hellgrauen Sweater – auf Jake zuging. Die beiden sprachen miteinander, doch ich konnte nicht verstehen, was sie sagten. Dann begannen sie, einander herumzuschubsen. Jake zeigte mit dem Schläger auf den Jungen, der am Boden lag, als wollte er sagen: »Lasst ihn in Ruhe, oder wir haben ein Problem«, und der Sweater-Kerl entfernte sich ein paar Schritte von Jake, ging um den Jungen herum und zeigte ebenfalls auf ihn, als wollte er sagen: »Was, der hier? Nee, Mann, der gehört uns.« Und dann trat er ihm so heftig ins Kreuz, dass der Junge aufschrie und sich nach hinten krümmte.

Zum ersten Mal sah ich sein Gesicht und schlug mir vor lauter Entsetzen die Hand auf den Mund. Das konnte nicht wahr sein! Ich kannte diesen Jungen! Scheiße, ich kannte ihn seit der Oberstufe!

Der Anblick verschlug mir die Sprache, doch dann holte Jake mit dem Schläger aus, und ich schrie auf.

»Hallo? Fräulein?«, kam es von der Polizistin am anderen Ende der Leitung. »War das ein Schrei? Sind Sie in Gefahr? Können Sie mir sagen, wo Sie sich befinden?«

Mein Blick hing immer noch an dem stämmigen Kerl, den Jake gerade in die Knie gezwungen hatte. Der Baseballschläger war mit so viel Wucht auf seinem Oberschenkel aufgeschlagen, der er sich nicht mehr auf den Beinen halten konnte. Die anderen drei Typen gingen sofort auf Jake los, nur das Sweater-Arschloch hielt sich im Hintergrund.

»Ja, ich ...«, stammelte ich, ehe ich mich innerlich am Kragen packte. Komm schon, Cherie – konzentrier dich! »Ich bin in einer Industriezone, außerhalb von Wien. Leider hängt hier kein Straßenschild, aber wenn Sie mir einen Moment Zeit lassen, kann ich meinen Standort tracken.«

Ohne darauf zu achten, was die Polizistin erwiderte, nahm ich mein Handy vom Ohr und wischte am Bildschirm nach oben. Meine Finger zitterten so stark, dass ich die Tastatur kaum bedienen konnte, aber nach ein paar Versuchen hatte ich endlich ›Google Maps‹ in meine Suchleiste eingegeben und wartete nun darauf, dass die App sich öffnete. »Mach schon!«, fauchte ich, weil das dämliche Programm ewig brauchte, um zu laden.

Meine Augen huschten zu Jake, und ich war erleichtert, dass er immer noch stand. Der Baseballschläger lag fest in seiner Hand und er schwang ihn, als hätte er sein ganzes Leben lang nicht anderes gemacht. Einer der Typen stürzte sich auf ihn, aber er konnte ausweichen und rammte ihm den Schläger in die Kniekehle, sodass der Kerl stöhnend zu Boden ging. Jake wandte sich sofort wieder nach vorne und holte erneut aus, aber diesmal verfehlte er sein Ziel. Der Typ, den er hatte treffen wollen, duckte sich und boxte ihm in die Nieren, woraufhin Jake ein paar Schritte rückwärts stolperte. Ein zweiter Typ schlang von hinten die Arme um seinen Oberkörper, doch zum Glück konnte Jake sich befreien. Der nächste Schwung seines Baseballschlägers traf den Mistkerl in die Magengrube.

»Bitte, jetzt mach schon!«, flehte ich Google Maps an, aber die verdammte App hatte meinen Standort immer noch nicht berechnet. Plötzlich tauchte ein zweiter Balken im oberen Eck meines Handys auf, und auf meinem Display erschien eine Karte mit einem kleinen, blauen Punkt in der Mitte. »Endlich!«, stöhnte ich erleichtert. Doch gerade als ich den Straßennamen lesen wollte, begann mein Handy zu vibrieren und Emmas Gesicht leuchtete auf meinem Display auf. »Oh, bitte!«, jammerte ich, »Nicht jetzt!«

Plötzlich war weiter unterhalb der Straße ein Schrei zu hören, und ich riss den Kopf hoch, weil ich Jakes Stimme erkannte. Der Baseballschläger baumelte immer noch in seiner Hand, aber aus seiner Nase lief jetzt Blut und er hielt sich die rechte Schulter. Als ich sah, wie drei der vier Typen ihn einkesselten, brach schiere Panik in mir aus.

»Sind Sie noch da?«, fragte die Polizistin am anderen Ende der Leitung, »Können Sie mir sagen, wo Sie sich befinden?«

Meine Nerven waren bis zum Zerreißen gespannt, und ich wischte schnell den Anruf weg, damit ich mich wieder auf die Karte konzentrieren konnte. »Ja, ich …«, begann ich, aber dann vibrierte mein Handy erneut. Emmas blaue Augen bohrten sich in mein Gewissen und brachten mich total aus dem Konzept, während von draußen lautes Gebrüll in den Wagen drang.

Gott, konnte dieser Albtraum nicht endlich aufhören?

»Bitte nennen Sie mir Ihren Standort!«, dröhnte die Stimme der Polizistin aus meinen Lautsprechern. »Sind Sie in Gefahr? Sprechen Sie mit mir!«

»Warten Sie einen Moment!«, fauchte ich und drückte vor lauter Hektik Emmas Anruf weg. Mein Magen zog sich zusammen, aber ich hatte keine Zeit, länger darüber nachzudenken. Also konzentrierte ich mich stattdessen auf die Standortsuche. Die Straßennamen verschwammen vor meinen Augen, und ich musste ein paar Mal blinzeln, um sie entziffern zu können. Als ich es endlich geschafft hatte, richtete ich mich auf und presste mir das Handy ans Ohr. »Ich befinde mich ein paar Kilometer südlich des zehnten Bezirks, direkt an der Kreuzung zwischen der …«

Hinter Jake blitzte ein Lichtreflex auf. Mein Blick fiel auf ein glänzendes Stück Metall, und ich erstarrte.

Ohne auch nur eine Sekunde darüber nachzudenken, ließ ich mein Handy fallen und stieß die Tür auf. Die Welt um mich herum bewegte sich plötzlich in Zeitlupe. Ich stürzte aus dem Wagen und riss meinen Arm hoch, um auf den

Kerl zu deuten, der sich von hinten an Jake heranschlich. Und dann schrie ich. Ich schrie aus voller Kehle, bis meine Lungen brannten und meine Stimmbänder kurz vorm Zerreißen waren. »Jake!«, schrie ich, »Der hat ein Messer!«

Im letzten Moment wirbelte Jake herum und drehte den Oberkörper zur Seite, sodass der Freak mit dem Messer ins Leere stach. Gleichzeitig hob er den Baseballschläger über den Kopf und ließ ihn schwungvoll auf den Arm niedergehen, der neben ihm in der Luft hing. Der Kerl brüllte wie ein Tier, ließ das Messer fallen und riss sofort den Arm zurück. Sein Unterarm war abgeknickt, das Ellbogengelenk verdreht und die Finger krampfhaft gespreizt – ein Anblick, bei dem mir fast das Abendessen hochkam. Mit diesem Arm würde er heute niemanden mehr abstechen, so viel stand fest.

Jake bückte sich nach dem Messer und warf es in hohem Bogen durch die Luft. Ich konnte nicht erkennen, wo es landete, aber es flog gute vierzig Meter weit. »Mit Messern spielt man nicht!«, knurrte er und wischte sich mit dem Knöchel das Blut unter der Nase fort. »Hat dir das deine Mama denn nicht beigebracht?«

Der Messerfreak stieß einen animalischen Laut aus und stürzte sich auf ihn, aber ich bekam Jakes Reaktion nicht mehr mit. Mein Blick war auf das Sweater-Arschloch gefallen, das soeben aus dem Schatten des Gebäudes ins Licht der Straßenlaterne trat. Bislang hatte er sich aus der Prügelei rausgehalten, doch anscheinend hatte ihn mein Geschrei aufhorchen lassen. Unsere Blicke trafen sich, und mir gefror das Blut in den Adern. Ein düsterer Schatten huschte über sein Gesicht, gefolgt von einem Lächeln, das mir beinahe den Magen umdrehte. Er stieß sich von der Wand weg und kam einen Schritt auf mich zu. Ich stolperte rückwärts und spürte, wie mein ganzer Körper von lähmender Angst geflutet wurde. Ohne den Augenkontakt mit mir zu unterbrechen, drückte er die Fingerknöchel durch. Dann lehnte er sich nach vorne, ging leicht in die Knie …

Und sprintete los.

Ich wich zurück und schrie wie am Spieß, während dieser gestörte Mistkerl mit vollem Karacho auf mich zuschoss.

Als Jake mich schreien hörte, riss er den Kopf herum. Im selben Moment traf ihn auch schon eine Faust im Magen und er krümmte sich, doch sein Blick war immer noch auf meinen Verfolger fixiert. Als Kurzschlussreaktion ließ er den Baseballschläger fallen und stürmte los. Die Typen, mit denen er sich herumgeschlagen hatten, wollten ihm am T-Shirt packen und festhalten, aber sie bekamen ihn nicht zu fassen.

»Rein ins Auto!«, brüllte Jake.

Mein Körper löste sich aus seiner Starre, und ich ließ mich rücklings auf den Fahrersitz fallen, wo ich die Tür hinter mir zuzog und nach dem Autoschlüssel griff. Ich wollte gerade die Zentralverriegelung drücken, als ein mörderisches Gesicht im Fenster auftauchte. Die Tür wurde aufgerissen, und ich schrie aus voller Kehle, während ich über die Mittelkonsole kletterte und auf den Beifahrersitz flüchtete. Ich streckte mich nach dem Türgriff, aber gerade als ich ihn zu fassen bekam, wurde ich am Knöchel gepackt und kraftvoll zurückgerissen. Mein Körper verlor den Halt, und ich knallte mit dem Gesicht auf die Mittelkonsole, wo meine Nase auf der Handbremse aufschlug. Der Schmerz war so überwältigend, dass mir sofort Tränen in die Augen schossen, aber ich verdrängte ihn und drehte mich herum, um nach dem Kerl zu treten, der mich gepackt hatte.

»Komm schon raus!«, keifte er.

Seine Augen glühten, und auf seinen Lippen hing immer noch dieses grässliche Lächeln, bei dem mir richtig schlecht wurde. Meine Angst wuchs ins Unermessliche, und ich strampelte verzweifelt, aber seine Finger hatten meine Knöchel so fest umschlungen, dass ich mich aus seinem Griff nicht befreien konnte.

»Lass mich in Ruhe!«, schrie ich, doch noch bevor er mich aus dem Auto reißen konnte, wurde er von der Seite gerammt und niedergestreckt. Ich zog die Beine an und rutschte auf den Beifahrersitz zurück, während Jake sich rittlings auf ihn setzte und ihm kraftvoll die Faust ins Gesicht stieß. Blut spritzte auf und ein Schmerzensschrei hallte durch die Straße.

»Dafür mach ich dich kalt!«, versprach der Kerl, nachdem er hellrotes Blut auf den Asphalt gespuckt hatte. »Dich und dein Flittchen da drin.«

Jake sah aus, als hätte er Lust, gleich noch mal zuzuschlagen, stemmte sich dann aber hoch und blickte verächtlich auf den Fiesling herab. »Ach, fick dich«, ächzte er und verpasste ihm einen Tritt in den Magen, ehe er zur Fahrertür taumelte und sich unsanft hinters Steuer fallen ließ.

»Alles okay?«, fragte ich und schoss vor, um mir sein ramponiertes Gesicht anzusehen. Jake drückte mich zurück und griff nach dem Schlüssel in der Zündung. Er drehte ihn herum, und der Motor heulte auf, woraufhin er sofort den ersten Gang einlegte und losfuhr.

»Anschnallen!«, bellte er, und ich zerrte an meinem Gurt. Den Blick auf die drei Typen fixiert, die vor uns auf der Straße standen, packte er den Ganghebel, sodass seine aufgeplatzten Knöchel hervortraten, und schaltete einen Gang höher. »Kannst du mir einen Gefallen tun?«

Eine Mischung aus Angst und Panik pulsierte in mir. »Was soll ich tun?«, fragte ich, die Finger krampfhaft um meinen Sicherheitsgurt geschlungen. Meine Stimme zitterte, genau wie der Rest meines Körpers.

Ein Schatten huschte über Jakes Gesicht. »Mach die Augen zu.«

Ich blinzelte ihn ängstlich an, doch noch bevor ich richtig realisieren konnte, was er vorhatte, trat er auch schon aufs Gas. Mein Körper wurde von einem Adrenalinschub erfasst, der mich lauthals kreischen ließ, und ich kniff die Augen zusammen, während Jake mit voller Geschwindigkeit auf die Typen zuraste, die vor uns auf der Straße standen. Als ein dumpfer Aufprall zu hören war, zuckte ich zusammen. Meine geschlossenen Augen füllten sich mit Tränen, und ich war kurz davor, einen Heulkrampf zu bekommen. Doch dann legte Jake seine Hand auf mein Knie und drückte es.

»Keine Angst, sie sind aus dem Weg gesprungen«, versicherte er mir. »Was du gehört hast, war nur der Baseballschläger, der auf meiner Motorhaube aufgeprallt ist.«

Ich riss die Augen auf und wirbelte herum, um einen Blick durch die Heckscheibe werfen zu können, sah aber im ersten Moment nur Dunkelheit. Dann fiel mir der hölzerne Baseballschläger auf, der mitten auf der Straße lag, und schließlich erspähte ich drei schwankende Gestalten, die sich mühsam vom Bürgersteig hochrappelten. Eine Welle der Erleichterung brach auf mich herein. Keiner von ihnen schien ernsthaft verletzt zu sein.

»Gott sei Dank«, seufzte ich, nachdem ich mich wieder nach vorne gedreht hatte. »Ich dachte wirklich, du hättest sie überfahren.«

»Wenn du willst, dreh ich noch mal um und bring die Sache zu Ende«, bot Jake mir an, ehe er an den Straßenrand fuhr und die Handbremse anzog. »Aber zuerst muss ich den Vollidioten ins Auto schaffen, der uns den ganzen Mist hier eingebrockt hat.«

Er stieß die Fahrertür auf und stieg bei laufendem Motor aus dem Wagen, während ich mich nervös nach den Schlägertypen umsah. Mein Blick blieb an dem Messerfreak hängen, der mit buckligem Rücken am Bürgersteig saß und sich den verletzten Arm an die Brust drückte. Seine Züge waren wutverzerrt, aber er schien mir zu sehr damit beschäftigt, seine Wunden zu lecken, um neuen Ärger anzuzetteln. Der Kerl mit der Oberschenkelprellung hievte sich schwerfällig vom Boden hoch und humpelte zu seinen Freunden, die sich um das Sweater-Arschloch versammelt hatten und ihm hilfsbereit die Arme entgegenstreckten. Natürlich schlug er ihre Hände fort und rappelte sich allein auf, kam dann aber ins Straucheln und musste sich erst recht an einem von ihnen festhalten. Tja, zumindest konnte er in diesem Zustand nicht gleich wieder lossprinten …

Ein paar Sekunden später kam Jake zurück und verfrachtete den Jungen, für den wir angehalten hatten, mit einem angestrengten Keuchen auf die Rückbank.

»Verfickte Scheiße!«, presste dieser zwischen zusammengebissenen Zähnen hervor und warf den Kopf in den Nacken, sodass die bunten Tätowierungen auf seinem Hals entblößt wurden. Mit schmerzverzerrtem Gesicht presste er sich die Hand auf den Bauch.

»Hi, Luca«, piepste ich, nachdem ich mich zu ihm umgedreht hatte. Ich schlang die Finger um meine Rückenlehne und blinzelte ihn unsicher an. Der Bluterguss über seinem linken Auge hatte inzwischen einen dunkelvioletten Ton angenommen, seine aufgeplatzte Unterlippe war geschwollen und die schwarzen Haare klebten ihm schweißnass an der Stirn.

»Geht's dir gut?«, fragte ich, obwohl das offensichtlich eine dumme Frage war.

Lucas Miene verdunkelte sich, und mir wurde bewusst, *wie dumm* meine Frage war. Seine farblosen Augen flackerten gereizt, was in Kombination mit den geröteten Augäpfeln echt gruselig aussah. »Mir gehts blendend, danke der Nachfrage.«

Ich schluckte schwer und war heilfroh, als Jake sich auf den Fahrersitz fallen ließ und wir endlich zu dritt im Wagen saßen.

Jake rammte den Schaltknüppel in die Erste und warf ihm durch den Rückspiegel einen finsteren Blick zu. »Sei besser freundlich zu ihr, sonst fliegst du gleich wieder hier raus! Es reicht schon, dass ich deinetwegen eine Delle in der Motorhaube hab. Ich muss mir nicht auch noch deinen verschissenen Sarkasmus anhören.«

Ein Muskel in Lucas Kiefer zuckte, aber er bemühte sich, seine Wut zu unterdrücken, und setzte ein gezwungenes Grinsen auf. »Entschuldige meine schroffe Antwort, Cherie. Es tut mir echt leid, dass ich momentan ein klein bisschen gereizt bin, aber das liegt daran …«, er wandte sich an Jake, »… DASS MEINE GOTTVERDAMMTEN RIPPEN GEBROCHEN SIND!«

Empathisch, wie ich war, registrierte ich leichte Spannungen zwischen den beiden. Ich wollte nicht in die Schussbahn geraten, also drehte ich mich hastig nach vorne und versank mit eingezogenem Kopf im Beifahrersitz.

»Ich schieb dir deine gottverdammten Rippen gleich sonst wohin«, brüllte Jake zurück. Dann trat er so unsanft aufs Gas, dass wir in den Sitz gedrückt wurden, und bog mit quietschenden Reifen auf die Hauptstraße ab. Mein Puls schoss in den Hunderterbereich, aber ich wagte es nicht, mich über seinen Fahrstil zu beschweren. Stattdessen blickte ich stur gerade aus, bohrte die Fingerkuppen in meinen Sitz und rief mir ins Bewusstsein, dass Jake ein ausgezeichneter Autofahrer war, der sich von ein bisschen überschüssigem Testosteron nicht aus der Ruhe bringen ließ. Nachdem er zwei Stoppschilder und eine rote Ampel überfahren hatte, schickte ich dann aber sicherheitshalber doch ein kleines Stoßgebet zum Himmel.

»Wo hast du deinen Führerschein gemacht?«, blaffte Luca vom Rücksitz aus, »In Indien?«

Jake krampfte die Finger ums Lenkrad, bis seine blutigen Knöchel hervortraten und die Venen auf seien Unterarmen sichtbar wurden. Er holte tief Luft, doch als er zum Sprechen ansetzte, klang seine Stimme gepresst: »Ich schwöre bei Gott, wenn du noch ein falsches Wort sagst, dann …«

Luca lehnte den Oberkörper nach vorne. »Dann was?«

»Wohin fahren wir eigentlich?«, fragte ich, bevor Jake

explodieren konnte. Der flehende Tonfall in meiner Stimme schien ihn etwas zu besänftigen. Die Tachonadel sank, und sein Griff um das Lenkrad lockerte sich.

»Zur nächstgelegenen Polizeiwache«, antwortete Jake und sah Luca durch den Rückspiegel an. »Dort kannst du Anzeige erstatten und eine Aussage machen.«

Bei dem Wort ›Polizeiwache‹ fiel mir mein Handy wieder ein, das mit leuchtendem Display im Fußraum lag, und ich bückte mich danach, während Luca aus unerfindlichem Grund in die Luft ging: »Hast du sie nicht mehr alle? Wir fahren nicht zur Polizei!«

Ich schob mein Handy in die Gesäßtasche und linste aus dem Augenwinkel zu Jake. Er schnaubte, zwang sich dann aber, die Fassung zu bewahren. »Und wieso nicht?«

Luca verzog das Gesicht. »Weil ich den Typen Xanax verkauft habe. Sie dürfen sie auf keinen Fall schnappen, sonst bin ich auch dran.«

Jake legte eine Vollbremsung hin, bei der ich unsanft in den Gurt geschleudert wurde. Wäre mir nicht die Luft im Hals stecken geblieben, hätte ich laut aufgeschrien.

»DU HAST WAS?«

»Es ist nicht so, wie es aussieht«, kam es von Luca zurück, der mittlerweile eher panisch als wütend wirkte.

»Dann bist du also kein verschissener Drogendealer?«, fuhr Jake ihn an.

»Nein, verdammt, bin ich nicht!« Luca raufte sich die Haare und ballte die Hand zu einer Faust, sodass schwarz gefärbte Strähnen zwischen seinen Fingern hervorstanden. »Ich weiß, wie das für euch klingen muss, aber ich verkaufe nicht! Zumindest hab ich nicht verkauft, bis ich den ganzen

Stoff loswerden musste. Scheiße, das ist schwer zu erklären.«

»Du wirst es uns aber erklären müssen«, blaffte Jake, der sich offensichtlich nur noch mit Mühe beherrschen konnte. »Wenn du nicht zur Polizei willst, dann fahren wir eben ins Krankenhaus. So wie du aussieht, solltest du sowieso dringend einen Arzt sehen.«

»Nein, ich kann nicht ins Krankenhaus!«, erwiderte Luca. »Ich bin nicht versichert. Habt ihr eine Ahnung, was ein Ultraschall und ein Ganzkörperröntgen kosten? Außerdem steht morgen das Jugendamt bei uns vor der Tür, wenn die erfahren, dass ich wegen Mom nicht versichert bin.«

Jake schlug mit dem rechten Handballen aufs Lenkrad ein. Er hatte die Augen zusammengekniffen und biss sich auf die Zunge, aber trotz seiner Anstrengungen brach die Wut nach ein paar Sekunden als lautes »Fuck!« aus ihm heraus.

»Du triffst dich mitten in der Nacht mit irgendwelchen Arschlöchern, um ihnen Benzos zu verticken, und bist noch nicht einmal *krankenversichert*?«

»Es gibt für all das eine Erklärung!«, kam es von Luca zurück, der mit flackernden Augen in den Rückspiegel blickte. Als Jake nicht reagierte, wanderte sein Blick zu mir, aber leider hatte es mir die Sprache verschlagen, sodass ich nur stumm dasitzen und ihn anstarren konnte.

Wer, zum Teufel, war dieser Junge, mit dem ich seit der Oberstufe in eine Klasse ging?

»Gut, dann fahren wir jetzt in das einzige Lokal, das um diese Zeit noch offen hat«, fauchte Jake, nachdem er sich wieder einigermaßen gefasst hatte, »und dort wirst du uns dann alles haargenau erklären!«

Er riss den Schalthebel nach hinten und trat in die Pedale, bis die Reifen durchdrehten und der Motor auf Hochtouren lief. Ich drehte mich wieder nach vorne und klammerte mich am Griff über der Tür fest, den ich die restliche Fahrt hindurch nicht mehr losließ. Bei jeder roten Ampel wurde ich in meinen Gurt geschleudert, nur um dann, wenn die Ampel auf Gelb umschaltete, mit voller Wucht in den Sitz gepresst zu werden. Als wir schließlich bei dem Diner ankamen, von dem Jake gesprochen hatte, sprang ich aus dem Wagen und ergriff die Flucht. Mitten am Parkplatz blieb ich stehen und stützte mich mit den Händen auf den Oberschenkeln ab. Mir war speiübel.

»Ich glaub, ich hab ein Schleudertrauma«, jammerte ich, nachdem ich mich wieder aufgerichtet hatte.

»Da bist du nicht die Einzige«, stöhnte Luca und hievte sich mit gequältem Gesicht aus dem Wagen. Er humpelte, und ich ging zu ihm, um ihn zu stützen.

Jake ließ unser Gejammer unkommentiert und stützte Luca von der anderen Seite, sodass wir gemeinsam ins Diner gehen konnten.

Kapitel 12

Das Diner war groß und im amerikanischen Stil gehalten. An einer Seite des Raumes zog sich eine glänzende Theke in die Länge, vor der knallrote Barhocker aufgestellt waren. Der Boden war mit schwarz-weißen Fließen bedeckt, und an der gegenüberliegenden Seite waren Holztische aufgereiht, die kopfseitig mit der Fensterfront abschlossen. Keiner der Tische war besetzt, also hatten wir freie Auswahl.

»Lasst uns den dahinten nehmen«, schlug Jake vor und nickte mit dem Kinn ans andere Ende des Lokals, wo wir außer Hörweite der Barfrau waren. Luca stimmte zu, und wir schlenderten an der Theke vorbei, um uns am Tisch im allerhintersten Eck niederzulassen, wie es sich für zwielichtige Jugendliche gehörte. Keine Minute später trat auch schon eine junge Kellnerin an unseren Tisch. Sie trug ein gelbes Kragenkleid mit kurzen Ärmeln und einer roten Schürze, das dünne Schürzenband hatte sie doppelt um die Taille geschnürt. Mit Notizblock und Stift in der Hand blickte sie zwischen den Jungs hin und her. Ihre Stirn war gerunzelt, die Augenbrauen hochgezogen. Es dauerte einen Moment, bis sie den Anblick verdaut hatte und ihre Stimme wiederfand. »Wollt ihr … was trinken, oder so?«

»Einen doppelten Scotch«, schnarrte Luca, ohne den Blick von der zerkratzten Tischplatte abzuwenden. »Und bring mir ein Glas mit Eiswürfeln, das ich mir an die Stirn halten kann. Mir platzt gleich der Schädel.«

Das Mädchen blinzelte ein paar Mal, bevor sie die Bestellung auf ihrem Block notierte. »Und für euch beide?«

Jake rang sich ein mageres Lächeln ab. »Für mich nichts, danke.«

»Also ich hätte gerne … einen Erdbeermilchshake und ein Stück Schokokuchen«, sagte ich und tippte mit dem Zeigefinger auf das dazu passende Bild, bevor ich ihr die Speisekarte zurückgab. Luca rollte die Augen, und Jake lachte leise, aber ich ignorierte ihr Gespött. Nach den Strapazen dieser Nacht hatte ich mit dieses Stück Kuchen definitiv verdient.

»Gut, dann schieß mal los«, forderte Jake, nachdem die Kellnerin abgezogen war. »Wer sind diese Kerle und warum hast du ihnen Xanax verkauft?«

Luca massierte sich mit einer Hand den Nacken, während die andere unruhig an der Tischkante entlangfuhr. Seine Lippen waren zusammengepresst, und er neigte den Kopf zur Seite, sodass seine Wirbelsäule knackte.

»Also?«, drängte Jake.

»Vor ein paar Tagen hab ich das Zimmer meines Bruders auseinandergenommen«, stieß Luca mühsam hervor. »Ich war wütend, wollte einfach irgendwas kaputtmachen … also hab ich sein Bücherregal zerschmettert. Dabei hab ich durch Zufall seinen Pillenvorrat gefunden, versteckt in einer ausgehöhlten Bibel.« Als er meinen Gesichtsausdruck sah, erschien ein säuerliches Lächeln auf seinen Lippen. »Mein Bruder hatte einen kranken Sinn für Humor. Er hat sogar extra auf den Welttag der Suizidprävention gewartet, um sich das Hirn wegzuballern. Als Gag.«

Ich senkte den Blick auf meine Finger, die unruhig mit der Serviette spielten. Auch Jake schien es die Sprache verschlagen zu haben, zumal er Luca ja erst seit Beginn des Schuljahres kannte und gar nicht wissen konnte, dass dessen Bruder sich umgebracht hatte. Zumindest bis jetzt.

Überrascht starrte Jake Luca an, der mit ausdrucksloser Miene und blutunterlaufenen Augen zurück starrte. Keiner von beiden sagte etwas; es war so still, dass ich Luca mit den Zähnen knirschen hörte. Plötzlich wollte ich überall lieber sein, bloß nicht hier.

Lucas Worte hingen wie giftiger Nebel zwischen uns in der Luft, als die Kellnerin zurückkam und unsere Bestellung brachte. Ich linste auf das Stück Schokokuchen vor meiner Nase. Es dampfte verlockend und war von karamellbezogenen Sahnehäubchen umgeben. Vor zwei Minuten wäre mir bei diesem Anblick noch das Wasser im Mund zusammengelaufen. Inzwischen war mir der Appetit vergangen.

»Woher hast du gewusst, dass es Benzos sind?«, fragte Jake, nachdem er sich von Lucas morbider Aussage erholt hatte.

Luca zuckte die Schultern. »Mein Bruder hat jede Menge Scheiß eingeworfen, aber in den letzten Wochen vor seinem Selbstmord war er fast durchgehend auf Xanax. Ich glaube, er wollte damit seine Depression behandeln. Tja, war wohl ein Schuss in den Ofen … beziehungsweise in den Kopf.«

Luca bohrte den Blick in die Tischplatte und begann, mit dem Daumennagel über das dunkle Holz zu kratzten. »Jedenfalls musste ich das Zeug loswerden, also bin ich seine Kontaktliste durchgegangen und hab einen Kerl angerufen, von dem ich wusste, dass er ihm früher Gras vertickt hat. Er war gerade auf einem Trip, als ich ihn angerufen hab. Dachte, mein Bruder sei von den Toten auferstanden. Hat irgendwas von Jesus gefaselt. Witziges Telefonat.«

Er erzählte das ohne die geringste Regung im Gesicht, als wäre es ihm scheißegal, ob dieses Arschloch seinen toten Bruder verspottet hatte. Seine Züge waren glatt und ausdruckslos, doch seine Hand verriet, was er wirklich fühlte, und sein Daumennagel ritzte sich so kraftvoll in die Tischplatte, dass seine Nagelhaut aufplatzte und das Pressholz splitterte.

»Auf jeden Fall sind wir ziemlich schnell ins Geschäft gekommen«, fuhr Luca fort. »Er hat mir zwar nur einen Bruchteil dessen angeboten, was die Pillen wert sind, aber ich wollte sie schnell loswerden, also hab ich zugestimmt. Nachdem wir Treffpunkt und Uhrzeit ausgemacht hatten, trichterte er mir noch ein, dass wir den Deal am besten unter vier Augen abschließen sollten. Weil das unauffälliger sei.«

Luca griff nach seinem Scotch und schwenkte die braune Flüssigkeit im Glas, ehe er das Glas in einem Zug leerte. »Plot Twist: Der Wichser ist nicht allein aufgekreuzt, sondern hat seinen ganzen verfickten Harem mitgebracht. Sie haben mir das Xanax abgenommen, mein Handy und meine Brieftasche einkassiert und mich zu verprügeln begonnen. Den Rest habt ihr ja selbst miterlebt.«

Nachdem Luca seine Geschichte beendet hatte, herrschte ein paar Sekunden Stille am Tisch. Mit gerunzelter Stirn blinzelte ich Luca an und musste das Gehörte erst mal verdauen. Das alles war ziemlich starker Tobak. Ich wusste nicht so recht, wie ich darauf reagieren sollte. Mein erster Impuls war, ihn zu trösten, aber irgendwie hatte ich das Gefühl, dass das nicht sonderlich gut ankommen würde. Was sollte ich bloß sagen? Dass die ganze Situation nicht seine Schuld war, weil dieser Junkie ihn in eine Falle gelockt hatte? Aber stimmte das denn überhaupt? Oder war es naiv von ihm, alleine aufzukreuzen? Hätte er damit rechnen müssen, dass der Kerl ihn abzocken würde? Und wieso hatte er die Pillen nicht einfach weggeworfen?

Irgendwie fühlte ich mich nicht berechtigt, Lucas Story zu kommentieren, geschweige denn, sein Verhalten zu verurteilen. Schließlich war ich, was Drogendeals anging, nicht gerade eine Expertin. Ich wusste ja noch nicht einmal, warum die Droge, um die es hier ging, einmal ›Benzos‹ und dann wieder ›Xanax‹ hieß. Also entschied ich, lieber den Mund zu halten und Jake das Reden zu überlassen.

Die linke Augenbraue kritisch hochgezogen, schnappte er sich meinen Erdbeermilchshake und rührte mit dem Strohhalm darin herum, bevor er schlürfend einen Schluck trank. »Soll ich dir mal was sagen?«, fragte er, nachdem er das gestohlene Getränk wieder abgesetzt hatte.

Luca hob den Blick, und seine glasigen Augen flackerten gefährlich. »Nur zu.«

Mein Unbehagen wuchs. Ich schluckte schwer und ließ meinen Blick zwischen den Jungs hin und her pendeln. Ein kleiner, neugieriger Teil in mir wollte hören, was Jake zu sagen hatte, während sich der große Rest von mir – allen voran mein gesunder Menschenverstand – wünschte, er würde die Klappe halten.

Aber das Leben war nun mal kein Wunschkonzert, und Jake sagte: »Du bist der dümmste Vollidiot, der mir jemals untergekommen ist, und ein wirklich beschissener Drogendealer.«

Ich stellte mich schon mal darauf ein, dass gleich die Fetzen flogen, aber zu meiner Überraschung blieb Lucas Gesicht ausdruckslos. Er griff nach dem Glas mit Eiswürfeln, das er sich bestellt hatte, und lehnte sich auf der Bank zurück, wo er es sich auf den Bluterguss über seinem Auge drückte. »Da sind wir uns ja einig.«

Jake verzog die Lippen zu einem Grinsen, und auch Lucas Mundwinkel zuckte für den Bruchteil einer Sekunde in die Höhe, wohingegen ich mit gerunzelter Stirn daneben saß und blöd aus der Wäsche guckte. *Was geht den jetzt ab? Haben die sich gerade angefreundet?*

Meine Frage wurde beantwortet, als Luca Anstalten machte, aufzustehen, und Jake aufsprang, um ihn zu stützen. »Du hast nicht zufällig eine Kippe?« Luca warf Jake einen Seitenblick zu, während er sich stöhnend hochhievte. »Ich war vorhin beim Zigarettenautomaten, aber die Kippen haben sie mir auch abgenommen.«

»Nee, bin Nichtraucher«, erwiderte Jake, dann grinsten beide. »Nicht weglaufen, Kätzchen. Wir sind gleich zurück.«

Darum musste er sich bestimmt keine Sorgen machen. Ich war so überrascht von ihrem Verhalten, dass ich eine ganze Weile nur dasitzen und mit großen Augen die Tür anglotzen konnte, ehe ich mich schließlich kopfschüttelnd über meinen Schokokuchen hermachte. Wie in Trance schob ich mir Löffel für Löffel in den Mund. So lief das also? So entstand eine Freundschaft zwischen Männern – durch eine Beleidigung? Mann, diese Spezies hatte echt ein merkwürdiges Sozialverhalten …

»Möchtest du noch was?«, riss mich die Stimme der Kellnerin aus den Gedanken.

Den Mund voller Kuchen blickte ich von meinem Teller auf. »Hm?«

Meine Reaktion brachte sie zum Lachen. »Ich wollte nur wissen, ob ich dir noch was bringen kann?«, wiederholte sie, woraufhin ich hastig hinunterschluckte.

»Ach so, nein, danke.« Ich lächelte verlegen. »Tut mir leid, ich bin ein bisschen neben der Spur.«

Sie legte die Hüfte schief und spielte mit ihrem Schürzenband. »Das kann ich mir vorstellen. So wie deine Freunde aussehen, hast du heute Nacht wohl einiges erlebt.«

Seufzend griff ich nach meinem Milchshake. »Das kann man wohl sagen.«

»Darf ich fragen, was passiert ist?« Sie stellte Lucas leeres Scotch-Glas auf ihr Tablett und warf mir einen bedeutungsvollen Blick zu. »Haben die beiden sich um dich geprügelt, oder so?«

Ich verschluckte mich und hustete, musste aber gleichzeitig lachen, weil diese Vorstellung einfach zu komisch war. »O Gott, nein!«, krächzte ich, woraufhin die Kellnerin in mein Lachen mit einstimmte. Wir kicherten wie Schulmädchen, und ich stellte fest, dass mir die kleine Blondine mit dem Pferdeschwanz auf Anhieb sympathisch war.

»Was denn, hätte doch sein können!« Sie spähte zur Theke, um sich zu vergewissern, dass ihre Chefin immer noch mit der Neudekoration des Flaschenregals beschäftigt war, dann drehte sie sich wieder zu mir und grinste schelmisch. »Abgesehen von dem ganzen Blut und den Prellungen, sind die beiden ziemlich heiß.«

»Oje, da hat jemand einen bedenklichen Männergeschmack«, neckte ich sie, woraufhin sie seufzte. Wieder musste ich kichern.

»Du weißt nicht zufällig, ob einer von ihnen was für unterbezahlte Kellnerinnen übrig hat?«

Ich lachte und stocherte mit dem Strohhalm in meinem Shake herum. »Also was Luca angeht, bin ich mir nicht sicher, ob er überhaupt für irgendwen was übrig hat.«

Sie hob interessiert eine Augenbraue. »Luca … Ist das der Sonnenschein mit den Tattoos?«

Ihre Wortwahl brachte mich zum Schmunzeln, und ich nickte.

»Ich verstehe, was du meinst«, seufzte sie. »Dieser Luca wirkt, als hätte er ganz allgemein ein Problem mit … *Menschen*. Nicht, dass ich das nicht nachvollziehen könnte! Ich arbeite seit Jahren im Service, da kriegt man zwangsläufig ein Problem mit Menschen. Mit Menschen im Allgemeinen, und besonders mit solchen, die unfreundlich sind, alles vollsauen und dann nicht mal Trinkgeld geben.«

Ich spielte mit meinem Strohhalm. »Das glaub ich dir aufs Wort.«

»Und wie sieht's bei dem Typ mit der blutigen Nase aus?« Sie beugte sich leicht zu mir und setzte ein verruchtes Lächeln auf. »Das soll jetzt nicht verzweifelt klingen oder so, aber für den würde ich meine Prinzipien über Bord werfen und glatt mit aufs Herrenklo gehen. Das würde mir zwar meine Selbstachtung kosten, aber diese Grübchen wären mir das schon wert.«

Wie auf Kommando zog sich mein Magen zusammen. Obwohl ich wusste – oder zumindest hoffte –, dass sie nur einen Scherz gemacht hatte, musste ich mich plötzlich anstrengen, mein Lächeln aufrechtzuerhalten.

»Jake?«, fragte ich, als gäbe es hier noch einen anderen Kerl mit Grübchen und blutiger Nase, den sie gemeint haben könnte. »Äh, der hat leider eine Freundin.«

Die Worte waren ausgesprochen, noch bevor ich sie richtig verarbeiten konnte. Ich hatte absolut keinen Schimmer, wieso ich das gerade gesagt hatte. Mir war klar, dass ich diese Lüge zurücknehmen musste, aber mein Mund war völlig außer Kontrolle: »Die beiden sind schon seit drei Jahren zusammen. Jake ist regelrecht besessen von ihr. Andauernd schwärmt er davon, wie hübsch sie doch sei und wie gut sie sich verstehen würden. Er kennt praktisch kein anderes Thema. Letztens meinte er sogar, dass er ihr einen Antrag machen würde.«

Sie zog die Nase kraus. »Ach ja? Klingt ziemlich clingy.«

Ich nickte und schlürfte mit unschuldiger Miene an meinem Erdbeershake, während das schlechte Gewissen seine messerscharfen Zähnchen in mich stieß. Mein Verhalten war lächerlich. Ich kam mir vor wie eine manipulative Sechsjährige, die alle Menschen in ihrer Umgebung anschwindelte, nur um ihren Willen durchzusetzen. Dabei wusste ich ja noch nicht einmal, was ich wollte. Aber bestimmt nicht, dass hier irgendjemand mit Jake aufs Männerklo ging!

»Tja, da kann man wohl nichts machen«, seufzte die

junge Frau. »Trotzdem schade.«

»Was ist schade?« Jake war wie aus dem Nichts hinter ihr aufgetaucht, Luca stand mit schmerzgekrümmtem Oberkörper neben ihm und hielt sich an ihm fest.

Um ein Haar hätte ich meinen Milchshake wieder ausgespuckt, so sehr erschrak ich. Stattdessen würgte ich den Schluck hinunter und verzog das Gesicht, als sich ein großes Erdbeerstück durch meine Speiseröhre zwängte.

Die Hände in den Hosentaschen vergraben, lächelte Jake auf die kleine Kellnerin herab.

»Wir, äh …«, stammelte sie und fühlte sich ganz offensichtlich ertappt.

Mein Herz pochte wie verrückt, und ich war mir sicher, dass mich mein schlechtes Karma in diesem Moment eingeholt hatte. Doch plötzlich setzte sie ihr freundlichstes Serviererinnen-Lächeln auf und säuselte: »Ach nichts, wir haben nur über die neue Staffel von GNTM gesprochen.«

Mir fiel eine tonnenschwere Last von den Schultern. Ich ließ den Kopf nach vorne sacken und atmete erleichtert auf.

»Willst du jetzt was trinken?«, erkundigte sie sich. »Einen Scotch vielleicht? Oder einen schwarzen Kaffee?«

»Nein, der Abend war schon bitter genug«, witzelte Jake und half Luca, sich zu setzen. Dann setzte er sich neben mich auf die Bank und zog mir den Kuchen unter der Nase weg. »Außerdem bin ich versorgt, danke.«

»Hey, Finger weg!«, schimpfte ich und funkelte ihn finster an. »Bestell dir selbst welchen!«

»Nee, geklauter Kuchen schmeckt besser«, erwiderte er, die Lippen zu einem boshaften Grinsen verzogen, das seine Grübchen hervortreten ließ. Dann griff er nach der Gabel und spießte die Schokoerdbeere auf, die als Deko neben meinem Schokokuchen lag und auf die ich mich, verflixt noch mal, am allermeisten gefreut hatte! Ich wollte sie mir extra bis zum Schluss aufheben, und dieser Mistkerl wusste das!

»Wehe, du rührst sie an!«, drohte ich mit strenger Miene.

Jakes Mundwinkel zuckte, und schon einen Augenblick später war meine köstliche Erdbeere verschwunden. Ich hätte nicht übel Lust gehabt, ihm meinen Milchshake ins Gesicht zu schütten, aber das erschien mir dann doch ein bisschen radikal. Also versetzte ich ihm stattdessen einen Klaps auf den Hinterkopf, den ich postwendend retourkassierte. Meine Augen wurden schmal, und ich schlang die Finger um meinen Becher, aber das Räuspern der Kellnerin ließ mich ruckartig aufblicken.

Sie hatte das Becken schiefgelegt und die freie Hand in die Hüfte gestemmt, während sie auf der anderen das runde Tablett balancierte. Ihre Augenbrauen waren in die Höhe gezogen und ihr Blick sprach Bände. »Ihr beide kommt klar?«, fragte sie mit einem zweideutigen Tonfall in der Stimme.

Ich wusste sofort, dass sie mich durchschaut hatte. Meine Wangen erglühten, und ich wandte verlegen den Blick ab. Am liebsten wäre ich im Boden versunken. »Äh, ja, danke.«

Die Kellnerin grinste mich noch einen Moment lang an, bevor ihr Blick zu Luca huschte. »Autsch! Dich hat es aber ganz schön erwischt.« Sie rümpfte ihre Stupsnase. »Soll ich dir vielleicht noch ein Glas mit Eiswürfeln bringen, dass du dir an die Stirn oder … sonst wohin halten kannst?«

»Nettes Angebot«, schnarrte Luca, zog ohne Vorwarnung seine Kapuzenjacke vorne hoch und entblößte seinen muskulösen Bauch, der von oben bis unten mit Blutergüssen überzogen war, »aber ich bräuchte eher eine *Wanne* mit Eiswürfeln, danke.«

Ich schlug mir voller Entsetzen die Hand vor den Mund, während die Kellnerin scharf Luft holte. Zwischen den ganzen Prellungen, Striemen und Blessuren war kaum noch heile Haut zu erkennen. Über seinen linken Rippenbogen erstreckte sich ein großflächiges Hämatom, das an den Rändern ins Grünliche überging, seine gesamte rechte Seite war geprellt und geschwollen. Mir war nicht klargewesen, dass diese Kerle ihn derart zugerichtet hatten.

»Luca, du musst ins Krankenhaus!«, beteuerte ich. Aber Luca zog bloß seine Jacke wieder runter und zuckte mit den Achseln. Also stieß ich Jake meinen Ellbogen in die Seite. »Jetzt sag ihm schon, dass er ins Krankenhaus muss!«

Jake warf mir einen genervten Seitenblick zu. »Und wie soll das gehen ohne Krankenversicherung?«

»Du bist nicht krankenversichert?«, fragte die Kellnerin skeptisch. »Wie ist das überhaupt möglich? Besteht in Österreich nicht Versicherungspflicht?«

Ein Schatten huschte über Lucas Gesicht. »Bezahlen sie dich hier fürs Fragenstellen?«

Die Kellnerin schnalzte mit der Zunge. »Nein, tun sie nicht. Und ich werde auch nicht bezahlt, um mich von Idioten wie dir anmaulen zu lassen.« Dann machte sie auf den Absätzen kehrt und ging mit schwingendem Pferdeschwanz davon.

Luca fluchte und ergriff ebenfalls die Flucht. Diesmal

machte Jake keine Anstalten, ihm zu helfen, sondern sah ihm nur schweigend dabei zu, wie er sich mit schmerzverzerrtem Gesicht hochdrückte und im Schneckentempo nach draußen hinkte. Die Tirade von Schimpfwörtern, die er dabei von sich gab, ließ die Barfrau aufblicken, und als die schwere Eingangstür hinter ihm ins Schloss rumste, erschienen tiefe Falten auf ihrer Stirn.

»Keine Sorge, der kommt nicht mehr zurück«, rief Jake quer durchs Restaurant. »Und wir sind auch gleich weg!«

Die Barfrau nickte und widmete sich wieder dem Polieren der Weingläser. Ihre Stirn blieb gerunzelt, aber scheinbar hatte sie nicht die Kraft, sich um vier Uhr morgens mit irgendwelchen dahergelaufenen Jugendlichen zu streiten. Ich nahm mir vor, ihr ein kleines Trinkgeld dazulassen, und wandte mich dann wieder an Jake, der sich mit den Händen übers Gesicht fuhr.

»Alles okay?«, fragte ich vorsichtig. »Du musst erschöpft sein.«

Er stützte sich mit den Ellbogen am Tisch ab und lächelte mich müde an. »Mir geht's gut. Ich will nur noch ein paar Minuten sitzen bleiben, bis der Spinner sich beruhigt hat.«

Ich nickte. Nach alledem, was heute Nacht passiert war, konnte ich nachvollziehen, dass Luca seinem Ärger Luft machen wollte. Aber auch bei Jake waren langsam die Nerven durch, und wenn Luca weiterhin seinen Frust an ihm ausließ, war es nur eine Frage der Zeit, bis es Jake zu blöd wurde.

»Hat er dir erzählt, warum er nicht krankenversichert ist?«

Jake schüttelte den Kopf. »Er meinte bloß, dass mich sein

Privatleben einen Scheißdreck anginge und dass er sich lieber einen Bleistift ins Auge rammen würde, als mit mir über seine Familie zu sprechen.« Er warf mir einen Blick zu und lächelte matt. »Ein richtiger Bastard, hm?«

Seine Anspielung brachte mich zum Lachen. »Na ja, man gewöhnt sich dran«, erwiderte ich, obwohl das nur zur Hälfte stimmte. Es verletzte mich, dass Jake sich mir gegenüber immer noch so verschlossen verhielt. In den letzten zwei Monaten hatte ich ihm mein ganzes Leben, ja meine ganze Welt offengelegt. Ich hatte ihm von meiner Mutter erzählt, hatte mich ihm von meiner verletzlichsten Seite gezeigt. Trotzdem vertraute er mir nicht genug, um mir im Gegenzug auch von seinen Problemen zu erzählen, und diese Gewissheit tat weh.

Als hätte er meine Gedanken gelesen, legte Jake seine Hand auf mein Knie und drückte es. Reue spiegelte sich im hellen Grau seiner Augen, und auf seinen Lippen hing ein entschuldigendes Lächeln. Seine Geste traf mich mitten ins Herz und erfüllte mich mit Wärme und Zuneigung. Ich erwiderte sein Lächeln. Im Grunde war es halb so schlimm, dass er mich aus seinem Leben ausschloss. Hauptsache, er blieb Teil von meinem.

»Wie geht's deiner Nase?«, fragte Jake besorgt. »So viel ich mitgekriegt hab, bist du mit dem Gesicht auf der Mittelkonsole aufgeschlagen, als dieser Penner dich aus dem Auto ziehen wollte.«

Ich musste lachen. »Meiner Nase geht's prima. Es ist deine Nase, um die du dir Sorgen machen solltest.«

Jake überging meine Bemerkung und fragte stattdessen: »Bist du dir sicher?« Die Augenbrauen zusammengekniffen, warf er einen prüfenden Blick auf meine Nase. »Für mich sieht die irgendwie schief aus. Und dieser fiese Knubbel … war der immer schon da?«

Panik ergriff mich. Ich riss die Augen auf, tastete sofort meine Nase ab und seufzte erleichtert, weil er mich nur verarscht hatte. Mit meiner Nase war alles in Ordnung. Sie war schlank und gerade, so wie immer.

»Ha, ha. Sehr witzig«, grummelte ich, während Jake leise in sich hineinlachte. »Mach dich ruhig lustig über mich, Dracula. Dabei bist du derjenige, der aussieht, als hätte er auf eine Blutkonserve gebissen.«

Ich griff nach einer frischen Serviette und tunkte sie in das Eiswürfelglas, das inzwischen mit klarem Wasser gefüllt war.

»Was wird das?«, fragte Jake, doch anstatt mich zu erklären, begann ich, vorsichtig sein Gesicht abzutupfen. Er atmete scharf ein, hielt dann aber still und ließ mich gewähren.

»Tut es sehr weh?«, wollte ich wissen, ohne meine Frage zu konkretisieren. Vermutlich tat ihm alles weh. Der Gedanke, dass er ebenso zugerichtet sein könnte wie Luca, bereitete mir Bauchschmerzen.

Umso beruhigter war ich, als er einen Mundwinkel hob und mich schief angrinste. »Das Einzige, was wehtut, ist die Delle in meiner Motorhaube, und die tut richtig weh.«

»Kannst ja ein Pflaster drüber kleben«, witzelte ich, während ich sanft das Blut von seiner Wange wischte.

»Würd ich ja, aber die in Dino-Optik gibts in der Größe nicht.«

Ich kicherte. »Warum stört dich die Delle überhaupt?

Eigentlich solltest du dich freuen, jetzt fällt dein verbeulter Kotflügel nicht mehr so auf.«

Jakes Augen wurden schmal. »Ganz vorsichtig, Kätzchen. Sonst lass ich dich hier zurück.«

»Mit oder ohne Luca?«

»Mit.«

»Okay, ich nehm's zurück.«

»Gute Entscheidung«, bekräftigte Jake. »Der Typ hat nämlich nicht mehr alle Tassen im Schrank.«

Ich knüllte die blutige Serviette zusammen und warf sie auf den Tisch. »Dasselbe könnte man von dir auch behaupten. Immerhin hast du dich in eine Prügelei eingemischt. Das zeugt auch nicht unbedingt von einem gesunden Menschenverstand.« Ich schnappte mir eine frische Serviette und benetzte sie ebenfalls mit Wasser, ehe ich Jake einen fragenden Blick zuwarf. »Darf ich?«

Er nickte, und ich rutschte noch etwas näher an ihn heran.

»Ich bin noch viel schlimmer als Luca«, gestand Jake, während ich ihm vorsichtig das getrocknete Blut vom Kinn tupfte. Er legte den Kopf in den Nacken und reckte leicht den Hals, damit ich auch die Unterseite seines Kinns erreichen konnte. Sein Unterkiefer trat so stark hervor, dass ich jeden einzelnen Muskel erkennen konnte, der unter seiner Haut zuckte.

»Luca ist durch Zufall in diese Scheißsituation geraten. Er war dumm genug, dem Mistkerl zu trauen, der ihn abgezockt hat, und er hätte es besser wissen müssen, aber schlussendlich hatte er einfach Pech. Ich dagegen hab eine bewusste Entscheidung getroffen, als ich aus diesem Wagen gestiegen bin.«

»Bereust du, dass du ihm geholfen hast?«, fragte ich und warf ihm einen flüchtigen Blick zu, ehe ich mich wieder dem Blut auf seinem Unterkiefer widmete. So sicher ich mir war, die Antwort auf diese Frage bereits zu kennen, umso überraschter war ich, als Jake nickte.

Ich runzelte die Stirn und ließ die Hand mit der Serviette sinken. »Wirklich? Du warst so entschlossen, als du dich dazu entschieden hast …«

Ein bitteres Lächeln erschien auf seinen Lippen. »Wenn es darum geht, meinen Kopf durchzusetzen, bin ich immer entschlossen – das ist ja gerade das Problem. Ich hätte mir anhören müssen, was du mir zu sagen hattest. Ich hätte deine Sorgen ernstnehmen und erst mal die Risiken abwägen müssen, bevor ich aus dem Wagen gestiegen bin.« Er biss die Zähne zusammen, und sein Unterkiefer zuckte. »Ich war so entschlossen, einzugreifen und zu helfen, dass ich die Entscheidung einfach über deinen Kopf hinweg getroffen hab. Dabei wusste ich ganz genau, wie viel Angst du hattest – es war mir nur egal. In diesem Moment hab ich mich einen Scheißdreck darum geschert, wie du mit der Situation zurechtkommst. Du warst nicht in Gefahr, und das hat mir gereicht.«

Eine Mischung aus Ärger, Sorge und Schuld färbte seine Züge, als er das Kinn senkte und mich ansah. »Aber als du aus dem Auto gestiegen bist und deine Deckung aufgegeben hast, um mich lautstark vor dem Typ mit dem Messer zu warnen … da hab ich gemerkt, wie scheiße ich mich verhalten hab. Plötzlich war nämlich ich derjenige, der Angst hatte. Ich hätte kotzen können, so eine Scheißangst hatte ich. Und als dieses kranke Arschloch auf dich losgegangen ist …« Jake schüttelte den Kopf, wie um die Erinnerung zu vertreiben. »Zum Glück ist dir nichts passiert. Ich wäre meines Lebens nicht mehr froh geworden, hätte er dir wehgetan. Diese Nacht hätte mich für immer verfolgt.«

Mein Mund öffnete und schloss sich, ohne dass ein Ton rauskam. Ich wusste nicht, was ich sagen sollte. Doch dann übernahm mein Herz die Kontrolle und ich umarmte ihn. Sein Duft umhüllte mich, und ich genoss jeden Atemzug, während ich meine Wange an seinen Hals drückte.

»Du hättest nicht zugelassen, dass er mir wehtut«, wisperte ich, woraufhin Jake seinen Griff verstärkte. Er drückte mich an sich, als wäre ich ihm beinahe abhandengekommen. »Nein, hätte ich nicht.«

Unsere Herzen schlugen direkte aneinander, und mit jedem Atemzug nahm ich Jake vertrauten Duft in mich auf. Tabak. Aftershave. Bitter und frisch gleichzeitig. Und darunter er selbst – seine verschwitzte Haut, das Blut auf seinem Shirt, die schweißfeuchten Haare in seinem Nacken.

So. Verdammt. Anziehend.

Als wir uns irgendwann voneinander lösten, waren meine Sinne vernebelt und meine Knie butterweich.

»Was ist mit dir?«, fragte Jake mit einem traurigen Lächeln auf den Lippen. »Bereust du, auf meine Nachricht geantwortet zu haben?«

Ohne groß zu überlegen, schüttelte ich den Kopf. »Nein, eigentlich nicht.«

Jake wirkte überrascht. »Echt nicht?«

»Echt nicht«, versicherte ich ihm. »Es war eine harte Nacht, aber sie hat sich aus mehreren Gründen ausgezahlt. Erstens hab ich viel gelernt: wie eine Gangschaltung funktioniert, wie man einen Drift hinlegt, wieso man immer einen Baseballschläger im Auto haben sollte, warum man Drogendealern nicht vertrauen kann und so weiter. Zweitens haben wir verhindert, dass Dani ab Montag einen neuen Sitznachbarn braucht, weil sein alter als Punchingball herhalten musste. Und drittens hab ich dir den Arsch gerettet, woran ich dich für den Rest meines Lebens erinnern werde, um irgendwelche Gefälligkeiten einzufordern.«

Ein glucksendes Lachen drang aus Jakes Kehle, und ich grinste wie eine Idiotin, weil ich ihn zum Lachen gebracht hatte. Zumindest hatte einer von uns einen tröstenden Humor.

»Du bereust also gar nichts?«, fragte Jake, nachdem er sich wieder beruhigt hatte.

Ich konnte förmlich spüren, wie das Glück aus meinen Fingerspitzen floss, auf den Fliesenboden tropfte und dort zu einer goldenen Pfütze zusammenlief.

Ich seufzte, brach den Blickkontakt aber nicht ab und zwang mich zu einem Lächeln, obwohl mir eigentlich eher nach Heulen zumute war. »Doch, eine Sache bereue ich schon. Als ich der Polizistin in der Meldezentrale meinen Standort ansagen wollte, hat Emma mich angerufen. Es war keine Absicht, aber in meiner Hektik habe ich ihren Anruf weggedrückt.«

»Und?« Jake zuckte die Schultern. »Ruf sie doch einfach zurück.«

Mein Lächeln bröckelte, und ich schüttelte traurig den Kopf. »Sie wird nicht rangehen.«

»Was macht dich da so sicher?«, wollte Jake wissen.

»Ich weiß es einfach«, erwiderte ich dünnstimmig. »Emma wollte mir von den Problemen mit ihrer Mutter erzählen, und ich hab versprochen, auf jeden Fall ranzugehen, ganz egal, was kommt. Aber stattdessen hab ich ihren Anruf weggedrückt … nicht ignoriert oder übersehen, sondern *weggedrückt*. Sie wird glauben, dass ich keine Lust hatte, mir ihre Probleme anzuhören, und das wird sie mir nicht verzeihen. Vermutlich wird sie nicht mal meine Nachrichten lesen, geschweige denn rangehen und sich meine Erklärung anhören. Und selbst wenn – die Gesichte mit der Prügelei kauft sie mir eh nicht ab.«

Jake überlegte einen Moment. »Weißt du was? Gib mir dein Handy.«

»Wozu?«, fragte ich, doch anstatt zu antworten, legte er mir einen Arm um die Schultern und zog mich kraftvoll an seine Brust. Im nächsten Moment wurde ich von einem superhellen Blitz geblendet und kniff die Augen zusammen, bevor ich mich im übernächsten zu einem Lächeln zwang.

»So, das sollte Beweis genug sein«, sagte Jake, nachdem wir noch ungefähr zehn weitere Fotos geschossen hatten.

Ich grinste dümmlich und schlang die Finger um mein Handy wie um einen Schatz. »Danke.«

Er zog einen Mundwinkel hoch. »Vielleicht sollten wir öfters Fotos schießen, sonst glaubt uns keiner, was für einen kranken Mist wir erleben. Erst legst du einen Drift hin, der aus einem Actionfilm hätte stammen können, dann stoßen wir rein zufällig auf eine Prügelei, und zur Krönung der Geschichte ist das Opfer auch noch einer unserer Mitschüler. Das ist doch absurd, findest du nicht? Eine lächerliche Reihe von Zufällen, die uns keiner glaubt, wenn wir nicht endlich Beweisfotos schießen.«

»Ja, wirklich lächerlich«, erwiderte ich mit einem verhaltenen Lächeln auf den Lippen. Um ehrlich zu sein, fand ich das alles ganz und gar nicht lächerlich. Ich glaubte auch nicht, dass die Geschehnisse dieser Nacht irgendwas mit Zufall zu tun hatten. Aber das wollte ich vorerst für mich behalten. Ich war noch nicht bereit, mit Jake über den Sinn des Lebens zu sprechen – nicht, solange ich keine halbwegs solide Antwort parat hatte. Doch in dieser Nacht fühlte ich mich einer Antwort näher als jemals zuvor.

»Wie geht es jetzt weiter?«, fragte ich.

Jake wischte sich mit dem Handrücken das restliche Blut unter der Nase weg. »Ich schätze, ich bringe erst dich und dann unseren Möchtegern-Drogendealer nach Hause. Vorhin meinte er, seine Mutter sei bis vor Kurzem noch Krankenschwester gewesen. Solange er sich nur ein paar Rippen geprellt oder gebrochen hat, sollte sie ihn also verarzten können. Wenn er innere Blutungen hat, wird er über Nacht draufgehen, aber davon gehe ich mal nicht aus. Wir wollen doch optimistisch bleiben, nicht wahr? Und ich … na ja … ich fahre heim und schiebe mir erst mal eine Tiefkühlpizza in den Ofen, weil ich verdammt hungrig bin. Dann überlege ich mir, was ich morgen meinen Eltern erzähle. Vielleicht einfach die Wahrheit. Damit kommen sie schon klar. Wäre nicht das erste Mal, dass ich mit blutiger Nase nach Hause komme.«

Ich warf ihm einen fragenden Blick zu.

»Frag erst gar nicht, Kätzchen«, seufzte Jake. »Frag erst gar nicht.«

Kapitel 13

Fünf Wochen später

Die Hände in den Bettlaken vergraben, starrte ich in die Dunkelheit und wartete, bis mein Wecker abging. Mein Fenster war nur einen kleinen Spalt geöffnet, aber im Laufe der Nacht hatte die Dezemberluft mein ganzes Zimmer geflutet, sodass meine Hände und Füße inzwischen eiskalt waren. Vielleicht war das der Grund, warum ich mich seit Stunden herumwälzte. Vielleicht lag es aber auch an dem unsichtbaren Gewicht, das auf meinem Brustkorb drückte und mich fast zerquetschte. Ich griff nach meinem Handy und kniff die Augen zusammen. Es war kurz vor sechs. Noch fünfundzwanzig Minuten, dann würde mich das Klingeln meines Weckers erlösen. Weil ich sowieso nicht schlafen konnte, öffnete ich WhatsApp und tippte Emmas Namen in die Suchleiste ein. Das Gewicht auf meinem Brustkorb wurde immer schwerer, als ich durch unseren Chat scrollte und all die vielen Nachrichten überflog, die ich ihr in den letzten Wochen geschickt hatte. Fünfzig grüne Textblasen reihten sich an der rechten Seite des Chats untereinander, doch keine von ihnen war jemals beantwortet worden.

Ich klickte die letzte Sprachnachricht an und erkannte meine eigene Stimme kaum wieder. »Hi, Emma«, krächzte ich. »Ich weiß, dass du sauer auf mich bist und dass du dir diese Nachricht vermutlich gar nicht anhören wirst, aber … ich vermisse dich. Bitte, Em, gib mir eine Chance, dir alles zu erklären. Ich habe deinen Anruf nicht absichtlich weggedrückt, hörst du? Das musst du mir einfach glauben!« Leise Schluchzer drangen aus dem Lautsprecher, und ich schluckte schwer, weil ich plötzlich einen schmerzhaften Kloß im Hals spürte. »B-bitte, Emma, i-ich flehe dich an! Bitte sprich wieder mit mir! Mamas Geburtstag rückt immer näher, und i-ich weiß nicht, wie ich das ohne dich schaffen soll … B-bitte, Emmi, bitte. I-ich vermisse dich, s-so sehr …«

Den Rest der Sprachnachricht konnte ich mir nicht anhören, also schlug ich die Decke zur Seite, schwang meine Beine über die Bettkante und schlurfte ins Badezimmer. Dort drehte ich die Dusche auf und stieg in die Badewanne. Als das heiße Wasser auf meinen Rücken prasselte, holte ich scharf Luft, aber ein paar Augenblicke später hatte ich mich daran gewöhnt. Ich schloss die Lider und genoss, wie sich meine Muskeln entspannten. Eine ganze Weile stand ich reglos unter dem Wasserstrahl. Die Hitze war angenehm, heilsam. Der Schnee in meinen Lungen schmolz dahin, und auch mein Herz taute langsam auf, sodass ich mich wieder lebendig fühlte. Erschöpft und angeschlagen, aber zumindest lebendig. Nachdem ich mich abgetrocknet hatte, wischte ich mit dem Unterarm über den beschlagenen Spiegel und blickte einem Mädchen entgegen, das mich nur entfernt an mich selbst erinnerte. Dunkle Schatten umspielten ihre Augen, ihr Schultern hingen schlaff herunter und ihre Unterlippe zitterte, als würde sie jeden Moment losheulen.

»Wie lange soll das noch so weitergehen?«, fragte ich das Mädchen im Spiegel. »Du kannst nicht ewig trauern, Cherie. Ihr Tod ist schon über zwei Jahre her. Es wird Zeit, dass du darüber hinwegkommst.« Ich fasste meine Locken zu einem Pferdeschwanz zusammen und drückte den Rücken durch, um eine aufrechtere Haltung einzunehmen. »Außerdem ist heute ein stinknormaler Schultag. Moms Geburtstag ist erst morgen, also reiß dich zusammen!«

Das Schlafzimmer meines Vaters war leer, anscheinend hatte er die Wohnung bereits verlassen. Ich öffnete Moms Kleiderschrank und ließ meine Finger über ihre Klamotten streifen, die alle fein säuberlich aufgehängt waren. Früher konnte man die Schranktür nicht öffnen, ohne von einer Lawine aus zerknitterter Wäsche begraben zu werden, aber inzwischen hatte Dad für Ordnung gesorgt. Durch Zufall fiel mein Blick auf eine staubige Kiste, die sich hinter Moms Taschensammlung versteckte. Ich holte sie heraus, setzte mich im Schneidersitz auf den Boden und hob den Deckel an, um den Inhalt zu durchwühlen. Als ich ein Löwenkostüm in Kindergröße fand, zog ich es heraus und wurde noch im selben Augenblick von einer lebhaften Erinnerung übermannt.

»Dieses Jahr hat Papa die Kostüme für uns ausgesucht!« Ich streckte mich zur Türklinke hinauf und zog Emma an der Hand ins Schlafzimmer meiner Eltern.

Sie kicherte und schubste die Tür mit ihrem Hintern wieder zu, bevor sie zu mir aufs Bett sprang und ihre dunklen Zöpfe über die Schultern schleuderte. »Ist deine Mama nicht schon zu alt für Kostümpartys?«

Ich zuckte die Schultern. »Eigentlich schon, aber Mama meint, man ist nie zu alt für Spaß.«

Meine Augen klebten an den beiden Amazon-Paketen, die zwischen uns auf dem Bett lagen. Ich konnte noch nicht richtig lesen, aber meinen Namen erkannte ich bereits.

»Das hier ist für dich, Emmi«, sagte ich und schob ihr das kleinere Päckchen rüber.

»Boah krass!«, rief Emma, nachdem sie die Schachtel aufgerissen hatte. Sie hielt ihr neues Kostüm hoch. »Schau mal, ich bin ein Löwe!«

Meine Schultern sanken, aber trotzdem zwang ich mich zu einem Lächeln. »Wie cool!«, erwiderte ich und zeigte ihr im Gegenzug meine hellblauen Flügelchen. »Ich bin ein Schmetterling.«

Anscheinend stand mir die Enttäuschung ins Gesicht geschrieben, denn Emma runzelte die Stirn und überlegte einen Moment, ehe sie mir die Flügel aus der Hand riss und mich breit angrinste. Ihr fehlte ein Eckzahn, was lustig aussah. »Weißt du was? Wir tauschen einfach! Dein Kostüm gefällt mir sowieso besser.«

Ich zog den Kopf ein und blickte mit großen Augen zu ihr auf. »Wirklich?«

Irgendwie konnte ich mir nicht vorstellen, dass sie lieber ein Schmetterling sein wollte als ein Löwe. Schmetterlinge waren wunderschön, aber sie waren auch verletzlich und taten den ganzen Tag nichts anderes, als herumzuflattern und Blumen zu bestäuben. Das fand ich echt lahm.

Emma nickte, drückte mir das Löwenkostüm in die Hand und entriss mir den Rest meines Schmetterlingskostüms.

Mein Herz machte einen Satz. Ich strahlte bis über beide Ohren, als ich aus meiner Pyjamahose schlüpfte und in das flauschige Kostüm stieg. Mit leuchtenden Augen betrachtete ich mein Spiegelbild. Meine wilden Locken waren zur Löwenmähne geworden, und an meinem Hintern baumelte ein Schwanz, an dessen Ende sich ein Haarbüschel befand.

Es fühlte sich super an, ein Löwe zu sein! Endlich war ich auch einmal stark und unerschrocken! Solange ich ein Löwe war, musste ich vor nichts Angst haben!

»Cherie? Emma?«, rief meine Mama durch die geschlossene Tür hindurch. »Darf ich mir eure Kostüme ansehen?«

Emma und ich tauschten einen Blick, dann rief Emma: »Ja, klar! Komm rein!«

Die Tür öffnete sich. Ich krümmte die Finger zu Krallen und brüllte furchteinflößend, bevor ich meiner Mama an die Gurgel sprang. Sie schnappte erschrocken nach Luft, fing mich aber auf und wirbelte mich herum, sodass mein helles Kinderlachen den ganzen Raum erfüllte.

»Meine Güte, ihr seht ja fabelhaft aus!«, staunte Mama und sah abwechselnd Emma und dann wieder mich an.

»Wir haben die Kostüme getauscht!«, rief Emma aufgeregt. »Cherie wollte kein Schmetterling sein, also hat sie mein Löwenkostüm gekriegt! Jetzt bin ich eine wunderschöne Schmetterlingsprinzessin und Cherie ist meine Löwenfreundin, die mich überallhin begleitet und mich beschützt!«

»Das war sehr lieb von dir Emma«, antwortete meine Mama, bevor sie erst Emma und dann mir einen Kuss auf die Haare drückte. Ich schmiegte meine Wange an Mamas Hals und lächelte vor mich hin, während Emma ihre

Flügelchen zurechtrückte und mich vom Bett aus anlächelte. Tief im Inneren wusste ich, dass es eigentlich umgekehrt war, dass Emmi mich beschützte – und zwar schon immer.

Eine Träne fiel auf das alte Löwenkostüm, und ich stopfte es zurück in die Box. In Erinnerungen zu schwelgen, würde mir ganz bestimmt nicht helfen, die kommenden achtundvierzig Stunden zu überstehen. Dasselbe galt für Moms alte Klamotten, von denen ich mich nicht trennen konnte. Wenn ich weiterhin in ihren Sachen herumlief, würde ich nie über ihren Tod hinwegkommen. Es war an der Zeit, dass ich endlich damit aufhörte. Also hievte ich mich vom Boden hoch, stellte die Kiste an ihren Platz zurück und schloss die hölzernen Türen des Kleiderschranks wieder.

Nachdem ich meinen Bademantel gegen eine Jeans und einen Rollkragenpulli aus meinem eigenen Kleiderschrank getauscht hatte, schlenderte ich in die Küche. Am Esstisch lag ein Zettel, auf dem stand, dass Dad ein wichtiges Projekt übernommen hatte und erst spätnachts nach Hause kommen würde. Ich hatte schon geahnt, dass er sich heute Abend in seinem Büro verschanzen würde. Dad fiel es schwer, sich verletzlich zu zeigen, und kurz vor Moms Geburtstag litt er wie ein Hund. Ich wäre gerne für ihn da gewesen, verstand aber auch, dass er in diesem Zustand lieber allein sein wollte. Trotzdem schien er ein schlechtes Gewissen zu haben, denn am Ende der Notiz stand auch noch, dass ich gerne bei Lizzy übernachten könne, damit ich den Abend nicht allein verbringen musste. Ich seufzte und ließ das Stück Papier auf den Tisch segeln, als mir plötzlich eine weitere Erinnerung in den Kopf schoss.

»Moooom? Kann ich Lizzy und Dani auch zu deiner Kostümparty einladen?« Ich tippte mit schwarzlackierten Fingernägeln auf meinem Handydisplay herum. Lizzy hatte gerade ein neues Instagram-Bild hochgeladen. Es zeigte sie und Dan am Strand, Blondschopf neben Seitenscheitel, Sixpack neben Hühnerbrust, beide mit einem Eis in der Hand. Unter Lizzys Arm klemmte ein Volleyball, und Dans Zahnspange reflektierte die Sonne.

Emma deutete an, sich den Finger in den Hals zu stecken, und gab leise Würgelaute von sich.

Ich lachte. »Komm schon, Em! Die beiden sind doch echt nett.«

Sie rollte die Augen. »Nett ist die kleine Schwester von scheiße. Gut, diese Lizzy ist ganz okay – und sie hat einen geilen Bauch –, aber der Nerd mit der Zahnspange kann mir gestohlen bleiben. Hast du mitgekriegt, wie der mich ansieht? Als hätte ich irgendwas verbrochen oder so.«

Mom drückte Emma eine Schüssel mit Schlagsahne und mir eine mit Schokoteigresten in die Hand. Im Ofen dampfte ein halb garer Schokokuchen vor sich hin, der sich bis spätestens morgen früh in eine Schwarzwälder Kirschtorte verwandeln würde.

»So, wie ich dich kenne, liegt er da wahrscheinlich gar nicht so falsch«, scherzte meine Mutter und verzog die rotbemalten Lippen zu einem Schmunzeln. »Also von mir aus sind die beiden herzlich eingeladen. Aber nur, wenn sie auch im Kostüm aufkreuzen!«

»Wetten, dass Daniel sich als Primzahl verkleidet?«, spottete Emma, bevor sie ihren Zeigefinger in die Sahne

steckte und ihn genüsslich ableckte. »Mann, wenn ich diese Spaßbremse den ganzen Abend ertragen muss, brauch ich definitiv Alkohol!«

»Emma!«, stieß meine Mutter entsetzt aus. »Du bist dreizehn Jahre alt!«

»Und du siehst aus wie knackige fünfundzwanzig«, erwiderte Emma mit einem Zwinkern, woraufhin Mom ihre strenge Miene verlor und laut lachen musste.

Als mein Vater hereinkam, schlang er die Arme um Moms Taille und schmiegte sich an ihren Rücken. »Hab ich was Lustiges verpasst?«

Meine Mutter schüttelte bloß den Kopf und blickte lächelnd zu ihm auf. »Nur eine schmeichelhafte Bemerkung über mein Alter.«

»Schmeichelhaft?« Dad runzelte die Stirn. »Obwohl du morgen achtundvierzig wirst?«

Mama schnappte theatralisch nach Luft und klopfte ihm mit ihrem Kochlöffel auf die Rübe, woraufhin er brummig lachte und sie noch enger an sich zog. »Ich werde achtunddreißig, du Rindvieh!«, schimpfte sie. »Und für diese Frechheit trägst du morgen Abend ein Obelix-Kostüm!«

Ein trauriges Lächeln schlich sich auf meine Lippen, und ich schüttelte die Erinnerung schnell ab. Dann schulterte ich meinen Rucksack und machte mich auf den Weg zur Bushaltestelle. Nach ein paar Minuten Wartezeit setzte ich mich auf einen freien Platz in der letzten Reihe und lehnte meine Stirn an das beschlagene Fensterglas. Seit der Winter eingebrochen war, sah die Stadt noch grauer und trostloser aus als sonst. Die Spiegelung meines Gesichts weckte eine weitere Erinnerung in mir. Ich sah mich selbst, wie ich mit verquollenen Augen im Bus saß und leise schluchzte, während Emma meine Hand hielt und mit finsterer Miene nach vorne starrte.

»Was gibt's da zu glotzen?«, fauchte sie, woraufhin sich die tuschelnden Mädchen in der Reihe vor uns sofort wieder umdrehten.

Ich presste die Lippen zusammen, um ein Schluchzen zu unterdrücken, und blickte sie dankbar an – nicht nur für den Spruch gerade eben, sondern für die gesamten letzten Tage. Ich hätte nie gedacht, dass Moms Geburtstag mich derart mitnehmen würde. Doch als ich am Morgen des 4. Dezembers aufgewacht war, hatte mich der Schmerz wie eine Dampflok überrollt. Meine Kehle hatte sich zugeschnürt, meine Knie waren weich geworden, und ich war mit den Knien auf dem Boden aufgeschlagen, wo ich gewimmert hatte wie ein verletztes Tier. Es war ein jämmerlicher Anblick gewesen, jämmerlich und peinlich. Doch Emma hatte mich wieder auf die Beine gezogen. Sie hatte dafür gesorgt, dass mein Vater und ich Nahrung zu uns nahmen, und sich die letzten drei Tage um uns gekümmert. Und auch heute, wo ich wieder zur Schule musste, war sie für mich da.

»Ich werde nicht zulassen, dass sich irgendjemand über dich lustig macht«, versprach Emma und drückte meine Hand noch etwas fester. »Du musst keine Angst haben, Cherie. Der Tag wird schneller vorüber sein, als du denkst. Und ich schwöre bei Gott, wenn Steffi auch nur den leisesten Mucks von sich gibt, dann stopfe ich ihr den Tafelschwamm

in den Hals!«

Meine Stimme war dünn wie Glas und ebenso zerbrechlich, aber trotzdem bemühte ich mich, gefasst zu klingen: »Ich weiß nicht, was ich ohne dich machen würde. Du bist mein Rettungsanker, Emmi. Warst du schon immer.«

Sie legte ihre Stirn an meine. »Und der werde ich auch immer sein.«

Ohne dass ich es verhindern konnte, schossen mir Tränen in die Augen. Ich biss die Zähne zusammen und blinzelte sie fort. Ich durfte heute nicht weinen, verdammt! Dass Emma sich nicht meldete, war ganz allein meine Schuld. Sie hatte sich auf mich verlassen, und ich war im entscheidenden Moment nicht für sie da gewesen. Jetzt musste ich mich zusammenreißen und damit klarkommen. Mein ganzes Leben lang hatte ich mich immer nur auf andere verlassen. Es war an der Zeit, dass ich meine Probleme selbst anpackte, anstatt sie meinen Mitmenschen aufzubürden. Und genau das würde ich heute tun!

Als der Bus anhielt, drückte ich den Rücken durch und trat erhobenen Hauptes auf den Gehweg. Der Wind blies mir die Locken aus dem Gesicht, und ich hielt mich an den Trägern meines Rucksackes fest, während ich den Parkplatz und das dahinterliegende Schulgebäude betrachtete.

Du schaffst das, Cherie.

Kapitel 14

Der Weg von der Bushaltestelle bis zum Haupteingang kam mir elendslang vor. Es war, als hätten sich die Pflastersteine über Nacht verdoppelt, sodass ich nun auch doppelt so viele Schritte brauchte, um den Parkplatz zu überqueren. Gruppen von Schülern aus allen Altersklassen tummelten sich vor dem Schulgebäude, und die Stufen zum Haupteingang wurden von ein paar wildgewordenen Erstklässlern blockiert, die sich gegenseitig herumschubsten.

Ich seufzte leise und ließ meinen Blick über Autos schweifen, wobei mir ein alter Mercedes besonders ins Auge fiel. Am hinteren Kotflügel hatte er eine hässliche Delle, genau wie vorne auf der Motorhaube, wo zwei dunkelhaarige Typen lehnten und gemeinsam eine rauchten.

Luca entdeckte mich zuerst. Er schüttelte sich die Haare aus dem Gesicht und stieß Jake den Ellbogen in die Rippen. Als Jake aufblickte, rang ich mir ein Lächeln ab und winkte kurz. Seine Mundwinkel zuckten in die Höhe und er rief mich zu sich, aber ich schüttelte bloß den Kopf und machte mich schnell vom Acker. Ich wollte die beiden bei ihrer allmorgendlichen Frühstückszigarette nicht stören. Außerdem fühlte ich mich emotional nicht stabil genug für eine Unterhaltung mit Luca.

Im Klassenraum roch es mal wieder nach abgestandener Luft und Schweiß, doch Lizzys blumiges Parfum und die

Zimtschnecke, die sie mit ihren Fingern zerpflückte, machten den ekeligen Gestank wieder wett.

»Na, wie geht's?«, fragte sie, bevor sie sich ein zuckriges Stück in den Mund schob.

»Mir geht's gut, danke«, log ich und bemühte mich um ein Lächeln, das definitiv nicht bis in meine Augen reichte. Dann holte ich meine Bücher aus dem Rucksack und ließ mich neben ihr nieder. »Und dir so?«

Sie erzählte mir von dem Freundschaftsspiel, das sie gestern gewonnen hatten, und ich freute mich für sie, auch wenn der Sieg in keine offizielle Wertung einfloss. Nachdem sie ganze zwei Monate lang mit dieser klobigen Beinschiene herumgelaufen war, hatte sie es verdient, wieder am Spielfeld zu stehen – und natürlich zu gewinnen!

Wir unterhielten uns über das Match und die anschließende Freiluftparty, die der Schiri ein paar Bier(-kisten) später angeblich auf allen vieren verlassen hatte. Lizzys Erzählungen waren lustig, darüber lachen konnte ich aber trotzdem nicht. Das ließ die Enge in meiner Brust nicht zu. Also lächelte ich stattdessen, was schon mal ein Anfang war. Auch als Daniel zu uns stieß und sich über den Berg an Übungsbeispielen beschwerte, den wir bis zur nächsten Mathestunde erledigen mussten, schaffte ich es, mein Lächeln aufrechtzuerhalten. Weder Lizzy noch Dan schien sich an den Geburtstag meiner Mutter zu erinnern, worüber ich froh war, denn solange niemand das Thema ansprach, würde ich den Tag überstehen, ohne in Tränen auszubrechen. Ich musste bloß weiterhin vorgeben, dass alles in Ordnung sei, dann würde niemand merken, was wirklich in mir vorging.

Mein Plan funktionierte einwandfrei. Aber nur ungefähr zehn Minuten lag. Dann, es läutete gerade zur ersten Stunde, kam Jake in die Klasse, ließ sich auf seinen Stuhl fallen und machte alles kaputt.

»Ach, Kätzchen«, seufzte er und knallte seinen Zeichenblock auf den Tisch, »Langsam frage ich mich echt, warum ich mir das jeden Morgen antue. Mit Luca abzuhängen, kann einem ganz schön die Laune verderben. Nicht, dass ich ein Problem mit seiner zynisch-nihilistischen Lebenseinstellung hätte, aber …«

Plötzlich brach er mitten im Satz ab, zog die dunklen Augenbrauen zusammen und musterte mich prüfend. »Halt mal. Irgendwas stimmt nicht.«

Ach, komm schon! Das war doch wohl ein schlechter Scherz!

Ich bemühte mich, keine Miene zu verziehen. »Womit soll was nicht stimmen?«

Jake nickte mir auffordernd zu. »Irgendwas stimmt nicht *mit dir*. Du siehst deprimiert aus.«

»Wer? Ich?« Die Lippen zu einem superfalschen Lächeln verzogen, schüttelte ich den Kopf. »Nein, mir geht's prima. Ich hab versehentlich das Fenster über Nacht offengelassen und konnte wegen der Kälte nicht gut schlafen, das ist alles. Aber lieb von dir, dass du dir Sorgen machst.«

Jake wirkte nicht überzeugt. »Und sonst ist alles in Ordnung? Du bist nicht … traurig oder so?«

»Alles tippi toppi, danke der Nachfrage!«, fauchte ich.

Tippi toppi? Was redete ich da bloß schon wieder? Und warum musste der Blödmann andauernd meine Gedanken lesen? Er sollte sich aus meinem Kopf raushalten, verdammt!

Ich hatte keine Lust mehr auf seine Fragen und wandte mich stattdessen meiner Englischmappe zu. Aus dem Augenwinkel sah ich, wie Jake sich in seinem Stuhl zurücklehnte und mit dem Bleistift auf die Tischkante klopfte. Das tat er nur, wenn er nachdachte. Ich wusste, dass er sich mit meiner Antwort nicht zufriedengeben würde, aber während der ersten drei Unterrichtsstunden beließ er es dabei. Dann, kurz bevor es zur großen Pause klingelte, zog er mein Biologiebuch zu sich und tat, als würde er mitlesen wollen.

»Sagst du mir jetzt endlich, was los ist?«, fragte er mit gesenkter Stimme.

In meinem Hals bildete sich ein Kloß von der Größe einer Traube. Ich versuchte, mir nichts anmerken zu lassen, und zuckte unberührt die Schultern. »Nichts ist los, Jake. Mir geht's gut.«

»Bullshit«, flüsterte er und warf mir einen forschenden Seitenblick zu. »Irgendwas macht dir zu schaffen, das sehe ich doch.«

Als ich nicht antwortete, legte er seine Hand auf mein Knie und drückte es. »Komm schon, Kätzchen. Ich weiß ganz genau, dass dich irgendwas beschäftigt. Erzähl's mir!«

Jakes Geste machte es mir verdammt schwer, meine Gefühle im Zaum zu halten, doch diesmal würde ich ihm nicht so mir nichts dir nichts mein Herz ausschütten. Ich brauchte seinen Trost nicht. Nur einmal in meinem Leben wollte ich stark sein und allein klarkommen, genau wie er. Also drehte ich mich zu ihm um und fragte: »Ich soll dir von meinen Problemen erzählen? So wie du mir auch immer von deinen erzählst?«

Sein Gesichtsausdruck verriet, dass er mit dieser Frage nicht gerechnet hatte. Er zog seine Hand zurück und runzelte die Stirn. »Aber das ist doch unser Ding, oder? Ich helfe dir, deine Probleme zu lösen, und du hilfst mir, meine zu ignorieren.«

Das Klingeln der Pausenglocke war eine echte Erlösung für mich, denn viel länger würde ich die Tränen nicht mehr zurückhalten können. »Weißt du was, Jake?«, schnappte ich, bevor ich nach meiner Wasserflasche griff und vom Stuhl hochschnellte, »Ich finde ›unser Ding‹ echt beschissen.«

Dann stürmte ich aus der Klasse und flüchtete aufs Mädchenklo, wo ich mich am Waschbecken abstützte und erst mal tief durchatmete. Irgendwie wurde mir gerade alles zu viel – Moms Geburtstag, Emmas Abwesenheit, Jakes permanente Heimlichtuerei, einfach alles. Zu meinem Pech schien es das Schicksal heute wieder einmal besonders schlecht mit mir zu meinen, denn schon im nächsten Moment wurde die Tür aufgeschwungen und Steffanie Schachtner trat ein. Als sie mich sah, blieb sie abrupt stehen.

»Heulst du etwa?«, fragte sie, das Gesicht angewidert verzogen, und zeigte mit dem Finger auf mich wie auf einen halbverfaulten Tierkadaver.

Ich richtete mich auf und wischte mir schnell die Tränen unter den Augen fort. »Nein, ich…«, setzte ich an, schüttelte dann aber den Kopf, weil sie eigentlich gar keine Antwort verdient hatte.

Ich drehte den Wasserhahn auf und wusch mir die Hände, während sich Steffi ans angrenzende Waschbecken stellte und ihren Lipgloss hervorholte.

»Wie halten deine Freunde das nur aus?«, seufzte sie, bevor sie die Lippen spitzte und eine glänzende Schicht Lipgloss auftrug. »Seit ich dich kenne, bist du ständig nur am Flennen. Es ist wirklich unerträglich.«

Sie verzog ihre Mundwinkel und schob gespielt schniefend die Unterlippe vor. »M-meine Mama ist gestorben, meine b-beste Freundin ist weggezogen, m-meine Mitschüler sind fies zu mir … wäh, wäh, wäh.«

Mit gerunzelter Stirn starrte ich sie an. Ich war so fassungslos, dass mir der Mund offenstand, aber die Boshaftigkeit ihrer Worte hatten mir die Sprache verschlagen. Eine Weile blieb es still zwischen uns, dann drang ein lautes Seufzen aus Steffis Kehle.

»O Gott, jetzt geht's gleich wieder los«, stöhnte sie, fischte eine Mascara aus ihrer Tasche und verdrehte die Augen. »Tu mir einen Gefallen und heul dich bei jemand anderem aus, ja? Ich will nicht sehen, wie dir der Schnodder bei der Nase rausläuft. Das eine Mal, als du vor der ganzen Klasse zusammengebrochen bis, war peinlich genug.« Sie legte die Hüfte schief und tippte sich mit einem langen Fingernagel ans Kinn. »Was war damals noch gleich das Problem? Ach ja, deine tote Mami hätte ihren vierzigsten Geburtstag gehabt, nicht wahr? Aww, herzzerreißend.«

Mir wurde schlecht, und ich klammerte mich am Waschbecken fest, weil ich überzeugt davon war, mich jeden Moment übergeben zu müssen. Ihre Worte lösten ein Gefühl in mir aus, das alle anderen Gefühle in den Hintergrund drängte. Plötzlich empfand ich nur noch Verachtung für dieses Mädchen. Tiefe, eiskalte Verachtung.

»Macht dir das eigentlich Spaß? Andere zu verletzen?«

Steffi trug etwas Mascara auf. »Ja, irgendwie schon. Außerdem ist es ziemlich befriedigend, Crybabys wie dich zu schikanieren. Noch lustiger wäre es, wenn deine heiß geliebte Emma hier wäre, um es mit anzusehen.« Sie kicherte. »O Mann, ihr Gesichtsausdruck wäre unbezahlbar.«

»Ist es das?«, fragte ich. »Geht's hier um Emma?«

Emma und Steffanie waren seit jeher wie Hund und Katz. Hatten sich gegenseitig eins ausgewischt, wann immer sie konnten. Sogar den festen Freund (Sam Kattler) hatten sie einander ausgespannt, und das mehrmals. Sam liebt übrigens beide, glaube ich. Ginge es nach ihm, hätte er beide Frauen haben wollen. Auch wenn es dann Mord und Totschlag in seinem Harem gegeben hätte.

Steffi steckte ihre Schminksachen wieder in die Tasche und warf ihre feuerrote Mähne über die Schulter. »Nein, hier geht's um dich. Versteh mich nicht falsch, Cherie, aber irgendwie gehst du mir ganz schön auf die Nerven. Ich meine, guck dich doch bloß mal an!« Sie deutete auf mich, als würde sie der Hausverwaltung einen Bauschaden demonstrieren. »Du bist ein trauriges kleines Mädchen, das andauernd flennt und sich hinter seinen Freunden versteckt. Dass Emma sich das gefallen lassen hat, konnte ich ja noch irgendwie verstehen. Immerhin hat sie Selbstbewusstsein aus deiner Hilflosigkeit gezogen. Aber Jakob?« Sie lachte auf, doch es klang schrill und spöttisch. »Komm schon, warum sollte jemand wie Jakob Sommer sich mit jemandem wie dir abgeben? Ich habe absolut keinen Schimmer, wie diese lächerliche Freundschaft zwischen euch entstanden ist, aber lass dir eins gesagt sein: Es ist nur eine Frage der Zeit, bis er dich überhat und du seinen hübschen Hintern nie wiedersiehst. Auf Dauer hält dich nämlich keiner aus.«

Ich hätte ihren Worten keine Beachtung schenken dürfen. Sie hätten mir beim einen Ohr rein und zum anderen wieder raus gehen sollen. Oder noch besser: am Arsch vorbei. Aber stattdessen trafen sie mich mitten ins Herz und sprengten es hoch wie eine Handgranate.

Meine Augen füllten sich mit Tränen, mein ganzer Körper begann zu zittern und ich biss die Zähne zusammen, weil ich sonst jeden Moment losgeheult hätte. Dann ließ ich Steffi im Mädchenklo stehen und rannte zurück in die Klasse, wo ich mein Zeug zusammenpackte und in meinen Rucksack stopfte.

Jake und Lizzy waren sofort in Alarmbereitschaft.

»Was zur Hölle?« Jake fuhr aus seinem Stuhl hoch und sah mich eindringlich an. »Was ist passiert?«

»Ist alles in Ordnung?«, fragte Lizzy, doch ich schüttelte bloß den Kopf. Ich wagte es nicht, den Mund aufzumachen. Sobald ich versuchen würde, etwas zu sagen, würden die Worte als lautes Schluchzen aus mir herausbrechen, und ich hatte mir fest vorgenommen, nicht zu weinen.

»Verdammte Scheiße«, fluchte Jake, der ganz automatisch ebenfalls seine Sachen zusammenpackte und sichtlich die Fassung verlor. »Hat dir jemand was getan?«

Als ich nicht antwortete, griff er nach meinem Handgelenk, um meine Aufmerksamkeit zu erlangen und mich zu bremsen. »Cherie?«

Seine Berührung brannte wie Feuer auf meiner Haut. Ich

riss mich los und schulterte meinen Rucksack. »Ich muss einfach nur hier raus«, krächzte ich, bevor ich aus dem Klassenraum stürmte.

»Warte, wir kommen mit dir!« Lizzy begann ebenfalls zu packen.

Aus dem Augenwinkel nahm ich wahr, dass auch Dani von der ganzen Sache Wind bekam und ebenfalls seinen Rucksack hervorholte.

Ich wollte nicht, dass mir jemand folgte, und legte einen Zahn zu, aber Jake hatte mich binnen Sekunden eingeholt.

»Geh wieder zurück in die Klasse!«, fauchte ich, die Finger fest um meine Rucksackträger geschlungen. Tränen verschleierten mein Sichtfeld und der Kloß in meiner Kehle schwoll an, bis er die Größe eines Baseballs erreichte.

»Du schwänzt den Unterricht und ich soll wieder in die Klasse zurückgehen?«, wiederholte Jake spöttisch. »Ist heute Gegenteiltag, oder was?«

»Bitte, Jake, lass mich zufrieden!«, jammerte ich, aber wie üblich überhörte er meine Bitte. Stattdessen legte er mir einen Arm um die Schultern und zog mich im Gehen zu sich, sodass ich gar keine andere Wahl hatte, als mich an ihm festzuhalten.

»Wenn du von hier verschwinden willst, dann komme ich mit dir – ob dir das passt, oder nicht.« Er blickte liebevoll auf mich herab. »Ich lasse mein Kätzchen nicht allein.«

Ohne dass ich es hätte verhindern können, brachen bei mir plötzlich alle Dämme. Tränen kullerten über meine Wangen, als wir gemeinsam zum Haupteingang hasteten. Ich presste mir eine Hand auf den Mund, um mein Schluchzen zu unterdrücken. Durch das Geräusch unserer Schritte hindurch konnte ich Lizzy und Dan hören. Sie riefen mir irgendwas zu, aber ich verstand nur Bahnhof. Mein Kopf schmerzte höllisch und der Lärmpegel in der Aula war abnormal hoch.

Umso erleichternder war es, als wir schließlich auf den Parkplatz hinaustraten. Ich schloss die Augen und nahm einen tiefen Atemzug, damit die kalte Frischluft das Feuer in meinen Lungen auslöschen konnte. Dann ließ ich mich erschöpft auf die Motorhaube von Jakes Wagen niedersinken und wischte mir mit dem Ärmel die Tränen aus den Augen. Zumindest hatte ich mich heute gegen Wimperntusche entschieden, denn sonst hätte ich mir zu allem Überfluss auch noch meinen Lieblingspulli versaut.

Jake setzte sich zu mir, legte seine Hand in meinen Nacken und massierte ihn leicht. Als mein Kopf auf seine Schulter kippte, legte er das Kinn auf meinen Scheitel und drückte mich an sich. »Ist dir kalt?«

Ich schüttelte den Kopf, rutschte dann aber trotzdem noch etwas näher an ihn heran. Nicht, weil mir kalt war, sondern weil ich ihm nahe sein wollte. So nahe wie nur irgend möglich.

»Hey, da seid ihr ja!« Lizzy kam angerannt und hockte sich zu mir auf die Motorhaube. Sie griff nach meiner Hand und schob ihre Finger zwischen meine. »Alles gut, Cher. Wir sind hier.«

Dan keuchte, als er uns erreichte. Er stemmte die Hände gegen die Oberschenkel und blickte mit rotem Kopf zu uns auf. »Also ich für meinen Teil … hab keine Ahnung … was in den letzten zwei Minuten … passiert ist. Könnte mich vielleicht jemand einweihen? Was genau … machen wir hier draußen … in dieser Eiseskälte? Sollten wir nicht … im Unterricht sein?«

»Du meine Güte, Dan!«, stöhnte Lizzy. »Musst du immer Mutter Theresa spielen? Jetzt reiß dich mal zusammen! Und geh joggen, deine Kondition ist armselig.«

»Nein, Dani hat recht.« Mein Blick pendelte von Lizzy zu Dan und blieb schließlich an Jake hängen, dessen Hand immer noch in meinem Nacken lag. »Ihr müsst wieder zurück in den Unterricht, sonst bekommt ihr meinetwegen noch Ärger.«

Jake machte auf entsetzt. »*Holy shit!* Drei unentschuldigte Fehlstunden?«

Ich boxte ihm in die Schulter und schimpfte ihn einen Idioten, konnte mir ein Schmunzeln aber nicht verkneifen. Lizzy gluckste, und auch Dan keuchte belustigt.

»Nachdem das geklärt wäre … Könntest du uns jetzt bitte verraten, was mit dir los ist? Und denk nicht mal dran, irgendeinen Mist von offenen Fenstern zu erzählen«, warnte Jake mich.

Mit gesenkten Lidern musterte ich meine Stiefelspitzen, die unruhig gegeneinanderstießen. »Es ist lieb von euch, dass ihr mir helfen wollt, aber …«

»Aber was?«, schnitt Jake mir das Wort ab.

»… das ist nicht eure Aufgabe. Jeder von euch hat genug eigene Probleme, da müsst ihr euch nicht auch noch um meine kümmern. Ich komme schon allein damit klar.«

Jake hob eine Augenbraue. »Ach ja?«

Ich funkelte ihn an, doch gerade als ich zurückschnauzen wollte, schoss mir eine schmerzliche Gewissheit ins Gedächtnis: Ich kam nicht damit klar. Ganz und gar nicht.

Moms Geburtstag war eine riesige Last für mich, und wenn ich mir vorstellte, meine Scharade noch den ganzen restlichen Tag und morgen aufrechterhalten zu müssen, brach ich unter ihrem Gewicht beinahe zusammen.

Ich wollte nicht länger so tun, als wäre alles in Ordnung. Nichts war in Ordnung. Und ich hatte keine Lust mehr, mir irgendwas zu beweisen. Dann war ich eben das traurige, kleine Mädchen, als das Steffi mich beschimpft hatte – na und? Es ging mir dreckig, und ich hatte ein Recht darauf, traurig zu sein. Jeder Mensch hat ein Recht darauf, traurig zu sein. Immerhin sind das Herzen und keine Felsbrocken in unserer Brust.

»Es geht um meine Mom«, gestand ich also, »Sie hat morgen Geburtstag.«

Kaum, dass ich es ausgesprochen hatte, schlug Lizzy sich mit der flachen Hand auf die Stirn. »Shit, wie konnte ich das vergessen? Letzte Woche hab ich noch dran gedacht.«

»Das hätten wir wissen müssen«, entschuldigte Dan sich.

Ich winkte ab. »Kommt schon, Leute, woher hättet ihr denn wissen sollen, dass mich ihr Geburtstag immer noch so sehr belastet? Außerdem war ich sogar froh, dass mich keiner von euch darauf angesprochen hat. So konnte ich wenigstens so tun, als wäre alles okay.« Ich warf Jake einen Seitenblick zu. »Na ja, zumindest bis mein Sitznachbar wieder mal seine Ich-weiß-was-du-denkst-Nummer abgezogen hat.«

Jake grinste und klopfte sich die Asche von der Zigarette. »Ist eine gute Nummer, oder?«

Ich zuckte die Schultern. »Auf jeden Fall funktioniert sie.« Er sollte sich echt eine Karriere beim FBI überlegen, denn mit diesen Psychotricks ließe sich bestimmt der ein oder andere Serienmörder überführen. »Auch wenn es ganz schön fies ist, sich in die Köpfe seiner Mitmenschen einzuschleichen.«

»Als wäre ich in deinem Kopf nicht sowieso Dauergast.«

»Träum weiter«, konterte ich, obwohl er damit gar nicht so unrecht hatte. Es gab wirklich nicht viele Momente, in denen ich nicht an ihn dachte. Nicht, dass ich das zugeben würde …

»Jedenfalls, an ihrem Geburtstag spüre ich ihre Abwesenheit immer ganz besonders«, fuhr ich schließlich fort. »Wisst ihr, früher, als Mom noch gelebt hat, war ihr Geburtstag immer ein Riesenthema. Schon zwei Wochen vorher hat sie von nichts anderem gesprochen. Sie hat Vorbereitungen getroffen, Gäste eingeladen und alle möglichen Tortenrezepte ausprobiert, nur damit es am Ende dann doch wieder eine Schwarzwälder Kirschtorte wurde.«

Die Erinnerung daran zauberte mir ein Lächeln auf die Lippen. Ich sah sie noch genau vor mir, wie sie in ihrer roten Pünktchen-Schürze vor dem Herd stand, in einer Hand das Kochbuch und in der anderen einen Plastikspachtel, von dem sie gedankenverloren den Teig ableckte. Feiner Mehlstaub hing in der Luft, die ganze Arbeitsplatte war mit Krümeln und Schokostückchen übersät, und in der Spüle stapelte sich das schmutzige Geschirr bis knapp unter die Decke. Aber meiner Mom fiel die Unordnung gar nicht auf. Im Gegenteil: Das Chaos war ihr Zuhause. Sie fühlte sich erst richtig wohl, wenn alles kreuz und quer lag und nichts mehr an seinem ursprünglichen Platz war.

»Deiner Mutter war ihr Geburtstag also sehr wichtig?«,

schlussfolgerte Jake.

Ich nickte und wollte gerade antworten, aber Lizzy kam mir zuvor: »Oh ja, das kannst du laut sagen!« Sie streckte ihre Beine aus und stützte sich mit den Handballen seitlich davon auf der Motorhaube ab, während sie Jake breit angrinste. »In meinem ganzen Leben habe ich nie eine Person getroffen, die ihren Geburtstag so gefeiert hat wie Cheries Mom. Wirklich, sie hat ihn geliebt. Mehr als Weihnachten und Ostern und jeden anderen Feiertag im Jahr.«

»Selbst der Opernball ist ein Witz gegen den Geburtstag von Cheries Mom«, fügte Dan hinzu. »Jedes Jahr hat sie eine gigantische Kostümparty geschmissen, zu der auch Lizzy und ich eingeladen waren. Glaub mir, diese Partys waren …«

»… geisteskrank!«, half Lizzy ihm aus. »Ein Rave für Erwachsene, könnte man sagen.«

Jake warf mir einen Blick zu, und ich kicherte. »Ja, sie haben schon recht. Mom musste jedes Jahr aufs Neue eine ganze Bar mieten, um all ihre Gäste unterzubringen. Sie hat alle eingeladen, die ihr auch nur irgendwie nahestanden – Arbeitskollegen, Schulfreunde, Nachbarn, Bekannte, Verwandte, ihre Friseurin des Vertrauens …«

»Sogar der Bürgermeister von Bregenz war einmal da«, kommentierte Dan. »Wegen seines Dialekts hab ich zwar kein Wort verstanden, aber er schien ganz nett zu sein.«

»Aha.« Jake zog einen Mundwinkel hoch. »Deine Mutter hat also das ganze Land zu diesen Partys eingeladen?«

Ich nickte. »Es waren wirklich riesige Feten. Es gab auch immer ein Buffet und eine Liveband, die all ihre Lieblingssongs spielte. Einmal hat sie sogar den Barkeeper dafür bezahlt, dass er meine Tante abfüllt, damit sie endlich mal locker wird. Hat super funktioniert. Na ja, zumindest bis ihr schlecht wurde und sie in den Zauberhut meines Onkels gekotzt hat.«

Als ich an den widerlichen Geruch dachte, schüttelte es mich. Lizzy, Dan und Jake hingegen lachten.

»Klingt, als wäre deine Mom eine echte Knalltüte gewesen«, sagte Jake.

»Eine Knalltüte war sie immer nur an Geburts- und Feiertagen«, erwiderte ich. »Sonst war sie eher der ruhige Typ. Sie verbrachte einen Großteil ihrer Zeit mit Arbeiten – sie war Pflegerin in einem Seniorenheim, später sogar Pflegedienstleiterin –, und wenn sie nach Hause kam, steckte sie ihre Nase in ein Buch, zupfte auf ihrer Gitarre herum oder verlor sich in einem Tagtraum. Oft saß sie stundenlang am Fenster und dachte einfach nur nach, wobei sie dann immer alles um sich herum vergaß.«

»Das kommt mir bekannt vor«, witzelte Jake und linste aus dem Augenwinkel zu mir.

Ich musste lächeln. Es schmeichelte mir, mit meiner Mutter verglichen zu werden. Sie war einer der liebevollsten Menschen, die ich kannte, und ich konnte mir nur wünschen, eines Tages ein ebenso guter Mensch zu werden wie sie. Ohne sie wäre meine Kindheit lange nicht so glücklich gewesen.

Wieder nistete sich Traurigkeit in meiner Brust ein. Sie kroch durch meine Adern, pulsierte in meinen Fingerspitzen. Mein Lächeln verblasste, und ich ließ Kopf und Schultern hängen.

»An ihrem Geburtstag spüre ich ihre Abwesenheit ganz

besonders«, erzählte ich, den Blick auf Dans braune Lederschuhe gerichtet. »Alles ist so still, seit sie nicht mehr hier ist. Ich vermisse ihren Gesang unter der Dusche, das Klappern ihrer hohen Absätze, das Scheppern der Teigschüsseln und Kuchenformen und den Feueralarm, wenn sie wieder einmal vergessen hat, den Ofen abzudrehen. Ich vermisse Dads Schimpfen und sein Seufzen, wenn sie ihm einen Kuss auf den Mund gedrückt hat. Ich vermisse die vielen Leute in ihren Kostümen und das Klirren der Sektgläser. All das fehlt mir, sie fehlt mir. Sie fehlt mir so sehr.«

Jake schlang einen Arm um mich und ich lehnte mich an ihn, während Lizzy meinen Handrücken streichelte. Darüber zu sprechen, tat weh. Gleichzeitig war es aber auch befreiend, sich all das von der Seele zu reden. Weshalb ich mich auch zwang, weiterzusprechen: »Um ehrlich zu sein, weiß ich nicht, warum es heuer wieder schlimmer ist. Letztes Jahr habe ich ihren Geburtstag ziemlich gut überstanden. Aber da war Emma ja auch noch hier.«

Ich schluckte schwer und strich mir die Haare aus dem Gesicht, ehe ich mich wieder aufrichtete. »Jetzt spricht sie nicht mehr mit mir. Dad vergräbt sich in seiner Arbeit, um bloß nicht an Moms Geburtstag denken zu müssen, und ich … keine Ahnung … ich bin einfach einsam, schätze ich.«

Eine Weile lang sagte niemand etwas. Die Stille war nicht unangenehm, aber trotzdem war ich froh, als Jake sie durchbrach.

Den Blick auf die Flamme seines Feuerzeugs gerichtet, mit dem er spielte, fragte er: »Weißt du, was ich nicht verstehe? Wenn deine Mutter ihren Geburtstag so dermaßen geliebt hat, warum macht er dich dann so traurig? Solltest du ihn nicht eher feiern?«

Überrascht blinzelte ich ihn an. »Wie meinst du das?«

Jake zuckte die Schultern. »Geburtstage sind dazu da, das Leben eines Menschen zu feiern. Und dass deine Mom gestorben ist, ändert doch nichts daran, dass sie gelebt hat, oder? Sie hatte ein glückliches Leben mit einer liebevollen Familie und geisteskranken Kostümpartys. Ist das denn kein Grund zum Feiern?«

Mir klappte der Mund auf, aber ich wusste nicht, was ich sagen sollte. Darüber hatte ich noch nie nachgedacht. Seit ich meine Mutter verloren hatte, war ihr Geburtstag eigentlich immer ein Trauertag für mich gewesen. Eine schmerzhafte Erinnerung an das, was einmal war. Und nun sollte ich ihn plötzlich wieder feiern? Ohne Mom? Nein, das ging nicht. Das konnte ich mir nicht vorstellen.

»Ich finde, das ist gar keine schlechte Idee«, mischte Dan sich ein. »Deine Mom würde nicht wollen, dass du ihren Geburtstag damit verbringst, Trübsal zu blasen. Sie würde wollen, dass du glücklich bist und feierst, genau wie vor ihrem …« Er räusperte sich. »Wie früher eben.«

»Meint ihr das ernst?« Ich blickte abwechselnd zwischen den Dreien hin und her. »Ich soll Moms Geburtstag einfach ohne sie feiern?«

Lizzy schenkte mir ein warmes Lächeln, das sich in ihren Augen widerspiegelte. »Wieso nicht? Deine Mom wäre von dieser Idee begeistert.«

»Und wie soll ich das anstellen?«, fragte ich, nun wieder an Jake gewandt. Eine seltsame Aufregung kribbelte plötzlich in meinem Bauch. »Soll ich zum Friedhof fahren und auf ihrem Grab herumtanzen?«

Jake zog eine rabenschwarze Augenbraue hoch. »Tja, das wäre eine Möglichkeit, aber wie sich das auf deine mentale Gesundheit auswirkt, ist eine andere Sache. Wenn du mich fragst, solltest du ihn so feiern, wie sie ihn gefeiert hätte.«

Ungläubig starrte ich ihn an. »Mit Schwarzwälder Kirschtorte und Kostümparty und allem?«

»Ganz genau«, erwiderte Jake und rieb sich die Brust. »Wir ziehen los, besorgen uns ein paar Kostüme und verbringen den ganzen Tag mit Aktivitäten, die deiner Mutter gefallen hätten: Museum, Weihnachtsmarkt, Kino … was dir eben einfällt. Wir feiern in ihren Geburtstag hinein, und um Mitternacht stoßen wir auf sie an. Und morgen, an ihrem eigentlichen Geburtstag, wiederholst du das Ganze mit deinem Vater.«

Er schwang sich von der Motorhaube und streckte sich. Ein schmaler Streifen Haut kam zwischen seinem Hosenbund und seinem Pulli zum Vorschein, aber ich sah nicht einmal hin, so neben der Spur war ich. Anstatt sein Sixpack anzuglotzen, starrte ich mit gerunzelter Stirn ins Leere. Mein Gehirn brauchte eine Weile, um seinen Vorschlag zu verarbeiten.

Doch irgendwann machte es klick.

Ich hob den Kopf und blickte von der Motorhaube seines Wagens aus zu ihm hoch. »Tun wir's!«

Kapitel 15

Lizzy klatschte freudig in die Hände, und auch Dan wirkte motiviert. Jake fischte seinen Autoschlüssel aus der Hosentasche und ging zur Fahrertür, während ich mich auf den Beifahrersitz setzte. Eine kindliche Vorfreude erfasste mich, und mein Herz klopfte wie verrückt. Ich schickte meinem Dad eine Nachricht, dass ich heute bei Lizzy übernachten würde, dann wandte ich mich mit einem strahlenden Lächeln im Gesicht an Jake.

»Was machen wir als Erstes?«, fragte ich, während er ausparkte. Bei dem Gedanken, nach all der Zeit wieder einmal Mamas Geburtstag zu feiern, wurde ich richtig hibbelig. Plötzlich konnte ich kaum noch still sitzen, so aufgeregt war ich.

»Zuerst kümmern wir uns um die Kostüme«, antwortete Jake. »Kennt jemand einen billigen Kostümverleih?«

»In der Nähe vom Schwedenplatz gibts so einen Laden«, meinte Dan. »Vor ein paar Jahren hab ich mir dort mal ein Halloween-Kostüm besorgt. Die Leihgebühr ist zwar etwas höher als üblich, aber dafür hat der Laden eine Riesenauswahl.«

Wir stimmten seinem Vorschlag zu, und Jake nahm die nächste Abzweigung in Richtung Innenstadt, wo wir eine gute Viertelstunde nach einem freien Parkplatz suchen mussten. Zum Glück konnte Dan sich noch genau daran erinnern, wo sich der Kostümverleih befand, sodass wir ein paar Gehminuten später vor einem Schaufenster mit allerlei Faschingskram standen. Als wir die Eingangstür aufstießen, schlug uns der Geruch von Mottenkugeln entgegen. Ein Glöckchen bimmelte, und ein älterer Verkäufer mit Zylinder und Ansteckblume trat hinter einem der Ständer hervor.

»Na sieh mal einer an, neue Kunden!«, sagte er zu sich selbst. »Wie kann ich euch behilflich sein?«

»Wir sind auf der Suche nach Verkleidungen für eine Kostümparty«, antwortete Lizzy, während sie ihre Finger über die ausgestellten Kostüme streifen ließ. »Also ich für meinen Teil würde echt gerne als Minion gehen, aber falls Sie das nicht hier haben, würde ich mich auch auf ein Kim Possible-Kostüm einlassen.« Sie griff nach einem Piratenhut und setzte sich ihn grinsend auf. »Im Notfall gehe ich auch als Captain Jack Sparrow, aber dann müssen Sie mir zu dem Kostüm auch eine Flasche Rum spendieren, damit ich den typischen Gang hinkriege.«

Eine Mischung aus Überforderung und Verwirrung zeichnete sich in den Stirnfalten des Verkäufers ab. »Bitte entschuldige, falls diese Frage jetzt laienhaft wirken mag …« Er nahm seinen Zylinder ab und kratzte sich die Halbglatze. »Aber was, um alles in der Welt, soll ein ›Minion‹ sein?«

»Ach, das sind kleine, gelbe Wesen, die schon seit Anbeginn der Zeit als Handlanger von Superschurken arbeiten«, erklärte Lizzy, die sich inzwischen an einem neuen Ständer zu schaffen machte. »Im Grunde brauche ich nur eine Latzhose, eine Vintage-Pilotenbrille und gelbe Schminkfarbe für mein Gesicht.«

»Das lässt sich finden!«, erwiderte der Verkäufer, bevor

er ins Lager eilte und uns im Eingangsbereich des Ladens stehenließ.

»Wisst ihr auch schon, als was ihr gehen wollt?«, fragte ich, während ich den nächstgelegenen Kleiderständer durchstöberte und mir die bunten Kostüme ansah.

»Ich weiß nur, als was ich ganz bestimmt nicht gehen will«, erwiderte Jake, zog ein Trump-Kostüm aus dem Ständer und kräuselte angewidert die Nase.

Dan schlenderte zur Fantasy-Ecke und warf im Gehen einen Blick über die Schulter. »Hast du denn schon eine Idee?«

Ich überlegte kurz. »Ich glaube, ich will Batman sein.«

Lizzy und Jake brachen gleichzeitig in Gelächter aus. »Du willst Batman sein?«, wiederholte Jake belustigt. »Nicht eher Catwoman oder Harley Quinn?«

»Also Harley-Quinn-Kostüme gäbe es hier jedenfalls wie Sand am Meer«, sagte Lizzy und fuchtelte mit einem superknappen rot-blauen Lederhöschen in der Luft herum.

Ein teuflisches Grinsen schlich sich auf Jakes Lippen. »Bestimmt liegt hier auch irgendwo eine Netzstrumpfhose herum, die du anziehen könntest, und ein ›Daddy's little Monster‹-Shirt.«

Ha! Das könnte ihm so passen.

»Kommt gar nicht infrage!«, entgegnete ich und schüttelte demonstrativ den Kopf. »Ich will Batman sein, der dunkle Ritter aus Gotham City, der Kriminellen hinterherjagt und die Stadt von Verbrechern säubert.«

Schwer zu sagen, woher dieser Wunsch plötzlich kam. Eigentlich hatte ich Batman immer verurteilt. Seine Gewaltbereitschaft und seine zwielichtige Moral waren mir stets ein Dorn im Auge gewesen. Aber mittlerweile verstand ich ihn. Wenn die eigenen Eltern bei einem Raubüberfall ermordet wurden, war der Pfad der Selbstjustiz ganz schön verlockend, und nach der netten Unterhaltung mit Steffi heute Vormittag konnte ich auch seine Rachefantasien gut nachvollziehen.

»Na schön«, seufzte Jake, »aber wenn du Batman bist, dann gehe ich als Joker. Ohne den Joker wäre Batman nämlich kein Superheld, sondern nur ein Spinner im Fledermauskostüm.«

»Also eigentlich ist Batman kein *Superheld*, sondern ein *Antiheld*«, kommentierte Dan, der sich mittlerweile einen Zauberumhang in den Farben Gryffindors umgehängt hatte. Er zog eine rotgelbe Krawatte vom Ständer und wickelte sie sich um den Hals, während er Jake über seine runden Brillengläser hinweg ansah. »Im Gegensatz zum Superhelden zeichnet sich ein Antiheld durch seine gesellschaftskritische Haltung und seinen Hang zum Unmoralischen aus, welcher wiederum als Ursache für …«

»Sicher, dass du deine Brille nicht doch lieber gegen eine Perücke eintauschen willst?«, fiel Jake ihm ins Wort. »Bei deiner Klugscheißerei wärst du als Hermine wesentlich authentischer.«

Dan verdrehte die Augen. »Wenn es hier um authentische Kostüme geht, solltest du dir am besten deine letzte Matheschularbeit um den Hals hängen und als Volltrottel gehen.«

Mir entfuhr ein Lachen, für das ich prompt einen Klaps auf den Hinterkopf kassierte. Jake strafte mich mit einem derart finsteren Blick, dass ich mir auf die Lippe beißen musste, um nicht gleich noch mal loszulachen.

»Guck mal, was ich gefunden hab!«, rief Lizzy von der anderen Seite des Ladens aus und hielt ein schwarzes Batman-Kostüm in die Höhe. »Ich bin mir nicht sicher, ob das die richtige Größe ist, aber …«

»Macht nichts, ich probier's an!« Ich riss ihr das Kostüm aus der Hand und huschte damit in die Umkleidekabine. Der schwarze Ganzkörperanzug mit dem Plastik-Sixpack hatte zwar die richtige Größe, war aber eindeutig für Männer geschnitten, denn im Brustbereich und an den Hüften saß er ziemlich knapp. Ich warf einen Blick über die Schulter, um meinen Hintern im Spiegel zu betrachten, und kippte fast aus den Latschen. In dem hautengen Kunstleder sahen meine Pobacken echt … *prall* aus. Prall, aber sexy, wie ich beim zweiten Mal Hinsehen fand. Ich beschloss, erst mal Cape und Maske anzulegen, bevor ich mich für oder gegen das Kostüm entschied, und als ich mich schließlich in voller Montur im Spiegel betrachtete – mit dem goldenen Hüftgürtel, der schicken Halbmaske, die meine Lippen so schön betonte, und dem glänzenden Fledermaus-Emblem über der Brust –, war meine Entscheidung auch schon gefallen.

»Wie findet ihr es?«, fragte ich und trat aus der Kabine, um den anderen mein neues Kostüm zu präsentieren.

»Richtig cool«, meinte Lizzy, die inzwischen ihre Latzhose übergezogen hatte und sich nun knallgelbe Schminkfarbe ins Gesicht tupfte. »Dreh dich mal!«

Ich spürte, wie mir das Blut in den Kopf schoss.

»Nee, lass mal, Lizzy«, lachte ich verlegen. »Ihr werdet im Laufe des Tages sowieso noch genug davon sehen.«

Spätestens wenn wir den Laden wieder verließen und

mein Cape im Wind flatterte, würden meine Freunde mit dem Anblick meines üppigen Hinterns klarkommen müssen. Wobei mir schwante, dass einer von ihnen ganz besonders gut damit klarkommen würde …

»Nettes Sixpack«, kommentierte Jake und klopfte mit dem Fingerknöchel gegen die Plastikbeschälung auf meinem Bauch. Meine Augen huschten zu seinen Haaren, die er verwuschelt und mit grüner Sprühfarbe behandelt hatte, sodass er dem Joker nun schon wesentlich ähnlicher sah.

»Nette Frisur«, erwiderte ich schmunzelnd. »Jetzt fehlt nur noch der violette Anzug mit der grünen Weste darunter. Und das passende Make-up natürlich.«

Jake warf mir einen warnenden Blick zu. »Übertreib mal nicht gleich, Kätzchen. Das mit dem Anzug lasse ich mir noch einreden, aber ich werde mir ganz bestimmt kein Make-up ins Gesicht schmieren, damit ich am Ende wirklich aussehe wie ein Clown.«

Meine Lippen verzogen sich zu einem linkischen Schmunzeln. *Das wollen wir doch mal sehen …*

Zwanzig Minuten später beobachtete ich Jake dabei, wie er die restlichen Schminkfarben wieder zurück in den Karton räumte und sich mit finsterer Miene das Puder vom Jackett klopfte. Sein Gesicht war weiß geschminkt, dunkle Schatten umspielten seine Augen und über seine Mundwinkel hinaus erstreckte sich ein blutrotes Grinsen.

Bei diesem Anblick spürte ich ein Flattern in der Magengegend. Bildete ich mir das nur ein, oder sah er mit diesem Make-up noch heißer aus als sonst?

Entsetzt von dem Gedanken wandte ich mich ab. Irgendwas lief eindeutig falsch mit mir …

»Also ich wär dann fertig!«, rief Lizzy und stemmte die Arme in die Hüften, um uns ihr fertiges Outfit zu präsentieren. Sie trug einen gelben Wollpullover unter der Latzhose und hatte die Haare zu einem winzigen Zopf hochgebunden, der wie eine Palme aufragte. Ihr Gesicht war sonnengelb geschminkt und auf ihrer Stirn saß eine klobige Fliegerbrille.

»Ich ebenfalls«, meldetet Dan sich zu Wort, der sein Harry Potter-Kostüm um einen Zauberstab und eine gezackte Stirnnarbe ergänzt hatte. Die beiden sahen fantastisch aus.

Auch Jake und ich waren mit unseren Kostümen zufrieden, also bezahlten wir die Leihgebühr und bedankten uns noch mal bei dem Verkäufer für seine Mithilfe, bevor wir den Laden wieder verließen und hinaus auf die Straße traten.

Trotz des Rummels, der am Schwedenplatz herrschte, fielen wir sofort auf. Fußgänger drehten sich nach uns um, Kinder zeigten mit dem Finger auf uns, ein Pizzalieferant wäre fast von seinem Roller gekippt. Ich musste kichern. Genau so hatte ich mich gefühlt, wenn wir mit den Öffis zu Moms Kostümparty gefahren waren – wie ein Freak.

»Und wo geht es jetzt hin?«, fragte Lizzy, woraufhin ich sie gut gelaunt anstrahlte. »Jetzt gibt's erst mal Torte!«

Wenig später saßen wir auch schon in einer Konditorei und machten uns über die anderen Gäste lustig, die uns verstört anglotzten. Bislang hatte keiner von uns etwas gegessen, weshalb wir es kaum erwarten konnten, endlich was in den Magen zu bekommen. Lizzy, Dan und ich waren schon so hungrig, dass wir unsere Augen kaum noch von der Vitrine mit den köstlichen Süßigkeiten abwenden konnten, aber Jake schoss wie immer den Vogel ab.

»Wir hätten gerne die Schwarzwälder Kirschtorte«, sagte er, als ein Kellner an unseren Tisch trat, um unsere Bestellung aufzunehmen.

Mit einem leicht irritierten Ausdruck im Gesicht blinzelte der Kellner ihn an. Nach guten drei Sekunden riss er sich schließlich von dem Anblick los und räusperte sich. »Vier Mal die Schwarzwälder Kirschtorte, kommt sofort! Sonst noch was?«

»Ich glaube, Sie haben mich falsch verstanden.« Jake lehnte sich im Stuhl zurück, schnippte sich eine grüne Strähne aus der Stirn und verzog die Lippen zu einem Grinsen, das seiner Rolle als Joker alle Ehre machte. »Wir wollen nicht vier einzelne Stücke, sondern die ganze Torte.«

Der Kellner bekam große Augen. »Die ganze …?«

»Die ganze Torte«, wiederholte Jake nachdrücklich. »Und dazu einen Krug selbstgemachten Eistee, danke.«

Der Gesichtsausdruck des Kellners war dermaßen komisch, dass ich fast losgeprustet hätte, doch im letzten Moment schluckte ich mein Lachen wieder hinunter.

»Bist du wahnsinnig?«, fragte ich, nachdem der Kellner abgezogen war. »Das schaffen wir doch nie!«

Jake zog eine Augenbraue hoch. »Wollen wir wetten?«

Fünftausend Kilokalorien später drückte ich ihm schließlich einen Fünfeuroschein in die Hand und staunte über den leeren Teller, der vor uns am Tisch stand. Es war unfassbar, wir hatten zu viert eine ganze Torte verdrückt!

Ich lehnte mich in meinem Stuhl zurück und musste erst mal durchatmen, weil mein Magen kurz vorm Platzen war. Auch Dan wirkte völlig übersättigt. Den Kopf auf der rechten Hand abgestützt, starrte er auf sein halb leeres Eisteeglas und gab sich alle Mühe, nicht ins Fresskoma abzudriften. Dabei hatten wir nicht mal halb so viel gegessen wie Lizzy und Jake, die wie Raubtiere über die Torte hergefallen waren und ein Stück nach dem anderen verschlungen hatten, bis das ganze Ding vernichtet war. Sie war übrigens köstlich, die Torte, ein schokoladiger Traum aus Schlagsahne und Sauerkirschen! Trotzdem würde ich sie eine ganze Weile nicht mehr sehen, geschweige denn essen können. Aber zum Glück war Moms nächster Geburtstag ja noch dreihundertfünfundsechzig Tage entfernt.

»Hat jemand eine Idee, wo es als Nächstes hingehen soll?«, fragte Jake, warf seine zerknüllte Papierserviette auf den Teller und sah sich in der Gruppe um.

»Ein Spaziergang wäre nicht schlecht«, merkte Dan an, was ich mit einem lauten Seufzen bejahte.

»Wir könnten in den Tierpark gehen«, schlug Lizzy vor. »Deine Mom war doch früher auch gerne im Tierpark, nicht wahr? Hängt in eurem Wohnzimmer nicht sogar eine Urkunde, weil sie vor Jahren mal eine Tierpatenschaft übernommen hat?«

Ich lachte. »Dad zahlt den monatlichen Beitrag immer noch.«

Fünfundachtzig Euro im Monat für die Rettung der afrikanischen Elefanten. Ihre natürlichen Lebensräume wurden von uns Menschen bereits so weit eingeschränkt, dass die sanften Dickhäuter in den südlichen Regionen

Afrikas mittlerweile nur mehr in Nationalparks überleben konnten. Trotzdem hatte meine Mutter immer fest daran geglaubt, dass die Menschen eines Tages zur Vernunft kommen und sich mit der Natur versöhnen würden. Weshalb sie auch allen möglichen Organisationen Geld gespendet hatte – *Greenpeace, WWF, Robin Wood, PETA* ...

Mein Vater hatte an diesen Sinneswandel nie geglaubt. Aber er hatte an Mom geglaubt, und deshalb hatte er ihre Spenden nach ihrem Tod auch allesamt übernommen.

»Klingt, als wäre der Tierpark der ideale Ort, um ihren Geburtstag zu feiern«, fand Dan.

Lizzy rückte ihre Fliegerbrille zurecht und lächelte breit. »Und danach sehen wir uns den Weihnachtsmarkt vor Schloss Schönbrunn an.«

»Worauf wartet ihr dann noch?« Jake fischte seinen Autoschlüssel aus der Anzughose und streckte mir seine Hand hin, um mir aufzuhelfen. »Im Dezember machen die schon um halb fünf zu, also sollten wir uns besser beeilen, wenn wir alles sehen wollen.«

Ich griff nach seiner Hand und ließ mich hochziehen. »Du kennst die Öffnungszeiten auswendig?«

»Bis vor zwei Jahren hatte ich sogar immer eine Jahreskarte«, erwiderte Jake, was mich unweigerlich zum Schmunzeln brachte. Eigentlich hätte ich ihn nicht gerade als Tierpark-Fan eingeschätzt, aber wenn er sich wirklich eine Jahreskarte zugelegt hatte, dann musste es ihn ganz schön oft nach Schönbrunn verschlagen haben.

»Was ist denn vor zwei Jahren passiert, dass du dich plötzlich gegen eine Jahreskarte entschieden hast?«, fragte ich auf dem Weg zum Parkplatz. »Hattest du eine Auseinandersetzung mit einem der Äffchen? Hat es dich mit Obst beworfen? Dir die Schnürsenkel zusammengebunden, als du kurz nicht hingesehen hast?«

Jake zwang sich zu einem Lächeln, doch es wirkte aufgesetzt und kein bisschen fröhlich. In seinen hellen Augen flackerte etwas auf, das ich nicht zuordnen konnte, und als er die Schultern zuckte, wandte ich den Blick ab.

Mit dieser Frage hatte ich einen wunden Punkt getroffen, das wusste ich sofort. Aber leider konnte ich sie nicht mehr zurücknehmen. Also hielt ich den Mund, um es zumindest nicht noch schlimmer zu machen.

Die ganze Autofahrt hindurch war Jake ziemlich schweigsam. Ich fühlte mich hilflos, weil ich nicht wusste, wie ich seine Laune wieder heben konnte, und hatte schon Angst, dass er Moms Geburtstagsparty frühzeitig verlassen würde.

Doch dann machte Dan eine Bemerkung, die das Ruder wieder herumriss: »Schöner Wagen«, er strich mit den Fingern über die whiskeybraunen Ledersitze und sah sich im Innenraum des alten Autos um, »Ich hab mir auf YouTube mal ein Video angeschaut, wo sie mit demselben Modell ein paar Driftszenen aus *Baby Driver* nachgestellt haben. Anscheinend bricht bei dieser Karre ziemlich schnell das Heck aus.«

Jake warf mir einen Seitenblick zu, der mein Herz sofort höherschlagen ließ. »Kommt schon mal vor«, antwortete er feixend.

Ich bemühte mich, cool zu bleiben, doch die Tatsache, dass Jake nun wieder gut gelaunt war, und die Erinnerungen an meine ersten Fahrversuche zerrten an meinen Mundwinkeln, bis ich trotz meiner Bemühungen wie eine Idiotin lächelte. Ich konnte gar nicht mehr damit aufhören! Dabei wäre das verdammt wichtig gewesen – immerhin war ich Batman, und Batman lief bestimmt nicht mit einem idiotischen Lächeln durch die Gegend! Andererseits kuschelte Batman ja auch nicht beim Einschlafen mit Jokers Sweatshirt … Also, was solls?

Im Tiergarten angekommen, kauften wir uns Tageskarten, die teurer waren als gedacht. Was dazu führte, dass Dan darauf bestand, uns einzuladen. Lizzy und ich nahmen dankbar an, Jake weigerte sich und zahlte sein Ticket selbst. (Zu diesem Zeitpunkt wusste er noch nicht, dass Dans Familie sehr wohlhaben, um nicht zu sagen *stinkreich*, war.)

Dann begannen wir unseren Rundgang im Koala-Haus, wo ein silbergrauer Koalabär in einer Astgabelung hockte und entspannt die Arme baumeln ließ. Die Pandas hatten sich leider versteckt, aber dafür boten die Weißhandgibbons eine umso bessere Show, indem sie von einem Ast zum nächsten schwangen, wie Zirkusartisten auf Seilen balancierten und sich einander Insekten aus dem Fell zupften. Lizzy meinte, in den hyperaktiven Äffchen ihr Seelentier gefunden zu haben, und fragte scherzhaft, ob man einen Weißhandgibbon auch in der Wohnung halten könne.

»Theoretisch schon«, antwortete Dan. »Aber ein Äffchen macht ganz schön viel Ärger, vor allem wenn man es nicht zeitgerecht füttert. Ich hab mich in der Unterstufe mit einem Äffchen angefreundet, das mich seitdem regelmäßig besucht. Aber wenn der Pizzabote sich einmal verspätet, wird es immer ganz feindselig und wirft mit dem PS5-Controller nach mir.«

»Ich bin also dein Hausäffchen, ja?«, fragte Lizzy spitz,

bevor sie ihm ohne Vorwarnung auf den Rücken sprang. Sie klammerte sich mit den Beinen an ihm fest und gab ihm eine ordentliche Kopfnuss. »Das wirst du noch bereuen!«

Dan wirbelte herum und versuchte sie abzuwerfen, schob aber gleichzeitig die Arme unter ihre Knie, damit sie nicht versehentlich abrutschte und auf den Boden knallte.

»Hilfe! Hilfe!«, rief er. »Die Minions sind los!«

Das Geplänkel der beiden ging noch eine Weile weiter, und als Lizzy irgendwann wieder von Dans Rücken glitt, war seine Brille verrutscht, der Zauberumhang zerknittert und seine Frisur völlig verwüstet, sodass er aussah wie Harry Potter nach dessen Kampf gegen den Basilisken. Aber sein Lächeln war strahlender denn je, und seine schwarzen Augen glänzten wie frisch geschliffene Obsidiane.

»Ich behalte dich im Auge, Thaler«, stellte Lizzy mit der dazu passenden Geste klar, bevor sie sich umdrehte, die Träger ihrer Latzhose zurechtrückte und mit schwingenden Hüften in Richtung Flamingo-Gehege davonschritt.

Jake und ich tauschten einen Blick. Ich wusste genau, woran er gerade dachte, weil ich mit ziemlicher Sicherheit dasselbe dachte.

Dan schaute Lizzy hinterher. Sein Gesichtsausdruck war nicht schwer zu deuten, und die Tatsache, dass er puterrot anlief, als er unsere Blicke bemerkte, servierte uns den Beweis auf dem Silbertablett.

»Was?«, schnarrte Dan und funkelte uns aus schmalen Augenschlitzen an. Ich musste schmunzeln, und auch rund um Jakes Mundwinkel zuckte es. Trotzdem sagten wir nichts. Wir wollten ihn nicht verärgern, außerdem hätte er es sowieso abgestritten.

Die Flamingos standen wie üblich auf einem Bein, der Vogelstrauß saß zusammengekauert in seinem Stall und die Mähnenrobben tauchten durch das eiskalte Wasser, bevor sie sich auf einem Felsen ausstreckten und sich die Dezembersonne auf den Bauch schienen ließen. Wir folgten den gelben Fußabdrücken, die uns in einem Rundgang über das ganze Gelände führten, wanderten den Baumkronenpfad entlang, der uns einen grandiosen Ausblick auf die Dächer des dreizehnten Bezirks bot, spazierten an den Bergziegen vorbei und landeten schließlich beim Elefantengehege.

Der Himmel war mittlerweile in ein feuriges Orange getaucht und bildete einen starken Kontrast zu den dunkelgrauen Elefanten, die mit ihren Segelohren wedelten und ihre Rüssel der untergehenden Sonnen entgegenstreckten. Ich war so gefesselt von der Schönheit dieses Bildes, dass ich eine ganze Weile nur starren konnte. Die Welt um mich herum rückte in den Hintergrund, verglühte mit den letzten Sonnenstrahlen und wurde immer leiser, sodass ich regelrecht hochschreckte, als mich Jakes Stimme aus den Gedanken riss: »Erde an Kätzchen!«

»Hm?« Die Finger um das hölzerne Geländer geschlungen, drehte ich mich zu ihm um und blinzelte ihn an. »Sorry, ich war gerade ein bisschen …«

»Abwesend? Hab ich gemerkt.« Ein Lächeln schlich sich auf seine Lippen. »Eigentlich wollte ich dir nur mitteilen, dass Lizzy und Dan losgezogen sind, um sich noch mal die Äffchen anzusehen. Aber wie ich dich kenne, willst du noch eine Weile hierbleiben, hab ich recht?«

Ich nickte, und Jake schlang den Arm um meine Schultern, bevor wir uns wieder den Elefanten zuwandten, die sich allmählich in ihren Stall zurückzogen. »Hast du gewusst, dass Elefanten trauern können?«, fragte ich, ohne den Blick von der kleinen Herde zu lösen. »Wenn ein Elefantenkalb stirbt, bleibt die Mutter oft tagelang an seiner Seite, stupst den leblosen Körper mit ihrem Rüssel an und weigert sich, weiterzuziehen. Sie trauert um ihr Junges, genau wie wir Menschen um unsere Verstorbenen trauern.«

»Wer hat dir das erzählt?«, wollte Jake wissen, woraufhin ich den Kopf auf seine Schulter legte und wehmütig ins Gehege blickte.

»Meine Mom«, antwortete ich. »Jedes Mal, wenn wir hierhergekommen sind, hat sie davon geschwärmt, was für beeindruckende Wesen Elefanten wären. Sie erzählte mir, dass Elefanten einen starken Familiensinn hätten. Dass sie sich gegenseitig dabei halfen, ihre Kälber auf die Welt zu bringen, und dass jede Herde eine Kindergartentante hätte, die sich um die Jungen kümmerte, wenn die anderen Elefanten auf Nahrungssuche waren. Dass sie niemals etwas vergaßen und manchmal sogar Jahre später zu den Knochen ihrer Verwandten zurückkehrten, um zu trauern und sich zu erinnern. Dass sie mehr als alle anderen Tiere unter traumatischen Erfahrungen litten.«

Ich spürte, wie sich meine Augen mit Tränen füllten, und blinzelte sie fort. »Es mag komisch klingen, aber manchmal … ich weiß auch nicht … da wünschte ich, ich könnte ihnen diese Gabe abnehmen. Tiere sollten nicht trauern. Sie sollten sich auch nicht ewig an ihre Verwandten erinnern, wenn die schon lange tot sind. Wozu auch? All das bereitet ihnen doch nur Schmerzen, sonst nichts.«

Jake legte sein Kinn auf meinen Scheitel und drückte mich an sich. »Und was ist mit dir? Würdest du dir die Fähigkeit zu trauern ebenfalls abnehmen, wenn du könntest? Um dir den Schmerz zu ersparen?«

Ich schüttelte den Kopf. »Ich will nicht, dass der Schmerz nachlässt. Solange ich ihn spüre, fühle ich mich mit meiner Mutter verbunden, weißt du? Der Schmerz ist alles, was mir von ihr geblieben ist, und sollte er je verschwinden, dann … verschwindet sie womöglich auch.«

»Du glaubst also, Schmerz ist der einzige Weg, um ihr nahe zu sein?«

Ich überlegte einen Moment.

»Zumindest habe ich das geglaubt«, antwortete ich, bevor ich mich vom leeren Gehege abwandte, den Kopf in den Nacken legte und ihn anlächelte. »Aber jetzt glaube ich das nicht mehr.«

Wir trafen Lizzy und Dan beim Ausgang, wo sie bereits sehnsüchtig auf uns warteten. »Na endlich!«, stöhnte Lizzy, um deren Hals ein flauschiger Stoffaffe baumelte, der den Weißhandgibbons zum Verwechseln ähnlichsah. »Ich dachte schon, die Flusspferde hätten euch gefressen.«

»So hungrig, wie ich bin, wär das eher andersherum abgelaufen«, antwortete Jake, woraufhin ich ihn mit gerunzelter Stirn ansah.

»Hungrig? Schon wieder? Du hast vor ein paar Stunden eine halbe Torte verdrückt.«

»Du sagst es, ich habe *vor ein paar Stunden* eine *halbe* Torte verdrückt. Soll ich jetzt den restlichen Tag hungern, oder was?«

»Also ich könnte auch schon wieder was vertragen«, sagte Lizzy. »Wir könnten ja nach dem Christkindlmarkt was essen gehen, wenn ihr Lust habt. Hatte deine Mom vielleicht ein Lieblingsrestaurant, in das wir gehen könnten?«

»Sie und Dad sind immer zu diesem kleinen Mexikaner in der Nähe vom Augarten gefahren«, erzählte ich. »Falls euch nach Nachos und Cocktails zumute ist, könnten wir dort hingehen.«

»Solange wir uns am Weihnachtsmarkt Zeit lassen, wäre ich auf jeden Fall dabei«, erwiderte Dan. »Ich liebe Mexikanisch.«

Wir stimmten zu und spazierten durch die winterlichen Gartenanlagen zum Schloss Schönbrunn, dessen prachtvolle Fassade von Scheinwerfern beleuchtet wurde und in den wärmsten Goldtönen leuchtete. Vor dem Gebäude reihten sich kleine Holzhütten aneinander, die allesamt mit Lichterketten und blinkenden Sternen verziert waren. Überall duftete es nach Zimtstangen, Glühwein und anderen Köstlichkeiten, die einem das Wasser im Mund zusammenlaufen ließen. In einem der Ständchen war sogar ein riesiger Schokoladenbrunnen aufgebaut, aus dem glänzende Milchschokolade sprudelte.

Wir bummelten durch den Christkindlmarkt, sahen uns die Handwerksarbeiten an, die hier verkauft wurden, rochen an ein paar Duftkugeln und probierten frisch gebackene Weihnachtskekse. Als wir an einem Stand mit selbstbemalten Christbaumkugeln vorbeikamen, wurden alte Erinnerungen in mir wach. Früher hatte Mom oft solche Kugeln gekauft, um sie als Wichtelgeschenke an Arbeitskollegen oder Freunde zu verschenken. Manchmal hing aber auch für Dad und mich eine Kugel am Christbaum, auf der Schneelandschaften und Krippenszenen abgebildet waren, über die sich in verschnörkelten Schriftzügen unsere Namen erstreckten. Ich beschloss, diese Tradition fortzuführen, und wählte eine besonders hübsche Kugel aus, auf die ich anschließend Moms Namen malen ließ: *Helena Lanner*.

Auf diese Weise würde Mom mit uns Weihnachten feiern können, ohne wirklich anwesend sein zu müssen. Die Kugel würde uns an sie erinnern.

»Darf ich sie mir mal ansehen?«, fragte Lizzy, woraufhin ich die Kugel noch einmal aus dem Papiersäckchen nahm und sie ihr in die Hand legte. »Wow, sie sieht wirklich wunderschön aus.«

»Es muss schwer sein, ein so detailliertes Bild auf eine Glaskugel zu malen«, bemerkte Dan.

Ich nickte und drehte mich dann nach Jake um, um seine fachkundige Meinung einzuholen. »Was meinst du, wie lange dauert …«

Als ich bemerkte, dass er gar nicht hinter mir stand, brach ich mitten im Satz ab. Ich reckte den Hals, um seinen grünen Haarschopf in der Menschenmasse ausfindig zu machen, konnte ihn aber nirgendwo entdecken.

»Habt ihr eine Ahnung, wohin Jake verschwunden ist?«, fragte ich, nun wieder an Lizzy und Dan gewandt. Aber die beiden schüttelten nur den Kopf und meinten, sie hätten seinen Abgang gar nicht mitgekriegt.

Die nächsten zwanzig Minuten verbrachten wir damit, nach ihm zu suchen, jedoch ohne Erfolg.

»Es kann doch nicht so schwer sein, einen Typ im Joker-

Kostüm zu finden!« Ich zog mein Handy aus der Gürteltasche, mit der mein Ganzkörperanzug ausgerüstet war, und rief ihn an. Doch zum fünften Mal in Folge ging nur die Mailbox ran. »Wo steckt der bloß schon wieder?«

»Ich glaube, deine Frage wurde soeben beantwortet«, kam es plötzlich von Dan. Er deutete auf die Schlange vor dem Schokobrunnen-Stand.

Auf den Zehenspitzen stehend, reckte ich den Hals und ließ meinen Blick über die Köpfe schweifen, bis ich ihn ebenfalls ausfindig machte.

»Das kann nicht sein Ernst sein!«, stieß ich hervor. »Der Mistkerl benutzt sein Kostüm, um sich vorzudrängeln!«

Lizzy musste kichern. »Seht euch mal das Kind an, das vor ihm in der Schlange steht. Das arme Ding macht sich vor lauter Angst gleich in die Hose.«

»Jetzt reicht's!« Ich rückte meine Halbmaske zurecht, drängte mich durch die Menge, packte Jake an der Hand und zerrte ihn unsanft aus der Schlange. Der kleine Junge, den Jake verängstigt hatte, blickte mit tellergroßen Augen zu mir hoch, zupfte am Ärmel seiner Mutter und rief: »Schau mal, Mama! Batman hat sich den Joker geschnappt! Jetzt gibt's eine Abreibung!«

Oh ja, und was für eine!

»Hast du eigentlich gar kein Gewissen?«, fauchte ich, während ich Jake durch die Menschenmenge schleifte.

»Die Schlange war viel zu lang, um sich hinten anzustellen, okay?«

»Trotzdem kannst du dich nicht einfach vordrängeln und dabei unschuldige Kinder traumatisieren!«

»Was kann ich dafür, dass der kleine Hosenscheißer

Angst vor mir hat? Ich hab ihn bloß freundlich angelächelt, mehr nicht. Außerdem war das mit dem Clowns-Make-up deine Idee, schon vergessen? Wenn hier also unschuldige Kinder traumatisiert werden, dann bist du mindestens genauso dran schuld.«

»Schieb das jetzt bloß nicht auf mich!«, schimpfte ich. »Du hast dem Jungen absichtlich Angst gemacht, damit er dich vorlässt und du schneller zu deinen Schokofrüchten kommst, weil du triebgesteuerter Hund noch nie was von Impulskontrolle gehört hast!«

»Meinst du? Und wie hab ich es dann geschafft, bis jetzt keine einzige Bemerkung über deinen Hintern zu machen, obwohl er in diesem Lederanzug echt …«

Ich wirbelte mit glühenden Wangen herum. »Ich warne dich, Sommer! Lass meinen Hintern da raus!«

Vergnügen blitzte in seinen Augen auf, und sein Grinsen wirkte plötzlich bösartig. »Oh, das würde ich ja gerne, aber jetzt, wo ich erst mal angefangen habe, kann ich leider nicht mehr damit aufhören, weil – na ja, du weißt schon – fehlende Impulskontrolle und so.«

Mir schwante, dass ich gerade die Büchse der Pandora geöffnet hatte, aber zu diesem Zeitpunkt ahnte ich ja noch nicht, wie schwerwiegend mein Fehler wirklich war. Fortan ließ Jake nämlich keine Gelegenheit aus, das Erscheinungsbild meines Hinterns zu kommentieren, und benutzte dabei so bildhafte Beschreibungen, dass ich mir, als wir schließlich im mexikanischen Restaurant ankamen, erst mal einen Tequila bestellen musste.

»Kann ich deinen Ausweis sehen?«, fragte der Kellner, woraufhin Jake ein Grunzen entfuhr.

Ich drehte mich zu ihm und warf ihm einen finsteren Blick zu.

Aber er grinste bloß, lehnte sich ein wenig zu mir und murmelte: »Du könntest ihm ja stattdessen deinen Hintern zeigen, vielleicht nützt das was.«

Entschlossen, ihn alsbald vom Stuhl zu treten, verengte ich die Augen, doch dann holte Jake seine Brieftasche hervor und hielt dem Kellner seinen Führerschein hin. »Einen Tequila für mich und ein Ginger Ale für meine minderjährige Sitznachbarin, bitte.«

Meine Mundwinkel zuckten, und ich biss mir auf die Wange, um mir ein Lächeln zu verkneifen. Jake wusste genau, dass ich Ingwer nicht ausstehen konnte, also nahm ich mal an, dass er den Tequila für mich und das Ginger Ale für sich selbst bestellt hatte.

Mein Blick huschte zu Lizzy, die Dan ihren Ellbogen in die Rippen stieß, woraufhin dieser ebenfalls seinen Ausweis zückte und ihm dem Kellner rüberschob. »Ich nehme einen Mojito und ein Glas Leitungswasser.«

Sobald er seine Bestellung ausgesprochen hatte, kassierte er einen weiteren Hieb, verzog das Gesicht und sagte: »Wissen Sie was? Vergessen Sie das Leitungswasser, ich nehme gleich zwei Mojitos. Irgendwie ist mir heute nach Absturz zumute.«

Lizzy grinste Dan an, ehe sie sich schließlich dem Kellner zuwandte. »Für mich nichts, danke.«

Der Kellner wirkte nicht überzeugt, sagte aber nichts und tippte unsere Bestellungen ein, bevor er uns schließlich die Speisekarte überreichte. Ich musste nicht mal reinsehen, um mich zu entscheiden. Schon als Kind hatte ich die Enchiladas hier geliebt, und ich war mir ziemlich sicher, dass sie mich auch heute nicht enttäuschen würden. Außerdem hatte ich Lust auf Nachos, und als ich Jake fragte, ob er sich eine Vorspeisenportion mit mir teilen wollte, stimmte er sofort zu. Weil wir genau zur Stoßzeit eingetroffen waren, mussten wir ein Weilchen auf unser Essen warten, doch die Stimmung an unserem Tisch war derart ausgelassen, dass die Zeit wie im Flug verging. Lizzy und Dan stießen mit ihren Mojitos an, und Lizzy gab einen Trinkspruch zum Besten, der mich laut auflachen ließ: »Der größte Feind des Menschen wohl, das ist und bleibt der Alkohol. Doch in der Bibel steht geschrieben: Du sollst auch deine Feinde lieben!«

Jake zog einen Mundwinkel hoch. »Dämlicher geht's nicht.«

Ich räusperte mich und erhob mein leeres Schnapsglas: »Es trinkt der Mensch, es säuft das Pferd, doch heute ist es umgekehrt!«

»Warte, warte, ich kenne auch noch einen!«, rief Lizzy, schnappte sich ihren Mojito und prostete mir zu. »Auf die Männer, die wir lieben, und die Penner, die wir kriegen!«

»He!« Dan verschränkte beleidigt die Arme vor der Brust. »Nüchtern bin ich schüchtern, aber voll bin ich toll.«

Wie auf Knopfdruck brach ich in Gelächter aus. Meine Wangen glühten, und ich nahm mir vor, nie wieder einen Tequila auf leeren Magen zu trinken, während ich mir vor lauter Lachen den Bauch hielt. Keine fünf Minute später kam unser Essen, und es sah einfach köstlich aus. Die Nachos waren frisch frittiert und unglaublich knusprig, der geschmolzene Käse glänzte wie flüssiges Gold und die

Guacamole schmeckte so köstlich, dass mir beinahe ein Stöhnen entkam, als ich den ersten Bissen davon probierte. Das Beste an der Sache war jedoch, dass Jake Avocados nicht ausstehen konnte und ich die ganze Guacamole allein verdrücken durfte. Nachdem wir die Vorspeise hinter uns hatten, war ich mir sicher, dass der Hauptgang dagegen nur abstinken konnte, doch die überbackenen Enchiladas überzeugten mich vom Gegenteil. Sie waren reichlich gefüllt und sorgten für eine echte Geschmacksexplosion in meinem Mund, sodass ich, obwohl ich schon nach der halben Portion satt war, den ganzen Teller leer aß. Als der Kellner das Geschirr abräumte, war es schon nach neun. Jake schlug vor, den Rest des Abends hier im Restaurant zu verbringen, und fragte die Barkeeperin nach zwei Cocktailkarten, die er anschließend an Lizzy und mich übergab.

»Sucht euch was aus, ich muss mal kurz an die Luft«, sagte er und fischte seine Zigarettenschachtel aus der Hosentasche. Dann ging er nach draußen, während Lizzy und ich die Getränkekarten studierten. Lizzy entschied sich für einen Erdbeer-Daiquiri und ich mich für eine Piña Colada. Weil keiner von uns achtzehn war, mussten wir Dan losschicken, um die Getränke für uns zu bestellen, und zu meiner Überraschung stimmte er sofort zu. Er bestellte sich sogar selbst noch einen Mojito, was echt ein Wunder war, weil Dan normalerweise nie Alkohol trank. Doch Lizzys glühende Wangen und ihr Lachen, wenn er wieder einmal einen schlechten Witz gerissen hatte, schienen ihn richtig anzuspornen.

Wir unterhielten uns über alle möglichen Themen, angefangen bei den Weihnachtsgeschenken, die wir alle noch besorgen mussten, bis hin zum Schulausflug im Januar, auf den ich mich jetzt schon freute, obwohl ich nicht gerade heiß darauf war, mit Steffi im selben Zimmer zu schlafen. Allein der Gedanke daran bereitete mir schon Albträume! Doch selbst der schaurigste Traum war schnell vergessen, wenn man mit schweißnasser Stirn aus dem Schlaf hochschreckte und plötzlich in ein leuchtendes Augenpaar blickte, das einen aus allen Wolken fallen ließ.

Die Lippen zu einem seltsamen Lächeln verzogen, schlürfte ich an meinem Strohhalm und versuchte überall hinzusehen, bloß nicht in Jakes Richtung, der sich soeben wieder zu uns gesellt hatte.

Der Schulausflug würde drei ganze Tage dauern. Wie es sich wohl anfühlen würde, ihn so lange in meiner Nähe zu haben?

Mein Herz schlug sofort höher, und das Flattern in meinem Bauch wurde beinahe unerträglich. Jakob Sommer, drei Tage am Stück! Wenn das mal kein Grund war, sich auf einen Schulausflug zu freuen!

In diesem blubbernden Meer aus Glücksgefühlen und Piña Colada, in dem ich herumschwamm, merkte ich kaum, wie die Zeit verflog. Umso überraschter war ich, als Dan sein Smartphone hervorholte und verkündete: »In genau fünfundzwanzig Minuten hat deine Mom Geburtstag!«

»Fünfundzwanzig Minuten?«, wiederholte Jake gestresst, kippte den Rest seiner Energydrinks hinunter und winkte einen Kellner herbei, damit er uns die Rechnung brachte. »Dann sollten wir uns besser beeilen.«

»Wollten wir nicht auf sie anstoßen?«, fragte ich, während ich ein paar Scheine aus meiner Brieftasche holte.

»Doch, wollten wir, aber jetzt haben sich unsere Pläne geändert«, erwiderte er kurzangebunden. »Ich hab nämlich eine kleine Überraschung geplant.«

Neugierig legte ich den Rechnungsbetrag auf den Tisch und folgte Jake nach draußen. Die kalte Nachtluft kribbelte in meinem Nacken, und ich schlang die Arme um meinen zitternden Oberkörper.

»Und jetzt?«, fragte ich, als Lizzy und Dan sich ebenfalls zu uns gesellten.

»Jetzt müsst ihr zwei Minuten warten«, erwiderte Jake, fischte seinen Autoschlüssel aus der Hosentasche und verschwand hinter der nächsten Straßenecke. Wenige Minuten später kehrte er zurück – mit einer länglichen Pappschachtel in der Hand, über die ich bloß die Stirn runzeln konnte.

»Was ist das?«, wollte ich wissen, doch wie üblich antwortete Jake nicht.

Stattdessen verstaute er die Schachtel in der Innentasche seines Sakkos und blickte kurz nach links und rechts, bevor er die Straße überquerte. Wir folgten ihm, und er führte uns geradewegs in den Augarten, der um diese Uhrzeit menschenleer war. Die Nacht war stockfinster und der Boden in tiefe Dunkelheit getaucht, sodass ich, als ich den Blick senkte, meine eigenen Schuhe nicht mehr sehen konnte. Aber ich hörte den Frost darunter knirschen und das Peitschen kahler Äste, die der Wind gegeneinander schlug.

Wir gingen einen schmalen Weg entlang und landeten schließlich auf einer Wiese, die im Mondschein silbern glänzte. Hier blieb Jake stehen. Er holte die Schachtel hervor, zog ein Stäbchen heraus und überreichte es mir, woraufhin eine Welle kindlicher Freude über mich hinweg schwappte.

»Du hast Wunderkerzen besorgt?«, fragte ich mit leuchtenden Augen.

Er lächelte mich an. »Ich dachte, wir brauchen etwas, damit deine Mom uns von da oben sehen kann.«

Dann überreichte er Lizzy und Dan ebenfalls ein Stäbchen und ließ die halb leere Schachtel ins Gras fallen. »Wie sieht's mit der Zeit aus?«

»Fünf Minuten bis Mitternacht«, antwortete Dan.

Jake nickte, ehe er sich mit erwartungsvoller Miene an mich wandte. »Möchtest du noch was sagen, Kätzchen? Deiner Mutter ein paar Geburtstagswünsche ausrichten oder so?«

»Ich … ich weiß nicht …«, stammelte ich, die Finger fest um meine Wunderkerze geschlungen. Mein Blick huschte von einem Gesicht zum nächsten, konnte sich nirgendwo festhalten, fand keine Ruhe mehr. »Was soll ich denn bloß sagen? Unser letztes Gespräch ist fast drei Jahre her.«

»Mach dir keine Gedanken, Cher«, antwortete Lizzy, die nun nach meiner Hand griff und mich warm anlächelte. »Was auch immer du sagst, wird das Richtige sein. Sprich einfach mit ihr, als wäre sie bei uns, und stell dir vor, sie könnte dich hören. Dann kommen die Worte von ganz allein.«

Vor lauter Nervosität spürte ich einen schmerzhaften Knoten im Magen, aber dennoch nickte ich. Meine Nerven flatterten, als ich den Kopf in den Nacken legte und meinen Blick auf das Himmelszelt richtete, das von einem Netz aus Sternen überzogen war.

Ich hätte gerne geglaubt, dass meine Mutter da oben war.

Dass sie durch ein kleines Fenster auf mich heruntersah, die Lippen zu diesem liebevollen Lächeln verzogen, das mich stets getröstet hatte, und mir gespannt zuhörte. Aber ich konnte es nicht glauben, nicht mit ganzem Herzen.

Trotzdem blickte ich weiterhin in den Himmel. Wo hätte ich auch sonst hinsehen sollen? Hier auf Erden würde ich meine Mutter nicht mehr finden.

»Hi, Mama«, piepste ich, die Augen auf den hellsten Stern am Himmel gerichtet. »Ich weiß nicht, wo du gerade bist, oder ob du mich hören kannst, aber falls doch, dann nimm dir bitte kurz Zeit für mich, ja? Ich will dich nicht lange aufhalten, nur fünf Minuten, damit ich dir erzählen kann, was sich hier auf Erden so getan hat, seit du fortgegangen bist.« Meine Hände begannen zu zittern, und ich umfasste die Wunderkerze etwas fester. »Also, Mama, ich stehe hier mit Lizzy und Dan, die kennst du ja bereits, und mit Jake, den du leider nicht mehr kennenlernen konntest. Aber ich bin mir sicher, du hättest ihn gemocht, schon allein deshalb, weil er Straßenkünstler ist und du immer ein Riesenkunstfan warst. Jedenfalls, Jake hat vorgeschlagen, dass wir deinen Geburtstag heuer wieder einmal feiern sollten, und genau das haben wir getan. Ich würde dir am liebsten alles erzählen, jedes einzelne Detail dieses Tages, denn er war wirklich schön, weißt du? Aber leider haben wir nur noch ein paar Minuten, also erzähle ich dir stattdessen Folgendes.«

Die Sterne verschwammen vor meinen Augen, und ich holte tief Luft, ehe ich traurig lächelnd weitersprach: »In den letzten zwei Jahren habe ich wirklich oft um dich geweint, Mama. Viel öfter, als ich zugeben möchte. Doch in keinem dieser Momente habe ich mich dir so nahe gefühlt wie heute, als wir in unseren Kostümen über den Schwedenplatz spaziert sind. Oder als wir in den Zoo gefahren sind, um uns die Elefanten anzusehen, die du so geliebt hast. Und selbst jetzt, wo ich im stockfinsteren Augarten stehe und mit der Luft spreche, habe ich irgendwie das Gefühl, du könntest mich hören. Ist das nicht verrückt? Ich bilde mir ein, dass ich dich spüren kann, so als wäre ein kleiner Teil von dir noch hier auf Erden, und das macht mich überglücklich, denn … ich habe dich vermisst. Ich habe dich so schrecklich vermisst, Mama! Aber jetzt bist du ja hier, und selbst wenn du wieder verschwindest, werde ich wissen, dass du mir zugehört hast, als ich dir gesagt hab: *Danke*. Du warst eine wundervolle Mutter und hast in meinem Leben nichts als Liebe hinterlassen, genau wie in Papas Leben und im Leben eines jeden anderen Menschen, der dich kennenlernen durfte. Du verdienst alles Glück dieser Welt, und ich wünsche dir von ganzem Herzen alles Gute zum Geburtstag. Ich hab dich lieb, Mom.«

Tränen kullerten über meine Wangen, als Jake am Rädchen seines Feuerzeugs drehte und ich meine Wunderkerze im kleinen Flammenkegel entzündete. Plötzlich löste sich die Welt in sprühende Funken auf. Abertausende Sterne erhellten die Nacht, warfen flackernde Schatten auf unsere Gesichter, rieselten zu Boden und verglühten schließlich in der Dunkelheit. Mein Blick fiel auf Lizzy, die ebenfalls mit den Tränen kämpfte, und dann auf Dan, in dessen schwarzen Augen sich die Wunderkerzen spiegelten. Als ich mich schließlich Jake zuwandte, hing ein unscheinbares Lächeln auf seinen Lippen. Ich erwiderte es, während ich mit glänzenden Augen zu ihm hochblickte.

Was er heute für mich getan hatte, war einfach unglaublich. Er hatte niemals versprochen, mir die Sterne vom Himmel zu holen, doch stattdessen hatte er meine Mutter vom Himmel geholt, und dafür würde ich ihm ewig dankbar sein.

Ich wünschte, ich hätte den Mut gehabt, diesen Gedanken laut auszusprechen. Ich wünschte, ich hätte den Mut gehabt, mich der Sturmflut an Gefühlen zu stellen, die Jake in mir auslöste. Ich wünschte, ich hätte den Mut gehabt, den Abstand zwischen uns zu schließen und meine Lippen auf seine zu legen.

Aber leider war ich immer schon ein Angsthase.

Außerdem ging es in diesem Moment nicht um Jake und mich. Es ging um meine Mutter, die heute ihren zweiundvierzigsten Geburtstag feierte.

Also legte ich meinen Kopf in den Nacken, sah hinauf zu den Sternen, streckte ihr meine Wunderkerze entgegen, damit sie mich von da oben sehen konnte, und flüsterte: »Happy Birthday, Mom!«

Kapitel 16

Nachdem ich die Nacht auf Lizzys Couch verbracht hatte, brach ich am nächsten Morgen früh auf. Ich wollte zu Hause sein, bevor mein Vater aufwachte, bezweifelte aber, dass mir das gelingen würde. Dad war ein richtiger Morgenmensch. Sogar am Wochenende stand er mit den ersten Sonnenstrahlen auf, während ich den halben Vormittag im Bett lag und immer noch nicht in die Gänge kam. Umso besorgter war ich, als ich um kurz vor zehn die Wohnungstür aufsperrte und von tiefer Dunkelheit empfangen wurde. Nirgendwo brannte Licht, die Jalousien in der Küche waren heruntergelassen und die Tür zu Dads Schlafzimmer war verschlossen, was bedeutete, dass er immer noch schlief.

Ich biss mir auf die Wange und überlegte einen Moment.

Es musste doch eine Möglichkeit geben, wie ich ihn aufmuntern konnte! Schließlich konnte ich nicht tatenlos zusehen, wie er sich den ganzen Tag in seinem Zimmer verschanzte und an seinen deprimierenden Gedanken zugrunde ging.

Entschlossen, meinen Vater mit seinem Lieblingsfrühstück aus der Reserve zu locken, ging ich in die Küche und zog die Jalousien hoch, damit das Tageslicht den Raum fluten konnte. Dann holte ich einen halb vollen Eierkarton aus dem Kühlschrank, verquirlte die Eier mit frischer Milch und weichte ein paar Scheiben Toastbrot darin ein. Während die French Toasts in der Pfanne brutzelten, deckte ich den Tisch und stellte schon mal Kaffee auf. Gerade als ich nach Dad rufen wollte, steckte er seinen Kopf zur Tür rein. Sein Gesicht war faltig und zerknittert, seine Augenbrauen besorgt zusammengezogen und sein Bart ein reiner Wildwuchs. Ein Ausdruck des Kummers umspielte seine Mundwinkel, und seine glänzenden Augen wanderten ziellos durch die Küche. Er war kaum wiederzuerkennen. Die Trauer ließ ihn um Jahre älter aussehen, und auch seine Stimme war nur halb so kraftvoll wie sonst, als er fragte: »Was wird das hier, Schatz?«

Ich schenkte ihm mein fröhlichstes Lächeln, rückte seinen Stuhl nach hinten und bedeutete ihm, sich hinzusetzen. »Es gibt French Toast mit Ahornsirup und frisch gebrühten Kaffee.«

Dad ließ sich auf seinen Stuhl fallen und starrte mich an wie eine Fata Morgana, während ich mit der Pfanne an den Tisch trat, zwei French Toasts auf seinen Teller legte und sie mit Ahornsirup übergoss.

»Hau rein!«, befahl ich mit einem Schwenk meines Pfannenwenders.

Dad blinzelte ein paar Mal, dann senkte er den Blick auf seinen Teller und griff wie in Trance nach seiner Gabel.

»Also, Dad, wie du ja weißt, wäre Mom heute zweiundvierzig geworden«, begann ich, nachdem ich die Pfanne in die Spüle gestellt und mich ebenfalls an den Tisch gesetzt hatte. Die Hände unter dem Kinn gefaltet, strahlte ich ihn an. »Und ich hab mir gedacht, dass wir ihren Geburtstag heuer wieder einmal feiern könnten!«

Mein Vorschlag brachte ihn derart aus dem Konzept, dass er sich an seinem Kaffee verschluckte und fürchterlich hustete. Die Flüssigkeit schwappte über den Rand, und ich nahm ihm schnell die Tasse ab, um sie mit einer Papierserviette abzuwischen.

»Hab ich das richtig verstanden?«, krächzte Dad. »Du möchtest, dass wir den Geburtstag deiner Mutter feiern, obwohl sie … gar nicht mehr hier ist?«

Ich gab ihm seine Kaffeetasse zurück. »Geburtstage sind dazu da, um das Leben eines Menschen zu feiern. Und dass Mom gestorben ist, ändert doch nichts daran, dass sie gelebt hat, oder?«

Dads Augenbrauen wanderten in die Höhe, bis seine Stirn steile Falten warf. Mit diesem Gesichtsausdruck erinnerte er mich an einen verwirrten Uniprofessor. »So hab ich das noch nie gesehen.«

Seine Antwort zauberte mir ein Lächeln ins Gesicht. »Also stimmst du zu?«

Mein Vater zögerte einen Moment. »Ich weiß nicht recht, Schatz. Ehrlich gesagt, ist mir heute nicht nach Feiern zumute.«

»Wir müssen ja nichts Aufregendes machen, nur einen kleinen Ausflug, damit der Tag nicht ganz so trostlos ist. Vielleicht in die Albertina? Dort wart du und Mama früher doch auch immer gerne! Und vorher besuchen wir sie am Friedhof und stellen ihr ein paar Tulpen hin, so wie jedes Jahr.«

Als er immer noch nicht einwilligte, schob ich die Unterlippe vor und klimperte mit den Wimpern. »Komm schon, Papa, gib dir einen Ruck! Ich will heute nicht zu Hause rumhocken. Außerdem haben wir schon eeewig nichts mehr zusammen gemacht.«

Dads Züge wurden weich, und ich wusste sofort, dass ich ihn kleingekriegt hatte.

Eine Dreiviertelstunde später erreichten wir den Friedhof Baumgarten, wo meine Mutter vor guten drei Jahren beerdigt worden war. Dunkle Regenwolken schwebten am Himmel, und der Wind wehte mir die Locken ins Gesicht, als wir gemeinsam den Spazierweg über das Gelände entlangschritten. Die Finger um den Strauß rosaroter Tulpen geschlungen, die wir für Mom besorgt hatten, ließ ich meinen Blick über die Gräber schweifen. Ich fragte mich, wie viele seit meinem letzten Besuch wohl hinzugekommen waren.

Damals, als die Erde auf Moms Grab noch feucht und meine Trauer noch frisch gewesen war, hatte ich ganze Nachmittage an diesem Ort verbracht. Doch mittlerweile kam ich nur mehr selten hierher. Ich mied den Friedhof, weil er mich trotz der langen Zeit, die seit Moms Beerdigung vergangen war, immer noch mit lebhaften Erinnerungen quälte. An das metertiefe Erdloch, um das wir uns versammelt hatten, und an Moms blumengeschmückten Sarg. An den Prediger, der ihren Vornamen immer falsch ausgesprochen hatte, und an das schmerzverzerrte Gesicht meines Vaters, der mit aller Kraft ein Schluchzen unterdrückt hatte, als der Sarg abgeseilt wurde. An die heißen Tränen, die in meinen Augen gebrannt hatten, und an das Gefühl, einen Teil von mir selbst ebenfalls begraben zu haben.

Ich spürte, wie ich traurig wurde, und schüttelte die Erinnerungen schnell ab.

Ein Blick in das Gesicht meines Vaters, und ich wusste, dass er mit denselben Gefühlen kämpfte. Wir waren nun an Mamas Grab angekommen. Die Schüssel auf ihrem Kieselstein bestreuten Grab war mit bunten Eisblumen und violetter Schneeheide bestückt – die einzigen winterharten Blumen, die Mom gemocht hatte. Dad rückte das Engelchen zurecht, das vor ihrem Grabstein wachte, und füllte die leere Blumenvase mit Leitungswasser aus der Plastikflasche, die wir mitgenommen hatten. (Die Friedhofsbrunnen waren über den Winter trockengelegt.) Anschließend steckte ich die rosa Tulpen hinein und drapierte sie.

Dad hatte schon wieder Tränen in den Augen.

Wenn ich ihn aufmuntern wollte, musste ich mir was einfallen lassen. Also schlug ich das Einzige vor, von dem ich wusste, dass es uns wohl oder übel zum Lachen bringen würde: »Wir müssen singen.«

Dad sah mich an, als hätte ich nicht mehr alle Tassen im Schrank. »Wir müssen … *singen*?«

Bevor er protestieren konnte, holte ich tief Luft und begann *Happy Birthday* zu trällern. Mein Vater rieb sich übers Gesicht, stimmte aber trotzdem mit ein. Und dann sangen wir – laut, schief und im falschen Rhythmus. Mann, waren wir unmusikalisch! Es wunderte mich nicht, als die Taube, die sich auf Moms Grabstein niedergelassen hatte, entsetzt aufschrie und davonflatterte.

»Hoffentlich taucht PETA nicht gleich hier auf«, witzelte ich, nachdem wir unser Ständchen beendet hatten, und warf meinem Vater einen belustigten Seitenblick zu. »Dein

Gesang grenzt an Tierquälerei.«

Dads Gesichtsausdruck blieb todernst. »Wer im Glashaus sitzt, sollte nicht mit Steinen werfen.«

»Keine Sorge, Dad«, grinste ich, »Wenn das Glashaus dich singen hört, zerspringt es ganz von allein.«

Ein unfreiwilliges Lachen brach aus ihm heraus, und ehe ich mich versah, hatte er auch mich damit angesteckt. Auf einem Friedhof zu lachen, fühlte sich falsch an. Aber zum Glück hatte unser Gesang schon alle anderen Leute vertrieben, sodass sich niemand über unser Gelächter aufregen würde.

Dad wischte sich seufzend eine Lachträne aus dem Augenwinkel, dann legte er den Arm um meine Schultern und zog mich zu sich, sodass wir gemeinsam auf Moms Grab blicken konnten. Ein Lächeln lag auf meinen Lippen, und ich fragte mich, was Mom wohl zu der Situation gesagt hätte.

»Ich glaube, Mom wäre stolz auf uns«, mutmaßte ich. »Weil wir hier sind und ihren Geburtstag feiern, anstatt um sie zu trauern, und weil wir nach allem, was geschehen ist, immer noch lachen können. Meinst du nicht auch?«

Ich hob den Blick, um Dad ansehen zu können, doch als ich den traurigen Ausdruck in seinen Augen sah, verblasste mein Lächeln.

»Mom wäre sicher sehr stolz auf dich, Schätzchen. Wie könnte sie es nicht sein? Du bist eine kluge, wunderschöne junge Frau, die mehr durchmachen musste als die meisten anderen Mädchen in dem Alter. Trotzdem glaubst du an das Gute in der Welt, an das Gute im Menschen, genau wie deine Mutter es getan hat. Und gerade deshalb wäre sie unglaublich stolz auf dich.«

Ein feuchter Glanz verschleierte Dads Augen, als er sich von mir abwandte und voller Kummer auf Moms Grabstein blickte. »Aber auf mich wäre sie nicht stolz, im Gegenteil. Wenn sie sehen könnte, wie ich mich dir gegenüber verhalte – was für ein schlechter Vater ich bin –, wäre sie schwer enttäuscht von mir.«

Ich konnte nicht glauben, was ich da eben gehört hatte. »Ein schlechter Vater?«, wiederholte ich, weil die Wörter in meinem Kopf einfach keinen Sinn ergaben.

Ein schlechter Vater quälte sich nicht um fünf Uhr morgens aus dem Bett, um vor der Arbeit noch das Bad zu putzen und die Wäsche aufzuhängen. Ein schlechter Vater nahm keinen Umweg von zwanzig Minuten in Kauf, um seiner Tochter ein Schokocroissant aus ihrer Lieblingsbäckerei zu besorgen. Ein schlechter Vater zog sich nicht sechs Staffeln *Gossip Girl* rein, nur um etwas Zeit mit seiner Tochter zu verbringen.

Meine anfängliche Verwirrung schlug in Fassungslosigkeit um, und plötzlich war ich schockiert, erschüttert, bestürzt, alles zugleich.

Wie konnte Dad bloß denken, dass er ein schlechter Vater war?

»Du bist kein schlechter Vater!«, bekräftigte ich und blickte Dad mit fassungsloser Miene an. »Wie kommst du überhaupt auf so was?«

Dad löste den Blick von Moms Grabstein und sah mich an. »Glaubst du, ich merke nicht, dass du mir ständig aus dem Weg gehst? Dass du dich, seit ich dir den Kontakt zu diesem Jungen verboten habe, immer mehr zurückziehst und mir kaum noch in die Augen siehst?«

Er bemühte sich um ein Lächeln, aber es wollte ihm nicht so recht gelingen. »Als ich Leni verloren habe, schwor ich mir, alles dafür zu tun, um dich nicht auch noch zu verlieren. Doch mit meinen Regeln und Vorschriften habe ich genau das erreicht. Ich habe einen Keil zwischen uns getrieben, und nun sprichst du kaum noch mit mir, geschweige denn, dass du mir von deinem Leben erzählen würdest. Wie sollte ich mich da noch für einen guten Vater halten?«

Mein Mund öffnete sich, aber ich bekam kein Wort heraus. Das zu hören, tat nicht nur weh, sondern öffnete mir auch die Augen. Mir war nicht bewusst gewesen, wie sehr ich ihn mit meinem Verhalten verletzt hatte. Aber ich wusste auch nicht, wie ich mich anders verhalten könnte. Mit Dad über mein Leben zu sprechen, war nicht gerade einfach. Ich konnte ihm entweder irgendeinen Mist über den Debattierklub erzählen, der gar nicht existierte, und mich dabei immer tiefer in mein Lügennetz verstricken, oder ihm die Wahrheit sagen und unsere Beziehung damit endgültig zerstören. Wenn Dad nämlich erfuhr, dass ich mich trotz des Kontaktverbots seit Monaten mit Jake traf, würde das Bild, das er von mir hatte, in tausend Scherben zerspringen. Und wenn ich ihm dann auch noch gestand, dass all die Nachmittagsbeschäftigungen frei erfunden waren, würde er mir niemals wieder vertrauen.

Was sollte ich also tun?

Ich wollte Dad nicht ständig anlügen, konnte aber auch nicht ehrlich zu ihm sein. Also zog ich mich stattdessen zurück, damit er mich erst gar nicht in ein Gespräch verwickeln konnte. Das war unfair, schon klar, und ich wusste auch, dass diese Methode auf lange Sicht nicht funktionieren konnte. Wenn ich Dad nicht für den Rest meines Lebens aus dem Weg gehen wollte, dann würde ich ihm früher oder später alles gestehen *müssen*. Aber noch hatte mein Vater das Aufenthaltsbestimmungsrecht über mich, noch konnte er sein Kontaktverbot auch auf rechtlichem Wege durchsetzen, und solange dieses Risiko bestand, musste ich mein Lügenkonstrukt um jeden Preis aufrechterhalten. Denn Jake zu verlieren … das würde ich ebenso wenig ertragen.

»Mir war nicht klar, dass du so fühlst«, sagte ich, nachdem ich meine Stimme wiedergefunden hatte. »Wenn ich es gewusst hätte, dann hätte ich … keine Ahnung … ich hätte dir sagen können, dass deine Zweifel unberechtigt sind.«

Ich ging einen Schritt auf Dad zu, um die Distanz zwischen uns zumindest physisch zu überbrücken. »Du bist kein schlechter Vater, Dad. Vielmehr bist du ein sehr pflichtbewusster Vater, der sich aus lauter Angst, seiner Tochter könnte was zustoßen, manchmal irrational verhält und einen ziemlich ausgeprägten Kontrollzwang hat. Und obwohl mich deine vielen Regeln oft wahnsinnig machen, habe ich dich deshalb nie für einen schlechten Vater gehalten. Dass ich mich zurückgezogen habe, hatte ganz andere Gründe.«

Ich knetete meine blutleeren Finger und suchte nach Gründen, die zur Abwechslung mal nicht an den Haaren herbeigezogen waren. »In letzter Zeit bin ich einfach ein bisschen unsicher, weißt du? Emma meldet sich nicht mehr bei mir, und ich versuche herauszufinden, ob ich unsere Freundschaft noch retten kann. Außerdem beginnen bald die Unianmeldungen, was mich unglaublich unter Druck setzt, weil ich immer noch keine Ahnung habe, was ich studieren möchte. Ich brauche Zeit zum Nachdenken. Deshalb ziehe ich mich zurück.«

Dad musterte mich einen Moment lang. Dann zog er mich in eine väterliche Umarmung, mit Rückentätscheln und allem drum und dran. »Danke, dass du mir das anvertraut hast, Schätzchen. Manchmal vergesse ich, wie kompliziert das Leben sein kann, wenn man jung ist und man alle schwierigen Entscheidungen noch vor sich hat.«

Ich musste nicht hinsehen, um zu wissen, dass ihm Tränen in den Augen standen. Das Krächzen seiner Stimme verriet es mir.

»Umso mehr ärgere ich mich über mich selbst, weil ich dir das Leben mit meinen Verboten und meiner Dauerüberwachung noch schwerer mache«, fuhr Dad fort. »Ich wünschte, ich könnte meine Ängste ablegen und dich deine eigenen Fehler machen lassen. Aber ich kann einfach nicht aus meiner Haut, Cherie. Ich kann nicht riskieren, dass dir irgendetwas zustößt, nur weil ich fahrlässig war und nicht auf dich aufgepasst habe. Das könnte ich mir niemals verzeihen.«

Die Arme um Dads Taille geschlungen, drückte ich die Wange in seine Daunenjacke. Eine Mischung aus Mitleid und Enttäuschung flutete meine Brust. Bislang hatte ich mir immer eingeredet, dass Dad sich irgendwann von Moms Tod erholen würde. Dass er seine Schuldgefühle verarbeiten und wieder zu dem Mann werden würde, der er vor dieser schrecklichen Nacht gewesen war. Aber nun war ich mir nicht einmal mehr sicher, ob dieser Mann überhaupt noch existierte.

Nichtsdestotrotz war er mein Vater, und ich liebte ihn. Ich konnte zwar nicht ehrlich zu ihm sein, zumindest nicht, was meine Freundschaft mit Jake betraf. Aber ich konnte mich darum bemühen, wieder mehr Zeit mit ihm zu verbringen. Denn er hatte ja nur mehr mich.

»Was hältst du davon, wenn wir morgen einen gemeinsamen Filmeabend machen?«, fragte ich, nachdem ich mich aus der Umarmung gelöst hatte. »Du könntest was vom Thailänder mitbringen, und wir könnten gemeinsam couchen, so wie früher.«

Erleichterung zeichnet sich in Dads Gesichtszügen ab und trieb ihm ein breites Lächeln ins Gesicht, sodass rund um seine Augen lauter Lachfältchen entstanden. Mit einem Mal sah er nicht nur zehn Jahre jünger, sondern auch wesentlich glücklicher aus. »Rotes Thai-Curry mit Hühnchen und Gemüse?«

»Und als Nachtisch Klebereis mit Mango«, fügte ich hinzu, woraufhin Dad meine Bestellung mit einem Daumen nach oben absegnete. »Sonst noch was?«

»Einen großen Kaffee, damit du nicht einschläfst, wenn wir uns nach dem Essen die Neuverfilmung von *Dune* ansehen«, grinste ich. »Es sei denn, du hast keine Lust auf Science-Fiction, dann müssen wir natürlich nicht …«

»Und wie ich die habe!«, stellte Dad klar, noch ehe ich meinen Satz beenden konnte. Lächelnd schob er die Hände in seine Jackentaschen. »Aber seit wann hast du denn was für Sci-Fi-Streifen übrig?«

»Ungefähr seit … Timothée Chalamet darin mitspielt«, erwiderte ich und konnte mir ein Schmunzeln nicht verkneifen.

»Timothée Schalla-was?«, fragte Dad mit einem verdutzen Gesichtsausdruck, als plötzlich mein Handy in meiner Hosentasche vibrierte.

Kichernd holte ich es hervor. »Dein Auslandssemester in Frankreich war aber nicht sehr erfolgreich, wenn du schon am Nachnamen eines halbfranzösischen Schauspielers scheiterst«, witzelte ich, bevor ich den Blick auf mein leuchtendes Display senkte. »Obwohl der schon ein echter Zungenbrecher …«

Plötzlich blieb mir die Luft im Hals stecken, und ich brach mitten im Satz ab. Wie versteinert starrte ich auf mein Handy, das zwischen meinen Fingern vibrierte. Meine Gefühle überschlugen sich, und einen kurzen Moment lang war ich so überfordert, dass ich plötzlich nicht mehr wusste, wie man einen Anruf überhaupt annahm.

»Entschuldigst du mich kurz?«, fragte ich Dad mit einem gezwungenen Lächeln auf den Lippen, bevor ich ihm den Rücken zukehrte und eilig davonhastete, um möglichst schnell außerhalb seiner Hörweite zu sein. Mein Herz hämmerte schmerzhaft gegen meine Rippen und meine Finger zitterten, als ich nach einer gefühlten Ewigkeit endlich auf das grüne Hörersymbol drückte. »Hallo?«

»Hi, Baby«, erklang eine Frauenstimme am anderen Ende der Leitung. »Lange nicht gehört.«

Kapitel 17

Wie auf Knopfdruck schossen mir Tränen in die Augen. »Emma?«, krächzte ich mit bebender Stimme. »Emma, bist du's wirklich?«

»Natürlich bin ich's wirklich. Dachtest du etwa, ich hätte den Geburtstag deiner Mom vergessen?«

In meinem Hals entstand ein fetter Kloß, und ich schluckte schwer, weil er an meinen Stimmbändern rieb. Einen kurzen Moment lang brachte ich keinen Ton heraus. Dann riss ich mich jedoch zusammen. »Nein, ich … ich hab bloß nicht damit gerechnet, dass du mich anrufst.«

»Komm schon, Baby«, seufzte Emma. Ich sah sie vor mir: die schwarzen Haare, die hohen Wangenknochen, das schmale Gesicht, die Sirenenaugen. Wie sie mit einer Zigarette am Strand stand und aufs Meer hinaus blickte. »Ich weiß, es ist in den letzten Wochen nicht gerade gut zwischen uns gelaufen, aber das ändert doch nichts daran, dass ich an ihrem Geburtstag immer für dich da sein werde. Schließlich hab ich dir das versprochen, erinnerst du dich?«

Heiße Tränen kullerten über meine Wagen, und ich biss mir auf die Unterlippe, um nicht loszuheulen. »M-hm.«

»Na also, und jetzt Schluss mit den Tränen, okay?«, erwiderte Emma mit belegter Stimme. »Wenn du heulst, muss ich auch heulen, und ich hab mir gerade einen frischen Lidstrich gezogen.«

Schniefend wischte ich mir mit dem Ärmel die Tränen aus den Augen, was jedoch nicht viel brachte, weil sofort neue nachkamen. Schon seit Tagen war ich randvoll mit Gefühlen, und Emmas Stimme hatte mich endgültig zum Überlaufen gebracht.

»Jetzt sag schon, wie schlägst du dich? Und wie geht es deinem Dad?«

»Dad leidet wie ein Hund, aber er ist tapfer. Ich konnte ihn sogar dazu überreden, dass wir Moms Geburtstag heuer wieder einmal feiern, deshalb schauen wir uns später noch die neue Ausstellung in der Albertina an. Das wird ihm guttun, hoffe ich. Momentan sind wir aber noch auf dem Friedhof bei Mamas Grab.«

»Ihr feiert ihren Geburtstag? Scheiße, das klingt hart. Wie bist du denn auf die Idee gekommen?«

Ich wischte mir nochmals über die Augen, dann setzte ich ein mageres Lächeln auf. »Um ehrlich zu sein, gefällt mir das Feiern. Jake ist auf die Idee gekommen, und zwar gestern, als ich mitten im Unterricht aus dem Schulgebäude gestürmt bin, weil ich das alles nicht mehr ausgehalten habe. Mir ging es richtig dreckig, Emma. Aber Jake, Lizzy und Dan haben mich wieder aufgeheitert. Wir haben den ganzen Tag damit verbracht, Dinge zu unternehmen, die meiner Mom gefallen hätten, und am Ende haben wir Wunderkerzen für sie angezündet. Es war total schön. Ich hab mich Mom so nahe gefühlt, wie schon lange nicht mehr, und irgendwie ist das Gefühl seitdem erhalten geblieben.«

Wärme breitete sich in meiner Brust aus, und ich spürte, wie mein Lächeln wuchs. »Ich bin glücklich, Emma – an ihrem Geburtstag! Kannst du das glauben? Mom hat heute Geburtstag, und, bei Gott, ich vermisse sie, aber … ich bin trotzdem glücklich. Hätte nicht gedacht, dass das jemals wieder möglich wäre.«

»Du bist … *glücklich*?«, wiederholte Emma, deren Stimme einen nüchternen Tonfall angenommen hatte.

Sofort quoll Unsicherheit in mir auf. »Ist das etwas Schlechtes?«

»Nein, nein. Überhaupt nicht. Es wundert mich nur. Letztes Jahr hast du es an ihrem Geburtstag kaum aus dem Bett geschafft, weil du so deprimiert warst, und heuer ist plötzlich alles in Ordnung? Ich meine, schön für dich! Aber wenn du sowieso keinen Trost brauchst, dann kann ich auch gerne wieder auflegen, schließlich will ich eure Geburtstagsfeier nicht stören …«

Die Unsicherheit, die ich gerade noch verspürt hatte, verwandelte sich in Panik. »Nein, Emma, nicht!«, schrie ich regelrecht ins Telefon. »Leg nicht auf, bitte! Dass du mich angerufen hast, ist einer der Gründe, warum ich glücklich bin, und wenn du jetzt auflegst, dann geht's mir wieder genauso dreckig wie noch vor ein paar Tagen.« Druck baute sich hinter meinen Augen auf, und meine Kehle schnürte sich zu. »Bitte, Emma, leg nicht auf! Ich … ich brauche dich.«

Einen Moment lang blieb es still in der Leitung.

»Wirklich? Du brauchst mich?«

Ich nickte, schluchzend und schniefend. »M-hm.«

»Keine Angst, ich werde nicht auflegen«, versprach Emma, und ich hörte ein versöhnliches Lächeln in ihrer Stimme mitschwingen. »Hast du mich denn vermisst?«

»Ob ich dich vermisst habe?«, krächzte ich.

Über fünf Wochen waren seit unserem letzten Gespräch vergangen. Fünf Wochen, in denen ich unermüdlich versucht hatte, Emma zu erreichen, obwohl meine Nachrichten niemals gelesen und meine Anrufe sofort in die Mailbox weitergeleitet worden waren. Fünf Wochen, in denen ich mit verquollenen Augen und dem Handy unter meiner Wange eingeschlafen war. Fünf Wochen, in denen ich mich mit Selbstzweifeln gequält und den Glauben an ein Happy End immer mehr verloren hatte. Ich schlang den Arm um meinen Bauch, weil sich mein Magen beim Gedanken daran schmerzhaft zusammenzog.

»Natürlich hab ich dich vermisst, Emmi. Du kannst dir gar nicht vorstellen, wie sehr.«

»Ich hab dich auch vermisst, *Tapolina*«, seufzte Emma. »Im Nachhinein tut es mir leid, dass ich dich so lange ignoriert habe, aber nach der Sache mit dem Anruf brauchte ich einfach Zeit zum Nachdenken. Das verstehst du doch, oder? Immerhin kennst du meine Familiengeschichte und weißt, wie sehr mich solche Dinge triggern können.«

Obwohl mich ihre Worte nicht überraschten, versetzten sie mir doch einen Stich ins Herz. Natürlich wusste ich das. Emma war wie eine Schwester für mich, wir hatten unsere gesamte Kindheit miteinander verbracht. Deshalb wusste ich auch, wie verzweifelt sie versucht hatte, ihren Vater nach dessen Auszug zu erreichen, und dass dieser Mistkerl jeden ihrer Anrufe weggedrückt hatte, als wäre sie ein nerviges Callcenter. Kein Wunder, dass daraus ein Trigger wurde! Schon in dem Moment, als ich ihren Anruf weggedrückt hatte, war mir bewusst gewesen, dass sie mir das nicht so schnell verzeihen würde, wenn überhaupt.

Dennoch hatte sich ein kleiner Teil von mir an der Hoffnung festgeklammert, dass es bei mir anders sein würde. Dass sie mir, nach allem, was wir zusammen durchgestanden hatten, einen kleinen Fehler verzeihen würde. Doch die letzten fünf Wochen hatten mir klargemacht, wie sehr ich mich geirrt hatte.

Umso wichtiger war es, dass ich meinen Fehler jetzt wieder gutmachte.

»Was das angeht …« Ich warf einen kurzen Blick über die Schulter, um sicherzustellen, dass Dad mich auch wirklich nicht hören konnte, und spazierte dann vorsichtshalber noch ein paar Grabreihen weiter, um den Abstand zwischen uns zu vergrößern. »Ich wollte deinen Anruf nicht wegdrücken, Emma. Wirklich nicht. Ich weiß nicht, ob du meine Nachrichten inzwischen gelesen hast, aber ich war damals in einer richtig beschissenen Situation und ich musste …«

»Die Polizei anrufen, weil sich dein genialer Freund in eine Prügelei eingemischt hat?«, beendete Emma den Satz für mich. »Ja, Cherie, ich habe deine Voicemails mittlerweile abgehört. Und wenn du mich fragst, ist dieser Jack nicht mehr ganz dicht. Vielleicht solltest du ihn mal zum Psychiater schicken, bevor er dich erneut mit irgendeiner unnötigen Kamikazeaktion in Gefahr bringt. Der hat sie ja nicht mehr alle! Bedeutet ihm deine Sicherheit gar nichts? Jetzt mal ehrlich, Cherie … du solltest dich von dem Idioten fernhalten.«

Wie angewurzelt blieb ich stehen. Ich war so baff, dass ich zuerst gar nicht wusste, was ich sagen sollte. Ein kalter Windhauch streichelte mein Gesicht, als ich zwischen den

Grabreihen stand und sprachlos vor mich hin blinzelte. Ich brauchte einen Moment, um Emmas Worte zu verarbeiten. Doch als mir bewusst wurde, was sie gesagt hatte, wuchs mein Entsetzen bloß noch.

Psychiater? Kamikazeaktion? Mich von ihm fernhalten?

Das konnte sie unmöglich ernst meinen?

»Ähm …« Ich wusste nicht, wie ich es formulieren sollte, denn ich wollte keinen Streit provozieren. Aber irgendetwas musste ich sagen! Was Emma da gerade von sich gegeben hatte, war nicht nur gehässig, sondern absurd. Und Jake gegenüber war es mehr als unfair. »Jake hat sich nicht aus Übermut oder Selbstüberschätzung in die Prügelei eingemischt. Er konnte bloß nicht tatenlos dabei zusehen, wie jemand auf offener Straße verprügelt wurde. Das nennt man Zivilcourage.«

»Ach ja?« Emma stieß ein humorloses Lachen aus. »Also wenn das Ganze wirklich so abgelaufen ist, wie du es in deinen Sprachnachrichten geschildert hast, und bei dieser Prügelei fünf erwachsene Männer beteiligt waren, dann hat Jacks Aktion …«

Jetzt wurde es mir zu blöd. »Er heißt Jake!«

»… nichts mit Zivilcourage zu tun, sondern mit purer Dummheit. Jeder halbwegs intelligente Mensch hätte nämlich einfach die Polizei gerufen.«

Obwohl ich mich mit Händen und Füßen dagegen wehrte, kippten meine Gefühle langsam ins Negative. Ich konnte es nicht ausstehen, wenn Emma über Jake herzog. Sie kannte ihn ja nicht einmal! Sie hatte kein Recht, ihn zu verurteilen.

Außerdem war das, was sie sagte, nicht nur fies und respektlos, sondern schlichtweg falsch.

»Du warst nicht dort, Emma. Du hast nicht gesehen, wie diese Typen drauf waren. Wenn Jake sich nicht eingemischt hätte, wäre Luca jetzt vielleicht nicht mehr am Leben. Er hat ihn gerettet, Emma.«

»Schön, er hat ihn gerettet, zehn Punkte für Gryffindor!«, stöhnte Emma ins Telefon. »Und gleichzeitig hat er vor lauter Vermessenheit nicht nur sein eigenes, sondern auch dein Leben riskiert. Was, wenn die ganze Aktion schiefgegangen wäre? Was, wenn dieser Messerfanatiker ihn abgestochen hätte und die anderen Typen dann allesamt über dich hergefallen wären? Würdest du deinen ach-so-tollen Freund dann immer noch verteidigen, hm?«

Mir gefiel nicht, in welche Richtung sich dieses Gespräch entwickelte. Um mich von dem Ärger in meiner Brust abzulenken, ballte ich meine freie Hand zu einer Faust, bis sich mir die Fingernägel in die Handfläche gruben. Doch leider war der Schmerz nicht aufdringlich genug.

»Ich bin fast die ganze Zeit über im Auto gesessen und hätte jederzeit losfahren können! Außerdem, was hätte er denn tun sollen? Einfach wegschauen und weiterfahren, als wäre nichts gewesen?« Ich schüttelte entschieden den Kopf. »So was würde Jake nie tun.«

Meine Beine kamen wieder in Bewegung, und ich setzte meinen Weg durch die Grabreihen fort. Der Wind wurde immer kälter, während die Temperatur in meinem Inneren zunehmend anstieg. Mir wurde richtig heiß, so aufgebracht war ich. »Und weißt du was? Ich wünschte, mehr Leute hätten seinen Mut! Dann müsste ich den Geburtstag meiner Mom vielleicht nicht auf einem Friedhof verbringen.«

Emma gab einen Laut von sich, als hätte sie gerade die

Erkenntnis ihres Lebens gemacht. »Ah, darum geht es dir also – um deine Mom! Ich hätte es wissen müssen. Verdammt, Cherie, ich hab dir schon tausendmal gesagt, dass du endlich aufhören sollst, im Tod deiner Mutter irgendeinen Sinn finden zu wollen! Den gibt es nämlich nicht. Sie ist gestorben, weil sie zur falschen Zeit am falschen Ort war, und niemand hätte etwas daran ändern können. Auch dieser Jack nicht.«

»Sein Name ist *Jake*, nicht *Jack*!«, fauchte ich. Meine Fähigkeit zum rationalen Denken hatte sich verabschiedet, das spürte ich mit jedem Herzschlag. Ich wurde nur noch von meinen Gefühlen gelenkt. »Und woher willst du das wissen? Wenn er damals dortgewesen wäre …«

»War er aber nicht!«, schnarrte Emma.

»Das spielt doch keine Rolle!«, schrie ich fast. »Es geht ums Prinzip, kapierst du das nicht?«

Ich marschierte so zügig und mit solch einer Entschlossenheit über den Friedhof, dass man hätte glauben können, ich zöge in die Schlacht. Und wenn ich recht überlegte, war ich dort längst angekommen. Dieser Streit zwischen Emma und mir hatte sich seit Monaten angebahnt, und nun musste er ausgetragen werden. Denn wenn wir nicht endlich Klartext miteinander sprachen, würde unsere Freundschaft unter dem Gewicht unserer unausgesprochenen Emotionen ersticken. Und das war das Letzte, was ich wollte!

»All die Jahre habe ich mich gefragt, warum niemand meiner Mom geholfen hat, und jetzt habe ich die Antwort: Die Menschen sind einfach feige!« Meine Stimme war ganz bitter vor Verdrossenheit. »Ihr eigenes Leben ist ihn wichtiger als das ihrer Mitmenschen, und deswegen schauen sie lieber weg, anstatt einer Frau zu helfen, die überfallen und verprügelt wird. Aber Jake ist anders! Er wäre nicht weitergegangen, er hätte sie nicht sterben lassen!«

»Heilige Scheiße«, lachte Emma, und ich biss so fest die Zähne zusammen, dass ein scharfer Schmerz durch meine Kiefer schoss. Aber Emma setzte noch einen drauf: »Anscheinend macht Liebe nicht nur blind, sondern auch blöd.«

Ich versteifte. »Liebe? Ich liebe ihn nicht!«

»Ach, nein?«

»Nein, verdammt!«, fauchte ich. »Wir sind nur Freunde, nichts weiter.«

»Nur Freunde, dass ich nicht lache! Du bist ihn diesen Kerl verliebt, seit du ihn das erste Mal getroffen hast«, fuhr Emma mich an, und eine Mischung aus Hohn und Ärger schwang in ihrer Stimme mit. »Den ganzen Sommer hast du von nichts anderem gesprochen, und als er dann zu Semesterbeginn in deine Klasse versetzt wurde, war es endgültig vorbei mit dir. Binnen Wochen wurde dieser Typ zum Mittelpunkt deines Lebens! Du hast ihn jedem anderen vorgezogen und alle anderen um dich herum vergessen, mich eingeschlossen!«

»Ich soll dich vergessen haben? Hast du einen Hirnschlag, oder was?«, schrie ich, als ich meinen Ärger nicht länger zurückhalten konnte. Zum Glück war ich mittlerweile auf der anderen Seite des Friedhofs angekommen, sodass Dad mich trotz meines Geschreis nicht hören konnte. »In den letzten fünf Wochen habe ich dir ungefähr zweihundert Nachrichten geschickt! Ich hab dich angerufen, wieder und wieder, hab dir auf Instagram geschrieben, auf Facebook, Snapchat, TikTok – einfach überall! Aber du hast mich eiskalt ignoriert, bis ich fast daran zugrunde gegangen wäre! Und das nur, weil ich einen Anruf von dir weggedrückt hab!«

»Und mit wem warst du zusammen, als das passiert ist?«, fragte Emma spitz. »Natürlich mit Jakob Sommer, dem einzigen Menschen, der dir wirklich am Herzen liegt, während dir alle anderen scheißegal sind.«

»Verflucht, Emma, ist das dein Ernst?« Ich konnte nicht fassen, was sie da von sich gab. »Du behauptest, du wärst mir egal, dabei bist du diejenige, die unsere Freundschaft kaputtmacht!«

Wie auf Knopfdruck zog sich in mir drin alles zusammen. Ich hasste es, mit Emma zu streiten. Ich wollte sie nicht anschreien, und erst recht wollte ich nicht wieder verlieren. Aber ich war einfach so wütend! Sie musste doch einsehen, wie verzerrt ihre Sicht der Dinge war!

»Du bist dermaßen besessen von der Idee, ich hätte dich durch Jake ersetzt, dass du gar nicht mitkriegst, was deine krankhafte Eifersucht anrichtet! Aber soll ich dir mal was sagen, Em?«

Ich blieb stehen, weil mich das, was ich im Begriff war zu sagen, meine letzten Kraftreserven kostete: »Jake hat dich nicht ersetzt. Genauso wenig wie Dad Mom ersetzt hat, als sie gestorben ist. Man kann einen geliebten Menschen nicht einfach durch einen anderen ersetzen, so läuft das nicht.«

»Ach nein?«, kreischte Emma, deren Stimme mittlerweile kratzig und zwei Oktaven höher war. »Sag das mal meinem Vater! Der hat es nämlich ganz gut hingekriegt, Mom und mich durch seine zwanzig Jahre jüngere Anwaltsgehilfin und ihren gemeinsamen Sohn zu ersetzen.«

»Ich weiß, du bist wütend auf deinen Vater, und dazu hast du auch jedes Recht. Er hat deine Mom und dich verlassen, als du noch keine zwölf Jahre alt warst, und kümmert sich seitdem einen Scheißdreck um euch.« Mein Blick fiel auf eine riesige Christusstatue, die mir segnend die Hand überhielt, und plötzlich empfand ich einen irrsinnigen Hass auf das Schicksal. »Aber ich bin nicht wie dein Dad, okay? Ich könnte dich niemals durch jemand anderen ersetzen.«

»Weißt du, was ich glaube?«, schnaubte Emma. »Ich glaube, das hast du längst! Es ist dir bloß noch nicht aufgefallen.«

»Was? Nein, verdammt!« Erschöpft und emotional ausgelaugt lehnte ich mich mit dem Rücken an die Statue. »Wie kommst du überhaupt auf so was?«

»Ich bin also immer noch deine beste Freundin, ja?«

»Natürlich!«

»Dann verrat mir eines …«, forderte Emma. »Wessen Nummer wählst du, wenn du wieder mal mit deinem Vater gestritten hast? Oder wenn dich irgendwas anderes belastet, über das du sprechen musst?«

Nachdem Emma ihre Frage gestellt hatte, ließ sie mir ein wenig Bedenkzeit.

Doch ich konnte nicht denken, wollte diese Fragen nicht beantworten, noch nicht einmal in meinem Kopf. Aber ganz verhindern konnte ich es trotzdem nicht und wurde plötzlich von einer großen Portion Schuld niedergedrückt. Meine Schultern sanken, und meine Knie wurden weich. Den Blick in den schwarzen Wolkenhimmel gerichtet, rutschte an der Statue hinunter, bis ich mit angezogenen Beinen am Boden saß.

»Ich wette, du hast an Jake gedacht, hab ich recht? Vielleicht hast du auch an Lizzy oder Dan gedacht, aber weißt du, wessen Gesicht du bestimmt nicht vor Augen hattest? Meines, Cherie.«

»Das stimmt nicht, ich …« Scheiße, Emma hatte mich seit Wochen ignoriert! Ich hatte gar keine andere Wahl, als mich anderen Menschen anzuvertrauen. Ansonsten wäre ich mit meinen Problemen und Ängsten allein geblieben. War es das, was sie wollte? Dass ich ohne sie in ein tiefes, schwarzes Loch fiel, aus dem nur sie mich retten konnte?

»Und weißt du was?«, fuhr Emma fort. »Es macht mir nichts aus! Ich hatte so eine Scheißangst, dass das passieren würde, aber jetzt, wo es tatsächlich so weit ist, kann ich eigentlich ganz gut damit leben. Wenn ich ehrlich sein soll, bin ich sogar froh darüber! Die Gewissheit, dass du mittlerweile andere Menschen hast, die für dich da sind, nimmt mir eine ziemlich große Last von den Schultern.« Emmas Stimme klang plötzlich so kalt und distanziert, dass ich sie kaum wiedererkannte. »Manchmal sind enge Freundschaften nämlich echt anstrengend, findest du nicht? Man muss ständig erreichbar sein, muss sich die Probleme des anderen anhören und dann auch noch gute Ratschläge geben, damit das ganze Gespräch nicht völlig umsonst war. Ich bin froh, dass wir keine besten Freundinnen mehr sind.«

Ein Satz, zehn Wörter – und zack! – brach meine ganze Welt zusammen.

Aber Emma war immer noch nicht fertig.

»Wären wir beste Freundinnen, müsste ich dir nämlich erzählen, dass meine Mutter wieder rückfällig geworden ist. Und du müsstest so tun, als würde dich das schockieren.

Und dann hätten wir eine verdammt deprimierende Unterhaltung, die uns beide runterziehen würde.«

»Was?« Ich riss die Augen auf und drückte das Handy mit beiden Händen mein Ohr. Ich konnte nicht fassen, was sie mir gerade offenbart hatte. »Deine Mutter nimmt wieder Schlaftabletten? Wieso hast du mir das nicht …?«

Emma schnaubte. »Wollte ich, aber du hast mich weggedrückt, schon vergessen?«

Verdammter Mist! Das hatte sie mir also erzählen wollen.

»Aber verstehst du jetzt, was ich meine?«, fuhr Emma fort. »Wir sind keine besten Freundinnen mehr, also müssen wir über solche Sachen nicht mehr sprechen. Das ist doch erleichternd, findest du nicht?«

Bittere Tränen schossen mir in die Augen. »Total erleichternd.«

Kapitel 18

Den Kopf auf die linke Hand abgestützt, lehnte ich über meiner halb fertigen Zeichnung und kritzelte unmotiviert darauf herum. Eigentlich war Kunst immer eines meiner Lieblingsfächer gewesen – nicht, weil ich sonderlich begabt war, sondern einfach wegen der ausgelassenen Stimmung, die im Zeichensaal herrschte.

Unser alter Kunstlehrer, Professor Kumari, hatte uns immer die Freiheit gelassen, unsere Zeichnungen ganz nach unserem Geschmack zu gestalten. Man konnte nichts falsch machen, und das gefiel mir. Genauso wie die Ruhe, die während der Arbeitszeiten im Raum herrschte. Aber im letzten Schuljahr hatte Professor Kumari den Ruhestand angetreten und uns unterrichtete jetzt eine esoterisch angehauchte Hippie-Braut mit hochgedrehten Dreadlocks und Nasenpiercing, die wir nur mit ›Jeannie‹ ansprechen durften. Das passte gut, immerhin sah Jeannie wirklich ein bisschen aus wie ein Flaschengeist, mit ihren Pumphosen und den bunten Tüchern im Haar.

Jedenfalls war Jeannie keine ausgebildete Pädagogin, sondern eine freischaffende Künstlerin, die den momentanen Lehrermangel genutzt hatte, um sich nebenbei etwas dazuzuverdienen. Und dieser Umstand hatte verheerende Folgen: Jeannie hatte ihre Schülerinnen nämlich überhaupt nicht im Griff, weshalb sich der Zeichensaal jeden

Donnerstagnachmittag in ein postapokalyptisches Kriegsgebiet verwandelte. Hinzu kam, dass sie einen völlig verklärten Blick auf unsere Fähigkeiten hatte und unser Zeichentalent maßlos überschätzte. Manchmal stellte sie uns Aufgaben, bei denen selbst Picasso überfordert die Augenbrauen hochgezogen hätte. Niemand konnte ihren Ansprüchen gerecht werden! Abgesehen von Jake natürlich, und selbst der brauchte mittlerweile mehrere Anläufe, um seine Zeichnungen ihren Erwartungen entsprechend zu gestalten.

Mich brachte sie mit ihren Aufgabenstellungen jedenfalls zur Verzweiflung. Heute zum Beispiel, da hatte sie uns einige der berühmtesten Aktgemälde aller Zeiten auf die Leinwand projiziert, von denen wir uns eines aussuchen sollten, das wir anschließend abzeichnen und colorieren mussten. Die farbliche Gestaltung unseres Bildes sollte dabei ein komplexes Gefühl wie Sehnsucht oder Ekstase widerspiegeln.

Eine easy Aufgabe, fand Jeannie.

Ha! *Supereasy.*

Ich hatte mich für eine Ölmalerei von Wilhelm Hepfing entschieden, auf der eine junge Frau abgebildet war. Sie lag auf einem mit rotem Samt bezogenen Bett, hatte den Kopf weggedreht und eines ihrer Beine angezogen, sodass ihr Gesicht und ihre Intimzone im Verborgenen blieben, während ihr leicht gewölbter Bauch und ihre Brüste deutlich zu erkennen waren. Die Frau auf dem Bild war eine Augenweide, keine Frage.

Doch sobald ich meinen Blick senkte und statt dem Originalgemälde meine eigene Zeichnung betrachtete, verlor ich den Mut. Es war mir nicht gelungen, ihre Schönheit einzufangen. Im Gegenteil, auf meiner Zeichnung sah sie aus wie eine schlecht proportionierte Schaufensterpuppe, der eine Verkäuferin beim Aufziehen die Gliedmaßen verrenkt hatte. Es war schrecklich. Jedes Kleinkind hätte das besser hingekriegt.

Ein Seufzen kam über meine Lippen und der Bleistift hing schlaff zwischen meinen Fingern, als ich den Blick von meinem Gekrakel abwandte und aus dem Augenwinkel zu Jake linste.

Er saß ein paar Plätze von mir entfernt. Wir waren die Einzigen in der letzten Reihe, also versperrte mir niemand die Sicht. Ein konzentrierter Ausdruck lag in seinen Zügen. Er war so in seine Arbeit vertieft, dass er den Wirbel in den vorderen Reihen gar nicht mitzubekommen schien. Was gut war, immerhin hatten wir uns gerade deshalb in der letzten Reihe niedergelassen: damit Jake in Ruhe arbeiten konnte.

Und damit ich ihn in Ruhe dabei beobachten konnte, ohne dass mir Kyle seinen Farbmalkasten an den Hinterkopf schleuderte.

Wie in Trance ließ Jake die Hand über seinen Zeichenblock gleiten und schwärzte die Tiefen seines Aktes mit einem Kohlestück. Seine Finger waren rußig, doch anstatt sich die Hände abzuwischen, strich er mit den Fingerkuppen über das Papier, sodass weiche Schatten unter den Brüsten der Frau entstanden.

Ich hatte nicht mitgezählt, wie viele Skizzen er schon gezeichnet hatte, aber das musste bestimmt seine fünfzehnte sein. Jede war für mich besser als das Original, und doch war Jake mit keiner zufrieden.

Als könnte man seinen Zeichnungen noch irgendwas

hinzufügen. Als würden sie einen nicht sowieso überwältigen, mit ihrer Melancholie, ihrer Erotik.

Ich biss mir auf die Unterlippe und wagte einen Blick in sein Gesicht. Seine Augenbrauen waren zusammengezogen und seine Lippen leicht geöffnet. Eine Strähne hing ihm in die Stirn, so dunkel und glänzend wie flüssige Bitterschokolade. Mein Mund wurde trocken. Irgendwie bekam ich gerade Lust auf was Süßes.

»Ich dachte, das hätten wir hinter uns«, sagte Jake plötzlich, woraufhin ich japsend aus meinem Stuhl hochschreckte. Ein schiefes Grinsen erschien auf seinen Lippen. »Das mit dem Anstarren, meine ich.«

Mein erster Reflex war, den Kopf zu schütteln und alles zu leugnen, aber ich wollte nicht in alte Verhaltensmuster zurückfallen. Mein Gestammel wäre sowieso nur peinlich gewesen, und diesen Triumph gönnte ich ihm nicht. Also zwang ich mich, cool zu bleiben, und zuckte unberührt die Achseln. »Ich wollte nur sehen, ob du gerade beschäftigt bist«, flunkerte ich. »Falls nicht, dann könnte ich nämlich dringend deine Hilfe brauchen. Irgendwie hab ich ein Problem mit den Proportionen.«

Sein Blick huschte an mir hinunter und wieder hoch. »Wieso? Passt doch.«

Ich bemühte mich um einen kühlen Gesichtsausdruck, spürte aber gleichzeitig, wie mir die Hitze in die Wangen kroch. »Ha ha, wie lustig. Hilfst du mir jetzt oder nicht?«

Jake seufzte und griff nach einem Stofffetzen, um sich die Hände abzuwischen. Dann stand er auf und stelle sich hinter mich. »Also, was ist das Problem, Kätzchen?«

Er hatte den Oberkörper vornübergebeugt und die Handballen links und rechts von mir auf der Tischkante abgestützt. Wie auf Knopfdruck schoss mein Puls in die Höhe. Ich hatte damit gerechnet, dass er sich einen Stuhl schnappen und sich neben mich setzen würde, genau wie jeder andere Mensch auch. Aber nein, er musste sich hinter mich stellen und mir über die Schulter blicken, sodass ich seine gottverdammte Hitze im Nacken spüren konnte. Kein Wunder, dass sich die Schmetterlinge in meinem Bauch wie Ungeziefer vermehrten.

»Schau einfach selbst«, brummte ich und schob mein Deckblatt zur Seite, damit er freie Sicht auf meine Zeichnung hatte.

»Das ist doch gar nicht mal so übel«, lächelte er. »Du hast einen guten Blick für Lichtverhältnisse und perspektivische Darstellungen. Die meisten Leute hätten angenommen, der Fluchtpunkt befände sich in diesem Gemälde genau in der Mitte, aber wie du richtig erkannt hast, liegt er seitlich versetzt. Dasselbe gilt für den Lichteinfall.« Er deutete auf den Unterkörper meiner Aktstudie, ehe er sich wieder mit beiden Handballen auf der Tischkante abstützte. »Mir gefällt, wie du die Schatten auf ihrem Bauch und ihren Beinen platziert hast. Damit gibst du deiner Zeichnung Tiefe und Substanz.«

Nachdem er seine Lobeshymne beendet hatte, suchte er meinen Blick und wartete lächelnd auf meine Reaktion.

Aber ich blinzelte ihn nur mit großen Augen an. Ich hatte keinen Schimmer, was ich darauf antworten sollte. Eigentlich dachte ich, dass er einen Lachkrampf bekommen würde, sobald er meine Zeichnung sah, und dass ich mich auf jede Menge Spötteleien würde einstellen müssen. Tja, falsch gedacht.

»Äh, danke?«, antwortete ich, sichtlich irritiert von seinem Lob.

Jakes Lächeln wurde schief. »Äh, gerne?«, äffte er mich nach, woraufhin ich seufzend die Augen rollte.

»Aber deine Proportionen stimmen wirklich nicht ganz.« Er drehte sich wieder nach vorne, zog mir den Bleistift aus der Hand und machte sich an meiner Zeichnung zu schaffen. »Ihre Schultern und ihre Hüfte sollten ungefähr dieselbe Breite haben, siehst du? Außerdem sind ihre Beine etwas zu lang. Prinzipiell kannst du dir merken, dass ein menschlicher Körper ungefähr die Höhe von acht Kopflängen hat. Vom Scheitel bis zum Kinn … vom Kinn bis zu den Brustwarzen … von den Brustwarzen bis zum Nabel … und von dort aus fünf weitere Kopflängen bis zu den Zehenspitzen.«

Er zeichnete acht exakt gleichlange Bereiche ein und tippte mit der Bleistiftspitze auf den letzten Strich, der nicht mit ihren Zehenspitzen abschloss, sondern schon knapp oberhalb ihrer Fußknöchel endete. »Hier müssen ihre Beine aufhören, sonst stimmt das Verhältnis zu ihrem Oberkörper nicht.«

Den Blick auf meine Zeichnung fixiert, zwang ich mich zu einem Nicken. Ich wusste nicht, ob es ihm überhaupt auffiel, aber er war mir inzwischen so nahe, dass ich seinen warmen Atem auf der Wange spüren konnte. Ein wohliger Schauer rieselte über meinen Rücken.

»Das heißt, ich muss die Beine etwas kürzer machen und den Abstand zwischen Brust und Taille erweitern?«

Jake drückte mir den Bleistift in die Hand. »Richtig

erkannt, Kätzchen.«

Einen kurzen Moment verharrten wir noch in dieser Position. Jake beobachtete mich dabei, wie ich die überlangen Beine meiner Aktzeichnung ausradierte und zögerlich ein paar neue Striche zog, während ich mich in erster Linie aufs Atmen konzentrierte. Seine Nähe machte mich ganz schön nervös. Mein Herz stolperte in meiner Brust, und ich wartete nur darauf, dass er mir endlich meinen Freiraum zurückgab. Doch als er schließlich die Hände von der Tischkante nahm und sich erhob, wirbelte ich wie ferngesteuert herum.

»Jake!«, rief ich und lief noch im selben Moment rot an. »Ich … ich habe noch eine Frage. Wie mache ich das mit den Farben? Ich meine, welche Farben wähle ich aus, wenn ich ein bestimmtes Gefühl darstellen will?«

»Das kommt ganz darauf an, welches Gefühl du darstellen willst.« Er kehrte in seine Ausgangsposition zurück, wobei er mir diesmal sogar noch näherkam. Die Innenseiten seiner Arme berührten meine Schultern und sein Kinn streifte flüchtig meine Wange, als er sich nach vorne lehnte und meine Zeichnung betrachtete. »Hast du denn schon eine Idee?«

Eingehüllt vom Duft seines Aftershaves, knabberte ich auf meiner Unterlippe herum. »Für mich sieht das Mädchen auf dem Bild aus, als hätte sie genug von ihrem Leben. Als wollte sie ausbrechen und alles hinter sich lassen.« Ich blickte zu ihm hoch. »Glaubst du, ich könnte ihren Freiheitsdrang darstellen?«

Jake zögerte und trommelte mit den Fingerkuppen auf der Tischplatte herum. »Prinzipiell gefällt mir deine Idee, aber die Umsetzung könnte schwierig werden. Keine Ahnung, wie du das siehst, aber für mich ist Freiheit ein farbloses Gefühl. Sie schafft zwar den Raum für Farbe, füllt diesen Raum aber nicht aus. Stattdessen gibt sie uns die Möglichkeit, die Welt ganz nach unserem Willen zu gestalten. Ähnlich wie ein Kindermalbuch mit lauter leeren Seiten.«

Noch während ich seine Worte sacken ließ, spürte ich Widerwillen in mir aufsteigen. »Also für mich ist Freiheit kein farbloses Gefühl«, widersprach ich und schüttelte leicht den Kopf. »Ganz im Gegenteil. Sie ist grell und leuchtend bunt und ihr chemischer Geruch beißt in der Nase.«

Meine Assoziation brachte Jake zum Lachen. »Das gefällt mir, Kätzchen. Aber wenn du versuchst, deine Zeichnung mit Spraydosen zu bearbeiten, wird von deiner Skizze nicht viel übrig bleiben.«

»Was du nicht sagst«, seufzte ich und verlor immer mehr den Glauben an meine Idee. »Vielleicht sollte ich mich doch für ein anderes Gefühl entscheiden …« Ich lachte trocken auf. »Oder wir machen heute Nacht einen Ausflug zum Hauptbahnhof und sprühen meine Zeichnung als Graffiti auf einen Zug. Und dann schicken wir Jeannie ein Foto davon, damit sie mir eine Eins gibt.«

»Wieso eigentlich nicht?«, fragte Jake, der den Humor in meiner Stimme scheinbar überhört hatte. »Also nicht das mit dem Zug, das wäre Irrsinn. Aber ich kann dir nach der Schule ein paar Stellen am Donaukanal zeigen, die für Sprayer freigegeben sind. Das ist zwar die langweiligere Option, aber dafür könnten wir bei Tageslicht arbeiten und uns richtig austoben, ganz nach deinen Vorstellungen.«

Beim Wort ›austoben‹ schossen mir alle möglichen Bilder in den Kopf, und keines davon hatte auch nur im Entferntesten was mit Graffitis zu tun. Dennoch fand ich Jakes Vorschlag nicht übel.

Immer noch zwischen seinen Armen eingeklemmt, schaute ich über meine Schulter hinweg zu ihm hoch. »Glaubst du, für Jeannie wäre das in Ordnung? Immerhin könnte ich ihr dann keine Zeichnung abgeben, sondern nur ein ausgedrucktes Foto von einem Graffiti.«

Jake zuckte die Achseln und richtete sich auf. »Fragen wir sie doch einfach!«

Wie auf Bestellung kam Jeannie herbeigeschwebt und stellte sich mit flatternden rosa Haartüchern und aufgeblasener Pumphose an unseren Tisch. »Namasté Cherie, Namasté Jakob«, begrüßte sie uns mit der dazugehörigen Verbeugung. »Wie geht es euch mit der heutigen Aufgabe? Braucht ihr Hilfe, oder kommt ihr beide gut voran?«

Ohne dass ich es hätte verhindern können, blieb mein Blick an ihren mit Sandalen bestückten Füßen hängen. Ich blinzelte verdutzt. Hinter den Fensterfronten des Zeichensaals rieselten Schneeflocken zu Boden, und diese Frau war immer noch angezogen wie im Hochsommer. Ein Wunder, dass sie sich noch keine Lungenentzündung geholt hatte.

»Du kommst genau im Richtigen Moment, Jeannie«, riss Jakes Stimme mich aus den Gedanken. »Cherie und ich haben gerade darüber gesprochen, dass wir den Arbeitsauftrag gerne etwas abwandeln würden. Aber dazu wollten wir zuerst dein Okay einholen.«

Und dann schilderte Jake ihr unser Vorhaben, während Jeannie ihm mit nachdenklicher Miene zuhörte und dabei an ihrem Kinn herumfummelte, als würde sie an einem unsichtbaren Bart zupfen.

»Prinzipiell halte ich das für die tolle Idee«, antwortete Jeannie. »Aber wo wollt ihr dieses Projekt umsetzen? Ich hoffe doch nicht auf einem öffentlichen Gebäude …«

Jake schüttelte den Kopf. »Am Donaukanal gibt es mehrere *Legal Walls*, dort könnten wir …«

»Ey, zauberhafte Jeannie!«, schallte es plötzlich durch die Bankreihe, und Jake brach mitten im Satz ab. Schlagartig verdunkelte sich seine Miene. Kyle kam angetrampelt, gefolgt von seinen Freunden, die mit irgendwelchen Zetteln herumfuchtelten. »Gib dir, Jeannie! Gib dir, wie kreativ und künstlerisch wir sind!«

Kyle gab Jeannie einen Stups mit seiner massigen Schulter, damit sie den Blick auf seinen Zettel richtete. Angeheizt vom Gelächter seiner Kumpels, wedelte er damit vor ihrer Nase herum. »Lauter erstklassiger Aktbilder!«

Im ersten Moment hatte ich keine Ahnung, was die runden Gebilde auf ihren Zetteln darstellen sollten. Ich musste ganz genau hinsehen, um das Motiv zu erkennen. Was ich mir hätte sparen sollen! Angewidert verzog ich das Gesicht. »Bah, Leute, das ist echt abartig«, stöhnte ich. »Wer macht so was?«

»Analfixierte Höhlenmenschen, die durch Zufall über einen Kopierer gestolpert sind«, beantwortete Jake meine Frage, sichtlich wenig begeistert.

Mittlerweile hatte auch Jeannie erkannt, was ihr die Jungs da präsentierten. »Himmel! Ihr habt euch doch nicht mit nacktem Hintern …?«

Jeannie ließ den Rest des Satzes unausgesprochen in der

Luft hängen und schüttelte den Kopf, als wollte sie das Bild, das sich ihr aufdrängte, schnell wieder loswerden. »Wessen Idee war das? Nein, ich will es gar nicht hören! Schafft mir diese Kopien vom Leib!«

Und dann machte sie auf den Absätzen kehrt und verschwand in Richtung Lehrertisch, wo sie sich im Schneidersitz auf den Drehstuhl setzte und die Fingerkuppen zusammenführte. Vermutlich brauchte sie nach diesem Erlebnis erst mal eine kleine Meditationssession, um ihre innere Balance wiederzufinden. Oder um ihre Berufswahl zu überdenken, das war auch möglich.

Kyle und seine Freunde klatschen miteinander ein. »Sauber, Jungs! Ich wusste, der Alten würde mein Arsch gefallen. Frauen finden mich einfach geil.«

Mein Blick huschte zu Jake, dessen Gesichtsausdruck mich unweigerlich zum Schmunzeln brachte. Ich spielte mit dem Gedanken, ein Foto von ihm zu schießen, um diesen Blick für die Ewigkeit festzuhalten, entschied mich dann aber dagegen. Er wirkte sowieso schon ziemlich gereizt, und ich wollte das Fass nicht zum Überlaufen bringen.

Apropos Fass zum Überlaufen bringen ...

»Hee, Bruder, was glotzt du mich so an?« Kyle nickte Jake auffordern zu, die Daumen in den Gürtelschleifen eingehakt und mit einem trotteligen Grinsen im Gesicht. »Findste mich auch geil, oder? Für einen Fuffi leg ich mich hier auf'n Tisch, dann kannste mich abmalen und das Bild mit nach Hause nehmen.«

Kyles Kumpels lachten und klopften ihm auf die Schulter, wohingegen Jake ihn bloß mit hochgezogenen Augenbrauen ansah. Er sagte rein gar nichts, kein einziges Wort.

Aber das musste er auch nicht. Sein Blick war ziemlich aussagekräftig, und wir alle wussten, was passieren würde, wenn Kyle nicht schnell zurückruderte.

Was er dann zum Glück auch tat. »Immer schön locker bleiben, Alter.« Kyle hob die Hände wie ein überführter Kleinkrimineller. »War doch nur 'n kleiner Scherz. Nix für ungut.«

Und dann machte er sich wieder vom Acker, wobei er sich im Gehen noch einmal nach Jake umdrehte, der immer noch stocksteif neben meinem Stuhl stand und ihn mit seinem Raubvogelblick fixierte.

Die Anspannung war ihm ins Gesicht geschrieben, und ich musste kräftig an seinem Arm ziehen, damit er endlich nachgab und sich auf seinen Stuhl fallen ließ. »Hee, Junge, komm mal wieder runter!«, plärrte ich. »Verstehste keinen Spaß, oder was?«

Jake warf mir einen warnenden Blick zu, woraufhin ich einen verschlossenen Mund andeutete und den Schlüssel über die Schulter warf. Ein Kichern konnte ich mir aber nicht verkneifen.

Jake atmete genervt aus. »Echt jetzt, Kätzchen. Du kannst dir nicht mal ansatzweise vorstellen, wie sehr mir dieser hirnlose Fleischberg auf die Nerven geht. Immer, wenn der seinen Mund aufmacht, hab ich das Gefühl, mein Steak wäre zum Leben erwacht und würde mich jetzt vom Teller aus anmaulen.«

Sein Vergleich brachte mich zum Lachen. »Dabei hat er sich sogar bei dir entschuldigt! Weißt du, wie selten das vorkommt?«

Kyle war einer dieser Typen, die sich lieber prügelten, als

sich für einen blöden Spruch zu entschuldigen. Deshalb war eine Reaktion wie gerade eben auch ziemlich untypisch für ihn. Anscheinend hatte er Respekt vor Jake, was wohl daran lag, dass immer noch die wildesten Gerüchte rund um Jake kursierten.

Angefangen hatte das Ganze vor ein paar Wochen, als er und Luca am Montag nach der Prügelei mit völlig ramponierten Gesichtern zur Schule gekommen waren. Der Rest der Klasse, inklusive aller Lehrkräfte, war natürlich total ausgeflippt und hatte sie mit Fragen bombardiert, von denen die beiden keine einzige beantwortet hatten. Sie wollten die Sache nicht breittreten. Deshalb hatten sie mich gebeten, keinem davon zu erzählen, abgesehen von Lizzy und Dan. Was nicht sonderlich schwer war, weil sowieso niemand auf die Idee gekommen wäre, dass ich darin hätte verwickelt sein können.

Doch anstatt ihr Schweigen hinzunehmen, hatten sich die Leute die Geschichte eben selbst zusammengereimt, sodass binnen kürzester Zeit die skurrilsten Gerüchte rund um die beiden entstanden waren. Sie hätten einen Motorradunfall gehabt, wären jetzt Mitglieder einer Straßengang, all so was eben.

Einmal, ich hatte mich zum Lernen in die Bibliothek gesetzt, konnte ich sogar mitanhören, wie eine Zehntklässlerin ihren Freundinnen erzählte, dass »Jake, der Hübsche aus der 8B« den »Tattoo-Creep« wegen einer »halben Schachtel Lucky Strike« verprügelt hätte.

Anfangs hatte ich die Geschichte noch ziemlich lustig gefunden. Dann hatte ich mich jedoch gefragt, woher diese kleinen Stalkerinnen Jakes Namen kannten und warum sie wussten, welche Zigarettenmarke er rauchte. Und als sich das Gespräch dann in Richtung »Glaubt ihr, er steht auf Jüngere?« bewegt hatte, war ich mit finsterer Miene aus der Bibliothek gestürmt. So viel dazu.

»Was interessiert mich seine Entschuldigung?«, blaffte Jake. »Bei all dem Bullshit, den er von sich gibt, sollte er sich eigentlich in Dauerschleife entschuldigen. Und zwar nicht nur bei mir, sondern bei allen, denen er unberechtigterweise den Sauerstoff wegatmet.«

»Glaub mir, es war schon mal schlimmer mit ihm«, seufzte ich, nachdem ich mich stirnrunzelnd in meinem Stuhl zurückgelehnt hatte. »In den ersten Wochen nach seinem Schulwechsel hat er sich richtig asozial benommen. Er hat uns alle terrorisiert und musste ständig zum Direktor. Den Dünnen hat er sogar regelmäßig zum Weinen gebracht.«

Jake hob eine Augenbraue. »Hat er sich über seine Klamotten lustig gemacht, oder …?«

Ich nickte. »Das auch, ja. Aber das hat der Dünne meistens mit Humor genommen, genau wie die Sprüche über seinen Körperbau. Was ihn richtig verletzt hat, waren Kyles Kommentare darüber, was für ein schlechter Lehrer er doch sei. Dass man eine Witzfigur wie ihn nicht auf Kinder loslassen dürfe, dass er besser als Clown arbeiten solle … und und und.«

Unwillkürlich schoss mir Prof. Rüttenhofers Gesicht in den Kopf, wie er mit glänzenden Augen vor der Klasse gestanden und sich trotz allem zu einem Lächeln gezwungen hatte.

»Jedenfalls, was Kyle gesagt hat, war ganz schön unfair«,

fuhr ich fort, »und niemand von uns hat ihm zugestimmt. Aber der Dünne wollte unbedingt von allen akzeptiert werden, auch von Kyle. Deshalb hat er sich richtig für ihn reingehängt. Und nachdem er ihn zum x-ten Mal vor dem Direktor und den anderen Lehrern in Schutz genommen hat, haben sich die beiden angefreundet.«

Jake runzelte die Stirn. »Ich wusste gar nicht, dass der Dünne so willensstark sein kann.«

Ich musste lachen. »Der Mann arbeitet seit zwanzig Jahren als AHS-Lehrer und läuft immer noch mit einem knallgelben SpongeBob-Aktenkoffer herum. Glaubst du, dafür braucht man keine Willenskraft?«

»Touché«, erwiderte Jake, bevor er sich nach der Tür umdrehte, die in ebendiesem Moment geöffnet wurde. »Wenn man vom Teufel spricht …«

Der Dünne kam herein. Er steckte in einem kitschigen Weihnachtspulli, auf dem ein Rentier aufgestickt war, und trug dazu dunkelgrüne Cordhosen und eine blinkende Zipfelmütze.

Ein Schmunzeln zupfte an meinen Lippen. Mit diesem Outfit hätte er glatt als Weihnachtself durchgehen können.

»Entschuldige bitte die Störung, Jeannie«, sagte Prof. Rüttenhofer mit einem verbindlichen Lächeln im Gesicht. »Aber mir ist gerade eingefallen, dass heute der letzte Schultag vor Weihnachten ist und ich meine Klasse noch nicht über den Ablauf des Schulausflugs im Januar informiert habe. Könntest du mir vielleicht ein paar Minuten deiner Unterrichtszeit schenken?«

Jeannies dunkelbraune Augen leuchteten warm, und sie bedeutete ihm, einzutreten. »Betrachte es als verfrühtes

Weihnachtsgeschenk, Georgie.«

Ich warf Jake einen Seitenblick zu. »Georgie?«, formte ich mit den Lippen, und er zuckte grinsend die Schultern. Lief da was zwischen den beiden?

»Also, Klasse!« Der Dünne klatschte in die Hände. »Bestimmt freut ihr euch alle schon auf unseren gemeinsamen Ausflug, der gleich nach den Ferien stattfinden wird. Damit nichts schiefgeht und ihr alle gut vorbereitet seid, kriegt ihr jetzt von mir vorab noch ein paar Informationen. Zuerst mal die Basics: Wir treffen uns am 8. Januar um neun Uhr am Hauptbahnhof, im Wartebereich zwischen den Bahnsteigaufgängen. Bitte bringt dicke Kleidung, einen Schlafsack und Hygieneartikel mit. Für Verpflegung und Unterkunft ist natürlich schon gesorgt.«

Sein Blick huschte hinüber zu Jeannie, auf deren Lippen ein leicht verlegenes Lächeln erschien. »Übrigens habe ich inzwischen eine weibliche Begleitperson gefunden, die uns auf unsere Wanderung begleiten wird. Danke nochmals, Jeannie. Wir alle freuen uns, dass du mitkommst.«

Jeannie deutete mit gefalteten Händen eine Verbeugung an und die Klasse applaudierte, was nicht zuletzt daran lag, dass Jeannie eine der entspanntesten und lockersten Lehrerinnen überhaupt war. Im Gegensatz zu unserer Mathelehrerin Prof. Kachel beispielsweise würde Jeannie uns nicht sofort nach Hause schicken, wenn wir uns daneben benahmen, sondern uns maximal zu einer kleinen Meditationssession verdonnern.

Auch ich klatschte mit. Ich hatte zwar nicht vor, mich daneben zu benehmen, war aber dennoch froh, dass Jeannie uns begleiten würde. Obwohl es in ihrem Unterricht ziemlich chaotisch zuging, war Jeannie mir sympathisch. Außerdem wollte ich wissen, ob zwischen ihr und dem Dünnen wirklich was lief.

Nachdem der Applaus verebbt war, kamen unzählige Fragen aus der Klasse: Auf welchen Berg würde es gehen? Was brauchte man alles für eine Winterwanderung? Gab es Strom und Warmwasser in der Hütte? Und so weiter.

Kyle fragte sogar, ob es dort oben einen Klub gab. Ich rollte die Augen.

Der Dünne bemühte sich, alle Fragen zu beantworten: Unser Ziel war die Wiener Alpe, für eine Winterwanderung brauchte man nur gutes Schuhwerk und etwas Kondition, die Hütte lag am Schneeberg und war sowohl mit Warmwasser als auch mit Strom ausgestattet, und Klub gab es dort oben – *wer hätte das gedacht?* – keinen.

»Wie siehts mit den Betten aus?«, fragte Sam, der gemeinsam mit Steffi und ihrem Zirkel ein paar Reihen vor uns saß. »Wie viele Personen passen in ein Zimmer? Und gibt es Stockbetten oder müssen wir uns ein Doppelbett teilen? Und falls es Doppelbetten gibt, dürfen wir mit den Mädels zusammen schlafen oder muss ich mich an Kyle kuscheln, wenn mir kalt wird?«

Gelächter ging durch die Reihen, und aus Kyles Richtung schoss ein Turnschuh auf Sam zu. Er konnte ihm gerade noch ausweichen. Jeannie rieb sich seufzend über das Gesicht. »Bitte, Kyle, behalte deine Schuhe bei dir.«

Der Dünne setzte einen strengen Blick auf. »Du hast Frau Professor Mahlangu gehört, Kyle. Hol deinen Schuh zurück und zieh ihn wieder an, damit wir weitermachen können. Es gibt sowieso keinen Grund, mit Schuhen zu werfen, denn niemand von euch wird sich ein Doppelbett teilen. Ihr werdet alle gemeinsam in einem Matratzenlager schlafen.«

Schlagartig wurde es unruhig in der Klasse.

»Mädchen und Jungs?«, fragte Sam über das Stimmengewirr hinweg.

Der Dünne nickte, und Sams Augen blitzten auf wie die eines Labradors, dem man gerade ein saftiges Steak vor die Schnauze geschleudert hatte. Grinsend drehte er sich zu Steffi um, aber sie ignorierte ihn. »Träum weiter, Samuel.«

»Und was ist mit den Duschräumen?«, fragte Yuki, die von der Schlafsituation sichtlich wenig begeistert war. Sie wirkte besorgt, vermutlich weil sie eines der stärkeren Mädchen war. »Müssen wir uns die auch mit den Jungs teilen?«

Verlegen rieb sich der Dünne den Nacken. »Um ehrlich zu sein … ja«, gestand er. »Die Hütte ist nicht auf Schulklassen ausgerichtet, sondern beherbergt normalerweise nur Privatgäste oder Wandergruppen, dementsprechend sind die sanitären Bereiche auch nicht geschlechtlich getrennt. Dazu gäbe es dort oben auch gar nicht den Platz, geschweige denn die Wasseranschlüsse.«

Ein Raunen ging durch die Reihen. Lizzy, die neben Dan weiter vorne im Zeichensaal saß, drehte sich in ihrem Stuhl um und warf mir einen Als-ob-Blick zu. Ich erwiderte ihn und versuchte, möglichst schockiert auszusehen.

Geteilte Duschräume waren eine Zumutung und definitiv nichts, worüber man sich freuen sollte. Wer wollte schon auf dem Weg zum Zähneputzen in einen halbnackten Jake hineinrennen? Ich bestimmt nicht.

Meine Mundwinkel zuckten, und ich biss mir auf die Wange, um ein Schmunzeln zu unterdrücken. Mann, langsam gingen echt die Hormone mit mir durch…

»Aber machen Sie sich keine Sorgen«, fuhr der Dünne fort. »Es wird Badezimmerzeiten geben, die von allen Beteiligten eingehalten werden müssen, sodass sich die Jungs und Mädchen beim Duschen nicht in die Quere kommen. Schließlich brauchen wir alle unsere Privatsphäre, nicht wahr? Beim Zähneputzen und den Toilettengängen müssen Sie sich jedoch miteinander arrangieren.«

»Wieso fahren wir überhaupt in diese Berghütte, wenn sie nicht auf Schulklassen ausgerichtet ist?«, wollte Yuki wissen.

»Die Wirtin, Frau Puntigam, ist eine alte Bekannte von mir«, erklärte Prof. Rüttenhofer. »Meine *Ex*frau und ich«, er warf Jeannie einen Blick zu, »haben des öfteren in ihrer Hütte Urlaub gemacht, und als ich Frau Puntigam gefragt habe, ob sie ausnahmsweise eine Schulklasse beherbergen würde, hat sie sofort zugestimmt. Sie hat uns sogar einen Spottpreis angeboten, damit auch wirklich alle mitfahren können.«

»Und wie sieht's mit dem Essen dort oben aus?«, fragte Jenny. »Ich hab eine Laktose-, Fruktose- und Koffeinintoleranz, außerdem vertrage ich keine Hülsenfrüchte und kein Gluten. Und ich esse aus Prinzip nichts, was grün ist.«

Der Dünne runzelte überfordert die Stirn. »Äh, warten Sie, das muss ich mir notieren …«

Lächelnd lehnte ich mich in meinem Stuhl zurück und senkte den Blick auf meine verwobenen Finger. Drei ganze Tage. Ich würde Jake drei ganze Tage lang in meiner Nähe haben. Eine so lange Zeitspanne hatten wir bisher noch nie miteinander verbracht.

Ob wir uns schon nach ein paar Stunden fürchterlich auf die Nerven gehen würden? – Womöglich. Oder aber wir wuchsen durch die gemeinsame Zeit noch enger zusammen und Jake würde mir endlich ein paar Details aus seinem Privatleben anvertrauen. Vielleicht würde sich aber auch gar nichts zwischen uns ändern und wir würden bloß einen langweiligen Schulausflug miteinander verbringen.

So oder so, ich freute mich darauf. Ich freute mich darauf, wie ich mich schon lange auf nichts mehr gefreut hatte.

Die Beine unter dem Tisch ausgestreckt, legte ich den Kopf in den Nacken und drehte das Gesicht in Jakes Richtung, damit ich ihn anlächeln konnte. »Du siehst aber nicht sonderlich begeistert aus«, stellte ich fest, weil er mit ausdrucksloser Miene über seinem Block hing und unmotiviert darauf herumkritzelte. »Lass mich raten – die Zugfahrt nervt dich! Oder doch das Matratzenlager? Das könnte ich verstehen, immerhin bin ich auch nicht gerade heiß drauf, mit Steffi und Kyle im selben Raum zu schlafen.«

Mein Lächeln verblasste, als Jake den Blick hob und ich seinen Gesichtsausdruck sah. »Sorry, Kätzchen, aber ich … werde nicht mitfahren. Schulausflüge sind einfach nicht mein Fall. Waren sie noch nie.«

Die Vorfreude floss aus mir heraus wie aus einem angezapften Fass, und binnen Sekunden war ich komplett leer. »Oh, verstehe …« Beim Versuch, ein falsches Lächeln aufzusetzen, spürte ich einen Stich im Herzen.

Der Ausflug war den ganzen restlichen Vormittag Thema in der Klasse. Besonders Lizzy schien sich darauf zu freuen, was in erster Linie daran lag, dass der Ausflug gerade in die

Woche fiel, in der ihre Tanten zu Besuch kamen.

»Du ahnst gar nicht, wie froh ich bin«, seufzte sie und stopfte, als es nach der letzten Stunde geläutet hatte, voller Euphorie ihre Hefte in den Rucksack. »Meine Tanten sind einfach schrecklich. Ständig nerven sie mich mit ihren Fragen, und auf jede Einzelne davon würde ich ihnen am liebsten zur Antwort den Mittelfinger zeigen.«

Mit hochgestellter Stimme sagte sie: »Hast du denn einen Freund? Nein? Das liegt bestimmt an diesem Jungssport, den du da machst! Wie heißt das noch gleich? Feldhockey? Männer stehen auf zierliche Mädchen, Liebes, und nicht auf solche mit Muskeln und aufgeschlagenen Knien. Gibt es denn keinen Ballettkurs, dem du beitreten könntest?«

»Klingt, als wären deine Tanten noch nicht im einundzwanzigsten Jahrhundert angekommen«, bemerkte ich, während ich auf Jake wartete, der gerade zusammenpackte.

»Sind sie auch nicht«, erwiderte Lizzy kopfschüttelnd. »Aber genug von meinen Tanten.« Sie zog den Reißverschluss ihres Rucksacks zu und lächelte mich an. »Was ist mit dir? Freust du dich auf den Ausflug?«

Ich nickte, weil ich keine weiteren Fragen provozieren wollte, aber ehrlich war das nicht. Ich hatte zwar den ganzen Vormittag versucht, meine Vorfreude wiederzubeleben, doch leider ohne Erfolg. Meine Mundwinkel waren schwer geworden, und das Einzige, was mich tröstete, war das Sprayen nach der Schule. Zumindest darauf konnte ich mich noch freuen.

»Bist du fertig?«, fragte ich und spähte über die Schulter zu Jake, der konzentriert auf sein Handy starrte.

Ich wusste sofort, was das bedeutete.

Seine Augen huschten über das Display, und als er aufsah, konnte ich Ärger in seinem Gesicht erkennen. Mit finsterer Miene schulterte er seinen Rucksack. »Das wird heute nichts, sorry. Ich muss weg.«

Ich presste die Lippen zusammen, als er sich an mir vorbeidrängelte und gemeinsam mit den anderen aus dem Klassenraum schwärmte. Das mit diesen komischen Textnachrichten war so eine Sache, nach der ich auch nicht fragen durfte. Wie aus dem Nichts erreichten sie ihn und wischte ihm jede noch so gute Laune aus dem Gesicht. Und jedes Mal verschwand er daraufhin, ohne mir zu sagen, warum oder wohin.

Normalerweise kam ich damit klar, immerhin war ich es ja schon gewohnt, dass er plötzlich verschwand und sich dann ewig nicht bei mir meldete. Aber heute nervte es mich. Nein, es nervte mich nicht. Ich war bloß enttäuscht, von allem irgendwie.

Scheißtag.

Scheißausflug.

Scheißgefühle.

Kapitel 19

Still saß ich auf der Couch und schlang die Arme um meine Knie, während mein Vater die elektrischen Kerzen auf unserem Plastikweihnachtsbaum anknipste. Sie warfen ihr flackerndes Licht auf seine markanten Züge und verfingen sich in seinem Bart. Als alle Kerzen leuchteten, setzte er sich zu mir und ließ seinen Blick über das Bäumchen gleiten, das in weihnachtlichen Rot- und Goldtönen glänzte. Aus unserem alten Radio ertönten ruhige Weihnachtslieder, während wir beide still dasaßen und lauschten. Mit einem tröstenden Lächeln auf den Lippen drehte ich mich zu meinem Dad und nahm seine Hand in meine.

»Heuer ist es leichter, findest du nicht?« Ich deutete auf den leuchtenden Weihnachtsbaum, der sich in den feuchten Augen meines Vaters spiegelte.

Dad nickte, die Lippen zusammengepresst. »Die Kugel für Mom ist schön. Danke, dass du sie besorgt hast.«

Ich rückte näher an ihn heran und legte meinen Kopf auf seine Schulter, damit er spürte, dass er nicht allein war. Mein Blick glitt zurück zum Weihnachtsbaum, und ich ließ mich vom flackernden Kerzenlicht in den Bann ziehen, während sich die leise Musik wie eine Decke über mich und meinen Vater legte. Eine zarte Traurigkeit nistete sich in meiner Brust ein. Mir gefiel das blinkende Bäumchen, aber ich vermisste den herben Geruch einer echten Tanne. Ich vermisste, wie Dads Augen leuchteten, wenn Mama in ihrem glitzernden Kleid durch die Wohnung flatterte. Ich vermisste ihre helle Stimme, die uns Weihnachtslieder vorsang, und ich vermisste den Klang ihrer Gitarre.

»Kannst du dich noch erinnern, wie Mom immer heimlich alle Geschenke aufgemacht hat?«, fragte ich, um uns beide ein wenig aufzumuntern. »Sie war so neugierig, dass sie es nie bis Heiligabend aushalten konnte.«

»Klar erinnere ich mich«, erwiderte Dad, um dessen Mund sich nun ein kleines Lächeln ausbreitete. »Sie hat sich zwar bemüht, alles wieder ordentlich zu verpacken, aber aufgefallen ist es mir immer. Das Geschenkpapier war ganz zerknittert und die Schnüre total ausgeleiert, so als hätte jemand kräftig daran gezogen.«

»Hast du sie eigentlich mal auf frischer Tat ertappt?«, fragte ich, woraufhin meinem Vater ein brummiges Lachen entkam. Sofort machte mein Herz einen Hüpfer. Es war schön, ihn lachen zu hören.

»Einmal? Jedes Jahr hab ich sie ertappt!« Seine seegrünen Augen blitzen amüsiert. »Genau dahinten ist sie gesessen, in der Ecke zwischen dem Vorhang und dem Weihnachtsbaum.« Er nickte mit dem Kinn in die entsprechende Ecke, und ich konnte mir nur zu gut vorstellen, wie Mom in ihrem Blümchenpyjama dort gekauert und sich über die Geschenke hergemacht hatte.

»Kurz vor Heiligabend ist bei uns im Büro immer die Hölle los, deshalb bin ich am Dreiundzwanzigsten oft erst nach Mitternacht nach Hause gekommen. Alles war still und dunkel, nur im Wohnzimmer flackerte noch Licht. Keine Deckenbeleuchtung, nur eine Taschenlampe. Und wenn ich nähergekommen bin, ist das Licht ausgegangen, genau wie die Raschelgeräusche. Mom wollte nicht, dass ich ihr auf die Schlichte kam. Deshalb ist sie, sobald ich im Bad verschwunden bin, heimlich zurück ins Bett geschlüpft und hat geschnarcht wie ein Weltmeister.«

Seine Geschichte trieb mir ein Schmunzeln ins Gesicht. »Ja, das klingt nach Mom.«

»Kannst du dich noch an ihren verkohlten Truthahnbraten erinnern?«, fragte Dad und linste in die Küche, wo unser Truthahnbraten gemächlich vor sich hin schmorte. »Die Rauchschwaden haben fürchterlich in den Augen gebrannt, und dann auch noch dieser beißende Geruch! Keine Ahnung, wie Leni auf den Braten im Herd vergessen konnte, aber am Ende war ich wirklich froh, dass ich schon im Vorhinein sicherheitshalber den Feuerlöscher in die Küche getragen habe.«

»Ich kann mich sogar noch an den Pizzaboten erinnern«, lachte ich. »Und an sein überraschtes Gesicht, als er die schwarzen Wände und den ganzen Schaum in unserer Küche gesehen hat. Hat er uns die Pizzen nicht sogar umsonst dagelassen?«

»Ich glaube, der Junge hatte Mitleid mit uns. Immerhin sah der Braten am Ende nicht sonderlich verlockend aus.«

Ein paar Sekunden lang schwelgten wir beide in Erinnerungen. Ein rockiges Weihnachtslied riss uns schließlich aus dem Gespräch und wir begannen, uns über die Geschenke herzumachen. Ich überreichte meinem Vater ein großes, blaues Päckchen. Ich hatte ihm einen Angelrucksack gekauft, weil er übermorgen mit seinem Arbeitskollegen Harry Eisangeln fahren würde. Das machten die beiden jedes Jahr. Am Sechsundzwanzigsten fuhren sie nach Kärnten, um dort zwei Tage auf einem zugefrorenen See zu sitzen, die Angelschnüre in ein ausgesägtes Loch zu halten und darauf zu warten, dass ein Fisch anbiss. Mom meinte immer, dass das die langweiligste Beschäftigung sei, die sie sich überhaupt vorstellen konnte. Aber meinem Dad und Harry gefiel es. Vielleicht hatten sich die beiden deshalb angefreundet – weil sie beide Langweiler waren.

Als Dad den Angelrucksack sah, hob er beeindruckt die Augenbrauen. Ich hatte wohl ins Schwarze getroffen. Dad sprang auf und schulterte ihn, sichtlich angetan von der Passform und den praktischen Seitentaschen. Seine Hände glitten von einem Fach in das nächste, bis er den ganzen Innenraum erkundet hatte.

»Ich weiß nicht, ob ich den behalten kann, Schätzchen.« Abwägend betrachtete er sich im Spiegel. »Harry wird sehr schnell eifersüchtig. Wenn er diesen Rucksack sieht, schubst er mich ins Eiswasser und lässt mich dort ertrinken.« Ich kicherte. »Vielen Dank, Schatz. Das ist ein großartiges Geschenk!«

Als Nächstes war ich an der Reihe. Wie immer übertrieb mein Vater mit den Geschenken und überhäufte mich mit einem Stapel Päckchen, die es mir schwer machten, meine unschuldige Miene aufrecht zu erhalten. Als ich die vielen Sportsachen sah, die er mir für meine vermeintlichen Fitnessstudiobesuche besorgt hatte, drehte mir mein Gewissen beinahe den Magen um.

»Jetzt, wo du so viel Sport machst, brauchst du sicher ein paar neue Trainingsklamotten«, meinte Dad. »Ich wusste nicht genau, was dir gefällt, also habe ich sie von einer jungen Verkäuferin aussuchen lassen. Sicherheitshalber habe ich die Rechnung mitgenommen. Falls sie nicht passen oder nicht gefallen, können wir sie umtauschen.«

»Danke, Dad.« Ich ließ meine Finger über den dünnen Stoff gleiten. »Ich werde sie später anprobieren.«

Er zog ein lila Shirt aus der Schachtel und hielt es hoch. »So ein ähnliches haben Mom und ich dir für den Sportunterricht in der Volksschule gekauft, erinnerst du dich? Du hast so niedlich damit ausgesehen, mal abgesehen von dem finsteren Blick, den du immer draufhattest, wenn dich jemand zum Sportmachen gezwungen hat. Umso mehr freut es mich, wie sehr du dich in diese Fitnessstudio-Sache reinhängst!«

Als ich seinen stolzen Gesichtsausdruck sah, wurden die Schuldgefühle in meiner Brust so schlimm, dass ich beinahe alles gestanden hätte. Mit dem letzten Quäntchen Selbstbeherrschung, das ich noch in meinem Inneren vorfand, riss ich mich jedoch zusammen und hielt die Klappe. Ich hasste es, meinen Vater anzulügen, aber es ging einfach nicht anders. Jake nicht mehr zu treffen, das war keine Option für mich.

Zumindest keine, mit der ich leben konnte.

Um mich von meinem schlechten Gewissen abzulenken, rief ich meine Großeltern in Salzburg und meine Familie (Oma, Tante und Onkel) in Vorarlberg an und wünschte ihnen frohe Weihnachten, während Dad den Tisch deckte und den Braten aus dem Ofen nahm.

Nachdem ich fertigtelefoniert hatte, half ich Dad, die Beilagen zum Tisch zu tragen und schaufelte mir dann auch gleich eine große Portion Kartoffelpüree auf meinen Teller.

Dad entschied sich wie immer für den Krautsalat. Igitt.

»Wie läufts eigentlich in der Schule?«, fragte Dad, während er zwei dicke Scheiben Fleisch von unserem Braten schnitt. »Hast du die Matheschularbeit gut hinter dich gebracht?«

Ich nickte und hielt ihm meinen Teller hin, damit er mir eine Scheibe davon aufladen konnte. »Eine Eins wird es nicht, aber eine Zwei sollte schon drin sein. Die Beispiele zur Wahrscheinlichkeitsrechnung waren ziemlich kompliziert.«

»Hat das wöchentliche Lernen mit Daniel was gebracht?«

Es dauerte einen Moment, bis mein Hirn geschaltet hatte. »Äh … ach so! Ja klar hat das was gebracht.« Ich lächelte nervös. »Wenn ich nicht so viel mit Dan gelernt hätte, dann hätte ich das mit den Wahrscheinlichkeiten vermutlich nie verstanden. Und ihm helfen die Lerneinheiten auch, glaub ich. Bestimmt hat er bei dieser Schularbeit wieder die volle Punktzahl.«

Letzteres war noch nicht einmal eine Lüge, vermutlich hatte Dan wirklich alle Punkte auf die Schularbeit. Aber das lag weder an mir noch an unseren imaginären Lerneinheiten. Dan war einfach ein Mathegenie.

Was man von Jake nicht behaupten konnte. Wenn ich an die Schmierereien dachte, die er mir als Übungsrechnungen verkaufen wollte, dann hätte ich wohl eher mit ihm meine erfundenen Lerneinheiten abhalten sollen …

»Und wie geht's Lizzy?« Dad übergoss sein Putenfleisch mit Bratensoße. »Spielt sie immer noch Feldhockey?«

»Mittlerweile ist sie sogar Kapitänin unserer Schulmannschaft«, erzählte ich. »Erst letzte Woche haben sie das

Heimspiel gegen eine unserer Partnerschulen gewonnen. Vielleicht ziehen sie bald in die Landesmeisterschaften ein.«

»Wow, gratuliere! Bitte richte ihr meinen Glückwunsch aus!«

Ich nickte lächelnd.

»Wo wir gerade beim Thema Freundschaft sind …«, begann Dad und häufte sich einen Berg Krautsalat auf seinen Teller, ehe er mir einen leicht unsicheren Blick zuwarf. »Wie läufts eigentlich mit Emma?«

Meine Hand mit der voll beladenen Gabel blieb auf halben Weg zu meinem Mund in der Luft hängen. Ich blinzelte Dad mit großen Augen an. »Hm?«

»Du musst nicht darüber reden, wenn du nicht willst«, versicherte er mir. »Ich dachte nur … Am Friedhof hast du so was in der Art angesprochen, und da hab ich mich gefragt, ob du mir vielleicht mal von euren Problemen erzählen möchtest. Aber ich will dich zu nichts drängen.«

Ich legte meine Gabel beiseite und schüttelte den Kopf. »Nein, du kannst ruhig fragen. Ehrlich gesagt, wollte ich dich in dieser Angelegenheit sowieso um Rat fragen.«

Den Blick auf die Papierserviette fixiert, an der ich herumfummelte, zögerte ich einen Moment. Ich hatte mir schon lange vorgenommen, meinem Vater von der Sache mit Emma zu erzählen, aber leicht fiel mir das nicht. Doch nach all den Lügen, die ich ihm im Laufe der letzten Monate aufgetischt hatte, war ich ihm ein bisschen Ehrlichkeit schuldig. Sei es nur, um mein Gewissen zu beruhigen.

»Emma und ich sprechen nicht mehr miteinander«, gab ich schließlich zu. »Der Kontakt zwischen uns hat sich schon seit Beginn des Semesters immer weiter verschlechtert, aber ganz schlimm wurde es, als ich aus Versehen ihren Anruf weggedrückt habe. Es war keine Absicht, wirklich nicht. Aber leider ist es genau in dem Moment passiert, als Emma mir erzählen wollte, dass ihre Mutter wieder Schlaftabletten nimmt. Daraufhin hat sie mich über einen Monat komplett ignoriert, und als sie mich dann an Moms Geburtstag angerufen hat, ist das Gespräch eskaliert. Sie hat geschrien, ich hab geschrien, und am Ende waren wir beide verletzt. Seitdem sprechen wir nicht mehr miteinander.«

Die Faust auf den Mund gedrückt, blickte Dad mich an. Tiefe Falten gruben sich in seine Stirn, und ich konnte ihm ansehen, dass meine Worte ihn ins Grübeln gebracht hatten. Nachdem er einen Augenblick überlegt hatte, stellte er mir folgende Frage: »Wusstest du eigentlich, dass Angela schon lange vor ihrer Scheidung mit Christopher tablettenabhängig war?«

Überrascht zog ich die Augenbrauen hoch. »Nein, wusste ich nicht. Ich dachte, sie hätte die Tabletten wegen ihrer Schlafprobleme während des Scheidungsprozesses verschrieben bekommen?«

Mein Vater schüttelte den Kopf. »Nein, Angie hat schon Jahre vorher damit angefangen. Als Emma im Volksschulalter war, wurde es sogar so schlimm, dass sie drei Wochen lang in eine Entzugsklinik gehen musste. Euch Kindern haben wir damals erzählt, dass sie wegen ihrer Rückenschmerzen in ein Kur-Zentrum geschickt wurde, erinnerst du dich?«

Beinahe wäre meine Kinnlade am Tisch aufgeschlagen. Ich konnte kaum glauben, was ich da hörte. Aber plötzlich machte alles Sinn. »Deshalb durfte Emma sie also nicht besuchen!«

»Angie wollte nicht, dass Emma davon erfährt. Emma war damals noch ein kleines Kind – zu jung, um es verstehen zu können, und doch zu alt, um davon nicht belastet zu sein.« Dad legte seine Gabel beiseite. »Mom hat Angie fast täglich in der Klinik besucht, und auch nach ihrer Entlassung ist sie einmal pro Woche mit ihr zu einer Selbsthilfegruppe gegangen. Christopher hingegen wollte mit der ganzen Sache nichts zu tun haben. Er hat Angies Abhängigkeit geleugnet und das Thema totgeschwiegen, als würden ihre Probleme dadurch verschwinden. Irgendwann ging das aber nicht mehr, und daraufhin haben sich die beiden getrennt. Wobei die Sache mit der Anwaltsgehilfin natürlich auch einen Großteil dazu beigetragen hat.«

»Mom hat sich um Angie gekümmert?«, fragte ich, obwohl ich die Antwort bereits kannte. Mom hatte sich um jeden Menschen gekümmert, vor allem um jene, denen es gerade besonders schlecht ging. Dass ihre beste Freundin da keine Ausnahme darstellte, wunderte mich nicht.

»Helena war Angies Rettungsanker«, nickte Dad. »Sie hat ihr geholfen, sich ihren Problemen zu stellen, und sie nie dafür verurteilt. Mit Moms Hilfe gelang es Angie, ihre Abhängigkeit loszuwerden. Aber dann kam die Trennung mit Christopher, und als dann auch noch Leni plötzlich gestorben ist, war Angela … Sie war am Boden zerstört.«

Dad seufzte schwer und trank einen Schluck Glühwein, ehe er kopfschüttelnd wieder nach seiner Gabel griff und damit auf seinem Teller herumstocherte.

»Ich habe wirklich für sie gehofft, dass der Umzug etwas

ändern würde, aber vorstellen konnte ich mir das nicht. Es spielt keine Rolle, wohin wir gehen – vor uns selbst können wir nicht weglaufen.«

Nachdenklich und völlig überfordert von den Informationen, die ich gerade erhalten hatte, riss ich kleine Fetzen von meiner Papierserviette ab. »Wenn ich das früher gewusst hätte, dann … hätte ich für Emma da sein können. Genau wie sie für mich da war, als ich meine Mutter verloren habe. Aber ich kann ihr nicht helfen, wenn sie nicht mit mir spricht.« Ich hob den Blick und sah Dad ratlos an. »Was soll ich denn nur tun, Papa?«

Dad seufzte schwer. »Man kann niemanden zwingen, Teil des eigenen Lebens zu bleiben. Emma muss diese Entscheidung selbst treffen. Weiß sie denn inzwischen, dass du ihren Anruf nicht absichtlich weggedrückt hast?«

Ich nickte.

»Und weiß sie auch, dass sie dich jederzeit kontaktieren kann, falls sie deine Hilfe braucht oder einfach nur mit jemandem sprechen will?«

»Ja, das weiß sie«, flüsterte ich, den Blick auf meine zerrissene Serviette gerichtet. »Ich bräuchte noch nicht einmal eine Entschuldigung von ihr. Sobald sie mich anruft, bin ich für sie da … genau wie früher.«

Dad bemühte sich um ein Lächeln und schenkte mir noch etwas Glühwein nach. »Dann kannst du nur abwarten, Schätzchen. Emma muss selbst entscheiden, ob sie eure Freundschaft am Leben erhalten möchte. Und sie wird die richtige Entscheidung treffen, da bin ich mir sicher.«

Sowohl zu Heiligabend als auch am Weihnachtstag danach

aßen mein Dad und ich Truthahnbraten. Was wir selbst in zwei Mahlzeiten nicht aufessen konnten, nahm mein Vater am darauffolgenden Tag als Proviant für die Fahrt nach Kärnten mit. Er legte sich das kalte Truthahnfleisch in ein Brötchen und bereitete ein zweites für Harry vor.

»Ist es wirklich okay, dass ich dich bis morgen allein lasse?«, fragte mein Vater in voller Montur und mit dem Autoschlüssel in der Hand. Sorgenfalten zeichneten sich auf seiner Stirn ab.

»In zwei Monaten werde ich achtzehn, Dad! Ich komme schon klar.« Mit einem Lächeln schob ich ihn bei der Tür hinaus. »Und jetzt beeil dich, Harry wartet bestimmt schon!«

Er lugte auf seine Armbanduhr und erschrak, als er die Zeit sah. Mit einem flüchtigen Kuss auf meine Stirn verabschiedete er sich und stürmte dann durchs Treppenhaus nach unten.

Seufzend schloss ich die Wohnungstür. Endlich war ich ihn los. Ich liebte meinen Dad, aber manchmal wurde mir seine überfürsorgliche Art einfach zu viel. Seit Heiligabend hatte ich keine fünf Minuten für mich allein gehabt, außer wenn ich duschte oder schlief. Andauernd hieß es: »Schätzchen, hast du schon gegessen?« »Schätzchen, setzt dich zu mir, wir schauen einen Film!« »Schätzchen, sieh mal, ich habe ein altes Fotoalbum gefunden!« »Schätzchen, Oma und Opa wollen skypen, hast du Zeit?« »Schätzchen … Schätzchen … Schätzchen!«

Und so süß das auch war – ich brauchte eine Pause. Dringend.

Seufzend stellte ich mich an die Spüle und wusch die

letzten Geschirrreste von unserem gemeinsamen Frühstück ab. Nachdem ich mit dem Abwasch fertig war, machte ich was für die Schule. Hausaufgaben hatte ich keine, aber ich musste meine vorwissenschaftliche Arbeit fertigschreiben, an der ich den ganzen Herbst gearbeitet hatte. Thema meiner Arbeit war Friedrich Nietzsches Frauenbild, das ich aus verschiedenen Perspektiven (biografisch, philosophisch, historisch) belichten wollte – was schwieriger war, als gedacht. Gerade deshalb hatte ich mir den Moment, wenn ich den letzten Satz schrieb, umso befriedigender vorgestellt. Aber in Wahrheit war ich einfach nur erschöpft und froh, dass es vorbei war.

Nachdem ich die Arbeit zum Korrekturlesen an meinen Onkel (Deutschlehrer) geschickt hatte, schlüpfte ich in eine Jogginghose und pflanzte mich vor den Fernseher. Allein zu Hause zu sein, hatte seine Vorteile. Zum Beispiel, dass ich den ganzen Tag lang *Grey's Anatomy* gucken konnte, ohne dass sich mein Vater darüber beschwerte oder ich in mein Zimmer fliehen musste, weil ich seine Kommentare während der erotischen Szenen nicht ertrug. Den ganzen Nachmittag faulenzte ich auf der Couch und sah den jungen Ärzten dabei zu, wie sie sich stritten und liebten, bis ich irgendwann mit einer offenen Chipstüte auf dem Bauch einschlief. Als mich das Klingeln meines Handys aus den Träumen riss, schreckte ich hoch. Verschlafen blinzelte ich dem grellen Displaylicht entgegen und drückte auf ›annehmen‹.

»Ja, hallo?«

»Kätzchen!«

Und – zack! – war ich hellwach. Ich rappelte mich auf.

»Jake? Hi. Alles okay? Die letzten Tage warst du wie vom Erdboden verschluckt.«

»Sorry, die Feiertage waren stressig.« Und dann, ohne Umschweife: »Kannst du dich rausschleichen?«

Ich rieb mir die Augen. »Rausschleichen? Himmel, was hast du jetzt schon wieder vor? Muss ich wieder Auto fahren?«

Jake lachte ins Telefon. »Nein, keine Sorge. Ich dachte, wir könnten gemeinsam Weihnachten nachfeiern. Hast du Lust?«

»Wird es heiße Schokolade geben?«

»Klar.«

»Dann bin ich dabei.«

»Gut, dann hole ich dich in fünfzehn Minuten ab. Zieh dich warm an, okay? Am besten zwei Jacken übereinander. Bis dann.«

Ich legte mein Handy beiseite und rieb mir übers Gesicht. Es war drei Uhr morgens, am siebenundzwanzigsten Dezember, draußen herrschten Minusgrade und Jake sagte mir, ich sollte mich »warm anziehen«. Ich bereute schon jetzt, dass ich zugesagt hatte.

Schwerfällig erhob ich mich vom Sofa und schlurfte in mein Zimmer, um mich umzuziehen. Ich entschied mich für Thermoleggins, Skisocken und eine dicke Jeans. Dann zog ich mir ein Tanktop an, darüber einen Skipullover und Jakes Sweater, den ich mir damals beim Sprayen geliehen hatte. Ich musste auch noch ins Bad, um mir meine Locken zu einem dicken Zopf zu flechten und meine Wimpern zu tuschen. Mehr war um diese Uhrzeit nicht drin.

Anschließend schlüpfte ich in meine Boots, nahm meine

Daunenjacke von der Garderobe und hastete in Dads leeres Schlafzimmer, um Moms alte Skijacke aus ihrem Kleiderschrank zu nehmen. Eigentlich hatte ich damit aufgehört, ihre Klamotten anzuziehen, aber das hier war eine Ausnahme. Auf der Kommode lag eine Strickmütze mit Bommel, die setzte ich mir auf, und einen Schal wickelte ich mir auch noch um. Gut, das sollte genügen.

Ich knipste noch das Licht in meinem Zimmer und im Flur aus, dann verließ ich die Wohnung. Als ich durch die Eingangstür nach draußen ging, spürte ich die Kälte kaum. Ich atmete weiße Wölkchen aus und meine Nase wurde rot, aber abgesehen davon war mir mit meinem Zwiebellook angenehm warm. Jakes Auto parkte auf der anderen Straßenseite, und ich schaute kurz nach links und rechts, bevor ich hinüberlief und mich auf den Beifahrersitz plumpsen ließ. »Ein bisschen irre bist du schon, das weißt du hoffentlich?«

Jake ließ den Motor an. »Nicht irrer als du.«

»Wohin fahren wir?«

»Habe ich dir das jemals verraten?«

Nein, hatte er nicht. Und auch heute verriet er es mir nicht. Wir fuhren den Währinger Gürtel entlang auf die Billrothstraße, und von dort weiter Richtung Höhenstraße. Ich kannte die Strecke, weil meine Eltern und ich dort früher oft entlanggefahren waren. Und ich glaubte auch zu wissen, wohin Jake mich entführte.

Wir fuhren eine Bergstraße hoch, Serpentine um Serpentine, Kurve um Kurve, und erreichten schließlich den Aussichtsplatz am Kahlenberg. Genau, wie ich vermutet hatte. Ich stieß die Autotür auf und stieg aus, um mir die Aussicht anzusehen. Es war traumhaft. Wien war ein Lichtermeer inmitten der Dunkelheit, das sich golden über das Tal ergoss.

»Hier war ich früher oft mit meinen Eltern«, sagte ich, als Jake sich zu mir stellte. Ich suchte seinen Blick. »Danke fürs Herbringen.«

Er legte mir einen Arm um die Schultern und drückte mich an sich. »Ich dachte, das wäre ein schöner Ort, um Weihnachten nachzufeiern. Und jetzt komm, du musst mir beim Aufbauen helfen. Das Festessen wartet.«

Neugierig folgte ich ihm zu seinem Wagen. Jake öffnete den Kofferraum, in dem mehrere Decken und ein vollgefüllter Wäschekorb lagen. Nur war im Korb keine Wäsche, sondern alle möglichen Behältnisse, von Thermosflaschen über Keksdosen bis hin zu vollgefüllten Tupperboxen und Plastikbesteck.

»Ich hatte leider keinen Picknickkorb«, sagte Jake.

»Das ist … fantastisch.« Ich strahlte ihn an. »Aber glaubst du wirklich, wir können hier picknicken? Der Boden ist gefroren und es liegt Schnee.«

»Wir setzen uns ja auch nicht auf den Boden.« Jake griff nach einer Thermomatte und einer Decke, die er sich über die Schulter warf. »Komm, schnapp dir die Patchworkdecke.«

Dann ging er um den Wangen herum, stieg auf die Motorhaube und kletterte aufs Dach. Ich konnte meinen Augen nicht trauen, als er oben am Dach die Thermomatte ausbreitete.

»Echt jetzt?«

»Los, rauf hier.«

Ich seufzte, schulterte die Patchworkdecke und kraxelte ebenfalls rauf aufs Dach. Jake reichte mir die Hand und zog mich hoch, dann wies er mich an, die Decke auszubreiten. Er selbst kletterte derweil wieder runter und holte den Wäschekorb, eine Zeltlampe und eine weitere Decke. Ich machte es mir schon mal auf dem Dach gemütlich, mit dem Po auf einer dicken Schicht Thermomatte, Patchworkdecke und Kuscheldecke.

»Hier, nimmt das mal kurz.« Jake reichte mir den Wäschekorb und kletterte dann zu mir auf Dach, wo er sich neben mich setzte. Die Decke warf er von hinten um unsere Schultern, sodass wir eingemummelt waren. »Eine batteriebetriebene Heizdecke«, erklärte er. »Damit wir uns hier nicht den Arsch abfrieren.«

Ich musste lächeln. Er hatte an alles gedacht. »Und wo bleibt meine heiße Schokolade?«

Jake nahm mir den Wäschekorb aus der Hand und packte ihn aus. Er breitete die Sachen vor uns aus, wo noch reichlich Platz war. Den leeren Korb warf er blindlings vom Dach. »Mit oder ohne Rum?«

»Hmm …«, machte ich. War es klug, mich hier auf einem Autodach am Kahlenberg zu betrinken? – Nein. Hatte ich Lust dazu? – Teufel, ja!

»Also mit Rum, verstanden.« Jake grinste mich an und drückte mir eine Thermosflasche in die Hand. Aus seiner Jackentasche zog er eine winzige Flasche Rum, wie man sie an der Tankstellenkasse kaufen konnte. Er schraubte den Deckel auf und leerte sie in meine Thermosflasche. »Hast du Hunger?«

Ich trank einen Schluck heiße Schokolade mit Rum. Sie

schmeckte köstlich und wärmte mich von innen heraus. »Einen Bärenhunger.«

»Das habe ich gehofft«, erwiderte Jake. »Also, wir hätten hier einmal Minipizzas«, er öffnete eine Tupperdose, »dann hätten wir noch Nudelsalat«, er öffnete eine weitere, »Sandwiches … Chickennuggets … und Schokokuchen.«

Ich kam aus dem Staunen gar nicht mehr heraus. »Wo hast du das alles aufgetrieben?«

»Nirgendwo. Ich bin den halben Tag vor dem Herd gestanden. Ist alles selbst gemacht.«

Mit offenem Mund starrte ich ihn an, verwundert und begeistert zugleich. »*Du* hast das alles gekocht?«

Jake grinste. »Du tust ja so, als wäre das ein Wunder.«

Ich saß auf einem Autodach am Kahlenberg, vor mir ein gewaltiger Ausblick und neben mir mein bester Freund, der den ganzen Tag für unser gemeinsames Weihnachtsessen in der Küche verbracht hatte. »Das ist ein Wunder!«, beteuerte ich. »Ein Weihnachtswunder.«

Vor lauter Aufregung wäre mir fast der Appetit vergangen, doch als wir das Plastikbesteck aufrissen und uns über das Essen hermachten, kehrte er schlagartig zurück. Die Minipizzas waren köstlich und der Nudelsalat eine Offenbarung. Als ich den Schokokuchen probierte, wäre mir beinahe ein Stöhnen entkommen.

»Ich wusste ja nicht, dass du dermaßen gut kochen kannst«, lobte ich Jake, nachdem ich das zweite Stück Kuchen verdrückt hatte.

Er schlürfte an einer anderen Thermosflasche, die mit Tee gefüllt war. »Hab's schon als Kind gelernt. Meine Eltern waren nicht viel zu Hause, also musste ich oft selbst versorgen.«

Ich legte das Sandwich, nach dem ich gegriffen hatte, wieder zurück in die Box. Das war das erste Mal, dass Jake mir von seiner Kindheit erzählte. Mein Herz stolperte in meiner Brust, und ich hob neugierig den Blick. Jetzt nur keine falsche Frage stellen! »Waren deine Eltern arbeiten?«

Jake nickte. »Sie waren jung, als sie mich bekommen haben. Beide hatten keine fertige Ausbildung, deshalb sind wir immer dorthin gezogen, wo beide arbeiten konnten und halbwegs gut bezahlt wurden. Ihre Jobs wechselten dabei wie die Städte, in denen wir lebten. Nichts war von Dauer.«

Ich wärmte meine Hände an der Thermosflasche. »Wo wart ihr überall?«

»Hm, lass mich überlegen.« Jake richtete den Blick in den Sternenhimmel. »Als ich ein Baby war, haben wir so weit ich weiß in Linz gewohnt. Ich war in zwei verschiedenen Kindergärten, einer war im Burgenland, glaube ich, und der andere in Tirol. Dann sind wir nach Bayern gezogen, Ebersberg hieß die Stadt, und von dort weiter nach Korneuburg. Als ich die Volksschule fertig hatte, sind wir nach Wien gezogen. Dort war ich zuerst in der Mittelschule Kagran und dann in der AHS Theodor-Kramer-Straße. Und seit heuer bin ich eben im Franz-Kafka-Gym.«

»Wow, das klingt … anstrengend«, sagte ich.

Jake stocherte im Nudelsalat herum. »War es auch. Wir mussten immer wieder neu anfangen, Freunde zurücklassen, so was eben. Ich bin froh, dass das jetzt vorbei ist. Früher hat mir das weniger ausgemacht, da war ich es gewohnt, keine allzu festen Freundschaften zu knüpfen, weil sowieso niemand lange blieb. Anfangs war das auch in

Wien noch so. Während meiner Mittelschulzeit habe ich mich mit niemandem wirklich angefreundet, höchstens oberflächlich. Ich bin davon ausgegangen, dass wir sowieso wieder umziehen würden. Im Gymnasium hat sich das geändert. Ein Umzug war plötzlich ausgeschlossen, was das Sich-Anfreunden erheblich einfacher machte. Ich hatte zum ersten Mal eine Freundesgruppe, die mir auch was bedeutete. Drei Jahre ging das so, dann gab es einen Riesenkrach und alles ist zerbrochen. Daraufhin hatte ich mir eigentlich vorgenommen, keine weiteren Freundschaften zu schließen.« Er lächelte mich an. »Und dann kamst du.«

Ich spürte, wie ich errötete. Verlegen wandte ich den Blick ab. Es war so schön hier, die Heizdecke an meinem Rücken, Jake an meiner Seite, vor mir das Lichtermeer in der Dunkelheit. Ich wollte den Moment nicht zerstören.

Aber meine Neugierde schrie mich innerlich an und verlangte danach, gestillt zu werden. »Warum seid ihr plötzlich sesshaft geworden?«

Jake schnaufte, als hätte ich einen schlechten Witz gerissen. »Du weißt, dass ich dir das nicht erzählen kann.«

»Na gut, dann …« Ich zögerte. »Warum hat sich deine alte Freundesgruppe aufgelöst?«

»Lass gut sein, Cherie.«

»Hattest du ihretwegen so viele Fehlstunden?«

»Nein. Und jetzt hör auf.«

»Warum dann? Was hast du die ganze Zeit gemacht?«

»Cherie, hör auf …«

»Hast du Leute porträtiert? Musstest du arbeiten?«

»Hör auf, verdammt!«

»Oder war es was Familiäres? Hast du Geschwister?«

»STOPP!«

Ich zuckte zusammen. Tränen schossen mir in die Augen, zornige Tränen. Nicht, weil Jake mich angeschrien hatte, sondern weil ich mich über mich selbst ärgerte. »Tut mir leid.« Ich wischte mir mit dem Finger unter den Augen entlang, um meine Wimperntusche nicht zu verschmieren. »Das geht mich nichts an. Ich bin ein neugieriges Miststück. Bitte sei nicht sauer, dass ich das hier versaut habe.«

Jake griff nach meiner Hand. »Hey, sag das nicht. Du bist kein Miststück und du hast gar nichts versaut. Unangenehme Fragen, Herumgebrüll – das gehört doch zu einem richtigen Weihnachtsfest dazu, findest du nicht?«

Mir entkam ein Lachen. »Nicht unbedingt.«

»Also bei uns ist das Tradition«, grinste Jake. Er hielt immer noch meine Hand, wahrscheinlich um mich zu trösten. Aber auch als mein Blick wieder klar war, ließ er meine Hand nicht los. Ich spürte seine warme Haut, seinen Daumen, der Kreise auf meinen Handrücken malte, seine Finger, die sich mit meinen verschränkten. Hinzusehen wagte ich nicht. Hätte ich den Blick gesenkt, hätte er seine Hand weggezogen. Doch solange wir beide es ignorierten, konnten wir weiter Händchenhalten, ohne dass es komisch wurde.

»Wie wär's, wenn du mir eine andere Frage stellst«, schlug Jake vor. »Eine, die nichts mit meinem Privatleben zu tun hat. Vielleicht was Philosophisches? Oder was Biologisches – in Bio kenne ich mich aus!«

»Wie viele Chromosomen hat eine menschliche Zelle?«

»Okay, doch nichts Biologisches bitte.«

Ich kicherte. »Hab ich mir gedacht. Gut, dann, ähm …«

Natürlich wusste ich schon, was ich ihn fragen wollte. Aber ich musste mir erst noch Mut antrinken. Ich nahm einen Schluck heiße Schokolade mit Rum, dann fragte ich: »Was, glaubst du, ist der Sinn des Lebens?«

Jake griff nach der Thermosflasche mit Tee und schraubte mit seiner freien Hand den Deckel auf, die andere blieb mit meiner verschränkt. »Ein dämlicher Mythos, das ist der Sinn des Lebens«, antwortete er. »Das Leben hat keinen Sinn, und jeder, der einen Sinn darin sucht, verschwendet seine Zeit.«

Ich musste mich beherrschen, ihm nicht die Nägel in den Handrücken zu bohren. »Du glaubst also nicht daran, dass hinter allem, was passiert, ein höherer Sinn steckt?«

»Scheiße, nein!« Jake lachte. »Ich habe in den achtzehn Jahren, die ich auf der Welt bin, schon viel durchgemacht, und nichts davon hat auch nur ansatzweise Sinn ergeben. Manchmal gibt es seltsame Zufälle, schon klar, aber selbst die sind und bleiben eben nur Zufälle. Dieses ganze Gerede vom Schicksal ist Bullshit. Dem Universum sind wir scheißegal, und selbst wenn es irgendeinen höheren Plan gäbe, würde der mindestens in Jahrtausenden rechnen. Für das Leben eines Teenagers interessiert sich niemand, glaub mir.«

»Das reicht.« Ich entzog ihm meine Hand.

Jake runzelte die Stirn unter seiner schwarzen Mütze. »Hey, alles okay?«

Ich schwieg.

»Wolltest du etwas anderes von mir hören?«

»Nein, schon gut. Können wir jetzt bitte das Thema wechseln?«

»Tut mir leid, aber du hast mich gefragt, was ich vom Sinn des Lebens halte, und wie ich das sehe, ist das Leben von Anfang bis Ende sinnlos. Was uns passiert, passiert uns zufällig, und …«

»STOPP!« Ich rieb mir mit beiden Händen übers Gesicht, dann sah ich Jake flehend an. »Bitte hör auf, ja? Du willst nicht über dein Privatleben sprechen und ich will nicht hierüber sprechen. Können wir es also dabei belassen?«

»Du hast zwar gefragt, aber klingt fair«, erwiderte Jake und griff in seine Jackentasche. »Mehr Rum?«

Ich nahm ihm die Miniflasche aus der Hand und schraubte demonstrativ den Deckel ab, ohne den Blickkontakt abzubrechen. »Auf die verbotenen Themen!«

»Auf unsere Geheimnisse!«, erwiderte Jake und stieß mit seiner Thermosflasche mit mir an.

Der Alkohol brannte in meinem Hals, schmeckte aber nicht übel. Außerdem wurde mir davon schön warm im Bauch.

Die nächsten Stunden verbrachten wir damit, die Tupperdosen leer zu essen und dabei über alles Mögliche zu quatschen. Wir hatten uns drei Tage nicht gesehen, also gab es viel nachzuholen. Ich erzählte Jake vom Weihnachtsfest mit meinem Dad und von der krassen Geschichte über Emmas Mom, die er mir erzählt hatte. Außerdem erzählte ich, dass ich Dad gefragt hatte, was ich in Bezug auf Emma machen sollte. Jake fand Dads Ratschlag gar nicht schlecht.

»Wenn du abwartest und sie sich wieder meldet, könnt ihr eure Freundschaft reparieren und alles wird gut. Wenn nicht, weißt du, dass Emmas Entscheidung endgültig ist. Dann bringt es auch nichts, es weiter zu versuchen.«

Nachdem dieses Thema abgehakt war, tratschten wir ein bisschen über Lizzy und Dan. Ich erzählte, dass Dan heuer bei Lizzy Weihnachten feiern würde, weil seine Eltern die Feiertage mit ihren Freunden auf einem Kreuzfahrtschiff verbrachten. Er hatte ihr einen neuen Hockeyschläger, ihren Eltern einen Thermengutschein und ihren drei kleinen Brüdern neue Nerf-Blaster gekauft.

»Spielzeugpistolen sind das letzte, was die drei Quälgeister brauchen, wenn du mich fragst. Aber Dan meinte, die drei hätten ihn letztes Weihnachten so enttäuscht angesehen, als er ihnen Bücher geschenkt hatte, dass er es heuer wiedergutmachen wollte.«

»Wie lange steht Dan eigentlich schon auf Lizzy?«, wollte Jake wissen.

»Schon immer«, antwortete ich. »Seid ich die beiden kenne, ist Dan hinter Lizzy her. Aber bis jetzt hat er sich nie getraut, ihr das zu sagen.«

»Also sieht er lieber zu, wie ein anderer Typ sich an sie ranwirft, anstatt seinen Mann zu stehen?«

Ein Schnaufen drang aus meiner Lunge. »Du hättest ihn erleben sollen, als Lizzy in der Fünften mit Hannes Fuchs zusammen war. Dan hat ihn gehasst. Wenn du je eine Voodoopuppe in Dans Rucksack findest, dann ist das Hannes, darauf kannst du wetten.«

»Wäre ich in jemanden verliebt, könnte ich nicht zusehen, wie diese Person mit jemand anderem zusammen ist«, sagte Jake. »Das würde mich umbringen. Lieber würde ich den fettesten Korb meines Lebens bekommen, als sie an einen anderen zu verlieren und nicht zu wissen, ob sie vielleicht mich gewählt hätte, wenn ich ihr meine Gefühle gestanden hätte.«

Ich antwortete nicht, sondern schlürfte bloß schweigend meinen Kakao. Vielleicht sollte ich mir Tinder runterladen und auf ein paar Dates gehen, nur so zum Spaß. Dann bekäme ich womöglich ein Liebesgeständnis. Oder auch nicht. Dann hätte ich ein gebrochenes Herz und zusätzlich die Tindertypen am Hals. Nein, danke.

Anschließend sprachen wir noch über die Schule und über die Auswahl unserer Maturafächer, die wir beide bereuten. Jake meinte, er hätte lieber mündlich statt schriftlich in Bio antreten sollen, und ich hasste mich dafür, dass ich ›Englisch mündlich‹ aufs Blatt geschrieben hatte. Vor lauter Aufregung würde ich alle Vokabeln vergessen, das wusste ich jetzt schon.

»Zum Glück ist meine VwA schon fertig«, seufzte ich und nahm mir das letzte Schokokuchenstück. »Im Nachhinein hätte ich mir ein leichteres Thema aussuchen sollen. Nietzsche hat mich echt den letzten Nerv gekostet. Wie weit bist du mit Banksy?«

»Hab schon den Titel und das Vorwort.«

Ich musste lachen. »Wow.«

Irgendwann waren die Tupperdosen leer gegessen und die Thermosflaschen leer getrunken, nur unsere Gesprächsthemen versiegten nicht. Und der Rum, der versiegte auch nicht. Ich hatte bestimmt schon vier Fläschchen getrunken, und Jake schien immer noch welche dabei zu haben.

»Wie viele hast du eigentlich gekauft?« Ohne Vorwarnung griff ich in seine Jackentasche. Ich zog eine ganze Handvoll Fläschchen heraus. Daraufhin bekam ich einen Lachkrampf, der sowohl dem Alkohol in meiner Hand als auch dem in meinem Blut geschuldet war. »Sag mal, wolltest du mich abfüllen?«

»Nein, aber ich wollte auch nicht zu wenig dabei haben, falls du dich selbst abfüllen willst.« Jake versuchte, mir die Fläschchen wieder wegzunehmen, aber ich streckte meinen Arm weg. »Nichts da!«, sagte ich. »Die gehören jetzt mir. Du darfst sie eh nicht trinken. Don't drike and drive.«

»Du solltest aber auch keines mehr trinken«, lachte Jake. Er streckte sich nach den Fläschchen, und ich lehnte mich von ihm weg. Meine freie Hand lag auf seiner Brust, damit ich ihn fernhalten konnte.

»Gib mir die Fläschchen zurück!«

»Sonst was?«

»Sonst muss ich sie dir wegnehmen.«

»Das schaue ich mir an!«

Im nächsten Moment lag ich auf dem Kreuz, und mein Lachen hallte durch den Wald. Jakes Gesicht war direkt über meinem. Seine linke Hand umfasste meine, mit der ich die Fläschchen hielt, seine rechte Hand lag an meiner Hüfte. Ich atmete schwer, mein Brustkorb hob und senkte sich zu schnell.

Jake hatte die Fläschchen schon, ließ aber trotzdem meine Hand nicht los. Wir sahen einander an, unsere Gesichter nur wenige Zentimeter voneinander entfernt. Meine Atmung wurde flach, so aufgeregt war ich. Ich konnte meinen eigenen Herzschlag spüren, im Hals, in den Fingerspitzen, zwischen den Beinen, überall. Atemlos sah ich ihn an. »Und was jetzt?«

Jake zögerte einen Moment. Ich war mir sicher, dass er mich gleich küssen würde. Doch dann nahm er mir die

Fläschchen aus der Hand und setzte sich wieder auf.

Ich blieb auf dem Rücken liegen und schloss die Augen. Mir war nach Heulen zumute. Wie oft wollte er das noch abziehen, mich *fast* küssen und dann seine Meinung ändern? Ich ertrug das nicht länger. Ich musste es ansprechen. Jetzt war ich beschwipst und mutig. Wenn ich es jetzt nicht tat, würde ich mich nie trauen. »Jake, hör zu, ich …«

»Sieh dir den Sonnenaufgang an!« Jake zupfte an meiner Jacke, damit ich mich aufsetzte. Er hatte mich absichtlich unterbrochen. Offenbar wollte er nicht hören, was ich zu sagen hatte. Er wollte es totschweigen, wie immer.

Ich wusste, dass es nichts brachte, jetzt weiter darauf einzugehen, also ließ ich es darauf beruhen. Enttäuscht rappelte ich mich auf. Orangerote Sonnenstrahlen fielen auf mein Gesicht, und ich kniff die Augen zusammen. Als ich sie wieder öffnete, hob sich die Sonne als orangener Feuerball am Horizont empor. Die Stadt war ein Wechselspiel aus Licht und Schatten, die Felder und Bäume leuchteten in den schönsten Farben. Ich war im Himmel gelandet. Tränen sammelten sich in meinen Augen. Hätte Jake mich geküsst, wäre alles perfekt gewesen.

»Das wollte ich dir noch zeigen«, sagte Jake. »Jetzt können wir fahren.«

Kapitel 20

Der Rest der Ferien verging elendslangsam. Mit jedem Tag, den diese dämliche Klassenfahrt näherkam, verschlimmerte sich meine Abneigung dagegen. Wer, zum Teufel, ging bei dieser Kälte wandern? Allein der Gedanke, mit feuchten Socken in Wanderschuhen zu stecken und mich einen vereisten Bergweg hinaufzuquälen, drehte mir den Magen um. Echt, ich hätte kotzen können! Und um den Horror noch zu toppen, mussten wir drei Nächte im Matratzenlager schlafen. Ich sah mich schon eingerollt auf einer kratzigen Matratze liegen, die Stirn schweißnass und die Augen verquollen vom Staub, und davon träumen, wie Steffi mich mit einem Kissen erstickte. *»Psssst, Heulsuse, wehr dich nicht. Bald ist alles vorbei.«*

Am Abend vor der Abfahrt wurde der Widerwillen in meiner Brust so unerträglich, dass ich meinen Vater anbettelte, mich zu entschuldigen.

»Das kommt nicht infrage, Schätzchen. Die ganzen Ferien bist du nur zu Hause rumgesessen. Ein bisschen Bewegung tut dir gut.« Dad fischte Moms alte Wanderschuhe aus dem Schrank und stellte sie mir vor die Füße. »Die sollten dir passen. Sie sind nagelneu. Deine Mutter hat sich das mit dem Wandern auch immer am Vorabend anders überlegt.«

Ich seufzte. »Bitte, Dad, ich hab so was von null Bock auf

diesen Ausflug! Ruf einfach Professor Rüttenhofer an und sag ihm, dass ich krank sei!«

»So krank siehst du aber gar nicht aus.« Dad beugte sich vor, bis sein halber Oberkörper im Schrank steckte. »Ich hätte schwören können, dass Helena sich mal eine Regenjacke gekauft hat. Wo steckt die bloß?«

»Bitte zwing mich nicht, mitzufahren!«, flehte ich und stieß die Wanderschuhe mit meinem Fuß an, sodass einer umfiel. Bei der Vorstellung, die nächsten drei Tage damit herumzustaksen, hätte ich heulen können.

»Ah! Da ist er ja!« Dad erhob sich aus dem Kleiderschrank und streckte mir einen hellblauen Poncho entgegen. »Pack den ein für den Fall, dass ihr in einen Schneesturm geratet!«

Als er meinen Gesichtsausdruck sah, wurde das Grinsen auf seinen Lippen einen Ticken breiter. Widerwillig nahm ich ihm die Jacke aus der Hand und klemmte sie unter meinen Arm.

»Seit wann sträubst du dich denn so gegen Schulausflüge?«, fragte Dad. »Früher hast du dich immer darauf gefreut.«

»Früher war ja auch Emma dabei«, stöhnte ich, den Blick auf meine nackten Füße gerichtet. »Mit Emma war das was ganz anderes. Da wusste ich einfach, dass es lustig werden würde.«

Mein Vater rieb sich den kurzen Bart. »Aber du hast ja noch Lizzy und Dan.«

»Ja schon«, seufzte ich und ärgerte mich, weil mich diese Gewissheit nicht tröstete. »Aber sie sind nun mal nicht Emma. Ohne Emma fehlt einfach was.«

Doch eigentlich schwirrte in meinem Kopf ein ganz anderes Gesicht herum. Ein Gesicht, das mir noch vor ein paar Tagen verdammt nahe gekommen war.

Als mein Vater seinen Namen aussprach, fuhr ich innerlich zusammen: »Was ist eigentlich mit diesem Jakob?« Dads Miene verdunkelte sich, und binnen Sekunden alterte er um ein gutes Jahrzehnt. »Fährt der auch mit?«

Ich roch die Möglichkeit, meine Entschuldigung doch noch zu erhalten. Aber ich wollte meinen Vater nicht schon wieder belügen. »Nein, Dad, er fährt nicht mit. Und frag mich nicht warum, denn das weiß ich selbst nicht.«

Dad schnaufte erleichtert. »Sehr gut. Hast du eigentlich noch viel Kontakt zu diesem Jungen?«

Hastig hob ich die Schuhe auf und fingerte an deren Schnürsenkeln herum. Ich wagte es nicht, meinen Vater anzusehen. »Nein, wir sprechen kaum miteinander.«

»Aha.« Wenig überzeugt hob Dad eine Augenbraue. »Und wieso nicht, wenn ich fragen darf? Damals, als ich euch gemeinsam im Auto erwischt habe, schienst du ihn ja sehr gut leiden zu können.«

Dad sagte das, als hätten wir uns damals nackt auf der Rückbank gerekelt, dabei hatte Jake mich bloß nach Hause gefahren. Leichter Ärger wallte in mir auf, und ich achtete darauf, dass das verräterische Honigbraun meiner Augen von meinen Wimpern verdeckt wurde.

»Damals hab ich ihn ja auch noch nicht so gut gekannt. Ich dachte, wir könnten Freunde werden, aber mittlerweile habe ich eingesehen, dass das mit uns nicht hinhaut.« Ich zuckte die Schultern. »Zwischen uns stimmt die Chemie einfach nicht.«

Sofort huschte das Bild durch meinen Kopf, wie wir gemeinsam auf seinem Autodach lagen. Unser Finger miteinander verwoben, sein Gesicht knapp über meinem, die brennenden paar Zentimeter Luft zwischen unseren Lippen. Ich konnte mir nicht erklären, was in jener Nacht passiert war – oder fast passiert wäre. Doch jedes Mal, wenn ich daran dachte, pochte es in meiner Mitte.

Dad antwortete nicht. Stattdessen spürte ich seinen Blick im Gesicht, der meine Züge nach einem Zucken absuchte, das ihm verriet, ob ich die Wahrheit sagte.

Bevor er etwas finden konnte, wechselte ich das Thema: »Du lässt mir also keine Wahl? Ich muss diesen dämlichen Ausflug mitmachen?«

»So sieht's aus, Schätzchen«, erwiderte Dad, nun wieder entspannter. »Es wird bestimmt spaßig, du wirst schon sehen.«

Ich stieß ein verächtliches Schnauben aus. Dann hob ich die Wandersachen vom Boden auf und schlurfte damit in mein Zimmer. Mein Urteil stand fest.

Vollstreckt wurde es von meinem klirrenden Wecker um sieben Uhr am nächsten Morgen. Am liebsten hätte ich das blöde Ding aus dem Fenster geworfen. Weil mir das aber auch nicht viel genützt hätte, ließ ich den alten Wecker zufrieden und ergab mich nach einer ausführlichen Dusche meinem Schicksal. Mit den klobigen Wanderschuhen an den Füßen und einem vollgepackten Rucksack am Rücken verabschiedete ich mich von meinem Vater und trat meinen Galgenmarsch an.

Am Weg zum Hauptbahnhof hörte ich meine Lieblingsplaylist, doch selbst das half nichts. Ich fühlte mich miserabel. Die Straßenbahnsitze erschienen mir härter als sonst, und beim Bremsen quietschte der Waggon so laut, dass mir fast das Trommelfell platzte. An jeder Haltestelle musste ich mich beherrschen, nicht einfach auszusteigen. Zwischendurch holte ich immer mal wieder mein Handy hervor und bombardierte Jake mit Nachrichten. Dass ich keinen Bock hätte. Dass ich neidisch war, weil er schwänzen durfte. Wie er mir das antun konnte. Dass ich ihm die Schuld geben würde, wenn Steffi mich über einen Felsvorsatz schubste. Dass er mich doch bitte, bitte abholen sollte.

Aber ich bekam keine Antwort.

Am Hauptbahnhof angekommen, schleppte ich mich durch die Eingangshalle, entdeckte meine Klasse im Wartebereich vor den Gleisen und musste meine Kopfhörer rausnehmen. Anstelle meines Lieblingssongs dröhnte nun Steffis Stimme durch meine Gehörgänge, penetrant und schrill wie üblich.

»Soll das heißen, wir müssen uns in den Duschräumen umziehen?« Mit hochgebundenen Haaren saß sie auf Sams Schoß und funkelte den Dünnen aus schmalen Augenschlitzen an. Zwei einzelne rote Strähnen umspielten ihr hübsches Sommersprossengesicht und verliehen ihr etwas Teuflisches. »Das kann doch nicht ihr Ernst sein!«

Der Dünne öffnete den Reißverschluss seiner Jacke und putzte seine Brillengläser mit dem Saum seines Shirts. »Stellen Sie sich doch nicht so an, Fräulein Schachtner.«

»Dort drin ist alles nass!«, keifte Steffi. »Wo soll ich meine Sachen hinlegen? Glauben Sie, ich werfe einen Saint Laurent BH einfach auf den Boden? Ganz bestimmt nicht!«

Ich verdrehte die Augen und stellte meinen Rucksack ab.

Keine Sekunde später landete ein zweiter Rucksack neben meinem.

»Wer, zur Hölle, zieht einen Saint Laurent BH zum Wandern an? Manchmal frag ich mich, ob diese Frau noch richtig tickt.«

Mit einem dicken Truthahnsandwich in der Hand stellte Lizzy sich neben mich. Sie nahm einen großen Bissen und stöhnte zufrieden. »Verdammt ist das gut.«

»Mahlzeit.«

»Danke.«

Lizzy drückte mich an der Schulter nach unten, damit ich mich auf meinen Rucksack setzte. Sie selbst ließ sich auf ihren fallen. Gemeinsam zogen wir uns rein, was sich zwischen Steffi und dem Dünnen abspielte.

»Dann werden sie ihre Kleidung wohl auf dem Waschbecken ablegen müssen, Frau Schachtner«, erwiderte der Professor gelassen.

Steffi dagegen hatte die Arme unter ihren Möpsen verschränkt. »Bevor ich das mache, zieh ich mich vor allen anderen in diesem gottverdammten Matratzenlager um!«

Daraufhin ertönte ein mehrstimmiges Grölen hinter uns. Kyle und seine Freunde jubelten, als hätte ihre Mannschaft den Superbowl gewonnen. »Mach das, Shawty! Gönn uns 'nen Striptease!«

»Fresse, Fettsack!« Steffi warf mit einer zerknüllten Papiertüte nach ihm.

»Ich bitte Sie, Herr Kraft!«, schimpfte der Dünne und funkelte Kyle über seine Brillengläser hinweg an. »Verkneifen Sie sich solche Bemerkungen! Und Sie, Fräulein Schachtner, ziehen sich bitte in den Duschräumen um. Sie finden schon eine Möglichkeit, wo sie ihre Kleidung ablegen können, ohne dass sie nass wird.«

Sofort ging das ganze Theater von vorne los. Mir wurde ganz anders. Wenn das die nächsten drei Tage so weiterging, würde ich mich danach in Langzeittherapie begeben müssen.

Als Lizzy meinen Gesichtsausdruck sah, gab sie mir einen Stoß mit der Schulter. »Hey, schau nicht so! Wird bestimmt lustig.« Sie fischte ein Trinkpäckchen aus dem Rucksack. »Erfrischung gefällig?«

Ein Seufzen entwich mir, und ich nahm das Trinkpäckchen entgegen, ehe ich mich wie ein Sack Mehl an ihre Seite lehnte. Mein Kopf kippte auf ihre Schulter. »Das überlebe ich nicht, Lizzy.«

Lizzy drückte mir einen Kuss auf den Scheitel. »Keine Sorge. Ich denke mir was Schönes für deine Beerdigung aus.«

Einen Moment lang ließ ich meinen Blick durch die gewaltige Bahnhofshalle schweifen. Erst jetzt fiel mir auf, wie viel hier eigentlich los war. Leute drängten sich aus allen Himmelsrichtungen an unserer Gruppe vorbei, in deren Mitte immer noch der Dünne stand und konzentriert die Gleisnummern musterte. Jeannie stand neben ihm und schlürfte an einem großen Matcha Latte, der dieselbe Farbe wie ihre Strickmütze hatte, ihre Dreadlocks hatte sie zu einem dicken Zopf geflochten. Die meisten anderen aus meiner Klasse saßen wie Lizzy und ich auf ihren Rucksäcken. Steffi saß umzingelt von ihren Freundinnen auf Sams Schoß, Kyle und seine Jungs lehnten an der Wand, und ein paar Mädchen standen am Schaufenster von *New*

Yorker und begutachteten die Sale-Klamotten.

Meine Augen huschten zu den Rolltreppen, und ich musste lächeln. Dani kam gerade hochgerollt. Seine hellbraunen Haare waren platt gedrückt, seine Füße steckten in dunkelgrünen Wanderschuhen und sein rot-grüner Reißverschlusspullover sah aus wie ein Relikt aus den Neunzigern.

Ich winkte ihm, aber natürlich hatte Lizzy ihn schon vor mir entdeckt und sprang sofort auf. Schon von weiten sah ich, wie sich Dans Gesicht aufhellte, als Lizzy auf ihn zugerannt kam und sich wie ein Äffchen auf ihn stürzte. Dan taumelte, hielt dann aber doch noch die Balance.

Ich ließ den beiden ihre Privatsphäre und widmete mich meinem Trinkpäckchen. Ein Schluck Apfelsaft könnte mir vielleicht helfen, die ganze Negativität hinunterzuschlucken, die sich immer wieder meine Kehle hochkämpfte. Ich wickelte den Strohhalm aus seiner Verpackung und schlenderte Richtung Mülleimer, um das Plastik wegzuwerfen. Zu meinem Bedauern stand der Mülleimer genau neben Steffis Clique, weshalb ich auch versuchte, mich so unauffällig wie möglich zu verhalten.

Doch leider machte mir Sam einen Strich durch die Rechnung. »Hey, Cherie, wo steckt Jake eigentlich?«

Ich hielt mitten in der Bewegung inne. Sofort richteten alle vier Mädchen ihre Blicke auf mich. Ich bemühte mich um einen gleichgültigen Gesichtsausdruck und zuckte die Schultern. »Jake fährt nicht mit.«

»Aww, nicht doch!« Steffi schob die Unterlippe vor. »Wer passt denn auf die kleine Cherie auf, wenn weder Emma noch Jake hier sind?«

Ich bedachte sie mit einem kühlen Blick.

»Was denn?«, fragte Steffi, als ich nach ein paar Sekunden immer noch nicht geantwortet hatte. »Ist dir die Zunge im Hals stecken geblieben?«

Das Grün ihrer Augen peitschte mir entgegen wie eine leuchtende Schlangenhaut, die aus dem Dickicht des Regenwalds hervorblitzte. Ich erschauderte. Doch obwohl ich mich gewaltig unwohl fühlte, drückte ich die Schultern durch und hob das Kinn. Langsam war es an der Zeit, dass die kleine Cherie auf sich selbst aufpasste, wenn sie nicht im Ganzen verschlungen und verdaut werden wollte.

»Sorry, aber was du da von dir gibst, ist mir zu blöd.«

Ein kurzes Aufblitzen in Steffis Augen, und ich verspannte. »Eigentlich schade, dass Jake nicht mitfährt.« Steffi wickelte sich eine feuerrote Strähne um den Zeigefinger. »Er hätte die Sache mit den Gemeinschaftsduschen sicher interessanter gemacht.«

Ich presste meinen Daumen auf das spitze Ende des Strohhalms. Ein unangemessener Ärger breitete sich in meiner Brust aus.

Auch Sams Miene verdunkelte sich, doch Steffi schien das herzlich wenig zu interessieren. Viel zu sehr genoss sie meinen Blick. Als ich ihre Mundwinkel zucken sah, schäumte der Ärger in mir über. Was ich als Nächstes sagte, hatte ich mir nicht besonders gut überlegt:

»Mag schon sein, dass er die Gemeinschaftsduschen für dich interessanter gemacht hätte. Du aber nicht für ihn, fürchte ich.«

Ein belustigtes Keuchen ging durch ihre Runde. Steffi sah mich mit hochgezogenen Brauen an, ihr Lächeln hatte etwas Bösartiges an sich. »Oh, du denkst also, er steht mehr auf kleine, hilflose Mädchen wie dich? Mit großen, unschuldigen Kulleraugen, die ihn anhimmeln?«

Ihre Freundinnen lachten. Steffi zog die Oberlippe hoch, zeigte ihre weißen Zähne und sog scharf die Luft ein. »Was glaubst du – hängt er mit dir ab, weil er das Gefühl haben will, gebraucht zu werden, oder pusht deine Anhänglichkeit einfach sein Ego?«

Autsch.

Mit aller Kraft presste ich die Finger in das Trinkpäckchen und spielte mit dem Gedanken, Steffi damit zu bewerfen. Mein Blick glitt zu ihren Freundinnen, die mich überheblich angrinsten, und zu Sam, der vor Fremdscham beinahe im Boden versank. Ich fühlte, wie sich Druck hinter meinen Augen aufbaute, und sah absichtlich woanders hin. Mein Blick glitt zu den Rolltreppen, als ich plötzlich einen dunklen, zerzausten Haarschopf hochfahren sah. Der Sturmfrisur folgten schwarze Augenbrauen, ein malerisches Augenpaar und ein freches Grinsen mit Zigarette im Mundwinkel.

Ich lachte auf. »Gibt's doch nicht!« Mein Herz schlug vor lauter Freude einen Rückwärtssalto. Ich ließ Steffi stehen, um ihm entgegenzugehen. Sie rief mir noch irgendetwas hinterher, aber das juckte mich nicht. Gerade war mir Steffanie Schachtner scheißegal.

Meine ganze Aufmerksamkeit galt Jake in seinem bunten Snowboardhoodie, auf dem sich die Träger seines Rucksackes abzeichneten. Ich winkte ihm, und sein Grinsen wurde breiter. Mit dem Ellbogen stupste er Luca an, der mit hängendem Kopf neben ihm herging. Luca hob den Blick, und schlagartig verdunkelte sich seine Miene.

»Schönen guten Morgen, die Herren!« Der Dünne drängte sich zwischen den anderen durch und blieb vor den Jungs stehen. Mit seinen eins siebzig war der schmächtige Professor ein gutes Stück kleiner als die beiden. Er musste sogar den Kopf in den Nacken legen, um sie ansehen zu können. »Ich hoffe, Sie wissen, dass Rauchen im Bahnhofsgebäude strengstens untersagt ist!«

Jake nahm seine Zigarette aus dem Mund und schnippte sie in einen Mülleimer. Luca schien es wesentlich schwerer zu fallen, sich von seiner Kippe zu trennen. Eilig nahm er noch einen tiefen Zug – und dann noch einen –, ehe er die Zigarette ebenfalls wegwarf.

»Sehr gut!« Professor Rüttenhofer stemmte die Hände in die Hüften. »Vielleicht sollte ich Sie noch einmal an unsere Regeln erinnern, bevor wir diese Klassenfahrt beginnen.«

Als Jake am quatschenden Professor vorbeischaute und mir zuzwinkerte, flatterte es in meinem Bauch. Unweigerlich musste ich lächeln. Ich schlag die Arme um mich und begann, auf den Fußsohlen zu wippen. Die Aufregung, die mich plötzlich überkommen hatte, machte mich ganz hibbelig.

Erst als der Dünne die Hand ausstreckte, wandte Jake den Blick von mir ab.

»Sie händigen mir jetzt bitte ihre Zigaretten aus!«, forderte der Professor. »Und zwar alle, die sie bei sich tragen.«

Leichtes Entsetzen huschte über Jakes Züge. »Wir müssen die Zigaretten abgeben? Ich dachte, der Ausflug geht ins Freie?«

»Das tut er ja auch, aber es ist und bleibt ein Schulausflug, Herr Sommer.« Der Dünne klappte die Handfläche auf und zu. »Also, her mit den Zigaretten!«

Jake rieb sich den Nacken und linste aus dem Augenwinkel zu Luca, der ihn mit einem vernichtenden Blick strafte. Dann fischten die beiden ihre Schachteln aus ihren Rucksäcken und Hosentaschen und überreichten sie dem Dünnen. Ich war überrascht, wie heiter Jake aussah. Er musste heute wirklich verdammt gut aufgelegt sein. Lucas Miene hingegen hatte sich in der Zwischenzeit zu einem postapokalyptischen schwarzen Loch verdunkelt. Als der Dünne die Zigaretten verstaut und sich erneut der Klasse zugewandt hatte, boxte Luca Jake so heftig in die Schulter, dass der strauchelte. Und das hieß schon was.

»Vielen Dank, du Hundesohn!«

Jake rieb sich den Arm und zog einen Mundwinkel in die Höhe. »Sorry, Mann, aber das konnte ich nicht wissen.«

Mit einem weiteren bösen Blick ließ Luca ihn stehen und stellten sich an die Wand. Nichts an ihm deutete darauf hin, dass er angesprochen werden wollte, also tat das auch niemand.

Jake kam auf mich zu. »Guten Morgen, Kätzchen. Hübsches Vogelnest.«

Ich betastete den schlampigen Dutt auf meinem Kopf und versuchte, mein Lächeln nicht ausarten zu lassen. Innerlich fühlte ich mich, als müsste ich einen Freudentanz aufführen. »Du bist gekommen.«

»Gut erkannt, Sherlock«, erwiderte Jake, während er an der linken Kordel meines Pullis herumspielte. »Und wenn du mich jetzt nach dem Grund dafür fragst, schnür ich dir die Kapuze vor dem Gesicht zu.«

Lächelnd zog ich ihm die Kordel aus der Hand. »Nein,

danke.«

Jakes erwiderte mein Lächeln, dann wanderte sein Blick über mich hinweg und blieb an Luca hängen, der an der gegenüberliegenden Wand am Boden saß. »Der wird eine Zeit lang nicht mit mir reden ...«

Ich drehte mich ebenfalls nach Luca um. Er hatte die Beine angezogen und stützte sich mit den Unterarmen auf seinen Knien ab, sein Oberkörper war leicht vornübergebeugt und seine farblosen Augen blitzten wie frisch geschliffene Klingen, als er Jake durch seine rabenschwarzen Haare hindurch fixierte. Mit diesem düsteren Gesichtsausdruck hatte er etwas verdammt Unheimliches an sich.

»Sag mal, was hast du ihm eigentlich angetan?«

Jake räusperte sich. »Na ja, angefangen hat es damit, dass ich mich entschieden habe, meinen Arsch hierher zu bewegen. Als ich dann heute Morgen am Weg zum Bahnhof war und mir klar wurde, was das bedeutete, wurde ich ärgerlich und beschloss, noch jemanden mit in den Abgrund zu reißen.«

»Und das war Luca?«

Jake nickte. »Freiwillig wäre der sowieso nicht mitgefahren. Außerdem wollte ich jemanden dabeihaben, dem das alles genauso auf die Nerven geht wie mir, verstehst du? Damit ich mich besser fühle.«

Mir entfuhr ein Lachen. »Ganz schön selbstsüchtig!«

Jake zuckte die Schultern. »Der wäre sonst eh nur in seinem Zimmer rumgesessen und hätte sich zugedröhnt, damit die Tiefkühlpizza besser schmeckt. Ein bisschen Abwechslung schadet ihm nicht.«

»Und wie konntest du ihn überreden?«

Jake stellte seinen Rucksack ab und setzte sich drauf. Im Stehen war ich jetzt einen Kopf größer als er. Lächelnd blickte er zu mir hoch. »Zuerst hab ich einfach gefragt, ob ich ihn mitnehmen soll. Hat nicht funktioniert. Dann hab ich ihm ein schlechtes Gewissen eingeredet, weil das die letzte Klassenfahrt ist und er all die Vollpfosten hier nach der Matura nie wiedersehen wird, bla, bla. Hat auch nicht funktioniert. Dann hab ich es mit Drohen probiert …« Jake zog eine Grimasse. »Das hat *besonders schlecht* funktioniert.«

Kurz pendelte mein Blick von Jake zu Luca. Ich konnte mir nur zu gut vorstellen, dass Luca sich nicht gerne drohen ließ. Vielleicht hatte er seinen Hund auf Jake losgelassen. *Fass! Braver Junge!* Ein Lachen kämpfte sich meine Luftröhre hoch, ich überspielte es mit einem Räuspern. »Und dann?«

»Dann hab ich es mit Bestechung probiert«, fuhr Jake fort. »Das hat funktioniert. Leider hat der Professor gerade das ganze Bestechungsmaterial einkassiert.«

Ah, das erklärte Lucas Blick.

»Nervt es dich denn gar nicht, dass du deine Zigaretten abgeben musstest? Du bist überraschend cool geblieben.«

Jake hob eine Augenbraue. »Was hast du erwartet? Einen Amoklauf?«

Nach kurzem Überlegen nickte ich. »Ja, schon.«

»Du hast aber eine sehr geringe Meinung von meiner Selbstbeherrschung, Kätzchen.«

Er erhob sich und stand plötzlich in voller Größe vor mir, sein Herz schlug keine zwanzig Zentimeter von meinem entfernt. Mit jedem Atemzug nahm ich seinen herben

Geruch in mich auf und wusste plötzlich nicht mehr, was ich mit meinen Händen tun sollte. Sie fühlten sich feucht und kalt an, kribbelig.

Es war nicht Jakes Selbstbeherrschung, an der ich zweifelte.

Einen Moment lang hingen unsere Blicke noch aneinander, dann fand seiner über meine Schulter hinweg einen neuen Fokus. »Morgen, Blondie.«

Leichtfüßig glitt Lizzy an uns vorbei und pflanzte sich auf Jakes Rucksack. Mit einem neckischen Lächeln auf den Lippen überkreuzte sie die Beine und streckte sich wie eine Katze nach dem Mittagsschlaf. »Schönen guten Morgen, Jakob! Sag mal, warum werdet ihr zwei angesehen, als hätte man einen Mordanschlag auf euch geplant?«

Jakes Blick huschte zu Luca, der an der Wand lehnte und ihn durch seine schwarzen Haare hindurch anstarrte, während ich vorsichtig über die Schulter linste und nach Steffi Ausschau hielt. Als ich ihr plötzlich direkt in die Augen sah, lief mir ein kalter Schauer über den Rücken. Sie saß noch immer auf Sams Schoß und hatte die Arme unter ihren Brüsten verschränkt. Ihre Augen waren zu Schlitzen verengt und hatten mich eindeutig ins Visier genommen. Schnell drehte ich mich wieder um und ignorierte die leichte Panik, die mir in den Nacken kroch.

»Wenn ihr mir nicht bald was abnehmt, schließe ich mich dem Mordkommando an!«, keuchte Dani hinter uns. Mit hochrotem Kopf versuchte er, das Gleichgewicht zu halten, während er drei Rucksäcke gleichzeitig jonglierte.

Ich eilte ihm entgegen und nahm ihm meinen Rucksack ab, woraufhin ihn das Gewicht von Lizzys Rucksack ohne

Gegengewicht beinahe umriss. »Sag mal, was hast du da drin? Backsteine? Schwermetall? Die Leiche des Schiedsrichters vom Match letzten Donnerstag?«

Lizzy faltete charmant lächelnd die Hände unter dem Kinn. »Meine ganze Zuneigung für dich, Dan.«

Ihre Worte brachten ihn ein zweites Mal aus dem Gleichgewicht. In einer ruckartigen Bewegung legte er ihr den Rucksack zu Füßen. Als er sich wieder aufgerichtet hatte, setzte er einen grimmigen Blick auf. »Glaub bloß nicht, dass ich dir den jetzt die ganze Zeit nachtrage!«

Noch im selben Moment ertönte eine Durchsage aus den Bahnhofslautsprechern.

»Das ist unser Zug!«, polterte Liz und schoss hoch. Sie packte mich am Handgelenk und zog mich zu den Rolltreppen, die zum Gleis führten. Nur mit Glück hatte ich noch rechtzeitig nach dem Träger meines Rucksackes greifen können. Als ich einen Blick über die Schulter warf, sah ich, wie Dan schimpfend mit den Armen in der Luft herumfuchtelte und schließlich Lizzys Rucksack mitschleppte, den sie zurückgelassen hatte. Ich musste lachen. Was auch sonst.

Der Zug war gedrängt voll. Professor Rüttenhofer, dem mittlerweile Schweißperlen auf der Stirn standen, schob sich zwischen den Passagieren hindurch und plagte sich damit, alle Schüler unserer Klasse im Blick zu behalten und gleichzeitig abzuzählen. Sein Gemurmel ging in der angeregten Gesprächskulisse des Zuges unter, nur hin und wieder drang sein verzweifeltes Zählen zu uns durch. Da Lizzy und ich die Ersten im Zug waren, konnten wir ein Viererabteil reservieren. Ein paar Minuten später gesellten sich die Jungs zu uns.

»Danke fürs Platzfreihalten«, sagte Jake und hob seinen Rucksack auf die Gepäckablage. Gerade als er sich neben mich gesetzt hatte, wurde weiter vorne im Waggon nach ihm gerufen: »Jaaaaake? Kannst du mir kurz helfen?«

Überrascht reckte er den Hals.

Als er aufstand und sein Platz leer wurde, rückte ich rüber, um einen Blick zu erhaschen. Steffi stand am Mittelgang des Zuges und fummelte an den rosaroten Trägern ihres Rucksackes herum. Ich hörte nicht, was sie zu ihm sagte, aber Jake griff nach ihrem Rucksack und hob ihn auf die Gepäckablage, woraufhin sie ihn dankbar anlächelte. Als sich jemand hinter ihnen vorbeidrängte, schmiegte sie sich an seinen Oberkörper und streckte ihm ihre Möpse entgegen.

»Bild ich mir das nur ein, oder wirft Steffi sich gerade an Jake ran?«, fragte Lizzy, die sich ebenfalls umgedreht hatte.

Ich konnte ihr nicht antworten. Mir war nämlich die Luft im Hals steckengebleiben. Mit aufgeblasenem Brustkorb bohrte ich die Fingernägel in meinen Sitz und beobachtete Steffi, wie sie einen Fussel von Jakes Pulli zupfte. Etwas überrascht musterte er ihre Finger, machte aber keine Anstalten, sie dabei zu behindern. Noch im selben Moment wandte Steffi den Blick von Jake ab und stellte Augenkontakt mit mir her.

Was zum …?

Ihre Lippen verzogen sich zu einem bösartigen Lächeln. Wenn das eine Botschaft sein sollte, dann hatte ich sie erhalten.

Als Jake sie endlich stehenließ und sich wieder neben mich setzte, glühten meine Wangen immer noch. Lizzy starrte ihn belustigt an, und auch Dan hatte eine Augenbraue gehoben. Jake dagegen schien keinen blassen Schimmer zu haben, weshalb ihn alle anglotzten. Es dauerte ein paar Sekunden, ehe es ihm überhaupt auffiel.

»Hab ich irgendwas im Gesicht?«, fragte er und rieb sich das Kinn. »Oder gibt es einen anderen Grund, warum ihr mich alle anstarrt? Ich meine, von Cherie bin ich das ja gewohnt, aber …«

»Sag bloß nicht, dass du diese Cheerleader-flirtet-mit-dem-Quarterback-Nummer nicht mitgekriegt hast?«, fiel Lizzy ihm ins Wort. »Sie hat sich an dich rangeschmissen!«

»Wer? Steffi?« Jake runzelte die Stirn. »Die benimmt sich doch immer so.«

Ach, sie benahm sich immer so, wenn er in der Nähe war! Wie schön! Das hört man doch gerne!

Ich krallte mich am Sitz fest.

»Ist sie nicht eigentlich mit Sam zusammen?«, fragte Jake.

Lizzy kicherte in ihren Apfelsaft, und Dan kniff sich in die Nasenwurzel. »Keiner weiß das so genau«, sagte Dan. »Richtig zusammen sind sie jedenfalls nicht. Das Ganze ist mehr eine Art …«

»Eigentumsverhältnis«, half Lizzy ihm aus. »Sam gehört Steffi, aber Steffi gehört nicht Sam. So einfach ist das.«

»Das geht schon seit der Unterstufe so«, seufzte Dan kopfschüttelnd. »Früher, als Emma noch hier war, haben sie und Steffi sich mit Sam abgewechselt. Er war praktisch eine Trophäe, die alle paar Wochen den Besitzer gewechselt hat. Unglaublich, dass manche Leute sich auf so was einlassen.«

Wieder glitt Jakes Blick an Lizzy vorbei auf den Gang

hinaus. Als Steffi registrierte, dass er sich ihr zugewandt hatte, schleuderte sie ihren roten Zopf über die Schulter und lächelte ihn kokett an, ehe sie sich wieder zu ihren Freundinnen umdrehte. Wie auf Knopfdruck zuckten Jakes Mundwinkel in die Höhe.

»Lass mich mal bitte raus!« Ich gab ihm einen Ruck und riss ihn damit von ihrem Anblick los.

Verblüfft musterte er meine fuchtelnde Hand und erhob sich, woraufhin ich mich an ihm vorbeiquetschte und eine der Zugtoiletten aufsuchte. Mir war zum Kotzen zumute. Am besten direkt auf Steffanies Kopf.

Ich schloss mich in der Kabine ein und atmete tief durch. Weil das nicht half und der Ärger immer noch in mir schäumte, zerriss ich ein Stück Klopapier in winzige Fetzen. Ich wusste, dass meine Eifersucht ungerechtfertigt war, aber das änderte nichts an ihrer Intensität. Dann, endlich, setzte sich der Zug in Bewegung. Ich nahm mir noch eine Minute hier in dieser Kabine, in der ich Steffis penetrante Stimme nicht hören konnte, und machte mich dann wieder auf den Weg zu meinem Platz.

Gerade als ich Jake bitten wollte, aufzustehen, drängte sie Kyle an mir vorbei und gab mir einen derartig heftigen Stoß, dass ich über meine eigenen Beine stolperte. Blitzartig schoss mir das Adrenalin ins Blut. Ich hatte schon vor Augen, wie ich mit dem Kopf gegen die Fensterscheibe knallte. Doch Jake streckte geistesgegenwärtig die Arme aus und zog mich auf seinen Schoß.

»Pass doch auf!«, rief er Kyle hinterher, der ihn jedoch nicht weiter beachtete. Ein Schatten huschte über Jakes Gesicht, dann wandte er sich an mich. »Alles in Ordnung,

Kätzchen?«

Einen Moment lang konnte ich ihn nur anstarren und darauf warten, dass die Synapsen in meinem Gehirn wieder funktionierten. Dann nickte ich. »Nichts passiert.«

»Gut. Für das Katzen-haben-sieben-Leben-Gerücht gibt es nämlich keine einschlägigen Studien.« Jake zwinkerte und ließ mich schließlich los.

Mit pochendem Herzen rutschte ich auf meinen Platz zurück und strich mir die Haare aus dem Gesicht. Mir war ganz schwindlig vom Adrenalin. Mein Blick wanderte ziellos durch den Waggon und blieb an Steffi hängen, die mich rachedurstig anfunkelte.

Diese Klassenfahrt konnte ja heiter werden.

Kapitel 21

Die Zugfahrt verging wie im Flug. In Wiener Neustadt mussten wir umsteigen, um schlussendlich in Katzelsdorf anzugelangen, von wo aus wir direkt auf die Wiener Alpe wandern konnten. Noch am Bahnhof zogen wir uns die Jacken an, schulterten unsere Rucksäcke und ließen uns vom Dünnen auf einen breiten Wanderweg führen. Ich ging davon aus, dass er hobbymäßig wanderte, denn selbst mit dem gigantischen Rucksack auf dem Rücken und den dreißig Halbwüchsigen hinter sich, deren Gejammere er sich anhören musste, setzte er euphorisch einen Fuß vor den anderen. Es gab selten einen Moment, in dem ich mich weniger mit ihm identifizieren konnte. Denn bereits nach vierzig Gehminuten hatte ich diesen beknackten Berg so was von satt. Der Weg war spiegelglatt, die Träger meines Rucksackes schnitten mir in die Schultern und meine Nase gefror zu einem Eiszapfen, während mir an allen anderen Stellen meines Körpers der Schweiß hinunterrann.

»Hab ich dir erzählt, dass ich neulich Nietzsche gelesen habe?«, fragte Jake, der mühelos neben mir den Berg hoch trottete. Immer noch sah er aus, als wäre er gerade für einen Filmdreh hergerichtet worden. Seine Wangen waren leicht gerötet, doch sonst schien er von der Kälte und der Anstrengung nichts mitbekommen zu haben.

Ich grummelte: »Du kannst lesen?«

Das brachte ihn zum Lachen. »Ja, stell dir vor.«

Er zog mich am Rucksackträger vorwärts, weil ich ihm zu langsam war.

Stöhnend ging ich einen Schritt schneller. »Ich hätte nicht gedacht, dass du …«, ich keuchte, »… freiwillig Nietzsche lesen würdest.«

»Damals, bei unserem Kennenlernen, hast du so leidenschaftlich über ihn geschimpft, da musste ich sein Werk einfach lesen. Zumindest auszugsweise.«

Ich blieb stehen, schnaufend und mit rot gefleckten Wangen. »Daran erinnerst du dich noch?«

Jake zog einen Mundwinkel hoch. »Was? Dachtest du, ich hätte unser Kennenlernen vergessen? Das war die merkwürdigste Begegnung meines Lebens, Kätzchen. Wie könnte ich die vergessen?«

Ich musste lächeln, konnte nicht anders. Für mich war der Nachmittag, an dem ich ihm zum ersten Mal auf diesem kleinen Platz begegnet war, ein ganz besonderer gewesen. Ein Wendepunkt in meinem damals ziemlich betrübten Leben, das von Trauer und Einsamkeit geprägt war. Ein erster Ausblick auf eine Freundschaft, die ich nicht mehr missen wollte. Und eine meiner wertvollsten Erinnerungen. Schön zu hören, dass er auch ihm etwas bedeutete.

Als mein Lächeln drohte überhandzunehmen, räusperte ich mich. »Merkwürdig, ja? Und warum genau fandest du unser Kennenlernen merkwürdig?«

Jake griff nach meiner Hand und zog mich weiter. Die anderen hatten uns längst überholt, und langsam wurde es kalt. »Vielleicht, weil du mich die ganze Zeit angestarrt hast und dann plötzlich weggerannt bist, als wäre ich ein Serienmörder. Oder weil ich deine Ansichten interessant fand und unser Gespräch genossen habe. Vielleicht auch, weil es mich krank gemacht hat, dass ich dein hübsches Gesicht nicht fertigzeichnen konnte. Wer weiß das schon? Jedenfalls habe ich mir unsere Begegnung gemerkt. Und mir vorgenommen, Nietzsche zu lesen, den Mistkerl.«

Immer noch hielten wir uns an der Hand, genau wie damals bei unserem Weihnachtspicknick am Autodach, und genau wie in jener Nacht sah keiner von uns hin. Doch ich fühlte die Wärme seiner Finger und spürte seinen Daumen über meinen Handrücken streicheln. Ein unbeschreibliches Gefühl.

Mein Herz stolperte in meiner Brust und gleichzeitig schmerzten meinen Wangen vom Lächeln. Es hatte ihn *krank* gemacht, dass er mein *hübsches* Gesicht nicht fertigzeichnen konnte.

»So, so«, schmunzelte ich. »Und wie fandest du Nietzsche, den Mistkerl, wenn ich fragen darf?«

Jake hielt einen Ast hoch, der in den Weg hineinhing, und wir schlüpften darunter durch. »Fürchterlich!«

»Ha! Sag ich ja!« Ich wirbelte herum und strahlte ihn an, seine Hand immer noch in meiner. Rückwärts ging ich den Berg hoch. »Seine Ansichten sind unerträglich, oder? So schrecklich nihilistisch und deprimierend …«

»Ach was, wen schert seine Philosophie!«, rief Jake. »Ich finde ihn fürchterlich, weil er seit über hundert Jahren tot ist und dir immer noch Kopfschmerzen beschert.«

»Hä?« Verwirrt ging ich weiter rückwärts den Berg hoch und wischte mir mit der freien Hand eine schweißfeuchte Locke aus der Stirn. »Wie jetzt?«

»Du hast schon verstanden.« Jake grinste mich an. »Ich habe einige seiner Texte gelesen, aber der Inhalt war mir mehr oder weniger egal. Im Grunde wollte ich nur wissen, warum dir dieser Mensch, obwohl er schon lange zu Staub zerfallen ist, immer noch den Tag verdirbt. Und jetzt endlich weiß ich, warum.«

Ich runzelte die Stirn unter meiner Mütze. »Dann klär mich bitte auf, ja?«

Jake blieb so abrupt stehen, dass ich von seiner Hand wie von einem Anker zurückgerissen wurde und gegen seine Brust prallte. Er fing mich und hielt mich fest.

Schnell atmend blickte ich zu ihm hoch.

»Weil du ihm zu viel Achtung schenkst«, sagte Jake. »Du glaubst, weil er ein weltberühmter Philosoph ist, muss an seinen Überlegungen etwas dran sein. Nietzsche behauptet, Gott sei tot, und du beginnst zu zweifeln. Nietzsche wertet Gut und Böse um, und du beginnst zu zweifeln. Nietzsche lobt den Skeptiker als ›einzigen anständigen Philosophen‹, und du beginnst zu zweifeln. Aber man kann nicht gleichzeitig leben und zweifeln. Leben erfordert Entschlossenheit und Entschlossenheit erfordert Sicherheit. Nietzsche hingegen macht dich unsicher, unentschlossen und lässt dich zweifeln. Deshalb beschert er dir Existenzkrisen.«

Ich sah ihn an, wortlos und beeindruckt zugleich. Seine Lippen waren zu einem Lächeln verzogen, eine einzelne Strähne hing ihm in die Stirn. Die frühe Mittagssonne beleuchtete eine Seite seines Gesichts, während die andere im Schatten lag. Wieder sah er unwirklich aus, wie eine wandelnde Skizze. Ein scharf gezeichnetes Gesicht, dem noch die Farbe fehlte.

Was er gesagt hatte, mochte stimmen. Aber mir fehlte der dazu passende Lösungsvorschlag. »Ich zweifle also zu viel, meinst du. Und was sollte ich stattdessen tun?«

»Weniger zweifeln und mehr erfahren«, sagte Jake. »Von Descartes ›cogito, ergo sum‹ ablassen. Du bist nicht nur, weil du denkst. Es gibt andere Wege, dir deiner Existenz bewusst zu werden als durch reines Nachdenken und Philosophieren. Du kannst dich *spüren*, verstehst du?«

Ich sah ihn an. Unsere Gesichter waren nur wenige Zentimeter voneinander entfernt. Sein warmer Atem streifte über meine Wangen. Meine Hände waren feucht geworden und öffneten und schlossen sich unwillkürlich. Ich schluckte, um eine ausgetrocknete Kehle zu befeuchten. Jakes Fingerkuppen gruben sich in meine Schultern, nicht schmerzhaft, aber fest genug, um mir ein Gefühl von Stabilität und Sicherheit zu geben. Zwischen unsere Körper passte kaum eine Schneeflocke, unsere Herzen schlugen Seite an Seite. Mein ganzer Körper zitterte, so sehr wollte ich ihm näherkommen.

Ich ›könne mich spüren‹? Verdammt, und wie ich mich spürte!

»Warum, denkst du, verbringen wir so viel Zeit miteinander?«, fragte ich und sah ihm dabei fest in die Augen. Jake schien ratlos, also verriet ich es ihm: »Du bringst mich dazu, etwas zu spüren, und holst mich damit ins Lebens zurück. Ich bringe dich dazu, über die Dinge nachzudenken, alles aus einer Metaperspektive zu betrachten, und reiße dich damit aus dem Leben heraus. Wir verschaffen uns gegenseitig die Pausen, die wir brauchen – du vom Leben, ich vom Tod.«

Woher das kam, wusste ich selbst nicht. Aber ich hatte es gesagt und würde es jederzeit unterschreiben.

Jake legte keinen Widerspruch ein. Stattdessen sah er mich einfach nur an, neugierig und verträumt zugleich. Er strich mir eine Strähne unter die Mütze. »Deshalb fühlt sich die Welt also so friedlich an, wenn ich mit dir zusammen bin.«

Ich benetzte meine geröteten Lippen, die vor Kälte und Aufregung bebten. »Genau. Deine Welt ist friedlich wegen mir, meine brennt wegen dir. Dabei dachte ich, meine Welt würde nie wieder brennen. Ich dachte, Moms Tod hätte mein Feuer erstickt, und zwar endgültig.«

Jakes Blick lag nun auf meinen Lippen. Er wirkte wie in Trance. »Ich hatte immer schon eine pyromanische Neigung.«

Unsere Münder waren sich mittlerweile so nahe, dass ich die Wärme seiner Lippen wahrnehmen konnte, ohne sie zu berühren. Doch ich wagte es nicht, ihn zu küssen. Und Jake küsste mich auch nicht. Wir standen nur da, Zehenspitzen an Zehenspitzen, Körper an Körper, die Gesichter ganz nahe beieinander, und genossen den Moment der Nähe zwischen uns.

Dann, nach zehn endlos langen Sekunden, nahm Jake die Hände von meinen Schultern und verbannte sie in seine Jackentaschen. Ohne ein weiteres Wort wandte er sich von mir ab und schloss wieder zu den anderen auf, die schon einen großzügigen Vorsprung hatten. Kurz schaute ich ihm hinterher. Dann schüttelte ich die Vorstellung ab, in der ich mich verfangen hatte, und setzte mich ebenfalls wieder in Bewegung.

Als wir die Hütte erreichten, atmete die Klasse auf. Die Wirtin, eine gutbeleibte Frau mit braunen Kringel-Löckchen und Ofenhandschuhen an den Händen, empfing uns mit einem Blechkuchen und einer dampfenden Kanne Kaffee. Alle waren begeistert, dass es was zu Futtern gab, und stürzten sich auf den Kuchen. Was die Wirtin sichtlich freute. Unzählige Lachfalten zeichneten sich rund um ihre Augen ab, und als das Blech leer gegessen war, lachte sie aus voller Kehle. Später führte sie uns durch die Hütte, zeigte uns das fensterlose Gemeinschaftsbad, das mit fünf Duschen und drei Toiletten ausgestattet war, und erklärte uns, wie wir das Warmwasser einstellen konnten. Dann begleitete sie uns durch Küche, Essbereich und die nebeneinanderliegenden Schlafzimmer der Lehrpersonen. Am Ende entließ sie uns im Gemeinschaftsraum, der gleichzeitig als Matratzenlager diente.

Das lange, geräumige Zimmer wurde von dicken Holzbalken getragen und war mit zwanzig Matratzen ausgestattet, die direkt an die Wand angrenzten. In der Mitte des Raumes war genug Platz, damit wir alle unser Gepäck am Kopfende der Matratzen ablegen konnten. Bei den Schlafplätzen hatten wir freie Wahl. Die einzige Bedingung war, dass die Jungs sich auf den Matratzen an der linken Zimmerwand breitmachten und die Mädchen die Matratzen rechts belegten. Lizzy stürmte gleich los, um die erstbesten Betten zu belegen, die sie finden konnte. Ohne ihre Wahl zu hinterfragen, lud ich mein Zeug neben ihr ab und ließ mich auf meinen Schlafplatz plumpsen. Sie hatte ein schönes Plätzchen für uns ausgesucht, von dem aus man den ganzen

Raum gut im Blick hatte.

Daniel entschied sich für die Matratze direkt neben der Tür, bereute seine Entscheidung aber, als Kyle und sein Idiotentrupp sich auf den Matratzen neben ihm breitmachten.

Jake hatte sich am anderen Ende des Raumes niedergelassen, direkte neben dem Fenster, durch das er hinausblickte. Mir fiel auf, dass er seine Hand in der Hosentasche vergraben hatte und darin herumkramte, als würde er etwas suchen und nicht finden. Vermutlich sehnte er sich nach seinen heiß geliebten Zigaretten. Wie auf Kommando stellte sich Luca neben ihn ans Fenster und starrte mit demselben Blick hinaus. Offenbar hatte er Jake inzwischen verziehen.

Als ich sah, wie Steffi und ihre Freundinnen ihre Rucksäcke auf die Schlafplätze neben der Tür warfen, fiel mir ein Stein vom Herzen. Sie waren weit genug von mir und Lizzy entfernt, und vor allem waren sie eine ganze Zimmerdiagonale von Jake entfernt, und das, egal wie albern es sein mochte, freute mich am meisten.

Der Dünne gab uns eine Stunde Zeit, um zu verschnaufen und uns frische Sachen überzuziehen, ehe auch schon die Vorbereitungen für das Abendprogramm starteten. Wir versammelten uns auf der großen Freifläche vor der Hütte und warteten auf weitere Anweisungen, die auch gleich folgen sollten.

»Wenn das Lagerfeuer heute Abend brennen soll, werden wir jede Menge Material brauchen!« Der Professor streckte den Arm aus und zeigte auf eine kleine Holzhütte am anderen Ende des Geländes, deren Dach von einer dicken, weiß glitzernden Schneeschicht überzogen war. »Frau Puntigam erlaubt uns, ihre Holzvorräte zu verwenden, die sie drüben im Schuppen lagert. Ich habe vorhin schon einen Blick darauf geworfen. Das Holz ist schön trocken, muss aber noch klein gehackt werden. Teilweise liegen ganze Baumstämme da drin, mit denen können wir nichts anfangen. Wir brauchen Scheite und Späne, die wir aufschichten können. Deshalb würde ich einige starke Burschen bitten, in den Schuppen zu gehen und nach althergebrachter Art die Axt zu schwingen. Ein Lagerfeuer, dass dreißig Leute wärmen muss, darf nicht gleich wieder ausgehen.«

»Starke Burschen?«, wiederholte Jeannie mit einem herausfordernden Tonfall in der Stimme. »Wir Frauen werden also vom Holzhacken ausgeschlossen?«

Wie auf Knopfdruck schoss dem Dünnen das Blut ins Gesicht. »Nein, natürlich nicht, Frau Kollegin.«

»Gut, denn ich persönlich würde mich gerne zum Holzhacken einteilen lassen«, erwiderte Jeannie und ließ ihren Blick über die Klasse schweifen. »Wer möchte mir helfen? Lizzy, du vielleicht?«

Wenig begeistert rümpfte Lizzy die Nase. »Ich mag zwar sportlich sein, aber eigentlich hab ich's mehr mit Bällen und Schlägern und so …«

»Wir helfen dir, Jeannie!«, rief Kyle. Seine Kumpels lachten hinter ihm, und er nickte Jeannie auffordernd zu. »Gemeinsam kriegen wir die Scheite schon gespalten, meinste nicht?«

Ich wand mich unter dem perversen Beigeschmack dieser Bemerkung.

Jeannie zwang sich zu einem Lächeln. »Wie schön«, sagte sie und meinte offensichtlich das Gegenteil. Leichte

Verzweiflung spiegelte sich in ihren Augen, als sie sich gezwungen lächelnd in der Gruppe umsah. »Sonst noch wer? Jenny, Ricarda? Irgendjemand?«

»Wir helfen auch«, erwiderte Jake und stieß Luca seinen Ellbogen in die Rippen, der ein Ächzen ausstieß, dann aber trotzdem nickte.

Erleichtert atmete Jeannie auf. »Gut, damit kann ich leben.«

»Wie groß soll das Feuer werden, Herr Professor?«, fragte Yuki.

»Verdammt groß«, erwiderte Sam, »Wenn wir Feuer legen, dann richtig!«

»Übertreiben Sie nicht, Herr Kattler«, ermahnte ihn der Professor. »Wir wollen schließlich nicht die ganze Hütte in Brand stecken.« Als er den Reißverschluss seiner Jacke hochzog, rutschte ihm die Brille bis auf die Nasenspitze. Er schob sie mit dem Zeigefinger wieder hoch. »Aber grundsätzlich sollte es schon ein großes Feuer werden. Wir wollen ja schließlich darauf grillen.«

»Gibt es auch Marshmallows?«, fragte Lizzy, was der Dünne mit einem Nicken bejahte. »Marshmallows, Würstchen, Stockbrot, Kartoffeln und was auch immer Frau Puntigam noch für uns vorbereitet hat.«

Kyle wirkte nicht begeistert. »Stockbrot? Was'n das, Alter?«

Mit einem schadenfrohen Lächeln im Gesicht griff Sam nach einem Holzspan und bohrte ihn Kyle in den Hintern. »Du bist Stockbrot. Dumm wie Brot und mit Stock im Ar…«

Noch im selben Moment stürzte Kyle sich auf ihn. Sam

flüchtete in Richtung Hütte, während Kyle ihm fluchend hinterherjagte.

»Sofort aufhören!«, schimpfte Jeannie, machte aber keine Anstalten, den beiden nachzulaufen.

Der Dünne rieb sich den Stress aus dem Gesicht. »Bitte, Herr Kraft, Herr Kattler, ich habe keine Nerven für so was. Können Sie bitte …? Ach, vergesst es.« Er ignorierte die beiden und wandte sich wieder der Klasse zu. »Würdet ihr es mir übel nehmen, wenn ich euch ab jetzt mit Vornamen anspreche?«

Wir schüttelten gemeinschaftlich den Kopf.

»Gut.« Er ließ seinen Blick durch die Runde schweifen. »Philipp, Jakob, Luca und Marco, ihr kümmert euch bitte gemeinsam mit Professor Mahlangu um das Holz. Der Rest hilft mir, die Bänke aus dem Lagerraum zu tragen und rund um die Feuerstelle anzuordnen. Los geht's.«

Luca kickte fluchend einen Stein weg, und auch Jake schien nicht sonderlich erfreut darüber, mit Kyles stumpfsinnigen Kumpels holzhacken zu müssen. Aber Jeannie zuliebe schlurften sie gemeinsam mit den anderen Jungs zur Holzhütte. Als ich mich am Weg zum Lagerraum noch einmal umdrehte und sah, wie Luca von Marco aus dem Weg geschubst wurde, hoffte ich, dass die Äxte zum Holzhacken schon lange nicht mehr geschliffen worden waren.

Ehe ich länger darüber nachdenken konnte, wurde ich zwischen Lizzy und Dan eingekeilt.

»Er strengt sich wirklich an, der Dünne.« Lizzy musterte den schmächtigen Professor, der mit Ricarda gemeinsam eine schwere Bank aus dem Lagerraum trug. Sein Kopf war hochrot, aber er bemühte sich, locker und gut gelaunt zu wirken. Jedem, der vorbeiging, schmiss er einen halbwitzigen Kommentar an den Kopf.

»Irgendwie süß von ihm«, meinte Lizzy. »Er will, dass dieser Ausflug uns allen Spaß macht. Immerhin ist er ja auch unser letzter als Klasse.«

Lizzys Worte bescherten mir einen Krampf im Bauch. »Ich kann mir gar nicht vorstellen, euch nicht mehr jeden Tag zu sehen.« Bisher hatte ich jeden Gedanken an den Schulabschluss erfolgreich verdrängt. Ich wollte mich nicht mit der Frage auseinandersetzen, was ich studieren und an welcher Universität ich mich anmelden würde. Um ehrlich zu sein, hatte ich nämlich keine Ahnung. Und noch weniger wollte ich daran denken, wie oft ich meine Freunde wohl noch zu Gesicht bekommen würde, sobald wir alle unseren eigenen Weg gingen. Immerhin hatte ich am eigenen Leib erfahren, was Entfernung für eine Freundschaft bedeuten konnte.

»Keine Sorge, wir werden uns auch während des Studiums noch oft genug sehen«, tröstete Dan mich und schlang im Gehen seinen Arm um meine Schultern. »Ich persönlich hab keine Ambitionen, ein Erasmus-Semester zu machen, und Lizzy auch nicht. Oder, Liz?«

Lizzy lachte trocken auf. »Mit welchem Geld sollte ich denn ins Ausland gehen? Meine Eltern haben immer noch den Kredit für die Wohnung am Laufen und schaffen es jetzt schon kaum, mich und meine drei kleinen Brüder durchzufüttern.« Ein Seufzen drang aus ihrer Kehle, und sie griff sich das eine Ende einer langen Bank, während Dan am anderen Ende anpackte. »Ich kann mir ja noch nicht einmal hier in Wien ein Zimmer in einem Studentenwohnheim leisten, trotz meines Wochenendjobs. Wie sollte ich das im Ausland schaffen?«

»Wochenendjob?«, fragte Dan sichtlich verwirrt. »Arbeitest du wieder im Laden deines Vaters?«

»Nein, ich arbeite jetzt im Kino«, erwiderte Lizzy. »Ich dachte, wenn ich zwei Tage die Woche arbeite und meinen Lohn anspare, könnte ich nach der Schule vielleicht von zu Hause ausziehen. Aber das ist Wunschdenken. Bis jetzt konnte ich keine tausend Euro sparen, und selbst davon musste ich die Hälfte wieder ausgeben, als mein alter Laptop eingegangen ist.«

»Warum willst du denn ausziehen?«, fragte Amira, die unsere Unterhaltung mitangehört hatte und nun ebenfalls nach einer Bank griff. Ich packte am anderen Ende an, und Amira schenkte mir ein flüchtiges Lächeln, bevor sie sich wieder an Lizzy wandte. »Ich meine, es spart doch eine Menge Geld, wenn man während des Studiums bei seinen Eltern wohnt.«

»Das Problem ist nur, dass ich zu Hause nicht richtig lernen kann«, erwiderte Lizzy. »Meine kleinen Brüder machen die ganze Zeit Radau, da kann sich kein Mensch konzentrieren. Außerdem hab ich keinen Bock, nach den Vorlesungen an der Uni und dem Feldhockey-Training auch noch Babysitten zu müssen.«

Geschickt schlängelte sich Dan an einer fiesen Tischecke vorbei und drückte mit dem Fuß das Holztor auf, um rückwärts aus dem Lagerraum zu gehen. »Was hältst du davon, bei mir einzuziehen?«

Lizzy glitt die Bank aus den Fingern und knallte auf den Boden. »Bitte, was?«

Dan zuckte die Schultern. »Sobald ich den Abschluss in der Tasche habe, gibt mir mein Vater den Zugriff zu dem Aktienfond, den er für mich angelegt hat. Ich habe vor, mir eine hübsche Dreizimmerwohnung in der Nähe des TU-Campus zu suchen, damit meine Eltern endlich wieder ihren kinderlosen Live-Style leben können. Wenn du willst, kannst du eines der Zimmer beziehen.«

Einen Moment lang starrte Lizzy ihn sprachlos an, dann schüttelte sie den Kopf und griff erneut nach der Bank, um sie gemeinsam mit Dan zur Feuerstelle zu tragen. Amira und ich folgten ihnen.

»Ich kann doch nicht gratis bei dir wohnen.« Lizzy schüttelte ein zweites Mal den Kopf.

»Komm schon, Liz.« Dan warf ihr einen vielsagenden Blick zu.

Weil Amira dabei war, wollte er es nicht laut aussprechen, aber wir alle wussten, wie wohlhabend sein Vater war. Vermutlich konnte er mit dem Geld aus dem Aktienfond eine ganze *Wohnanlage* kaufen.

»Schmeiß deinen Wochenendjob wieder hin und konzentrier dich aufs Training! Deine Schulmannschaft könnte sich fürs Landesfinale qualifizieren, und im Hockeyklub bist du mittlerweile eine der Besten im U18-Damenteam. Vielleicht kommst du irgendwann sogar in die Nationalmannschaft! Diese Chance solltest du nicht aufs Spiel setzen, indem du für einen Hungerlohn hinter der Kino-Kasse stehst und Popcorn verteilst.«

Lizzy stellte die Bank neben der Feuerstelle ab und setzte sich hin. »Aber ich will keine Schmarotzerin sein …«

»Von mir aus kannst du die Stromrechnung übernehmen

oder das Internet bezahlen, wenn du unbedingt was dazugeben willst. Oder du gehst einfach öfter einkaufen, das mach ich sowieso nur ungern.« Dan setzte sich neben Lizzy und fuhr sich mit den Fingern durch seine hellbraunen Wellen. »Also, was sagst du, allerliebste Unterstufenfreundin? Sollen wir gemeinsam eine WG gründen?«

Lizzy zögerte einen Moment. »Meinst du das wirklich ernst?«

Als Antwort streckte Dan ihr die Hand hin. »Schlag ein, Mitbewohnerin!«

Erst schüttelte Lizzy ungläubig den Kopf, dann erschien ein gigantisches Lächeln auf ihren Lippen und sie schlug mit Dan ein. »Lass uns das durchziehen, WG-Kumpel!«

Lizzy und Dans Handschlag war ziemlich spektakulär, immerhin hatten sie ihn bereits in der Unterstufe einstudiert und über die Jahre perfektioniert.

Amira hob staunend die Augenbrauen, während ich mich bemühte, mein Lächeln im Zaum zu halten. Doch trotz meiner Anstrengungen wurde es immer breiter. Ich freute mich unglaublich für die beiden. Lizzys Traum vom Ausziehen würde sich erfüllen, und Dan würde endlich nicht mehr alleine leben müssen, weil seine versnobten Eltern sowieso nie zu Hause waren.

»Wie sieht's mit dir aus?«, fragte Dan, nachdem ich mich ebenfalls gesetzt hatte. Er stieß mich mit der Schulter an. »Soll ich mich gleich nach einer Vierzimmerwohnung umsehen?«

Ich seufzte. »Klar, warum nicht? Dad wird bestimmt begeistert sein, wenn ich gleich nach der Schule ausziehe.«

Abgesehen davon wollte ich das eigentlich auch gar nicht.

Im Gegensatz zu Dans und Lizzys Eltern hatte mein Vater nämlich keine Partnerin, mit der er um die Welt reisen konnte, und auch keine Schar kleiner Rabauken, die ihn auf Trab hielten, wenn seine Tochter auszog. Er hatte nur mich, und deshalb konnte ich ihn nicht einfach alleine lassen, zumindest noch nicht. Vielleicht in ein paar Jahren, wenn er Moms Tod überwunden und eine neue Partnerin gefunden hatte. Falls das überhaupt jemals passierte …

»Wann hast du eigentlich vor, ihm die Wahrheit zu erzählen?«, fragte Lizzy.

Fast im selben Moment wurde im Lagerraum nach Amira gerufen. Sie warf einen Blick über die Schulter und verdrehte die Augen, ehe sie aufstand und ihre Bluejeans hochzog. »Sorry, Leute, aber ich muss Jenny helfen, die Bank raus zu tragen, bevor sie sich einen Bandscheibenvorfall holt.«

»Okay, danke noch mal fürs Tragenhelfen«, lächelte ich, ehe ich mich wieder Lizzy zuwandte.

Eigentlich hatte ich keine große Lust, darüber nachzudenken, wann ich Dad reinen Wein einschenken würde. Aber es half ja nichts, irgendwann würde ich es ihm erzählen müssen. Und genau genommen hatte ich ja sogar schon einen Plan.

»Ich will damit bis zu meinem achtzehnten Geburtstag warten«, sagte ich. »Einerseits kann Dad mir den Kontakt zu Jake dann nämlich nicht mehr verbieten, und andererseits wird er hoffentlich nicht allzu schlimm ausflippen, wenn ich es ihm direkt an meinem Geburtstag gestehe. Ich meine, man hat an seinem Geburtstag ja einen Wunsch frei, oder? Und ich werde mir wünschen, dass er Jake noch mal eine Chance gibt.«

Lizzy und Dan tauschten Blicke, die mir gar nicht gefielen. Plötzlich entstand ein Knoten in meinem Magen. »Ihr haltet das für keinen so tollen Plan, oder?«

»Doch, doch«, erwiderte Dan schnell. »Es ist nur … Ich weiß nicht, ob der Geburtstagsbonus reichen wird, damit dein Vater deinen Wunsch respektiert. Aber du kannst es zumindest probieren. Solange du deinem Vater nicht alles auf einmal vor den Kopf knallst. Sonst verliert er nämlich trotz deines Geburtstags die Fassung, darauf würde ich wetten.«

Lizzy entkam ein Lachen. »Vielleicht solltest du dir einfach eine riesige Torte besorgen, aus der Jake dann ganz plötzlich rausspringt. Dann hättest du das Überraschungsmoment auf deiner Seite.«

Ich strafte sie mit einem finsteren Blick. »Danke für den hilfreichen Vorschlag, Lizzy.«

»Weißt du eigentlich, was Jake nach der Schule machen will?«, wechselte Dan das Thema.

Ich sah ihn an. »Nein, wieso?«

Seine kaffeebraunen Augen flackerten nervös, und er zupfte an seiner Nagelhaut herum. »Ich meine, hast du denn schon mal dran gedacht, dass er vielleicht gar nicht in Wien bleiben möchte? Viele Leute ziehen zum Studieren in eine andere Stadt, und wenn ihr euch dann sowieso nur noch ein paar Mal im Jahr sehen könnt, dann musst du deinem Vater vielleicht gar nicht …«

»Jake will nicht fortgehen!«, schrie ich fast. Meine Wangen erröteten, und ich räusperte mich. »Zumindest hat er noch nie so was in der Art erwähnt. Ich weiß gar nicht, ob er überhaupt studieren möchte. Aber selbst wenn, bleibt er definitiv in Wien. Da bin ich mir sicher. Er ist schon genug rumgekommen in der Welt, warum sollte er da wieder umziehen wollen? Nein, das glaube ich nicht. Das würde keinen Sinn ergeben.«

Allein die Vorstellung, Jake an eine andere Stadt, ein anderes Land, ein anderes Leben zu verlieren, machte mich krank. Nein, ich konnte ihn nicht verlieren, nicht nachdem ich schon meine Mutter und meine beste Freundin verloren hatte.

Ich schob den Gedanken ins hinterletzte Eck meines Gehirns und ging dann wieder in den Lagerraum, um gemeinsam mit Amira weitere Bänke zur Feuerstelle zu tragen.

Als wir fertig waren, stand die Sonne schon tief am Horizont und tauchte die Schneedecke in ein dämmriges Orange. Wenig später leuchteten bereits die ersten Sterne am Himmel. Jeannie und die Jungs brachten gegen achtzehn Uhr das Holz, drei ganze Schubkarren voll. Der Dünne verdonnerte Sam und Kyle dazu, die Scheite aufzuschichten und das Lagerfeuer vorzubereiten. Währenddessen huschte mein Blick zu Jake, der ziemlich erschöpft aussah. Er wischte sich mit dem Pulli den Schweiß von der Stirn. Kurz konnte ich einen Blick auf seinen Bauch erhaschen, sah dann aber schnell wieder weg, damit er mich nicht beim Spannen ertappte.

Mit einem müden Lächeln im Gesicht ließ er sich neben mich auf die Bank fallen. »Mann, das war vielleicht anstrengend«, seufzte er und stützte sich mit den Ellenbogen auf den Knien ab. Er rieb sich das Gesicht.

»Wegen des Holzhackens oder wegen Kyles Freunden?«, fragte ich.

Ein Stöhnen drang aus Jakes Kehle und wurde von seinen Händen gedämpft. Das genügte mir als Antwort. Schmunzelnd streichelte ich Jakes nassgeschwitzten Rücken. »Du musst hungrig sein. Der Dünne meinte, in einer Stunde ist das Lagerfeuer grillfertig.«

Jake riss den Kopf hoch. »Eine Stunde?« Blankes Entsetzten stand ihm ins Gesicht geschrieben. Er richtete sich auf, um sich den Bauch zu reiben. »Ich hoffe für alle Anwesenden, es gibt genug zu essen. Ich könnte eine ganze Kuh verdrücken.«

»Schlimmstenfalls kannst du auch noch die Protein-Riegel essen, die Dad mir eingepackt hat.«

Jake erwiderte mein Lächeln. Seine Haare waren zerzaust und eine feuchte Strähne hing ihm in die Augen. Die Erschöpfung legte sich wie ein Weichzeichner auf seine sonst so markanten Züge und verlieh ihm etwas Niedliches. Etwas Unwiderstehliches.

Ohne groß darüber nachzudenken, hob ich die Hand und strich ihm die Strähne aus der Stirn. Jake atmete aus und schloss die Augen. Als er sie wieder öffnete, war da ein Funken in seinem Grau. Ein Funken, der mich ansteckte. Mir wurde heiß, und ich schluckte schwer.

»Ich geh dann mal duschen«, sagte Jake und erhob sich, wobei er im Vorbeigehen die Finger über meine Schultern gleiten ließ. Seine Berührung hinterließ ein warmes Kribbeln auf meiner Haut. Etwas perplex sah ich ihm nach.

»Sofort aufhören!«, riss mich die Stimme des Dünnen aus den Gedanken.

Er nahm Kyle das Feuerzeug aus der Hand, mit dem dieser gerade Sams Kragen anzünden wollte, und drückte es dann Sam in die Hand. »Weißt du, wie man Feuer macht, Samuel?«

»Klar doch«, erwiderte Sam und rieb sich die Hände, während er die aufgestellten Holzscheite begutachtete, die rund um den Zunder in der Mitte angeordnet waren. »Ich brauche Grillanzünder, etwas Benzin und einen Föhn mit Verlängerungskabel.«

Der Dünne schob ihn aus dem Weg und nahm das Ganze selbst in die Hand. Nach guten fünf Minuten flackerte in unserer Mitte ein prasselndes Feuer, das deutlich größer ausfiel, als ich es mir vorgestellt hatte. Ich hatte mit einem kleinen Alibi-Lagerfeuer gerechnet, das gerade genug Licht spendete, damit wir uns gegenseitig erkennen konnten. Aber das hier war ein richtiges Feuer. Glühend rote Funken stoben von der Spitze des Flammenkegels auf und erloschen in der Dunkelheit, und ein sanfter Geruch von verbranntem Holz stieg mir in die Nase. Glücklich streckte ich dem Feuer meine Hände entgegen.

Als Jake vom Duschen zurückkam, trug er einen dunklen Kapuzenpulli und hatte die feuchten Haare nach hinten gestrichen. Er sah zum Anbeißen aus. Die Röte auf seinen Wangen war verschwunden und das müde Lächeln einem schiefen Grinsen gewichen. In einer geschmeidigen Bewegung setzte er sich neben mich und stützte sich mit den Handflächen an der hinteren Bankkante ab. Als ich beim Einatmen seinen frischen Duft inhalierte, schloss ich unwillkürlich die Augen. Wie um alles in der Welt konnte jemand bloß so gut riechen?

»Das Feuer kann sich echt sehenlassen«, lobte Jake den Professor, der mit hochgekrempelten Ärmeln ums Lagerfeuer schlich und gekonnt ein paar weitere Holzscheite nachlegte. »Hätte nicht gedacht, dass der so was draufhat.«

»Er war sicher bei den Pfadfindern«, feixte Lizzy, während sie ein drittes Marshmallow auf ihren Stock spießte. Sie und Dan saßen uns schräg gegenüber; ihre Bank schloss in einem stumpfen Winkel mit unserer ab, sodass wir uns nur ein wenig nach vorne lehnen mussten, um einander ansehen zu können.

»Das würde jedenfalls die vielen Abzeichen auf seiner Weste erklären«, erwiderte ich und wickelte einen Batzen Brotteig um meinen Stock, um ihn anschließend ins Feuer zu halten. Als ich kurz nicht hinsah, zog Jake mir mit einem frechen Grinsen den Stock aus der Hand. Ich motzte ihn an, fischte mir dann aber einfach einen weiteren Stock aus dem Vorrat und umwickelte ihn mit Brotteig.

»Glaubt ihr, zwischen den beiden läuft was?«, fragte Lizzy und nickte unauffällig in Richtung unserer Lehrer, die nebeneinandersaßen und sich prächtig unterhielten. Professor Rüttenhofer erzählte eine Geschichte, die seinen Blicken zufolge irgendwas mit Kyle zu tun hatte, und Jeannie warf lauthals lachend den Kopf in den Nacken, sodass ihre Dreadlocks herumflogen.

»Darauf möchte ich wetten«, erwiderte Jake, die Augen immer noch auf den Brotteig fixiert, der langsam anbräunte. Ein Wunder, dass er ihn nicht gleich roh verspeiste.

Kaum hatte ich den Gedanken beendet, ging ein Ruck durch meinen Körper und ich kippte nach vorne. Verärgert riss ich den Kopf herum und warf Kyle einen finsteren

Blick zu. »Mann, Kyle! Pass doch ein bisschen auf!«

Als ich mich wieder nach vorne drehte, lag ein angebräuntes Stockbrot in den Flammen. O-oh.

Sofort huschten meine Augen zu Jake, dessen Hände wie versteinert in der Luft hingen und es scheinbar nicht fassen konnten, dass sie den Stock gerade fallengelassen hatten. Ungläubig starrte er das Brot an, das gerade in den Flammen verkohlte, während Kyle sich dümmlich lachend den Nacken rieb. »Oh, sorry, Bruder.«

Ein Schatten huschte über Jakes Gesicht. Bevor er aufstehen und Kyle ebenfalls auf einen Stock spießen konnte, um ihn über dem Lagerfeuer zu rösten, hielt ich ihm ein Stück von meinem Stockbrot hin. »Hier, koste mal, ob meins schon durch ist.«

Es dauerte einen Moment, bis Jake seinen tödlichen Blick von Kyle löste. Aber als er sich den ersten Bissen in den Mund schob, erhellte sich seine Miene wieder.

Eine ganze Weile saßen wir da, spießten verschiedenste Leckereien auf unsere Stöcke und futterten, was das Zeug hielt. Irgendwann, gegen einundzwanzig Uhr, stemmte der Dünne die Fäuste in die Hüften und grinste gutaufgelegt in die Runde. »Wer hat Lust auf ein Spiel?«

Sofort war die Neugier der Klasse geweckt. Er ließ seinen Blick durch die Runde gleiten und schob seine Brillengläser hoch. »Hat jemand eine Spiel-Idee?«

Eine penetrante Frauenstimme meldete sich zu Wort: »Wie wär's mit *Wahrheit oder Pflicht*?«

Für einen kurzen, wundervollen Moment hatte ich vergessen, dass Steffanie Schachtner überhaupt existierte. Doch jetzt prallte mir ihre Präsenz wie eine Kanonenkugel entgegen.

Sie schlug ihre langen Beine übereinander und sah den Professor erwartungsvoll an.

Dieser zog bloß unschlüssig die Brauen hoch. »Und wie geht dieses Spiel?«

Seine Frage wurde mit einem kollektiven Stöhnen quittiert. Niemand wollte so richtig glauben, dass es Menschen unter fünfzig gab, die noch nie *Wahrheit oder Pflicht* gespielt oder zumindest mal davon gehört hatten.

Sogar Jeannie schüttelte lachend den Kopf. »Bitte, George! Du bist seit zwanzig Jahren Lehrer und kennst *Wahrheit oder Pflicht* nicht?«

»Nein, ich fürchte nicht.«

Jeannie legte ihm eine Hand auf die Schulter. »Also gut, eigentlich ist es ganz einfach: Wer an der Reihe ist, stellt einer beliebigen Person die Frage ›Wahrheit oder Pflicht‹ und diese Person muss anschließend entweder eine Frage wahrheitsgemäß beantworten oder eine Aufgabe erfüllen. Mehr passiert bei diesem Spiel nicht.«

Der Dünne schien begeistert. »Das klingt ja amüsant! Darf ich beginnen?«

Niemand erhob Widerspruch, also nutzte er die Gelegenheit und sah sich in der Runde um. »Elisabeth, Wahrheit oder Pflicht?«

Lizzy seufzte. »Wahrheit. Schießen Sie los, Professor!«

Der Dünne nahm eine Denker-Pose ein und stützte das Kinn auf seine Faust. Nach einer kurzen Überlegzeit fragte er: »Wer ist dein Lieblingslehrer an unserer Schule?«

Ein Lachen kämpfte sich meine Luftröhre hoch. Das war so typisch für ihn. Für den Titel als unser Lieblingslehrer hätte er vermutlich das gesamte Kollegium abgemurkst.

Grinsend zwinkerte Lizzy dem Professor zu. »Jeannie natürlich, wer sonst?«

Der Dünne seufzte, und Jeannie gab ihm lachend einen Stups mit der Schulter. »Hast du das gehört, Georgie? Ich bin ihre Lieblingslehrerin.«

»Gut, also …« Lizzy blickte nach links und rechts. »Luca, Wahrheit oder Pflicht?«

»Pflicht«, antwortete Luca, überkreuzte seine Beine und sah sie durch seine schwarz gefärbten Haare hindurch an.

»Zeig uns dein erstes Tattoo!«

Ohne Kommentar zog Luca an seinem Hosenbein und entblößte einen verwackelten Smiley auf seinem Knöchel. Sein Mund war krumm wie eine Banane, und eines seiner nicht ganz symmetrischen Augen war bereits verblasst. »Hab ich selbst gemacht.«

Ein lautes Lachen drang aus Jakes Kehle. »Das ist ja gut geworden!«

Luca warf mit einer leeren Cola-Dose nach ihm, traf aber nicht. »Maul halten, Sommer.« Er sah sich in der Runde um. »Kattler, Wahrheit oder …?«

»Pflicht!«

Wenig beeindruckt hob Luca eine Augenbraue und streckte Sam sein Bein entgegen. »Meinetwegen. Leck meine Schuhsohlen ab!«

Ein halb angewidertes, halb belustigtes Stöhnen ging durch die Reihen. Als Sam aufstand und die Sache durchzog, folgte Gelächter und Applaus.

»Sie lassen ihn das wirklich machen?«, fragte Yuki und warf den Professoren anklagende Blicke zu, doch keiner von beiden schien sich verantwortlich zu fühlen. »Ein bisschen Dreck ist gut fürs Immunsystem«, meinte der Dünne.

Nachdem Sam sich wieder erhoben hatte, wischte er sich mit dem Ärmel über den Mund und kehrte auf seinen Platz zurück. Luca rieb derweil seine Schuhsohle im Schnee ab, als wäre Sams Zunge das Ekelige gewesen und nicht umgekehrt.

»Okay, also ... Steffanie!« Mit seinem schönsten Lächeln auf den Lippen wandte Sam sich ihr zu. »Wahrheit oder Pflicht?«

Gerade als Steffi antworten wollte, ertönte ein schmerzerfülltes Stöhnen auf der anderen Seite des Lagerfeuers. Jeannie hatte sich scheinbar verbrannt, denn sie hielt ihre rechte Hand umklammert und sog scharf die Luft ein.

»Mist, verdammt! So eine Sch...«, den Rest des Wortes verkniff sie sich.

Professor Rüttenhofer war sofort alarmiert und griff nach ihrer Hand, um sich die Brandblasen anzusehen. »Wie konnte das passieren, Jeannie?«

»Ich wollte nach dem Stock greifen, der da liegt, und in dem Moment ist die Flamme übergesprungen«, erklärte Jeannie, bevor sie ihre Hand zurückzog und an ihrem angesengten Daumen nuckelte.

»Das muss sofort verarztet werden!«, entschied der Professor und bedeutete ihr, ihm zu folgen.

Jeannie winkte ab und meinte, sie würde das schon allein hinkriegen. Er solle lieber hier bei uns bleiben, bevor sich noch jemand wehtat. Doch der Dünne bestand darauf, sich um ihre Verbrennung zu kümmern, zumal er scheinbar ein Experte war, was Verbrennungen anging.

»Komm schon, Jeannie, wir verpassen dir jetzt einen Verband. Ihr anderen bleibt hier und passt auf, dass niemand dem Feuer zu nahekommt oder sich sonst irgendwie verletzt, habt ihr gehört? Frau Mahlangu und ich sind gleich zurück.«

Resignierend stand Jeannie auf und folgte dem Dünnen nach drinnen, wobei sie sich im Gehen noch einmal zu uns umdrehte. »Und ich würde vorschlagen, dass ihr ein anderes Spiel spielt!«

Einen Moment lang herrschte Schweigen in der Gruppe. Nachdem die beiden in der Hütte verschwunden waren, drehte Sam sich schulterzuckend zu Steffi um. »Also, Wahrheit oder Pflicht?«

»Wahrheit«, säuselte Steffi.

Sam grinste. »Welche Körbchengröße hast du?«

Steffi lehnte sich selbstbewusst grinsend auf der Bank zurück. Scheinbar hatte sie nicht das geringste Problem mit dieser Frage. »Als ob du das nicht wüsstest, Samuel. Ich trage 70 D.«

Prompt wurde Steffi zum Mittelpunkt der Aufmerksamkeit. Jeder, der nicht mit der Selbstbeherrschung eines buddhistischen Mönchs gesegnet war, wagte einen Blick auf ihre Oberweite. Steffi schien nicht geflunkert zu haben. Zwei perfekt geformte kleine Melonen füllten ihren Pullover aus und ließen ihre Taille noch schmaler aussehen, als sie sowieso schon war.

Ich rümpfte die Nase und wandte mich ab. Irgendwie kämpfte ich plötzlich mit einer ausgewachsenen Fruktoseintoleranz.

»Cherie, Wahrheit oder Pflicht?«

Mein Blick huschte zurück zu Steffi, deren Augen sich wie Peitschennattern um meinen Hals gewickelt hatten. Mein Mund war plötzlich staubtrocken. Dass Steffi mich auswählte, konnte nichts Gutes bedeuten. Was sie auch vorhatte, ich sollte mich besser in Acht nehmen. Trotzdem ließ ich mich auf ihre Frage ein. Was hätte ich auch sonst tun sollen? Ich wollte keine Spielverderberin sein.

»Wahrheit«, krächzte ich.

Steffi zog sich den Haargummi vom Zopf, sodass ihr das feuerrote Haar nun wie ein Flammenmeer um die Schultern fiel. Sie war eine Erscheinung, gleichermaßen hübsch wie angsteinflößend. »Wer war der erste Junge, den du geküsst hast? Falls du überhaupt je einen Jungen geküsst hast.«

Mir entkam ein Lachen. War das ihr Ernst? Und ob ich schon mal einen Jungen geküsst hatte! Glaubte sie, Emma und ich wären früher nie auf Partys gewesen? »Maxi Obersteiner«, antwortete ich gelassen. »Mit ihm hatte ich meinen allerersten Kuss. Wir waren Nachbarn damals.«

Steffanie wirkte unzufrieden, was ich ziemlich lustig fand. Sie konnte doch nicht ernsthaft erwartet haben, dass ich mich so schnell provozieren ließ? Schwache Leistung, Steffanie.

Eine kleine Spur von Selbstzufriedenheit durchströmte meine Brust. Ich hatte den ersten Angriff erfolgreich abgewehrt. Mit einem neckischen Lächeln auf den Lippen wandte ich mich nach links. »Dani, Wahrheit oder Pflicht?«

Dan verschränkte die Finger hinter dem Kopf. »Wahrheit.«

Ich überlegte kurz, ehe mir auch schon eine super Idee in den Kopf schoss. Erwartungsvoll schaute ich ihn an.

»Erzähl uns von deinem peinlichsten Erlebnis! Du weißt schon, was ich meine!«

Dan seufzte. »Wenn's sein muss.« Dann beugte er sich nach vorne und stützte sich mit den Ellbogen auf seinen Knien ab. »Alles hat damit begonnen, dass Lizzy den Schlüssel zum Weinkeller ihrer Eltern gefunden hat …«

Wie immer erzählte Dan die Geschichte mit vielen Ausschweifen und untermalte jede Szene mit einer passenden Geste. Er konnte immer schon gut Geschichten erzählen, aber diesmal übertraf er sich selbst. Seine anschauliche Erzählweise und die sarkastischen Kommentare, die er dabei abgab, ließen die ganze Klasse in Gelächter ausbrechen. Selbst ich musste mitlachen, obwohl ich die Geschichte schon tausendmal gehört hatte.

Umso mehr ärgerte ich mich, als Jake mir mittendrin seinen Ellbogen in die Rippen stach. »Autsch!«

Vorwurfsvoll blickte ich zu ihm hoch, aber er grinste mich nur an. »Maxi Obersteiner, hm?« Ein spöttischer Unterton lag in seiner Stimme. Er sprach seinen Namen aus, als wäre es der lächerlichste Name auf der ganzen Welt. So wie Axel Schweiß oder Izmir Schnuppe.

Ich kniff die Augenbrauen zusammen. »Was denn? So hieß er eben.«

»Und?« Feixend sah er mich an. »Wie küsst so ein Maxi Obersteiner?«

Was auch immer ich da in seinen Augen aufflackern sah, gefiel mir. Es gefiel mir sehr. Ich wollte mehr davon sehen. »Maxi küsst … gut. Mehr als gut sogar.«

Eigentlich hatte ich nie wieder einen so untalentierten Küsser getroffen. Eine misslungene Mischung aus Staubsauger und Waschmaschine – igitt! Aber das musste Jake ja nicht wissen.

Das Grinsen auf Jakes Lippen wurde säuerlich, und er drehte sich weg. »Oh, schön. Freut mich für Maxi Obersteiner.«

Unweigerlich schlich sich ein Schmunzeln auf meine Lippen. Klang da etwa Eifersucht mit? Grinsend ließ ich meinen Blick wieder zurück zu Dan gleiten, der immer noch mit vollem Einsatz seine Geschichte erzählte.

»Lizzy stand also heulend vor meiner Tür und erzählte mir von der Sauerei in ihrem Keller. Ich hatte zwar keinen Schimmer, wie eine Dreizehnjährige ein ganzes Weinregal umwerfen konnte, aber ich traute es ihr durchaus zu. Sie zerstört vieles, was sie anfasst. Das ist so ein Phänomen.« Er holte tief Luft. »Weil meine Eltern nicht zu Hause waren – sind sie nie –, hab ich ihr angeboten, bei mir zu übernachten. Ich weiß zwar nicht mehr, wie sie mich dazu überreden konnte, aber ich ließ mir von ihr Haare und Make-up machen.«

»Ich hatte solch eine Angst vor dem Krach mit meinen Eltern, dass ich einfach nicht aufgehört habe, zu heulen«, erklärte Lizzy. Lächelnd blickte sie zu Dan hoch. »Nach drei Stunden Geflenne waren bei dir einfach die Nerven durch. Du hättest alles getan, um mich aufzuheitern.«

Dan rieb sich den Nacken. »Ja, vermutlich. Jedenfalls …« Er packte sich mit einer Hand an die Stirn. »Am Ende sah ich aus wie eine Dragqueen. Mit Eyeliner und Lippenstift und allem Drum und Dran. Gerade in diesem Moment kommt meine Mutter durch die Tür.«

Gelächter ging durch die Runde.

»Wisst ihr, in neun von zehn Fällen, in denen ich etwas von meiner Mutter brauche, ist sie gerade bei der Maniküre oder an sonst irgendeinem Ort, der sie vergessen lässt, dass sie ein Kind hat. Aber genau an diesem Abend, an dem ich geschminkt und mit Zöpfchen in den Haaren auf meinem Bett sitze, muss sie plötzlich nach Hause kommen. Das Positive an der Geschichte: Lizzy hat wieder gestrahlt. Das Negative: Meine Mutter denkt heute noch, dass ich ihr eine unterdrückte Neigung verheimliche.«

An allen Ecken ertönte ein glucksendes Lachen. Die Stimmung war ausgelassener, als sie es in einem Schulgebäude jemals sein könnte. Es war einer dieser Momente, in denen die klasseninterne Hierarchie kurzzeitig erlosch und alle gleichermaßen wichtig waren. Alle lachten, und niemand wurde ausgelacht.

Doch schon einen Sekundenbruchteil später musste Steffi wieder alles kaputtmachen:

»Jetzt wo wir diese niedliche, kleine Geschichte gehört haben, würde ich vorschlagen, dass wir das Spiel mal ein bisschen aufregender gestalten.« Mit einer ausschweifenden Handbewegung warf sie sich ihre Feuermähne über die Schulter. Sofort waren alle Blicke wieder auf sie gerichtet, und sie genoss sie sichtlich.

»Super Idee!«, flötete Lina sofort, während Ruby und Gina hektisch nickten.

Nur mit Mühe konnte ich ein Augenrollen unterdrücken. Manchmal fragte ich mich, ob Steffi ihre Freundinnen heimlich folterte, wenn sie nicht parierten.

Lizzy hob eine Augenbraue. »Und wie genau stellst du dir das vor?«

»Du weißt schon, was ich meine, Elisabeth«, erwiderte Steffi. »Wir brauchen ein paar heißere Fragen und Aufgaben.«

Als Jakes tiefe Stimme neben mir erklang, hob mein innerer Wachhund den Kopf.

»Wieso nicht?« Er lehnte sich auf der Bank zurück und stützte sich mit den Handflächen auf der hinteren Kante ab. »Das letzte Mal hab ich *Wahrheit oder Pflicht* mit sechzehn gespielt. Weckt vielleicht Erinnerungen.«

Aus dem Augenwinkel linste ich zu ihm und sah, dass ein schiefes Grinsen auf seinen Lippen hing.

Das Spiel weckte also alte Erinnerungen in ihm? Und was genau waren das für Erinnerungen? Eine Reihe ziemlich lebhafter Bilder schoss mir in den Kopf, und ich verzog unwillkürlich das Gesicht. Nein, ich wollte es gar nicht wissen!

Sam rieb sich euphorisch die Hände. »Wenn wir gleich anfangen, schaffen wir vielleicht ein paar Runden, ehe der Dünne zurückkommt. Fängst du an, Steffi?«

Sie öffnete den Mund, um etwas zu sagen, aber Jake bremste sie aus: »Du bist aber nicht an der Reihe, Steffanie.«

Ein Schauer durchfuhr mich. Schon allein die Art, wie er ihren Namen aussprach, stellte mir die Haare auf. Sollte ich aus irgendeinem unerfindlichen Grund jemals Medizin studieren und eine neue, ekelige Krankheit entdecken, würde ich sie nach ihr benennen: *Steffanitis*.

Jakes Blick hatte sich in den Flammen verfangen, die in den schwarzen Nachthimmel auszüngelten. Dichte, dunkle Wimpern verdeckten das seltsame Grau seiner Iris. Was den

Moment, indem er den Blick hob und Steffi direkt ansah, umso beeindruckender machte. »Du willst dich doch nicht vordrängeln, oder?«

»Ich hätte aber ein paar gute Ideen«, säuselte Steffi. »Die würden dir gefallen.«

Würg. Kotz. Brech.

Jakes Mundwinkel zuckte. Er wirkte plötzlich verändert. Eine Mischung aus Charme und Unverschämtheit schlich sich in seine markanten Züge und verlieh ihm etwas Verschlagenes. Seine ganze Haltung veränderte sich, und sein unschuldiges Lächeln passte so gar nicht zu der Spiellust in seinen Augen – die übrigens immer noch Steffi im Visier hatten.

Verdammt! Kam da etwa gerade der Sechzehnjährige in ihm durch?

»Da bin ich mir sicher«, gab Jake zurück und streckte gelassen die Beine aus. Sein Lächeln verwandelte sich in ein schiefes Grinsen. »Also merk sie dir gut, sonst bin ich später enttäuscht.«

Meine Finger kribbelten, und ich musste mich beherrschen, ihm die Selbstgefälligkeit nicht aus dem Gesicht zu schlagen. Mann, der sechzehnjährige Jake ging mir ganz schön auf die Nerven. Gut, dass ich ihn damals noch nicht gekannt hatte, ansonsten wären wir bestimmt keine Freunde geworden. Vielleicht hätte ich in einem schwachen Moment meine Jungfräulichkeit an ihn verloren … Aber angefreundet hätten wir uns sicher nicht!

Nach fünf endloslangen Sekunden wandte Jake den Blick von Steffi ab und drehte sich zu Daniel um. »Schieß los, Dan.«

Dan wirkte überfordert und sprach die erste Person an, die ihm in die Augen fiel. »Gina, Wahrheit oder Pflicht?«

Sofort begannen Lina und Ruby zu kichern, während Steffi ihre Freundin aufmerksam beobachtete.

»Wahrheit«, antwortete Gina.

Lizzy half Dan, eine passende Frage zu finden, die Steffanies Vorstellung von ›heiß‹ entsprach. Sie flüsterte ihm etwas ins Ohr, das er dann auch gleich laut verkündete: »Mit wie vielen Jungs warst du schon im Bett?«

Erst nachdem er sie bereits ausgesprochen hatte, schien Dan die Frage verstanden zu haben und wurde feuerrot.

Gina dagegen machte keinen Hehl daraus. »Es waren drei, glaube ich. Steffi, Wahrheit oder Pflicht?«

»Pflicht.«

»Massiere einer Person deiner Wahl eine Minute lang den Nacken!«

Steffi biss sich auf die Lippe und drückte sich grazil von der Bank hoch. Geschmeidig wie ein Fuchs schlich sie hinter den reihum aufgestellten Bänken vorbei und ließ ihre Finger über jeden männlichen Nacken schleifen, an dem sie vorbeikam. »Ente, Ente, Ente …«

Als sie bei Sam angelangt war, blickte er kopfüber zu ihr hoch, doch Steffi machte keine Anstalten, stehen zu bleiben. »Ente, Ente, Ente …«

»Gans!«, sagte sie schließlich.

Ich musste gar nicht hinsehen, um zu wissen, dass ihre langgliedrigen Finger auf Jakes Schulter lagen, und schaute stattdessen Sam an, dessen Miene sich ebenfalls verdunkelt hatte. Scheinbar war ich nicht die Einzige, der gerade die Galle hochkam. Ich atmete tief durch, um mich wieder zu beruhigen, doch als mir Steffis aufdringliches Parfum in die Nase stieg, war das Gegenteil der Fall. Hoffentlich war Jake darauf allergisch.

Ich lugte aus dem Augenwinkel zu ihm, musste mich dann aber abwenden. Er schien ganz und gar nicht allergisch zu sein, weder auf ihr grauenhaftes Parfum noch auf die kleine Massage, die sie ihm gab.

Ungeduldig wartete ich darauf, dass der Dünne zurückkam und das alles beendete. Wo steckte der eigentlich? Es konnte doch unmöglich so lange dauern, eine Brandwunde zu versorgen!

»Wahrheit oder Pflicht, Cherie?«

Als ich meinen Namen aus ihrem Mund hörte, zuckte ich zusammen. Es dauerte eine Weile, bis ich mich überwinden konnte, sie anzusehen.

»Sag mal, hast du verlernt, wie man spricht?«

Ich zwang mich, den Ärger hinunterzuschlucken, der mir in der Kehle brannte, doch es gelang mir nur mit Mühe. »Wahrheit.«

»Ich will dich nicht blamieren, Cherie. Du hast vermutlich noch sehr wenig Erfahrung mit Erwachsenenkram.« Sie lächelte süßlich. »Wenn es also eine Frage gibt, die ich dir besser nicht stellen soll, dann sag's mir ruhig.«

Als ich sah, wie ihre Finger unter Jakes Shirt glitten, brannte in mir etwas durch. »Am besten fragst du mich nicht, was ich von dir halte, Steffanie.«

Ein aufgeregtes Luftholen ging durch die Reihen. Lizzy klappte die Kinnlade runter, während Steffis Freundinnen mich entgeistert anstarrten. Sam fuchtelte mit der Hand in der Luft herum, als hätte er sich verbrannt. Jake hingegen hatte die Lippen zusammengepresst und kämpfte gegen ein Lachen an, das ihm ins Gesicht geschrieben stand. Er warf mir einen lobenden Blick zu, der mein Selbstbewusstsein verzehnfachte. Wie heißer Teer floss es durch meine Adern.

»Ach, so ist das.« Steffi legte die Hüften schief und wandte sich mir zu, ohne dabei die Hände von Jakes Schultern zu nehmen. Ihre Augen hatten mich ins Visier genommen und flackerten gefährlich. »Dann frag ich dich was anderes: Wie lange bist du schon in Jake verliebt?«

Uff.

Wieder holte die ganze Runde Luft. Sofort schoss mir die Röte ins Gesicht, aber so leicht würde ich mich nicht unterkriegen lassen. Nicht von diesem Satansbraten!

»Fast genauso lange, wie du jeden Tag brauchst, um dir diese hässlichen Wimpern aufzukleben.«

Lizzy entwich ein belustigtes Japsen. Sie wirkte schockiert, aber stolz. Dan dagegen sah mich an, als hätte ich gerade die Reifen eines Mafia-Killers aufgeschlitzt. Jake wiederum musste sich beherrschen, nicht laut loszuprusten. Er presste sich die Faust auf den Mund und bebte vor unterdrücktem Lachen.

Steffi zog die Hände von Jakes Schultern. »Ich wusste gar nicht, dass du so schlagfertig sein kannst«, fauchte sie.

Das war mir bisher auch nicht bewusst gewesen. Immer noch spürte ich eine seltsame Energie in meinem Inneren. Steffi musste wohl meinen Notgenerator angeworfen haben. Nie zuvor hatte ich mich so selbstbewusst gefühlt. Ich entschied, gleich noch einen draufzulegen: »Steffanie, Wahrheit oder Pflicht?«

Sie ballte die Hände zu Fäusten. »Wahrheit.«

»Wieso musst du immer alle anderen runtermachen? Machst du das, damit du dich selbst besser fühlst? Oder willst du uns irgendwas beweisen?«

Steffis Stimme klang schrill und gehässig, als sie schnappte: »Ich muss niemandem irgendwas beweisen! Das ist doch lächerlich! Du bist ein bisschen übersensibel, Cherie, das ist das eigentliche Problem.«

Ach ja?

Wie auf Knopfdruck schäumte der Ärger in mir über. Seit Jahren tat Steffanie Schachtner nichts anderes, als andere Menschen zu verletzten. Sie nutzte jede Gelegenheit, um ihre Dominanz zu beweisen, und schreckte nie davor zurück, ihr Gegenüber grundlos zu erniedrigen. Noch nicht einmal, als meine Mutter gestorben war, hatte sie sich ihre Bemerkungen verkniffen! Was hatte sie damals noch gleich zu mir gesagt? *»Du kannst dich freuen, Waisenkind. So viel Aufmerksamkeit wirst du nie wieder bekommen.«*

»Nein, Steffi – du bist das eigentliche Problem!«

Plötzlich pendelte jeder einzelne Blick aus der Runde zwischen uns hin und her. Sogar Jake schien das Lachen vergangen zu sein.

Steffi kam einen Schritt auf mich zu. Ihr widerliches Parfum rauschte in meine Lunge, und ich biss die Zähne zusammen. »Wahrheit oder Pflicht, Cherie?«

Gut, wenn sie es so wollte.

»Wahrheit.«

»Hast du Angst, für immer Jungfrau zu bleiben?«

Weil mich ihre Frage eh nur provozieren sollte, sparte ich mir die Antwort und stellte gleich die Gegenfrage: »Lässt du dich regelmäßig auf Geschlechtskrankheiten testen?«

Steffi stieß ein brüskiertes Lachen aus. »Du bist ganz schön vorlaut! Ich an deiner Stelle würde nicht so große Töne spucken, wenn mich noch nie ein Kerl angefasst hätte. Kränkt es dich eigentlich, dass dich niemand will?«

Ich schob gespielt beleidigt die Unterlippe vor. »Du meinst, so wie deine Eltern dich nicht wollten, als ihnen beim Vögeln das Kondom geplatzt ist?«

Steffi hielt mir ihren Zeigefinger vor die Nase. »Ganz vorsichtig!«

»Sonst was?«, provozierte ich sie.

Ein boshaftes Lächeln schlich sich auf ihre Lippen. Noch bevor sie den nächsten Satz ausgesprochen hatte, wusste ich, dass er mich mitten ins Mark treffen würde. »Sag mal, wie fühlt es sich eigentlich an, erst seine Mami zu verlieren und dann auch noch seine beste Freundin?«

Ich schoss in die Höhe. Mein gesunder Menschenverstand hatte sich verabschiedet. »Sprich noch einmal von meiner Mutter und ich verpass dir einen Tritt in deinen fetten Arsch!«

»Weißt du, wem mein fetter Arsch noch gefällt?« Als sie die Finger nach Jakes Schultern ausstreckte, brannten bei mir alle Sicherungen durch. Ich schlug ihre Hand weg.

Keine Sekunde später ging sie auf mich los und rammte mir ihre Nägel in die Oberarme. Der Schmerz schoss meinen Nacken hinauf, und ich zog kraftvoll an ihren Haaren. Doch schon im nächsten Moment schob sich Jake zwischen uns und drückte uns auseinander.

»Kommt wieder runter!« Sein Blick pendelte von mir zu Steffi und wieder zurück. »So reizvoll ein kleiner Chickfight auch wäre – das hier ist nicht der richtige Ort dafür.«

Wieso nicht? Das Lagerfeuer ließe sich bestimmt in einen prima Scheiterhaufen verwandeln!

Immer noch zitterte ich vor Wut. Jake schien es zu bemerken und warf mir einen beschwörenden Blick zu. Ich quittierte ihn, indem ich seine Hand wegschlug.

Am liebsten wäre ich noch mal auf Steffi losgegangen, doch schon in der nächsten Sekunde lockerte sich ihre Miene. »Schon gut, schon gut«, antwortete sie mit einem falschen Lächeln auf den Lippen. »War ja nur Spaß, nicht wahr?«

Ich verschränkte die Arme vor der Brust und ließ mich wieder auf die Bank fallen. »Ja, saukomisch war das.«

Steffi stolzierte zu ihrem Platz zurück und schlug ein Bein über das andere. »Du bist dran, Cherie«, flötete sie süßlich.

»Danke, ich verzichte.«

»Gut, dann du, Lina.«

Na wundervoll.

»Ich nehme Cherie!« Linas Mundwinkel verzogen sich. »Wahrheit oder Pflicht?«

Ich ballte die Hände zu Fäusten, bis meine Nägel sich in meine Handflächen bohrten, und funkelte Lina an. Was zum Teufel sollte das jetzt? Dachte sie, ich würde mich von ihr einschüchtern lassen, nachdem ich es gerade mit der Blair Witch persönlich aufgenommen hatte?

»Pflicht«, zischte ich.

Lina knabberte an einem ihrer langen, potthässlichen Fingernägel herum und ließ ihren Blick durch die Runde gleiten. Plötzlich blitzte es in ihren Augen auf, und sie grinste mich schadenfroh an. »Setz dich fünf Minuten lang auf Kyles Schoß!«

Kyles Freunde reagierten mit einem Johlen, bei dem mir fast das Abendessen hochkam. Ich linste zu Kyle hinüber, der mich schamlos von oben bis unten musterte. Natürlich konnte er sich einen anstößigen Kommentar nicht verkneifen. Ich hörte absichtlich weg, doch seine nach mir grapschenden Hände konnte ich nicht ignorieren. Allein die Vorstellung, mich auf seinen Schoß zu setzen, verpasste mir eine Gänsehaut. Am liebsten wäre ich davongerannt, aber dafür war es jetzt zu spät. Wenn ich jetzt abbrach, würde Steffi gewinnen. Widerwillig kämpfte ich gegen meinen Brechreiz an und zwang mich, aufzustehen.

Doch noch ehe ich den ersten Schritt in Kyles Richtung gehen konnte, packte Jake mich am Handgelenk. Überrascht drehte ich mich zu ihm um, doch er sah mich nicht an, sondern starrte stattdessen ins Lagerfeuer. »Setz dich hin, Cherie.«

Einen Moment lang musterte ich seine schlanken Finger, die immer noch mein Handgelenk umfasst hielten. Mein Ärger war plötzlich nebensächlich. Ich wagte es nicht, ihm zu widersprechen, und setzte mich kommentarlos auf meinen Platz zurück. Immer noch machte Jake keine Anstalten, mich anzusehen, sondern stierte mit mahlendem Kiefer in die Flammen.

»Gut, dann eben nicht.« Lina seufzte ausgiebig, ehe ihr die nächste großartige Idee kam, für die ich sie am liebsten auf den Mond katapultiert hätte: »Jake, Wahrheit oder Pflicht?«

Jake zögerte erst, antwortete dann aber schließlich doch: »Pflicht.«

Lina verzog ihre dünnen Lippen zu einem Grinsen, um das sich viele kleine Fältchen bildeten. »Küss das hübscheste Mädchen aus der Runde auf eine x-beliebige Körperstelle!«

Als ich sah, wie Jake seinen Blick auf Steffi richtete, wurde mir schwindlig. Das Lagerfeuer warf flackernde Schatten auf Steffis Gesicht, um das sich ein Flammenmeer aus glänzendem, roten Haar ergoss. Die leuchtenden Funken, die vom Flammenkegel aufstoben und in der Nacht verglühten, glichen den vielen Sommersprossen auf ihren hohen Wangenknochen. Sie war so verdammt hübsch, dass ich es kaum aushielt, sie weiterhin anzusehen. Eine Mischung aus Gespanntheit und Vorfreude blitzte in ihren Augen auf.

Auch Jakes Mundwinkel zuckten in die Höhe.

Sie gefiel ihm.

Natürlich gefiel sie ihm.

Die Spannung, die sich zwischen den beiden aufgebaut hatte, durchfuhr mich wie ein Stromstoß, der all meine Muskeln verkrampfen ließ. Es war, als klebte ich an einem Elektrozaun fest.

Wie aus dem Nichts löste Jake plötzlich seinen Blick von Steffi und sah stattdessen mich an. Das helle Grau seiner Augen fegte mir sämtliche Gedanken aus dem Kopf. Ich spürte, wie seine Hand meinen Nacken hinaufglitt und sich in meinen Haaren verfing, während er sich immer weiter zu mir beugte. Ein heißes Kribbeln schoss mir in die Glieder und loderte nun in jeder einzelnen Zelle meines Körpers. Jake legte seine Lippen auf meinen Hals und begann, ihn zärtlich zu küssen. Das Bild vor meinen Augen begann sich zu drehen, ich war wie betrunken.

Holy. Shit.

Als er seine Lippen von mir löste, wäre ich beinahe umgekippt. »Ist dir Dans Blick aufgefallen?«, flüsterte er, und sein warmer Atem kitzelte mich am Ohr. »Seit er seine Geschichte erzählt hat, himmelt er Lizzy an.«

Immer noch war ich so benebelt, dass ich nichts erwidern konnte. Eine ganze Weile hatten meine Augen keinen Fokus gehabt, sondern nur gedankenverloren ins Feuer gestarrt. Ich musste ein paarmal blinzeln, bis ich wieder scharf sehen konnte. Dann linste ich zu Dan hinüber. Tatsächlich. Seine dunkelbraunen Augen glänzen sehnsüchtig, und eine seltsame Schwermütigkeit zeichnete sich darin ab.

»Ich glaube, er braucht einen kleinen Anstoß«, hauchte Jake.

Ich nickte. Nachdem er meine Haare losgelassen und sich wieder aufgerichtet hatte, spähte ich vorsichtig in Steffis Richtung. Sie sah gar nicht erfreut aus, im Gegenteil. Ihrem Gesichtsausdruck nach, stellte sie sich gerade vor, wie sie die grausamsten mittelalterlichen Foltermethoden an mir ausprobierte.

»Wahrheit oder Pflicht, Dan?«

Dan wurde aus seiner Trance gerissen. Der Gedanke, der im eben noch durch den Kopf gegangen war, zeichnete sich in Form einer blassen Röte auf seinen Wangen ab. Er räusperte sich. »Ehem, Pflicht.«

Jakes Mundwinkel zuckte. »Küss die Person links von dir.«

Als wüsste er nicht, wer neben ihm saß, wanderte Dans Blick erst Richtung Boden und glitt dann an Lizzys Körper wieder hinauf. Auf ihrem Gesicht blieb er hängen. Dan blinzelte ungläubig, seine Lippen zitterten, und dann … erstarrte er plötzlich. Wie ein Reh im Scheinwerferlicht starrte er Lizzy mit großen Augen an, die erwartungsvoll zurückstarrte.

Dann, nach guten drei Sekunden, in denen Dani sich keinen Millimeter gerührt hatte, verlor Lizzy die Geduld. Sie zog die Brauen zusammen und griff nach seinem Gesicht. »So schwer ist das doch nicht!«

Ohne lange zu fackeln, drückte sie ihm ihre Lippen auf den Mund. Dan erwachte aus seinem Koma, riss die Augen auf und erwiderte den Kuss. Als sie sich von ihm löste, schnappte er verzweifelt nach Luft. Seine Wangen glühten wie die Holzkohlen im Lagerfeuer.

»Das war doch gar nicht so übel«, fand Lizzy. Ein mildes Lächeln hatte sich auf ihre Lippen geschlichen, die immer noch leicht gerötet waren. Dan dagegen war völlig von der Rolle. Er nickte erst, schüttelte anschließend den Kopf und gab ihr schließlich … einen Daumen nach oben? *O Gott.*

Lizzy beäugte seinen ausgestreckten Daumen, als wollte sie ihn am liebsten abbeißen. »Vielen Dank, Dan.« Sie hielt ihm den Mittelfinger hoch, ehe sie sich verärgert abwandte.

Es dauerte einen Moment, bis Dan realisierte, was er eben angerichtet hatte. Immer noch hing sein ausgestreckter Daumen in der Luft, während er sich hilfesuchend nach mir umdrehte. Sein Gesichtsausdruck war herzzerreißend. Aber so gern ich auch wollte, ich konnte ihm nicht helfen.

Aus dem Augenwinkel lugte ich zu Jake, doch der schüttelte nur den Kopf und vergrub das Gesicht in den Händen.

Hinter uns flackerte plötzlich ein Licht auf. Es drang

durch die geöffnete Haustür und fiel einem kleinen Männchen in den Rücken, das ich als Professor Rüttenhofer identifizierte. Mit großen Schritten und einem dunkelgrünen Eimer in der Hand kam er auf uns zu.

»Feierabend!«, verkündete er und ergoss den Inhalt seines Eimers über das brennende Lagerfeuer, das wütend zischte. Von den leuchtenden Flammen blieb nur ein nasses Häufchen Asche übrig. »Tut mir leid, dass es so lange gedauert hat, aber Frau Puntigam und ich haben uns verquatscht. Sie hat mir geholfen, eine spezielle Salbe für Jeannies Verbrennung zusammenzumischen – aus zehn verschiedenen Kräuterpasten! Könnt ihr euch das vorstellen?«

Er war begeistert, doch als keiner von uns Anstalten machte, ihm darauf zu antworten, räusperte er sich. »Auf was wartete ihr? Zeit fürs Bett!«

Kapitel 22

Zwanzig Minuten später stand ich unter der Dusche. Das eiskalte Duschwasser verpasste mir eine Gänsehaut, während die Stelle auf meinem Hals, wo Jakes Lippen gelegen hatten, weiterhin in Flammen stand. Immer noch hatten mich meine Gefühle so fest im Griff, dass ich kaum klar denken konnte.

Was ich vorhin zu Steffi gesagt hatte, würde nicht folgenlos bleiben. Wenn ich eines mittlerweile gelernt hatte, dann, dass Steffanie Schachtner sich nicht verarschen ließ. Und ich hatte sie nicht nur verarscht, ich hatte sie vor der ganzen Klasse diffamiert und ihre Hand weggeschlagen, als sie Jake anfassen wollte. Es spielte keine Rolle, dass sie mich ebenfalls angegriffen hatte. Das würde sie mir nicht durchgehen lassen.

Vorsichtig stieg ich aus der Dusche, wickelte mich in ein Handtuch und schlüpfte in meine Schlafklamotten. Während des Zähneputzens starrte ich mein Spiegelbild an, das mir aus großen Augen entgegenblickte. Zwei dunkelblonde Locken hingen aus meinem schlampigen Dutt und umrahmten mein Gesicht, in dem sich eine Mischung aus Euphorie und Entsetzen spiegelte.

Mist, was hatte ich mir bloß dabei gedacht? Steffi würde mich fertigmachen. Ich hatte keinen Grund, stolz auf mich zu sein. Ich sollte mich auch nicht überlegen fühlen. Aber das tat ich.

Jake hatte mich geküsst, und nicht sie.

Ich konnte es noch gar nicht richtig fassen.

Jake hatte mich ... *geküsst.* Geküsst hatte er mich!

»Willst du dir den Zahnschmelz wegputzen?«, riss Lizzy mich aus den Gedanken.

Schnell spuckte ich die Zahnpasta aus. »Schon fertig. Alles okay bei dir?«

Lizzy seufzte laut und hing ihr nasses Handtuch über den Heizkörper. »Hat dir schon mal jemand den Daumen hochgehalten, nachdem du ihn geküsst hast?«

Ich schüttelte den Kopf, ehe ich mein Handtuch auch über die Stangen warf. »Nein, zum Glück nicht.«

»Das willst du nicht erleben, glaub mir.« Lizzy hielt mir die Tür auf, und wir gingen hinaus. Der Fliesenboden im Flur fühlte sich kalt an unter meinen Fußsohlen.

»Was du zu Steffi gesagt hast«, Lizzy sah mich aus dem Augenwinkel an, »das war echt krass. Versteh mich nicht falsch, Cherie, es war großartig. Jemand musste ihr mal die Meinung sagen. Mich hat nur gewundert ...«

»Dass gerade ich es getan habe?« Ich ließ mich auf meine knarrende Matratze plumpsen. Die gebrauchten Klamotten warf ich über den Rucksack, der am Fußende lag. »Ich weiß auch nicht, was mich dazu getrieben hat. Da war auf einmal dieser Drang in mir, sie endlich zu konfrontieren, und ich hab ihm einfach nachgegeben.«

Lizzy setzte sich im Schneidersitz neben mich und beugte sich zu mir, sodass nur ich sie hören könnte. Immerhin war unser Gespräch vor Steffis Ohren nicht sicher, auch wenn sie am anderen Ende des Raumes stand und gerade an ihren

Nägeln herumpfuschte. »Wenn du mich fragst, wird sie ganz schön lange daran zu knabbern haben. Seit Emma nicht mehr hier ist, kann Steffi machen, was sie will. Es muss lange her sein, dass sich ihr jemand widersetzt hat.«

Ich zog mir die Decke über den Schoß und legte meinen Kopf auf Lizzys Schulter. »Es war dumm von mir, mich auf diesen Streit einzulassen. Steffi wird es mir bei nächster Gelegenheit heimzahlen, darauf kannst du wetten.«

»Es war nicht dumm«, widersprach Lizzy und schmiegte ihre Wange an meinen Scheitel. »Es war mutig. Du hast dich verändert, Cherie. Vor einem Jahr noch hättest du dich hinter Emma versteckt und brav den Mund gehalten, wenn dich jemand angemault hätte. Aber heute hast du dich Steffi entgegengestellt, und das mit Erfolg. Sie ist immer noch stinksauer, siehst du?«

Mein Blick glitt zu Steffi, die sich die abstehende Haut vom Fingernagel zog. Ihr hübsches Gesicht war zu einer Grimasse verzogen.

Mir entfuhr ein Kichern. »Es hat sich so gut angefühlt«, gestand ich.

Lizzy grinste. »Das glaub ich dir. Besonders der Teil mit den hässlichen Wimpern hat mir gefallen. Steffi hat innerlich gekocht, ich dachte schon, ihr Kopf würde explodieren.«

Seufzend genossen wir diese Vorstellung. Lizzy zwirbelte die Spitzen meiner Locken zwischen den Fingern und rückte ein wenig näher an mich heran. »Sag mal, denkst du nicht auch, dass deine Veränderung etwas mit Jake zu tun haben könnte?«

Mein Blick huschte zu ihm. Er lehnte mit der Hüfte an

der Wand und schaute durchs Fenster, hinter dem ein trüber Halbmond leuchtete. »Wie meinst du das?«

»Weißt du, als deine Mom gestorben ist, da bist auch du irgendwie verloren gegangen«, sagte Lizzy mit gesenkter Stimme. »Du hast kaum noch gesprochen, dich zu Hause eingeschlossen und immer mehr den Halt verloren. Dan und ich haben versucht, dich aufzuheitern, aber das hat nicht geholfen. Du hast keinen Trost gebraucht, sondern jemanden, der dich zurück ins Leben holt. Emma hat das geschafft, zumindest eine Zeit lang.«

Ihre Worte versetzten mir einen Stich ins Herz. Ich hatte nie gewollt, dass meine Freunde unter dem Verlust litten, den ich verarbeiten musste. Mir war damals schon bewusst gewesen, dass ich mich zurückgezogen und sie vernachlässigt hatte. Aber ich konnte nichts dagegen tun. Moms Tod hatte mir den Boden unter den Füßen weggerissen. Trotzdem hätte ich anders damit umgehen müssen.

Lizzy seufzte schwer. »Jedenfalls, Emma hat es zwar geschafft, dass du wieder mehr aus dir rausgekommen bist und ab und zu das Haus verlassen hast, aber sie hat dich ständig überschattet. Sie hat für dich gesprochen, hat dir gesagt, wie du dich fühlen und was du tun sollst. Ich bin mir sicher, dass sie es gut gemeint hat, aber durch ihr Verhalten hat sie alles nur verschlimmert.«

Auch Lizzy linste nun zu Jake hinüber, der sich inzwischen auf seine Matratze gesetzt hatte. Er griff nach seinem Rucksack und holte seinen Block hervor. Dann rutschte er zurück, lehnte sich mit dem Rücken gegen die Wand und begann zu zeichnen.

»Aber bei Jake ist das anders«, fuhr Lizzy fort. »Er lässt

dich deine Kämpfe selbst austragen. In seiner Gegenwart bist du stärker, selbstbewusster. Ich habe das Gefühl, er macht dich mutiger.«

Schweren Herzens wandte ich den Blick von Jake ab und sah Lizzy in die Augen. »Das tut er«, gestand ich so leise, dass ich nicht wusste, ob sie mich überhaupt verstanden hatte. Doch als sie lächelte, stolperte mein Herz in meiner Brust. »Ich weiß nicht warum, aber seine Nähe gibt mir Sicherheit.«

Lizzy streichelte über meine Haare. Irgendetwas an ihrem Lächeln gab mir das Gefühl, dass sie sehr wohl wusste, warum Jake diese Wirkung auf mich hatte. Aber sie sprach es nicht laut aus. »Ich bin froh, dass es so ist«, erwiderte sie schlicht. »Du glaubst nicht, wie froh ich bin, dich endlich wieder lachen – *oder ausflippen* – zu sehen.«

Als das Licht abgeschaltet wurde, rutschte sie auf ihre eigene Matratze hinüber. Ich schlüpfte ebenfalls unter die Decke und vergrub das Gesicht im Kopfpolster. Eine berauschende Wärme breitete sich in meinem Brustkorb aus. Ich ließ mich von ihr einhüllen, bis meine Lider zufielen.

Am nächsten Morgen fühlte ich mich ausgeruht wie schon lange nicht mehr, was die Vormittagswanderung umso erträglicher machte. Der Dünne führte uns einen kurvigen Pfad entlang, an dessen Seiten sich meterhohe Schneewände emporhoben. Die meiste Zeit hielt ich mich an Lizzy und hörte mir ihre endlosen Beschwerden über Dan an. Seit dem Kuss am Vorabend hatte er ihr kein einziges Mal in die Augen gesehen, geschweige denn mit ihr gesprochen. Lizzy war der Überzeugung, dass ihm der Kuss nicht sonderlich zugesagt hatte, wohingegen ich mir sicher war, dass das nicht der Grund für sein Verhalten war. Ich schätzte eher, dass ihm seine Reaktion peinlich war und er sich dafür schämte. Nichtsdestotrotz war Lizzy stinksauer auf ihn, weshalb wir uns absichtlich ein paar Meter hinter die anderen zurückfallen ließen, damit sie einander nicht in die Quere kamen. Nach ungefähr zwei Stunden erreichten wir den Gipfel. Vom Gipfelkreuz aus konnte man das ganze Tal einsehen, um das sich hügelige, schneebedeckte Bergformationen erhoben. Ich streckte der warmen Mittagssonne mein Gesicht entgegen und genoss das leise Pfeifen des Windes, der den Schnee aufstob und als glitzernde Staubwolke umherwirbelte. Solch eine Ruhe war in der Wiener Innenstadt ganz unvorstellbar.

Als wir kurz nach Mittag zur Hütte zurückkehrten, pflanzten Lizzy und ich uns auf eine der Bänke rund um die Feuerstelle, die scheinbar noch niemand weggeräumt hatte, und ruhten unsere Beine aus.

»Guck ihn dir an, Cher!« Grummelig starrte sie in Dans Richtung, der auf einem alten Baumstumpf saß und an einem Stück Holz schnitzte. »Lässt seinen Frust an einem blöden Stock aus, anstatt einfach mal seinen Arsch hochzukriegen und sich bei mir zu entschuldigen.«

Ich stützte mich mit den Ellbogen auf meinen Knien ab und vergrub die Finger in meinen Haaren. »Geh doch zu ihm hin und sprich mit ihm. Ich bin mir sicher, dass die Nummer mit dem Daumen nicht böse gemeint war. Dan war nur … *überrascht*, denke ich.«

»Überrascht wie schlecht ich küsse, oder was?« Ihre Miene verdunkelte sich. »Hoffentlich zieht er sich einen

Spieß ein.«

Ich zog die Nase kraus. Na ja, zumindest wünschte sie ihm nicht, dass er sich mit dem Taschenmesser den Daumen absäbelte …

»Ich glaub wirklich nicht, dass der Kuss das Problem war«, beteuerte ich. »Dan hat einfach nicht gewusst, wie er darauf reagieren soll.«

»Ach, und da hat er sich gedacht, er macht mich am besten vor der ganzen Klasse lächerlich? Großartige Reaktion! Vielen Dank auch.«

Ich hob einen Ast vom Boden auf und zeichnete damit Linien in Schnee. »Dan ist verzweifelt, Lizzy. Wahrscheinlich weiß er nicht, wie er es ausbügeln soll.«

»Tja, das ist nicht mein Problem.« Sie steckte ihre Haarspange zurecht und rappelte sich von der Bank hoch. »Entweder er kriegt es hin und entschuldigt sich bei mir, oder er hat eben Pech gehabt. Aber wie es aussieht, geht er mir aber sowieso lieber aus dem Weg.« Sie blickte über meinen Kopf hinweg und hob träge die Hand. »Hallo, Jake.«

»Hey, Blondie.« Er setzte sich neben mich auf die Bank und hielt sich die Hand an die Stirn, um nicht von der Sonne geblendet zu werden. »Warum machst du so ein Gesicht?«

Lizzy verdrehte die Augen, ehe sie sich kommentarlos umdrehte und davonstolzierte.

Jake sah mich fragend an, und ich deutete mit dem Kinn in Dans Richtung. »Sie ist immer noch sauer auf ihn«, erklärte ich. »Und weil Dan sie seit gestern Abend ignoriert, wird sich das wohl nicht so bald ändern.«

»Mann, wie konnte er es auch so dermaßen vermasseln?«

Jake zog sich die Mütze vom Kopf und verstrubbelte seine platt gedrückten Haare, bis sie in alle Richtungen abstanden. Das sah ganz schön niedlich aus, fand ich.

Ich wandte mich ab. »Es hat ihn kalt erwischt. Ich glaube, dass er schon den ganzen Tag überlegt, wie er alles wieder Ordnung bringen kann.«

»Dan kriegt das schon wieder hin«, meinte Jake, und ich nickte.

Eine Weile ließen wir uns schweigend die Sonne ins Gesicht scheinen und genossen die frische Luft. Es tat gut, hier draußen zu sitzen, weit weg von Großstadthektik und Verkehrschaos.

»Irgendwie gefällt mir dieser Ausflug«, meinte Jake plötzlich. »Ich hätte es zwar nicht erwartet, aber so ist es. Ich bin gerne hier auf diesem Berg, es ist so … *friedlich* hier. Zumindest meistens.«

Sein Blick glitt hinüber zu Kyle, der mit einer Handvoll Schnee auf der Lauer lag und sich dann auf Amira stürzte, um sie damit einzureiben. Natürlich schrie sie wie am Spieß, ehe auch schon der Dünne herbeigeeilt kam und zu schimpfen begann.

»Wenn sich jetzt noch eine Gletscherspalte auftun und diesen Volltrottel verschlucken würde, wäre alles perfekt.«

Blinzelnd sah ich ihn an. »Du kannst Kyle wirklich nicht leiden, oder?«

Jake ächzte verächtlich. »Das ist ziemlich untertrieben. Wenn ich nur daran denke, wie der dich gestern angeschaut hat, wird mir anders.«

Ich musste daran denken, wie er mein Handgelenk umfasst hatte, damit ich mich nicht auf Kyles Schoß setzte, und bekam sofort Herzklopfen. Zu hören, dass es ihm nicht passte, wie Kyle mich angesehen hatte, löste etwas in mir aus. Etwas, über das ich mehr und mehr die Kontrolle verlor.

»Aber abgesehen von Kyle genießt du den Ausflug?«

Jake verschränkte die Hände hinter dem Kopf. »Ja, das tue ich. Ich war schon jahrelang nicht mehr von zu Hause weg. Es ist schön, endlich mal rauszukommen und abschalten zu können.« Er sah mich an und hob einen Mundwinkel. »Und es ist auch schön, ein bisschen Zeit mit meinem Kätzchen zu verbringen.«

Mein Herz machte einen so heftigen Sprung, dass ich dachte, es würde aus meiner Brust katapultiert und direkt in seinen Schoß geschleudert werden. »Ich bin froh, dass du mitgekommen bist. Ohne dich …« Ich zögerte. »Ohne dich hätte einfach was gefehlt.«

Ein atemberaubendes Lächeln erschien auf Jakes Lippen. Ich wusste nicht, ob ich ihn je so glücklich gesehen hatte.

Jake öffnete den Mund, um etwas zu sagen, doch das Piepsen seines Handys unterbrach ihn. Geschickt fischte er es aus seiner Hosentasche und überflog die Nachricht, die er bekommen hatte. Seine Augen huschten über das Display, während sich in meinem Inneren bereits alles zusammenzog.

Bitte nicht!

»Das darf nicht wahr sein«, flüsterte Jake fast unhörbar leise und schloss einen Moment lang die Augen. Als er sie wieder öffnete, brannte so viel … Angst? Wut? Sorge? … darin, dass ich am liebsten geheult hätte. Seine Miene war wie versteinert, doch ich konnte einen Muskel in seinem

Kiefer zucken sehen. Er hatte seine Finger so fest um das Handy geschlungen, dass seine Knöchel weiß hervortraten.

»Was …« Ich schluckte. »Was ist los?«

Jake schob das Handy zurück in seine Hosentasche. »Es geht wieder mal alles den Bach runter«, presste er mühevoll heraus und stemmte sich dann von der Bank hoch. »Ich pack besser meine Sachen.«

»Du gehst?«, krächzte ich und blickte zu ihm hoch, doch er nickte bloß und ließ mich dann allein zurück.

Wütend blinzelte ich die Tränen fort, die sich in meinen Augen gesammelt hatten. Es war kaum aussprechbar, wie sehr ich diese verdammten Textnachrichten hasste! Einmal mehr nahmen sie ihn mir weg, ohne dass ich nachfragen durfte, warum oder für wie lange.

Ich sah aus der Ferne zu, wie Jake mit dem den Dünnen sprach und sich dann nach drinnen schleifte. Gequält zerbrach ich den Ast, mit dem ich gespielt hatte, und stand auf, um ihm zu folgen. Als ich den Schlafraum betrat, stopfte er gerade seine Klamotten in den Rucksack.

»Gehst du jetzt gleich?«, fragte ich und lehnte mich an einen der Holzbalken, die die Zimmerdecke trugen.

»Nein«, erwiderte Jake trocken. »Ich soll noch bis zum Mittagessen bleiben. Danach bringt mich die Wirtin mit ihrem Pick-up zum Bahnhof.«

Nervös verhakte ich meine Finger ineinander und überlegte, ob ich es wagen sollte, ihn nach dem Grund für seine Abreise zu fragen. Was konnte schon groß passieren? Er würde sowieso bald verschwinden, ohne dass ich wusste, wohin oder was überhaupt los war. Und dann, nach ein paar Tagen, wenn ich ihn wiedersah, würde er ein Häufchen

Elend sein, dessen Anblick mir das Herz zerreißen würde. Warum also nicht die Gelegenheit nutzen und die bittere Medizin schlucken?

»Ich weiß, ich soll nicht fragen, aber ...«

»Dann frag auch nicht, Cherie!« Jake zog den Reißverschluss seines Rucksackes zu und schleuderte ihn auf seine Matratze. »Ich hab schon genug Probleme. Tu mir den Gefallen und lass mich die letzten zwei Stunden in Ruhe, die ich noch hier bin, okay?«

Ein fetter Kloß bildete sich in meinem Hals und ich schluckte ihn mühsam hinunter. Betrübt schlang ich die Arme um mich und setzte mich auf meine Matratze. Als der Rest der Klasse in den Raum schlenderte, zog ich die Knie an und musterte meine Zehenspitzen. Ich wollte nicht, dass irgendjemand meine feuchten Augen sah.

Erst Lizzys Stimme ließ mich aufblicken. »Hast du gehört, was ...?« Mitten im Satz hielt Lizzy inne. »Alles okay bei dir, Cher?«

Ich öffnete den Mund, schloss ihn dann aber gleich wieder. Was sollte ich ihr sagen? Gar nichts war okay. Aber ich konnte und wollte ihr weder von den Textnachrichten noch von Jakes baldigem Abgang erzählen. Lizzy würde mich nämlich fragen, was es mit den seltsamen Nachrichten auf sich hatte, und ich würde zugeben müssen, dass ich keine Ahnung hatte. Womit wir wieder bei dem Punkt wären, dass ich den Typen, der angeblich so gut für mich war, kaum kannte. Vielleicht sollte ich lügen und mir irgendeinen anderen Grund ausdenken, weshalb er so plötzlich nach Hause musste, immerhin würde sie mich sowieso spätestens in zwei Stunden danach fragen.

»Nein, nicht wirklich«, erwiderte ich schließlich. »Ich hab gerade erfahren, dass Jake …«

»Hey, Liz«, unterbrach Dan unser Gespräch, und wir beide schauten zu ihm hoch. Er stand am Fußende meiner Matratze und fingerte nervös an einer kleinen Holzfigur herum.

»Du sprichst also wieder mit mir?«, fragte Lizzy, die Arme vor der Brust verschränkt und mit einem anklagenden Ausdruck im Gesicht.

Dan wippte auf seinen Schuhsohlen. »J-ja … ich …« Er schluckte und streckte ihr die Holzfigur hin. »Für dich!«

Überrascht zog Lizzy die Brauen hoch. »Soll das ein … *Hund* sein?« Sie griff nach der Figur und betrachtete sie aus allen möglichen Winkeln. »Oder ein … *Pferd*?«

»Ein Esel«, stellte Dan klar. »Ich dachte, ein Esel wäre passend, weil ich auch ein ziemlicher Esel bin.«

»Du hast das geschnitzt?«

Dan nickte, woraufhin Lizzy ihre Finger um die kleine Figur schloss und sie lächelnd an ihre Brust drückte. »Das ist … ziemlich süß.«

Erleichtert blies Dan die Luft aus, die er angehalten hatte, und vergrub die Hände in den Hosentaschen. »Hast du Lust, ein bisschen spazieren zu gehen und dir dabei eine ausführliche Entschuldigung anzuhören?« Er zog sein Smartphone hervor. »Ich hab mir sogar ein paar Notizen gemacht und ein schönes Zitat über männliche Kommunikationsprobleme herausgesucht.«

Lizzy begann zu lachen, streckte Dan die Arme entgegen und ließ sich von ihm hochziehen. »Das klingt doch vielversprechend! Aber warte noch einen Moment!« Sie drehte sich noch einmal zu mir um. »Was wolltest du gerade sagen, Cher?«

Diesen schönen Moment konnte ich auf keinen Fall kaputtmachen.

»Ach nichts«, winkte ich lächelnd ab. »Geht schon! Wir reden später.«

Lizzy nickte und zog Dani an seinem Pullover nach draußen. »Gibt's auch eine Showeinlage oder wird das eine rein mündliche Entschuldigung?«

Nachdem die beiden aus dem Raum verschwunden waren, huschte mein Blick noch einmal zu Jake, der schweigend auf seiner Matratze saß und ein Loch in die Decke starrte. Am liebsten hätte ich mich neben ihn gesetzt und ihn angefleht, hierzubleiben. Doch das wäre nicht nur sinnlos gewesen, sondern hätte ihn noch wütender gemacht, als er sowieso schon war. Also schnappte ich mir stattdessen mein Handtuch und schlurfte ins Gemeinschaftsbad, wo ich mich unter die Dusche stellte und eine Weile lang ungestört Trübsal blies. Zumindest hatte ich heute mal nicht die Dusche mit der kaputten Armatur erwischt und mich von literweise Eiswasser schockfrosten lassen müssen.

Als ich fertig war, drehte ich mit einer Hand den quietschenden Wasserhahn ab und fischte mir mit der anderen das Handtuch von der Stange, in das ich mich einwickelte. Der nasse Fliesenboden war glatt wie Eis, weshalb ich höllisch aufpassen musste, nicht auszurutschen und mir den Hals zu brechen.

Obwohl ich heil beim Waschbecken ankam, fühlte es sich plötzlich an, als hätte mir jemand den Teppich unter den Füßen weggezogen.

Was zum …?

Ich hatte meine Klamotten ganz sicher hier abgelegt. Meine Augen wanderten von einem Waschbecken zum nächsten, doch nirgendwo waren meine Sachen zu sehen.

Plötzlich ertönte Steffis Stimme hinter mir, und mein Puls stoppte für einen Moment. »Suchst du vielleicht den hier?«

Ich wirbelte herum, und mein Blick blieb an meinem BH hängen, der an Steffis dürrem Zeigefinger baumelte. Sie hatte die Lippen zu einem boshaften Lächeln verzogen. Ihre Freundinnen stellten sich um mich auf, sodass ich in die Ecke gedrängt wurde.

Mir rutschte das Herz in die Hose. *Oh nein, nein, nein.*

»Sieht eigentlich ganz hübsch aus«, stellte Steffi fest und hielt meinen BH in die Höhe, um das Etikett lesen zu können. »Ew, H&M! Ich nehme alles zurück.«

»Was soll das?« Ich umklammerte das Handtuch, das ich um meinen nackten Körper gewickelt hatte. Lina warf sich meine Jeans über den Unterarm, Ruby schlüpfte in meine Strickjacke und Gina warf mein Sockenknäuel in die Luft, um es dann wieder aufzufangen. Verzweifelt sah ich mich um und musste feststellen, dass außer Steffi, ihren Freundinnen und mir niemand im Raum war.

»Ach, weißt du, unser Gespräch gestern Abend ist mir einfach nicht mehr aus dem Kopf gegangen.« Steffi löste den Blick von meinem BH und funkelte mich amüsiert an. »Ich muss schon sagen, deine Schlagfertigkeit hat mich wirklich beeindruckt. Eigentlich hatte ich erwartet, dass du spätestens nach dem zweiten fiesen Spruch zu flennen beginnst. Aber die kleine Massage, die ich Jake verpasst habe, schien dir ziemlich gegen den Strich gegangen zu sein. So wütend habe ich dich ja noch nie erlebt.«

Ich schluckte und versuchte, cool zu bleiben. Doch ihr boshaftes Lächeln versetzte jede meiner Zellen in Alarmzustand.

»Vielleicht sollte ich mich bei dir entschuldigen«, meinte Steffi plötzlich und zuckte mit ihren schmalen Schultern. »Ich hätte dich nicht eifersüchtig machen dürfen.«

Ich musste mich wohl verhört haben. Verunsichert blickte ich zwischen den Mädchen hin und her, doch keine von ihnen wirkte, als wäre sie von Steffis Entschuldigung überrascht. »Erzähl mir nicht, dass es dir leid…«

»Doch wirklich!«, schnitt Steffi mir das Wort ab. »Es war nicht in Ordnung von mir, mit Jake zu flirten, wo es doch so offensichtlich ist, wie sehr du in ihn verliebt bist.«

Sie kam einen Schritt auf mich zu, und ich wich zurück, bis ich das Waschbecken im Rücken spürte.

»Als Wiedergutmachung will ich dir helfen, ihn endlich rumzukriegen. Glaub mir, ich hab Erfahrung, wie man Kerle rumkriegt. Weißt du, worauf alle Jungs stehen?« Sie blickte an mir hinunter und wieder hoch. »Auf viiiiiel nackte Haut.«

Mir gefror das Blut in den Adern. »W…was?«

Steffi lachte boshaft. »Ich denke, du solltest mal deine Reize zeigen, Cherie. Deshalb wirst du jetzt mit deinem süßen rosa Handtuch zurück ins Zimmer flitzen und dich vor allen anderen umziehen. Glaub mir, Jake wird begeistert sein.«

Eine Drahtschlinge wickelte sich um meinen Hals und schnitt mir die Luft ab. Hilflos klammerte ich mich an das viel zu knappe Handtuch, das gerade lang genug war, um meinen Po zu bedecken. Der Gedanke, mich umzuziehen, während dieser lächerliche Stofffetzen das einzige war, das mich vor den Blicken der anderen schützte, drehte mir den Magen um. Am liebsten hätte ich mich auf der Stelle übergeben.

»Du … du kannst doch nicht …« Ich rang nach Worten. »Das meinst du doch nicht ernst!«

»Mach doch nicht so große Augen!« Steffi schob die Unterlippe vor. »Du siehst so zuckersüß aus, da krieg ich regelrecht ein schlechtes Gewissen.«

Mein Herz hämmerte so heftig gegen meine Rippen, dass meine Stimme davon zitterte: »Gib mir meine Sachen zurück!« Ich wurde immer verzweifelter. »Bitte, Steffi. Bitte!«

Sie warf lachend den Kopf in den Nacken. »Ha! Das kannst du vergessen.«

Druck baute sich hinter meinen Augen auf. Mit aller Kraft versuchte ich, die Tränen zu unterdrücken. Diesen Triumph gönnte ich Steffi nicht. Ein paar Sekunden lang musterte sie mich und wartete vergebens darauf, dass ich zu heulen begann. Dann machte sie auf den Absätzen kehrt. »Kommt schon, Mädels, geben wir Cherie noch eine Minute, um das Ganze zu verarbeiten.«

Sie winkte ihre Freundinnen zu sich und drehte sich mit dem Türgriff in der Hand noch einmal zu mir um. »Ach ja, wenn du denkst, dass irgendjemand kommen und dir helfen wird, dann hast du dich geschnitten. Ich sorge dafür, dass niemand dieses Gemeinschaftsbad betritt, solange du hier drin bist. Wenn ich du wäre, würde ich es lieber schnell hinter mich bringen.«

Mir ging die Kraft aus. Die Tränen, die in meinen Augen brannten, kullerten plötzlich an meinen Wangen hinab und raubten mir die Stimme. »Wieso …«, krächzte ich, »Wieso machst du das?«

Steffi verzog die Lippen zu einem teuflischen Lächeln. »Du hast doch nicht gedacht, dass unser kleiner Disput keine Folgen hat, oder?«

Und damit verschwand sie auf den Flur hinaus und schlug die Tür hinter sich zu.

Sobald ich allein war, gaben meine Knie nach und ich sank zu Boden. Mit beiden Händen hielt ich das knappe Handtuch fest, das von einer Sekunde auf die andere zu meinem Schicksal geworden war. Ich wollte nicht wahrhaben, was gerade passierte. Wie zur Hölle sollte ich mich in diesem winzigen Stofffetzen umziehen, ohne mich vor der ganzen Klasse bloßzustellen?

Die Vorstellung jagte mir eine Heidenangst ein. Meine Atmung wurde flacher, während ich fieberhaft nach einem Ausweg suchte. Lizzy und Dan auf ihrem Spaziergang zu erreichen, war unmöglich, vor allem, weil ich mein Handy nicht bei mir hatte. Jake saß auf seinem Bett und hatte keine Ahnung, dass ich Hilfe brauchte. Wenn ich lang genug wegblieb, würde er vielleicht Verdacht schöpfen … oder denken, dass er mich verletzt hatte und ich ihn vor seiner Abreise nicht mehr sehen wollte. Auf einen der Lehrer zu warten, wäre Zeitverschwendung, zumal die Lehrer die Dusche von Frau Puntigam benutzen durften und bestimmt nicht zufällig ins Gemeinschaftsbad stolpern würden. Ich musste den Tatsachen ins Auge sehen: Niemand würde kommen und mir aus der Patsche helfen. Ich war auf mich allein gestellt.

Kraftlos zog ich die Beine an und schlang die Arme um meine Knie.

Was sollte ich bloß tun?

Plötzlich spukte das Gesicht meiner Mutter durch meinen Kopf, und ich schluchzte. »Hast du dich auch so gefühlt, Mama?«, winselte ich und versuchte mir ihre sanften, bernsteinfarbenen Augen vorzustellen, die mir immer so viel Trost gespendet hatten. Die Vorstellung, wie sie verletzt und mutterseelenalleine am Asphalt lag, fügte mir Höllenqualen zu, und ich versuchte mit aller Kraft, sie zu verdrängen.

Hatte sie auch die Hoffnung verloren, dass jemand sie retten würde?

Hatte sie ebenfalls geweint?

Wut flutete meinen Kopf und brachte ihn fast zum Zerbersten. Wie konnte man einem anderen Menschen so etwas antun? Wie konnte man herzlos auf jemanden eintreten und ihn dann einfach so zurücklassen? Wer konnte bloß so grausam sein!

Der Hass, den ich plötzlich verspürte, brannte wie Feuer auf meiner Haut, und ich quälte mich vom Boden hoch, um mir kaltes Wasser ins Gesicht zu spritzen. Als ich den Blick hob und mein Spiegelbild sah, presste ich schmerzerfüllt die Zähne zusammen.

Ich durfte das, verdammt noch mal, nicht mit mir machen lassen!

Meine Mutter mochte verletzt gewesen sein und nicht die Kraft dazu gehabt haben, aber ich konnte aufstehen und diesem Albtraum ein Ende bereiten.

Ich schlang das Handtuch enger um mich und zog den Gummi aus meinen Haaren, sodass mir die Locken über Rücken und Schultern fielen. Dann atmete ich tief durch und rieb mir mit dem Handgelenk die Tränen aus den Augen.

Steffi konnte mich nicht kleinkriegen, das würde ich nicht zulassen!

Mit jagendem Puls schlang ich die Finger um den Türgriff und drückte ihn entschlossen nach unten. Die Luft im verlassenen Flur war um einiges kälter als die feuchte Badezimmerluft und verpasste mir eine Gänsehaut. Bei jedem Schritt, den ich in Richtung Schlafraum ging, hatte ich das Gefühl, auf Scherben zu laufen. Mit aller Kraft verdrängte ich die Vorstellung, dass ich in ein paar Sekunden mit nichts als einem Handtuch bekleidet vor der ganzen Klasse stehen würde, und setzte eisern einen Fuß vor den anderen. Als ich endlich vor der Tür zum Schlafraum stand, dröhnte mir mein eigener Herzschlag in den Ohren. Mit zitternden Händen ergriff ich die Klinke und drückte sie nach unten.

Amira war die Erste, die mich sah. Etwas verblüfft riss sie die Augen auf und ließ ihr Smartphone sinken, auf dem sie gerade herumgetippt hatte.

Ich schluckte schwer und zwang mich, den Raum zu betreten, woraufhin ich sofort zum Mittelpunkt der Aufmerksamkeit wurde.

»Cherie?«, rief Yuki entsetzt, während ihre Freundinnen mich mit offenem Mund anstarrten.

»Suchst du die Sauna?«, scherzte Sam. »Ich glaub nicht, dass es hier eine gibt. Aber sag Bescheid, falls du doch eine findest!«

Die Stimmen um mich herum wurden immer lauter und schnitten mir regelrecht die Luft ab. An allen Ecken wurde getuschelt, gelacht und mit dem Finger auf mich gezeigt. Verzweifelt klammerte ich mich an mein Handtuch und blickte über die Schulter zur Tür zurück, die jetzt von Steffi und ihren Freundinnen blockiert wurde. Der Anblick meiner halb nackten Gestalt zauberte ihr ein selbstgerechtes Lächeln auf die Lippen. Nervös und mit kaum Sauerstoff in meiner Lunge drehte ich mich wieder nach vorne und versuchte, meinen Rucksack zu erreichen, bevor ich umkippen und in Ohnmacht fallen würde. Der Raum um mich herum begann sich zu drehen, während ich von Kyle und seinen Jungs ausgepfiffen wurde.

Wie durch ein Wunder fanden meinen Augen plötzlich einen neuen Fokus, und mein verschwommenes Sichtfeld wurde wieder scharf. Ganz unvorbereitet wurde ich von einem undurchschaubaren Grau verschluckt, das sich wie dichter Bodennebel um meinen Körper ausbreitete. Zum ersten Mal seit Minuten konnte ich wieder richtig einatmen. Die Flammen in meinen Lungen erloschen, und ich wagte es nicht, den Blick von Jake zu lösen, der mir immer noch eindringlich in die Augen sah. Es war schwer zu deuten, was sich in ihm abspielte, aber ich konnte sehen, dass sein Kiefer mahlte.

Für eine Millisekunde brach er den Blickkontakt zu mir ab und spähte zu Steffi und ihren Freundinnen hinüber, die immer noch meine Klamotten hielten und sich über mich totlachten. Plötzlich färbte Ärger seine Züge, und sein Körper verspannte. Er löste den Blick von den Mädchen und sah wieder mich an.

Als ich sah, wie er die Handballen in die Matratze presste, um sich zu erheben, schüttelte ich schnell den Kopf und flehte ihn mit den Augen an, es nicht zu tun. Schon jetzt ertrug ich es kaum, wie alle mich anstarrten. Nicht vorstellbar, zu was für einer Show die Szene würde, wenn Jake jetzt auch noch auf den Plan trat. Ich wollte weder, dass er mir beim Anziehen half, noch, dass er Steffi konfrontierte, denn in beiden Fällen wäre ich vor Scham gestorben.

Als er sich wieder hinsetzte und mit zuckendem Kiefermuskel vor sich hinstarrte, war ich beruhigt.

Bei meiner Matratze angekommen, musste ich feststellen, dass Steffi und ihre Freundinnen mein Bettzeug weggeräumt hatten. Das mit dem Unter-der-Decke-Umziehen konnte ich mir also in die Haare schmieren. Mit einer Hand hielt ich mein Handtuch fest, während ich mit der anderen meinen Rucksack durchwühlte. Mit zitternden Fingern zog ich einen Schlüpfer heraus und überlegte, wie ich ihn anziehen konnte, ohne mich vor der ganzen Klasse zu entblößen. Vorsichtig schlüpfte ich erst mit einem und dann mit dem zweiten Fuß durch die Löcher. Die ganze Zeit war ich peinlichst darauf bedacht, meine Bewegungen so auszuführen, dass mein Po nicht unter dem kurzen Handtuch hervorblitze.

»Ey, Mädchen!«

Kyles Stimme jagte mir einen Schauer über den Rücken, und ich beeilte mich, den Schlüpfer hochzuziehen. Ohne dass ich es hätte verhindern können, huschte mein Blick zu ihm und seinen Freunden hinüber. Sie standen neben dem Fenster am anderen Ende des Raumes und stierten mich an, wobei sie sich immer wieder gegenseitig auf die Schulter klopften und lachend in meine Richtung zeigten. Kyle hatte sich an der Wand angelehnt und biss von einem Apfel ab, während seine Schweinsaugen gierig an mir hinunterwanderten.

»Ich hätt 'n einmaliges Angebot für dich«, schmatzte er. »Wenn du mir deins zeigst, zeig ich dir meins.«

Kyles Freunde brachen in Gelächter aus. Ich musste ein Würgen unterdrücken. Reflexartig blickte ich zu Jake und machte mich schon darauf gefasst, dass er total ausrastete, doch er saß nach wie vor auf seiner Matratze und rührte sich keinen Millimeter. Er hatte die Hände zu Fäusten geballt, mehr nicht.

Ich bohrte die Fingerkuppen in mein Handtuch, das ich immer noch fest umklammert hielt, und zog mit der anderen Hand hektisch einen Hoodie aus meinem Rucksack. Weil es vollkommen unmöglich war, einen BH anzuziehen, ohne dass alle meine Brüste gesehen hätten, ließ ich ihn einfach weg. Der dicke Stoff des Hoodies würde sowieso alles verdecken.

Kyle warf den Apfel, den er in der Hand hielt, ein paar Zentimeter hoch und fing ihn dann wieder auf. »Hättste ruhig noch 'n kürzeres Handtuch aussuchen können, Shawty. Dein Arsch is' das Geilste an dir. Titten haste ja keine.«

Ich hörte, wie Steffi auf diesen Kommentar hin ein schrilles Lachen ausstieß, und biss schmerzlich die Zähne zusammen. Schon wieder baute sich Druck hinter meinen Augen auf, aber ich zwang mich, ruhig zu bleiben. Nur über meine Leiche würde ich jetzt vor allen zu weinen beginnen und Steffi genau das geben, worauf sie wartete. Das konnte sie vergessen!

Ungeschickt fingerte ich an meinem Hoodie herum und überlegte, wie ich ihn mir überziehen konnte, ohne dass mein Handtuch zu Boden fiel. Ich musste vermutlich zuerst einen Arm und meinen Kopf durchstecken, das Handtuch mit der anderen Hand festhalten und anschließend den zweiten Arm in den Ärmel quetschen. Gerade, als ich mit meinem Plan beginnen wollte, stemmte Kyle sich von der Wand weg und kam einen Schritt auf mich zu.

»Hoppla! Ich glaube, mir ist da was runtergefallen.« Ohne den Blick von mir zu lösen, ließ er theatralisch den Apfel fallen, den er in der Hand hielt, und kickte ihn mit dem Fuß in meine Richtung. Er rollte über den alten Parkettboden und blieb knapp vor meinen Zehenspitzen liegen. Ein fettes Grinsen erschien in Kyles Gesicht. »Kannst du dich bücken und ihn mir aufheben?«

Wieder brachen seine Freunde in Gelächter aus. Steffanie seufzte, als hätte sich ihr sehnlichster Wunsch erfüllt.

Mit zitternden Fingern klammerte ich mich an mein Handtuch und blinzelte die Tränen weg, die sich in meinen Augen gesammelt hatten. Noch nie in meinem Leben war ich so gedemütigt worden. Ich spürte, wie meine Kehle sich zuschnürte, und schlang hilflos die Finger um meinen brennenden Hals. Ich konnte weder ein- noch ausatmen.

Dann änderte sich etwas in meinem Sichtfeld, und mein Herz blieb stehen.

»Weißt du was, Kumpel?« Jake erhob sich von seiner Matratze und zog sich mit einer Hand die Jeans hoch. »Ich heb ihn dir auf.«

Als wäre ich in eine Schockstarre gefallen, sah ich Jake

dabei zu, wie er mit großen Schritten durch den Raum schlenderte. All die Blicke, die mich minutenlang gelöchert hatten, hingen nun an ihm. Inzwischen war es derart still im Raum, dass ich meine eigenen flachen Atemzüge hören konnte. Selbst Kyle war verstummt und beobachtete Jake dabei, wie er seelenruhig den Apfel aufhob und zwischen den Fingern drehte.

Was als Nächstes passierte, ging so schnell, dass ich kaum folgen konnte.

Ein undeutbares Flackern erschien in Jakes Augen, und er feuerte Kyle den Apfel mit einer solchen Wucht entgegen, dass ich mir sicher war, er würde ihm den Schädel einschlagen. Der Apfel verfehlte Kyles Gesicht nur um ein paar Zentimeter und prallte mit einem lauten Knall von der Wand ab, die matschigen Hälften landeten am Boden. Kyle stolperte rückwärts und wurde von einem Moment auf den anderen leichenblass, als Jake mit zu Fäusten geballten Händen auf ihn zuschoss.

Kurz dachte ich wirklich, er würde ihn umbringen.

»Sie macht dich an, hm?« Jake packte ihn am Kragen und presste ihn kraftvoll gegen die Wand. »Weißt du, was mich anmachen würde? Dir jeden einzelnen Knochen zu brechen.«

Kyle brachte keinen Ton heraus. Er umfasste Jakes Handgelenke, die immer noch seinen Kragen festhielten, und sah sich hilflos nach seinen Freunden um. Doch keiner der Jungs machte Anstalten, ihm zu helfen. Stattdessen starrten sie Jake bloß mit aufgerissenen Augen an und warteten darauf, dass er seine Drohung wahr machte. Als Jake ausholte, war es jemand anderes, der ihn zurückhielt.

»Verdammt, hör auf, Mann!« Mit aller Kraft riss Luca Jake von Kyle weg und stellte sich ihm in den Weg. Kyle rutschte hinter ihm an der Wand hinunter. Nur mit Mühe konnte Luca Jake davon abhalten, erneut auf Kyle loszugehen.

»Aufhören? Ich hab gerade erst angefangen!«

Jake hatte Kyle immer noch im Visier und bebte vor Wut.

Doch Luca packte ihn an den Schultern und schubste ihn einen Meter zurück. »Lass es gut sein!«

»Misch dich da nicht ein!«

»Was hast du vor, huh?« Luca schubste Jake erneut, sodass dieser nach hinten stolperte. »Ihm die Fresse einschlagen und den zweiten Schulverweis kassieren?«

Jakes gesamter Oberkörper verspannte, und ich erwartete, dass er jetzt auch auf Luca losgehen würde. Doch stattdessen biss er die Zähne zusammen und strafte ihn mit einem vernichtenden Blick. Was auch immer in ihm vorgehen mochte, würde entweder in den nächsten Sekunden wie eine Atombombe explodieren oder jetzt sofort im Keim erstickt werden.

Einen Moment lang zögerte Jake. Dann drehte er sich um und ging mit großen Schritten auf die Tür zu, die immer noch von Steffi und ihren Freundinnen blockiert wurde. »Verzieht euch!«, rief er, ohne sein Tempo zu verringern, und die Mädchen wichen zur Seite. Als er die Tür hinter sich zuschlug, wackelten die Wände.

Sam hob die Augenbrauen. »Was zum …?«

Endlich erwachte ich aus meiner Schockstarre und schlüpfte blitzschnell in meinen Hoodie. Er war lang genug, dass ich das Handtuch fallen lassen und mir eine Jogginghose anziehen konnte. Mittlerweile sah mir aber sowieso niemand mehr beim Umziehen zu. Ich zog mir Socken und Schuhe an und stürmte nach draußen, um Jake nachzulaufen.

Als ich die Haustür aufriss, schlug mir ein Schwall kalter Luft entgegen. Zum Glück kam ich gerade rechtzeitig, um Jake noch kurz zu sehen, ehe er zwischen den Bäumen verschwand. Ich rannte ihm so schnell hinterher, wie ich konnte, bis ich ihn irgendwann eingeholt hatte.

»Jake!«, keuchte ich und stolperte über schneebedeckte Wurzeln, während er immer tiefer im Wald verschwand. »Bitte warte auf mich!«

Er antwortete nicht, aber ich konnte sehen, wie er mit dem Unterarm tief hängende Äste wegschlug.

»Bitte warte!« Inzwischen war ich völlig außer Puste. »Wo willst du hin?«

Meine Lunge brannte wie Feuer, aber ich zwang mich, weiterzulaufen.

Jake drehte sich kein einziges Mal zu mir um. Mir schien, als ginge er sogar noch einen Schritt schneller.

»Ist alles …« Ich keuchte. »Geht's dir gut?« Als er wieder nicht antwortete, begann ich zu schreien: »Sprich mit mir, verdammt!«

Plötzlich wirbelte er herum und blickte mich so aufgebracht an, dass ich ihn kaum wiedererkannte. »Du willst wissen, ob alles in Ordnung ist?« Er holte aus und rammte seine Faust mit voller Wucht in einen dicken Baumstamm, von dessen Ästen schwere Schneebatzen zu Boden fielen. »Nichts ist in Ordnung!«, brüllte er, »In meinem beschissenen Leben ist nie etwas in Ordnung!«

Atemlos blickte ich auf seine geballte Faust, an der frisches Blut hinunterrann. Es tropfte in den Schnee und färbte ihn dunkelrot. Kurz war mein Blick an den roten Flecken wie festgenagelt. Ich konnte nicht glauben, was gerade passiert war. Dass er sich vor meinen Augen verletzt hatte! Mit weit aufgerissenen Augen hob ich den Blick. Am liebsten wäre ich sofort zu ihm hingerannt und hätte ihn in den Arm genommen. Seine Hand verbunden, den blutigen Schnee mit meinen Schuhen verrieben, bis er wieder weiß war. Alles rückgängig gemacht.

»Was willst du von mir, Cherie?« Jake zitterte vor Wut. »Geh und lass mich in Frieden! Ich kann dich gerade nicht gebrauchen.«

Ohne ein Wort zu sagen, streckte ich meine Hand aus und umschloss sein Handgelenk mit meinen Fingern. Er erstarrte, als ich seine Hand zu mir zog. Vorsichtig legte ich meine bebenden Lippen auf die offene Wunde, und Jake zuckte zusammen. Ich küsste seine Knöchel, und sein Blut hinterließ einen metallischen Geschmack in meinem Mund. Mit glänzenden Augen blickte ich zu ihm hoch.

»Erzähl's mir«, flehte ich heiser.

Es war an der Zeit. Was auch immer er mir verheimlichte, es fraß ihn innerlich auf. Ich konnte nicht länger schweigend dabei zusehen, wie er daran zerbrach.

Jake wirkte … zerrissen. Eine Mischung aus Schmerz und Unsicherheit färbte seine Züge, und seine Kiefer mahlten. Sein ganzer Körper war verspannt, seine Hände öffneten und schlossen sich unwillkürlich. Der Anblick zerriss mir das Herz. Es war unerträglich, ihn so zu sehen.

»Bitte«, flehte ich und küsste seine blutende Faust ein

zweites Mal. Als sie sich daraufhin öffnete, schmiegte ich meine Wange in seine Handfläche. Seine Haut war warm und weich, eine Künstlerhand eben. »Erzähl's mir, Jake.«

Er schüttelte den Kopf und biss die Zähne zusammen, das helle Grau seiner Augen flackerte nervös.

»Du bist mein bester Freund«, versicherte ich ihm. »Du bedeutest mir mehr, als ich dir je sagen könnte. Also sprich mit mir, okay? Du kannst mir alles erzählen. Ich werde schweigen wie ein Grab.«

Kurz zögerte er noch. Doch dann, ganz langsam, öffnete sich sein Mund, ohne dass ein Ton herauskam. Er wirkte so verunsichert, beinahe ängstlich. Er schien sich regelrecht dazu zwingen zu müssen, die nächsten Worte auszusprechen: »P-pul…«, er schluckte, »Pulmonale Hypertonie.«

Reflexartig trat ich einen Schritt zurück. *Nein.*

»Ich verstehe nicht …«, erwiderte ich und schüttelte den Kopf, wie um den Gedanken abzuschütteln. *Nein. Nein.*

»Lungenhochdruck«, übersetzte er, und auf einmal hatte ich das Gefühl, nicht richtig atmen zu können. Es war, als hätte sich eine Drahtschlinge um meinen Hals gelegt. »Du bist krank?«, krächzte ich. Plötzlich wurde mir so übel, dass ich am liebsten gekotzt hätte. Allein diese Frage auszusprechen, sorgte dafür, dass meine Organe rebellierten.

Jake lachte bitter auf und zog seine Hand zurück, die mir aus den feuchtkalten Fingern glitt. »Schön wär's«, knurrte er. »Ich nicht …«, plötzlich brach ihm die Stimme weg, und mein Herz blieb einen Augenblick stehen, »… sondern meine kleine Schwester.«

Wie vom Donner gerührt stand ich da und blickte zu ihm hoch. Jake hatte eine Schwester. Sie war also das große

Geheimnis, das er so verbissen vor mir verbergen wollte! Oder zumindest eines davon. »Oh.«

Die Erleichterung, die mich im ersten Sekundenbruchteil überrollt hatte, verwandelte sich schon mit dem nächsten Wimpernschlag in markerschütternde Sorge.

Lungenhochdruck.

Jakes kleine Schwester hatte Lungenhochdruck.

Verzweifelt kramte ich in meinem Kopf nach einem Hinweis, was es mit dieser Krankheit auf sich haben könnte, aber außer der nahe liegenden Assoziation mit Bluthochdruck fand ich rein gar nichts. Ich hatte keinen Schimmer, wie sich Lungenhochdruck äußerte, doch scheinbar war die Krankheit schlimm genug, dass Jake mir monatelang verschwiegen hatte, dass seine kleine Schwester damit kämpfte. Es musste also eine schwere Krankheit sein!

Trotzdem wusste ich nicht, was ich sagen sollte. Ich sah ihn bloß mit großen Augen an, als Jake schließlich das Wort übernahm: »Schon witzig, was das Leben so abzieht, meinst du nicht?« Seine Augen flackerten schmerzerfüllt. »Es hat mich nie geschert, was mit mir passiert. Seit Jahren führe ich mich auf, als wäre ich unsterblich. Ich trinke, bis ich kaum noch klar denken kann, ich prügle mich, ich jage mit hundertachtzig über die Autobahn …«, er wurde immer lauter, »Verdammt, ich rauche eine Stange die Woche, Cherie!«

Schwer atmend presste Jake die Lippen zusammen und zögerte kurz. Als er weitersprach, klang er verbittert: »Und mir fehlt rein gar nichts. Meine kleine Schwester, sie … sie ist erst acht. Sie hat nie etwas falsch gemacht, hat sich nie in Gefahr begeben. Aber das Leben hat es auf die Kleine abgesehen. Sie liegt im Krankenhaus, sie hat Schmerzen, sie leidet Tag für Tag.« Er begann zu brüllen: »ABER ICH BIN GESUND!«

Plötzlich fuhr er herum und schlug mit voller Wucht in den Baumstamm. Kleine Stücke bröckelten aus der Rinde und rieselten zu Boden, während das Echo seiner Stimme zwischen den Bäumen nachhallte.

Ich zuckte zusammen. Ein bisschen fühlte es sich an, als hätte er mich geschlagen. »Jake, bitte«, wisperte ich hilflos und konnte nur zuschauen, wie er immer und immer wieder gegen den Stamm schlug. Es war, als wäre es ein verzweifelter Versuch zu malen. Die gefurchte Rinde seine Leinwand, das Blut seine Farbe und jeder Schlag ein Pinselstrich. Ich spürte, wie meine Augen zu brennen begannen und erste Tränen meine Wangen hinunterliefen. Meine Atmung wurde immer flacher, immer gehetzter, und als ich irgendwann den Mund aufbrachte, schrie ich regelrecht: »Hör auf! Bitte, hör auf!«

Jake zuckte beim Klang meiner Stimme zusammen und ließ die Hände sinken. Als er sich zu mir umdrehte, war der Hass aus seinen Augen verschwunden und tiefer Verbitterung gewichen. Er schien sämtliche Kraft verloren zu haben und hauchte ein: »Sorry«, ehe er niedersank und die Knie anzog.

Ich nickte heftig und versuchte, meine Atmung unter Kontrolle zu bringen. Dann setzte ich mich neben ihn und griff nach seiner Hand, die ich auf meinen Schoß zog. Seine Fingerknöchel waren aufgeschunden und dunkelrot vom ganzen Blut. Himmel, warum hatte er das getan? Warum musste er sich immer wehtun? Eine meiner Tränen fiel auf seinen Handrücken und rann an seiner Handkante hinab.

»Wie haben sie es erkannt?«, fragte ich und wischte vorsichtig mit etwas Schnee das Blut von seinen Fingern und Knöcheln.

Jake zog scharf die Luft ein, dann entspannte er sich sichtlich. Der kühlende Schnee schien zu helfen. »Es ist uns lange gar nicht aufgefallen. Sie war nie eine große Sportskanone, weshalb wir uns nicht viel dabei gedacht habe, wenn sie beim Treppensteigen schnaufen musste oder beim Fangenspielen schnell mal aus der Puste kam. Der Kinderarzt hat sie als Asthmatikerin diagnostiziert und ihr einen Spray verschrieben, der auch ziemlich gut geholfen hat … zumindest ein paar Monate lang. Aber mit der Zeit wurde es schlimmer. Sie konnte keine fünf Minuten rennen, ohne fast draufzugehen. War ständig müde und unkonzentriert und hatte immer wieder Probleme beim Atmen.«

Er hielt kurz inne. Seine Miene verriet, wie schwer es ihm fiel, sich daran zu erinnern. Trotzdem sprach er weiter: »An einem Donnerstag in den Sommerferien, als ich ihr gerade das Skaten beibringen wollte, ist sie zusammengebrochen. Einfach so, ohne Vorwarnung. Sie ist einfach vom Skateboard gekippt und am Asphalt aufgeschlagen. Mom und Dad sind natürlich sofort mit ihr ins Krankenhaus, während ich zu Hause bleiben und darauf warten musste, dass sie sich endlich bei mir meldeten. Stundenlang hab ich aufs Display meines Handys gestarrt und dabei eine Packung nach der nächsten leergeraucht. Verdammt, es hat mich krank gemacht, nicht zu wissen, was mit ihr los war! Als Moms Wagen in die Einfahrt eingebogen ist, bin ich sofort hinunter gestürmt.«

Jake presste die Augen zusammen. Die Erinnerung schien ihn derart zu quälen, dass er am ganzen Körper verspannte.

»Als ich gesehen hab, dass meine Eltern allein im Auto saßen, war ich wie gelähmt. Ich dachte schon …« Er brach ab und schüttelte heftig den Kopf. »Von dem, was sie mir erzählt haben, habe ich im ersten Moment fast nichts mitgekriegt. Da war dieses unerträgliche Dröhnen in meinen Ohren ... Später verstand ich dann, was passiert war. Kurz nachdem Mom und Dad meine kleine Schwester ins Krankenhaus gebracht hatten, kam sie wieder zu Bewusstsein. Sie konnte halbwegs normal atmen – für ihre Verhältnisse normal –, hatte aber schlimme Brustschmerzen. Die Ärzte führten einige Tests bei ihr durch und erkannten, dass der Kinderarzt ziemlich Mist gebaut hatte. Es war nämlich kein Asthma, das ihre Beschwerden ausgelöst hatte. Es war Lungenhochdruck. Die falsche Diagnose hat dazu geführt, dass die Krankheit erst erkannt wurde, als sie schon sehr weit fortgeschritten war. Sie wurde sofort an eine Spezialklinik für Lungenkrankheiten überwiesen, die haben das Ergebnis der Untersuchungen noch einmal bestätigt.«

Als er fertiggesprochen hatte, ließ er den Kopf hängen, sodass ihm die dunklen Haare in die Stirn fielen. Der vereiste Boden, auf dem wir saßen, konnte es kaum mit der Kälte aufnehmen, die schleichend meine Brust auskleidete. Seine Geschichte hatte eine tiefe Spur in meinem Inneren hinterlassen. Ich wollte ihm so gerne helfen, ihn irgendwie beruhigen oder trösten. Doch stattdessen färbte sein Kummer auf mich ab und gab mir das Gefühl, völlig machtlos zu sein.

Alles, woran ich mich klammern konnte, war seine verwundete Hand, die in meinem Schoß lag. Und an die eine Frage, die noch offenstand: »Ist es heilbar?«

Jake schüttelte langsam den Kopf, und meine Lippe begann vor Erschütterung zu beben.

»Sie bekommt ein Dutzend Medikamente, die ihre Symptome lindern und den Druck in ihrem Lungenkreislauf verringern, aber mehr können die Ärzte nicht für sie tun. Die einzige Möglichkeit, ihr Leben zu verlängern, ist eine HLuTX.«

»Eine …?«

»Eine Herz-Lungen-Transplantation.« Er wischte sich mit der freien Hand über die Augen. »Wir stehen auf der Warteliste, aber die Liste ist lang, verdammt lang, und dass sie noch so jung ist, macht das Ganze umso schwieriger.«

Ich traute mich kaum, die Frage auszusprechen, doch ich musste es einfach wissen: »Und was, wenn sie keine Transplantation bekommt?«

Jake verspannte und biss die Zähne zusammen, ein Muskel trat in seinem Kiefer hervor. Als er zu sprechen begann, klang seine Stimme gepresst: »Nachdem die Diagnose gestellt wurde, gaben ihr die Ärzte noch drei Jahre.«

»Wie …« Ich schluckte heftig und kniff die Augen zusammen, die unlängst zu brennen begonnen hatten. Lange würde ich mich nicht mehr zusammenreißen können. »Wie lange ist das her?«

»Etwas mehr als zwei Jahre«, erwiderte er, und plötzlich brach ich in Tränen aus. In mir brachen alle Dämme, und mein Oberkörper kippe nach vorne, als ich mich weinend krümmte. Das durfte nicht wahr sein!

Ohne den Blick von der Schneedecke zu lösen, legte Jake

seinen Arm um meine Schultern und zog mich zu sich.

»Das ist so unfair!«, schluchzte ich. Mein ganzer Körper bebte, während Jake sich kaum rührte. Es war, als wäre er zu Eis gefroren. Zaghaft legte er sein Kinn auf meinen Scheitel. »Ich weiß.«

Die Bilder, die sich mir aufdrängten, durchlöcherten mein Herz wie Schrot. Es war kaum vorstellbar, wie Jakes Eltern auf die Diagnose reagiert haben mussten. Sicher waren sie am Boden zerstört gewesen. Ich fragte mich, ob sie es der Kleinen erzählt hatten, oder ob sie gelogen und gesagt hatten, dass alles gut würde. Konnte man so etwas in diesem jungen Alter überhaupt verstehen? Jake musste fünfzehn gewesen sein, als es rausgekommen war. Ich wagte es nicht, mir seinen Gesichtsausdruck vorzustellen. Es hätte mir das Herz zerrissen.

Wo steckte der Sinn hinter alledem? Was zur Hölle konnte das Schicksal vorhaben, um so was zu rechtfertigen?

»Wissen Sie, woher …?« Anstatt weiterzusprechen, drückte ich mein Gesicht in die Kuhle zwischen seinem Hals und seiner Schulter. Immer noch war meine Atmung unregelmäßig und ruckartig, genau wie mein Herzschlag.

»Sie hatte einen angeborenen Herzfehler, der gleich nach der Geburt operiert wurde. Was genau dabei schiefgelaufen ist, kann ich dir nicht sagen. Vielleicht hat der Chirurg gepfuscht, oder der Heilungsprozess war verzögert, keine Ahnung. Jedenfalls hat dieser Herzfehler im Laufe der Jahre zu Lungenhochdruck geführt«, erklärte Jake und streichelte sanft über meinen Hinterkopf. »Shh. Schon gut.«

»W-warum … hast du ...?« Ich atmete tief ein und versuchte, mich zu beruhigen. Es war nicht angemessen, dass ich wie ein Schlosshund heulte und Jake mich trösten musste. Aber das war alles … viel für mich. Ich konnte es kaum verarbeiten. »Warum hast du nie was erzählt?«

»Das ist schwer zu erklären.« Er schmiegte die Wange an meinen Scheitel. »Manchmal kommt es mir vor, als wäre das alles nur ein schlechter Film. Solange ich es nicht laut ausspreche, scheint der ganze Horror ein bisschen weniger real zu sein.«

Jetzt endlich verstand ich ihn.

Ich wusste noch, wie viele Wochen es gedauert hatte, bis ich mit jemandem über Moms Tod sprechen konnte. Davon zu erzählen, hatte so unbeschreiblich wehgetan, dass ich es kaum über mich gebracht hatte. Jedes Mal, wenn jemand von ihr gesprochen oder auch nur ihren Namen erwähnt hatte, waren die Wunden in meiner Brust erneut aufgerissen und hatten mir das Gefühl gegeben, all die Trauer und den Kummer und die Einsamkeit erneut durchleben zu müssen. Doch mit jedem Tag, der vergangen war, schaffte mich die Zeit ein Stückchen weiter von ihrem Tod fort, während Jake sich auf das schlimme Ende zubewegte. Es war kaum vorstellbar, welche Ängste er durchstehen musste. Vermutlich ging er seit Jahren durch die Hölle.

Gott, ich konnte verstehen, dass er sich das nicht antun wollte! Dass er nicht andauernd an seine Sorgen erinnert werden wollte.

Deshalb hatte er mir nie von seiner Familie erzählt oder mich nach Hause mitgenommen. Deshalb war er so wütend geworden, als mein Vater zu ihm gesagt hatte, dass er nicht wüsste, wie es sei, sich um jemanden zu sorgen. Deshalb hatte ich diesen seltsamen Blick in seinen Augen gesehen, als ich damals im Auto einen Hustenanfall bekommen hatte. »Und wenn du nicht in der Schule warst …«

»… war ich im Krankenhaus«, beendete Jake den Satz für mich.

Immer noch lag seine verletzte Hand in meinem Schoß. Ganz sanft streichelte ich mit den Fingerkuppen über seinen Handrücken. »Wussten deine Eltern, wo du bist?«

»Sie dachten, ich würde schwänzen. Hätten sie es gewusst, hätte ich nicht bei ihr bleiben dürfen.«

Ich wandte den Blick von ihm ab und musterte stattdessen seine aufgeschundenen Knöchel, die inzwischen nicht mehr bluteten. Ich konnte ihm nicht länger in die Augen sehen, ohne erneut in Tränen auszubrechen. Es war unvorstellbar, was er sich da antat. Die vielen Fehlstunden, der andauernde Stress mit seinen Eltern, die ganzen Vorwürfe, mit denen ihn die Lehrer überhäuften – alles nur, damit seine kleine Schwester nicht allein sein musste. »Deshalb warst du immer so … erledigt, wenn du zurückgekommen bist«, schlussfolgerte ich. Alles ergab plötzlich Sinn.

Na ja, fast alles.

Seine Schwester mochte sein größtes Geheimnis gewesen sein, aber nicht sein einziges. Ich wusste noch immer nicht, was auf seiner alten Schule passiert war. Warum er, abgesehen von den Fehlstunden, rausgeflogen war und die Schule hatte wechseln müssen. Warum es diesen schlimmen Streit in seinem Freundeskreis gegeben hatte. Warum er nie über seinen ehemals besten Freund sprechen wollte, den er nun offenbar hasste. *»Das ist eine richtig beschissene Geschichte, die willst du nicht hören«*, hatte Jake einmal gesagt. Und ich würde mich hüten, jetzt danach zu fragen.

Jake nickte. »Weißt du, mein Vater hat unglaublich lange gebraucht, um mich zu diesem bescheuerten Ausflug zu überreden. Und ich hab mich geweigert, aber nicht, weil ich keinen Bock hatte ...« Er ballte seine verletzte Hand in meinem Schoß zu einer Faust, sodass die Venen auf seinem Unterarm hervortraten. »Sondern weil ich schon die paar Stunden in der Schule verdammt große Angst habe, irgendwas könnte passieren. Und dann eine halbe Woche ...«

Vorsichtig umschloss ich seine Faust mit meinen Fingern und malte mit dem Daumen kleine Kreise auf seinen Handrücken. Als ich fühlte, wie er sich langsam wieder entspannte, blickte ich zu ihm hoch. »Was hat dich umgestimmt?«

Er lachte leise, und zum ersten Mal seit einer gefühlten Ewigkeit huschte ein kleines Lächeln über seine Lippen. »Mein Schwesterherz hat sich eingemischt, so wie immer eigentlich, und mir eine Moralpredigt gehalten. Sie meinte, dass man Schulausflüge nicht so einfach schwänzen dürfe und dass, wenn sie schon nicht die Gelegenheit dazu bekam, zumindest ich mal Wandern gehen sollte.« Sein Mundwinkel zuckte, und eine Millisekunde lang kam sein Grübchen zum Vorschein. »Hat mich einen Couch-Potato genannt, die Göre. Das konnte ich nicht auf mir sitzen lassen.«

Jake senkte die Hand, mit der er meinen Hinterkopf gestreichelt hatte, und ließ eine Faust voll frischem Schnee durch seine Finger rieseln. »Und es war schön, endlich rauszukommen. Eine Weile lang vergaß ich den ganzen Horror und ... ganz kurz ... war ich *glücklich*.« Seine Stimme wurde zum Ende hin leise und brach schließlich weg. Gerührt suchte ich seinen Blick, doch er starrte bloß ins Leere und vergrub seine Finger im feuchten Schnee. Dunkle Strähnen fielen ihm in die Augen. »Aber das Leben hasst mich, Kätzchen.«

Ich drückte mich an ihn und schmiegte meine Wange an seine Schulter. Der Schneeboden hatte meine Jogginghose bereits durchnässt und ich fühlte, wie die Kälte bis in meine Körpermitte vordrang. Doch sogar hier, mitten im winterlichen Wald, konnte Jake mich wärmen. »Es geht ihr nicht gut, oder? Das stand in der Nachricht.«

Er nickte. »Sie hatte einen Lungenkollaps und liegt jetzt auf der Intensivstation. Mal wieder.«

»Hat sie …«, ich schluckte, »Hat sie große Schmerzen?«

Als Jake den Kopf schüttelte, fiel mir ein Stein vom Herzen. »Die Gefäße in ihrer Lunge sind verengt, was zu einem Anstieg des Blutdrucks im Lungenkreislauf führt«, erklärte er. »Josie meint immer, es sei, als würde man die ganze Zeit über durch einen Strohhalm atmen. Es tut nicht direkt weh, aber es ist anstrengend und raubt einem die Kraft. Ihr Herz muss doppelte Arbeit leisten, um das Blut durch ihre Lunge zu pumpen, und wird dadurch auch in Mitleidenschaft gezogen. Aber solange sie sich ruhig verhält und nicht zu viel herumtobt, geht es ihr einigermaßen okay.«

»Ihr Name ist Josie?«, fragte ich, während sich in meinem Gehirn langsam die einzelnen Puzzleteile aneinanderfügten.

»Eigentlich heißt sie Josephine, aber sie kann es nicht leiden, wenn man sie mit vollem Namen anspricht.« Aus dem Augenwinkel sah er mich an. »Sie findet ihn ›altmodisch und lahm‹.«

Vorsichtig hob ich den Blick. »Deshalb nennst du dich also Joe? Wegen ihr?«

Jakes Lippen verzogen sich zu einem schiefen Grinsen, das mir ein Flattern im Bauch bescherte. »Sie ist mein größter Fan«, prahlte er. »Sie liebt meine Zeichnungen, jede Einzelne davon, sogar die völlig miserablen. Manchmal frage ich mich, ob sie neben dem Atmen nicht auch noch ein Problem mit der Optik hat.«

Ich fühlte, wie sich ein Kichern meine Kehle hochkämpfte. Es war befreiend, ihn endlich wieder Sprüche klopfen zu hören.

Jake senkte den Blick, und das Grinsen verschwand aus seinem Gesicht. »Einmal, als es ihr schlecht ging, da meinte sie zu mir, ich solle ihr Luft zeichnen. Das war alles, was sie wollte.«

»Gemalte Atemzüge«, flüsterte ich.

Er lachte leise. »Ja, gemalte Atemzüge.«

Einen Moment lang schwelgte Jake in Erinnerung, dann sprach er weiter: »Erst wusste ich nicht, wie ich es anstellen sollte. Immerhin bin ich kein verdammter Van Gogh! Also habe ich einfach die Krankenschwester gezeichnet – als Karikatur. Und als ich Josie das Bild gezeigt hab, hat sie gelacht.« Seine Stimme war leise, aber fest. »Sie hat gelacht, verstehst du? Plötzlich bekam sie wieder besser Luft und ihre blauen Lippen färbten sich wieder rosa. In diesem Moment schwor ich mir, sie immer zum Lachen zu bringen. Ein ganzes Leben lang.«

Eine Träne rann meine Wange hinab, und ich schaute ihm in die Augen. Sein Grau wirkte liebevoll, traurig, verzweifelt – alles zugleich. Von wessen Leben er sprach, blieb unausgesprochen.

»Und ich werde sie beschützen, Cherie. Wenn's sein muss auch vor dem Leben höchst persönlich.«

Ich schluckte schwer. Jake öffnete die verletzte Hand, die in meinem Schoß lag, und ließ sie ganz langsam meinen Arm hinaufgleiten. »Das Leben ist ein harter Gegner«, entgegnete ich, während er mit seinen Fingerkuppen meinen Hals und mein Kinn nachfuhr.

»Kein Gegner ist unbesiegbar«, flüsterte er abwesend, »Solange man kämpft, hat man nicht verloren.«

Ich legte den Kopf in den Nacken und blickte zu ihm hoch. Er beugte sich zu mir, bis nur noch wenige Zentimeter zwischen unseren Gesichtern lagen. »Du kannst nicht ewig kämpfen«, wisperte ich und verstummte, als er mit dem Daumen über meine Unterlippe strich.

»Doch, man kann ewig kämpfen. Man muss nur wachsam bleiben … und konzentriert. Man darf sich keine Sekunde lang ablenken lassen.« Er senkte den Blick auf meine Lippen und schluckte. »Na ja, vielleicht eine Sekunde.«

Und plötzlich, wie aus dem nichts, küsste Jake mich.

Kapitel 23

Einen kurzen, überwältigen Augenblick lang blieb die Zeit für mich stehen. Mein Herzschlag setzte aus, meine Glieder erstarrten zu Stein und die kalte Luft gefror in meiner Lunge, sodass ich plötzlich nicht mehr atmen konnte. Seltsam, der Sauerstoff fehlte mir gar nicht. Genauso wenig wie all die Gedanken und Erinnerungen, die meinen Kopf verlassen hatten. Jetzt, wo ich seine Lippen endlich auf meinen spürte, fehlte mir überhaupt nichts mehr.

Wie in Trance saß ich da und ließ mich von Jake küssen. Die Zärtlichkeit, mit der er mich berührte, die Vorsicht, die jede seiner Bewegungen umspielte, und die Tatsache, dass er ebenfalls die Luft anhielt, nahmen dem Moment seine Wirklichkeit. Mir war, als würde ich träumen. Einen wunderlichen, unerklärlichen Traum, aus dem ich mit glühenden Wangen aufwachen und mich nach seiner Bedeutung fragen würde.

Doch dann, als Jake die Finger in meinen Haaren vergrub und den Kuss intensivierte, fiel ich aus allen Wolken. Sofort schoss mir das Adrenalin ins Blut, und ich krallte mich an seinem Pullover fest, weil ich einen schmerzhaften Aufprall erwartete. Aber er kam nicht. Ich fiel und fiel und fiel, ohne jemals den Boden zu berühren. Atemlos zog ich ihn näher zu mir und erwiderte seinen Kuss, nahm seinen Geschmack in mich auf und erschauderte, als er mit seiner Zunge über meine Unterlippe strich. Jake hielt sich an meinen Haaren fest und küsste mich immer drängender, immer gieriger, und brachte mich damit fast um den Verstand. Nie zuvor hatte mich jemand so geküsst.

Ohne unsere Lippen voneinander zu lösen, sanken wir zur Seite und lagen plötzlich im kalten Schnee. Jake schlang die Arme um meine Taille und zog mich an sich, während er langsam sein Knie zwischen meine Beine schob. Ich presste meine Brust an seinen bebenden Oberkörper und küsste ihn so leidenschaftlich, dass ihm ein kehliger Laut entkam. Seine Hand glitt unter den Stoff meines Pullovers und streichelte meinen Bauch, ehe sie langsam höherwanderte, bis sie meine nackten Brüste erreichte. Unwillkürlich bog ich den Rücken durch. In meinem Inneren kochte und brodelte und schäumte es. Nicht mehr lange und ich würde übergehen.

Jake neigte sich und war mit einem Mal über mir. Wie von selbst öffneten sich meine Beine und machten für ihn Platz. Ich spreizte die Finger auf seinem Rücken und zog ihn zu mir, bis die brennenden paar Zentimeter Luft zwischen uns verschwunden waren. Obwohl er sich auf den Ellbogen abstützte, lag sein Gewicht schwer auf meiner Brust. Ich konnte kaum noch atmen. Meine Lungen fingen Feuer, doch dann senkte Jake seine Hüfte und der brennende Schmerz rückte sofort in den Hintergrund. Mein Gehirn schaltete ab. Was auch immer gleich passieren würde, ich würde mich nicht dagegen wehren. Nicht, solange seine Hitze mich in Flammen steckte.

Als Jake plötzlich innehielt und sich von mir löste, war ich wie betrunken. Zerstreut ließ ich den Kopf in den

Schnee sinken und blickte ihn atemlos an. Einzelne Sonnenstrahlen drangen durch das Gezweig und warfen malerische Schatten auf sein Gesicht. Seine Lippen waren gerötet und eine dunkle Strähne fiel ihm in die Augen, deren helles Grau völlig undurchschaubar für mich war. Schwer atmend musterte er meine rosaroten Wangen. Einen Moment lang dachte ich, er würde mich wieder küssen, doch dann rollte er sich auf die Seite und blieb neben mir im Schnee liegen.

Geistesabwesend blickte er durch die Baumkronen in den Himmel, und ich tat es ihm nach. Eine ganze Weile lang starrte ich in den Himmel und versuchte, meinen jagenden Puls zu ignorieren. Die letzten paar Minuten zogen in Dauerschleife an meinem inneren Auge vorbei, wieder und wieder, wie ein alter Filmstreifen, der an beiden Enden zusammengeklebt worden war.

Mein Blick huschte zu ihm rüber. Immer noch konnte ich den Ausdruck in seinem Gesicht nicht deuten. Genauso wenig konnte ich mir erklären, was da gerade eben zwischen uns passiert war. Weder, warum er mich geküsst hatte, noch, warum er so plötzlich damit aufgehört hatte oder was das nun für unsere Freundschaft bedeutete. Ich wusste nur, dass es geschehen war und dass es sich verdammt gut angefühlt hatte.

Mit glühenden Wangen wandte ich mich von ihm ab und konzentrierte mich auf die Sonnenstrahlen, die zwischen den Tannenkronen hervorblitzen. Irgendwann stand Jake auf und schüttelte sich die Schneeflocken aus den dunklen Haaren. Er streckte mir seine Hand hin, um mir aufzuhelfen. Als sich unsere Finger berührten, schoss ein heißes

Kribbeln meinen Arm hoch.

»Wir sollten zurückgehen.«

Ich nickte.

Jake ging schnell, es fiel mir schwer, mit ihm schrittzuhalten. Den ganzen Weg hindurch sprachen wir kein Wort. Alles, was ich hörte, war das Knirschen des Schnees unter unseren Sohlen und mein leises Keuchen. Nach guten zehn Minuten waren wir zurück bei der Hütte.

»Meinst du, der Dünne sucht schon nach uns?«, fragte ich, als wir vor der Eingangstür standen. »Was sollen wir ihm erzählen?«

Schulterzuckend stieß Jake die Eingangstür auf. »Auf jeden Fall nicht die Wahrheit.« Er linste aus dem Augenwinkel zu mir, und ich errötete.

Nein, auf jeden Fall nicht die Wahrheit …

»Die anderen haben ihm bestimmt von meinem kleinen Disput mit Kyle berichtet«, schätzte Jake. »Wir erzählen einfach, dass ich mich kurz beruhigen musste und wir einen Spaziergang gemacht haben. Das ist noch nicht einmal gelogen.«

»Einen ganz normalen Spaziergang«, wiederholte ich. Mal abgesehen von der Lüftung seines erschütternden Familiengeheimnisses und der wilden Knutscherei zumindest. »Und wie erklären wir deine blutigen Fingerknöchel?«

Jake vergrub die verletzte Hand in der Bauchtasche seines Hoodies. »Gar nicht.«

»Das klingt nach einem ziemlich lückenhaften Plan«, merkte ich an, doch schon in ebendiesem Moment erspähte uns eine Gestalt am anderen Ende des Ganges und stürmte mit flatternden Zöpfchen auf uns zu.

»Da seid ihr ja endlich!« Lizzy fiel mir schwungvoll um den Hals und warf mich dabei fast um. »Wo wart ihr denn so lange?«

»Spazieren«, platzten Jake und ich gleichzeitig heraus, woraufhin Lizzy skeptisch die Augenbrauen hochzog. »Sag mal, habt ihr das einstudiert?«

Als keiner von uns antwortete, verdrehte sie die Augen. »Wisst ihr was? Eigentlich spielt das keine Rolle. Amira hat mir erzählt, was passiert ist. Die Sache mit Kyle, meine ich.« Sie sah mich mit zusammengekniffenen Augenbrauen an. »Und das, was Steffi dir angetan hat.«

Ich blickte zu Boden. »Woher weißt du …?«

»Woher ich weiß, dass du dich nicht freiwillig vor der ganzen Klasse umgezogen hast?« Lizzy runzelte die Stirn. »Bis vor Kurzem hat Ruby immer noch in deiner Strickjacke gesteckt. Ich musste nur eins und eins zusammenzählen. Die Strickjacke befindet sich jetzt übrigens wieder in deinem Rucksack, genau wie deine anderen Klamotten. Und Ruby hab ich klargemacht, dass sie, wenn sie sich je wieder an deinen Sachen vergreifen sollte, von zwanzig Feldhockeyspielerinnen an einen Mast gebunden und als Zielscheibe fürs Aufwärmschießen verwendet wird.«

»Danke«, murmelte ich, und sie zwinkerte mir zu.

»Was ist mit dem Professor?«, fragte Jake. »Weiß er Bescheid?«

Ihre Lippen verzogen sich zu einem Grinsen. »Um den müsst ihr euch keine Sorgen machen. Die anderem haben ihm nichts erzählt, weder von Cheries unfreiwilligen Striptease noch von deinem Wutanfall, der angeblich sehr beeindruckend gewesen sein soll.« Lizzy wackelte mit den

Augenbrauen, aber als sie Jakes ausdruckslose Miene sah, räusperte sie sich schnell. »Nachdem ich ein ungefähres Bild davon hatte, was während meiner Abwesenheit los war, bin ich zu ihm hin und hab ihm gesagt, dass Cherie Bauchschmerzen hätte und du mit ihr an die frische Luft gegangen wärst. Sicherheitshalber hab ich auch gleich hinzugefügt, dass ihr das Mittagessen ausfallen lassen und stattdessen einen Spaziergang unternehmen würdet. Das passt sogar zu eurer Choreo.«

Jake schloss die Lider und atmete erleichtert auf. »Gut gemacht, Blondie.«

»Danke, Lizzy! Wir sind dir wirklich was schuldig.« Zu hören, dass mit dem Dünnen bereits alles geregelt war und wir ihm nicht mehr Rede und Antwort stehen mussten, war eine Riesenerleichterung.

»Ach, schon in Ordnung.« Sie deutete mit dem Kopf in Richtung Schlafraum. »Ihr solltet euch jetzt lieber umziehen. In fünfzehn Minuten geht das Nachmittagsprogramm los. Der Dünne bringt uns zu einem Bergsee. Er hat ziemlich begeistert geklungen.«

Auf einmal schien ihr etwas einzufallen und sie tippte sich mit einem Finger an die Stirn. »Ach ja – Jake? Ich soll dir ausrichten: Frau Puntigam fährt dich um kurz nach Drei zum Bahnhof, also in …« Sie linste auf ihr Handy. »Fünfzehn Minuten.« Lizzy runzelte die Stirn. »Ich wusste gar nicht, dass du schon nach Hause fährst. Sag mal, hat das einen Grund oder ist das eine Präventivmaßnahme, damit du Kyle nicht noch mal mit seinem Mittagessen bombardierst?«

Mein Blick glitt zu Jake, dessen Schultern sich neuerlich

verspannten, als läge plötzlich eine tonnenschwere Last auf ihnen. Mit zusammengepressten Lippen blickte er Lizzy an, schien aber keine gute Ausrede zu finden.

»Seine Tante ist spontan zu Besuch gekommen«, platzte ich heraus und lief rot an, weil ich selbst nicht genau wusste, worauf ich hinauswollte. »Sie … äh … lebt in Kanada und kommt nur einmal im Jahr zu Besuch. Deshalb wollten seine Eltern, dass er gleich nach Hause kommt und etwas Zeit mit ihr verbringt, bevor sie wieder abreist. Stimmt's, Jake?«

Etwas verdutzt blickte er mich an. »Ja genau … meine Tante … aus Kanada.«

Ein halbes Lächeln schlich sich auf seine Lippen, und mein Herz machte meinen Sprung. Ich hasste es, Lizzy anzulügen, aber in diesem Moment war es das einzig Richtige. Nach alledem, was Jake mir anvertraut hatte, schuldete ich ihm diese Lüge. Es ging hier nicht mehr um mich oder um mein quengelndes Gewissen, es ging um Jakes Privatsphäre – um seine Familie –, und ich hatte die Pflicht, sein Geheimnis für mich zu behalten. Niemals würde ich sein Vertrauen brechen, ganz egal, wie viele Lügen es mich kostete.

Skeptisch hob Lizzy eine Augenbraue. »Wer zum Teufel bricht eine Klassenfahrt ab, um seine Tante zu treffen? Ist sie reich? Enterbt sie dich, wenn du hierbleibst und ihren Besuch verpasst?«

»Sie ist meine … äh, Lieblingstante«, erklärte Jake.

Ich biss mir auf die Lippe, um nicht zu kichern. Jake war auch kein guter Lügner. Vermutlich hatte er sich deshalb immer von mir abgewandt, wenn ich ihm eine der falschen

Fragen gestellt hatte, anstatt mir einfach eine Notlüge aufzutischen. Die Wahrheit zu verschweigen war leichter.

»Aha.« Lizzy rümpfte Nase. »Echt seltsam. Meine Tanten sind zufällig auch gerade bei uns zu Besuch.«

Ah, das erklärte meinen Einfall …

»Ich bin sogar extra vor ihnen hierher geflüchtet«, merkte Lizzy an. »Aber, hey, jedem steht offen, wie er mit seinem Familienbesuch umgeht. Manche fahren freiwillig nach Hause, um ihre kanadische Tante zu treffen, und andere würden sich lieber von einem Grizzlybären anfallen lassen.«

»Das klingt nach einem ziemlich bedenklichen Vermeidungsverhalten«, fand Jake.

»Ich würde es eher Selbstschutz nennen«, konterte Lizzy, machte auf den Absetzen kehrt und winkte uns zu sich. »Na kommt schon! Wenn wir noch länger hier rumstehen, versäumt Jake noch seinen Zug.«

Widerspruchslos folgten wir ihr in den Schlafraum, wo Jake den Rest seiner Klamotten in seinen Rucksack stopfte und sich schnell den nassen Hoodie über den Kopf zog, um in ein trockenes Langarmshirt zu schlüpfen.

Gegen meinen Willen huschten meine Augen zu ihm, wo ich einen flüchtigen Blick auf seinen nackten Rücken erhaschte. Schlagartig schoss mir die Röte ins Gesicht, und ich beugte mich so tief über meinen Rucksack, dass man meinen konnte, ein paar fette Goldbarren befänden sich darin. Stattdessen starrte ich nur auf ein schlampiges rosa Sockenknäuel.

»Soll ich dir beim nächsten Mal ein Foto schießen?«

Lizzy sprach so leise, dass Jake sie unmöglich hören

konnte, aber trotzdem fuchtelte ich panisch mit den Händen in der Luft herum.

»Pssscht!«, zischte ich und lugte über die Schulter zu Jake, der jedoch nichts mitbekommen zu haben schien. »Ich weiß überhaupt nicht, was du meinst.«

Lizzy kicherte. »Mach dir nichts draus, Cherie. Du bist schließlich auch nur eine Frau. Vielleicht lass ich mir auch ein paar Abzüge von dem Foto machen. Mit einem Kalender von ihm könnte man sicher viel Geld …«

»Halt die Klappe!«, fauchte ich und warf ihr einen Pulli entgegen, den sie geschickt fing. Es war unerträglich, wenn sie so was sagte, während Jake im Raum war.

»Sag mal, wieso bist du eigentlich ganz nass?«

Ich fischte einen frischen Pulli und eine trockene Jogginghose aus dem Rucksack und klemmte sie unter meinem Arm. Lizzy beäugte mich skeptisch, doch ich machte keine Anstalten, ihr zu antworten. Was hätte ich auch sagen sollen?

Jake und ich haben uns am Waldboden gewälzt und wild miteinander rumgemacht, deshalb sind meine Klamotten jetzt durchnässt und mein Höschen feucht.

Nein, danke.

»Gut, dann eben nicht«, meinte Lizzy und zuckte die Schultern. »Dann denke ich mir eben meinen Teil. Ich habe eine ziemlich ausgeprägte Fantasie.«

»Das glaub ich dir aufs Wort«, grummelte ich.

Als Jake fertiggepackt hatte und umgezogen war, schulterte er seinen Rucksack und lehnte sich mit der Schulter an einen der dicken Trägerbalken in der Mitte des Raumes. Schweigend sah er mir dabei zu, wie ich meine frischen

Klamotten zu einem Knäuel zusammenfasste und an meine Brust drückte.

»Du gehst schon?«, fragte ich dünnstimmig.

Jake nickte. »Ich wollte mich nur noch verabschieden.«

Lizzy erkannte ihr Stichwort sofort. »Ich geh schon mal vor ins Bad«, säuselte sie und nahm mir den Klamottenknäuel aus der Hand. »Dort kannst du dich in Ruhe umziehen. Diesmal bin ich garantiert dein einziges Publikum.«

Kurz blickte sie noch zwischen uns hin und her, dann drehte sie sich um und tänzelte aus dem Zimmer. Als Jake und ich nun wieder allein waren, schoss mein Puls wie auf Knopfdruck in die Höhe.

»Danke für die Lüge«, sagte er und hielt sich mit der gesunden Hand am Träger seines Rucksackes fest, der einseitig über seiner Schulter hing. Reflexartig glitt mein Blick zu seiner anderen Hand, doch er hatte die aufgeschundenen Knöchel in seiner Jackentasche versteckt.

»Danke für die Wahrheit«, antwortete ich.

Jake lächelte schwach. »Kannst du mir einen Gefallen tun? Wenn Steffi dich noch einmal unter Druck setzt, oder wenn Kyle dich blöd anmacht, rufst du mich an, okay? Ich kann mir nicht vorstellen, dass so was wie vorhin noch mal passiert, aber falls doch, will ich es wissen.«

Meine Kehle wurde eng, deshalb nickte ich bloß. Ich wollte nicht, dass er ging. Ich wollte mich nicht von ihm verabschieden. Nicht nach allem, was ich erfahren hatte. Nicht nach alldem, was zwischen uns geschehen war. Aber es gab nun mal keine andere Möglichkeit. Jake musste zurück und sich um seine kleine Schwester kümmern, und es stand mir nicht zu, ihn davon abzuhalten. Sie brauchte ihn dringender als ich. Deshalb würde ich allein zurückbleiben und mit dem beklemmenden Gefühlschaos klarkommen müssen, das die letzten Stunden in meinem Inneren hinterlassen hatten.

»Kannst du mir auch einen Gefallen tun?«, fragte ich und verhakte meine Finger ineinander. »Könntest du mir Bescheid geben, ob …«, ich zögerte, »… ob es Josie gut geht?«

Ich wusste, dass es mich nichts anging, aber solange ich nicht sicher sein konnte, dass mit ihr – und mit Jake – alles in Ordnung war, würde ich heute Nacht keinen Schlaf finden.

Umso erleichterter war ich, als sich ein halbes Lächeln auf seine Lippen schlich. Scheinbar hatten wir einen Deal.

Einen Moment lang sahen wir uns an. Es gab so viele Fragen, die mir auf der Zunge brannten. So viele Antworten, die ich mir von Jake gewünscht hätte.

Doch keiner von uns war mutig genug, sie auszusprechen. Stattdessen standen wir uns wie zwei Statuen gegenüber, schweigend und bewegungslos.

Nach ein paar Sekunden, die sich wie eine kleine Ewigkeit für mich anfühlten, unterbrach Jake die Stille zwischen uns. »Ich muss los«, sagte er und zog sich die Kapuze über den Kopf, während ich nervös am Saum meines Pullis herumfummelte.

Wie verabschiedete man sich von jemandem, den man gerade erst geküsst hatte? Mit einem Kopfnicken, einer Umarmung? Oder vielleicht … mit einem weiteren Kuss?

Meine Hände wurden feucht, und mein Herz begann zu

rasen, doch dann kehrte Jake mir ohne ein weiteres Wort den Rücken zu.

Mir wurde schlagartig so kalt, dass ich die Arme um meinen zitternden Körper schlang und mir nichts sehnlicher wünschte als ein paar trockene Klamotten. Hinter meinen Augen baute sich Druck auf. Keine Ahnung, was ich mir erwartet hatte – eine Erklärung vielleicht, oder einen Hinweis, wie das mit uns jetzt weiterging.

Aber nicht, dass er mich einfach so stehenließ.

Kurz bevor Jake den Raum verließ, hielt er noch einmal inne. Die Finger um den Türgriff geschlungen, warf er mir über seine Schulter hinweg einen Blick zu. Wie auf Knopfdruck schwoll die Aufregung in mir an. Ich kannte ihn gut genug, um diesen Ausdruck in seinem Gesicht zu deuten. Er war im Inbegriff, etwas auszusprechen, das vermutlich alles verändern würde.

»Ich will, dass du sie kennenlernst.«

Danksagung

Ein Buch zu schreiben, stellt man sich wie einen Sprint vor: Man geht in Startposition vor dem Laptop, drückt zum Aufwärmen die Finger durch und haut in die Tasten. Fünfzehn Seiten pro Tag, vierhundertfünfzig Seiten im Monat – und zack! – fertig ist der Bestseller-Roman.

So zumindest die Vorstellung.

Nur leider hat die wenig mit der Realität zu tun. Denn in Wahrheit ist das Schreiben kein Sprint, sondern ein Marathon. Nein, ein Ironman!

Erst springst du ins kalte Wasser und drohst, zu ertrinken. Wie eine Flutwelle brechen deine Ideen auf dich herein. Figuren, Szenen, Dialoge – alle verlangen sie danach, geschrieben zu werden. Also tippst du los. Du schreibst und schreibst und schreibst. Und kannst dich dabei gerade so über Wasser halten.

Dann, wenn das Gröbste niedergeschrieben ist, geht's ans Fahrradfahren. Das musst du aber erst lernen, wie damals als Kind. Dein Plot wächst täglich, deine Kapitel nehmen zunehmend Form an … doch während du schreibst, zieht hinter deinen Fenstern der Herbst ins Land. Und dann der Winter. Und irgendwann der Frühling. Kurz gesagt: Du strampelst dich ab, um dein Manuskript endlich fertigzuschreiben.

Und wenn du eh schon schnaufst wie ein Kettenraucher, der die Treppen im Donauturm hochgelaufen ist, kommt das große Finale. Du musst durch den Schlamm kriechen, dich mit schmerzenden Knochen in Richtung Zielgerade schleppen. Du hast dein Manuskript geschrieben, jetzt musst du es überarbeiten. Und dann noch mal überarbeiten. Und dann noch mal.

Aber irgendwann ist es fertig, und du fällst glücklich durch den Zielbogen. Dein Herz schlägt wie bescheuert, deine Beine fühlen sich an wie Wackelpudding, aber du hast es geschafft. Menschen kommen auf dich zu, gratulieren dir, freuen sich für dich. Manche hast du noch nie gesehen, andere hingegen haben dich den ganzen Weg über unterstützt. Sie haben dir Wasserflaschen zugeworfen, dich angefeuert, von Anfang an auf deinen Sieg gewettet. Ohne sie wärst du auf halber Strecke umgekippt. Oder gar nicht erst losgelaufen.

Den Menschen, die mich bei meinem Ironman unterstützt haben, will ich an dieser Stelle danken.

Meinen Eltern, weil sie mir das Studium finanzieren und immer an mich glauben. Dank euch konnte ich nach Wien ziehen und genau das studieren, wofür ich brenne. Dank euch kann ich meine Freizeit mit Schreiben verbringen, anstatt mir mit einem Vollzeitjob neben dem Studium den Hintern abzurackern. Dank euch wohnt meine kleine Schwester gleich gegenüber. Ihr seid die besten Eltern der Welt!

Apropos kleine Schwester: Nici, auch dir muss ich Danke sagen! Ich weiß, du bist kein Bücherwurm und mehr bei den Naturwissenschaften daheim. Trotzdem hast du mein Buch gründlich studiert. Hast jeden Logikfehler gefunden, der sich eingeschlichen hatte, und jedes noch so kleine Plot

Hole entdeckt. Du warst der Sherlock Holmes, den mein Roman gebraucht hat! Außerdem bist du mein größter Fan. Schon als Kind fandest du alles genial, was deine große Schwester gemacht hat, und noch heute setzt du mit gutem Gewissen auf mich. Selbst wenn die Chancen schlecht für mich stehen. »Ein Buch schreiben? Für meine Schwester kein Problem!« Dank dir glaube ich an mich. Weil auch du immer an mich geglaubt hast. Und weißt du was? – Ich bin auch dein größter Fan!

Ebenfalls bedanken möchte ich mich bei meinem Freund Michi, der niemals die Geduld verliert und mich immer zum Lachen bringt. Keinen Schimmer, wie oft ich deine Fragen überhört oder dich ignoriert habe, weil ich ins Schreiben vertieft war. Ziemlich oft, schätze ich. Aber du hast bloß gelacht, mir einen Kuss gegeben und mich weiterarbeiten lassen. Dich stört es nicht, wenn ich in meiner eigenen Welt bin. Du lässt mich träumen, ob im Schlaf oder am Tag. Es sei denn, ich habe einen Albtraum, dann weckst du mich auf und tröstest mich. Und dafür bin ich dir unendlich dankbar. Außerdem sorgst du dafür, dass Jake nie seine Coolness verliert. »Er überschlägt die Beine? Was zum Teufel? Streich das!«

Ein Dankeschön geht auch raus an meine Freundin Maren, die mein Buch schon gelesen hat, als es noch gar keines war. Mit sechzehn habe ich die ersten Szenenentwürfe geschrieben, und du hast sie allesamt gelesen. Egal wie mies. Egal wie cringey. Ich werde versuchen, es wieder gutzumachen.

Außerdem möchte ich meiner Oma aus Wien danken, die zwar nie ein Buch geschrieben hat, aber mit Sicherheit dazu in der Lage gewesen wäre. Ich kenne niemanden, der mehr liest, und niemanden, der so gerne liest. Für Menschen wie dich werden Bücher geschrieben, und gerade deshalb ist mir deine Meinung so wichtig. Danke, dass du mein Buch gelesen hast – zweimal sogar! Du bist die stärkste Frau, die ich kenne.

Abschließend danke dir, liebe Leserin, lieber Leser, dafür, dass du mein Buch in die Hand genommen hast. Die Geschichte von Cherie und Jake ist mein absolutes Herzensprojekt, das mich nicht mehr loslässt, seit ich mit sechzehn die Idee dazu hatte. Nie hätte ich gedacht, dass ich sie irgendwann in ein richtiges Buch verwandeln würde! Umso glücklicher macht es mich, meine Geschichte nun mit Menschen wie dir zu teilen. Denn erst durchs Lesen werden Geschichten lebendig … vielen, vielen Dank!

Falls du mich unterstützen willst, schreib mir gerne eine Rezension auf Amazon oder empfiehl mein Buch deinen Freunden!

Noch nicht genug von Cherie und Jake?
Dann lies gerne die Fortsetzung!

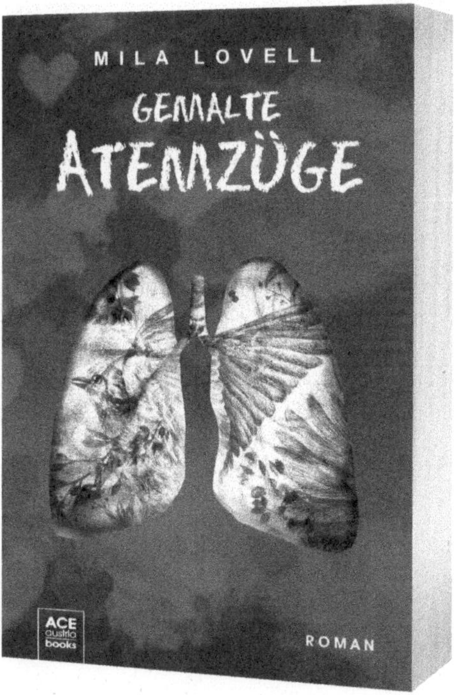

ISBN 978-3-903510-01-2

Gemalte Atemzüge (Erstausgabe 2024)

Als Cherie die schwerkranke Schwester ihres besten Freundes kennenlernen soll, liegen ihre Nerven blank. Doch die kleine Josie ist ganz anders als erwartet – herzlich, frech und knallhart ehrlich. Und sie checkt gleich, dass zwischen ihrem großen Bruder Jake und seinem Kätzchen die Funken sprühen. Doch während die beiden ihre Gefühle ausloten, kämpft Josie im Krankenhaus ums Überleben. Und als wäre das nicht genug, taucht plötzlich eine alte Freundin auf, die für Streit und Chaos sorgt …